FRÉDÉRIC II

ET

VOLTAIRE

DÉDIÉ

A LA COMMISSION DU CENTENAIRE

PAR

L'Abbé V. BÉNARD

*Je ne fais que dire ce que votre
Majesté pense.*

VOLT. à FRÉD., 1751.

⚬⚬⚬⚬⚬

PARIS

CHARLES DOUNIOL ET Cie, LIBRAIRES ÉDITEURS

29, RUE DE TOURNON, 29

—

1878

FRÉDÉRIC II

ET

VOLTAIRE

FRÉDÉRIC II

ET

VOLTAIRE

DÉDIÉ

A LA COMMISSION DU CENTENAIRE

PAR

L'Abbé V. BÉNARD

*Je ne fais que dire ce que votre
Majesté pense.*

Volt. à Fréd., 1751.

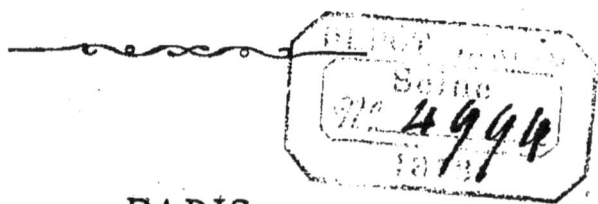

PARIS

CHARLES DOUNIOL ET Cⁱᵉ, LIBRAIRES ÉDITEURS
29, RUE DE TOURNON, 29

1878

A

LA TRÈS HAUTE
TRÈS ÉCLAIRÉE, TRÈS INTELLIGENTE
TRÈS PATRIOTIQUE

COMMISSION DU CENTENAIRE

DE VOLTAIRE

L'AMI, LE CHANTRE, LE COMPLICE
DES ENNEMIS DE LA FRANCE

*Demandant d'être enterré à Berlin avec cette
inscription sur son tombeau*

CI-GIT

L'ADMIRATEUR DE FRÉDÉRIC-LE-GRAND [1]

L'humble obole de souscription
d'un Lorrain désannexé, qui a quitté sa position
et son pays pour rester Français

TOLLE ET LEGE

L'Abbé V. BÉNARD.

[1] *Lettre de Voltaire à Frédéric.* Lunéville, 28 juillet 1749.

PRÉFACE

Le 18 janvier 1871, cent soixante et onzième anniversaire de la fondation de la monarchie prussienne, pendant que les milices de la troisième République française, aussi malheureuses que les troupes du second Empire, fuyaient, battues, démoralisées, débandées, aux quatre coins de l'horizon, abandonnant Paris aux horreurs du bombardement, aux convulsions de l'anarchie, à l'agonie de la faim, le roi de Prusse, Guillaume-le-Victorieux, entouré d'un brillant cortége de princes feudataires, de généraux et de ministres, érigea, dans la salle du Trône du palais de Versailles, au milieu des grandeurs éclipsées de Louis XIV et des gloires voilées de Napoléon Ier, le trophée insigne de ses triomphes inouïs, en rétablissant, sous les yeux de la France terrassée, muette de honte, de douleur et d'effroi, l'Empire germanique,

qu'elle s'enorgueillissait d'avoir détruit à Aus-
terlitz et enterré à Iéna.

Dans la *Proclamation au peuple allemand*,
lue par le chancelier de Bismarck, devant
l'autel protestant dressé pour la cérémonie et
ombragé des étendards de tous les régiments en
campagne, l'héritier des Margraves de Brandebourg, anciens pensionnaires des rois de France,
déclare « obtempérer, par devoir patriotique,
« au vœu unanime des princes et des peuples
« allemands, en relevant la dignité impériale,
« tombée depuis soixante ans. C'est pourquoi il
« prend pour lui et sa postérité cette haute di-
« gnité (autrefois élective et symbole de la
« suprématie allemande sur l'Europe chré-
« tienne), avec l'inébranlable résolution *d'as-*
« *surer à la patrie allemande la garantie, ré-*
« *clamée depuis des siècles, d'être désormais*
« *préservée des agressions de la France.* »

En réponse à l'adresse de félicitations du
Parlement prussien, le nouvel empereur révèle
le but poursuivi par ses ancêtres dans le labyrinthe de leur politique ténébreuse :

« Le ciel, par l'éclatante manifestation de
« l'union des tribus allemandes, au moment de
« l'explosion de la guerre, comme par l'immen-
« sité et l'importance des succès obtenus, nous
« *a si clairement indiqué la nécessité de réaliser*

« *le vœu, tant de fois émis du peuple alle-*
« *mand, de voir rétablir un Empire uni et*
« *puissant que moi, souverain d'un peuple à*
« *qui l'histoire a donné la mission de s'iden-*
« *tifier les intérêts et les destinées de la patrie*
« *allemande agrandie, et dont tous les princes*
« *ont été constamment fidèles à cette mission, je*
« *me suis cru obligé de répondre à l'appel qui*
« *m'était adressé.* »

En étudiant, à travers l'histoire, *les Origines
de la Puissance prussienne*, travail que nous
espérons publier dans le courant de l'année,
nous avons recherché quand et comment s'est
constituée cette mission providentielle, invo-
quée par notre vainqueur, comme preuve de sa
vocation divine de restaurateur anti-catholique
de l'Empire de Charlemagne. Nous avons constaté que l'idée de transformer le chef temporel
de la chrétienté, le successeur du grand conqué-
rant-apôtre, le protecteur-né de l'Eglise romaine, en destructeur de la hiérarchie ecclésiastique, germait déjà dans les déclamations
subversives et les pamphlets incendiaires de
Luther et de ses partisans.

Elle devint l'âme du fanatisme belliqueux de
Gustave-Adolphe, le héros suédois de la guerre
de Trente Ans, roi sectaire, qui visait à se tailler, à la pointe de son épée et avec les subsides

*

de Richelieu, un califat évangélique en Allemagne, des débris du Saint-Empire renversé et
sécularisé. Son dessein ne périt pas avec lui
sur le champ de bataille de Lutzen. Le Grand-
Electeur de Brandebourg, héritier de la dynastie apostate des Hohenzollern, enrichie de la
spoliation de l'Eglise, en fit le point de mire
de la politique de sa maison rapace, le pivot de
son despotisme, de ses exactions, de ses prises
d'armes, de ses alliances et de ses trames souterraines. Ses successeurs, s'inspirant de ses
exemples et de ses instructions secrètes, conti-
nuèrent d'appuyer, comme lui, leur ambition
dynastique, à l'intérieur, sur l'absolutisme d'un
César-pontife, maître d'une puissante organisation militaire, qui convertit le pays entier en un
camp, peuplé d'esclaves et de soldats ; à l'extérieur, sur le levier international·de la révolution religieuse du seizième siècle, qu'ils s'éver-
tuèrent de propager et d'exploiter chez leurs
voisins catholiques, afin de dissoudre et de
rompre les obstacles à leur agrandissement territorial, ainsi qu'à leur avénement au trône
impérial protestantisé.

Mais ni le génie prévoyant de Guillaume Ier,
ni le titre royal, ajouté par son fils Frédéric Ier
à la souveraineté indépendante du duché de
Prusse, ni la forte armée de Frédéric-Guil-

laume Ier n'eussent rapproché ni même avancé sensiblement les rivaux des Habsbourg du terme de leurs travaux et de leurs désirs, si la plume et l'épée de Frédéric II, aidé de la coalition des lettrés français, guides et pionniers de l'opinion du siècle dernier, n'avaient préparé, dans la ruine poursuivie systématiquement de la constitution chrétienne de l'Europe, les événements accomplis sous nos yeux.

Dans la conspiration ourdie contre l'Eglise, et qui a finalement abouti à l'écrasement de ses deux principaux soutiens, l'Autriche et la France, au profit de la Prusse, élevée au rang de dominatrice du monde civilisé, nous sommes en peine de décider à qui appartient la palme d'avoir le plus contribué au succès inespéré des complots prusso-protestants, par suite du concours persévérant de la secte encyclopédique, dont la lignée d'adeptes, fidèle aux pratiques des initiateurs, n'a cessé de travailler à l'exaltation de la famille de son chef, non toujours apparent mais toujours réel. Est-ce au monarque-philosophe, le type accompli de sa race, le diplomate astucieux, le stratégiste habile, l'homme d'Etat supérieur, qui a su élever, par ses victoires, par la sagesse de son gouvernement économe, par ses manœuvres artificieuses, son petit royaume au niveau des plus grandes puissances, et mieux l'outiller que ne l'était aucune d'elles pour entreprendre des conquêtes ultérieures?

Est-ce au coryphée de l'école philosophique, qui, par ses écrits comme par ses disciples et ses admirateurs, répandus dans tous les pays, et perpétués jusqu'à nos jours, a frayé la voie aux émissaires et aux soldats prussiens, en minant les croyances dans les esprits, en desséchant le dévouement dans les cœurs, en abattant ainsi les remparts et les foyers des résistances patriotiques, en multipliant les ruines tant morales que matérielles devant les phalanges guerrières, armées des plus parfaits engins de destruction, dressées de père en fils au brigandage militaire, qui est leur industrie nationale; en pétrissant dans le cloaque de ses publications malsaines, des générations sceptiques et corrompues, sans foi ni loi, indociles et lâches, incapables de se gouverner, de se respecter, de se défendre, de se conserver; résignées, faute de courage et de dévouement, à toutes les ignominies de la servitude au dedans, comme à toutes les violences des agressions du dehors, promptes à se jeter à la tête et aux pieds du plus méprisable despote de rencontre, ainsi que du plus odieux conquérant d'aventure, dont le sabre abattu sur leur dos est le seul joug qui leur convienne?

Nous soumettons la question au lecteur impartial de ce volume, qui encadre la figure de Voltaire dans celle de Frédéric le Grand, son héros de prédilection.

Dans les conjonctures présentes, fruits de leurs efforts communs, nous avons cru utile et opportun d'exhiber ces deux figures accolées l'une à l'autre, et peintes d'après eux-mêmes dans le fidèle miroir de leur correspondance, consultée à la lumière des événements de leur époque, et complétée par les témoignages non suspects de leurs amis. Autant que possible, nous nous sommes borné à reproduire et à grouper les traits sortis de leurs pinceaux, dans le laisser-aller naturel d'une pose plus ou moins confidentielle, à mesure qu'ils avaient l'occasion de se voir ou de s'entretenir, soit pour s'encenser, soit pour s'épier, soit pour se décrier. Leur double physionomie ainsi retracée, selon les linéaments et les couleurs de leurs propres croquis, nous a paru la meilleure manière de les faire connaître, à peu près tels qu'ils étaient en réalité, et non tels que leurs panégyristes ou leurs détracteurs les ont esquissés à fantaisie, en voulant trop les embellir ou enlaidir.

Notre tableau, assemblage nuancé de leurs desseins respectifs et mutuels les plus caractéristiques, n'est ni un portrait flatté ni une cari-

cature de leurs visages et de leurs personnes,
mais une photographie de leurs âmes plutôt que
de leurs corps, prise sur les pensées et les sentiments figés dans leurs écrits et leurs actes.

A notre avis, ces deux hommes saillants du
dix-huitième siècle, dont l'influence se prolonge sur nous et se manifeste dans ce qui se
passe ou se prépare en France comme à l'étranger, ne se comprennent et ne s'expliquent suffisamment que mis en face l'un de l'autre. C'est
pourquoi nous les avons réunis en un seul
groupe, persuadé que c'est l'unique moyen de
les montrer pleinement dans leur vrai jour, de
signaler la féconde convergence de leur rayon-
nement sur la marche et les progrès de la révolution religieuse et politique qu'ils ont poursuivie ensemble, sinon dans un but identique,
du moins avec une entente imperturbable et
une persévérance à toute épreuve.

Nos trois plans superposés s'appuient et se
complètent réciproquement, constituant trois
parties distinctes d'un tout, que nous nous
sommes efforcé de rendre harmonique.

Le premier plan ébauche les relations épistolaires du prince royal Frédéric, connu seulement par ses talents, ses vices, ses étourderies
et ses malheurs, avec le poëte philosophe, déjà
célèbre par son esprit satirique et frondeur,

par ses aventures romanesques, par ses tragédies et sa *Henriade*, par quelques essais
d'impiété et une nuée de pamphlets anti-catholiques. Dès l'ouverture de leur correspondance
enthousiaste, le disciple conquiert le maître et
en fait l'instrument de ses rêves de grandeur.

Le second plan met en relief leur désenchantement réciproque, à la suite de leurs entrevues
consécutives, ainsi que leur action combinée,
pour gagner, par le prestige de la littérature
française, l'opinion européenne au conquérant
de la Silésie, malgré l'évidence de ses torts, et
pour miner, à son profit immédiat et ultérieur,
les institutions ecclésiastiques de l'Europe chrétienne. Ce plan fait pénétrer dans l'intérieur
de Postdam, centre des forces militaires de la
Prusse et foyer des conspirations du roi-philosophe et de ses acolytes encyclopédistes, tour-
billonnant autour du chambellan à gage, Voltaire, jusqu'au scandale de la rupture, qui détache le maître esclave du service du disciple
tyran, et le maintient cependant fidèle à sa
cause, sous l'influence du milieu protestant des
environs de Genève, où il se réfugie.

Le troisième plan, couronnement des deux
premiers, expose, à mesure qu'ils se déroulent
en faits patents, les contours et les points saillants de la conjuration philosophico-protes-

tante des sectaires calvinistes et luthériens
de toutes les confessions et de tous les pays,
coalisés, en haine de la hiérarchie catholique, avec l'école de propagande incrédule
des Epicuriens français, adeptes et admirateurs de l'Ermite de Ferney, sous l'hégémonie
en partie manifeste, en partie occulte du vainqueur de Rosbach, aussi ennemi de la France
que de l'Autriche et de l'Eglise. Celui-ci donne
le mot d'ordre aux guides affidés des complices
dispersés, dirige les manœuvres et les trames
souterraines, ainsi que les opérations ostensi-
bles de l'entreprise subversive, commencée précédemment, continuée sans interruption pendant la guerre de Sept Ans, parallèlement aux
campagnes militaires, et poussée, avec une ardeur stimulée par le succès, après la paix de
Hubertsbourg, afin d'accélérer, dans la chute
des croyances, la ruine des barrières morales et
matérielles, opposées à l'ambition des césars-
pontifes de Berlin, chefs d'une armée toujours
prête à récolter des provinces, dans les embarras
et les troubles semés chez leurs voisins.

Cette troisième et dernière période de la
collaboration semi-séculaire de Voltaire et de
Frédéric à la destruction de l'Eglise, comme au
bouleversement de l'Europe civilisée par la foi,
montre en fonctionnement les machines de

guerre, montées à Paris, et rayonnant de là dans
les autres capitales catholiques, avec l'aide des
plumes complaisantes des sophistes français,
en vue d'agiter, de distraire, d'absorber, de fausser l'opinion des classes aristocratiques de l'Occident au gré du moteur de Berlin, qui se sert
de leurs ressorts multiples et savamment
agencés pour soulever, chauffer, embraser
clandestinement les bruyantes questions de
l'*Expulsion* et de la *Suppression* des jésuites,
de la défense orageuse des *Calas*, *Sirven*, de
La Barre, et autres prétendues victimes du
fanatisme; pour tourner l'explosion de ces fusées en torches incendiaires lancées au clergé,
en même temps qu'en paravent insidieux du
partage de la Pologne, crime ourdi de concert
avec la Russie et imposé à l'Autriche pendant
la paralysie de la France, à la faveur du tapage
excité par les aveugles et serviles écraseurs de
l'*Inf...!*

Et les séides lettrés des égorgeurs de se
réjouir de l'impuissance de leur patrie à prévenir, comme à venger, le démembrement d'une
nation sœur, dont le meurtre est un coup
mortel porté à la religion catholique dans le
Nord, et présage à leurs yeux la démolition
prochaine de l'œuvre de Dieu, source, foyer et
fondement de la civilisation moderne!

La fin d'une si lamentable époque, triste aurore de l'effondrement de l'ancienne organisation sociale dans l'abîme, creusé par ses vices, élargi par les sapeurs littéraires de la conspiration prusso-philosophique, clôt l'existence remuante du contempteur des choses saintes, qui expire d'émotion, lors de son retour triomphal dans la Babylone dissolue du Royaume Très Chrétien, mais non sans donner les signes effrayants du désespoir d'un réprouvé. Sa disparition de la scène est suivie de près de celle de son astucieux exploiteur, dont les desseins sont restés le testament politique de ses héritiers, ce qu'ils ont appelé leur vocation dynastique.

Enveloppés de nuages et remisés dans les arcanes de la diplomatie prussienne, ces desseins ont été réalisés partiellement par les fils de Voltaire, auteurs de la révolution anti-chrétienne, qui n'a été que l'application des principes irréligieux de l'école encyclopédique, et l'exécution du programme politique de son patron. Les ruines accumulées sous les coups des briseurs de trônes et d'autels, comme sous les pas de leurs armées victorieuses, ont consommé la spoliation universelle de l'Église, et enrichi la Prusse, ainsi que ses confédérés protestants, de la sécularisation complète des principautés épiscopales de l'Empire allemand, tombé en morceaux. Iéna venge le succès du complot et en enlève le profit. Mais Leipsick et Waterloo permettent de reprendre, sous une autre forme les projets interrompus. Nourris sourdement dans les universités, dans les loges, dans les agences et les associations bibliques; favorisés des fautes de la France, sous ses gouvernements successifs, particulièrement sous le second Empire, apôtre armé du principe slavo-germanique des nationalités; encouragés, prônés, exaltés par les petits-fils du patriarche des plumes reptiles de France au service des rois de Prusse, ces projets ambitieux se sont soudainement épanouis à Sedan, après avoir mûri à Sadowa, pour s'accomplir au milieu des splendeurs humiliées de Versailles, à l'éternelle confusion des disciples du complice et admirateur persévérant de l'organisateur primordial de notre décadence progressive, cause aggravante de nos revers actuels.

La conclusion évidente, irréfutable, qui ressort de notre tableau historique, basé uniquement sur des faits et des documents puisés aux meilleures sources et scrupuleusement contrôlés, nous dispense d'indiquer en quel lieu du monde il conviendrait à la reconnaissance nationale d'élever des statues, de décerner l'apothéose à l'illustre pionnier de la grandeur prussienne.

Frédéric II, peu généreux de sa nature, encore moins accessible aux purs sentiments de gratitude, nous semble avoir tranché ·la question, en se mettant en frais pour faire célébrer á Berlin un service funèbre très solennel en l'honneur de son plus utile lieutenant général, mort dans la haine de l'Eglise et dans l'admiration de la Prusse, auquel Paris, indigné de son impénitence finale, refusait, avec la sépulture ecclésiastique, la pompe des funérailles et le deuil élogieux d'une oraison académique.

Aurons-nous la sagesse d'imiter le silence et l'abstention de nos pères, non en présence d'un cercueil, qu'il serait malséant d'insulter et déplacé de louer, mais en présence d'un piédestal de gloire que des amis maladroits veulent ériger sur les ruines encore fumantes de la patrie mutilée, à l'un de ses fils les plus coupables envers elle, au génie malfaisant qui a prostitué sa plume, sa renommée littéraire, l'influence prédominante de la langue française en Europe, pendant un demi-siècle, pour servir d'instrument, de dupe et de victime au plus perfide et plus acharné ennemi de son pays.

Si les nourrissons du maître en lèse-patriotisme, aveugles à l'évidence des malheurs éprouvés et des périls amoncelés aux quatre coins de l'horizon, sourds aux fracas de nos

désastres, dont le pays est encore étourdi, in-
sensibles aux secousses volcaniques de nos
convulsions intestines, dont les vestiges s'éta-
lent sur nos monuments incendiés, aux yeux du
monde entier, invité à contempler les merveilles de notre industrie ; si les adeptes
du coryphée des insulteurs de la religion à
la solde de la maison de Hohenzollern,
si les fauteurs de trahison et d'émeute
au bénéfice de l'invasion étrangère sentent
le besoin, à l'occasion du centenaire du modèle des mauvais patriotes, de faire une
éclatante manifestation qui amnistie solennellement ses imitateurs passés, présents et futurs,
nous leur conseillons, supposé qu'ils veuillent
écouter la voix d'un enfant du peuple, qui a
quelque peu pratiqué la Prusse et l'histoire,
nous leur conseillons dans ce cas *de faire
grand*, comme on disait à la veille de nos lamen-
tables catastrophes, que nous avons eu à déplorer au milieu de la joie insultante de nos
vainqueurs, chez lesquels nous vivions depuis
plusieurs années.

A notre humble avis, les admirateurs, en
quête de célébrité et peut-être de réclame électorale, du grandissime citoyen Voltaire, auraient un moyen à inévitable sensation, d'étaler
urbi et orbi leur incorrigible enthousiasme pour

le chantre de *Rosbach,* précurseur des chantres
de Sedan et de Metz.

Sur l'insigne trophée de la *Commune,* fille
de la propagande impie du célèbre enfant de
Paris, sur la ruine gigantesque des Tuileries,
appropriée à cette destination, ils devraient
placer, comme symbole du tombeau de la
France, un immense sarcophage en plâtre (le
marbre, le bronze, la pierre et même le bois
coûteraient trop cher).

Ce sarcophage colossal serait appuyé sur les
épaules de Voltaire et de sa lignée d'acolytes
prussophiles, rangés autour de lui, en caria-
tides, avec les têtes tournées à moitié en haut,
grimaçant ensemble sous le poids qui les écrase
et sous le désespoir qui les accable, en voyant
Frédéric II leur montrer, avec son sourire sarcastique, au-dessus du cercueil de leur patrie,
le prince de Bismarck, son heureux continuateur, couronner au palais de Versailles son
arrière-neveu, Frédéric-Guillaume, empereur
d'Allemagne et dominateur de l'Europe, grâce
à l'efficacité du concours séculaire de leurs
plumes, qui ont aidé autant, sinon plus que
l'épée de Moltke, à l'édification de la suprématie prussienne, scellée du cadavre de la Fille
aînée de l'Église, qu'ils ont gangrenée par le
poison de leurs écrits, et livrée, en haine de la

Mère, au canon des exécuteurs du testament de leur héros.

Un tel monument serait digne d'un tel mémorial. Peut-être même offrirait-il un instructif sujet de méditations aux exhumeurs de pourriture contagieuse.

Nous le recommandons instamment à la commission du Centenaire comme le plus conforme à la vérité de l'histoire et le plus apte à caractériser l'opinion de la France, touchant les mérites civiques du grand serviteur de la Prusse.

FRÉDÉRIC II ET VOLTAIRE

PREMIÈRE PARTIE

**Le Prince royal et Voltaire avant l'avénement
de Frédéric au trône.**

CHAPITRE PREMIER

ÉDUCATION DE FRÉDÉRIC II

Moule dynastique.—Trait dominant de Frédéric II.—Programme
d'éducation. — Résultat de la contrainte subie.

Frédéric II est l'incarnation du génie de la Prusse.
Aucun de ses prédécesseurs ni de ses successeurs
n'a réuni, au même degré de plénitude, l'ensemble
des qualités et des vices qui caractérisent la famille
des Hohenzollern, et le pays façonné à leur image,
par la constance de leurs efforts.

Apreté au gain, parcimonie dans les dépenses, sévère économie dans la vie privée, comme dans les
diverses branches de l'administration publique; dureté du commandement militaire, appliquée dans le
commandement civil; servitude identique, sinon

1

uniforme, imposée à tous les sujets, sans distinction
de classes ni de rangs ; appauvrissement systéma-
tique des particuliers pour les assouplir, en enrichis-
sant l'Etat ; ambition vigilante, effrénée de s'agrandir de tous côtés, faute de frontières naturelles ;
activité perspicace, infatigable, déployée à prévoir,
prévenir, préparer, exploiter les événements ; sollicitude prédominante pour l'amélioration, l'extension,
la discipline, l'instruction de l'armée, qui absorbe
les cinq sixièmes des revenus du pays et presque
toute l'attention du souverain ; absence de scrupules
d'honneur et de conscience dans le choix des moyens
de succès ; la ruse et la force au service de l'intérêt,
s'appuyant ou se suppléant réciproquement ; profusion de paroles et de témoignages d'amitié aux
victimes qu'il importe d'attirer, de circonvenir,
d'endormir avant de les dépouiller ou égorger ; la
diplomatie et ses roueries souterraines précédant et
accompagnant les manœuvres de la stratégie perfec-
tionnée ; la tactique des négociations secrètes, des
clauses équivoques, des ruptures arbitraires, des violations de traités, suivant l'occurence des occasions
érigée en règle habituelle de conduite ; les conquêtes
combinées de loin et poursuivies par l'intrigue ou la
conspiration avant d'être tentées au grand jour ; l'espionnage pratiqué sur la plus vaste échelle possible,
au dedans et au dehors, honoré, récompensé à l'égal
des services éminents de l'Etat, voilà ce que le roi-
philosophe a recueilli de ses ancêtres et transmis à
ses héritiers, non sans l'avoir révisé dans les moindres détails, approprié aux ressources, ainsi qu'aux

besoins de son époque, augmenté et complété, autant que les circonstances le permettaient à ses aptitudes d'homme d'Etat extraordinaire.

S'il s'est montré moins zélateur protestant que les autres princes de la maison évangélico-patriarcale de Brandebourg, c'est que, partisan des idées réputées nouvelles, il croyait le pavillon hautement arboré de l'impiété encyclopédique plus profitable à ses desseins politiques que le masque suranné du piétisme luthérien ou calviniste. Mélange inné et factice des traits saillants de ses trois ascendants immédiats, il alliait l'intelligence fiscale, la modicité de tenue, la raideur d'autorité absolue, la passion réfléchie des soldats, empruntées de son père, Frédéric-Guillaume I, aux goûts littéraires et artistiques de son grand-père, Frédéric I; à la prudence cauteleuse, à l'habileté des mouvements en tous sens, au cynisme des volte-faces, à l'astuce multiforme, inépuisable de son bisaïeul, le Grand-Electeur. Il les dépassa tous en savoir, en réputation, en succès, comme en puissance. S'il compte dans sa race et parmi les célébrités historiques des égaux dans l'art difficile de régir les hommes, des supérieurs dans le maniement des engins destructifs de la guerre, nous croyons qu'il compte peu de rivaux dans l'art de dissimuler sa pensée et de tromper ses semblables. Le talent de la fourberie, cultivé avec un soin inouï et poussé à des raffinements de procédés, inconnus de Machiavel, nous paraît être le linéament le plus distinctif du héros prussien, étudié dans la galerie domestique des Hohenzollern, ou comparé aux illustres figures dynastiques, soit de l'antiquité, soit des temps modernes.

Il s'y forma de bonne heure à la rude école de son père, dont l'humeur acariâtre et les violences brutales, en le contraignant de se concentrer en lui-même dès sa plus tendre jeunesse, de recourir au mensonge pour échapper à la punition, développèrent singulièrement ses dispositions à manquer de franchise, à devenir sournois. Confié comme enfant à une gouvernante française, la huguenote de Roucoulles, qui avait déjà élevé Frédéric-Guillaume I, entouré comme adolescent d'un précepteur français, Duhan de Jandien, fils de réfugié, le prince royal suça, avec les premières notions intellectuelles, une prédilection marquée pour la langue et les usages français, qui, du reste, prévalaient alors dans toutes les cours de l'Europe. A l'âge de six ans, il était déjà mal vu de son père, qui s'impatientait de ses résistances précoces au joug étroit d'une éducation sévère. « Il « avait de l'esprit, dit sa sœur aînée; son humeur « était sombre; il pensait longtemps avant que de ré- « pondre, mais en récompense il répondait juste. Mon « frère était odieux au roi, et ne paraissait jamais « à sa vue, sans en être maltraité, ce qui lui inspira « une crainte invincible pour son père, et qu'il a « conservée même jusqu'à l'âge de raison. » (1)

Le programme d'éducation, tracé des mains du calife évangélique, tend à faire du futur héritier de la Prusse un soldat dur, brave, économe et sectaire.

(1) *Mémoires de Bareith*, t. I, p. 22.

« Les gouverneurs auront spécialement à cœur de
« lui inculquer une vraie affection pour l'état mili-
« taire, et de lui imprimer que rien au monde, hors
« l'épée, ne saurait procurer à un prince honneur et
« réputation, et qu'il passerait dans le monde pour
« un homme méprisable, s'il ne l'aimait et n'y cher-
« chait l'unique gloire... Outre la crainte de Dieu,
« dont il importe de l'imprégner, il faut l'exciter à
« l'ambition, à la bravoure, au désir de la renommée ;
« l'habituer au *ménage*, à l'épargne, à la simplicité,
« afin qu'il devienne un bon économe et s'y accom-
« mode insensiblement... Défense de le traiter avec
« délicatesse, de l'accoutumer à la mollesse, et, comme
« la débauche, ainsi que la prodigalité et la dissipa-
« tion, est un des plus grands vices, les gouverneurs
« s'efforceront de l'en préserver. Ils veilleront, sous
« peine de la vie, à prévenir les débordements du
« libertinage... Le roi demande, avant tout, qu'on
« inspire à son fils l'amour et la crainte de Dieu,
« base unique du bonheur éternel et temporel ; qu'on
« le détourne des sectes nuisibles, telles que les soci-
« niens, les ariens, les athées, dont les doctrines
« perverses sont le poison des consciences ; *qu'on le*
« *dégoûte, autant que possible, de la religion catho-*
« *lique, classée à bon droit parmi les sectes qu'il faut*
« *éviter, et dont on doit lui mettre sous les yeux la*
« *fausseté et l'absurdité.* » (1)

Ce programme, qui respire la haine de l'Eglise
romaine et l'inocule aux germes de la piété prus-

(1) Stenzel, t. III, p. 571-573.

sienne, était hérissé de prescriptions minutieuses touchant les prières, les études, les exercices sacrés et profanes du jeune prince. Les pasteurs chargés de son instruction religieuse fatiguèrent sa mémoire de textes bibliques, et sa raison de déclamations antipapales, qui aboutirent finalement à le rendre sceptique, à lui donner des nausées pour les dogmes chrétiens, enseignés par les interprètes plus ou moins sincères des symboles tronqués de Genève et d'Augsbourg.

La singulière manie du père de prêcher à ses enfants, surtout quand il avait trop bu, ce qui lui arrivait fréquemment, ne contribuait ni à les édifier, ni à raffermir leur croyance :

« Le roi nous faisait un sermon tous les après-
« midi. Son valet de chambre entonnait un can-
« tique que nous chantions tous. Il fallait écouter
« ce sermon avec autant d'attention que si c'était
« celui d'un apôtre. L'envie de rire nous prenait, à
« mon frère et à moi, et souvent nous éclations.
« Soudain, on nous chargeait de tous les anathèmes
« de l'Eglise, qu'il fallait essuyer d'un air contrit et
« pénitent que nous avions de la peine à affecter.
« En un mot, ce chien de Franke (pasteur pié-
« tiste de la cour), nous faisait vivre comme les re-
« ligieux de la Trappe, par des excès de bigote-
« rie. » (1)

Les deux enfants, pétulants, volages et moqueurs, s'excitaient mutuellement à tourner en ridicule les

(1) *Mémoires de Bareith*, t. I, p. **97.**

originalités de leur père, aussi peu aimable que peu aimé, pour se venger des caresses quotidiennes de sa canne. La mère, confidente de leur chagrin et complice de leurs espiégleries, dont elle s'amusait pour se consoler des rudesses d'un mari bizarre, encourageait leurs propensions satiriques, et les aidait à cacher leurs fautes, à dissimuler leur manque de piété filiale. « La reine prenait plaisir à nos satires, « et renchérissait sur celles que nous faisions; les « lettres de cette princesse, aussi bien que les « miennes, en étaient remplies. » (1)

Plus les jeunes persifleurs s'émancipaient en secret de la dure contrainte qui pesait sur eux, plus la défiance paternelle, éveillée par leurs allures équivoques, les poursuivait de ses soupçons inquisitoriaux, les entourant d'espions parmi les domestiques du palais. Leur intelligence s'aiguisa et s'épanouit dans la recherche des moyens ingénieux de tromper. En s'exerçant prématurément à lutter tous les jours de vigilance et de précautions, de ruse et d'adresse, pour prévenir les dénonciations, dépister les limiers de la police intime, se dérober aux trahisons de leur entourage, comme à l'œil ouvert et aux coups rapides de leur terrible censeur, ils acquirent l'habitude précoce de voiler leurs intentions malignes, de déguiser leurs plaisanteries piquantes, de composer leur attitude et leur langage, de se familiariser avec les détours et les artifices d'une hypocrisie astucieuse et impénétrable.

_____

(1) *Mémoires de Bareith.* t. I, p. 227.

CHAPITRE II

BROUILLERIE AVEC SON PÈRE

Motifs de l'antipathie du roi. — Perversité précoce du prince
héritier. — Considérants politiques du courroux paternel. —
Violences du père. — Résolution du fils.

Frédéric, plus antipathique, plus suspect que sa
sœur, plus souvent maltraité qu'elle, à cause de son
caractère indocile, irréligieux, taciturne, caustique,
la primait aussi en habileté à feindre et à se contrefaire. Son défaut manifeste de sincérité exaspérait
son père, qui aimait et pratiquait la franchise dans
la vie privée. Il ne cessait de lui en faire des reproches, comme du vice incorrigible d'une nature per-
verse. « Tu es né faux et fourbe, répétait-il à chaque
« instant en le gourmandant; tu ne peux t'abstenir
« du mensonge. Jamais tu ne me témoignes con-
« fiance ni affection. »

A ces griefs s'ajoutait le peu de goût du jeune
prince pour les exercices du corps, qui présagent et
préparent le soldat endurci aux travaux subalternes
de la guerre. Il était médiocre cavalier et mauvais
tireur. Il ne paraissait pas tenir beaucoup à l'argent,
et dépensait inconsidérément les *deux écus par jour*
dont il avait à disposer pour ses menus plaisirs et
ses aumônes. L'envie de briller d'une magnificence
digne de son rang l'amenait à s'endetter, crime

impardonnable aux yeux d'un père avare. Epris des habits français, qui étaient larges, élégants, commodes, il les préférait à l'uniforme étriqué de la garde prussienne, dont les vêtements, remarque la malicieuse sœur, étaient « si courts qu'ils n'au- « raient pu servir de feuilles de figuier à nos pre- « miers parents, et si étroits que les grenadiers « n'osaient se remuer, de crainte de les déchi- « rer.» (1) Astreint à le porter constamment, en qua- lité d'enfant de troupes et d'élève militaire, il l'ôtait quelquefois dans ses appartements pour se mettre à l'aise et se distraire. Il cultivait la musique, les let- tres et la philosophie. Il aimait à s'entourer d'ar- tistes, de comédiens, à jouer de la flûte.

Depuis le voyage de Dresde, où il avait accompagné son père, à l'âge de seize ans, il était dominé par des habitudes dépravées, contractées à la cour fastueuse et corrompue de Saxe. « Mon frère était devenu « passionnément amoureux de la comtesse Orzelska, « qui était, tout ensemble, fille naturelle et maî- « tresse du roi de Pologne. Les empressements de « mon frère pour cette dame inspirèrent au roi Au- « guste une cruelle jalousie. Pour rompre cette in- « trigue, le roi lui fit offrir la belle Formera, à la « condition qu'il abandonnerait la Orzelska. Mon « frère promit ce qu'il voulut pour être mis en pos- « session de cette beauté, qui fut sa première maî- « tresse (2). »

(1) *Mémoires de Bareith*, t. I, p. 114.
(2) *Mémoires de Bareith*, t. I, p. 102.

« Après son retour de Dresde, il tombait dans
« une noire mélancolie. Il maigrissait à vue d'œil
« et prenait de fréquentes faiblesses, qui faisaient
« craindre qu'il ne devînt étique. On découvrit en-
« fin que sa maladie n'était causée que par l'amour.
« Il avait pris du goût pour les débauches à Dresde.
« La gêne où il vivait l'empêchait de s'y livrer, et
« son tempérament ne pouvait supporter cette pri-
« vation... L'abandon où il se trouvait réduit, le fit
« tomber dans le libertinage. Ses gouverneurs n'o-
« sant le suivre, il s'y livrait entièrement. Un des
« pages du roi, nommé Keith, était le ministre de
« ses débauches (l'infamie de Sodome). Ce jeune
« homme avait si bien trouvé le moyen de s'insi-
« nuer auprès de lui, qu'il l'aimait passionnément
« et lui donnait son entière confiance. J'ignorais
« ses dérèglements, mais je m'étais aperçue des
« familiarités qu'il avait avec ce page, et je lui en
« fis plusieurs fois des reproches, lui représentant
« que ces façons ne convenaient pas à son carac-
« tère. » (1)

Frédéric-Guillaume Ier, instruit des désordres du
prince royal, et déjà mécontent de son opiniâtreté
rétive, de ses répliques mordantes, de ses tendances
au luxe, à la dissipation, de sa duplicité sans vergogne, de son esprit frondeur, de ses audaces en
matière de foi, de ses goûts de petit-maître, plus
adonné aux arts frivoles, aux futilités de la toilette
qu'au sérieux apprentissage du métier des armes et

(1) *Mémoires de Bareith*, t. I, p. 109, 110, 128.

de l'administration économique, éclatait en tempêtes d'indignation, qui bouleversaient la famille et maintenaient l'orage en permanence au palais.

La fille, qui décrit les bourrasques et les tourmentes de cet intérieur désolé, les impute en partie à l'hypocondrie dont le roi fut atteint, à la suite de sa volte-face diplomatique, qui, en le rapprochant de l'Autriche et de la Russie, le brouilla avec son beau-frère de Hanovre-Angleterre, et interrompit les négociations des mariages de ses enfants aînés avec leurs cousins de Londres. Le dépit féminin d'avoir échoué dans ses espérances au titre de reine britannique perce dans l'odieux tableau qu'elle trace des éruptions de bile de son père, et l'empêche de s'appesantir sur les considérants politiques, qui ne les excusent nullement, selon nous, mais les expliquent d'une manière plausible par la raison d'Etat.

Obsédé de ses visées de grandeur dynastique, passion dominante des Hohenzollern, le père de Frédéric II avait lieu de craindre qu'un fils irrespectueux de Dieu et de ses parents, obstinément rebelle à l'éducation chrétienne et martiale qu'il s'efforçait de lui imposer, prodigue, orgueilleux, avide de plaisirs, gangréné de vices honteux, pourri jusqu'à la moelle des os, avant la maturité des forces physiques et des facultés intellectuelles, ne compromît, sur le trône encore mal affermi de Prusse, l'œuvre séculaire de ses ancêtres, l'avenir de la maison, le royaume à peine fondé, l'armée modèle, formée au prix de tant de sollicitude et de sacrifices.

« Les émissaires secrets dépeignaient mon frère
« au roi comme un prince ambitieux et intrigant,
« qui lui souhaitait la mort pour être bientôt sou-
« verain ; on l'assurait qu'il n'aimerait point le mi-
« litaire, qu'une fois le maître, il renverrait les
« troupes ; on le faisait passer pour prodigue et dé-
« pensier ; enfin, on lui donnait un caractère si
« opposé à celui du roi, qu'il était bien naturel que
« ce prince le prît en aversion. » (1)

De là les douleurs du père, aigries par les an-
goisses du souverain ; de là de véhéments accès de
colère contre l'héritier présomptif de la couronne,
en qui, loin de reconnaître un autre lui-même, un
digne continuateur de son gouvernement, il ne
voyait que le contraire de son idéal, l'abandon de
son système, la dilapidation de son trésor, la décadence, sinon la ruine, de la monarchie ; de là son
humeur noire, débordant en flots d'injures, en
cruelles sévices, au seul aspect du prince abhorré,
dont il méconnaissait les qualités et s'exagérait les
torts, qu'il n'appelait plus que le *Coquin de Fritz.*
Tantôt il l'assommait à coups de canne ou de bé-
quille ; tantôt il essayait de l'étrangler, en lui passant la corde au cou ; tantôt il lui lançait des as-
siettes à la tête en pleine table. La période aiguë
des scènes de violence journalière dura deux ans,
et atteignit son paroxisme lors des tentatives de
fuite de la victime révoltée, 1728-1730. (2)

Frédéric, accablé, mais non corrigé par ces sévé-

(1) *Mémoires de Bareith,* t. I, p. 95.
(2) *Mémoires de Bareith,* p. 141-145.

rités excessives, essaya de fléchir le courroux de son père dans une lettre ambiguë, respectueuse de forme, impertinente au fond, exhalant plus de plaintes que de respect :

« Il priait son cher père d'avoir pitié de lui ; car
« il n'a pas conscience de la moindre chose à se
« reprocher ; cependant il demande pardon des
« fautes involontaires qu'il aurait pu commettre
« par ignorance ou mégarde, et dont son père se
« serait offensé. Il espère que la cruelle haine
« témoignée au fils cessera, et que le père reparaîtra
« gracieux envers lui. Il promet de ne jamais man-
« quer sciemment à ses devoirs et de rester, malgré
« la disgrâce encourue, le très humble, très obéis-
« sant, très fidèle serviteur et fils de son cher
« père. » (1)

Le roi, choqué de son endurcissement et de son langage hypocrite, répondit : « Le prince est une
« mauvaise tête opiniâtre, qui n'aime pas son père,
« puisqu'il lui désobéit, dès qu'il le voit absent. Du
« reste, il sait bien que je ne puis souffrir un drôle
« efféminé, qui a des inclinations contre nature,
« qui ne rougit de rien, qui ne sait ni monter à
« cheval, ni tirer, qui, avec cela, est sale au corps,
« qui frise ses cheveux comme un fou et s'abstient
« de les couper. Ces reproches, répétés mille fois,
« n'ont produit aucune amélioration... Il fait des
« grimaces de fou, n'obéit que de force et n'agit
« qu'à sa tête ; telle est ma réponse. » (2)

(1) Stenzel, t. III, page 582.
(2) Stenzel, t. III, page 282.

L'avortement de la réconciliation envenima l'animosité réciproque. Le prince royal, qui approchait
de vingt ans, qui était intelligent et fier, sentait
vivement l'affront de subir, au palais paternel, le
sort d'un vil esclave. Il s'en ouvrit à sa mère, en
lui annonçant une résolution extrême : « Je suis
« dans le dernier désespoir. Ce que j'avais toujours
« appréhendé vient de m'arriver. Le roi a entière-
« ment oublié que je suis son fils et m'a traité
« comme le dernier de tous les hommes. J'entrai
« ce matin dans sa chambre, comme à mon ordi-
« naire; dès qu'il m'a vu, il m'a sauté au collet en
« me battant avec sa canne de la façon du monde
« la plus cruelle. Je tâchais en vain de me défendre;
« il était dans un si terrible emportement qu'il ne
« se possédait plus, et ce n'a été qu'à force de lassi-
« tude qu'il a fini. Je suis poussé à bout; j'ai trop
« d'honneur pour endurer de tels traitements, et je
« suis résolu d'y mettre fin d'une ou d'autre ma-
« nière. » (1)

Loin de s'amender avec le temps, une situation
si tendue ne pouvait aboutir qu'à de nouveaux
éclats, préludes d'une catastrophe. « Mon frère
« s'impatientait de plus en plus, et me disait tous les
« jours qu'il était résolu de s'enfuir et qu'il n'en
« attendait que l'occasion. Un jour que j'employais
« tous mes efforts pour l'apaiser, il me dit : « Je
« suis le plus malheureux des hommes, environné
« depuis le matin jusqu'au soir d'espions, qui don-

(1) *Mémoires de Bareilh*, t. I, page 157.

« nent des interprétations malignes à toutes mes
« paroles et actions; on me défend les récréations
« les plus innocentes; je n'ose lire; la musique
« m'est interdite, et je ne jouis de ces plaisirs qu'à
« la dérobée et en tremblant. Mais ce qui a achevé
« de me désespérer, c'est l'aventure qui m'est arrivée
« en dernier lieu à Postdam. Comme j'entrai le ma-
« tin, dans la chambre du roi, il me saisit d'abord
« par les cheveux et me jeta par terre, où, après
« avoir exercé la vigueur de ses bras sur mon pau-
« vre corps, il me traîna à une fenêtre prochaine ;
« il prétendit faire l'office des muets du sérail; car,
« prenant la corde qui attachait le rideau, il me la
« passa au cou. J'avais eu par bonheur le temps de
« me relever; je lui saisis les deux mains et me mis
« à crier. Un valet de chambre vint aussitôt à mon
« secours et m'arracha de ses mains. Je suis jour-
« nellement exposé aux mêmes dangers, et mes
« maux sont si désespérés qu'il n'y a que de vio-
« lents remèdes qui puissent y mettre fin. Katte et
« Keith sont dans mes intérêts et favoriseront ma
« fuite. » (1)

Résolution fatale que Katte paya de la vie, Keith
de la fuite et Frédéric de la captivité.

(1) *Mémoires de Bareith*, t. I, p. 187.

CHAPITRE III

FRÉDÉRIC CAPTIF A CUSTRIN

Fuite et arrestation. — Cruauté du père. — Intervention de l'empereur Charles VI. — Conditions de l'internement. — Effets de la punition.

Nous croyons superflu de raconter en détail les tentatives réitérées de Frédéric de se dérober par la fuite aux tortures domestiques qui l'obsédaient, pour chercher un refuge et des consolations auprès de sa tante, la reine d'Angleterre, dont la fille, Amélie, était sa fiancée d'enfance, l'épouse de ses rêves. Nous passerons sous silence les épisodes dramatiques de son voyage à Francfort et de sa fuite, concertée avec deux compagnons favoris de débauche : l'Allemand Katte et l'Ecossais Keith, dont l'un put se sauver en Hollande, tandis que l'autre, incarcéré avec lui, fut décapité sous ses yeux, dans la prison de Custrin. Nous renonçons à dépeindre l'horrible scène de l'entrevue du père et du fils après l'arrestation du fugitif. Celui-ci, répliquant au reproche de désertion par le grief fondé d'être traité, non en fils, mais en esclave; celui-là, furieux, lui arrachant les cheveux, le foulant aux pieds, voulant le percer de son épée et lui ensanglantant la figure à coups de

canne au point de le faire crier : « Jamais prince
« brandebourgeois n'a subi de pareils outrages ! » (1)

Nous glisserons sur la féroce attention de ce père
barbare, qui écrit à la mère pour l'informer de l'escapade de Frédéric et la prévenir de ses intentions
implacables : « J'ai fait arrêter le coquin de Fritz ;
« je le traiterai comme son forfait et sa lâcheté le
« méritent. Je ne le reconnaîtrai plus pour mon fils ;
« il m'a déshonoré avec toute ma maison ; un tel
« malheureux n'est plus digne de vivre. » (2)

Le procès impitoyable intenté au captif, sa dégradation militaire, sa détention rigoureuse, aggravée
de précautions insolites pour empêcher sa délivrance ;
la saisie des papiers de la reine, afin d'y trouver les
preuves du complot incriminé contre la sûreté de
l'Etat, à cause des lettres écrites à la cour de Londres,
en vue de renouer les négociations matrimoniales,
rompues par la convention anti-britannique de Wusterhausen ; les longs interrogatoires des accusés
pour leur arracher des aveux compromettants et les
amener à dénoncer leurs complices ; les déclarations
formelles et répétées du roi au sein de sa famille,
comme au conseil de ses ministres, de sa ferme volonté de punir de mort son indigne fils ; la sentence
même rendue contre lui par le conseil de guerre qui
eut à le juger et à le condamner sur l'ordre du souverain ; toutes ces circonstances trahissent l'idée
homicide du *cœur de bronze*, qui eût renouvelé le

(1) *Mémoires de Bareith*, t. I, p. 157.
(2) *Mémoires de Bareith*, t. I, p. 222.

meurtre juridique du czar Pierre Ier, « si les puis-
« sances étrangères n'avaient intercédé pour le
« prince, particulièrement l'empereur et les Etats
« généraux. » (1)

La lettre de Charles VI, en faveur de son filleul,
est touchante. Elle supplie le roi « de commuer la
« justice en miséricorde. Peut-être, ajoute-t-elle,
« le prince royal n'est-il pas encore convaincu de
« mon affection pour lui et pour toute la famille
« royale. J'espère qu'il reconnaîtra, par ma pré-
« sente intercession, qui émane de la plus vive et
« sincère tendresse, combien je l'aime et lui veux
« du bien. J'ai une entière confiance en votre ami-
« tié, ainsi qu'en vos sentiments patriotiques, et
« demeure, avec un cœur franchement allemand,
« votre constant et dévoué ami. » (2)

La démarche déplut d'abord à l'irascible justi-
cier, qui persistait dans le projet de conduire à
l'échafaud le fils aîné ou du moins de le déshériter,
afin d'avantager le cadet qu'il préférait. On prétend qu'il répondit à l'ambassadeur autrichien Seckendorf, après avoir lu la supplique impériale :
« Vous ne savez pas ce que vous implorez; vous
« verrez un jour ce que vous aurez en lui. »

Néanmoins, il finit par s'adoucir, et consentit à
laisser vivre son fils, mais en le maintenant, pour
un temps indéterminé, sous les verroux, en conver-
tissant la sentence commune de détention perpétuelle prononcée contre lui et Katt en arrêt de

(1) *Mémoires de Bareith*, t. I, p. 267.
(2) 11 octobre 1730.

mort pour ce dernier, afin que sa colère eût une victime expiatrice. (1)

Dans la réponse écrite à l'empereur, le roi, ayant exposé les inquiétudes que lui donnait la conduite de son fils, annonce qu'il va le gracier et ajoute : « Il doit uniquement remercier, avec une gratitude « sans bornes, Votre Majesté Impériale d'avoir « daigné intercéder pour lui; car ce n'est qu'à cette « sollicitation que j'ai cédé, en lui accordant son « pardon. J'aime à souhaiter et à espérer que la « leçon lui fera une telle impression au cœur, qu'il « en sera tout changé, et reconnaîtra combien il « est lié de reconnaissance envers V. M. I., à cause « de la sollicitude et de la tendresse qu'elle vient « de lui témoigner. »

Frédéric fut élargi après un serment solennel, devant une commission militaire, « d'observer dé- « sormais ponctuellement les ordres et volontés du « roi en fidèle serviteur, sujet et fils, sous peine de « perdre la couronne, la dignité électorale et même « la vie, selon la gravité des fautes. »

Il resta néanmoins interné à Custrin, et attaché à l'administration des domaines en qualité d'asses- seur du plus infime degré, avec l'obligation de tra- vailler toute la journée dans les bureaux. On lui défendit de parler et d'écrire en français, et comme moyen de le dégoûter des modes françaises, on l'o· bligea de porter, en guise d'habit pénitentiel, le costume français en vogue.

Il sortit retrempé, mais nullement amendé, de

(1) 6 novembre 1730.

cette crise horrible, où les plus grands torts étaient
évidemment du côté de son père, où soutenu par
l'opinion publique, autant qu'elle pouvait se manifester sous un régime tyrannique, il déploya une
hardiesse, une fierté, une constance indomptables,
qui dénotaient une âme supérieure. La fournaise
de l'épreuve l'assouplit autant qu'elle l'endurcit.
Elle affermit ses vices et ses qualités, en l'exerçant
à la mise en scène des unes, comme à la dissimulation des autres. Il y acquit une adresse plus cir-
conspecte de la duplicité, une expérience plus consommée de l'hypocrisie. Il mûrit vite, à la fleur
de l'âge, et devint prématurément un roué émérite
d'irréligion, de fourberie et de malice.

Les remèdes mêmes employés à le guérir concou-
rurent à le pervertir. La violence lui aigrit le caractère et lui dessécha le cœur. L'appel aux remords de
la conscience demeura sans écho, parce que la foi
avait disparu de chez lui, avec l'amour et la crainte
de Dieu.

L'extinction de la piété chrétienne empêchait
la résurrection de la piété filiale. Il feignit d'é-
couter dévotement le pasteur évangélique envoyé
dans la prison pour le sermonner. Mais un billet
clandestin, remis à sa sœur Wilhelmine, la veille de
son jugement, trahit sa pensée intime sur le piétisme
qui lui était infusé de force :

« L'on va m'hérétiser après le conseil de guerre
« qui va se tenir à présent, car il n'en faut pas da-
« vantage pour passer pour hérésiarque que de
« n'être pas en toutes choses conforme au senti-

« ment du maître. Mais je ne m'embarrasse guère
« des anathèmes qui seront prononcés contre
« moi. » (1)

La révolte intérieure, quoique très intense, est
voilée du langage mystique des livres sapientiaux,
lorsqu'il annonce à son père son sincère retour à la
vertu : « Je ne puis assez reconnaître les voies de
« Dieu dans la conduite de mon malheur, puisqu'il
« m'a mené par beaucoup d'incidents pénibles et
« durs, il est vrai, mais en se proposant assurément
« une fin louable, et je suis certain qu'il l'accom-
« plira pour sa gloire et de manière à vous con-
« vaincre pleinement de ma soumission. » (2)

(1) *Mémoires de Bareith*, t. I, p. 255.
(2) Frédéric II, *Œuvres complètes*, t. XVII, p. 15.

CHAPITRE IV

TRAVAUX DE FRÉDÉRIC A CUSTRIN

Mémoire politique. — Etudes économiques. — Projet d'épouser
Marie-Thérèse. — Masque de piété. — Manque de miséricorde
chez le père. — Adoucissements. — Continuels efforts de réconciliation. — Le prince royal apparaît à Berlin.

La commutation de la détention perpétuelle, à laquelle Frédéric est condamné, en simple internement
provisoire, paraît l'extasier de gratitude : « Si je ne
« gardais pas la reconnaissance d'une telle faveur
« imméritée, je serais indigne de conserver le nom
« d'homme. » (1)

Aussi, avec quelle ardeur il s'applique aux occupations prescrites ! Il alterne les mémoires sur le
commerce, sur les finances, sur la police, sur l'in-
tendance militaire, d'études politiques, et de plans
d'agrandissements du royaume. Il découvre que les
frontières sont mal taillées, que le souverain doit
profiter de toute occasion de les élargir pour les
rectifier, en s'emparant de la Prusse polonaise, des
restes de la Poméramie suédoise, des duchés de
Berg et de Juillers : « Quand il aura atteint ces
« limites, le roi de Prusse fera une jolie figure
« parmi les grands de la terre. Je souhaite à cette

(1) Frédéric II, *Œuvres complètes*, t. XVII, p. 15.

« maison de Prusse de s'élever complétement de la
« poussière où elle a végété jusqu'à présent, afin
« qu'elle fasse fleurir la religion protestante en Eu-
« rope et dans l'empire, qu'elle soit la protectrice
« des affligés, le soutien des veuves et des orphelins,
« le refuge des pauvres ; mais si elle change, si l'in-
« justice, la tiédeur pour la religion, l'esprit de parti
« et le vice arrivent à y prédominer, je souhaite
« quelle périsse ! » (1)

Le père, flatté dans ses rêves favoris, approuva
l'assiduité au travail sérieux, tout en continuant à
se défier de la conversion du fourbe. Il refuse de le
réintégrer dans l'armée. Nouvelles protestations, plus
obséquieuses que les précédentes : « Après le bon
« Dieu, je ne reconnais point d'autre seigneur que
« mon très gracieux père, et il n'y en a point d'autre
« à qui je doive obéissance et fidélité plus humble.
« J'assure à mon très gracieux père que je vivrai et
« mourrai dans ce sentiment, et si jamais vous trou-
« vez en moi une veine de fausseté, qui ne vous soit
« pas totalement dévouée, faites alors de moi ce qui
« vous plaira. »

Réponse peu encourageante, qui l'avertit que son
jeu est compris : « Pures caresses que tout cela :
« les grenadiers sont à tes yeux de la *canaille;* mais
« de petits maîtres, des Français, des Françaises,
« des comédiens, voilà ce qui te semble plus noble,
« plus digne d'un prince ; voilà tes pensées de cœur,
« suggérées dès l'enfance par des coquins. » (2) Aussi-

(1) Frédéric II, *Œuvres complètes*, t. XVII, p. 15.
(2) *Œuvres complètes de Frédéric II*, t. XXVII, p. 15.

tôt recours à une autre tactique, que l'on espère plus
persuasive. On rédige des rapports d'économie rurale et domestique. On raconte des parties de chasse,
plaisir aussi goûté du roi que détesté du prince. On
parle de défrichements, de silviculture, de pâtu-
rages. La corde sensible est touchée. Le père entame
avec le fils une correspondance sur les prairies et
l'arpentage. Le fils réplique en minutes de contrats,
en devis de constructions de verreries et de forteresses. Il s'occupe des moyens d'*avoir plus*, d'enrichir l'Etat. La glace commence à se rompre, mais
trop d'empressement à la briser retarde le dégel et
risque de provoquer un nouveau refroidissement.

A l'occasion du mariage de sa sœur Wilhelmine,
contrainte d'épouser le margrave de Bareith, Frédéric, qui croit son père dominé par des influences
autrichiennes, et qui impute sa disgrâce à l'imprudente tentative d'aller demander la main de sa cousine de Londres, écrit au général Grumbkow, premier ministre, qu'il renonce à une alliance mal vue
de son père, qu'il est disposé à se conformer aux
intentions du roi, à épouser même Marie-Thérèse,
fille aînée de l'empereur, mais sans changer de religion, acte qu'il ne commettrait à aucun prix pour
des considérations temporelles. Dans ce cas, il ab-
diquerait ses droits à la couronne de Prusse en faveur
de son frère puîné, Guillaume. (1)

Grumbkow, en ayant avisé le prince Eugène et reçu
une réponse négative, l'engage à brûler les lettres

(1) Avril 1731.

concernant un dessein chimérique, dont la révélation irriterait violemment le monarque, à cause de l'échec inévitable de toute démarche en ce sens auprès de la cour apostolique, qui n'accordera jamais une archiduchesse à un prince protestant (1).

L'œil d'aigle du vieux héros qui soutient la maison de Habsbourg, discerne le piége caché derrière la proposition extravagante du jeune ambitieux, et en augure mal pour l'avenir de l'Autriche. Il y voit un moyen détourné d'amener le cabinet de Vienne à presser la réconciliation, en retour d'un étalage de feintes sympathies, et pronostique ainsi : « Les idées de ce jeune prince portent très loin ; « quoique quelques-unes soient encore superficielles « et irréfléchies, elles accusent chez lui de la vivacité « et de l'intelligence, qui le rendront, avec le temps, « d'autant plus dangereux à ses voisins, si on ne le « détache pas de ses principes actuels. » (2)

Sur les conseils de l'ambassadeur impérial, Frédéric-Guillaume expédie à l'ermite involontaire de Custrin des livres de piété. Celui-ci s'empresse d'annoncer que le cadeau est accueilli comme un don du ciel. « Il assure qu'il les lit assidûment, que « son plus grand plaisir est d'en suivre les maximes, « selon la volonté du roi, non de force, mais dans la « sincère intention de lui plaire et dans l'espérance de « recouvrer par là les bonnes grâces paternelles. » (3)

Le mouvement simulé de componction par d'édi-

(1) Stenzel, t. III, p. 613.
(2) *Ibid*, p. 614.
(3) 3 mai 1736.

fiantes lectures lui procure la première lettre directe
du père depuis la fuite. Elle respire une tendresse
farouche : « Plût à Dieu que vous eussiez suivi, dès
« l'enfance, mes conseils et mes préceptes pater-
« nels ! Vous ne seriez point tombé dans un tel
« malheur, car les maudites gens qui vous ont in-
« spiré de devenir sage par les livres profanes, vous
« ont prouvé que votre prudence et votre sagesse
« n'aboutissent qu'à de la boue... Dieu vous fasse la
« grâce que *votre cœur faux* soit totalement amendé
« par vos arrêts. » (1)

Le conseiller intime Walden est chargé de compléter la leçon d'humilité, en traçant de vive voix au
pénitent suspect la règle de conduite qui lui méritera
la miséricorde du père. Le prince doit s'habituer à
mener une vie calme, paisible, se mettre hors de la
tête le mariage anglais et les modes françaises, laisser
de côté la fausseté politique, faire la volonté du père,
être uniquement Prussien, invoquer Dieu ardemment. Il apprend de ce mentor que Wilhelmine se
marie avec l'héritier de Bareith, sur l'injonction du
roi, qui songe également à lui choisir une femme
à sa convenance.

Tant de sollicitude sourit médiocrement au reclus.
Mais, comme il aspire avant tout à la liberté, il se
plie aux circonstances. N'étant autorisé qu'à mander une fois par mois ses caresses filiales au cher
père et à personne autre de la famille, il profite de
la permission limitée pour réitérer ses protestations
« d'obéissance aveugle à tous les ordres du roi, dans

(1) 5 mai 1731.

« l'espoir que la réconciliation de la sœur servira
« d'acheminement à la grâce du frère. » Il approuve
la rupture avec l'Angleterre, et se déclare prêt à
épouser une princesse de Brunswick-Bévern, nièce
de l'impératrice allemande, à la seule condition
qu'elle « ne soit ni sotte ni dégoûtante, » restriction
confiée au seul ministre Grumbkow. En récompense
de sa docilité, il sollicite la faveur de baiser la main
du roi, lorsque celui-ci passera près de Custrin pour
aller à Kœnigsberg. L'intermédiaire de son message
lui rapporte un refus, ainsi motivé : « Le roi lui dé-
« fend de sortir de Custrin ; il saura bien quand le
« mauvais cœur sera vraiment amélioré et ne con-
« servera plus de trace d'hypocrisie. »

La difficulté d'obtenir une entrevue le décourage.
Le pardon s'éloigne à mesure qu'il s'abaisse pour le
cueillir. Ses expansions d'amour, de soumission, de
déférence, ne l'ont avancé de rien. Il ne distingue
nulle part un indice de la fin de sa galère.

Cependant, au retour de Kœnigsberg, le roi s'arrête à Custrin, afin de constater par lui-même les
progrès de la conversion. En lui annonçant sa visite,
il a soin de l'avertir de rester dans son quartier et
de ne point se contrefaire. L'ayant appelé chez le
gouverneur de la ville, il lui énumère ses défauts
et ses fautes, spécifie ses péchés de malice et de ré-
bellion, le rudoie en termes très durs, l'interroge
sur le but de la fuite, sur le chiffre exact des dettes
contractées, sur la complicité de Katt, à propos duquel il demande lequel des deux a perverti l'autre.
Frédéric avoue que c'est lui qui a entraîné son

compagnon. « J'en suis fâché, répartit le roi, c'est
« la première fois que vous dites la vérité. » La
mauvaise humeur, débordée par intermittence, as-
saisonne de reproches amers les remontrances paternelles. Mais l'air humble, contrit et calme du coupable, désarme à la longue le courroux soulagé de la
bile expectorée. Frédéric confesse ses torts, exhale
son repentir, implore la miséricorde divine, baise
les pieds de son père en pleurant, trouve les bras ouverts et s'y jette avec un attendrissement partagé. (1)

Il s'en détache prisonnier d'Etat comme auparavant. Le patriarche du protestantime répugne de
suivre la parabole évangélique du père de famille,
qui court au devant de l'enfant prodigue, revenu de
ses égarements.

Il réprouve la justification gratuite, quoiqu'elle
soit la base dogmatique des Églises de Genève et
d'Augsbourg, dont il s'impose le souverain pontife.
Il en trouve les conséquences immorales et dangereuses, en raison de la facilité prêtée aux pécheurs
de se débarrasser de leurs crimes sans le moindre
effort de pénitence. Il prêche à son fils la croyance
contraire, que celui-ci n'hésite plus à reconnaître la
meilleure. Malheureusement la pratique continuée
de la satisfaction cesse de le convaincre de l'excellence de la théorie. Une bonne application d'indulgence catholique eût mieux répondu à ses désirs.
Néanmoins, il redouble d'effusion de reconnaissance pour la surprenante bonté paternelle, et dans

(1) 15 août 1731.

ses lettres au roi, et dans ses conversations avec l'entourage confidentiel qui le surveille.

Toutefois, la visite ne demeure pas complétement stérile. Les rigueurs de l'internement sont un peu adoucies. Les heures de prière du matin et du soir se seront mêlées de pieux cantiques, chantés dévotement. Le prince passe vice-président de la chambre domaniale. Il peut voyager, accompagné d'un conseiller, dans l'un des sept districts environnants, afin de s'instruire des diverses branches de l'économie rurale , mais seulement après une permission préalable obtenue du roi pour chaque excursion. Il a la faculté d'inviter deux personnes à dîner par jour, d'accepter lui-même à dîner deux fois par semaine, à la condition qu'aucune femme ne soit de la réunion. Défense de coucher hors de Custrin, de parler en tête-à-tête avec une femme, d'avoir chez lui des livres français quelconques et des livres allemands profanes, de faire de la musique ou de danser. L'équitation et la chasse sont recommandées, sous la mention explicite que le prince royal sera lui-même son propre domestique. Il est doté d'une allocation mensuelle de 221 écus, avec lesquels il aura à défrayer son loyer, son entretien, la nourriture des chevaux et de huit serviteurs, le blanchissage, l'éclairage, le chauffage et les menus plaisirs. (1)

Une munificence si mesquine, jointe à une amnistie si peu libérale, détermine Frédéric à tourner ses regards vers Vienne, d'où le bon parrain lui

_____

(1) 21 août 1731. Stenzel, t. III, p. 621.

fait payer discrètement une pension annuelle de
1,000 ducats, et offre de l'assister dans ses besoins
pécuniaires, comme d'accélérer la tardive miséricorde du père. Des lettres flatteuses sollicitent l'a-
mitié du prince Eugène, dont le captif « se sait
« indigne, mais qu'il n'oubliera jamais. Il est ré-
« solu de prouver dans l'avenir, et à l'empereur et
« à la patrie allemande, qu'un jeune prince alle-
« mand peut faillir, il est vrai, mais, qu'à la suite
« de remontrances raisonnables, il comprend, avec
« le temps, que, hors l'amitié de l'empereur, il n'y
« a ni repos, ni sécurité, et particulièrement qu'il
« n'y a rien à espérer des alliances étrangères. » (1)

Le prince Eugène incline à le soulager et secourir
efficacement. Il s'ouvre dans ce sens à Seckendorf,
ambassadeur d'Autriche près la cour de Berlin.
Seckendorf, qui connaît à fond le futur héritier de
la Prusse, obéit aux instructions reçues, tout en
avertissant « qu'il faut s'attendre à l'ingratitude;
« que le caractère faux, sournois du prince royal
« laisse peu d'espoir de l'attacher sincèrement à la
« maison impériale. »

Parallèlement aux protestations de dévouement
ultérieur prodiguées à Vienne, le cénobite, impatient de délivrance, sonde le ministre Grumbkow
sur la manière de se conduire pour arriver à persuader pleinement le roi de sa parfaite et aveugle
obéissance. Le ministre entre dans de minutieux
détails sur les précautions à prendre, sur les ménagements à garder dans les relations soit privées, soit

(1) 26 août 1731.

publiques du prince et du roi. Parmi les conseils donnés figurent ceux de ne pas paraître composé en présence du père, de le nommer toujours Majesté, d'éviter le ton moqueur, de répondre directement à ses questions, de parler franchement, de ne se mêler d'aucune affaire politique, encore moins des relations étrangères, de rechercher la société des officiers d'un âge mûr, de ne témoigner aucune préférence à la reine et à la sœur Wilhelmine, de profiter du premier passage à Berlin pour exprimer son repentir dans une réunion de généraux, et renouveler spontanément le serment exigé à Custrin, en y ajoutant le ferme propos de laver avec le sang les fautes commises, dès que l'occasion s'offrira de le répandre sur un champ de bataille.

Bardé d'un code complet de dissimulation, Frédéric arrive inopinément, en costume de voyageur, au bal public de la cour qui clôt les fêtes de noces de la sœur complice, gratifiée d'une si agréable surprise en guise de bijoux. Elle a de la peine à le reconnaître et la mère aussi, tant il a vieilli et enlaidi! Elle s'afflige de le voir plus changé encore au moral qu'au physique. « Je retourne à mon « frère, lui fais mille caresses et lui dis les choses « les plus tendres; à tout cela il se montre froid « comme glace et ne répond que par monosyllabes. « Etourdie de sa contenance, j'en rejette cependant « la cause sur le roi qui nous observe et qui inti- « mide par là mon frère... Cet accueil a déplu au « roi, qui s'en est plaint à Grumbkow, disant que « si c'est par contrainte pour lui, il doit s'en of-

« fenser, comme une marque de mauvais augure
« pour l'avenir ; que si, au contraire, la froideur
« provient d'indifférence et d'ingratitude pour la
« sœur, il ne peut l'attribuer qu'à la marque d'un
« mauvais cœur... Sur mes reproches, mon frère
« répond qu'il a ses raisons d'agir ainsi. » (1)

Docile aux suggestions de l'avisé Grumbkow, le
disciple émule de Machiavel ne manque pas d'at-
tendrir les vieux généraux par la confession con-
trite de ses égarements, accompagnée de la rénovation emphatique de ses vœux solennels d'obéissance
aveugle aux ordres du roi. Le Nestor de l'armée, le
prince Léopold de Dessau, supplie, au nom de ses
collègues, le monarque de réintégrer le prince
royal dans le cadre des officiers. Sa requête est ad-
mise, à la jubilation du peuple et des soldats, dont
les sympathies poursuivent la victime et non le
bourreau. (2)

Cependant, la libération ne sera que graduelle.
Le colonel réhabilité rentre dans sa cage de Custrin,
sensiblement élargie. Son entretien est tarifé à cinq
cents écus par mois. Le régime et les occupations
restent les mêmes. Il se garde bien de se plaindre ;
au contraire, les remerciements les plus élogieux,
agrémentés de repentirs, d'attestations de sincérité
et de soumission inébranlable, débordent de sa plume
obséquieuse. On veut lui ménager une sortie triomphale par la porte du mariage.

(1) *Mémoires de Bareith*, t. I, p. 342-344.
(2) 24 novembre 1731.

CHAPITRE V

FIANÇAILLES DE FRÉDÉRIC

Duplicité de Frédéric à l'annonce de son mariage. — Consentement donné. — Qualités de la princesse. — Efforts sous main pour rompre les fiançailles. — Conduite odieuse à l'égard de la future.

Le 4 février 1732, une estafette réveille le captif à minuit et lui communique un message extraordinaire de Berlin. C'est l'annonce du choix de la compagne que la sollicitude paternelle lui a désignée. « Comme « le roi ne pense qu'au bonheur de son cher Fritz, « il souhaite que le fils bien-aimé se marie de son « vivant. Il a trouvé l'aînée des princesses de Be- « vern bien élevée, modeste, retenue, telle que les « femmes doivent être. Elle n'est ni belle ni laide, « mais pieuse. Le prince doit se prononcer au plus « tôt, et n'en parler à personne. »

Quoique Frédéric s'attendît à l'étrange nouvelle, elle ne laissa pas de le surprendre et surtout de l'embarrasser. Car, comment concilier ses protestations réitérées de déférence absolue à tous les désirs du roi, fût-ce le sacrifice de la vie, avec le refus d'une alliance qui plaisait autant au père qu'elle répugnait au fils? Il commence par écrire à Grumbkow sa perplexité, ainsi que son opinion sur la perle qui lui est destinée : « Si je puis m'assurer les bonnes

« grâces du roi à force d'obéissance, je suis prêt à
« faire tout ce qui dépend de moi. Mais je demande
« que le *corpus delicti* soit élevé chez sa grand'-
« mère. Car j'aimerais mieux être c... ou tomber
« sous les pantoufles de ma future, que d'avoir une
« femme bête, qui me fâche par sa stupidité et que
« je n'oserai produire sans honte. Je vous prie de
« travailler à cette affaire; car, quand on hait tant
« que je le fais les héroïnes de romans, alors on
« craint les vertus farouches, et j'aimerais mieux
« épouser la plus grande p..... de Berlin qu'une
« dévote qui aura une demi-douzaine de cagots à ses
« mines... Si encore elle voulait danser sur un pied,
« apprendre la musique, et devenir plutôt trop libre
« que trop vertueuse, oui, alors, mon cher général,
« alors, je me sentirais du penchant pour elle, et
« un éternel ayant épousé une éternelle, le couple
« serait accordant; mais si elle est sotte, je renonce
« à elle et au diable. On dit qu'elle a une sœur,
« douée au moins de bon sens. Pourquoi dois-je ac-
« cepter l'aînée? La plus jeune la vaut, et le choix
« entre les deux est indifférent. Je me comporterai
« convenablement avec le duc de Bevern et sa fa-
« mille; mais je les déteste comme la peste avec
« toute leur couvée. » (1)

Huit jours après ces cyniques confidences, échos
d'un cœur dépravé, il se recouvrit de son masque
habituel d'hypocrisie, en mandant à son père des
dispositions tout différentes : « Très gracieux père,
« j'ai eu aujourd'hui la grâce de recevoir la lettre de

(1) 11 février 1732.

« mon très gracieux père, et je suis charmé que mon
« très gracieux père est content de la princesse.
« Qu'elle soit comme elle voudra, je me conforme-
« rai toujours aux ordres de mon très gracieux père,
« et rien ne peut m'arriver de plus agréable que de
« rencontrer une occasion de témoigner à mon très
« gracieux père mon aveugle obéissance, et j'attends
« dans la soumission la plus respectueuse tous les
« ordres ultérieurs de mon très gracieux père. Je
« puis jurer que je me réjouis beaucoup d'avoir la
« grâce de revoir bientôt mon très gracieux père,
« parce que je l'aime et respecte très sincèrement. Au
« reste, je me recommande à la grâce constante de
« mon très gracieux père, et j'assure que rien au
« monde ne pourra me détourner de lui; car je
« veux persévérer jusqu'à ma fin dans la plus
« humble et la plus respectueuse soumission. » (1)

A la même date partait de Custrin, à l'adresse de
Grumbkow, une autre lettre, qui exprimait les vrais
sentiments du fiancé malgré lui : « Pour l'amour
« de Dieu, mon cher général, qu'on détrompe le
« roi! Qu'il daigne considérer que je ne me marie
« point pour lui, mais pour moi. Faites entendre
« d'une façon quelconque au duc de Bevern que,
« quoi qu'il arrive, je ne veux pas de sa fille. J'ai
« été malheureux toute ma vie, et je crois que mon
« sort est de le rester. On doit patienter et prendre
« le temps comme il est. J'ai déjà assez souffert
« pour une faute qu'on a exagérée. Cependant j'ai
« encore une ressource : un coup de pistolet me

(1) 13 février 1732.

« délivrera de mes soucis et de ma vie, et le bon
« Dieu ne me damnera pas pour cela... Quel est le
« but du roi? Veut-il s'assurer de moi? Un tel ma-
« riage n'est pas le moyen. Une autre femme pourra
« me capter, mais non une *bête*, et il est morale-
« ment impossible d'aimer la cause de notre mal-
« heur. C'est pourquoi, s'il y a encore des gens
« honnêtes au monde, qu'ils songent à me sauver
« de la situation la plus critique où je me sois
« trouvé. » (1)

Grumbhow, ayant reçu la lettre sarcastique du
11 février, s'était employé, non à dissuader directement le roi du projet matrimonial, arrêté dans sa
tête, mais à obtenir un sursis, à conseiller de traiter
le prince royal en ami autant qu'en fils, de ne pas le
contraindre. Le conseil parut sage et fut approuvé.
Dans l'intervalle survint l'épître rampante du 19 février, que le roi lut au ministre, en pleurant de joie.
Il embrassa le duc de Bevern, présent à la scène
d'attendrissement, et conclut les fiançailles. Le
lendemain, Grumbkow tomba des nues lorsqu'il
ouvrit l'étrange commentaire de la réponse filiale,
qui avait mis en liesse le cœur paternel. La duplicité du jeune prince le révolta. Au lieu d'exposer
franchement à son père les motifs de ses répugnances pour le parti proposé, Frédéric se déclarait prêt
à l'accepter avec reconnaissance, et engageait dans
le même moment le ministre à se compromettre,
afin de l'en préserver. Quelle perfidie! Grumbkow
lui manifesta immédiatement son pénible étonne-

(1) Frédéric II, *Œuvres complètes*, t. XVI, p. 41.

ment d'une conduite si déloyale, lui reprocha les
plaisanteries grivoises sur la future avant de l'avoir
vue, lui raconta ce qui s'était passé la veille au
palais, à la suite du consentement obséquieux
envoyé, et lui révéla une terrible menace du roi,
formulée deux fois durant la première période des
arrêts du prisonnier de Custrin : « Grumbkow, rete-
« nez bien cette parole. Dieu fasse que je me
« trompe! mais mon fils ne mourra pas de mort
« naturelle, et Dieu fasse qu'il ne tombe aux mains
« du bourreau! »

La leçon était dure et cependant inefficace. Frédéric feignit de ne point saisir la contradiction signalée qui motivait la verte réprimande. « Je n'ai
« nullement conscience d'avoir formellement promis
« au roi d'épouser la princesse. » (1)

Grumbkow déclina dès lors le périlleux honneur
d'intervenir dans l'affaire. Pris dans son propre
piége, le prince astucieux fit de nécessité vertu, et
se rendit à l'invitation de voir sa fiancée à la cour
de Berlin. Il s'en déclara enchanté et ratifia les
fiançailles engagées, 10 mars 1732.

Voici le portrait qu'il en trace à sa sœur Wilhelmine : « Nous sommes seuls, je n'ai rien de caché
« pour vous, je vous parlerai avec sincérité... Pour
« ce qui regarde la princesse, je ne la hais pas tant
« que j'en fais semblant. J'affecte de ne pouvoir la
« souffrir pour faire d'autant plus valoir mon obéis-
« sance auprès du roi. Elle est jolie; son teint est
« de lis et de roses; ses traits sont délicats, et tout

(1) Lettre du 22 février 1732,

« son visage ensemble fait celui d'une belle personne ;
« elle n'a point d'éducation et se met très mal, mais
« vous aurez la bonté de la former. » (1)

Malgré l'idée avantageuse qu'il en avoue dans
l'intimité, sa tactique subséquente s'inspire de la
résolution équivoque de témoigner une froideur calculée à sa fiancée, qui en devint plus timide, plus
guindée avec lui, et une déférence apparente aux
désirs de son père, qui n'est pas dupe de la ruse,
mais en profite. Affranchi définitivement des servitudes de Custrin et placé à la tête d'un régiment, il
s'installe à quelque distance de Berlin, afin d'être
éloigné du roi, qui continue à se plaindre et à se
défier du prince. Il s'applique à dresser, discipliner,
exercer le régiment, à le peupler de géants, payés
avec les ducats autrichiens. Il élabore des projets de
fermage, à l'effet d'augmenter les revenus des domaines, résultat qu'il sait être aussi agréable que
les hommes à haute taille. On l'engage à entretenir une correspondance active avec la future princesse royale. Il s'exécute en lui écrivant chaque
huit jours des banalités empesées, vides d'affection.
Ses lettres au roi respirent la soumission ampoulée,
dont nous avons cité un exemple nauséabond. Ses
confidences aux amis trahissent le profond mépris
qu'il professe pour les femmes en général, et pour
sa fiancée en particulier. Il s'en moque ouvertement
et ne rougit point d'avouer qu'il se marie uniquement « pour acquérir un intérieur libre, où le roi ne
« se mêlera plus, sinon la princesse en souffrira.

(1) *Mémoires de Bareith*, t. II, p. 80-81.

« Qu'elle fasse ce qui lui plaira, je suivrai de mon
« côté mes caprices. Vive la liberté ! » (1)

Il espère un instant que l'empereur Charles VI,
qui a favorisé l'odieuse alliance, réussira à la rompre,
avant qu'elle soit consommée. « Pourvu que l'em-
« pereur ne nous abandonne point, écrit-il à Grumb-
« kow, nous pouvons espérer que nous n'avons rien
« à craindre. » Un rapprochement s'est produit
entre les cours de Vienne et de Londres. Le roi
Georges II souhaite réaliser l'ancien plan d'une
double union entre les maisons de Hanovre et de
Brandebourg. L'Autriche, ayant besoin de la garantie de l'Angleterre pour la Pragmatique Sanction de l'héritage des Habsbourg, caresse la combi-
binaison dynastique, entravée antérieurement, et
conseille à Frédéric-Guillaume de retirer la parole
donnée au duc de Bevern. Août 1732. Le père, soupçonnant une intrigue de la reine et du prince royal,
sonde les dispositions de ce dernier relativement à
la reprise des négociations pour le mariage anglais.
Frédéric, qui craint de se trahir, repousse hautement la suggestion : « Non, dit-il, avec une feinte
« chaleur de fidélité chevaleresque, j'ai donné une
« fois ma parole à ma bien-aimée princesse, je ne
« me détacherai plus d'elle qu'à la mort; nul doute
« qu'elle ne devienne bonne. C'est d'ailleurs la vo-
« lonté de mon père, et je n'ai pas d'autre volonté
« que la sienne, et je vais communier demain en
« gage de persévérance. » (2)

(1) *Œuvres complémentaires*, t. XVI, p. 50.
(2) Stenzel, t. III, p. 637..

Instruit de la démarche de l'empereur, il persiste à cacher ses vrais sentiments au père, mais éclate avec Seckendorf en éloges pompeux de la magnanimité de son parrain, objet de l'admiration de l'Europe, en protestation d'éternelle reconnaissance, « espérant n'être point prédestiné à causer des sou- « cis à la famille d'un tel bienfaiteur ! »

Malheureusement l'amour-propre du roi, piqué très vivement du refus qu'il a essuyé naguère de son beau-frère, se croit lié d'honneur envers la famille de Bevern. Le monarque maniaque et bourru s'indigne qu'on ose lui proposer une infamie : « Maudites intrigues ! Faire de moi un coquin ! Ja- « mais ! Dût le prince royal ne pas se marier ! Dus- « sent mes trois autres fils laisser s'éteindre la « famille, j'aimerais mieux la voir disparaître que « souillée du blâme d'inconstance et d'infidélité ! »

Pour couper court à toute tentative de vacillation, le fiancé reçoit l'ordre d'aller faire l'aimable chez les parents de sa future. On oublie de lui garnir la bourse, chose utile en pareille occurrence. Les amis avancent le viatique. La main généreuse de l'empereur s'ouvre largement au filleul besoigneux qui la sollicite. Il annonce son départ à Grumbkow en ces termes : « J'étudie mes compliments pour Bruns- « wick (résidence de la princesse), et je vais à la « chasse au sanglier pour les apprendre ; car entre « Westphalien et porc il n'y a pas grande diffé- « rence (1). » Il revient de plus en plus dégoûté du bijou précieux, mais peu brillant, destiné à orner

(1) Frédéric II, *Œuvres complètes*, t. XVII, p. 71.

sa vie. Il évite, comme précédemment, de s'expliquer avec son père sur ses dispositions réelles. Au contraire, il persiste à le tromper, au lieu de le conjurer d'épargner à la princesse, ainsi qu'à lui, l'irréparable malheur de deux conjoints indissolublement unis devant Dieu et devant les hommes, pour se mépriser, se detester et le maudire. Il s'abstient aussi d'avertir l'infortunée victime du terrible sort qui la menace, si elle se laisse immoler à des convenances de famille. Silencieux du seul côté où l'honnêteté la plus vulgaire l'oblige de parler, il ne tarit pas avec ses confidents en murmures contre la violence qu'il prétend subir, dont il n'a ni le courage ni la conscience de se dégager, soit par dignité personnelle, soit par commisération pour la jeune fille, sacrifiée à sa lâcheté hypocrite. A mesure que le moment solennel approche, il suppute avec plus de cynisme les avantages espérés de son trafic perfide, qui achèvera de l'émanciper au prix de l'indépendance d'une compagne dupée : « Après le mariage, « je deviens mon maître, avec la condition d'acquit- « ter de temps à autre une visite à la *sposa*. On se « posera ensuite sur un bon pied avec le père, et l'on « s'efforcera de lui prouver qu'on sait ce qu'on est, « et qu'on ne veut pas être fait pour être attrapé « par un chacun. » (1)

La veille de la cérémonie, il écrivit à sa sœur le contraire de ce qu'il lui avait dit : « Je n'aime pas « la princesse. Elle m'inspire de la répugnance et « notre mariage ne signifie rien. Car il ne peut se

(1) Lettre à Grumbkow, *Œuvres complètes*, t. XVI, p. 85.

« former entre nous ni amitié ni union (1). » Et
cependant, sur une dernière instance de l'empereur,
dans la matinée même de la bénédiction nuptiale,
Frédéric déclare à Grumbkow, dépositaire de ses
doléances, qu'il ne consentirait pas à reculer, supposé que le roi soit amené à changer d'avis; car le
refus injurieux de la main de sa sœur pour le prince
de Galles l'exaspère; jamais il ne l'oubliera, et la
mort seule pourra modifier la promesse faite à la
princesse de Brunswick-Bevern. (2)

C'est avec la fausseté préméditée dans le cœur,
comme sur les lèvres, qu'il prononce les paroles
sacramentelles qui rivent une âme·simple à un
fourbe, qui complètent la délivrance du coupable,
en scellant la servitude de l'innocente (3).

(1) *Œuvres complètes*, t. XVII, p. 8.
(2) *Stenzel*, t. III, p. 643.
(3) 12 juin 1733.

CHAPITRE VI

FRÉDÉRIC A RHEINSBERG

L'épouse est délaissée. — Petite cour de Rheinsberg. — Haine du clergé à cette cour. — Relations avec les libres-penseurs étrangers.

Le soir de son mariage avec la princesse Elisabeth-Christine, Frédéric, à peine entré dans la chambre nuptiale pour paraître ratifier l'union contractée, s'en fit chasser brusquement par les cris : Au feu! au feu! que ses affidés eurent soin de pousser, conformément au mot d'ordre convenu. Depuis ce moment, il ne s'est plus approché de la couche de sa femme, qu'il négligea systématiquement, sans cependant la maltraiter, lui témoignant même en public les égards de bienséance dus à l'épouse d'un prince ou d'un roi. Après son avénement au trône, il lui laissa l'honneur de tenir seule la cour, de présider aux réceptions officielles, où il brillait par son absence. Ses relations avec elle se bornaient à une visite annuelle, le jour de la fête de naissance de la princesse. Jamais elle n'eut permission de venir chez lui, et mourut sans avoir vu l'intérieur du pavillon de Sans-Souci, son logement de prédilection.

Sa froideur inaltérable émanait probablement du profond dépit de n'avoir pas eu l'initiative du choix

de la femme qui lui convenait. Peut-être était-elle
alimentée aussi de sordides calculs d'économie domestique ou d'égoïstes motifs d'indépendance personnelle. La malignité publique de ses contemporains imputait son éloignement étrange de la reine
et des femmes en général, les uns à des infirmités
honteuses, provenant de ses débauches précoces; les
autres, à ses habitudes dépravées de l'infamie de
Sodome. La seconde version s'accrédite de l'autorité
de son ami Voltaire, dont nous citerons plus loin
le tableau des mœurs du maître de Potsdam. Quoi
qu'il en soit, par une inconséquence difficile à
expliquer, en dehors de ces hypothèses peu glorieuses
pour sa mémoire, il appréciait les mérites universellement reconnus de la compagne modeste, chaste,
fidèle et complaisante, enlacée de droit dans les
liens matrimoniaux et répudiée de fait. La quatrième
année de son alliance avec elle, ayant eu le loisir de
l'étudier à l'aise, il avouait à un confident « qu'il
« serait le dernier des hommes s'il ne l'avait pas en
« haute estime; car elle est très douce, affable et
« démesurément complaisante, allant au devant de
« chacun de mes désirs (1). » Un tel aveu condamne
sa conduite à l'égard de l'infortunée victime de sa
rancune filiale ou de sa corruption juvénile dissimulée.

Sevré des joies de la famille, par vengeance, tactique ou impuissance, le nouveau marié, profitant
de l'émancipation acquise au prix de serments sacrés, immédiatement éludés, eut hâte de se distraire

(1) *Journal secret*, p. 147, année 1737.

et de s'étourdir loin de l'œil paternel qui le gênait,
ainsi que de la conjointe abandonnée, dont la présence
l'importunait comme un frein et un remords. Il fixa
sa résidence au château de Rheinsberg, bâti près
de Ruppin, lieu de garnison de son régiment, avec
les cinquante mille écus obtenus du roi en dot. Il y
vécut de la maigre allocation de son père, triplée des
pensions de l'Autriche et de la Russie. Libre de ses
mouvements, il partagea son temps entre les soins
voués à ses bataillons, la lecture de livres instruc-
tifs, les amusements de son goût, dans la compagnie
d'un petit groupe d'intimes, dégagés comme lui de
pudeur, de croyances et de conscience, qui lui servaient à la fois de pédagogues, de secrétaires, de
pourvoyeurs, de convives, de bouffons, de complices
en libertinage, sarcasme et impiété. Les principaux
étaient d'origine française, émigrés ou fils de réfugiés, le chevalier Chazot, le capitaine Fouqué, le
professeur Duhan, le colonel Camas, le pasteur Jordan. Ils l'aidèrent à rédiger ses écrits, qui sont tous
en français, quoique Frédéric n'ait jamais bien su
l'orthographe de cette langue, encore moins la gram-
maire de sa langue maternelle. Avec eux se trouvaient le Saxon Sulim, le Lithuanien Kaiserling, le
Brandebourgeois de Knobelsdorf, son soldat d'ordonnance à Custrin. « Ce soldat, jeune, beau, bien
« fait, et qui jouait de la flûte, avait servi en plus
« d'une manière à amuser le prisonnier. Tant de
« belles qualités ont fait depuis sa fortune. Je l'ai
« vu à la fois valet de chambre et premier ministre,
« avec toute l'insolence que ces deux postes peuvent

3.

« inspirer (1). » De Knobelsdorf fut relayé plus tard dans la haute faveur du prince par le Vénitien Algarotti. De cette société de bons viveurs, Frédéric forma une cour de poésie, dont il devint l'Apollon, et un ordre militaire, dit de Bayard, dont il s'intitula le chevalier Constant.

Les gais soupers et les orgies nocturnes de Rheinsberg préludaient aux saturnales de Potsdam, d'où sortit la ligue encyclopédiste, la conspiration organisée des lettrés français au service de la Prusse contre l'Église catholique. Car aux agapes licencieuses du *Sans-Souci* de *Rémusberg* (nom donné au séjour des ennemis de Rome, en souvenir du frère ennemi de Romulus, fondateur de la cité papale), comme aux priapées du *Sans-Souci* de la ville des casernes, aucun homme de foi, encore moins un catholique, n'était admis, et l'objet habituel des satires de son collége de philosophes à table était de conspuer le clergé, les institutions chrétiennes et les pratiques de piété. S'il se levait à quatre heures du matin pour vaquer aux affaires et se perfectionner dans les connaissances techniques qui le préparaient au *métier de roi*, telles que la stratégie, la politique, l'économie, il se réservait une partie de la journée à disserter, à plaisanter, à chercher dans les poëtes, les historiens et les philosophes de quoi aiguiser son esprit caustique et cultiver ses propensions au doute, à l'incrédulité.

Non content d'exercer sa verve railleuse dans le cercle confidentiel de ses compagnons d'études, de

_____
(1) Voltaire, *Mémoires*, p. 164.

plaisirs et de blasphèmes, ni de consulter les écrivains de l'antiquité païenne ou de la Renaissance
les plus célèbres par leurs peintures lascives et leurs
théories sceptiques, afin de s'en approprier le venin,
les sophismes et le langage cynique, il s'évertua de
nouer des relations suivies avec les contemporains
en renom, jugés sympathiques à ses idées et disposés
à se faire les instruments de sa gloire et de sa
grandeur. Dans ce but, il entama des correspon-
dances avec le janséniste Rollin, recteur de l'Université de Paris, auteur du *Traité des Etudes*, des
Histoires ancienne et *romaine*, trop consciencieux
pour lui demeurer fidèle; avec les philosophes naturalistes, Gravesande, Fontenelle et Maupertuis, dont
les ouvrages semi-athéistes confirmaient ses préventions irréligieuses. Le premier était Hollandais,
admirateur de Newton, ami des doctrinaires anglais, et l'un des coryphées du *Journal littéraire*,
organe de publicité des réfugiés huguenots, qui
jouissait alors du monopole de trompéter les réputa-
tions européennes. Les deux autres étaient des Français, réputés *grands penseurs*, parce qu'ils parlaient
physique et géométrie en langue vulgaire, avec la
préméditation voilée de discréditer la métaphysique
et de frayer le chemin à l'apostasie générale des
classes éclairées, en les persuadant de la prédominance des sciences de la matière sur les connaissances
dogmatiques et morales, ainsi que de l'excellence
exclusive de la méthode expérimentale, comme étant
la seule à offrir des garanties de certitude pour découvrir ou exposer une vérité quelconque. Ces initia-

teurs surfaits du dix-huitième siècle étaient trop les
échos et les interprètes des nouveautés intellectuelles
qui commençaient à fermenter dans les contrées in-
fectées du levain socinien, rationaliste, déiste, dé-
versé de France par la révocation de l'Edit de
Nantes, sur la Hollande et l'Angleterre, et ramenée
au foyer lumineux de Paris par l'anglomanie de la
Régence : Gravesande, Fontenelle et Maupertuis
étaient trop les précurseurs, sinon les maîtres, des
Encyclopédistes, pour ne pas rester, leur vie durant,
les thuriféraires et les séides du roi philosophe, qui
les avait courtisés comme prince royal.

Mais le correspondant dont il tenait le plus à gagner les bonnes grâces, auquel il fit les avances les
plus flatteuses, les caresses les plus séduisantes,
celui qui devint l'agent suréminent de ses trames
occultes et publiques contre l'Eglise romaine et les
pays catholiques, c'était Voltaire, entouré déjà d'une
auréole brillante, l'incarnation de l'esprit de malice,
le *dernier des hommes par le cœur*, au dire de sa
propre nièce, le persifleur émérite de Dieu et des
prêtres, digne par ses mœurs, ses principes et son
humeur caustique, de s'entendre, sans s'aimer ni
s'estimer, avec le jeune libertin roué, incrédule, dissimulé, spirituel, mordant, effronté de Rémusberg,
pour souiller, vilipender, démolir ensemble tout ce
qui offusquait ou gênait, soit leurs passions communes, soit leur ambition et leur haine particulières.

CHAPITRE VII

VOLTAIRE AVANT SES RELATIONS AVEC FRÉDÉRIC

Origine. — Éducation. — Relations huguenotes. — Vie accidentée. — Premiers essais d'impiété. — *Henriade.* — Séjour
en Angleterre. — Lettres anglaises. — Tragédies à tendances
anti-catholiques. — Retraite à Cirey.

Nous n'avons pas à tracer ici la biographie complète du patriarche de l'impiété moderne. Comme
esquisse de sa physionomie, dont il importe de connaître les traits caractéristiques afin de comprendre
ses affinités avec Frédéric de Prusse et les tendances
de leurs relations demi-séculaires, nous dirons que
le fils légal du notaire Arouet, rejeton probable de
son parrain, le licencieux abbé de Châteauneuf,
amant de sa mère dévergondée, apprit à lire dans les
Contes de La Fontaine et dans la *Moïsade,* premier
pamphlet anti-chrétien publié en France, qu'il ré-
citait de mémoire à l'âge de trois ans. La célèbre
courtisane Ninon de Lenclos, maîtresse flétrie de
l'indigne abbé, le couva de ses baisers impurs, et
concourut à sa dépravation précoce, en l'initiant de
bonne heure, avec l'ecclésiastique incrédule et incontinent, aux infamies du vice honteux, en l'habituant
parallèlement à se moquer des choses saintes. Sorti
d'un bourbier, élevé dans la pourriture, le fils putatif d'Arouet était, avant d'entrer au collége des

jésuites, un espiègle éveillé, satirique, instruit d'une
foule de choses qu'il eût été sage de lui laisser longtemps ignorer. La seconde éducation ne réforma
plus la première. Son esprit se développa, son cœur
demeura corrompu, et son âme sceptique. Il fit
honneur à ses professeurs, qui fomentèrent son génie
poétique, mais non sans deviner qu'il deviendrait le
porte-drapeau des libertins frondeurs, débridés depuis la mort de Louis XIV.

A peine adolescent, il fut reçu dans la *Société du
Temple*, présidée par les descendants des bâtards de
Henri IV, et composant le cloaque élégant des dé-
chus de la noblesse et du clergé. Les polissons titrés
et mitrés qui se réunissaient en un cercle, formé de
joyeux viveurs, pour célébrer des orgies, assaisonnées de sel gaulois contre les *dévotes*, qu'ils vou-
draient galantes, et contre les *directeurs de conscience*, qu'ils préféreraient abbés de cour, encoura-
geaient le babil sarcastique du jeune poëte grivois,
leur inférieur en naissance, leur égal en saillies fa-
cétieuses, impies et obscènes. Amené en Hollande
comme page de l'un d'entre eux, le marquis de
Chateauneuf, ambassadeur de France à la Haye, il
s'y lia d'amitié avec les réfugiés français, et savoura
leur fiel anticatholique, si bien approprié à ses sentiments de blasphémateur raffiné et débauché. Il y
noua aussi une intrigue amoureuse avec *Pimpette*,
fille protestantisée de la renégate aventurière Du
Noyer, directrice de la feuille graveleuse la *Quintessence*, où s'exhalaient les vertus édifiantes des
saintes prophétesses des Cévennes, retirées à l'étran-

ger. La mère avait voulu marier son *Olympie* au héros des Camisards, Jean Cavalier, qui eut le bon sens de s'enfuir en Angleterre, et de convoler à des noces plus riches et moins romantiques.

Le chevalier roué du Temple se laissa prendre aux avances de l'Armide huguenote, et suscita des plaintes compromettantes, qui le firent congédier pendant les négociations d'Utrecht, 1713. Rentré à Paris, il continua d'égayer et de fréquenter la compagnie des libres amuseurs de bonne maison, que les exemples et les faveurs du duc d'Orléans mirent en grande vogue. Il acquit bientôt un nom parmi les *pourceaux d'Epicure* par sa muse hardie et piquante, qui ne ménageait personne. « Son liberti-« nage, dit Saint-Simon, éleva sa fortune sous le « nom de Voltaire, qu'il adopta pour déguiser le « sien... Il devint une manière de personnage dans « la république des lettres et même une manière « d'important parmi un certain monde, à travers « force aventures tragiques causées par ses vers « fort satiriques et fort impudents. » (1)

Il passa par plusieurs péripéties scandaleuses, par le bâton, l'exil et la Bastille, avant d'être l'écrivain à la mode et le pensionnaire du Régent. La première pièce de théâtre qui lui valut des applaudissements publics, *OEdipe*, dut le succès de circonstance obtenu aux allusions malignes à l'inceste, imputé par les mauvaises langues de l'époque au duc d'Orléans avec sa fille. Les insinuations aux impostures sacerdotales accréditées par la crédulité

(1) Saint-Simon. *Mémoires*, t. XV, p. 69, et t. XIV, p. 124.

populaire étaient l'écho du milieu perverti où il vivait, et ne pouvaient que plaire aux spectateurs, gentilshommes de haut goût, affriandés de turpitudes et d'irréligion. 1718.

Flatteur des seigneurs tarés, dont il est le parasite, des châtelaines aviles, dont il se dit l'amant; courtisan du ministre Dubois, dont il exalte les mérites en prose et en vers, il commence à s'enrichir, en tripotant des affaires véreuses, avec des usuriers et des fournisseurs habiles au métier d'escroc et de voleur. Durant une mission d'espionnage en Hollande et au congrès de Cambrai pour le compte du cardinal adulé, il compose *Uranie*, épître intitulée aussi le *Pour et le contre*, que lui inspire Mme *Rupelmonde*, femme perdue de mœurs, qui sent, comme lui, le besoin de justifier la *licence de conduite* par la *liberté de penser*, et d'étouffer la voix du remords sous les objections du doute. 1722. L'auteur, enivré de ses triomphes littéraires, ose lever l'étendard de la révolte contre les croyances traditionnelles :

> Tu veux donc, belle Uranie,
> Qu'érigé par ton ordre en Lucrèce nouveau,
> Devant toi d'une main hardie,
> Aux superstitions j'arrache le bandeau,
> Que j'expose à tes yeux le dangereux tableau
> Des mensonges sacrés dont la terre est remplie,
> Et que ma philosophie
> T'apprenne à mépriser les horreurs du tombeau
> Et les terreurs de l'autre vie, etc.

Ramassis des propos de table des convives du Temple, le poëme, longtemps renié, ouvre la série des agressions directes de Voltaire contre les dogmes révélés. Il soulève des difficultés, sème des nuages plutôt qu'il ne formule un système raisonné de négations probantes et d'erreurs définies. Cette tactique, observée invariablement dans la suite, est aussi expéditive que facile auprès de lecteurs ou d'auditeurs frivoles, se croyant instruits parce qu'ils ont une légère teinture littéraire ou scientifique, fort insuffisante à leur procurer la compétence des questions théologiques. Elle conduit à ruiner la foi dans les esprits, sans le moindre effort de démonstration, en l'ébranlant par de simples paroles captieuses, par des affirmations hasardées, par des peut-être suggérés, par des plaisanteries substituées aux arguments comme aux faits.

A La Haye, sentine de toutes les sectes et de toutes les écoles d'aberrations, issues de la révolution protestante, variant des abstractions panthéistes du juif Spinosa aux doctrines fatalistes des rigides gomarites et des factieux jansénistes, le poëte philosophe « voit des ministres de tous les cultes, qui parlent « tous à merveille et ont tous raison. » A Bruxelles, il se brouille à mort avec Jean-Baptiste Rousseau, exilé, auquel il soumet les premiers chants de la *Ligue*, devenue la *Henriade*, et qui lui conseille d'en atténuer la tendance huguenote, note dominante de la prétendue épopée nationale.

Entreprise au château de Sully pour glorifier la persévérance dans l'hérésie du ministre de Henri IV, chef des religionnaires rebelles sous Louis XIII, cette apologie insidieuse des héros calvinistes, dépeints en modèles de toutes les vertus, tandis que les inspirateurs, les soutiens et les guides de la Ligue catholique sont représentés en monstres souillés de tous les crimes, cette froide et insipide parodie de l'*Enéïde* de Virgile au profit de sectaires, constants *amis des ennemis de la France* (1), fauteurs de plus de vingt émeutes ou conspirations intérieures et d'autant d'invasions étrangères, ne sera terminée et publiée entièrement que dans la protestante Angleterre, où l'auteur, réfugié après de nouvelles pasquinades qui l'ont remis à la Bastille et renvoyé en exil, trouvera de riches souscriptions, à raison des préventions religieuses caressées, et la dédiera à la reine britannique, comme un monument hostile à la foi et aux souvenirs de ses compatriotes. 1728.

Lui-même convient que c'est une machine de guerre dressée contre le clergé fidèle en faveur des dissidents, et qui ne peut manquer de blesser les sentiments de son pays. « J'ai trop recommandé « dans mon poëme la tolérance en matière de reli- « gion; j'ai trop dit de vérités à la cour de Rome; « j'ai répandu trop peu de fiel contre les réformés, « pour espérer qu'on permette d'imprimer ce poëme « dans ma patrie (2). »

La haine du pape et le mépris calomniateur des hommes, comme des institutions, qui ont empêché le calvinisme de s'asseoir sur le trône de Saint-Louis, compenseront, en tout temps et en tout pays, aux yeux prévenus des détracteurs de l'Eglise, les lacunes et les défauts manifestes d'une composition épique sans inspiration, sans élévation de pensées

(1) Duc de Bourgogne, *Mémoires.*
(2) Voltaire, *Lettre à Cambiague,* ministre de Genève à Londres

ni de sentiments, sans touche ni couleur de génie, sans mérite artistique, œuvre d'un homme de parti, d'un frondeur incrédule qui fausse l'histoire, non par fiction mythologique, mais dans l'intention formelle d'étayer sa renommée naissante d'imputations scandaleuses, applaudies des proscrits et des adversaires du royaume très chrétien.

Le séjour de trois ans en Angleterre affermit, complète et arme l'impiété railleuse du chantre de l'hugnotisme. Grâce aux révolutions fréquentes qui l'ont bouleversée dépuis l'abolition de la messe, l'île des Saints est devenue la pépinière des *Free-Thinckers*. Les préjugés répandus par les pamphlets, les prédications, les caricatures contre le sacerdoce catholique, ayant servi de prétexte, de masque et de levier pour altérer les anciennes croyances et décapiter ou détrôner la dynastie légitime, ont fomenté une infinité de sectes indépendantes, plus ou moins radicales et absurdes, et oblitéré le sens moral des classes éclairées. La pratique officielle du mensonge et de l'imposture dans l'invention et la propagande des pseudo-conspirations papistes, destinées à tromper la population afin de l'ameuter contre Rome et les Stuarts, a discrédité le clergé et mis en suspicion les origines mêmes du christianisme, attaquées violemment au nom de la critique rationaliste. Les loges maçonniques organisées par les *Orangistes* avec les éléments anabaptistes, presbytériens, nivellistes, de la révolution de Cromwell, dans le but de renverser la royauté et la hiérarchie *de droit divin*, pour leur substituer des pouvoirs sociaux et religieux électifs, dépendant de la souveraineté populaire des Parlements, couvrent les Trois-Royaumes d'un vaste réseau de foyers d'agitation hostile au trône et à l'autel traditionnels.

Voltaire y rencontre Bolingbroke qu'il a connu en France, et dont les principes irréligieux, cyniques, dissolvants, cadrent avec les siens. Il est traité en frère par les débris du Refuge français, tombé en plein athéisme. Il se fait l'ami de Swift, le Rabelais anglais, au rire grossier, effronté, qui conspue les prêtres et les moines par la peinture grotesque de leur ivrognerie supposée, tableau abject de l'intempérance réelle de ses compatriotes. Il voit Pope, catholique de naissance, déiste de profession, versificateur du septicisme de Bolingbroke, mais avec la pruderie hypocrite de la gravité britannique, contraste des boutades fougueuses et brillantes de l'épicurien français. Il s'engoue des doctrines naturalistes de Locke et de Newton, et s'imprègne, par tous les pores, de la libre-pensée et de la libre-morale caustiques, sensuelles, illimitées des Schaftesbury, des Collins, des Tindal, des Toland, empoisonneurs très goûtés de l'esprit public, contempteurs effrénés de tout miracle et de toute révélation divine. Il s'affilie aux loges et s'initie à leurs mystérieux complots, dont il sera le plus redoutable agent.

Revenu à Paris, 1729, après s'être si fortement trempé dans l'âcre bain du fanatisme anti-catholique de la science matérialiste des lettrés anglais, qui sont presque tous simultanément hommes politiques, philosophes et pamphlétaires, qui gouvernent, en cette triple qualité, l'opinion du pays, l'oracle de la coterie dévergondée du Temple monte avec une audace redoublée à l'assaut de l'Eglise, qu'il entreprend dès lors systématiquement de détruire en France, comme il l'a constatée abattue de fond en comble en Angleterre. De là ses tragédies à tendances anti-chrétiennes, parsemées d'aphorismes, qui réhabilitent les cultes infidèles : *Brutus, Eriphyle*, amendée après un échec en Sémiramis, *Zaïre*, la perle de ses pièces, *Alzire, Mahomet, César*. De là son intervention ironique dans les querelles de la bulle *Unigenitus*, par la satire *Sottises des deux Parts*, qui flagelle d'un commun persiflage évêques et pape, Sorbonne et Parlement, jésuites et jansénistes. De là ses *Lettres anglaises*, converties ultérieurement en *Lettres philosophiques*, qui exaltent les mœurs, les institutions, les lois, l'enseignement de la patrie des libres-penseurs, affranchie du *joug sacerdotal*, débarrassée des *ténèbres et de l'empire de la superstition*, lettres clandestinement propagées en France, lacérées par le bourreau, et d'autant plus recherchées par l'aristocratie efféminée et les abbés de cour, dont les travers et les débordements, tournés en ridicule, lui fournissent l'occasion de blasphémer et de honnir la religion nationale. L'orage qu'elles provoquent l'oblige à se sauver, à se cacher, à se faire protéger par les jésuites, qui ont la simplicité d'ajouter créance à ses protestations de respect et d'orthodoxie.

Dans ses courses vagabondes, il s'attache à Mme du Châtelet, une des Laïs coquettes et bel esprit du dix-huitième siècle, femme dévorée de luxure et de vanité, visant à paraître Minerve en dépassant Vénus, se lançant dans les sciences abstraites et la contemplation des astres pour poser en phénomène de son sexe, cultivant sa figure autant que son intelligence et plus que son ménage, aussi dépourvue de pudeur que de croyances, également avide d'étaler son savoir et d'étancher sa soif de voluptés, *caillette bavarde qui dévoile la nymphe et encense l'idole*, *Uranie* pédante et galante, dont l'histoire se résume en vingt-cinq ans d'adultère, toléré du mari, sous le couvert de l'amitié philosophique avec le grand prêtre et les acolytes de la Raison, émancipée de l'Evangile.

C'est durant la première effervescence de leur intimité impudique et littéraire, dans la retraite embellie de Cirey, sur les confins de la Lorraine et de la Champagne, d'où la fuite à l'étranger est facile, en cas de poursuite, à l'auteur d'opuscules anonymes, impies et factieux; c'est pendant la lune de miel de leur long échange de madrigaux, épicés d'épigrammes contre le clergé, que la lettre du prince royal de Prusse vient leur causer l'agréable surprise d'un futur roi, qui exalte *la Henriade* et les autres productions du *poëte philosophe*, *l'honneur de son siècle et de l'esprit humain*, qui le proclame *le maître inimitable digne d'instruire l'univers entier*, qui lui demande la communication confidentielle de ses ouvrages secrets, afin *d'y applaudir dans son particulier*, qui ambitionne « la gloire de couronner un « jour ses succès, » (1) qui manifeste le désir, « sinon de

_____

(1) Mme de Graffigny.

« le posséder, du moins de voir de près celui qu'il ad
« mire de loin, qui l'assure, en attendant, de l'es-
« time et de la considération due au flambeau de la
« vérité de la part de son affectionné ami *Fédéric*,
« P. R. de Prusse, auguste 1736. » (1)

(1) Par afféterie de prononciation douce Frédéric signait
Fédéric.

CHAPITRE VIII

FRÉDÉRIC EXCITE VOLTAIRE CONTRE L'ÉGLISE CATHOLIQUE

Joie de Voltaire en recevant la lettre du prince royal. — Réponse enthousiaste. — Pivot de leur correspondance : la haine de l'Eglise. — Plan de Frédéric. — Il excite Voltaire contre les croyances et le clergé. — Son but. — Ses instances agressives.

L'encens de l'Altesse Royale produisit l'effet voulu sur la tête versatile du vaniteux flatteur des grands de la terre et des gens en vogue, quelque méprisables qu'ils fussent, depuis Dubois, madame de Prie, l'usurier Samuel Bernard jusqu'à la Pompadour et la Dubarry. Car, obsédé de la manie de jouer le personnage important, il rampait sans vergogne devant les gens au pouvoir ou influents, dont il mendiait l'appui. Girouette toute sa vie, comme il l'avouait lui-même, il n'a cessé de tourner selon le vent de la fortune. Il ne connaissait Frédéric que par ses esclandres et par les rapports élogieux des réfugiés huguenots, avec lesquels l'entourage français du prince, notamment l'ex-pasteur Jordan, était en correspondance fréquente. Ses antécédents frondeurs et dramatiques devaient lui plaire, autant que la renommée de son irréligion et de son humeur caustique, parce qu'ils établissaient quelque simili-

tude d'aventures et de caractère entre l'héritier de
Prusse et le fils de notaire, travaillé de l'envie de
passer gentilhomme.

La démarche de Frédéric n'était pas aussi sponta-
née qu'elle le paraissait. Voltaire avait aidé la Providence à en inspirer l'idée par un ami commun, et
l'attendait avec une certaine anxiété, comme le constate sa communication empressée au camarade
d'enfance Thiriot : « J'ai reçu *enfin*, mon cher ami,
« ce paquet du prince royal de Prusse. Vous verrez,
« par la lettre dont il m'honore, qu'il y a encore
« des princes philosophes, des Marc-Aurèle et des
« Antonin. C'est dommage qu'ils soient au fond de
« la Germanie (1). »

Mais, quoique mendié indirectement, l'enthousiasme mandé de Berlin arrivait à point pour consoler des disgrâces encourues à Paris. Car, malgré
les tentatives multiples de regagner la bienveillance
de la reine et du roi, de rentrer à la cour par une
porte dérobée quelconque, sous le patronage d'un
chambellan ou d'une maîtresse de haute ou de basse
extraction, le poëte-philosophe, revenu d'exil, était
maintenu à distance du palais, et n'avait pu ni récupérer ses pensions supprimées ni acquérir à prix
d'argent une charge anoblissante. De nouvelles
poursuites judiciaires, provoquées par sa plume ve-
nimeuse, le menaçaient depuis que les premiers
chants de la *Pucelle*, mis en circulation par des co-
pistes infidèles, s'étaient égarés dans le portefeuille
du garde des sceaux. Les chevaux étaient toujours

(1) *Lettre à Thiriot*, septembre 1736.

prêts à le conduire hors de France, durant la période
d'alarme de son installation à Cirey, quand l'épître
caressante d'un héros en germe lui tomba sur le
cœur comme un baume inespéré dont le parfum
exquis lui troubla le cerveau d'allégresse.

Aussi, quelle réponse engouée de lui-même et du
« prince-philosophe, qui pense en homme et rendra
« les hommes heureux ! » Que d'assauts d'adulation
devant « cette âme née pour commander, qui cultive
« la saine philosophie, qui déteste la superstition et
« la persécution, qui songe plus à l'humanité qu'à
« la royauté, qui aime et enseignera la vérité, à
« l'exemple de Julien, ce grand homme si calom-
« nié ! » Quel « bonheur bien précieux d'aller faire
« sa cour à l'Altesse Royale, comme on va à Rome
« voir des églises et des merveilles d'art, si l'amitié
« ne le retenait dans la retraite où il est ! » Mais, en
revanche « son cœur ne cessera jamais d'être au
« rang des sujets du modèle des rois. » (1)

Désormais les guirlandes de louanges, prodiguées
de part et d'autre avec plus d'emphase que de sincérité, enlaceront ensemble les deux génies du mal de
l'époque, doués, chacun au suprême degré, des
qualités et des vices de son pays, de son rang, de
sa profession, avec des facultés exceptionnelles ;
exercés tous les deux, depuis l'enfance, à la fourberie, au sarcasme et au cynisme ; dépravés de cœur
pervertis d'esprit, fauteurs d'impiété, ennemis décla-
rés du christianisme et particulièrement de la hiérarchie catholique. Leur volumineuse correspon-

(1) 26 août 1736.

dance, soit avant, soit après leur éclatante rupture, convergera vers ce *delenda Carthago*, visera la destruction de l'Eglise, objet constant de leurs préoccupations dans leurs rapports mutuels, point de mire fixe de leur fréquent échange d'idées. Elle tournera vers ce pôle négatif toutes les matières traitées ou touchées de leurs plumes, réciproquement laudatives, souvent enjouées et malicieuses aux dépens d'autrui, mais toujours acerbes à l'endroit du clergé.

L'*Apollon* de Rémusberg se pose en nourrisson du *Jupiter* de Cirey, et le prie humblement de lui apprendre à manier la foudre contre les monstres hideux du fanatisme et de la superstition. Le disciple, plus jeune de vingt ans que le maître, son inférieur manifeste en érudition, en souplesse, comme en élégance de style, en richesse et en fécondité d'imagination, en somme de talents d'écrivain; son égal en dialectique, en saillies spirituelles et mordantes, en verve humoristique, le prime de beaucoup en calme et sangfroid réfléchis, en dissimulation profonde, en astuce hypocrite, en habileté insidieuse à faire parler et agir, dans le sens de ses passions et de ses intérêts, l'interlocuteur ébloui de ses charmes, grisé de ses louanges, sans même qu'il se doute de la manœuvre dont il est l'instrument enthousiaste plus ou moins inconscient.

Il est vrai qu'avant le séjour de Voltaire à Berlin, après les guerres de Silésie, le rusé Prussien, plus diplomate que philosophe, poëte ou ami, ne semble pas avoir combiné un plan complet de conspiration politico-religieuse internationale, en vue de con-

quêtes soit immédiates, soit ultérieures. Ni son âge,
ni sa situation dépendante, ni son abstention obligée
du gouvernement de son père, ne lui permettaient
de coordonner sitôt ses visées ambitieuses, de trahir
prématurément ses projets d'agrandissement dynastique, conçus dans la captivité de Custrin.

Cependant, en compulsant attentivement les cent
vingt-quatre lettres de leur commerce épistolaire,
antérieur à son avénement au trône, si l'on est
frappé de son initiative répétée dans les excitations violentes à démolir l'influence sacerdotale
par la destruction de la foi aux vérités surnaturelles,
on est encore plus étonné de sa prudence de serpent
dans l'exhibition intime de ses sentiments irréligieux,
comme dans les épanchements interrogatoires de ses
confidences politiques. Son attitude cauteleuse et
perfide accuse déjà, du moins en ébauche, les procédés sournois, conformes à son caractère et à ses
habitudes d'adolescence, pratiqués envers tout le
monde, même en famille, perfectionnés avec les années et finalement agencés en système de mystification universelle et perpétuelle, de capter, de duper
les autres, afin de s'en moquer, après avoir abusé
gratuitement de leur confiance vraie ou simulée.

La correspondance des deux ermites montre que
le plus jeune était le plus ardent à combattre l'ennemi commun, moins par fougue que par calcul.
L'antipathie, sucée avec le lait huguenot, pour les
représentants de Dieu l'obsède visiblement. Leur
enseignement et leur autorité gênent sa liberté de
penser et d'agir. Plein des préventions de son édu-

cation de sectaire, il les dénonce à la verve satirique de l'*immortel* et *incomparable* auteur de la *Henriade*, dès sa deuxième lettre, avec une indignation contenue à peine dans la première : « A l'égard des « théologiens, il me semble qu'ils se ressemblent « tous, de quelque religion et de quelque nation qu'ils « soient ; leur dessein est de toujours s'arroger une « autorité despotique sur les consciences ; cela suffit « pour les rendre persécuteurs zélés de tous ceux « dont la noble hardiesse ose dévoiler la vérité ; « leurs mains sont toujours armées des foudres de « l'anathème pour écraser ce fantôme imaginaire de « l'irréligion, sous le nom duquel ils combattent les « ennemis de leur fureur et de leur ambition. Leur « conduite, si peu conforme à leur morale, serait, à « mon gré, seule capable de discréditer leur doc- « trine. » (1)

Sa diatribe réquisitoriale, provoquée par l'expulsion de l'université de Kœnisberg de son panégyriste boursouflé, le sceptique et nuageux philosophe Wolf, sur la dénonciation des pasteurs luthériens de la Prusse, excepte seulement de la réprobation générale deux prédicants des Etats de son père, Beausobre et Reinbeck, parce qu'ils sont *philosophes* et *ennemis implacables* des *jésuites*, c'est-à-dire de l'Eglise romaine, comme il l'avoue ailleurs. Beausobre mérite, du reste, l'exception significative à un autre titre encore, mentionné dans une lettre subséquente. C'est la *meilleure plume de Berlin* employée depuis un demi-siècle à fausser, en français ou en latin, l'his-

(1) 9 septembre 1737.

4.

toire de l'Eglise pour le compte de la maison de
Brandebourg (1).

Néanmoins, le fils des plus rapaces spoliateurs de
l'Eglise reconnaît « que les princes du Nord ont in-
« contestablement de grandes obligations à Luther
« et à Calvin, qui les ont affranchis du joug des prê-
« tres et de la cour romaine, et qui ont augmenté
« considérablement leurs revenus par la sécularisa-
« tion des biens ecclésiastiques. Leur religion cepen-
« dant n'est pas purifiée de superstitieuses et de bi-
« gots. » (2)

L'expérience qu'il a faite du piétisme évangélique
étriqué, hypocrite, pédantesque, tel que la houlette
pastorale de son père et des autres princes luthériens
ou calvinistes, l'a façonné pour l'asservissement spirituel et corporel de leurs sujets, le convainc, depuis
qu'il raisonne, que ce protestantisme inconséquent,
emprisonné dans les formulaires dogmatiques et les
rituels légaux des Eglises territoriales, est impuissant
à lutter de prestige, de sève, d'expansion, de popularité, soit avec l'Eglise catholique, libre dans son
gouvernement, partout et toujours identique à elle-
même et dans ses croyances et dans ses institutions,
soit avec les nouveautés révolutionnaires qui s'an-
noncent vivaces en Hollande, en Angleterre, en
France et parmi les sectaires remuants des autres
pays, qui sont d'ailleurs les filles logiques du libre
examen, inscrit sur le drapeau primitif de la révolte
religieuse du seizième siècle.

(1) 20 mai 1738.
(2) Lettre du 26 mai 1737.

Persuadé, sinon de la fausseté, du moins de l'incertitude de toutes les confessions chrétiennes, il se préoccupe des questions doctrinales, moins pour éclairer sa conscience cautérisée ou justifier son épicurisme sceptique, que pour recueillir les avantages politiques espérés de leur solution dans le sens athée. Spéculant sur la puissance d'explosion des idées subversives, lancées avec dextérité, sous forme de brûlots attrayants, hors des frontières prussiennes, par les béliers accrédités de la littérature française, qui domine alors les sphères officielles et les classes influentes de l'Europe, Frédéric attend du progrès de l'incrédulité quelques bouleversements opportuns en Allemagne, qui fournissent à l'avide maison de Hohenzollern le prétexte et l'occasion d'utiliser son armée exceptionnelle à s'emparer des principautés ecclésiastiques, convoitées héréditairement et naguère rançonnées, à l'ombre de la guerre de Pologne soutenue sur le Rhin. Il se flatte, en tout cas, qu'au moyen de nouvelles sécularisations accomplies dans le tumulte provoqué, il écartera l'obstacle des trois voix cléricales qui barrent ses aspirations au trône impérial.

Voilà pourquoi, habile à draper l'ambition du prince du manteau de philosophe, il n'hésite pas à paraître dévier de la lettre des traditions dynastiques, pour mieux en pratiquer l'esprit; il s'applique avec un engouement délibéré à exploiter l'impiété, comme ses ancêtres ont exploité l'hérésie, à rehausser la surintendance conservée de l'une du protectorat acquis de l'autre. Se gardant bien de renoncer

aux usurpations pontificales de la couronne brandebourgeoise, il presse sous main, non les instituteurs,
les prédicants, les flambeaux de son futur royaume,
mais les incendiaires de la nation très chrétienne de
mettre le feu aux croyances et aux institutions de
la Fille aînée de l'Eglise, afin de priver celle-ci de
son principal soutien international, et d'aplanir les
voies à l'exaltation du perspicace auteur des remar-
quables *Mémoires sur la situation politique de l'Europe*, composés à Custrin et à Rémusberg. L'impatience de profiter des troubles semés explique les
reproches de tiédeur adressés au coryphée des démolisseurs, qu'il accuse de s'arrêter à mi-chemin,
par crainte excessive de blesser l'opinion encore trop
catholique de la France.

« Pour vous parler avec ma franchise ordinaire,
« je vous avouerai naturellement que tout ce qui re-
« garde l'*Homme-Dieu* ne me plaît point dans la
« bouche d'un philosophe, d'un homme qui doit être
« au-dessus des erreurs populaires. Laissons au
« grand Corneille, vieux radoteur et tombé dans
« l'enfance, le travail insipide de rimer l'*Imitation
« de Jésus-Christ,* et ne tirez que de votre fonds ce
« que vous avez à nous dire. On peut parler de
« fables, mais seulement comme fables, et je crois
« qu'il vaut mieux garder un silence profond sur les
« fables chrétiennes, canonisées par leur ancienneté
« et par la crédulité des gens absurdes et stupides. »

« Il n'y aurait qu'au théâtre où je permettrais de
« représenter quelques fragments de l'histoire de ce
« prétendu *sauveur*, mais dans votre cinquième épî-

« tre, il paraît que trop de condescendance pour les
« jésuites ou la prêtraille vous a déterminé à parler
« de ce ton. » (1)

Le frère en Belzébuth s'excuse de la *capucinade si
héroïquement reprochée :* « Mais, monseigneur, So-
« crate sacrifiait quelquefois avec les Grecs. Il est
« vrai que cela ne le sauva pas; mais cela peut
« sauver les petits socratins d'aujourd'hui : *Felix
quem faciunt aliena pericula cautum* (2). » Il envoie
une *Epître plus ferme* sur *l'Homme*, qui effacera, il
l'espère, la fâcheuse impression produite par *l'Epître
sur la Vertu*, où *l'Anon a été obligé de porter double
panier*, parce qu'il *n'est pas lion*, mais attend sa
délivrance de la *reprise de possession de la Champagne et du château de Cirey* par les armes prussiennes,
au nom de *l'Allemagne*, à qui la province *appartenait
jadis*.

Tout en reconnaissant son sang dans la nouvelle
fille du poëte-philosophe, une production digne de
l'affinité maçonnique, récemment contractée par
Frédéric en Hollande ou à Hambourg, le chevalier
Cadoche, fraîchement *initié à la lumière du temple de
Salomon*, qu'il vient d'ériger à Rémusberg, berceau
des loges prussiennes et du *Grand-Orient* conti-
nental, trouve, dans son zèle de néophyte, qu'elle
est encore entachée de trop de réticence : « Vous
« n'êtes jamais plus grand ni plus sublime que
« lorsque vous restez bien ce que vous êtes. Convenez,
« mon cher ami, que vous avez tant de raison d'être

(1) Lettre du prince royal. Mai 1738.
(2) Lettre de Voltaire, juin 1738.

« satisfait de votre façon de penser, que vous ne
« devriez jamais vous rabaisser en empruntant celle
« des autres.

« Que les moines, obscurément encloîtrés, ense-
« velissent dans leur crasseuse bassesse leur misé-
« rable théologie ; que nos descendants ignorent à
« jamais les puériles sottises de la foi, du culte et
« des cérémonies des prêtres et des religieux. Les
« brillantes fleurs de la poésie sont prostituées lors-
« qu'on les fait servir de parure et d'ornement à
« l'erreur ; et le pinceau qui vient de peindre les
« hommes, doit effacer la loyolade. » (1)

(1) Lettre de Frédéric, 6 août 1738.

CHAPITRE IX

LE MOBILE DE LA HAINE DE FRÉDÉRIC CONTRE L'ÉGLISE EST TRAHI DANS L'« ANTI-MACHIAVEL »

Occasion de l'*Anti-Machiavel*. — Le livre est une machine de guerre contre l'Église. — Il vise à la sécularisation des principautés ecclésiastiques d'Allemagne. — L'auteur a soin de se cacher.

Le but caché des coups d'aiguillon prodigués au complaisant Erostrate, qui s'est vanté « d'avoir fait « en son temps plus que Luther et Calvin, » perce dans l'*Anti-Machiavel*, ouvrage que le disciple émérite du philosophe florentin composa, afin de paraître le contraire de ce qu'il était, selon la remarque maligne du chambellan fustigé à Francfort et dégrisé du Marc-Aurèle de Berlin : « Si Machiavel avait eu « un disciple, il l'eût engagé à écrire contre lui. » (1) Originairement, le livre de Frédéric devait être une censure indirecte de la politique du cardinal de Fleury, qui avait eu l'adresse de déconcerter par la paix de Vienne les artifices de la ligue prusso-protestante, ourdie clandestinement contre les puissances catholiques, à la faveur de leurs dissensions. Le prince polémiste fit corriger par Voltaire sa prétendue réfutation des théories tyranniques de l'apologiste de l'omni-licence et de l'omnipotence du

(1) Voltaire, *Mémoires*.

souverain, armé de la raison d'Etat, qui prime les
lois humaines et divines, théories professées et pra-
tiquées par le gouvernement prussien depuis le
Grand-Electeur. Mais l'antagoniste simulé du maître
dans l'art de mentir et de tromper, à peine arrivé au
pouvoir, supprima son édifiant volume, édité en
Hollande, sans nom d'auteur, par les bons offices
du confident trop zélé à lui plaire ou à le compromettre. Les exemplaires échappés à la proscription
et réimprimés plus tard trahissent le calcul perfide
de ses belles tirades sur la vertu, sur la justice, sur
le respect des lois et la fidélité aux traités, car elles
tendent sournoisement à la déchéance des princes
ecclésiastiques, noircis de tous les crimes imaginables, en preuve de leur indignité de gouverner les
peuples. Le défenseur de la bonne foi trace un
sombre tableau des désordres imputés au clergé,
qu'il accuse d'avoir employé Dieu et le démon, les
promesses du ciel et les terreurs de l'enfer, à fonder
l'empire des ténèbres, à forger le joug du fanatisme
intolérant, cause des malheurs de l'humanité.

Dans son ardeur à frapper le spectre noir, qui
trouble ses rêves de bonheur universel, tissés de son
agrandissement particulier, il oublie de déplorer les
calamités issues des révoltes de l'hérésie, les cruau-
tés des Hussites, des Anabaptistes, les horreurs de la
guerre de Trente Ans, encore visibles alors dans les
ruines amoncelées en Allemagne. Les souffrances
de l'Italie, affranchie de la domination germanique
par la sollicitude des pontifes romains, excitent sa
compassion, insensible aux douleurs passées et pré-

sentes du propre pays. Ses peintures des mœurs et des abus de la papauté sont empruntées aux caricatures et aux calomnies des pamphlétaires protestants, dont son enfance a été imprégnée par ses catéchistes piétistes. Les papes ont fourni, selon lui, l'odieux modèle du *prince* de Machiavel, tandis que *le sien est Marc-Aurèle*. Sa verve satirique s'exerce amplement sur les fautes de quelques-uns, travestis en monstres qui justifient la condamnation de tous, même des plus saints. Mais elle évite de toucher aux vices, aux infamies, aux ridicules des Césars-pontifes de Prusse, d'Angleterre et de Russie, usurpateurs non imaginaires, mais très réels de l'autorité sur les consciences, oppresseurs des corps et des âmes de leurs sujets, par l'unique grâce du glaive de soi-disant lieutenants de Dieu.

Ce spectacle qu'il a sous les yeux, dont il a goûté les amers fruits à Custrin, qui offre une matière inépuisable au pinceau humoristique, comme aux réflexions philosophiques, d'un censeur impartial, des travers et des excès reprochés aux imitateurs de Nemrod, le violent chasseur d'hommes de la Genèse, ce spectacle patent et navrant, qui prête naturellement à de légitimes revendications de grandeur morale, de dignité personnelle, de liberté de croyances et de culte, attire moins l'attention, la pitié et l'indignation du prôneur intéressé de la politique humanitaire, que les imperfections, les misères et les défauts des seigneuries épiscopales ou monastiques encore subsistantes en Allemagne.

Le sort des populations qui ne gémissent pas de

5

vivre sous la houlette de leurs pasteurs spirituels,
qui préfèrent même le régime de la crosse à celui
de l'épée, qui ont. rendu proverbial le dicton allemand que le *joug clérical est doux* (1), l'afflige profon-
dément. Il ne peut comprendre comment les habitants de la vallée du Rhin s'obstinent à rester dans
l'obédience « d'indignes successeurs des Apôtres »,
et résistent aux tentatives d'être honorés de la qualité de sujets de Sa Majesté évangélique. Se courber
avec résignation sous une autorité paternelle, qui
bénit plus qu'elle ne châtie, qui ne prélève presque
pas d'impôts, qui dispense dès servitudes militaires
et de la conscription; répugner à échanger ce gouvernement traditionnel, étayé de larges franchises
municipales et corporatives, contre un despotisme
redouté et abhorré, qui suce le sang, et dévore la
sueur d'un troupeau d'esclaves, exploité par un
maître absolu, mené à la baguette du berceau à la
tombe, pour alimenter le fisc et produire de la chair
à canon; avoir eu le mauvais goût de jeter de hauts
cris quand l'armée prussienne est venue leur apporter les prémices de la sécularisation projetée, en
exaspérant les contrées traversées ou occupées, par
des extorsions d'argent et des enlèvements d'hommes;
vénérer ainsi fidèlement les évêques et les abbés,
seigneurs dépendant, au temporel, de l'empereur,
au spirituel, du pape, et détester opiniâtrément le
calife protestant de Berlin, ne relevant que de ses
caprices : quelle aberration obscurantiste, engendrée

(1) Unter dem grummen stab ist es gut leben.

et entretenue par l'imposture des prêtres, si violemment stigmatisée dans l'*Anti-Machiavel!*

Le pionnier des annexions rhénanes confessa lui-
même son intention « de faire proprement une suite
« à la *Henriade*, de forger avec les grands senti-
« ments de Henri IV la foudre qui écrasera César
« Borgia. » (1)

Mais, en mêlant aux traits, lancés contre Rome,
des flèches décochées contre les prélats allemands,
non encore dépouillés de leurs biens, il dévoile la
pensée cupide qui anime son aversion anticléricale,
plus archi-spoliatrice qu'anti-machiavélique. Evidemment les coups, dirigés sur le chef de l'épiscopat,
émanent du désir séculaire des Hohenzollern de
soulager les évêques de Munster, de Liége, de Cologne, de Fulda, de Bamberg, de Trèves, de
Mayence, du fardeau incommode de l'autorité civile
et de l'administration de leurs domaines, pour délivrer leurs ouailles des inconvénients de la mansué-
tude dans le gouvernement, et leur procurer au plus
tôt la jouissance des avantages de la schlague, de la
giberne, de l'épuisement fiscal de la domination
brandebourgeoise. Nul doute que l'*Anti-Machiavel*,
comme toutes les publications subséquentes du roi-
philosophe, ne couve l'espoir inavoué de pêcher
quelques riches provinces dans les troubles résul-
tant du triomphe des idées philosophiques chez les
voisins.

Voltaire, qui était myope en politique, tout en

_____

(1) Lettre du 26 juin 1779·

s'attribuant l'étoffe d'un fin diplomate, ne paraît pas avoir saisi de prime abord, ni même dans la suite, la vraie portée des coups conseillés ou donnés par Frédéric contre l'édifice à démolir, dont les débris fourniront de précieux matériaux à l'extension des frontières westphaliennes du royaume prussien, fort mal délimité de ce côté. Il n'y a vu qu'une machine de guerre dressée contre l'Eglise, qu'il hait, parce qu'elle se défend par des plumes agaçantes, et stimule le Parlement à poursuivre l'application des lois à l'insulteur effronté des choses saintes. Cela lui suffit pour acclamer l'essai indigeste du Prométhée-Frédéric : « Le code et le caté-« chisme futurs des rois, ainsi que de leurs minis-« tres. » (1)

Remarquons bien qu'en déclamant, sous l'anonyme ou dans des lettres strictement confidentielles, *contre le fanatisme et la superstition, fondements de la tyrannie des tonsurés*, lieux communs, vocabulaires usés des invectives luthériennes et calvinistes; qu'en excitant son *divin Protée* à frapper en prose et en vers, par l'histoire et la philosophie, la hiérarchie des *dévots*, à conspuer sans relâche la *race des bigots;* qu'en lui demandant de décolleter « la « Pucelle Jeanne en héroïne peu austère, facile à « vaincre par les prières et les persévérances des « amants, » (2) remarquons qu'en le poussant de toute manière à braver les censures de l'autorité et

(1) Lettre du 28 décembre 1739.
(2) Lettre du 3 décembre 1736.

les vindictes de la justice nationale pour accélérer
la ruine de l'Église, il se tient soigneusement
caché derrière les coulisses, se barde de précautions
superflues, loin du danger, et ne cesse de recommander aux acteurs lancés en scène de laisser
ignorer au public l'auteur et l'inspirateur des pièces
jouées pour son bénéfice. Tantôt il convient que
« dans sa *Dissertation sur l'Erreur*, il n'a pas osé
« s'expliquer sur le sujet de la religion; » (1) tantôt
il se vante « de s'être tu dans l'*Anti-Machiavel* sur
« toutes les choses où la prudence lui fermait la
« bouche, et de n'avoir point permis à sa plume de
« trahir les intérêts de son repos; » (2) tantôt il
supplie « qu'on ait la prudence d'ensevelir le nom
« de l'auteur de cet ouvrage dans la discrétion de
« l'amitié. » (3)

Néanmoins, quelque timide qu'il se reconnaisse,
il harcèle le Briarée-Voltaire d'excitations à étaler
son courage, à étendre ses cent bras pour étouffer,
au plus vite, le monstre de la domination ecclésiastique. Le géant a beau objecter qu'une telle philosophie conduit « tout droit à la Bastille et à la ciguë. »
Le *lion*, confiant en sa propre sécurité, persiste à
vouloir faire braire son *ânon*, lancé à la chasse du
gibier clérical, au risque de le voir enlever ou
étrangler. Il n'amortit ses importunités de guerre
offensive que devant les sollicitations, d'abord indi-
rectes, ensuite pressantes, d'assistance et de protec-

---

(1) Lettre du 22 novembre 1738.
(2) Lettre du 6 novembre 1739.
(3) Lettre du 6 janvier 1740.

tion de la victime des *persécutions dévotes.* Alors *Harpagon* intervient, et modère l'ardeur juvénile du *Phaéton* berlinois, trop pressé d'embraser le monde chrétien, pour s'emparer sans retard de ses scories.

CHAPITRE X

FRÉDÉRIC ÉLUDE LES DEMANDES INTÉRESSÉES
DE VOLTAIRE

Vues cupides de Voltaire dans ses relations avec Frédéric. —
Invitation sollicitée. — Subterfuges pour éluder la demande.
— Instance. — Envoi d'un confident. — Espoir ajourné. —
Comédie du martyre. — Offre de la vente d'une terre con-
testée. — Nouvelles instances. — Consolations narquoises
au nom de la philosophie. — Conseils de prudence. — Changement de tactique dans la guerre poursuivie contre l'Eglise.

La correspondance générale du philosophe courtisan élucide les points obscurs de sa correspondance particulière avec Frédéric de Prusse. Elle
met en plein jour les calculs égoïstes, qui ont entaché ses relations épistolaires avec le Marc-Aurèle,
si généreusement doté, dans ses louanges, de l'auréole des plus belles vertus, surtout de la munificence. Dès le principe, l'habile financier, qui a su
se faire en peu d'années une fortune de cent cinquante mille francs de rente, par toutes sortes de
spéculations d'avare et d'usurier ; qui trouve « sot et
« ridicule le rôle d'un poëte à la cour, sans un so-
« lide établissement ; » (1) qui conseille à son ami
Thiriot, agent de bibliographie du prince à Paris,
d'affecter le désintéressement, afin de se ménager

(1) Lettre à Thiriot, 17 octobre 1725.

l'occasion d'une plus ample récompense; (1) dès les premiers coups d'encensoir dirigés sur Rémusberg, le poëte, fils de notaire et clerc d'avoué, a jeté les yeux sur la cassette du fils de roi, qu'il suppose garnie d'or, et dont il attend les sourires gracieux, avec les effusions d'enthousiasme de son auguste admirateur. Il compte retirer du commerce littéraire avec lui, à défaut d'une pension bien sonnante, une invitation à le visiter, une proposition de se fixer auprès de lui, comme un mentor chargé d'achever son éducation.

Prompt à prendre ses désirs pour des réalités, il ébruite d'avance les offres qu'il espère, après les avoir sollicitées par insinuation, dans les flots de parfum, répandus sur la tête comme aux pieds de son héros. Dans l'intervalle, il tente de s'en faire une arme pour forcer la porte des faveurs refusées à Versailles : « Ces persécutions (le *Mondain* sifflé au « théâtre) d'un côté, et de l'autre une nouvelle invi« tation du prince de Prusse me forcent enfin à « partir. Je serai bientôt à Berlin. Dieu veuille que « quelque gelée ne me tue pas à Berlin, comme le « froid de Stockholm tua Descartes! » (2) « Monsieur « le prince royal de Prusse m'a écrit depuis long« temps, en des termes qui me font rougir, pour « m'engager à venir à sa cour. Vous devinez aisé« ment que je n'ai été tenté de rien, et que si je « suis obligé de quitter la France, ce ne sera que

(1) A Thiriot, 25 janvier 1738.
(2) Thiriot, 27 novembre 1736.

« pour aller servir des princes. » (1) « Je partirais
« avec une joie inexprimable ; j'irais voir le prince
« de Prusse, qui m'écrit souvent pour me prier
« d'aller à sa cour ; je mettrais entre l'envie et moi
« un assez grand espace pour n'en être plus trou-
« blé ; je vivrais dans les pays étrangers, en Fran-
« çais qui respectera toujours son pays ; je serais
« libre et je n'abuserais point de ma liberté ; je se-
« rais le plus heureux homme du monde ; mais
« votre amie (la du Châtelet) est devant moi qui
« fond en larmes. Mon cœur est percé. Faudra-t-il
« me priver de ma vie, parce que j'ai des ennemis à
« Paris ? Je suspends, dans mon désespoir, mes ré-
« solutions ; j'attendrai encore que vous m'ayez
« instruit de l'excès de fureur où l'on peut se porter
« contre moi. » (2)

Comme l'invitation provoquée tardait d'arriver,
Voltaire, « étant allé à Amsterdam pour l'impres-
« sion de ses guenilles, » (3) (*Lettres à quelques
Juifs en dérision de la Bible*), fit insérer dans les
gazettes de Hollande qu'il se rendait en Prusse, sur
les instances du prince royal, et s'empressa d'informer celui-ci de la fausse nouvelle, en y ajoutant
un démenti, qui avait tout l'air d'un souhait de
confirmation : « Il est douloureux pour moi qu'en
« devinant si bien mon goût, les gazettes aient si
« mal deviné mes marches. Vous ne doutez pas,
« Monseigneur, de l'envie extrême que j'ai d'aller

(1) Au comte de Fressan, 9 décembre 1736.
(2) A d'Argental, décembre 1736.
(3) Au marquis d'Argens, 20 janvier 1737.

5.

« vous admirer de plus près; mais j'ai déjà eu
« l'honneur de vous mander qu'une occupation in-
« dispensable me retenait ici. C'est pour être plus
« digne de vos bontés que je suis à Leyde; c'est
« pour me fortifier *dans la connaissance des choses*
« *que vous favorisez.* Vous n'aimez que les vérités
« et j'en cherche ici. Je prendrai la liberté d'en-
« voyer à Votre Altesse Royale la petite provision
« que j'aurai faite. » (1) (*Publications impies.*)

Frédéric, obligé de ménager « les personnes su-
« perstitieuses de son pays, qui sont scandalisées
« de son commerce de lettres avec le démolisseur
« de la foi chrétienne, » (2) et craignant le courroux de son père, fort hostile aux incrédules, joua
de ruse avec son thuriféraire encensé, et feignit
de regretter ce qu'il ne pouvait accorder : « Il me
« semble que quelque démon familier se soit abou-
« ché avec tous les gazetiers de Hollande pour leur
« faire écrire unanimement que vous m'êtes venu
« voir. Le public me croit plus heureux que je ne
« le suis. Je me tue de le détromper. Je me sens
« d'ailleurs très obligé au gazetier d'effectuer en
« idée ce qu'il juge fort bien qui peut m'être infi-
« niment agréable. » (3)

L'Apollon, nourrisson des roués, comprit que sa
manœuvre était découverte, et chargea le compère
Thiriot de parer un fâcheux contre-coup : « J'ai été
« très fâché que l'on ait inséré dans les gazettes

(1) Lettre, janvier 1737.
(2) Lettre, 8 février 1737.
(3) 16 janvier 1737.

« que je devais aller en Prusse. Mandez au prince
« que je suis discret et que je ne me vante point de ses
« faveurs. De mon côté, je ne vous oublie pas quand
« je lui parle de belles-lettres et de mérite. » (1)

En même temps, il prévient les amis auxquels il
avait trompeté son départ, « qu'il ne compte point
« voir cet hiver le prince de Prusse. Ce sera pour
« l'été, s'il se résout d'y aller. On perd toujours
« son temps à la cour, Newton l'emporte sur le
« prince. » (2)

Minerve, ayant rejoint *Socrate* à Leyde, dans
l'espoir de devenir l'*Egérie* de Rémusberg, comme
de Cirey, détermine une nouvelle explosion d'envie
de voir « les délices du genre humain, son *rex
amatus :* » « Le sieur Thiriot a encore cru que
« j'allais en Prusse. L'éclat de vos bontés pour moi
« l'a persuadé à beaucoup de monde. Mais, Mon-
« seigneur, la pénétration de votre esprit vous aura
« fait deviner mon caractère; je suis sûr que vous
« m'aurez rendu la justice d'être persuadé que j'ai
« la plus extrême envie de vous faire ma cour,
« mais que je n'ai nullement le dessein d'y aller.
« Je suis incapable de faire une telle démarche sans
« des ordres précis.

« La cour de votre père et votre personne, Mon-
« seigneur, doivent attirer des étrangers; mais un
« homme de lettres qui vous est attaché, ne doit pas
« y aller sans ordres. » (3)

(1) 28 janvier 1737.
(2) A d'Argental, 25 février 1737.
(3) Mars 1737.

La sommation était trop directe pour être éludée, sans froissement d'amour-propre, sans danger de rupture de relations, dont le prince circonspect espère tirer toutes sortes de profits. Il y répond donc par l'annonce du prochain envoi de son portrait, « que l'un de ses gentilshommes, nommé Knobels- « dorf, est en train de peindre, et que son intime « ami, le baron de Kaiserling ou Césarion, portera à « Cirey, vers la fin du mois suivant. » (1)

Le couple voyageur, déçu dans son attente et réduit à rebrousser chemin vers « le paradis de Cirey, » dissimula son désenchantement, sous de pompeuses protestations d'impatience « de voir, dans le « petit temple dédié à l'amitié, deux choses qui se- « ront bien reçues en France : le portrait d'un « prince tel que vous, et M. de Kaiserling, que Votre « Altesse Royale honore du nom de son ami in- « time. » (2)

Césarion arriva en juillet, avec le précieux cadeau, accompagné de la *Métaphysique* de Wolf, d'une *Dissertation* de Beausobre et d'une lettre, trouvée charmante, présents qui durent enivrer médiocrement d'allégresse la nymphe *Calypso* et son *Télémaque*. Il avait, en outre, la mission de revenir, chargé de la *Toison d'or*, de rapporter la *Pucelle*, *Louis XIV*, la *Philosophie de Newton*, et de dire « à « quel point on honore à Rémusberg la vertu, le « mérite et les talents. » (3)

(1) 7 avril 1737.
(2) 27 mai 1737.
(3) 25 mai 1737.

Mais il n'emporta qu'un léger tribut, quelques chapitres de *Louis XIV*, des poésies fugitives, complément de la *Henriade*, des fragments de philosophie.

La *Vénus-Newton*, que le prince galant avait gratifiée seulement d'un aimable couplet, retint sous clef, « de peur d'accident », la *Pucelle* compromettante.

Une conversation du messager de confiance « en-« flamma encore le zèle et l'admiration du *sublime* « *Voltaire* pour le caractère divin de *Gott-Frédéric*, « qui l'*encourage à tout.*»(1) Mais il regrette vivement « d'avoir une santé qui l'empêchera probablement « d'être témoin du bien que le héros fera aux hommes, « et de voir les merveilles de son règne. » Voici la confidence qui remonta l'enthousiasme du quémandeur éconduit : « Le favori du prince me dit : Notre « prince n'est pas riche à présent, et il ne veut pas « emprunter, parce qu'il dit qu'il est mortel, et qu'il « n'est pas sûr que le roi son père payât ses dettes. « Il aime mieux vivre en philosophe, en attendant « qu'il vive un jour en grand roi, et il serait très fâché « alors qu'il y eût un prince sur la terre qui récom-« pensât mieux ses serviteurs que lui. L'extrême « envie qu'il a d'établir sa réputation chez les étran-« gers, l'engagera toujours à prodiguer des récom-« penses d'éclat sur ses serviteurs qui ne sont pas « ses sujets. » (2)

« Mon cher Thiriot, voilà notre homme, conser-

(1) 2 juillet 1737.
(2) A Thiriot, 25 janvier 1738.

« vez la bienveillance de cette âme-là, et m'en
« croyez. » (1)

    « Le prince, un jour, doit vous acheter cent mille
« écus, s'il donne sept mille écus pour un être non
« pensant, haut de six pieds. » (2)

Cette promesse de brillantes récompenses, et une
émeraude enrichie de diamants, envoyée pour étrennes
à la *divine Emilie*, en réparation de l'oubli antérieur,
amenèrent une recrudescence de vigueur dans l'attaque encouragée « de la monarchie ecclésiastique,
« qui repose sur des fondements peu solides (3) ».
Par malheur, le démolisseur aux ordres de Rémusberg avait des adversaires, ou, comme il s'en plaignait, d'*infâmes ennemis*, qui surveillaient ses agissements et les dénonçaient au bras séculier. De là
des contrariétés et des poursuites au sujet des brûlots clandestins, lancés contre l'édifice des croyances
chrétiennes, que l'intrépide *métaphysicien* de Berlin
a hâte de voir renversé. Bonne occasion de se poser
auprès de lui en martyr de la philosophie, persécutée
par les dévots. Les doléances échappent *crescendo*,
sur tous les tons et sous toutes les formes, accompa-
gnées du désir de plus en plus vif de voir *son sauveur*.
Thiriot, en camarade avisé, sinon inspiré, qui donne
la main à Voltaire et reçoit la sienne pour se hisser
ensemble dans les faveurs du futur Auguste, avertit
l'Altesse engouée et censée dévouée, des désagréments
et des périls du *Prométhée* gémissant de Cirey. Ses

(1) A Thiriot, 22 mars 1738.
(2) A Thiriot, décembre 1737.
(3) Frédéric à Voltaire, 20 septembre 1737.

avis trouvent aussi peu d'écho fructueux que les plaintes de la victime elle-même. Ils se répercutent seulement en vague assurance de compassion.

Sur ces entrefaites, une lettre de Wésel annonce que l'Orphée de Rémusberg a quitté sa retraite et sa lyre, pour vaquer aux jeux de Mars en Westphalie. Il se lamente d'être rapproché de Cirey sans pouvoir s'y rendre : « Vous ne sauriez concevoir ce que me « fait souffrir votre voisinage ; ce sont des impa- « tiences, ce sont des inquiétudes, ce sont enfin toutes « les tyrannies de l'absence. Faisons faire un pas à « Rémusberg et à Cirey pour se joindre » (1).

Le langage mielleux du serpent tentateur met en liesse l'Eden attristé de la Champagne. *Adam* et *Ève* sont prêts à s'éloigner de leur paradis pour courir à la terre promise. Mais il leur faut comme viatique autre chose que le nectar et l'ambroisie de la pure amitié du *divin* Frédéric. Par bonheur « un homme « de la maison du Châtelet a une petite principauté « entre Trèves et Juliers, que l'on pourrait vendre, « et qui peut-être conviendrait à Sa Majesté. Ma- « dame du Châtelet serait assez la maîtresse de cette « vente. Ce serait une belle occasion pour rendre ses « respects au plus respectable prince de l'Europe. « La reine de Saba viendrait avec un grand plaisir « consulter le jeune Salomon. » (2)

« Cinq ou six cent mille florins que la terre peut « valoir, ne sont que l'accessoire de cette affaire. Le « principal serait que la reine de Saba viendrait sur

(1) 24 juillet 1738.
(2) Lettre du 5 août 1738.

« les lieux pour y voir le Salomon de l'Europe. Votre
« Altesse Royale sait si je serais du voyage. C'est bien
« alors que le pays de Juliers serait la terre promise,
« où je verrais *salutare meum*. Je ne sais peut-être
« pas ce que je dis, mais enfin j'ai imaginé que la
« proposition de cette vente, étant convenable aux inté-
« rêts de Sa Majesté, les ministres de Sa Majesté ne
« s'y opposeraient pas si Votre Altesse Royale le fai-
« sait proposer ou la proposait. » (1)

La réponse à la séduisante suggestion de soutirer
six cent mille florins à son père avare, afin de se
procurer la jouissance de la visite des hôtes de Cirey,
est aussi spirituelle de forme que cruelle au fond :
« Ce voyage, projeté trop tard pour ma satisfaction,
« m'aurait mis au comble de la félicité. Si j'avais vu
« la marquise et vous, j'aurais cru avoir plus profité
« de ce voyage que Clairaut et Maupertuis, que La
« Condamine et tous vos académiciens, qui ont par-
« couru l'univers afin de trouver une ligne. Les gens
« d'esprit sont, selon moi, la quintessence du genre
« humain, et j'en aurais vu la fleur d'un coup d'œil.
« Je dois accuser votre esprit et celui de la divine
« Emilie de paresse, de n'avoir point enfanté ce pro-
« jet plus tôt.

« Il est trop tard à présent. Je ne vois plus:
« qu'un remède, et ce remède ne tardera guère
« c'est la mort de l'électeur palatin. » (2) « Lorsque
« nous serons en possession des duchés de Berg et
« de Juliers, il sera naturel de chercher à l'arrondir

(1) Lettre août 1738.
(2) Lettre du 11 septembre 1738.

« et à faire des acquisitions, comme celle de la sei-
« gneurie de Béringhem. » (1)

Le renvoi aux calendes grecques du marché offert
ne décourage pas l'espoir de l'*Homère de la France*
d'exprimer bientôt de vive voix combien il a « le
« cœur lié à l'âme tendre et généreuse du demi-dieu
« de Rémusberg. » (2) Emilie, embrasée du désir de
contempler le héros de ses rêves des *Mille et une
Nuits*, et de toucher les florins, accessoire du ravissement principal, compose un *Essai sur le feu*, destiné à communiquer à l'Apollon prussien la flamme
qui l'anime. Celui-ci réplique que c'est une merveille
de génie qui réchauffe ses glaçons; mais il a le cœur
trop tudesque pour le laisser fondre à de pareils
rayons et le répandre en pluie d'or.

Alors les anciennes jérémiades sur les persécutions de ses envieux de recommencer plus pressantes
que jamais. Trois lettres consécutives fourmillent de
larmes, émaillées de fleurs, à l'adresse du *Refuge*
des malheureux, du *Protecteur* des opprimés.

« Si je vivais sous mon prince, je tâcherais de me
« conformer à sa façon mâle et vigoureuse de penser,
« je ressusciterai mon feu mourant aux étincelles de
« son génie. Mais que puis-je faire en France, ma-
« lade, persécuté, et toujours distrait par la crainte
« qu'à la fin l'envie et la persécution ne m'accablent?
« Le désert où je me suis réfugié auprès de Minerve,
« et qui devrait être inaccessible aux persécuteurs,
« n'a pu empêcher leur fureur d'y venir trouver un

(1) Lettre du 30 septembre 1738.
(2) Lettre d'octobre 1738.

« solitaire languissant, qui ne vivait que pour Votre
« Altesse Royale, pour Emilie et pour l'étude. »

« Du moins un coin de terre dans la Hollande,
« dans l'Angleterre, chez les Suisses ou ailleurs, me
« mettrait à l'abri et conjurerait la tempête ; mais
« une personne trop respectable a daigné attacher
« sa vie heureuse à des jours si malheureux : elle
« adoucit tous mes chagrins, quoiqu'elle ne puisse
« calmer mes craintes.

« Tant que j'ai pu, Monseigneur, j'ai caché à Votre
« Altesse la douleur de ma situation, malgré la bonté
« qu'elle avait elle-même d'en plaindre l'amertume ;
« je voulais épargner à cette âme généreuse des
« idées si désagréables ; je ne songeais qu'aux sciences,
« qui font vos délices ; j'oubliais l'auteur que vous
« daignez aimer ; mais enfin ce serait trahir son
« protecteur de lui cacher la situation. La voilà telle
« qu'elle est, Horace dit :

« Durum ! sed levius fit patientiâ.

« et moi je dis :

« Durum ! sed levius fit per Fredericum.

« Votre Altesse Royale promet encore sa protection
« pour les affaires que Mme du Châtelet doit discuter
« sur les confins de votre souveraineté. J'espère que
« nous serons si longtemps près de Clèves que nous
« y verrons *salutare meum*. » (1)

Ce chef-d'œuvre de requête persuasive, dont la
touche habile pénétra d'admiration le *nourrisson*

(1) Lettre du 15 février 1739.

des Muses, ne délia d'aucune manière les cordons de sa bourse de *Plutus-Harpagon*. L'*âme héroïque* et *tendre* du rival de Marc-Aurèle se souciait fort peu de procurer de ses deniers, provenant en majeure partie des aumônes de l'Autriche et de la Russie, une terre de refuge, abritée des poursuites de la justice française, à *Socrate*, persécuté en la compagnie de Minerve. Sa générosité s'était bornée jusqu'alors à payer en monnaie correspondante, d'une valeur inférieure, les largesses littéraires de ses admirateurs admirés. Ses louanges répondaient à leurs louanges ; ses productions étaient envoyées en échange ou en retour de leurs œuvres. Il acquittait les autres cadeaux reçus, par l'expédition de son portrait sollicité, par le don d'une émeraude, d'un tonnelet de vin de Tokay, d'une plume et d'un écritoire en ambre, présents accueillis, chaque fois, avec une gratitude ronflante, fine amorce tendue à sa munificence, qui ne s'y laissa jamais prendre.

La touchante supplique de l'*Anacréon* mendiant valut au philosophe déconfit des condoléances, dignes d'une *âme forte*. La commisération du consolateur imploré se manifesta en stériles regrets de n'être pas, « dans la tempête des persécutions suscitées, qui « ôtent pour un temps le calme à l'Océan, le Neptune « de l'*Enéide*, afin de procurer la tranquillité, très sin- « cèrement souhaitée. Souffrez que je vous rappelle « ces beaux vers de l'épître à Emilie, où vous faites « si bien votre leçon :

« Tranquille au haut des cieux que Newton s'est soumis,
« Il ignore en effet s'il a des ennemis.

« Laissez au-dessous de vous cet essaim méprisable
« et abject d'ennemis aussi furieux qu'impuissants.
« Votre mérite, votre réputation vous servent d'égide.
« Persuadé de votre mérite, enveloppé de votre vertu,
« vous devez jouir de cette paix douce et heureuse,
« qui est ce qu'il y a de plus désirable en ce monde.
« Je vous prie d'en prendre la résolution. Je m'y
« intéresse par amitié pour vous. » (1)

L'expansion miséricordieuse du *Héros de l'Amitié*
frisait plutôt l'ironie que la compassion. Prodigue
en conseils de courage, qui dans la circonstance
sentaient la moquerie, il esquivait la demande pécuniaire, qui était le but visible de la comédie de
lamentation, comme de l'emphase enthousiaste du
poëte-philosophe, que l'*avarice a toujours poignardé*,
au jugement de Mme Denis, sa nièce, qui le connaissait à fond, pour l'avoir longtemps pratiqué. Frédéric
réduisit son assistance, si chaleureusement invo-
quée, à une lettre de recommandation pour le duc
d'Aremberg, en Belgique, qui n'avançait de rien
l'*Ovide* de Cirey, déclarant dans ce moment même à
ses amis de Paris « qu'il voulait vivre et mourir dans
« sa patrie, et qu'il jetterait plutôt au feu les *Lettres*
« *philosophiques* que de faire encore un voyage d'Am-
« sterdam. » (2)

Néanmoins l'insuccès mortifiant de ses combinaisons financières, basées sur l'amitié du prince royal
de Prusse, ne dégoûta pas encore Voltaire de son
métier de flatteur et de plume reptile de l'ennemi

(1) Lettre du 8 mars 1739.
(2) Lettre à Helvétius, 19 février 1739.

intéressé de l'Eglise, qui ne tarda pas à se déclarer l'adversaire de la politique française. Au contraire, plus ses calculs cupides étaient déjoués, plus il redoublait de platitude et de servilisme, à griser d'encens *Apollon-Rémus*, afin de lui infuser, à force de louanges mauséabondes, les vertus libérales qu'il lui attribuait si gratuitement. Il est vrai que l'*Attila* du clergé catholique, adouci par la crainte d'avoir sur les bras son lieutenant blessé dans les combats contre l'Eglise, par excès de vaillance, et de perdre prématurément un si utile concours, mitigeait les atermoiements d'argent de conseils de prudence. « Je « vous demande instamment de me procurer la con- « tinuation de l'*Histoire de Louis XIV*; c'est un ou- « vrage excellent, dont l'univers n'a point encore « d'exemple; mais je vous conseille en ami de ne « point le livrer à l'impression. Les prêtres, cette « race implacable, ne vous pardonneraient point les « petits traits que vous leur lancez. Cette histoire, « écrite dans un esprit philosophique, ne doit point « sortir de la sphère des philosophes. » (1)

« Mon cher Voltaire, ménagez la race des bigots, « et craignez vos persécuteurs. Il n'y a rien de plus « cruel que d'être soupçonné d'irréligion. J'en parle « par expérience, et je m'aperçois qu'il faut être « d'une circonspection extrême sur un article dont « les sots font un point principal. » (2)

Mais le conseil d'éviter les témérités de langage et de conduite à l'égard du clergé ne révoquait nulle-

(1) Lettre du 9 novembre 1738.
(2) Lettre du 16 mai 1739.

ment l'ordre antérieur, réitéré plusieurs fois, d'attaquer l'Eglise. Il modifiait simplement, en les perfectionnant, les procédés de tactique, et recommandait la mine et la sape de préférence à l'assaut. Car il était plus expéditif, et moins périlleux de faire écrouler l'édifice, après en avoir ébranlé les fondements, que de tenter prématurément de le renverser dans la plénitude de sa solidité. Loin de retirer ou de suspendre, par les nouvelles instructions, l'injonction primitive de combattre l'ennemi commun, le généralissime réel, quoique non apparent encore, de la guerre déclarée à la hiérarchie catholique, les confirmait dans les précautions mêmes qu'il engageait de prendre, afin d'en mieux assurer le succès :

« Vous faites dans la *Henriade* un portrait vrai,
« mais terrible, de la méchanceté des prêtres et des
« suites funestes du faux zèle. Ce sont des leçons
« qu'on ne saurait assez répéter aux hommes, que
« leurs folies passées devraient au moins rendre
« plus sages dans leur façon de se conduire à l'a-
« venir. (1)

« Quant à moi, je ne m'enrôlerai jamais sous la
« bannière du fanatisme ; je me contenterai de com-
« poser quelques psaumes pour donner bonne opi-
« nion de mon orthodoxie. Perdez de même quel-
« ques moments, mon cher Voltaire, et barbouillez
« d'un pinceau sacré l'harmonie de quelques-unes
« de vos mélodieuses rimes. Socrate encensait les
« pénates ; Cicéron, qui n'était pas crédule, en fai-
« sait autant. Il faut se plier aux fantaisies d'un

(1) Lettre du 26 juin 1739.

« peuple futile pour éviter la persécution. » (1)

« Cependant je vous prie, par tout le crédit que
« j'ai sur vous, d'achever, pour l'amour de votre
« gloire, l'histoire incomparable dont vous m'avez
« confié le commencement.

> Laisse glapir tes envieux,
> Laisse fulminer le Saint-Père,
> Ce vieux fantôme imaginaire,
>   Idole de nos aïeux,
> Et qui des intérêts des cieux
> Se dit ici-bas le vicaire,
> Mais qu'on ne respecte plus guère. (2)

En habile stratégiste, le chef de la ligue incrédule, ébauchée dès lors contre le sacerdoce chrétien, élargit la base des opérations concertées avec
son docile lieutenant. Il ajoute aux agressions clandestines, convenues contre le pouvoir, soit spirituel, soit temporel, des représentants de Dieu, un
plan de manœuvres souterraines contre le gouvernement français, dont la sage politique contrecarre
les projets anti-catholiques de la conspiration prusso-
protestante.

(1) Lettre du 6 janvier 1740.
(2) Lettre du 10 janvier 1740.

CHAPITRE XI

FRÉDÉRIC EXCITE VOLTAIRE A FAVORISER
LA POLITIQUE PRUSSIENNE

La paix de Vienne déconcerte la Prusse. — Frédéric pousse
Voltaire à écrire contre le gouvernement français. — Diatribes
contre le cardinal de Fleury. — Réponse peu patriotique de
Voltaire. — Suggestions politiques à Frédéric. — Enchante-
ment de celui-ci. — Echec de nouvelles démarches intéressées.
— Reprises des flatteries rampantes. — Dissimulation de
Frédéric.

Voltaire a été démangé toute sa vie de la prétention
de jouer en France le rôle d'homme d'Etat, qu'il a vu
remplir en Angleterre aux publicistes de renom.
Mais, quelque roué qu'il fût en détours d'intrigues,
en gueuseries financières, en manigances malicieuses, il ne s'est jamais montré qu'un enfant naïf en
perspicacité politique, surtout lorsqu'il s'avisait de
lutter de finesse et de ruse avec son ami Frédéric,
dont il ne paraît avoir pénétré ni les vues grandioses
et lointaines, ni les profondeurs d'astuce, de perfidie
et de dissimulation.

La guerre de la succession de Pologne, conduite
brillamment par les armées de Louis XV en Allemagne et en Italie, piteusement aux bouches de la
Vistule, venait d'être suspendue brusquement par les
préliminaires de Vienne, qui trompaient l'attente
du roi Frédéric-Guillaume I, dont la conduite équi-

voque, également suspecte aux deux partis, avait beaucoup contribué à rapprocher les belligérants. Mécontent de lui-même et des autres, il travaillait à faire éclater une nouvelle rupture entre la France et l'Autriche, à l'occasion des difficultés soulevées au moment de la ratification de l'échange consentie de la Lorraine contre la Toscane; car il voyait d'un œil consterné la paix prête à se conclure définitivement entre les maisons si longtemps rivales des Habsbourg et des Bourbons, sans procurer aux Hohenzollern l'héritage convoité de Berg et de Juliers.

Frédéric, quoique éloigné des affaires et absorbé en apparence dans le culte des Muses, ne négligeait pas son apprentissage du métier de roi. Initié, durant son récent voyage avec son père en Hollande, aux négociations poursuivies entre la Prusse, les Etats Généraux et l'Angleterre, pour entraver l'entente imminente des nations catholiques, au grand dépit des gouvernements protestants, il essaya d'employer la plume du Titan, qui escaladait si vigoureusement l'Eglise, à tourner l'opinion publique en faveur des desseins brandebourgeois :

« Vous rendriez un service signalé à votre patrie
« si vous pouviez venir à bout de convaincre l'Eu-
« rope que les intentions de la France ont toujours
« été conformes au manifeste de l'année 1733 (pro-
« mettant de ne pas s'annexer la Lorraine), mais
« vous ne sauriez croire à quel point on est prévenu
« contre la politique gauloise.

« Ce n'est point un badinage; il y a du sérieux
« dans ce que j'ai dit du projet du maréchal de Vil-

6

« lars, que le ministère de France vient d'adopter.
« (La cession immédiate de la Lorraine en sus du
« Barois, accordé par les préliminaires de Vienne, le
« tout contre la reconnaissance de la Pragmatique
« Sanction de l'empereur Charles VI.) Cela est si vrai
« qu'on en est instruit par plus d'une voix, et que ce
« projet redoutable intrigue plus d'une puissance.
« On ne verra que par la suite des temps tout ce
« qu'il entraînera de funeste. Ou je suis bien
« trompé, ou il nous préparera de ces événements
« qui bouleversent les empires et qui font changer la
« face de l'Europe. » (1)

Les choses étaient trop avancées entre les deux
cours, impatientes de se réconcilier, à leur commun
avantage ; Frédéric et Voltaire se trouvaient encore,
l'un trop suspect en France, l'autre trop impuissant
en Allemagne, pour qu'une levée de plumes eût des
chances de faire reculer les plénipotentiaires réunis
au congrès de Vienne, où ils signèrent deux mois
après les conditions aggravées du cardinal de
Fleury. (2)

Le succès diplomatique du ministre-précepteur de
Louis XV mit en fureur le *roi-prophète* de Rémusberg. Sa colère s'exhala en prose et en vers contre le
vieux « radoteur, tombé en enfance, qu'il faudra
« enfermer aux Petites-Maisons » pour avoir déjoué
les ruses de Berlin. La mauvaise humeur l'attendrit
de compassion sur l'infortunée victime des négli-
gences et des duretés de *prêtre fourbe*, persécuteur

(1) Lettre du 11 septembre 1738.
(2) 18 novembre 1738.

de la liberté d'écrire et de faire. Son fiel contre l'é-
vêque, homme d'Etat, déborda en strophes amères,
qu'il appliqua comme baume aux plaies du philosophe
pleureur, dont il s'était peu ému jusqu'alors :

> Méprise la folle colère
> De l'héritier octogénaire
> Des Mazarin, des Richelieu,
> De ce doyen machiavéliste,
> De ce tuteur ambitieux,
> Dans ses discours, adroit sophiste,
> Qui suit l'intérêt à la piste
> Par des détours fallacieux,
> Et qui par l'artifice pense
> De s'emparer de la balance
> Que soutiennent ces fiers Anglais,
> Qui, pour tenir l'Europe libre
> Ont maintenu dans l'équilibre
> L'Autrichien et le Français. (1)

Les vers étaient aussi mauvais que méchants.
Néanmoins, ils plurent au courtisan évincé de Versailles, heureux de se venger, à coups de plumes, des
rebuffades méritées de l'austère et prudent cardinal.
Les invectives guindées du satirique Prussien, qui
déversait sa bile en âpre langage sur l'obstacle aux
rêves d'agrandissement de sa race, servirent de
thème applaudi à des épigrammes peu patriotiques :

> Ce vieux madré de cardinal
> Qui vous escroqua la Lorraine,
> Me veut quelque mal
> D'avoir berné la pourpre romaine.

> Le bon Hercule de Fleury,
> Petit prêtre nonagénaire,
> En Hercule s'est fait portraire,
> De quoi chacun est ébahi.

(1) Lettre du 10 janvier 1740.

Car on sait que le fils d'Alcmène
Près de sa mère fila,
Mais jamais il ne radota
Que sur les rives de la Seine.

« Une guerre heureuse par hasard, malgré la cas-
« cade devant Dantzick, » scandalisait le *bon Prussien* de Cirey, qui déplorait le triomphe de la politique française comme la contagion d'*une peste* gouvernementale, dont l'*Anti-Machiavel* devait être
l'antidote : « Puisque le monde est ainsi gouverné,
« il faut que l'*Anti-Machiavel* paraisse; il faut un
« Hippocrate en temps de peste. » (1) « C'est le plus
« bel ouvrage que je connaisse. Que vous y faites un
« vrai portrait des Français et de leur gouverne-
« ment! Que le chapitre sur les puissances ecclé-
« siastiques est intéressant et fort! » (2) Quel malheur de voir la France réconciliée avec ses alliées
naturelles et reprendre à leur tête le premier rang
en Europe! Quelle perspective décourageante pour
ses ennemis, qui sont également les ennemis de l'E-
glise catholique! « En effet, qui résisterait si l'em-
« pereur était uni avec la France et l'Espagne? Alors
« les Anglais et les Hollandais ne se serviraient
« plus de leur balance, avec laquelle ils ont voulu
« soutenir l'équilibre de l'Europe que pour peser les
« ballots qui leur viennent des Indes. » (3)

En réfléchissant nuit et jour à ce manque d'équilibre, qui contriste Berlin en réjouissant Paris, « une
« idée a passé plus d'une fois par la tête » du phi-

(1) Lettre du 26 janvier 1740.
(2) Lettre du 1er juin 1739.
(3) Lettre du 5 août 1738.

losophe, préoccupé de la grandeur de son héros
étranger, au détriment de son propre pays : « Quand
« j'ai vu la maison d'Autriche prête à s'éteindre,
« j'ai dit en moi-même : Pourquoi les princes de la
« communion opposée à Rome n'auraient-ils pas
« leur tour? Ne pourrait-il se trouver parmi eux un
« prince assez puissant pour se faire élire? La Suède
« et le Danemark ne pourraient-ils pas l'aider? Ne
« pourrait-on pas rendre l'empire alternatif, comme
« certains évêchés, qui appartiennent tantôt à un lu-
« thérien, tantôt à un romain? Je prie Votre Altesse
« Royale de me pardonner ce tome des *Mille et une*
« *Nuits.* » (1)

La corde sensible a été touchée, mais la modestie
du héros lui défend d'avouer combien lui-même
caresse le rêve suggéré par le législateur du Parnasse français :

« Vos idées me sont trop avantageuses. Voltaire
« le politique me souhaite la couronne impériale ;
« Voltaire le philosophe demanderait au ciel qu'il
« daignât me pourvoir de sagesse; et Voltaire, mon
« ami, ne me souhaiterait que sa compagnie pour
« me rendre heureux ; non, mon cher ami, je ne
« désire point les grandeurs, et si elles ne me vien-
« nent chercher, je ne les chercherai pas. » (2) Le
plaisir, occasionné par *la rencontre de leurs pensées*,
produisit un mouvement « d'indignation contre la
« nation française et ses chefs, de ce qu'ils ne répri-
« ment point l'acharnement cruel des envieux du

(1) Lettre du 5 août 1738.
(2) Lettre du 11 septembre **1738**.

« Pythagore-Orphée. La France se flétrit en le flé-
« trissant; et il y a de la lâcheté en elle à souffrir
« cette impunité, » (1) de la critique des ouvrages
du blasphémateur, qui revendiquait le bourreau
pour imposer silence aux défenseurs de la religion,
et cela, au nom du principe invoqué de la tolérance
philosophique!

La concordance des sympathies et des antipathies
politiques des deux ennemis de l'Eglise, comme
leur confraternité de lutte anti-chrétienne, était entretenue soigneusement par Frédéric, au moyen de
l'entrevue briguée et de l'achat sollicité de la terre
de Béringhem, double amorce habilement agitée
devant les yeux éblouis de Voltaire, et reculée à
mesure qu'il s'efforçait de l'atteindre. Ce jeu, reproduit dans presque chacune de leurs lettres, avec des
variantes ingénieuses et spirituelles, forme l'inter-
mède comique des intrigues conspiratrices de la
première période de leurs relations épistolaires. La
mise en scène est parfaite, de part et d'autre, mais
tourne les rieurs du côté de l'apprenti diplomate,
qui exploite, en s'en moquant agréablement, les
convoitises inassouvies du poëte dramatique, usant
tous les ressorts des expédients de coulisse pour
arriver à ses fins, sans y parvenir ni en désespérer.
Il est piquant de voir *Socrate-Jérémie* se faire plus
malheureux, plus persécuté qu'il ne l'était, « au mi-
« lieu de vexations qui accablent son âme et de per-
« tuelles souffrances qui détruisent son corps, » s'exciter au courage, « en regardant le portrait de son

(1) Lettre du 11 septembre 1738.

« adorable héros, qui lui dit toujours : *Macte*
« *animo,*

> *Durum sed levius fit patientiá*
> *Quidquid corrigere est nefas.* (1) .

Dans cette pose de résignation stoïque, prêchée par
son idole insensible, il ne cesse de se lamenter sur
son triste sort, sur la fureur impunie de ses ennemis ; de tendre la sébile de mendiant, afin d'obtenir
« une branche de lauriers qui protége le château
« de Béringhem et le sauve de la destruction. » (2)

Il répète à satiété son vif désir de contempler
salutare suum :

> Ne verrons-nous jamais ce divin Marc-Aurèle,
> Cet ornement des arts et de l'humanité,
>   Cet amant de la vérité,
> Qui, chez les rois chrétiens n'a point eu de modèle,
> Et qui doit en servir à la postérité ? (3)

Marc-Aurèle Esculape, enjoué en présence de l'étalage des infirmités et des tourments plus ou moins fac-
tices de la victime théâtrale du fanatisme, mêle ses
remèdes dilatoires de saillies d'esprit, qui amusent
les spectateurs aux dépens du malade. Il envoie du vin
de Hongrie « qu'on prétend excellent pour la santé
« de l'âme souffrante. » Il l'exhorte à la patience
« en attendant de pouvoir jouir du fruit de ses
« soins. » (4)

Il souhaite que « l'air de Flandre ait l'efficacité

---

(1) Lettre du 25 avril 1739.
(2) Lettre du 25 avril 1739.
(3) Lettre du 18 octobre 1739.
(4) Lettre du 22 novembre 1738.

« des eaux du Léthé et fasse oublier les peines du
« patient. » (1)

Il craint qu'en attirant chez lui « Ulysse-Voltaire
« par les enchantements de Circé, il ne le tour-
« mente de l'absence de la chère Pénélope, que le
« puissant souvenir de la belle Emilie et l'attraction
« de son cœur n'ait sur lui un empire plus fort que
« les dieux et les démons de Rémusberg. Voilà pour-
« quoi il cède ses droits à la marquise. » (2)

De nouveaux gémissements arrachent enfin
un aveu d'impuissance, enveloppé de conseils héroïques :

« Que votre stoïcisme, mon cher Voltaire, aille
« au moins à vous procurer une tranquillité inalté-
« rable! Dites avec Horace : *Mea virtute me involvo.*
« Ah! s'il se pouvait, je vous recueillerais chez
« moi ; ma maison vous serait un asile contre tous
« les coups de la fortune, et je m'appliquerais à faire
« le bonheur d'un homme dont les ouvrages ont
« répandu tant d'agréments sur ma vie. » (3)

Une douche si réfrigérante guérit provisoirement
la manie tragique du persécuté imaginaire, qui finit
par se moquer lui-même de ceux qui prenaient au
sérieux ses cris de douleur et d'indignation :

« M. de Valori (le nouvel ambassadeur de France
« en Prusse) me fait bien de l'honneur de croire
« qu'on me traite comme Socrate, et qu'on me per-
« sécute pour avoir soutenu la vérité contre la folle

(1) Lettre du 15 avril 1739.
(2) Lettre du 1er juin 1739.
(3) Lettre du 10 octobre 1739.

« superstition des hommes. Je tâcherai de me con-
« duire de façon que je ne sois point le martyr de
« ces vérités, dont la plupart des hommes sont fort
« indignes. Ce serait vouloir attacher des ailes au
« dos des ânes, qui me donneraient des coups de
« pied pour récompense. » (1)

Mais la déception éprouvée du côté de Rémusberg,
tout en calmant un instant son zèle anti-catholique,
en lui inspirant même la résolution de teindre le
manteau de philosophe de manière à ne plus of-
fusquer Versailles, pour être appelé à la cour de
France, cette déception salutaire ne le corrigea pas
de son engouement pour l'héritier de la couronne
de Prusse, ni de son aversion pour le ministre français, détesté à Berlin.

Instruit de la maladie du père de son *Enée*, le
Virgile de la Henriade flagelle dans une vision apo-
calyptique le Machiavel du traité de Vienne, en
exaltant le futur vengeur de l'avortement des trames
prusso-protestantes. Il se représente Rémusberg
transporté soudainement à Berlin, et célèbre l'apothéose du héros qui monte sur le trône d'argent mas-
sif, laissé vacant par le feu roi. Toutes les vertus
forment son cortége; tous les monstres, surtout le
Fanatisme et la Superstition, fuient en tremblant à
sa vue. « La Vérité, bannie du conclave, s'assied à
« ses côtés :

> . Le Florentin Machiavel,
> Voyant cette fille du ciel,
> S'en retourna tout au plus vite

(1) Lettre du 23 février 1740.

Au fond du manoir infernal,
Accompagné d'un cardinal,
D'un ministre et d'un vieux jésuite.

« Mais Frédéric ne voulut pas que Machiavel
« eût osé paraître devant lui sans faire amende
« honorable au genre humain, en la personne de
« son protecteur. Il le fit mettre à genoux :

Et l'Italien confondu
Fit sa pénitence publique,
En avouant que la vertu
Est la meilleure politique » (1).

La révélation du songe mystérieux répondait parfaitement à l'impatience du *héros de la franchise*
d'étaler ses vertus sur le trône *pour le bonheur de
l'humanité*. Mais la convenance ne permettait pas
de le dire en présence d'un père moribond, qui se
défiait beaucoup de l'abnégation et de la sincérité
du pénitent de Custrin. L'allégresse éprouvée fit en-
fourcher Pégase et atteindre les hautes cimes du
Parnasse. Elle déborda en élans de gratitude inu-
sitée :

« L'aimable, le divin Voltaire
Ecrit, mais il ne fait pas tout ;
L'on assure qu'au dieu du Goût,
Il ne sert que de secrétaire...
Tant de savoir, tant de génie,
Melpomène avec Uranie,
Euclide armé de son compas,
Et les Grâces qui sur tes pas
S'empressent autour d'Emilie ;
Les ris badins, les ris moqueurs,
Avec les doctes profondeurs
De l'immense philosophie. » (2)

(1) Avril 1740.
(2) Lettre du 3 mai.

Les transports de la reconnaissance, après s'être traduits en huit strophes, encadrées de prose louangeuse, se drapèrent de sentiments de piété filiale et d'abnégation philosophique, également hypocrites :

« Je voudrais bien me trouver dans la situation « paisible et tranquille où vous me croyez. Je vous « assure que la philosophie me paraît plus char-« mante et plus attrayante que le trône; elle a « l'avantage d'un plaisir solide; elle l'emporte sur « les illusions et les erreurs des hommes, et ceux « qui peuvent la suivre dans le pays de la vertu et « de la vérité, sont très condamnables de l'abandon-« ner pour celui des vices et des prestiges.

« Je dois vous avertir que le langage des gazettes « est plus menteur que jamais, en annonçant la « prétendue convalescence, dont je souhaiterais « beaucoup de voir la réalité. Mon cher Voltaire, la « maladie du roi est une complication de maux « dont les progrès nous ôtent tout espoir de gué-« rison... Je prévois avec trop de certitude qu'il « n'est plus en mon pouvoir de reculer; c'est en « regrettant mon indépendance que je la quitte, et « déplorant mon heureuse obscurité, je suis forcé « de monter sur le grand théâtre du monde. » (1)

(1) Lettre du 18 mai 1740.

CHAPITRE XII

ATTITUDE DE FRÉDÉRIC PENDANT LA MALADIE DE SON PÈRE

Manque de piété filiale de Frédéric lors de la première crise de son père. — Déception à la guérison du malade. — Protestations mensongères de sentiments affectueux. — Correspondance avec sa sœur. — Mort prochaine du père alléguée pour obtenir de l'argent de la Russie. — Opinion du moribond sur son fils.

En terminant la première phase des relations de Frédéric et de Voltaire, il nous paraît indispensable de compléter la mise en plein jour du prince-philosophe, par quelques traits caractéristiques, révélateurs de ses vrais sentiments à l'égard de son père, dont il affecte de redouter la fin prématurée.

La maladie qui enleva Frédéric-Guillaume, datait de plus de dix ans. Elle l'avait aigri, comme nous l'avons vu, et rendu hypocondre, avant la fuite de Frédéric. Un mieux relatif s'était manifesté à l'époque du mariage de celui-ci. La colère et le chagrin amenèrent peu après une rechute. Le reclus de Rémusberg, instruit de la crise survenue, en informa sa sœur Wilhelmine : « Les nouvelles que « nous avons du roi sont mauvaises. On ne lui « donne plus longtemps à vivre. Eh bien ! je suis « résolu de me consoler de tout ce qui peut arriver ;

« car, au bout du compte, je suis fermement per-
« suadé que je n'aurai pas un bon moment tant
« qu'il vivra, et je crois que je trouverai cent mo-
« tifs contre un pour le faire oublier au plus
« vite (1). »

Quelques jours après, une autre lettre adressée à
la même sœur confirmait les renseignements et les
réflexions de la précédente : « Je puis vous dire
« ouvertement, ma sœur, que le roi touche à sa fin
« et qu'il survivra difficilement à cette année. Quoi-
« que mon cœur souffre d'une certaine manière,
« je suis, par compensation, très content de me
« trouver alors en état de vous rendre service et de
« vous prouver ma bonne volonté. » (2)

Le prince royal se décide à visiter le moribond.
Il l'aborde d'un air éploré, avec des yeux baignés
de larmes. Le père, ému de ses démonstrations de
tendresse, lui répond par des effusions affectueuses :
« Mon *Fritz chéri*, dit-il en le caressant, si tu ne
« commences pas bien ton règne, je me moquerai
« de toi dans l'autre monde. »

Fritz, reparti pour exercer son régiment, s'inquiète,
dans une touchante lettre au père, de la persistance
de la maladie :

« Je ne souhaite que de recevoir enfin un bul-
« letin rassurant sur la santé de mon gracieux père.
« Dieu veuille guérir mon très gracieux père ! J'offri-
« rai de bon cœur ma vie pour lui. » (3)

_____

(1) Lettre à la margrave Wilhelmine, 20 septembre 1734.
(2) Lettre à la même, fin septembre 1734.
(3) Lettre du 1er novembre 1734.

7

Avec sa sœur, il se désole dans le même moment d'être renvoyé de la cour, à l'approche de la mort du roi, et ajoute : « Pour ce qui me concerne, je n'ai « rien à craindre et suis parfaitement tranquille. »

Mais le malade différa de trépasser. L'héritier, aux aguets de la succession, est loin de s'en réjouir : « Je dois annoncer avec la plus grande stupéfaction « que le roi va mieux. Il commence à marcher. Il « se porte mieux que moi; il boit et mange pour « quatre. » (1)

La déception du prince philosophe le plonge dans la mélancolie, lui dévoile le néant des grandeurs humaines : « La maladie du roi n'est que « politique; il se trouve mieux chaque fois qu'il en a « envie, et se fait plus malade quand il le juge op- « portun. J'ai été trompé dans le principe; mais « maintenant je connais le mystère. Vous pouvez y « compter, ma chère sœur, il a une nature de Turc « et survivra à la prochaine génération, si cela lui « plaît et s'il veut prendre des précautions.

« Dégoûté du monde de tous côtés, comme je le « suis, je me pénètre de plus en plus de la pensée « qu'ici-bas il n'y a point de bonheur constant ni « durable; que, plus on connaît le monde, moins on « l'a en estime; que le mieux est de vivre et de mou- « rir dans l'indifférence. » (2)

Au printemps suivant, une division prussienne est envoyée sur le Rhin pour soutenir l'Empire contre la France, au sujet de la candidature de Sta-

(1) 10 janvier 1735.
(2) 10 janvier 1735.

nislas au trône de Pologne. Le futur vainqueur de
Rosbach brûle d'envie d'en faire partie, pour apprendre du prince Eugène à récolter des lauriers.
Le père refuse sa demande et reçoit une lettre de
soumission obséquieuse : « Je suis persuadé que
« mon très gracieux père a ses motifs de me refuser,
« et je me résigne avec une entière déférence,
« sachant que je suis né pour obéir. Dussé-je plutôt
« mourir que d'y manquer en la moindre chose, quoi-
« qu'il m'en coûtât s'il se passait sur le Rhin quel-
« que événement où il y aurait à gagner honneur et
« réputation ! Je sacrifie tout à mon très gracieux
« père, et il peut en conclure sûrement que je lui
« obéirai toujours en tout ce qu'il daignera me com-
« mander.

« Je garderai comme de l'or la gracieuse lettre
« de mon très gracieux père, pour lui rappeler au
« printemps prochain sa gracieuse promesse de me
« laisser faire la campagne de l'année prochaine.
« J'en remercie très respectueusement mon très gra-
« cieux père, et suis convaincu que le bon Dieu l'en
« récompensera mille fois en bénédiction et en
« santé. » (1)

Une lettre, non moins humble de ton, annonce la
mort du duc de Bévern-Brunswick : « Je viens
« d'apprendre la triste nouvelle que mon beau-père
« est mort. J'ai pensé en mourir d'effroi, n'ayant
« pas été instruit de sa maladie. Je crois que ma
« femme en sera très attristée. C'est pourquoi j'ose
« supplier mon très gracieux père de vouloir bien

(1) *Œuvres complètes*, XXVII, page 20.

« me permettre d'aller à Berlin pour la conso-
« ler. » (1)

La grimace de soumission de la première de ces
deux lettres, comme la feinte affliction de la seconde,
est démasquée dans la correspondance avec la confidente de ses pensées :

« Le roi me berce; après m'avoir promis tout ce
« que je pouvais souhaiter, il ne m'accorde absolu-
« ment rien. Il se porte mieux que jamais, et si
« vous le revoyiez, vous diriez qu'il n'a pas été aussi
« bien depuis dix ans. Demain, je dois retourner à
« Wusterhausen pour me retrouver dans la situa-
« tion la plus déplorable et la plus intolérable.
« Pensez que je suis en Purgatoire, et priez pour
« moi, afin que j'en sois délivré. » (2)

Touchant la mort du beau-père, il écrit en plai-
santant sur son deuil à sa sœur : « Mon Dieu ! que
« je suis surpris de la façon d'agir du duc de Bruns-
« wick ! Il a eu la politesse de mourir en homme
« aimable pour faire plaisir à ses fils. Je trouve qu'il
« n'a pas abusé des grandeurs de ce monde. » (3)

L'obstination de son père à lui différer le même
plaisir le jeta dans la philosophie de Wolf et dans
le commerce littéraire de Voltaire, deux hommes
abhorrés de Frédéric-Guillaume Ier, l'un à cause de
son impiété cynique, l'autre à cause de son scepticisme nuageux. Ce dernier venait d'être privé de sa
chaire professorale et banni de Kœnigsberg, quand

(1) Juillet 1736.
(2) Mai 1735.
(3) Juillet 1736.

le prince royal Frédéric entama des relations avec lui,
autant pour fronder le *très gracieux persécuteur* de
la libre pensée, que pour s'instruire dans l'irréligion. Il feignit de calmer et s'efforça de cacher
son impatience de régner, en se lançant, avec sa
fougue juvénile, dans les abstractions de la métaphysique transcendante, étayée du culte des Muses.
Mais il ne perdit pas de vue un instant le malade
morose qu'il lui tardait de conduire à la demeure
suprême. Il s'en entretenait fréquemment avec la
margrave de Bareith, en termes tellement édifiants,
que le gouvernement prussien, éditeur unique de
ses œuvres complètes, a cru sage de laisser une lacune regrettable dans cette partie de la correspondance du héros légendaire de l'*Empire de la crainte
de Dieu et des bonnes mœurs*, de supprimer, pour la
seule période du 15 novembre 1739 au 1ᵉʳ juin 1740,
vingt et une lettres sur vingt-huit, déposées dans les
archives secrètes. (1) Nous déplorons cette mutilation préméditée et répétée, qui prive les admirateurs du roi-philosophe d'instructives leçons de
piété filiale. Essayons d'y suppléer, en glanant ailleurs les curieuses complaintes échappées à la
plume féconde de l'Antonin prussien.

Voici le portrait qu'il trace à ses amis intimes de
celui auquel il proteste d'être *prêt à offrir sa vie
pour lui :* « Le roi est si amer, sa haine contre moi
« éclate de tant de façons, que si je n'étais pas ce
« que je suis, j'aurais depuis longtemps demandé
« mon congé. J'aimerais cent fois mieux mendier

(1) Onno Klopp, Frédéric II, p. 109.

« mon pain que de vivre des affronts que je suis
« obligé d'avaler ici. Mon unique crime est d'être
« son héritier. Je me laisse dire les choses les plus
« dures sans froncer les sourcils, sans m'émouvoir,
« et, après ses avalanches d'injures, je me remets à
« parler, comme si je n'avais rien entendu. » (1)

    « On me persécute avec aigreur, on me noircit de
« toute manière ; je passe mille fois au proverbe
« italien : Souffre et tais-toi, *pati e taci*, patience
« et silence, maxime qu'il est pénible de prati-
« quer. » (2)

Les contrariétés avalées se tournent néanmoins
en profusion de tendresses simulées : « Ce m'est une
« grande joie d'apprendre que la santé de mon très
« gracieux père s'améliore, Dieu merci ! Je souhaite
« de recevoir, tant que je vivrai, d'aussi agréables
« nouvelles de la santé de mon très gracieux
« père. » (3)

Or, au moment même où il cherche à bercer le
malade de douces illusions, et sur l'issue de la maladie, et sur sa sollicitude désintéressée, il spécule
sur la brièveté probable des jours réservés au moribond, pour presser, par l'agent *Suhm*, le duc de
Courlande Biren, favori de la czarine Anne, de lui
avancer une grosse somme d'argent, quelque chose
comme 80,000 écus, en sus de la pension annuelle,
prêt indispensable à ses besoins urgents, sous le
prétexte d'acquisition de *livres utiles*, nom de con-

(1) Lettre à Camas.
(2) *Œuvres complètes*, XXVII, p. 114.
(3) Mars 1739.

vention qui cache ses emprunts clandestins à la
caisse russe :

« J'ai emprunté de nouveaux livres (fait de nou-
« velles dettes), parce que je croyais pouvoir les
« payer. Mais, en examinant l'état de mes affaires,
« je suis forcé de les restituer aux vrais proprié-
« taires. J'ai épuisé à présent tous mes anciens li-
« vres (écus) et suis sans lecture (ressource).
« Cela est désagréable quand on a envie de s'in-
« struire. Je compte sur vous, qui m'avez débrouillé
« le chaos de la métaphysique de Wolf, que vous
« réussirez à m'envoyer quelques volumes de la
« précieuse bibliothèque de Saint-Pétersbourg. »
Après cet exposé de sa demande, dont l'initié seul
saisisait la portée réelle, il ajoute en chiffres, comme
argument à suggérer pour obtenir sans retard de
gros volumes : « Le roi va mal. Cela doit servir
« d'aiguillon à me procurer, pour l'été prochain,
« une bonne somme; mais, en vérité, si l'on veut
« m'obliger, on doit se hâter. » (1)

L'été se passe et le roi ne meurt pas. Les embarras financiers de l'*Anti-Machiavel* continuent, et
aussi ses craintes hypocrites d'être arraché trop tôt
« au solide plaisir de la philosophie » par les ennuis
et les servitudes du trône. A l'approche de l'au-
tomne, il souffre du manque de livres rares : « Le
« plan de mes études se dissipe en fumée, si vous ne
« m'expédiez pas de volumes de Russie. Je trouve
« cette lecture très instructive. Les vérités qu'ils
« contiennent sont merveilleusement exactes et d'une

(1) Lettre à Suhm, mars 1739.

« utilité pratique. » (1) Au printemps suivant, les instances redoublent, à mesure que progresse le dénouement désiré : « Il lui faut de telles lectures, en
« attendant le grand événement qui doit les rendre
« superflues. Encore quelques semaines et la chose
« sera décidée. Nous sommes ici sûrs du *crinoménon*
« (verdict de mort), il ne s'agit que du *critérion* (dis-
« cernement du moment précis). Pour moi, je suis
« intérieurement calme, et puis vous assurer que je
« n'ai jamais été plus philosophe que dans la circon-
« stance présente. » (2)

La même assurance est réitérée à la sœur : « Je
« retournerai après-demain aux galères. Ne craignez
« rien de la constance de la reine, ni de mon stoïcisme.
« Nous ne nous donnerons pas de démenti, vous le
« verrez si le cas arrive. (3)

« Le roi, dans son état, s'est fait conduire à Post-
« dam. Il est plus mal que jamais. Nous ne comp-
« tons plus par mois, mais par semaines, et je crois
« que cela ne durera plus longtemps. Je respire la
« liberté avec délices. Vous pouvez facilement juger
« ma situation, puisque vous la connaissez. » (4)

Est-il étonnant que le père hypocondre et méfiant,
convaincu de la fausseté irrémédiable de son fils, et
instruit plus ou moins fidèlement, par ses espions,
des manigances perfides de l'impatient héritier, ait
exhalé, quelques mois avant d'expirer, sa douleur et
et son désespoir de lui laisser son royaume? « Je ne

(1) Lettre de septembre 1739.
(2) Lettres de mars et du 13 avril 1740.
(3) Lettre du 10 avril 1740.
(4) Lettre du 3 mai 1740.

« suis nullement désolé d'être obligé de mourir, car
« celui qui craint la mort, est un lâche... Mais ce
« qui me navre le cœur, c'est d'avoir un homme
« dénaturé comme mon fils pour successeur. » (1)

Le ton dégagé avec lequel l'esclave, devenu despote, annonce au chantre du héros le changement
de sa destinée, trahit le bonheur qu'il respire sous
les torrents de larmes versées à Berlin : « Mon cher
« ami, mon sort est changé, et j'ai assisté aux der-
« niers moments d'un roi, à son agonie, à sa mort...
« J'avais projeté un petit ouvrage de métaphysique ;
« il s'est changé en un ouvrage de politique. Je
« croyais jouter avec l'aimable Voltaire, et il me faut
« escrimer avec Machiavel (le cardinal de Fleury)...
« Ne voyez en moi, je vous prie, qu'un citoyen zélé
« (de la république maçonnique), un philosophe un
« peu sceptique, mais un ami véritablement fidèle...
« Je vous verrai, mon cher Voltaire, et même dès
« cette année. Aimez-moi toujours et soyez toujours
« sincère ami avec votre ami Frédéric. » (2)

Pas un mot de regret ni d'éloge du défunt, pas
un sentiment religieux. Une si joyeuse et si sèche
oraison funêbre du père décédé peint le fils qui le
remplace. Elle présage le caractère dur, inexorable,
impie de son règne de roi-philosophe, inauguration
de l'âge de fer de la politique athée de l'Europe dé-
christianisée.

(1) Wéber, *Quatre Siècles*, t. I, p. 143.
(2) 6 juin 1740.

7.

SECONDE PARTIE

Frédéric-Roi et Voltaire avant la guerre de Sept-Ans.

CHAPITRE PREMIER

AVÉNEMENT DE FRÉDÉRIC II AU TRONE

Disgrâce de l'organisateur de l'armée prussienne. — Ingratitude de Frédéric II. — Sollicitude pour les finances. — Augmentation de l'armée. — Cadeau à Voltaire. — Projets de conquête. — Résolution de ravir la Silésie. — Précautions pour cacher son plan. — Caresses à Voltaire. — Entrevue accordée.

Le premier acte de Frédéric, en se relevant roi du lit de mort de son père, fut une marque d'ingratitude, témoignée au vieux prince de Dessau, l'organisateur de l'armée prussienne. Celui-ci, lui ayant demandé à genoux de conserver ses charges ainsi que son autorité, et de voir ses fils maintenus dans leurs emplois, le nouveau souverain confirma les titulaires dans leurs fonctions respectives, mais déclara se réserver l'autorité entière et l'exercer exclusivement. C'était l'arrêt de disgrâce du général auquel il se savait redevable du précieux instrument de ses conquêtes, et dont il a dit lui-même : « Le prince « d'Anhalt, qu'on peut appeler un mécanicien mili-

« taire, introduisit les baguettes de fer, il mit les
« bataillons à trois hommes de hauteur. Par ses soins
« infinis, le défunt roi introduisit une discipline et
« un ordre merveilleux dans les troupes, et une pré-
« cision jusque-là inconnue en Europe pour les
« mouvements et les manœuvres. Un bataillon prus-
« sien devint une batterie ambulante, dont la vitesse
« de la charge triplait le feu et donnait aux Prus-
« siens l'avantage d'un contre trois. » (1)

Après avoir payé d'un affront prémédité sa dette
de reconnaissance au plus méritant serviteur du
royaume, le monarque philosophe s'acquitta avec
une générosité analogue de ses devoirs de famille et
de ses engagements d'ami. Il pria sa mère de continuer à le nommer simplement fils, sans le titre de majesté, augmenta le douaire alloué, lui bâtit un palais,
l'entoura d'égards, mais la tint soigneusement éloi-
gnée du gouvernement. Sa femme fut reléguée au
château de Schoenhausen, près de Berlin, où elle
végéta tranquille et isolée jusqu'à la mort. Ses sœurs
mariées reçurent de médiocres apanages, et ses frères
mineurs tombèrent sous une rude tutelle, qui ne
leur laissa jamais qu'une ombre d'indépendance.

Parvenu au comble de ses vœux, le vertueux
Marc-Aurèle de Voltaire réalisait le programme arrêté dans sa tête depuis son séjour à Rémusberg, et
confié à la sœur Wilhelmine en termes peu affables,
six ans auparavant, lors de sa visite à Bareith :
« Étant seule avec lui, il me dit : Notre Sire touche
« à sa fin et ne vivra pas ce mois. Je sais que je vous

(1) *Histoire de mon temps*, ch. I, p. 65.

« ai fait de grandes promesses, mais je ne suis pas
« en état de vous les tenir; je vous laisserai la moi-
« tié de la somme que le feu roi vous a prêtée. Je
« crois que vous aurez tout lieu d'être satisfaite de
« ces cent mille écus que je vous ai destinés. On sera
« surpris de me voir agir tout différemment qu'on
« ne l'aurait cru ; on s'imagine que je vais prodiguer
« tous mes trésors, et que l'argent deviendra aussi
« commun à Berlin que les pierres; mais je m'en
« garderai bien. J'augmenterai mon armée et je lais-
« serai tout sur le même pied; j'aurai de grandes
« considérations pour la reine ma mère; je la ras-
« sasierai d'honneurs, mais je ne souffrirai point
« qu'elle se mêle de mes affaires, et si elle le fait, elle
« trouvera à qui parler. » (1)

Les amis de jeunesse et les camarades d'aventures
ne furent pas plus favorisés que les plus proches
parents du *généreux bienfaiteur de l'humanité*. La
famille de l'infortuné Katte ne retira aucun avantage
de l'inique exécution de l'imprudent complice de la
fuite de Frédéric. Keith, autre complice, qui avait
échappé par la désertion à l'échafaud, tenta plusieurs
fois de rappeler ses complaisances compromettantes,
et se heurta toujours à la sourde oreille de l'ancien
compagnon d'escapade, dont la mémoire affectait de
ne plus se souvenir des événements de 1730. Les enfants du baron de Wreeh, trois fils et quatre filles,
société intime du prisonnier de Custrin, lorsqu'il
pouvait se dérober à ses gardes et se rendre au château de leur père, n'obtinrent ni emplois, ni secours,

(1) *Mémoires de Bareith*, t. II, p. 197, 5 octobre 1734.

ni même le remboursement des 36,000 francs avancés à l'Altesse captive et besoigneuse. Car le roi de Prusse eut la magnanimité de ne pas payer les dettes du prince royal.

Par contre, le ministre des finances Boden, universellement exécré à cause de la dureté de ses exactions fiscales, devint le conseiller le mieux écouté du *Socrate couronné*, qui sentait le prix d'un trésorier inexorable au moment où il songeait, non à diminuer les taxes, mais à augmenter son armée de seize bataillons, quoiqu'elle excédât déjà les ressources du pays. « Je m'aperçus, pendant mon court séjour « à Berlin, fin octobre 1740, qu'un mécontentement « général régnait dans le pays, et que le roi avait « beaucoup perdu l'amour de ses sujets. On parlait « hautement de lui en termes peu mesurés. Les uns « se plaignaient du peu d'égard qu'il avait de ré- « compenser ceux qui lui avaient été attachés comme « prince royal; d'autres, de son avarice, qui sur- « passait, disait-on, celle du feu roi; d'autres, de ses « emportements; enfin, d'autres encore de sa dé- « fiance, de ses soupçons, de ses hauteurs et de sa « dissimulation. Plusieurs circonstances, auxquelles « j'avais été présente, me firent ajouter foi à ces « rapports. » (1)

Voilà « les traits de bonté par lesquels le rival de « Titus commence son règne, » dans les lettres et les dithyrambes du cygne de Cirey, qui raffole de son *Messie* du Nord, et en parle avec un enthousiasme aussi servile qu'extravagant. Il est vrai que, pour

(1) *Mémoires de Bareith*, t. II, p. 294.

étancher sa soif d'or, l'Apollon de Rémusberg, devenu le Jupiter tonnant de Berlin, envoya par Mer-
cure Camas à la muse de la *Henriade*, essoufflée dans
Bruxelles du procès de Berminghen, une marque
trop coulante d'amitié royale. « L'ambassadeur ex-
« traordinaire, le manchot Camas, en arrivant au
« cabaret, me fit dire qu'il avait le plus magnifique
« présent à me remettre de la part du roi son maître.
« Courez vite, s'écria Mme du Châtelet, on vous en-
« voie sûrement les diamants de la couronne. Je
« courus, je trouvai l'ambassadeur, qui, pour toute
« valise, avait derrière sa chaise un quartaut de vin
« de la cave du feu roi, que le roi régnant m'ordon-
« nait de boire. Je m'épuisai en protestations d'éton-
« nement et de reconnaissance sur les marques li-
« quides des bontés de Sa Majesté, substituées aux
« solides dont elle m'avait flatté, et je partageai le
« quartaut avec Camas. » (1)

Après ces preuves senties de munificence mesquine, on pouvait affirmer sans témérité que le
vainqueur de la Jérusalem des préjugés ne perdait
pas un seul jour à faire les délices du genre humain, en suivant sa prétendue *passion dominante de
rendre les hommes heureux.*

Absorbé de desseins tout autres que de s'immor-
taliser par des exploits de bienfaisance, le ravisseur
imminent de la Silésie « a d'abord commencé par
« augmenter les forces de l'Etat de seize bataillons,
« de cinq escadrons de houssards et d'un escadron

(1) Voltaire, *Mémoires*, p. 166.

« de gardes du corps. » (1) Dès qu'il se vit condamné
à porter le *fardeau du diadème*, il s'aperçut des
vices de la configuration géographique de son
royaume. « Ce qu'il y avait de plus fâcheux, c'était
« que l'Etat n'avait point de forme régulière. Des
« provinces peu larges, et pour ainsi dire éparpillées,
« tenaient depuis la Courlande jusqu'au Brabant.
« Cette situation entrecoupée multipliait les voisins
« de l'Etat, sans lui donner de consistance, et faisait
« qu'il avait bien plus d'ennemis à redouter que s'il
« avait été arrondi.

« Les revenus ne passaient pas sept millions
« d'écus. Les provinces, pauvres et arriérées encore
« par les malheurs de la guerre de Trente Ans, étaient
« hors d'état de fournir des ressources au souverain ;
« il ne lui en restait d'autres que ses épargnes. Le
« feu roi en avait fait, et quoique les moyens ne
« fussent pas fort considérables (neuf millions d'écus),
« ils pouvaient suffire dans le besoin pour ne pas
« laisser une occasion qui se présentait. Mais il fallait
« de la prudence dans la conduite des affaires, ne
« pas traîner les guerres en longueur, et se hâter
« d'exécuter ses desseins.

« La Prusse ne pouvait agir alors qu'en s'épaulant
« de la France ou de l'Angleterre. On ne pouvait
« tirer des Anglais que des subsides, destinés à se
« servir des forces étrangères pour leurs propres
« intérêts. On pouvait cheminer avec la France, qui
« était, depuis la paix de Vienne, l'arbitre de l'Eu-
« rope, qui avait fort à cœur sa gloire et l'abaisse-

(1) **Lettre de Frédéric à Voltaire**, 27 juin 1740.

« ment de la maison d'Autriche, qui ambitionnait
« de ranger la Flandre et le Brabant et aurait voulu
« pousser les limites de sa domination jusqu'aux
« bords du Rhin.

« L'objet qui intéressait alors le plus l'Europe,
« c'était la succession de la maison d'Autriche, qui
« devait arriver à la mort de l'empereur Charles VI,
« dernier mâle de la maison de Habsbourg. Le feu
« roi Frédéric-Guillaume avait garanti avec les autres
« puissances la Pragmatique Sanction contre la pro-
« messe de la possession éventuelle des duchés de
« Juliers et de Berg (promesse vague et circon-
« scrite aux droits des héritiers du Palatin). Le jeune
« roi ambitieux, voulant tout ou rien, résolut de se
« servir de toutes ses ressources pour se mettre dans
« une situation plus formidable, ce qu'il exécuta
« sans différer davantage. Par le moyen d'une bonne
« économie (licenciement des grenadiers dispendieux
« de la garde), il leva de nouveaux bataillons, vingt
« mille hommes, et attendit dans cette position les
« événements pour se rendre justice à lui-même. » (1)

D'un coup d'œil d'aigle, le Mars-Apollon de Rémusberg avait reconnu et exploré sa voie, à l'instant
où il se chargeait, « sans sainte ampoule, sans les
« cérémonies inutiles et frivoles de la supersti-
« tion, » (2) de manier utilement le sceptre prussien,
armé des emblèmes de la foudre et de l'aigle ravisseur. Fixé sur la proie à poursuivre et à dépecer
dans sa première *chasse aux provinces*, il s'ingéniait

(1) Frédéric II, *Histoire de mon temps*, ch. I passim.
(2) Lettre à Voltaire, 27 juin 1740.

à endormir, dans une fausse quiétude, la victime
désignée, à se concilier la neutralité ou la complicité
des voisins soupçonnés capables d'entraver l'exécution de son plan de déprédation. De là l'impulsion
bruyante donnée aux arts de la paix : la rénovation
de l'Académie de Berlin, l'acquisition de Wolf, de
Maupertuis, d'Algarotti; l'appel à la science de
Gravesande, de Vaucanson, d'Euler; la commande
à Paris d'une troupe de comédiens « bonne et
complète pour le tragique et le comique. » De là
les prévenances envers la cour de Versailles, à laquelle on envoie l'intime de Camas, afin de la sonder
et de la gagner, par l'intermédiaire du marquis d'Argenson, conseiller d'Etat du roi de France, ami des
admirateurs de Cirey et adepte de la secte philosophique. De là les caresses prodiguées au *cher*, au
charmant, au *sublime*, au *divin* Voltaire, dont la
plume est déjà la grande puissance qui dispose de
l'opinion européenne, dont les relations avec les
gazetiers, les libraires et les contrebandiers de Hollande, comme avec les pamphlétaires et les agitateurs
de tous les pays, constituent un coryphée de conspiration internationale qu'il importe à l'exploiteur
en chef des trames de l'impiété de garder, comme
adjudant dévoué.

Aussi, dans les trente lettres échangées, du 6 juin
au 31 décembre 1740, de l'avénement au trône jusqu'au brusque départ pour l'expédition de Silésie,
quelle émulation de tendresse et d'admiration mutuelles, sur un ton évidemment exagéré, et, par là
même, dépourvu de sincérité, de part et d'autre ! Le

philosophe est prié de traiter *le roi en homme*, de *rester l'ami de l'ami par amour de Frédéric*, de satisfaire son *vif désir de le voir*, de *venir charmer ses solitudes*, de lui procurer le plaisir d'*embrasser le premier né des êtres pensants, le plus aimable des hommes*. Le *jour de l'entrevue sera le plus heureux de sa vie; il croit qu'il en mourra de joie; il recevra Apollon, comme Apollon mérite d'être reçu, en qualité de Dieu de la médecine, de la philosophie, de l'histoire et de tous les arts.* Il en payera *l'amitié sans bornes d'une reconnaissance égale.* Au dire du poëte, le roi à peine monté sur le trône, a *réalisé presque toutes ses prédictions; il est déjà l'idole de l'Europe; tous les Français sont devenus Prussiens; il doit prendre soin d'une santé si précieuse, nécessaire au genre humain; l'espoir de jouir, avant la fin de l'année, de la vision béatifique de Sa Majesté, transporte l'élu en des sentiments de gratitude qu'il ne peut exprimer. Siméon verra son salut; il entendra l'homme qu'il adore en ses écrits, le monarque-prêtre, qui s'est taillé des ailes à Rémusberg pour voler à l'immortalité; son cœur est à Berlin*, et *pour jamais*, il *le jure, érigé en autel* sur lequel il *sacrifiera tout pour la gloire de son Jehovah.*

Dans les flots d'encens qu'ils s'envoient, pour se griser ou se mystifier réciproquement, il y a bien quelques grains d'une odeur peu agréable, mais on se les retourne de bonne grâce, comme si le parfum en était exquis. Ainsi, l'amant d'Emilie hasarde les soupirs de *Vénus-Newton* de partager son bonheur. « La reine de Saba voudrait prendre des

« mesures pour voir Salomon dans sa gloire. » (1)

Son humanité peu galante répond : « A vous
« parler franchement touchant son voyage, c'est
« Voltaire, c'est vous, c'est mon ami que je désire
« de voir, et la divine Emilie, avec toute sa divi-
« nité n'est que l'accessoire d'Apollon newtonia-
« nianisé... S'il faut qu'Emilie accompagne Apol-
« lon, j'y consens ; mais si je puis vous voir seul, je
« préférerai le dernier. Je serais trop ébloui, je ne
« pourrais soutenir tant d'éclat à la fois ; il me fau-
« drait le voile de Moïse pour tempérer les rayons
« mêlés de vos divinités. » (2)

Le philosophe, balancé entre l'amour et l'amitié,
se résigne, en réchignant sous cape, à laisser sa
Dulcinée dans Bruxelles, où elle comptait être ho-
norée de la visite de Mars incognito. Instruit par
les mécomptes précédents de ses calculs financiers,
il cesse d'insister dans ses louanges sur les vertus
libérales, qu'il s'est vainement efforcé d'inculquer
à son héros, en les lui attribuant, sous forme de
compliments de désir. Il ose même douter en secret
si son royal ami est accessible à ces belles vertus,
dont profiterait le confident préféré : « J'ai lieu de
« croire qu'il fera ce que je lui proposerai incessam-
« ment sur l'acquisition de vos bustes par Bernin.
« Je ne sais encore, entre nous, s'il joindra une
« magnificence royale à ses autres qualités ; c'est de
« quoi je ne peux encore répondre. » (3)

(1) Lettre de Voltaire au roi, 18 juin 1740.
(2) Lettres du roi, 5 et 6 août 1740.
(3) Lettre à d'Argental, 12 juillet 1740.

CHAPITRE II

PREMIÈRE ENTREVUE DE FRÉDÉRIC ET DE VOLTAIRE

Récit de l'entrevue. — Enchantement réciproque affecté. —
Déception des calculs cupides de Voltaire. — Il sollicite l'in-
tervention de Frédéric auprès du cardinal de Fleury.—L'*Anti-
Machiavel* retouché et imprimé. — L'évèque de Liége ran-
çonné. — Voltaire plume reptile. — Conduite inexcusable. —
La France détestée en Prusse. — Crime des lettrés français,
apologistes et complices des desseins prussiens. — Voyage de
Frédéric à Strasbourg.— Son mépris des Français.

L'entrevue sollicitée, dès l'origine de leurs relations épistolaires, eut lieu, à la dérobée, dans le
château de Meurs, près de Clèves, du 11 au 15 septembre 1740.

Voltaire, mandé par un billet, arriva seul au
rendez-vous fixé. Voici comment il raconte, dans
ses *Mémoires*, sa première rencontre avec Frédéric II : « Je trouvai à la porte de la cour un
« soldat pour toute garde. Le conseiller privé Ram-
« bonet, ministre d'Etat, se promenait dans la cour
« en soufflant dans ses doigts. Il portait de grandes
« manchettes de toile sales, un chapeau troué, une
« vieille perruque de magistrat, dont un côté en-
« trait dans une de ses poches, et l'autre passait à
« peine l'épaule.

« Je fus conduit dans l'appartement de Sa Majesté ;

« il n'y avait que les quatre murailles. J'aperçus
« dans un cabinet, à la lueur d'une bougie, un petit
« grabat de deux pieds de large, sur lequel était un
« petit homme, affublé d'une robe de chambre de
« gros drap bleu. C'était le roi, qui suait sous une
« mauvaise couverture dans un accès de fièvre vio-
« lent. L'accès passé, il s'habilla et se mit à table.
« Algarotti, de Maupertuis, Kayserling, nous fû-
« mes du souper. »

La teinte grotesque de la description trahit le
désenchantement de l'habitué des splendeurs de
Versailles et des châteaux de France.

Dissimulé quand la nécessité l'exigeait, il sut dominer ses impressions, et feignit avec emphase de
s'extasier grandement devant la simplicité rustique
de son Marc-Aurèle, qui ne manqua pas de « le louer
« de la tête aux pieds », et qu'il s'empressa de son
côté d'accabler d'épithètes flatteuses. « Je me sentis
« attaché à lui, car il avait de l'esprit, des grâces, et
« de plus il était roi, ce qui fait toujours une grande
« séduction, attendu la faiblesse humaine (1).

« Je vis à Meurs un des plus aimables hommes
« du monde, qui ferait le charme de la société, qu'on
« chercherait partout, s'il n'était pas roi ; un philo-
« sophe sans austérité, rempli de douceur, de com-
« plaisance, d'agrément, ne se souvenant plus qu'il
« est roi dès qu'il est avec ses amis, et l'oubliant si
« parfaitement qu'il me le faisait presque oublier
« aussi, et qu'il me fallait un effort de mémoire pour
« me souvenir que je voyais assis au pied de mon lit

(1) Voltaire, *Mémoires.*

« un souverain qui avait une armée de cent mille
« hommes. » (1)

Cet engouement de parade avait pour parallèle
l'enthousiasme simulé de Frédéric II pour son hôte,
dans une lettre à Jordan, qu'il savait en correspondance avec Voltaire : « J'ai vu ce Voltaire que j'étais
« si curieux de connaître. Il a l'éloquence de Cicé-
« ron, la douceur de Pline et la sagesse d'Agrippa.
« Il réunit, en un mot, ce qu'il faut rassembler de
« trois des plus grands hommes de l'antiquité. Son
« esprit travaille sans cesse; chaque goutte d'encre
« est un trait d'esprit partant de sa plume. Il nous a
« déclamé *Mahomet*, tragédie admirable qu'il a faite ;
« il nous a transportés hors de nous-mêmes, et je
« n'ai pu qu'admirer et me taire. » (2)

Mais les deux panégyristes mutuels avaient obéi,
chacun, à une arrière-pensée d'intérêt personnel,
dans leur empressement à se voir et à se célébrer
en présence d'amis communs. Le philosophe associé
des juifs, fournisseurs d'armée, avait faim et soif
d'argent plus que de caresses et de renommée. Si,
après avoir rampé de loin pendant quatre années
devant le prince royal, il courait lécher les mains
du roi, c'est qu'il espérait, selon la promesse de Cé-
sarion-Kayserling à Cirey, les trouver ruisselantes
d'or et de faveurs. Il en était tellement persuadé
qu'il offrait sa protection auprès de l'admirateur
couronné pour faire valoir les mérites de Thiériot,
pour faire accorder à d'Argental un bénéfice sur la

(1) Lettre de Voltaire à Cideville, 18 octobre 1740.
(2) Lettre de Frédéric à Jordan, 24 septembre 1740.

vente des statues de Bernin, pour fixer le prix de
l'engagement de Maupertuis. Assurément, en se
posant d'avance en distributeur des grâces pécuniaires de Sa Majesté Prussienne, il comptait ne pas
s'oublier lui-même. Il repartit médiocrement émerveillé des résultats positifs obtenus en sus des paroles
mielleuses prodiguées. « Grâce à Thiériot le comte
« d'Argental vendra ses statues moitié moins qu'il
« ne voulait. » (1)

Le protégé Dumoulard n'a pas été agréé comme
bibliothécaire à Berlin, malgré son érudition vivement recommandée. Le zélé Thiériot lui-même,
quoique mis en relief par le camarade courtisé,
ne s'est nullement ressenti de la générosité du
maître adulé, dont il acquittait les commissions
de libraire par dévouement de spéculation. Il fallut lui remonter le moral par la promesse d'intercéder plus efficacement pour lui, à la seconde entrevue, et par l'assurance qu'il « a affaire à un roi ré-
« glé dans ses finances comme un géomètre, et doué
« de toutes les vertus. » (2)

L'amitié bruyamment tambourinée du souverain
qui disposait de la plus belle armée de l'Europe, devait aussi hausser la réputation de Voltaire à Paris
et le réhabiliter à Versailles. Il avait intrigué à la
cour pour être chargé de complimenter, au nom du
roi de France, le roi de Prusse s'approchant des
frontières, lors du voyage annoncé dans le pays de
Clèves. Récusé par le cardinal de Fleury, il ne re-

(1) Lettre à d'Argental, 15 septembre 1740.
(2) Lettres du 6 novembre et octobre 1740.

nonçait pas à l'idée d'être appelé à jouer un rôle diplomatique, grâce

> A ce saint au ciel attaché,
> Qui, par esprit de pénitence,
> Quitta son petit évêché
> Pour être humblement roi de France. (1)

Il s'en moquait et le trahissait, tout en lui demandant un poste de confiance.

> Je pense qu'il va s'occuper,
> Avec un zèle catholique,   .
> Du soin de vous tromper,
> Car vous êtes un hérétique. (2)

C'était un motif de plus d'exciter le monarque
suspect à interposer ses bons offices auprès du puissant ministre, afin de hisser un favori dévoué dans
un poste où celui-ci puisse rendre les services at-
tendus. Frédéric II comprit toute l'utilité d'une telle
démarche et s'y prêta volontiers :

« J'emploie toute ma rhétorique auprès d'Hercule
« de Fleury pour voir si l'on pourra l'humaniser sur
« votre sujet. Vous savez ce que c'est qu'un prêtre,
« qu'un politique, qu'un homme très têtu, et je vous
« prie d'avance de ne point me rendre responsable
« des succès qu'auront mes sollicitations. (3)

Mais l'intervention du roi n'était pas plus gratuite
que ses témoignages élogieux et ses cajoleries de
tendresse. Il avait tenu à voir l'écrivain frondeur
et conspirateur, dont la plume acérée et les accointances connues avec les foyers de propagande impie,

(1) Lettre de Voltaire au roi, 18 juin 1740.
(2) Lettre du 18 juin 1740.
(3) Lettre du 21 octobre 1740

comme avec les centres d'agitation anti-catholique
du monde entier, promettaient un précieux auxiliaire à ses projets de sécularisation et de conquêtes
en Allemagne, en préparant la complicité de l'opinion des classes éclairées de l'Europe.

Il l'avait chargé de la correction et de l'impression de l'*Anti-Machiavel*, « de façon à n'avoir pas
« lieu de se repentir de la confiance mise en son
« cher éditeur. » (1) Comme le nom de l'auteur anonyme était divulgué et que l'ouvrage, destiné à
miner les principautés ecclésiastiques de l'Empire,
par la diffamation du clergé romain, allait blesser
les cours *dévotes* de Versailles, de Vienne et de Madrid, dont l'alliance contrariait l'ambitieux pamplé-
taire, il était urgent de concerter de vive voix avec
le dépositaire du manuscrit, soit le retrait du livre,
avant qu'il ne fût lancé en quatre langues, dans
toutes les capitales, soit des modifications qui amoin-
drissent « le scandale des faibles et la révolte des
« politiques. » (2) C'était là un des buts du rendez-
vous de Meurs.

Un autre but, non moins intéressé, de cette rencontre préméditée, était de donner des instructions
verbales à l'apologiste *spontané* des droits du roi de
Prusse contre l'évêque de Liége, qui avait eu le tort
de protéger les habitants de la seigneurie de Hers-
tall, propriété de la famille Hohenzollern, mais fief
de l'évêché, envers les racoleurs brandebourgeois,
qui enlevaient les paysans à la charrue pour les in-

(1) Lettre du roi, 5 août 1740.
(2) Lettre de Voltaire, 17 octobre 1740.

corporer dans les régiments prussiens. Le litige,
déféré au Conseil Aulique, dont relevait le roi de
Prusse, en tant que membre du corps germanique,
aussi bien que l'évêque, n'était pas encore dirimé,
quand Frédéric, ennemi des formalités gothiques
qui limitaient ses prétentions, résolut de rançonner
le prélat, en punition de la contrariété infligée à
son père. Un ordre, daté du jour de son premier
entretien avec le directeur de sa presse reptile à
l'étranger (1), mobilisait deux mille hommes, et les
envoyait plaider sa cause sur les terres « de ce mi-
« sérable évêque. » (2)

Pendant que « ces deux mille démonstrations »
prouvaient le tort du faible, en lui extorquant, outre
des réquisitions et des contributions énormes de
guerre, une indemnité de deux cent mille écus, son
avocat général, installé sans autorisation dans son
palais délabré de la Haye, plaidait, dans un manifeste solennel adressé aux puissances, non les circonstances atténuantes de tels exploits d'huissiers,
mais les apparences aggravantes des griefs imputés.
Défendre ses sujets, révoltés de l'audace des recru-
teurs prussiens, qui attentent à leur liberté personnelle en pleins champs, comme des voleurs de
grands chemins, quel oubli de ses devoirs chez un
évêque, successeur des apôtres, investi de la tutelle
temporaire et spirituelle de ses ouailles! Quel aveuglement du fanatisme de refuser au patriarche
évangélique la faculté de se pourvoir par violence

(1) 11 septembre 1740.
(2) Frédéric II, *Histoire de mon temps*, ch. Ier.

de chair à canon chez les souverains voisins, comme
chez lui! Quel magnifique rôle pour le porte-étendard de la philosophie moderne d'explorer ce thème
à stigmatiser la tyrannie des gouvernements ecclésiastiques, à prôner l'excellence du militarisme
césarien! Combien les peuples doivent être recon·
naissants au vaillant écrivain, qui, se sentant abrité
de cent mille baïonnettes, a osé, dans le pays de la
licence littéraire, conspuer un dignitaire de l'Eglise
d'Allemagne, allié de la France et vassal de l'Empire, afin de favoriser la suppression des barrières
cléricales, remparts des libertés municipales et de
la constitution fédérative des tribus teutoniques, et
de propager ainsi la prédominance d'une race de
rapineurs, trop gênée jusqu'alors dans ses aspirations spoliatrices, lesquelles ont fini par prévaloir,
grâce au concours séculaire des disciples du vulgarisateur de l'irréligion, pour l'asservissement du
centre de l'Europe et l'humiliation sans exemple de
la France! Nul doute, *le bel écrit* publié en *faveur de Frédéric II*, premier essai des apologies
prévenantes, concommitantes et subséquentes, dont
le manque de patriotisme et de foi de la classe impie
des lettrés français s'est complue, depuis Voltaire,
à préparer, à masquer, à pallier, à glorifier les conspirations et les entreprises iniques de la dynastie
apostate de Hohenzollern, nul doute, cette semence
féconde d'une récolte exceptionnelle *d'annexions*
méritait la *reconnaissance sans bornes* (1) de l'i-
naugurateur dans l'occident chrétien de la poli-

(1) Lettre de Frédéric à Voltaire, 7 octobre 1740

tique d'invasion pour simple motif de convenance. Mérite-t-elle autant la nôtre?

Après les amers fruits goûtés, devons-nous élever des statues, célébrer des fêtes en l'honneur du génie malfaisant, qui, par servilisme de courtisan, par calcul de cupidité, a prostitué son talent, sa réputation, son influence et le prestige cosmopolite de la langue nationale, à frayer le chemin aux pionniers, comme aux thuriféraires salariés, enfants de la Fille aînée de l'Eglise, mais instruments conscients ou stupides, souvent endurcis et toujours funestes, du discrédit de leur mère et de la décadence de leur pays au profit de l'ennemi héréditaire de l'un et de l'autre?

Qu'on ne vienne pas nous objecter que Voltaire et ses trop nombreux imitateurs sont excusables de s'être engoués d'un prince et d'un peuple qui personnifiaient en Allemagne les idées, ainsi que les mœurs françaises, et formaient, du Rhin à la Vistule, l'avant-poste, sinon l'avant-garde de la civilisation française, par conséquent une sorte de prolongement ou de dédoublement du grand foyer des lumières rénovatrices de Paris. Nous reconnaissons et proclamons que le levain huguenot, introduit en Prusse, à la suite de la malencontreuse et impolitique révocation de l'Edit de Nantes, a fait fermenter dans les sables marécageux de Brandebourg la conviction de la supériorité littéraire et scientifique du brillant royaume de Louis XIV, orné des constellations de tout genre des dix-septième et dix-huitième siècles. Mais ce levain, expatrié par esprit de révolte contre

8.

les fils de saint Louis, à cause des mesures de rigueur qui tendaient à purger les provinces factieuses
des éléments de discorde des guerres civiles antérieures, compliquées d'intrigues et d'interventions
étrangères, ce levain, pétri de haine et de rancune, a
envenimé l'animosité de race et l'antipathie de caractère traditionnelles des *Deutschen* et des *Welchen*,
des Germains et des Gaulois, des Allemands et des
Français, en sorte que, depuis l'importation dudit levain aux bords de la Sprée, la monarchie française, avec
sa prépondérance sur toutes les majestés royales, la
prospérité des armes, des lettres, des arts, de l'industrie et du commerce français, y ont été plus enviées
et plus cordialement détestées que le long du Danube
et du Rhin. Ayant passé plusieurs années en Allemagne avant la guerre de 1870, y ayant séjourné
durant nos désastres, nous avons eu maintes occasions de constater une différence en moins des préventions gallophobes des Allemands du Sud et de
ceux du Nord, des Allemands catholiques et des Allemands protestants. Le fiel et les ombrages de l'hérésie aggravent chez les uns les sentiments hostiles,
nés de souvenirs irritants ou d'opposition d'origine
et d'intérêts, que la communauté de culte et de
croyances atténue chez les autres.

Si donc les écrivains français ont été recherchés,
flattés, honorés, quoique médiocrement payés, par
Frédéric II et les continuateurs de ses desseins,
c'est uniquement en raison de la suprématie reconnue de la littérature et de la langue françaises :
« Les auteurs français ont traité supérieurement les

« matières de goût et tout ce qui est du ressort des
« belles-lettres, égalant, par la politesse, les grâces et
« la légèreté, tout ce que le temps nous a conservé
« de plus précieux des écrits de l'antiquité... Les uni-
« versités allemandes avaient des professeurs éru-
« dits, pédants et toujours dogmatiques; personne
« ne les fréquentait à cause de leur rusticité... La
« plupart des savants allemands étaient des manœu-
« vres, les Français des artistes. Cela fut cause que
« les ouvrages français se répandirent si universel-
« lement que leur langue remplaça celle des Latins,
« et qu'à présent quiconque sait le français, peut
« voyager par toute l'Europe sans avoir besoin d'un
« interprète. » (1)

L'astucieux organisateur des conspirations internationales prusso-révolutionnaires, dirigées contre
les pays catholiques, comme ses aïeux l'avaient été
des ligues prusso-protestantes. ourdies contre les
mêmes Etats, recourait à la pépinière la plus renommée des condottieri de plume, à l'arsenal le mieux
pourvu d'armes appropriées aux conquêtes de l'opinion, dont l'appui valait des armées. Frédéric II et
les héritiers de sa politique se sont servis perfidement
du prestige de la coterie encyclopédique et des publicistes subséquents, imprégnés du venin irréligieux
de cette école néfaste, vraie peste de notre littérature nationale, pour neutraliser, miner, paralyser,
annuler l'influence française en Europe, pour aplanir les voies à l'ambition prussienne, pour grossir
ses succès, pour disculper les abus de la force ou cé-

(1) Frédéric II, *Histoire de mon temps*, t. 1, ch. I.

lébrer les triomphes de l'astuce et de la violence. De Voltaire à Michelet, une nuée de philosophes, d'historiens, de journalistes français, ont combattu sous le drapeau prussien, dans la guerre sourde, mais constante et acharnée, faite à l'Eglise catholique, avec l'argent des Sociétés bibliques, dont la caisse se trouve à Londres, et sous la direction de meneurs occultes, dont le chef réside à Berlin.

Aveuglés par la fureur destructive qui les animait contre le clergé, ils ne voyaient peut-être pas tous que les encouragements prusso-protestants, prodigués par les sectaires étrangers, les poussaient contre Rome et les Bourbons, afin d'abattre, à l'aide de leurs plumes, en même temps que l'autorité des ministres de Dieu sur les consciences, l'ascendant intellectuel, moral et politique du peuple privilégié de la Nouvelle-Alliance sur les autres peuples de la chrétienté, en troublant sa paix intérieure par la ruine fondamentale des origines de sa grandeur, par l'instabilité de ses institutions et de ses gouvernements, par la chute périodique des pouvoirs constitués; en discréditant son prestige extérieur, tantôt par la terreur exagérée de ses débordements volcaniques, tantôt par l'exhibition perfide de ses hontes et de ses turpitudes, tantôt par la dérision cynique de ses épreuves et de ses catastrophes.

Excusons les plus myopes et les moins coupables d'entre eux, en admettant, jusqu'à une certaine limite d'indulgence, qu'ils ne savaient pas ce qu'ils faisaient. Mais, au nom de la patrie appauvrie, mutilée, couverte d'une série de blessures et d'opprobres qu'elle n'a connus à aucune autre époque de son histoire, ne dressons ni couronne, ni piédestal, ni autel à l'initiateur de la cohorte de traîtres qui ont si puissamment contribué à nos malheurs ! Car lui ne saurait alléguer l'ignorance des dispositions et des projets anti-français du héros ambitieux, qu'il a encensé, divinisé, servi, avec une ardeur implacable et incorrigible, dans la pleine certitude que le généralissime de l'armée anti-cléricale exploitait la propagande irréligieuse, non par fanatisme d'incrédulité, mais par tactique d'intérêt, par désir de s'enrichir et de s'agrandir aux dépens de ses voisins, de nuire à l'Autriche, sans rendre service à la France, dont il était le contempteur envieux, au moment même où il y recrutait l'état-major de sa meilleure légion d'auxiliaires.

En effet, avant d'arriver à Clèves, pour fasciner Voltaire et piller l'évêque de Liége, Frédéric II avait pénétré incognito dans Strasbourg, et s'était trahi à la table du gouverneur de la ville, le comte de Broglie, par son intempérance à vilipender la nation et l'armée qu'il voulait espionner. Il exprima ses impressions de voyage dans une épître à son ami Jordan, l'ex-pasteur, fils d'un réfugié huguenot et l'intermédiaire de ses relations avec les meneurs principaux des ennemis conjurés de la France :

> A la fin, j'ai vu ces Français,
> Dont vous avez chanté la gloire,
> A qui nous faisons le procès,
> Et dont Vénus pourrait dicter l'histoire.
> Ce peuple fou, léger, galant,
> Superbe en sa fortune, en son malheur rampant,
> Ce chansonneur impitoyable

D'un bavardage insupportable
Veut cacher son esprit aussi sot qu'ignorant.
Il adore la bagatelle ;
A cette idole il est fidèle,
Mais d'ailleurs toujours inconstant.
Non, de ce peuple, ami, vous n'êtes plus du nombre,
De cette fange impure on vous vit percer l'ombre ;
Et le ciel, des enfers ne peut être plus loin ;
Vous pensez, ils ne pensent plus (1).

Les vers sont misérables ; mais l'hostilité du sectaire berlinois est patente. Elle forme le préambule
instructif de son pèlerinage à Voltaire, qui n'ignorait pas ses sentiments gallophobes ; car, « trois mois
« auparavant, ce prince lui avait envoyé un écrit
« politique de sa façon, dans lequel il regardait la
« France comme l'ennemie naturelle et la dépréda-
« trice de l'Allemagne. » (2) Pourquoi alors s'en faire
le séïde anti-patriotique pendant ses diverses guerres,
à commencer par celle de Silésie ?

(1) Frédéric à Jordan, septembre 1740.
(2) Voltaire, *Mémoires*, p. 171.

CHAPITRE III

PRÉLUDE DE LA GUERRE DE SILÉSIE

Changement du titre royal. — Services reçus du père de Marie-
Thérèse. — Motifs avoués de la guerre entreprise. — Moment
choisi. — Situation de l'Europe à la mort de Charles VI. —
Sécurité à Vienne. — Propositions de Frédéric II. — Seconde
entrevue avec Voltaire. — Dépit de celui-ci. — Opinion de
Frédéric sur Voltaire. — Bassesse du poëte éconduit.

Frédéric II, héritier du trône de son père, prit le
titre de *roi de Prusse*, et non celui de *roi en Prusse*,
comme l'avaient fait ses deux prédécesseurs, et
comme le prescrivait la charte impériale qui érigeait
le duché de Prusse en royaume. Ce changement de
titre, insignifiant en apparence, avait, dans sa pensée, une portée sérieuse. Il accusait son intention
arrêtée de reconstituer sous son sceptre la Prusse
teutonique, telle qu'elle existait avant d'être démem-
brée par les Polonais au traité de Thorn, en 1466.
C'était poser le premier jalon du partage de la Pologne, prémédité dans sa famille depuis le Grand-
Électeur.

Une modification analogue dans le cérémonial
usité pour la prise de possession du Brandebourg,
indiquait également sa résolution de se considérer
comme affranchi de tout lien de vasselage à l'égard
de l'Empereur. Il omit à dessein de se ceindre de la

toque électorale devant les délégués de la Marche, de porter en main le sceptre d'architrésorier de l'Empire, en recevant les hommages des villes et des Etats. Il voulait manifester, par la suppression des symboles de dépendance à l'égard de la couronne impériale, qu'il entendait être souverain aussi absolu dans ses provinces allemandes, réputées fiefs de l'Empire, que dans le duché de Prusse, reconnu libre de toute subordination.

Sa prétention, si peu dissimulée, l'exposait à une guerre prochaine avec l'empereur Charles VI, son parrain et son bienfaiteur, obligé, en vertu de la dignité suzeraine, d'empêcher la dislocation complète du corps germanique.

Nous avons vu, au chapitre III du livre précédent, quelles dettes de gratitude Frédéric II avait contractées envers le généreux intercesseur qui lui avait sauvé la vie à Custrin, en intervenant auprès de son père inflexible, résolu à le livrer au supplice avec Katte, ou du moins à exiger de lui un renoncement à ses droits de primogéniture en faveur de son frère.

Dans la lettre de remerciements adressée de la prison, le filleul, préservé de l'échafaud, « s'enga- « geait à ne négliger aucun effort, tant qu'il conser- « verait un souffle de vie, pour donner à l'Empereur « des preuves sincères et convaincantes de son dé- « vouement inaltérable et reconnaissant, de son zèle « véritablement allemand et patriotique pour la « maison impériale. » (1)

(1) Forster, t. Ier, page 374.

La dette sacrée de la délivrance s'était accrue des pensions de deux à trois mille ducats que la cour de Vienne servait discrètement au prince royal, insuffisamment doté par son père, afin « de gagner « son amitié et de cimenter l'union des deux fa- « milles. » (1)

Devenu, par son avénement au trône, maître de ses actes et capable de tenir ses engagements de cœur et d'honneur, le roi, *orné de toutes les vertus*, dans les coups d'encensoir du reptile Voltaire, s'empressa de démontrer effectivement combien le souvenir des bienfaits reçus pesait sur ses déterminations.

A la mort de Frédéric-Guillaume Ier, la politique prussienne, déroutée par le cardinal de Fleury, visait à recueillir l'héritage litigieux de Berg et de Juliers, que la France garantissait à la branche cadette de la maison palatine. Des négociations étaient entamées pour renouer une coalition offensive des puissances protestantes contre le cabinet de Versailles, coupable de la déception du cupide Hohenzollern. Ni la Hollande ni l'Angleterre ne se souciaient de se lancer dans les aventures, afin d'agrandir le roi de Prusse. Voilà pourquoi le manifeste de l'*Anti-Machiavel*, composé dans le but de réveiller le fanatisme anti-catholique des protestants de toute confession, avorta malgré les corrections et les retouches de l'habile plume de Voltaire.

« Entreprendre la conquête du duché de Berg, « c'était avoir affaire à forte partie : il fallait lutter

(1) Lettre de l'Empereur au roi Frédéric-Guillaume, en 1730.

9

« contre la France, dont la supériorité seule suffisait
« pour faire désister d'une telle entreprise, quand il
« n'y aurait pas eu encore d'autres empêchements
« aussi considérables. Ces difficultés venaient des
« prétentions rivales de la maison de Saxe aux pays
« de Juliers et de Berg, et de la jalousie qu'inspirait
« à la maison de Hanovre celle de Brandebourg. Si
« le roi s'était porté avec toutes ses forces aux bords
« du Rhin, il exposait ses Etats héréditaires à être
« envahis par les Saxons et les Hanovriens, qui
« n'auraient pas manqué d'y faire une diversion.
« S'il laissait une partie de son armée dans la Mar-
« che, il se serait trouvé trop faible des deux côtés.
« La garantie donnée par la France au duc de Sulz-
« bach n'aurait pas arrêté le roi, car, communé-
« ment, ce sont des paroles aussitôt violées que don-
« nées ; mais l'intérêt de la France voulait des voisins
« faibles sur les bords du Rhin, et non des princes
« puissants, capables de lui résister... Ces raisons
« déterminèrent le roi à s'en tenir au traité provision-
« nel que son père avait conclu avec la France.

« Mais des motifs non moins puissants pressaient
« le roi de donner au commencement de son règne
« des marques de vigueur et de fermeté, pour faire
« respecter sa nation en Europe. La monarchie
« prussienne était une espèce d'hermaphrodite qui
« tenait plus de l'électorat que du royaume. Il y
« avait de la gloire à décider cet être. L'acquisition
« de Berg , hérissée d'obstacles presque insur-
« montables, offrait, d'ailleurs, un mince agrandis-
« sement à la maison de Brandebourg. »

« Ces réflexions firent que le roi tourna ses vues
« sur la maison d'Autriche, dont la succession,
« après la mort de l'Empereur, devenait litigieuse
« et le trône des Césars vacant. Cet événement ne
« pouvait être que favorable pour le rôle distingué
« que le roi jouait en Allemagne, par les différents
« droits des maisons de Saxe et de la Bavière à ces
« Etats, par le nombre des candidats qui postule-
« raient la couronne impériale, enfin par la politique
« de la couronne de Versailles, qui, dans une pareille
« occasion, devait naturellement profiter des troubles
« que la mort de Charles VI ne pouvait manquer
« d'exciter. » (1)

Le curieux résumé des dispositions, des délibérations et des résolutions du Titus de Berlin, tel que
lui-même a jugé opportun de le publier, pour édifier la postérité sur les vertus dont il orna son avénement au trône, ressemble, trait pour trait, au
tableau que le Psalmiste trace des brigands, retirés
dans leur caverne, guettant leur proie au passage,
méditant sur les moyens de surprendre le faible et
de le dépouiller. Nous y constatons l'héroïsme d'un
bandit qui suppute les avantages et les inconvénients d'un hardi coup de main, qui pèse les chances de succès, et se décide pour l'attaque la moins
périlleuse et la plus féconde en fruits probables. Le
sens moral manque totalement au prince conquérant, dépourvu de sentiment religieux. Dès que son
élévation le dispense de manger le pain de Vienne,

_____

(1) Frédéric II, *Histoire de mon temps*, chap. II, passim.

de toucher l'allocation de trente mille francs qui entretenait sa petite cour de Rémusberg, il s'empresse de transformer en poignards les munificences de son sauveur, et de les diriger contre lui, afin d'accabler la fille d'un père si généreux des *preuves convaincantes de son zèle véritablement allemand pour la maison impériale.* C'est ce que le corédacteur « du « cathéchisme de la vertu, » de l'*Anti-Machiavel*, appelle « donner des exemples de justice et de fer- « meté, » qui légitiment « les surnoms décernés de « Titus et de Trajan. » (1) Quelle préface au décalogue encyclopédique ! Quel commentaire des *Maximes* du nouvel *Epictète* et de son *Marc-Aurèle !*

Voici comment l'occasion attendue de satisfaire la reconnaissance du *Héros de l'amitié* fut annoncée au panégyriste de ses mérites : « Mon cher Voltaire, « l'événement le moins *prévu* du monde m'empêche « de bavarder comme je le voudrais. L'Empereur « est mort ; c'est le moment du changement total « de l'ancien système de politique ; c'est ce rocher « détaché qui roule sur la figure des quatre métaux « que vit Nabuchodonosor, et qui les détruisit tous. « Je suis surchargé d'affaires ; je vais faire passer « ma fièvre ; car j'ai besoin de ma machine, et il « faut en tirer à présent tout le parti possible. » (2)

La nouvelle de cette mort, pivot de ses combinaisons belliqueuses, l'avait surpris à Rémusberg, le jour même où il en communiquait la primeur à

(1) Lettre de Voltaire à de Camas, 18 octobre 1740.
(2) Lettre du roi à Voltaire, 26 octobre 1740.

l'adjudant enrôlé de ses projets. Le surlendemain,
il en avertit le favori vénitien Algarotti, comme du
moment fixé de réaliser les desseins qui le préoccupaient. « Un petit accident, tel que la mort de l'em-
« pereur, n'exige pas de grands mouvements. Tout
« était préparé; il ne s'agit plus que de l'exécution
« des plans qui ont roulé depuis longtemps dans
« ma tête. » (1)

« Les risques étaient grands. Une bataille perdue
« pouvait être décisive. Le roi n'avait point d'alliés,
« et il ne pouvait opposer que des troupes sans expé-
« rience à de vieux soldats autrichiens, blanchis sous
« le harnais et aguerris par tant de campagnes. »

« D'autre part, une foule de réflexions ranimaient
« les espérances du roi. La situation de la cour de
« Vienne, après la mort de l'Empereur, était des
« plus fâcheuses. Les finances étaient dérangées,
« l'armée était délabrée et découragée par ses échecs
« contre les Turcs, le ministère désuni. Avec cela,
« placez à la tête de ce gouvernement une jeune prin-
« cesse sans expérience, qui doit défendre une suc-
« cession légitime, et il en résulte que ce gouverne-
« ment ne devait pas paraître redoutable. D'ail-
« leurs, il était impossible que le roi manquât
« d'alliés. La rivalité qui subsistait entre la France
« et l'Angleterre assurait nécessairement au roi
« une des deux puissances et, de plus, tous les
« prétendants à la succession de la maison d'Au-
« triche devaient unir leurs intérêts à ceux de la

(1) Lettre de Frédéric II, 28 octobre 1740.

« Prusse. Le roi pouvait disposer de sa voix pour
« l'élection impériale, et, enfin, la guerre en Silésie
« était l'unique espèce d'offensive que favorisait la
« situation de ses Etats, vu qu'il était à portée de
« ses frontières et que l'Oder lui fournissait une
« communication toujours sûre. »

  « Ce qui acheva de déterminer le roi à cette en-
« treprise, ce fut la mort d'Anne, impératrice de
« Russie, qui suivit de près celle de l'empereur. Les
« apparences étaient que durant la minorité du
« jeune Ivan VI la Russie serait plus occupée à
« maintenir la tranquillité dans son empire qu'à
« soutenir la Pragmatique Sanction. Ajoutez à ces
« raisons une armée toute prête à agir, des fonds
« tout trouvés, et peut-être l'envie de se faire un
« nom ; tout cela fut la cause de la guerre que le
« roi déclara à Marie-Thérèse, reine de Hongrie et
« de Bohème. »

  « Quelque précaution que l'on prît à Berlin pour
« cacher l'expédition que l'on méditait, il était im-
« possible de faire des magasins, de préparer du
« canon et de mouvoir des troupes incognito ; déjà
« le public se doutait de quelque entreprise. L'en-
« voyé de l'Empereur à Berlin avertit sa cour qu'un
« orage la menaçait et qu'il pourrait bien fondre sur
« la Silésie. Le Conseil de la reine lui répondit de
« Vienne : « Nous ne pouvons, ni ne voulons ajouter
« foi aux nouvelles que vous nous mandez. » (1)

  En effet, comment le jeune couple de Habsbourg-

(1) Frédéric II, *Histoire de mon temps*, ch. II, p. 80-81.

Lorraine aurait-il soupçonné tant d'ingratitude et
de fourberie chez le cousin par alliance, comblé des
générosités du parrain défunt? Frédéric II ne ve-
nait-il pas, dans sa lettre de condoléance, d'offrir à
l'archiduc-époux « le concours de ses armes contre
« la Saxe et la Bavière, accusées d'intentions hos-
« tiles, et contre quiconque s'aviserait d'attaquer
« les droits de l'héritière d'Autriche? » N'avait-il
pas eu la délicate attention de réitérer à la reine,
pendant que ses troupes étaient déjà en marche, les
plus chaleureuses assurances « de la pureté de ses
« bonnes intentions ? » (1)

« Quoique le roi fût fermement déterminé dans
« le parti qu'il avait pris, il jugea cependant conve-
« nable de faire des tentatives d'accommodement avec
« la cour de Vienne. Dans cette vue, le comte de
« Gotter y fut envoyé. Comme il était à supposer
« que les demandes touchant les droits du roi sur
« la Silésie seraient rejetées, dans ce cas, le comte
« de Gotter était autorisé à déclarer la guerre à la
« reine de Hongrie. L'armée fut plus diligente que
« cette ambassade; elle entra en Silésie, deux jours
« avant l'arrivée du comte Gotter à Vienne. » (2)

Sur ces entrefaites, le cher éditeur de l'*Anti-Machiavel*, qui, retourné de Meurs à Bruxelles, était
allé se pavaner à La Haye de la mission de confiance
du roi de Prusse, comme son aristarque et courtier
d'imprimerie ; que Frédéric II avait « prié de ne pas
« trop l'afficher, chose qui ne lui ferait pas plaisir,

(1) Lettre du 6 décembre 1740.
(2) Frédéric, *Histoire de mon temps*, ch. II, p. 82.

« et de garder le secret inviolable de l'auteur anonyme
« du manuscrit confié, » (1) s'était décidé au voyage
de Berlin, sans la reine de Saba, dont Mars-Apollon
refusait de contempler le docte front et d'accueillir
les gracieux sourires.

Avant de se mettre en route, le persifleur de Hercule de Fleury avait sollicité les bontés du cardinal-
ministre, et s'était offert à lui servir d'espion auprès
de son royal ami, afin de pénétrer les desseins de
celui-ci relativement à la succession d'Autriche. L'envahisseur imminent de la Silésie le pressait d'arriver
et de se fixer chez lui ; car, à la veille d'une si flagrante violation du droit des gens, comme des convenances de famille, de la foi des traités, des liens
de la reconnaissance, il avait besoin d'une plume
très exercée à manier les sophismes, pour pallier aux
yeux de l'Europe l'odieux de son attentat. Aussi ses
lettres redoublent-elles d'instances, de cajoleries et
de promesses « au cher cygne dont il est impatient
« d'entendre le chant. Quant aux affaires de votre
« petite politique particulière, nous en aviserons à
« Berlin, et je crois que j'aurai dans peu des moyens
« entre les mains pour vous rendre satisfait et content. » (2)

La seconde entrevue eut lieu à Rémusberg et se
renouvela à Berlin, dans les derniers jours de novembre 1740, avec force démonstrations amicales,
dont ni l'un ni l'autre ne furent dupes. Leur correspondance respective est très sobre de détails à cet

(1) Lettre du roi, 7 octobre 1740.
(2) Lettre du 8 novembre 1740.

égard, ou plutôt il n'existe de tous les deux que de rares lettres de cette période de leur vie. La question d'argent les désenchantait mutuellement. Le philosophe-avocat poussait ses exigences d'honoraires à des prix d'exacteur ; le roi Cottin marchandait ses écus en fils de Harpagon, et se défiait du messager d'une élogieuse lettre de recommandation du dévot Machiavel de Versailles, dans laquelle le fin vieillard disait, entre autres choses : « Quel que soit l'auteur « de l'*Anti-Machiavel*, s'il n'est pas prince, il mérite « de l'être ; et le peu que j'en ai lu est si sage et « renferme des principes si admirables, que celui « qui l'a fait, serait digne de commander aux autres « hommes, pourvu qu'il eût le courage de les mettre « en pratique. S'il est né prince, il contracte un en- « gagement solennel avec le public. » Bref, les deux interlocuteurs ne purent s'entendre, et se séparèrent les meilleurs amis en apparence, mais complétement désillusionnés de leur désintéressement réciproque, dans l'échange enthousiaste de leurs attestations écrites de tendresse et d'admiration.

Voltaire déchargea la bile de son mécompte sur Algarotti, qu'il se voyait préféré dans la faveur du monarque. Il lui adressa d'abord une lettre impertinente au moment de quitter les Etats prussiens, dans laquelle il inséra une satire ordurière des mœurs corrompues de Venise, patrie du souple écrivain, enrôlé au service de la scabreuse campagne (1). Il accusa ensuite auprès du héros « quitté

(1) Lettre datée des environs de Vesel, 6 décembre 1740.

9.

« avec un cœur déchiré et désespéré, le Socrate vé-
« nitien de pratiquer la sodomie avec le bel Alcibiade
« Lujac, de l'ambassade française. » (1) Rentré à
Bruxelles, il se réconcilia avec Mme du Châtelet,
dont la mauvaise santé, fruit du chagrin de l'abandon, lui avait fourni un plausible prétexte de se dérober aux offres mesquines du roi de Prusse, prô-
nées éblouissantes en France. A l'entendre, il a
quitté pour rejoindre au plus tôt son ange gardien,
« un roi qui le comble de bontés, qui veut le fixer à
« sa cour par tout ce qui peut flatter le goût, l'intérêt
« l'ambition. (2) Jamais Mme du Châtelet n'a été
« plus au-dessus des rois. J'ai refusé au roi de Prusse
« deux jours de plus qu'il me demandait. » (3)

Cependant ce roi « qui écrit comme Antonin,
« passionné pour la gloire, qu'on voudrait à peu près
« parfait, pour l'honneur de l'humanité; (4) ce roi
« aimable *n'a qu'un défaut* : il est avare. Ce défaut
« pourra empêcher que les douze Césars (statues de
« Bernin) n'aillent trouver le treizième. » (5)

Nonobstant ce défaut déploré, Voltaire restera son
flatteur, d'autant plus méprisé que sa cupidité, égale
à sa bassesse, amoindrissait désormais le mérite de
sa plume servile et vénale aux yeux du tenace Mécène, qui voulait des Virgiles, des Horaces, des Ci-
cérons à bon marché. Frédéric II, courroucé des
revendications pécuniaires de l'hôte fêté à la cour

(1) Lettre du 15 décembre 1740.
(2) Lettre à Helvétius, 7 janvier 1741.
(3) Lettre à d'Argental, 6 janvier 1741.
(4) Lettre au marquis d'Argenson, 8 janvier 1741.
(5) Lettre à d'Argental, 19 janvier 1741.

comme un prince, écrivit à Jordan ce qu'il en pensait : « Ton avare boira la lie de son insatiable désir
« de s'enrichir; il aura les 300 écus demandés. Son
« apparition de six jours me coûtera par journée
« 550 écus; c'est bien payer un fou; jamais bouffon
« de grand seigneur n'eut de pareils gages... » (1)

    « La cervelle du poëte est aussi légère que le
« style de ses ouvrages, et je me flatte que la séduc-
« tion de Berlin aura assez de pouvoir pour l'y faire
« venir bientôt, d'autant plus que la bourse de la
« marquise ne se trouve pas toujours aussi bien
« garnie que la mienne. Tu rendras à cet homme
« extraordinaire en tout la lettre ci-incluse, avec
« un petit compliment en style de savante maque-
« relle. » (2)

C'est de cette façon cavalière que le roi congédia
le philosophe, qui s'aplatit immédiatement à lui dire
en vers fort tendres :

> Je vous quitte, mais mon cœur déchiré,
>   Vers vous revolera sans cesse ;
> Depuis quatre ans vous êtes ma maîtresse.
> Héros de l'amitié, vous m'approuvez vous-même.
>   Adieu, je pars désespéré,
>   Mais j'abandonne ce que j'aime.

    « Je me jette aux pieds de votre humanité, et j'ose
« être attaché tendrement au plus aimable des
« hommes, comme j'admire le protecteur de l'em-
« pire. » (3)

Le dernier trait est charmant; au moment où Fré-

(1) Lettre du 28 novembre 1740.
(2) Lettre du 30 novembre 1740.
(3) Lettre de Voltaire, 31 novembre 1740.

déric, mù uniquement, de son propre aveu, par des
sentiments d'ambition et de vaine gloire, allait mettre
à feu et à sang l'Europe avec l'Empire, en pleine
paix, après avoir décrit à Voltaire lui-même le tableau des horreurs qu'il méditait, pour se moquer de
la muse humanitaire de l'auteur de la *Henriade* :

> Déjà j'entends l'orage du tambour,
> De cent héros je vois briller la rage,
> Sous les beaux noms d'audace et de courage.
> Déjà je vois envahir cent Etats,
> Et tant d'humains moissonnés avant l'âge,
> Précipités dans la nuit du trépas.
> De tous côtés je vois croître l'orage,
> Je vois plus d'un illustre et grand naufrage,
> Et l'univers tout couvert de soldats.
> Je vois... j'en vis bien davantage.
> Et vous, à votre imagination
> C'est à finir ; car ma muse essoufflée,
> De la fureur et de l'ambition
> Se crayonnant la désolation,
> Fuyant le meurtre et craignant la mêlée,
> S'est promptement de ces lieux envolée. (1)

(1) Lettre du 8 novembre 1740.

CHAPITRE IV

PREMIÈRE GUERRE DE SILÉSIE. — MANŒUVRES PROTESTANTES ET CAMPAGNE D'HIVER. 1740-1741.

L'opinion publique hostile à la guerre. — La Presse et la Chaire violentées. — Manœuvres diplomatiques. — Les Hohenzollern au service du protestantisme exploitent l'hérésie. — Prestige acquis. — Frédéric garde la bannière évangélique en adoptant la cocarde philosophique. — Sa prétendue tolérance. — Prières dans les églises protestantes. — Guerre de brochure. — Relation de ses prédécesseurs avec les luthériens de Silésie. — Trames qui lui ouvrent la province et livrent Breslau.

« Tout le projet sur la Silésie ayant éclaté, une
« entreprise aussi hardie causa une effervescence
« singulière dans l'esprit du public. Les âmes fai-
« bles et timorées présageaient la chute de l'Etat.
« Les frondeurs, dont il se trouve dans tout pays,
« enviaient à l'Etat les accroissements dont il était
« susceptible. Le prince d'Anhalt était furieux de
« ce qu'il n'avait pas conçu ce plan et n'était pas le
« premier mobile de l'exécution ; il prophétisait,
« comme Jonas, des malheurs qui n'arrivèrent ni à
« Ninive ni à la Prusse. Ses propos semaient la dé-
« fiance et l'épouvante dans tous les partis. (1)
Interprète de l'opinion générale, la gazette française récemment fondée à Berlin, avec exemption de
censure, se permit de critiquer l'inique agression

(1) Frédéric II; *Histoire de mon temps*, ch. II, p. 83.

préméditée et d'en signaler les dangers. Le propa-
gateur de la liberté de la presse dans les autres pays
se hâta de supprimer chez lui l'unique organe de
publicité périodique, qui disait la vérité, alléguant
pour prétexte que ce journal abusait des franchises
octroyées. Bel argument à l'appui de ses déclamations
habituelles contre la tyrannie de l'inquisition papale !

Le pasteur Achard, chapelain de la colonie française de Berlin, eut le courage de prêcher en sa
présence sur le crime et les horreurs d'une guerre
de conquête, qu'il traita de brigandage, en rappelant
les paroles des Scythes à Alexandre : « Toi qui te
« vantes d'extirper les brigands, tu es toi-même le
« plus grand brigand de la terre, car tu pilles et
« rançonnes toutes les nations que tu asservis. Si tu
« es un dieu, tu dois songer au bonheur des hommes
« et non leur ravir ce qu'ils possèdent. Si tu n'es
« qu'un homme, pense toujours à ce que tu es. »

Frédéric s'offusqua d'une allusion si peu évangélique, et se plaignit vivement de ce que le prédicant
s'écartait de la charité chrétienne et se mêlait de
choses qui ne le regardaient pas. Voilà comment il
entendait respecter l'indépendance de la chaire à son
sujet, par la logique application de ses principes libéraux !

Jordan l'avertit de l'embarras des admirateurs
de ne pouvoir concilier l'invasion de la Silésie avec
les belles maximes de l'*Anti-Machiavel*, qui flétris-
sent *l'infâme avocat des guerres injustes*. Mais l'émule
d'Alexandre et de César, ayant déjà franchi le Ru-

bicon, répondit : « Laisse jaser les envieux et les
« ignorants ; jamais ils ne serviront de boussole à
« mes desseins, mais la gloire, dont je suis de plus
« en plus pénétré. » (1) « J'aime la guerre unique-
« ment pour la gloire. Si je n'étais pas prince, je
« voudrais n'être que philosophe. (2) Singulier philosophe, à la tête de cent mille arguments, qui dé-
montrent péremptoirement que la raison du plus
fort est toujours la meilleure!

Mais il était plus que philosophe et guerrier.
Dès le début de sa première campagne, il se montra
habile diplomate et sectaire hypocrite.

Avant de mobiliser ses troupes, il avait sondé les
cabinets de l'Allemagne et de l'Europe, et s'était efforcé de leur donner le change sur ses projets, et de
les brouiller entre eux par l'excitation sournoise de
leurs rivalités mutuelles. A Vienne, il dénonçait les
menées des maisons de Saxe et de Bavière, qui invo-
quaient d'anciens parchemins comme titres à une portion de la succession d'Autriche. A Dresde et à Munich, il insinuait que leurs droits étaient légitimes, et
offrait d'aider à les revendiquer les armes à la main.
A Versailles, il affirmait que Marie-Thérèse négociait
une alliance avec l'Angleterre et la Hollande pour
attaquer la France et lui reprendre la Lorraine, pa
trimoine de son époux. A Londres, à La Haye et à
Saint-Pétersbourg, il prétendait que la France et
l'Autriche tramaient une ligue catholique, qui écra-
serait les puissances hérétiques et schismatiques, et

(1) Lettre à Jordan, 19 décembre 1740.
(2) Au même, 24 février 1741.

qu'il se jetait sur la Silésie pour rompre cette coalition menaçante. A la cour de Russie, dominée par les femmes et les favoris corrompus, il acheta la complicité de son beau-frère, Antoine de Brunswick, mari de la régente, ainsi que la bienveillance du maréchal de Munnich, le distributeur et le dépositaire réel de l'autorité souveraine dans l'empire des czars.

Connaissant l'aveuglement et l'inflammabilité du fanatisme protestant, il eut soin de l'intéresser à son triomphe, non-seulement dans ses Etats, mais dans toutes les contrées calvinistes ou luthériennes, et particulièrement dans la province convoitée. Sa famille s'était acquis, au prix d'une persévérante mise en scène de zèle anti-catholique, l'hégémonie politique des confessions chrétiennes, séparées de Rome. Si les Hohenzollern n'ont pas joué, à l'origine de la révolution religieuse du seizième siècle, le rôle prépondérant des maisons de Saxe et de Hesse, ils ont éclipsé postérieurement toutes les dynasties apostates, par le nombre et l'éclat des services rendus à l'hérésie. Les branches cadettes d'Anspach et de Bayreuth donnèrent l'exemple des défections princières à l'ancienne foi. Un de leurs rejetons, Albert, le grand maître des chevaliers teutoniques, fut le premier haut dignitaire de l'Eglise à embrasser la Réforme pour s'approprier son bénéfice sécularisé, et se rendre souverain d'une province soustraite à la communauté qu'il avait mission de protéger. Son initiative sacrilége entraîna son confrère et lieutenant, Gotlar Ketler, maître des chevaliers porte-

glaive, à se séparer comme lui de l'autorité pontificale, afin de s'emparer de même des trois autres
provinces baltiques, également conquises par les
croisés allemands sur les Slaves infidèles, et de les
inféoder aussi à la couronne de Pologne, dont elles
sont devenues, avec le duché de Prusse, la cause des
malheurs et du démembrement final.

Le frère aîné d'Albert, le margrave Georges, gouverneur du jeune Louis II, roi de Hongrie et de
Bohême, favorisa dans ces deux royaumes la propagande des doctrines séditieuses du Moine saxon, qui
ravivèrent le levain hussite, assoupi à Prague et à
Pesth. Son neveu, Albert Alcibiade, conclut la convention de Chambord avec le roi de France, Henri II, au nom de la seconde ligue de Schmalcalde,
convention qui valut à Maurice de Saxe l'appui du
monarque très chrétien et lui permit de tenter la
félonie d'Insbruck, d'annuler la victoire de Muhl-
berg, de contraindre Charles-Quint à signer la pas-
sification de Passaw, suivie de celle d'Augsbourg,
charte de reconnaissance et de légitimation de la
révolte et des usurpations luthériennes au sein de
l'Empire, en échange des trois évêchés de langue
française, Metz, Toul et Verdun, cédés au protecteur
étranger.

La branche aînée, implantée dans le Brandebourg,
s'était d'abord opposée à la subversion des croyances
et du culte. Mais, quand elle vit, après la trève perpétuelle d'Augsbourg, qu'il y avait sécurité du côté
de l'Empereur à s'enrichir aux dépens du clergé, elle
se hâta de le dépouiller dans ses possessions par

décrets souverains, et non en vertu de soulèvements
populaires. Elle procéda, avec ordre et par grada-
tion, à la confiscation des biens et de l'autorité ecclésiastiques. Renforçant le despotisme militaire des
margraves, chefs d'armée, de la suprématie pastorale d'une papauté séculière, elle créa une sorte de
califat évangélique, emprunté à l'absolutisme spirituel et temporel des Césars païens et des sultans
musulmans.

Ayant embrassé le calvinisme, par désir de se
rapprocher des Hollandais, des huguenots de France
et des réformés d'Allemagne, la maison électorale
des Hohenzollern s'était érigée en centre de coalition des protestants de tous pays et de toute confession, sous le symbole unique de la commune
haine de Rome. Du Grand Electeur, qu'on pourrait
appeler aussi le grand sécularisateur, puisqu'aux
traités de Westphalie il se fit adjuger quatre évêchés
importants, en sus de trois autres, absorbés par ses
prédécesseurs, contrairement aux stipulations de
Passaw, du Grand Electeur, au père de Frédéric II,
tous les princes de Brandebourg, surtout depuis le
retour de la maison de Saxe à la foi catholique et
l'extinction de la tige réformée des Palatins, se sont
considérés comme les patrons universels des sectaires de l'Allemagne et des autres contrées de l'Europe, quelles que fussent leurs dissidences respectives. A ce titre, ils ouvrirent chez eux un asile aux
persécutés et aux réfugiés de France, de Suisse, de
Savoie, de Salzbourg. Ils intervinrent en faveur de
leurs frères de Pologne et de Hongrie, dont la clien-

tèle, cultivée avec soin, leur servait d'arme de
guerre au cœur de l'Autriche, et de coin de dissolution au sein du royaume de Saint-Piast. Leur connivence diplomatique et leur concours armé aidèrent puissamment Guillaume d'Orange à expulser
les Stuarts, à extirper le catholicisme de l'Angleterre, à nouer la formidable ligue d'Augsbourg,
qui, en séparant la France de l'Autriche, en para-
lysant Louis XIV, assurait la prépondérance des
Etats protestants dans le concert européen, tel qu'il
fut réglé à Ryswick, à Utrecht, à Rastadt. Leur
ardeur affectée de se poser en champions des ennemis du siége apostolique cimenta leur entente avec
le czar Pierre et ses successeurs, entente qui leur
permit de se rendre indépendants de la Pologne et
de la Suède, dans le duché de Prusse, de transformer
ce duché en royaume, de préparer le partage de leur
ancienne puissance suzeraine.

L'influence internationale obtenue au service ou
plutôt dans l'exploitation de la cause révolutionnaire,
qualifiée de *Réforme*, et l'autocratie absolue du gouvernement intérieur que la police illimitée des cultes
procurait au surintendant souverain des croyances,
doublait la force réelle et le prestige extérieur des
troupes prussiennes, excédant elles-mêmes les ressources du pays. Cet ensemble d'avantages, d'institutions et de traditions, qui liait la prospérité de la
dynastie au progrès du protestantisme, par la destruction de l'Eglise catholique, n'échappa pas à la sagacité
politique de Frédéric II, qui avait déjà signalé, dans
ses premiers *Mémoires* de Custrin, l'*indissoluble*

union de la maison de Brandebourg avec la religion protestante, qu'elle est appelée à faire fleurir dans l'empire allemand et en Europe.

Aussi, en adoptant, pour mieux atteindre son but d'agrandissement domestique, la *cocarde philosophique*, qui lui donnait le commandement de la phalange incrédule, récemment recrutée hors de ses Etats, munie d'armes nouvelles et prête à monter à l'assaut de l'Eglise, au nom de la *libre pensée*, fille et complément du libre *examen*, se garda-t-il bien de se dessaisir publiquement de la *bannière évangélique*, héritée de ses ancêtres, et qui lui ralliait les cohortes dispersées de *toutes* les fractions de la grande apostasie du seizième siècle. Au contraire, il l'agita sans relâche dans toutes ses guerres contre l'Autriche et la France, à commencer par son invasion en Silésie.

Il s'était fait, à peu de frais, une réputation de tolérance, bruyamment célébrée dans le camp de l'impiété, parce qu'il avait retiré les édits de proscription publiés par son père contre les sectaires anabaptistes et mémonites, qui refusaient le service militaire, mais formaient d'excellents colons agricoles dans les provinces de l'Est. Ses admirateurs exaltèrent, alors et depuis, sa réponse aux commandants de garnison, qui l'interrogeaient sur le maintien des écoles catholiques, autorisées par le feu roi, pour les enfants de troupe de cette confession, écoles qui avaient amené quelques conversions parmi les protestants : « Toutes les religions doivent être tolérées.

« Seulement, l'intendant doit veiller à ce qu'aucune

PRÉTENDUE TOLÉRANCE DE FRÉDÉRIC

« n'enlève des recrues à l'autre. Car ici chacun *doit*
« se sauver à sa façon. » Le *doit*, restriction de la
libre propagande du culte catholique, lequel, d'ailleurs, resta banni des Etats héréditaires de la maison
de Brandebourg, jusqu'en 1851, sauf dans les villes
de garnison, fut traduit en *peut*, et fournit un thème
inépuisable à l'exaltation des larges vues religieuses
du monarque sceptique.

Au moment où il quittait un grand bal masqué
pour se mettre à la tête de ses troupes et les lancer,
au cœur de l'hiver, le 13 décembre, contre une province qu'il savait dégarnie de soldats, dépourvue de
tout moyen de défense, il poussa les pasteurs calvinistes et luthériens, dépendants de sa juridiction pontificale, à prêcher la croisade hérétique dans les églises
de son royaume, afin d'attiser le fanatisme anti-
catholique et, par là même, anti-autrichien de ses
sujets. L'ex-pasteur Jordan, son lieutenant de confiance, fut laissé à Berlin, avec la mission de travailler
l'opinion publique par des sermons belliqueux et des
pamphlets de circonstance. Rendant compte de ses
opérations, il écrivit au roi :

« On implore, dans toutes les églises, le secours du
« ciel pour la prospérité des armes de Votre Majesté,
« et on allègue pour raison unique de cette guerre
« l'intérêt de la religion protestante. A l'ouïe de ces
« mots, le zèle du peuple se réveille. On bénit Dieu,
« qui a suscité un défenseur aussi puissant, et l'on
« s'indigne que quelqu'un puisse lui imputer de
« l'indifférence pour le protestantisme. On affirme
« aussi, sans examen, que les droits de Votre Ma-

« majesté sont incontestables ; c'est vraiment un
« habile coup d'Etat. » (1)

« J'ai reçu deux pièces du camp, écrites avec beau-
« coup d'esprit et d'une plaisanterie très fine. Il est
« facile d'en reconnaître l'auteur. » (2)

Ces brochures caustiques et graveleuses, hostiles
aux moines et à Marie-Thérèse, émanées de la plume
de Frédéric et de son entourage, étaient traduites du
français en allemand, imprimées à Berlin, et col-
portées, avec le manifeste royal, dans les moindres
hameaux du Brandebourg et de la Silésie. Car le
conquérant écrivain s'appliquait à faire la guerre à
coups d'opuscules, comme à coups de canon. Sans
rejeter le manteau de philosophe qui l'accréditait
dans le camp impie, il revêtit même l'éphod de grand
prêtre évangélique, et se fit précéder ou accompagner d'une légion de ministres protestants, chargés
d'explorer les routes, de préparer les étapes, d'écarter
les obstacles, de disposer les esprits à la conquête,
œuvre biséculaire des convoitises et des intrigues
de sa famille.

En effet, depuis l'achat de l'expectative de trois ou
quatre petits duchés silésiens par l'électeur Joachim,
le fauteur de l'introduction subreptice du luthéranisme
dans la Marche, la sollicitude intéressée des Hohenzollern ne cessa de se porter sur le beau fleuron de la
couronne de Bohême, dont une partie pouvait leur
échoir un jour en héritage, s'ils avaient la chance de
voir s'éteindre la lignée des possesseurs hypothéqués.

(1) Lettre de Jordan, 20 décembre.
(2) Lettre de Jordan, 25 décembre.

Quoique leurs droits fussent périmés par le temps, et confisqués sur les vassaux titulaires, pour crime de félonie, durant la guerre de Trente Ans, le Grand-Electeur, Frédéric-Guillaume, appréciant l'importance d'une telle acquisition pour élargir le Brandebourg, centre de ses possessions, les agita plusieurs fois, et tenta de les faire valoir à chaque embarras de l'Autriche. Son fils Frédéric s'en désista, en échange de l'autorisation impériale de prendre le titre de roi. Mais ni le père, ni le fils, ni leur successeur ne discontinuèrent de cultiver l'amitié des protestants de Silésie, leurs clients étrangers de prédilection, qu'un de leurs arrière-petits cousins d'Anspach avait patronnés à l'origine de la secte.

Frédéric II, avide de récolter en temps opportun les fruits des prévoyantes attentions de ses prédécesseurs, ne manqua pas de profiter des accointances confessionnelles préétablies dans la province, pour en solliciter les habitants à le recevoir en libérateur : « La religion encore, ce préjugé sacré chez le peuple, « concourait à rendre les esprits prussiens, parce « que les deux tiers de la Silésie sont composés de « protestants, qui, longtemps opprimés par le fana- « tisme autrichien, regardaient le roi comme un « sauveur que le ciel leur avait envoyé. » (1)

Pendant que, dans ses proclamations officielles, il protestait de la sincérité de ses sentiments patrio- tiques, de la droiture de ses intentions, dévouées au plus grand bien de l'Empire et de la maison d'Au-

_____

(1) *Histoire de mon temps*, ch. II.

triche; pendant qu'il promettait égale protection à
tous les Silésiens, sans distinction de rang ni de
culte, en attendant qu'il convainquît la reine de
Hongrie, son alliée, de la persévérance de son amitié; pendant qu'il trompait ainsi la population paisible et loyale, qu'il ménageait en apparence les
priviléges de la noblesse, du clergé, y compris les
communautés monastiques, même les jésuites, com-
blés de prévenances, « se faisant juif avec les juifs,
« païen avec les païens, » (1) ses émissaires, unis
aux affidés du pays, ameutaient les frères, ouvraient
par leurs complots les forteresses et livraient la capitale sans coup férir.

Le *fanatisme autrichien* avait doté Breslau de
franchises municipales fort étendues, qui permettaient aux bourgeois de se gouverner par des magistrats électifs et les exemptaient de garnison en
temps de paix. Ce fanatisme tolérait un conseil com-
munal exclusivement composé de protestants, quoique les catholiques fussent très nombreux dans la
ville. Il respecta l'opposition suspecte, sinon fac-
tieuse, de ce conseil à l'occupation de la cité par
les troupes du général Braun, envoyé en toute hâte
au secours de la province envahie. C'était l'acheminement convenu de la trahison ourdie.

« L'amour de la liberté et du luthéranisme pré-
« serva les habitants de Breslau des fléaux de la
« guerre; ils résistèrent aux sollicitations du géné-
« ral Braun, qui l'aurait pourtant à la fin emporté,

(1) Lettre à Voltaire, 23 décembre 1740.

« si le roi n'eût hâté sa marche pour l'obliger à la
« retraite. » (1)

Afin de mieux endormir l'imprudente sécurité
des fonctionnaires fidèles, et d'assurer le coup de
main monté, il engagea sa parole royale à n'y point
pénétrer, à ne jamais s'en emparer. Sous le couvert
de ses serments perfides, il s'approcha impunément
des remparts et enleva les faubourgs, surprise qui
amena la ville, mal protégée, plus mal approvi-
sionnée encore, à entrer en composition.

« Le zèle de la religion luthérienne abrégea la
« négociation. Un cordonnier enthousiaste subju-
« gua le petit peuple, lui communiqua son fana-
« tisme et le souleva au point d'obliger les magis-
« trats à signer un acte de neutralité avec les
« Prussiens, et à leur ouvrir les portes de la cité.
« Dès que le roi fut entré dans cette capitale, il
« licencia toutes les personnes en place qui se
« trouvaient de la reine de Hongrie. Ce coup d'au-
« torité prévint toutes les menées sourdes dont ces
« anciens serviteurs de la maison d'Autriche au-
« raient fait usage dans la suite pour cabaler con-
« tre les intérêts des Prussiens. » (2)

En vérité, le monarque philosophe s'entendait
incomparablement mieux à pratiquer la liberté
d'annexion que les généraux de Marie-Thérèse à
exercer la tyrannie du fanatisme autrichien! Son
premier essai de rapt était un chef-d'œuvre d'astuce
et de fourberie, assistées de la force.

(1) *Histoire de mon temps*, ch. II.
(2) *Histoire de mon temps*, ch. II.

Evidemment la lecture de Machiavel ne lui avait pas été inutile. Le disciple dépassait le type décrit par le maître. Une promenade militaire de quinze jours, en remontant l'Oder, l'avait conduit dans Breslau (1), et mis en possession d'une riche province, sans qu'il eût à tirer l'épée, grâce aux savantes manœuvres de ses pionniers évangéliques.

Le reste de la campagne et les guerres subséquentes n'eurent d'autre but que de défendre et de conserver la proie, dérobée dans les embûches d'un brigandage nocturne. Après cet exploit de Mandrin, il posta son armée dans des quartiers d'hiver inexpugnables; il revint à Berlin jouir de son triomphe rapide, célébré par la lyre adulatrice de Voltaire, et mettre en mouvement les ressorts de la diplomatie, pour déterminer les cabinets étrangers, en les circonvenant, à lui faciliter l'engrangement de ses trophées (2).

(1) 3 janvier 1741.
(2) 26 janvier 1741.

CHAPITRE V

Le chantre des vertus huguenotes, c'est-à-dire des
conspirations, des émeutes, des appels à la guerre
civile, comme à l'intervention étrangère, des perturbateurs incessants de la France, parut s'effaroucher
au premier moment de la métamorphose subite du
héros philosophe, dont les déclamations pacifiques
lui avaient paru sincères. Il s'en plaignit avec une
certaine tristesse. « La chatte métamorphosée en
« femme court aux souris, dès qu'elle en voit ; et le
« prince jette le manteau de philosophe et prend
« l'épée, dès qu'il voit une province à sa conve-
« nance. » (1)

Mais les caresses du ravisseur de la Silésie rani-
ment son enthousiasme servile, si mal rétribué.
Quoiqu'il soit pleinement édifié, depuis son stérile

(1) Lettre à Cideville, 13 mars 1741

voyage à Berlin, sur les qualités morales, la franchise, la bonne foi, la générosité du prince déifié,
il lui prodigue sur son criminel exploit des louanges
outrées, dans deux épîtres et dans cinq ou six lettres
parsemées de strophes abjectes, rampantes. Il nous
repugne de nous arrêter à ces profusions d'encens
immérité, qui avilissent le thuriféraire sans honorer
l'idole. Qu'il nous suffise d'en citer quelques vers,
qui donnent une idée générale de l'esprit et du ton de
ces dithyrambes prussophiles :

> Ciel, écartez surtout les poignards des dévots !
> Que le fou Loyola défende à ses suppôts
> D'imiter saintement, dans les champs germaniques,
> Des Câtel, des Clément les forfaits catholiques !
> Je connais trop l'Eglise et ses saintes fureurs.
> Je ne crains point les rois, je crains les directeurs.
> Un sot est prêt à tout et sa main frénétique
> Respecte rarement un héros hérétique. (1)

A ces craintes, si propres à flatter le prince sectaire, qui inventait des exploits contre sa vie pour
avoir occasion de rançonner les moines et pour enflammer la fureur de ses guerriers protestants, le
rimeur couronné répondit :

> Je goûte le plaisir, mais le devoir me guide :
> Délivrer l'univers de monstres plus affreux
> Que ceux terrassés par Alcide,
> C'est l'objet salutaire de mes vœux...
>
> Soutenir de mon bras les droits de ma patrie,
> Et réprimer l'orgueil des plus fiers des humains,
> Tous fous de la Vierge Marie,
> Ce n'est point un ouvrage indigne de mes mains (2).

(1) Epitre au roi de Prusse, 9 avril 1741.
(2) Lettre du roi, 16 avril 1740.

Les stances du vainqueur furent trouvées subli-
mes par le poëte solliciteur, épris d'une recrudescence
de désir d'être attaché à la personne de Mars-Orphée-
Apollon. « Ma petite fortune, mêlée avec celle de
« Mme du Châtelet, n'apporte aucun obstacle à l'envie
» extrême que j'ai de passer mes jours auprès de
« Votre Majesté. Je vous jure, Sire, que je ne balan-
« cerais pas un moment à sacrifier ces petits intérêts
« au grand intérêt d'un être pensant, de vivre à vos
« pieds et de vous entendre. » (1)

Ne voyant pas sa prière exaucée, il se remit à
douter de la bonté du héros : « Je ne sais pas encore
« si le roi de Prusse mérite l'intérêt que nous pre-
« nons à lui, il est roi, cela fait trembler. Attendons
« tout du temps. » (2)

Pendant que le courtisan déçu, mais non corrigé
de son méprisable servilisme, attend des événements
un appel mendié à Berlin, son Machiavel admiré
remue le monde entier pour y gagner des complices dont il fera des dupes. La coopération de la
France lui tenait spécialement à cœur. « De toutes
« les puissances de l'Europe, la France était sans
« contredit la plus propre pour assister les Prussiens
« dans leur entreprise. Tant de raisons rendaient
« les Français ennemis des Autrichiens, que leur
« intérêt devait les porter à se déclarer les amis du
« roi » (3).

Spéculant d'avance sur le souvenir des anciennes

(1) Lettre de Voltaire, 31 décembre 1740.
(2) Voltaire à d'Argental, 13 mars 1741.
(3) *Histoire de mon temps*, ch. II.

« mettre d'accord avec le progrès, avec le libéralisme
« et avec la civilisation moderne. »

Je demanderai d'abord au conseil exécutif par
quelles preuves il établirait que ce ne sont pas plutôt
le progrès, le libéralisme et la civilisation moderne
qui devraient se réconcilier et se mettre d'accord avec
le pontife romain, avec l'Eglise catholique. Les croit-il
donc infaillibles?

Je réponds en second lieu que le pontife romain n'a
nul besoin de se réconcilier avec le progrès, la liberté
et la civilisation véritables; car il n'a jamais été
brouillé avec eux : l'histoire, de l'aveu des juges les
plus compétents et les moins suspects, est là pour
l'attester. Sans les papes, sans l'Eglise catholique,
ceux qui les en représentent comme les ennemis et qui
s'en attribuent à eux seuls le monopole connaîtraient-
ils seulement aujourd'hui ces beaux noms? Il est très-
permis d'en douter. Quant au progrès, au libéralisme
et à la civilisation moderne tels qu'ils les entendent
et les pratiquent, méritent-ils d'être tant vantés?
Pour répondre à cette question, jetez, catholiques, un
regard sur la société actuelle, et voyez ce qu'elle est
devenue sous leur influence. Est-ce qu'elle n'est pas
tout entière sur un volcan, redoutant d'un moment à
l'autre une éruption qui l'engloutirait? Quel est l'Etat
qui puisse se promettre le lendemain? Est-ce que la
mine et la sape ne sont pas constamment appliquées
aux fondements mêmes de l'ordre social? Qu'est devenue l'idée de la justice et du droit, base de la sécurité des nations? N'est-elle pas partout confondue avec

celle de la force ? Est-ce que, au nom du progrès, on
ne fait pas rétrograder la société jusqu'au paganisme,
et encore au-delà ? car le paganisme, malgré ses aberrations, avait du moins conservé l'idée de la divinité
et celle d'une vie future avec des récompenses pour
les bons et des châtiments pour les méchants, tandis
que le progrès qu'on nous vante consiste en grande
partie à les bannir de l'intelligence humaine. Que s'il
y a quelque part un progrès réel, n'est-ce pas surtout
dans la guerre contre l'Eglise catholique, dans le vice
et le crime, ainsi que dans les moyens de détruire
les hommes ? Et la liberté, quand vous en avez ôté la
part qui est largement faite au mal, qu'en reste-t-il
pour le bien ? Ce qu'on n'a pas encore pu lui ravir,
guère de plus.

Telle est plus ou moins la situation de toute l'Europe.

Mais pour savoir ce qu'il en est, qu'avez-vous besoin, catholiques, de recherches lointaines ? Vous
voyez maintenant régner parmi vous le *progrès*, le
libéralisme et la *civilisation moderne* tels que les entend le conseil exécutif, quoique non encore dans
toute leur perfection : avez-vous sujet de vous applaudir de ce qu'on en a fait *les fondements les plus
importants de la vie sociale* du canton de Berne et de
la Suisse ? Quels sont les fruits que vous en recueillez,
sinon de vous voir impitoyablement opprimés, écrasés,
dans ce que vous avez de plus cher au monde, votre
religion, votre conscience et votre âme, sans trouver
de ressource et de protection nulle part, les autorités
mêmes sous la garantie desquelles les traités avaient

le respect, avec la crainte qu'elle inspirait. En dehors de la Hollande et de l'Angleterre, qui se méfiaient des projets d'extension de la France vers les bouches de l'Escaut, la plupart des princes du centre de l'Europe, voyant l'infortunée héritière de Charles VI expulsée de Breslau, menacée en Bohême, s'abattirent sur elle, non pour la secourir, mais pour achever de l'écraser et s'entr'aider à la dépecer.

Le cardinal de Fleury, circonvenu et entraîné par les membres du cabinet imbus des doctrines philosophiques et admirateurs du héros enfariné de Molwitz, démentit la sagesse de sa conduite antérieure, flétrit la gloire de sa longue carrière, souilla sa pourpre et son caractère sacerdotal, dévoya la France des traditions de loyauté et de justice, que l'expérience a démontré être les meilleurs auxiliaires d'une féconde politique de grandeur nationale. Le cardinal de Fleury, oubliant ce qu'il devait à lui-même, à ses engagements, à l'honneur du roi très chrétien, se laissa entortiller par les frères de Belle-Isle dans la ligue de Nymphenbourg, signée près de Munich, entre un tourbillon de prétendants aux épaves de l'héritage autrichien. (1)

Le centre de cette formidale coalition était la Bavière, dont le duc réclamait la moitié des Etats de sa cousine et aspirait au trône impérial. Le chef réel était le successeur de Richelieu, de Mazarin et de Dubois, qui, sans tenir compte de la différence des conjonctures, avait versé dans la vieille ornière

(1) 28 mai 1741.

de l'abaissement des Habsbourg, conduite aussi *contraire à l'honneur et à la raison* (1), que funeste à l'Église et au pays. N'ayant d'autre motif de violer la paix de Vienne que l'envie d'élargir les frontières du royaume, à la faveur des embarras d'une jeune reine assaillie de spoliateurs, il jette la France dans une guerre de rapine, et l'associe au démembrement projeté de la seule puissance catholique capable d'aider la France, appuyée de l'Espagne, à contrebalancer la fédération protestante en Europe.

Se réservant le Brabant et une partie du Luxembourg, le cabinet de Versailles garantit la Silésie au roi de Prusse, qui en était déjà maître ; promet la Moravie à la Saxe ; la Bohême, le Tyrol, le Brisgau à la Bavière, avec le sceptre de Charlemagne ; le Milanais au roi de Sardaigne ; la Toscane et l'Émilie aux Bourbons de Naples. Le maréchal de Belle-Isle, qui n'a été jusqu'alors ni ministre ni général, et jouit cependant d'une grande réputation de capacité militaire et politique, parce qu'il est beau parleur et protégé de la duchesse de Châteauroux, maîtresse de Louis XV, est chargé de négocier le traité et d'en diriger l'exécution. Il apparaît dans le camp du vainqueur à Molwitz, et croit le séduire par sa faconde et sa suffisance peu diplomatiques, qui mettent à l'encan toutes les provinces de Marie-Thérèse. Frédéric II l'agace de compliments, lui soutire ses secrets, esquive de signer la convention débattue, adresse de nouvelles propositions à Vienne, en y faisant con-

(1) Flassan, *Histoire de la diplomatie*, t. V, p. 168.

naître la trame de Nymphenbourg, écrit à Voltaire
« que ce génie sensé est un des rares Français qui
« ne soit pas regardé en Allemagne comme un fou à
« lier ! » (1)

« J'ai vu et beaucoup entretenu le maréchal de
« Belle-Isle, qui sera dans tout pays ce qu'on appelle
« un très grand homme. C'est un Newton pour le
« moins en fait de guerre, autant aimable dans la
« société qu'intelligent et profond dans les affaires,
« et qui fait un honneur infini à la France, sa nation,
« et au choix de son maître. » (2)

L'Angleterre, fidèle à l'Autriche, par opposition
à l'agrandissement de la France vers le Nord, conseille à la reine de Hongrie de sacrifier la basse
Silésie, afin de détacher la Prusse de la coalition. Sir
Robinson, ministre d'Angleterre à Vienne, essaye
de négocier un accommodement et harangue avec
emphase l'envahisseur. « Le roi, assez enclin à sai-
« sir les ridicules, prend le même ton et lui ré-
« pond » (3) par une prosopopée déclamatoire, dans laquelle il évoque ses ancêtres de leurs tombeaux pour
le renier, « s'il vend pour de l'argent les droits
« transmis avec leur sang, si, prince indigne, il se
« conduit en infâme marchand, qui préfère le gain
« à la gloire.

« Mais en renvoyant l'enthousiaste intermédiaire
« de la reine, le roi continuait à flatter lord Hingford,
« ministre anglais dans le camp prussien, et à l'en-

(1) Lettre du 2 mai 1741.
(2) Lettre du 13 mai 1741.
(3) *Histoire de mon temps*, ch. **III**, p. **111**.

« dormir dans une profonde securité : il n'était pas
« encore temps de se découvrir. Et pour ménager les
« puissances maritimes, on leur communiqua les
« propositions de sir Robinson. On appuya surtout en
« Hollande sur la déférence que le roi marquait pour
« cette république, déférence qu'il pousserait jusqu'à
« refuser le Brabant si on voulait le lui offrir. » (1)

Dans le même moment, il écrivait à son secrétaire
d'État Podewils, investi de la mission de poursuivre à la dérobée les négociations entamées avec
la France : « S'il y a à gagner d'être honnête
« homme, nous le serons; et s'il faut duper, soyons
« donc fourbes. » C'est dans ces dispositions, qu'à
défaut des concessions espérées de Vienne il adhéra
secrètement aux clauses de Nymphenbourg, promit sa voix électorale au duc de Bavière, et la garantie des provinces convoitées, en échange d'une
garantie analogue pour la Silésie (2).

En dépit de l'engagement contracté, il réitéra ses
demandes et ses offres à Marie-Thérèse, qui avait le
cœur trop ulcéré de ses perfidies pour prêter l'oreille
à une transaction onéreuse avec lui. L'entrée de
l'armée franco-bavaroise dans l'archiduché d'Autriche consterna Vienne, mais n'abattit ni le courage ni la fierté de l'intrépide reine, le caractère le
plus accompli du dix-huitième siècle. Son héroïsme,
inspiré par la foi, et orné des vertus de la femme, de
la mère et de la souveraine, électrisa les populations
encore croyantes des diverses possessions des Habs-

_____

(1) *Histoire de mon temps*, ch. III, p. 111.
(2) 5 juin 1741.

bourg, dont le gouvernement paternel était apprécié de leurs sujets. Malgré les émissaires de Frédéric II, qui cherchaient à remuer, à soulever les calvinistes hongrois, instruments traditionnels des intrigues protestantes de Berlin, comme les luthériens silésiens, non-seulement les magnats hongrois se gardèrent du piége d'une émeute intempestive, prélude d'une ruine irrémédiable de la puissance autrichienne; mais, enflammés d'enthousiasme à la vue de la fille de leurs rois, inébranlable dans le malheur, confiante en leur fidélité, faisant appel à leur dévouement chevaleresque, ils tirèrent leurs sabres des fourreaux, en s'écriant : « Mourons pour « notre roi Marie-Thérèse! » Ce cri d'attendrissement généreux des palatins retentit au cœur de la nation madgiare, et en fit jaillir des dons patriotiques, avec des myriades de pandours. Il se répercuta ni moins intense ni moins fécond en sacrifices d'hommes et d'argent dans les autres États héréditaires de la dynastie, retrempée par le malheur dans l'affection des peuples, et par la fermeté dans l'admiration des soldats.

Cet élan sublime et spontané d'attachement de toutes les tribus guerrières, dépendantes de l'ancienne maison impériale, et dont le mouvement offensif contre les envahisseurs s'annonçait irrésistible, déconcerta les opérations des alliés, qui s'étaient avancés, jusque sous les murs de Vienne et de Prague.

Frédéric II, instruit de la levée en masse des défenseurs de Marie-Thérèse par l'entrain de l'opinion

générale en sa faveur, averti des préparatifs belliqueux de la Hollande et de l'Angleterre, qui venaient
de se déclarer pour le maintien de la Pragmatique
Sanction, et entraient en ligne contre les coalisés;
sachant, d'autre part, que la cour de Russie, ayant
subi une révolution de palais, qui avait renversé son
pensionnaire Munnich, allait suivre le même exemple, crut le moment arrivé de se montrer plus fripon
que de coutume.

Il avertit sous main le cabinet britannique des
desseins hostiles de l'armée française, appelée par
lui-même en Westphalie, sur l'électorat de Hanovre,
patrimoine de la famille royale de Londres. En retour
de ce service de traître, l'influence anglaise alors
toute puissante auprès de la reine de Hongrie,
assistée des subsides du Parlement, pesa sur le cabinet autrichien, et le disposa à lui accorder la trêve
d'Oberschnellendorff, qui lui laissait la possession
de la Silésie, contre la simple promesse de rester sur
la défensive, après la prise de Neisse, qu'il devait
continuer d'assiéger, afin de dissimuler sa défection
à la ligue franco-bavaroise, et d'exposer ses alliés à
être accablés par les forces réunies de Marie-Thérèse.

La convention, purement verbale, fut garantie
sur l'honneur par lord Hindford et les deux généraux autrichiens Neuperg et Lentulus. Il en exigea
le secret le plus absolu, sous peine de nullité, précaution perfide, qui, en trompant ses compagnons
d'armes, causa leurs désastres. (1)

(1) 16 octobre 1741.

11

Après cet accommodement clandestin, Frédéric II
réitéra son offre de prendre en main les intérêts de
Marie-Thérèse, acheta, pour 50,000 ducats, le droit
d'établir quelques quartiers d'hiver dans la haute
Silésie, qui le rapprochaient de la Bohême, théâtre
de prochaines batailles.

Il renseigna Neuperg sur la position des alliés, et
lui conseilla de les attaquer avant qu'ils fussent
concentrés, promettant, en cas de succès, de se déclarer ouvertement pour la reine. Afin de mieux
cacher sa trahison, il engagea lord Hindford de lui
écrire une lettre de plaintes sur l'insuccès des tentatives anglaises de médiation pacifique, lettre mon-
trée à l'envoyé français Valori, qui remercia le roi
de Prusse de sa fidélité aux confédérés. (1)

Et c'est couvert de tels lauriers que le *nourrisson des Muses*, comme il s'appelle lui-même, se
plaint au poëte-philosophe, son gobe-mouches, traité
de bouffon, son jouet en temps de loisir, son avocat
des causes véreuses, son valet d'encensement, sa
torche incendiaire et son brandon de discorde au
cœur de la France; c'est à la suite d'une mystification si effrontée du gouvernement français que le
modèle des hommes se plaint « à son cher Voltaire
« des vils faquins que l'on nomme grands politiques,
« et qui tournent la roue des événements d'une façon
« peu honorable pour la Providence !

« S'ils se montraient dans leur état naturel, ils ne
« s'attireraient que l'indignation du public. La su-

(1) *Stenzel*, t. IV, p. 161.

« percherie, la mauvaise foi et la duplicité sont
« malheureusement le caractère dominant de la
« plupart des hommes qui sont à la tête des nations,
« et qui en devraient être l'exemple. » (1)

L'édifiante mercuriale contre les disciples de Machiavel ne pouvait être qu'une ironie sous la plume
de Frédéric II, dont la plus douce jouissance était
de se moquer de ses dupes. Un trait omis dans le
tableau des vices de ses collègues en friponnerie,
c'était l'hypocrisie religieuse, que le généralissime
du camp incrédule entendait à perfection, comme,
du reste, tous les autres ressorts de l'art de tromper.
Rendu maître de la Silésie, par les conspirations des
protestants de la province, autant que par la valeur
de ses troupes et l'astuce de sa diplomatie, il étendit
leur influence sur le pays entier, et se servit de leur
zèle anti-catholique pour prussifier sa conquête. Tout
en faisant parade de tolérance dans ses rapports
personnels avec le clergé romain, il excitait sous
main les agents bibliques à répandre dans le peuple
les brochures qui discréditaient les prêtres et les
moines. Il dispensa les ministres luthériens du serment de fidélité, parce qu'il n'avait pas à douter de
leur dévouement, mais l'exigea à genoux des représentants de la hiérarchie sacerdotale, inclinés sous
l'épée qu'il tenait à la main en guise de sceptre.
Ceux d'entre eux qui refusèrent ou hésitèrent de
prêter le serment exigé, furent bannis dans les
quarante-huit heures, et leurs biens séquestrés. Le

(1) Lettre du 3 février 1742.

cardinal-évêque, emprisonné pour fausse imputation de connivence avec les généraux autrichiens,
ne fut relâché qu'après avoir donné des garanties
de souplesse et de docilité absolues.

Le bon prince, dit pieusement un moderne historien de cour, le conseiller évangélique Ludwig Hahn,
qui *craignait de perdre un jour sans faire du bien
à quelqu'un*, (1) après avoir déclaré dans la diète
de la province qu'il ne voulait pas être considéré
comme conquérant, mais comme *père* du peuple, fit
remise des cent mille écus offerts en don de joyeux
avénement.

Mais les panégyristes anciens ou modernes du
héros prussien oublient habituellement d'ajouter
que le tenace financier Frédéric II gratifia généreusement les Silésiens du système fiscal perfectionné
par son père en Prusse. Le vote des impôts et le contrôle des revenus publics furent supprimés, comme
vétustés vermoulues de la tyrannie jésuitique des
Hapsbourg. Des taxes arbitraires, fixées par ordonnance royale, réparties par les employés du domaine,
perçues avec une rigueur impitoyable par les agents
de *l'accise*, apprirent aux nouveaux sujets des
Hohenzollern ce qu'ils avaient gagné au changement de joug. Les terres des nobles, des communes,
des paroisses et des écoles, eurent à payer 28 1/2 0/0
du revenu net. Les terres des paysans se virent
grevées à 34 0/0 du produit; celles des ordres militaires et hospitaliers, à 40 0/0; la mense épiscopale

_____

(1) *Histoire de la Prusse*, 226.

et canoniale, les fondations des collégiales et des couvents, à 50 0/0. (1) Bref, Frédéric II augmenta de moitié les revenus de son royaume, et la province eut ses contributions doublées.

En signe de réjouissance universelle, à l'occasion de l'octroi d'un régime si bienfaisant, qui ne pouvait manquer de dilater les cœurs, en saignant libéralement les bourses, une fête d'actions de grâces se célébra dans toutes les églises catholiques et protestantes de l'heureuse Silésie, sur une encyclique impérative du roi-pontife philosophe, qui, fidèle aux traditions pastorales de la dynastie des grands prêtres de l'hérésie évangélique, prescrivit le thème des sermons à prêcher aux chrétiens des divers cultes. Le texte imposé était celui-ci, tiré du premier livre des Machabées :

« Mais Simon répondit : nous n'avons pas pris le « pays d'autrui, et nous n'en détenons pas d'autre « que l'héritage de nos pères, injustement possédé · « pendant quelque temps par nos ennemis. Mais, « profitant de l'occasion, nous sommes rentrés en « possession de l'héritage de nos pères. » (2)

Ce texte parut bien choisi au zélateur Jordan, mais lui causa un embarras assez piquant de conscience, qu'il soumit au pape Frédéric II :

« Ce qu'il y a de fâcheux dans tout cela pour « nous, protestants, c'est que ce livre, comme Votre « Majesté le sait parfaitement, n'est point reçu

---

(1) Onno Klopp. *Frédéric II*, p. 166.
(2) *I Machabée*, 15, v. 33 et 34.

« parmi nous; il ne l'est que par les catholiques.»(1)

Nous ne connaissons pas la réponse de Frédéric II à ce scrupule puritain. Mais peu lui importait que la parole empruntée à l'Ecriture sainte ne fût point reconnue par ses ouailles, du moment qu'elle s'adaptait à colorer son rapt, elle lui était sacrée. Il la croyait authentique, vérace, inspirée; il s'inclinait dévotement devant le canon dressé par le concile de Trente, sans s'inquiéter de l'effarouchement des pasteurs protestants, obligés de citer comme parole divine un texte réputé apocryphe. Leur docilité servile, souvent éprouvée, lui garantissait que, dans la circonstance présente, ils n'hésiteraient aucunement à enrichir leur Bible d'un livre rayé du catalogue de la Réforme, comme entaché de papisme. Aucun d'entre eux ne protesta contre l'amendement subreptice des Confessions de Genève et d'Augsbourg, innovation que jamais l'infaillibilité doctrinale de l'Eglise romaine n'oserait tenter à l'égard du symbole catholique.

(1) Lettre de Jordan, 21 février 1742.

CHAPITRE VI

PREMIÈRE GUERRE DE SILÉSIE, DEPUIS LA TRÈVE D'OBERSCHNELLENDORFF JUSQU'A LA PAIX DE BRESLAU (1741-1742)

La convention éludée, déchirée. — Motifs avoués de la première trahison. — Rupture de la trève. — Un corps prussien en Bohême. — Prise de Galatz. — Echec en Moravie. — Proposition de paix. — Bataille de Chotusitz. — Paix de Breslau. — Déception de la France.

La trève qui lui abandonnait la Silésie en échange de sa défection à l'alliance franco-bavaroise, était à peine conclue, que Frédéric II, après en avoir profité pour renforcer son armée et prendre possession de la province, s'empressa de l'éluder et de la rompre. Dès le lendemain de l'entrevue d'Oberschnellendorff, « le duc de Lorraine, se flattant que le roi regarderait « des pourparlers comme des traités de paix, lui « écrivit, demandant sa voix pour l'élection à l'Em- « pire. La réponse fut obligeante, mais conçue dans « un style obscur et si embrouillé, que l'auteur même « n'y comprenait rien. » (1)

Sa conduite fut plus claire que sa lettre, mais encore moins loyale. Quinze jours après son engagement de neutralité avec Marie-Thérèse, au prix énorme exigé, il signa une garantie offensive et dé-

(1) *Histoire de mon temps*, ch. III, p. 120.

fensive avec la Bavière et la Saxe, pour s'assurer mutuellement la portion de l'héritage autrichien, attribuée à chacun d'eux par les clauses de Nymphenbourg. (1) En prenant ses précautions des deux côtés, il n'entendait se lier d'aucun, et songeait à tromper tout le monde. Il se défiait avant tout de la France, et voulait en faire avorter les desseins, au moyen « de cette espèce de suspension d'armes entre « la Prusse et l'Autriche, » qui devait rester ignorée du cabinet de Versailles.

« Le ministère français se proposait d'élever sur « les ruines de la puissance autrichienne quatre « royaumes dont les forces se balanceraient récipro- « quement, savoir : la reine de Hongrie, qui garde- « rait l'archiduché, la Styrie, la Carinthie et la Car- « niole ; l'électeur de Bavière, maître de la Bohême, « du Tyrol et du Brisgau ; la Prusse, avec la basse « Silésie ; enfin la Saxe, joignant la haute Silésie et « la Moravie à ses autres possessions. La France se « préparait à jouer le rôle d'arbitre entre ces quatre « souverains, et à les dominer, en semant la division « parmi eux. »

« Ce projet était incompatible avec la liberté ger- « manique, et ne convenait en aucune manière au « roi, qui travaillait pour l'élévation de sa maison, « et qui était bien éloigné de sacrifier ses troupes « pour se créer des rivaux. Si le roi s'était rendu « l'instrument servile de la politique française, il « aurait tout fait pour la France et rien pour lui-

(1) Novembre 1741.

« même. S'il avait secondé avec trop de chaleur les
« opérations des troupes françaises, leur fortune
« excessive l'aurait subjugué ; d'allié il serait devenu
« sujet. La prudence semblait donc exiger une con-
« duite mitigée, par laquelle il établît une sorte
« d'équilibre entre les maisons d'Autriche et de
« Bourbon. Il s'agissait donc de manœuvrer adroi-
« tement, surtout de ne point se laisser prévenir par
« un vieux politique qui s'était joué dans la dernière
« guerre de plus d'une tête couronnée. » (1)

Persuadé qu'en cas de succès Marie-Thérèse lui
reprendrait la Silésie, il louvoya entre les belligérants de manière à prolonger les hostilités pour en
tirer les plus grands avantages. Il refusa de joindre
les Saxons et les Bavarois en Bohême, mais permit
de poursuivre les Autrichiens, refoulés de Prague.
Les sachant retirés dans leurs quartiers d'hiver, il
fit envahir, en décembre, la Moravie dégarnie de
troupes, sous prétexte que la cour de Vienne avait
violé la condition essentielle de la trêve d'octobre,
en la divulguant, afin de le rendre suspect à ses
alliés. Sur ses ordres, un corps prussien se mit à
rançonner la Bohême, à pressurer les habitants de
réquisitions, de contributions et d'enrôlements for-
cés ; à provoquer le soulèvement et l'émigration des
familles protestantes. Le duc de Bavière, qui venait d'en être couronné roi, se plaignit amèrement
des excès de tels confédérés, qui lui aliénaient ses
nouveaux sujets. Frédéric II blâma les violences ma·

(1) *Histoire de mon temps*, ch. IV, p. 121.

11.

ladroites, et recommanda de procéder avec méthode
dans les levées d'hommes et d'argent, « de plumer la
« poule sans la faire crier. » (1)

Les Français, qui s'étaient emparés de Prague avec
les Bavarois, furent indignés des exactions de la
petite armée auxiliaire, accourue, après la victoire,
à la curée du butin, et commençaient à se refroidir
de leur enthousiasme pour le Salomon Marc-Aurèle
de la coterie philosophique. Leur admiration irréflé-
chie pour le héros de Molwitz devait être payée de
bien plus cruelles déceptions.

Après s'être offensé de la publicité donnée aux préliminaires d'Oberschnellendorff, après l'avoir reprochée au ministère autrichien comme une cause de
rupture, l'antagoniste de Machiavel osa écrire au
cabinet britannique, indigné de sa mauvaise foi,
qu'il était étonné de l'opiniâtreté avec laquelle on lui
reprochait la violation d'un traité, qui n'existait pas.
Alléguant en même temps que la poursuite des
Autrichiens par les alliés n'était pas sérieuse, que
leur mollesse pouvait compromettre ses troupes, il
les retira de la Bohême, pour tomber à l'improviste
sur le comté de Glatz et l'annexer immédiatement à
la Silésie (2).

Dans l'intervalle, les généraux de Marie-Thérèse
avaient rejeté les coalisés des États héréditaires et
pénétré jusqu'à Munich, qu'ils occupèrent le jour
même du couronnement du duc de Bavière à Francfort comme empereur d'Allemagne. Leurs triom-

(1) Lettre au prince de Dessau, 30 décembre 1741.
(2) 8 janvier 1842.

phes, facilités par l'engouement des populations pour Marie-Thérèse et par les subsides anglais, menaçaient de s'étendre à la Bohême, et d'atteindre la proie avalée, mais non encore digérée du roi de Prusse. La crainte de perdre le fruit de deux campagnes et d'une dizaine de trahisons le relança en Moravie, où il rejoignit les Saxons, terrifiés de l'approche des hussards hongrois. L'expédition avorta, faute de confiance et d'entente entre les chefs. Il fallut battre en retraite, à la suite d'une attaque manquée sur Brunn (1).

L'échec essuyé l'inquiéta sur l'avenir. « Que pou-« vait-on prévoir de cette guerre, en réfléchissant « sur le peu d'intelligence qui régnait entre les « alliés, sur les pitoyables généraux qui condui-« saient les Français, sur la faiblesse de leur armée, « sur la faiblesse plus grande encore de celle de « l'empereur Charles VII ? sinon que les vastes « projets du cabinet de Versailles, qui devaient « s'accomplir l'année précédente, étaient plus que « douteux alors.

« De tels pronostics, fondés sur des faits certains, « avertissaient le roi de ne pas s'enfoncer trop avant « dans ce labyrinthe, mais d'en chercher l'issue au « plus tôt, en renouant des négociations de paix « avec la reine de Hongrie par l'intermédiaire de « lord Hindford. » (2)

Il offrit de rechef sa neutralité clandestine, qui découvrait perfidement le flanc gauche de ses alliés

(1) 9 avril 1842.
(2) *Histoire de mon temps*, ch. V, p. 147.

en Bohême, et au besoin de son concours armé en retour de la haute Silésie, du comté de Glatz, de deux districts de Bohême vers les sources de l'Elbe, ajoutés à la basse Silésie, cédée précédemment. Marie-Thérèse, enhardie par la fortune, que le dévouement chevaleresque de ses sujets ralliait à ses drapeaux, repoussa avec hauteur les propositions du trafiqueur de trahisons. « L'insuccès de cette tenta-« tive fortifia le roi dans l'opinion que, pour qu'une « négociation de paix réussît avec les Autrichiens, « il fallait auparavant les avoir bien battus. » (1)

La sanglante victoire de Chotusitz ne lui procura que de rares trophées sur un champ de bataille, où il perdit plus d'étendards, plus de morts et de prisonniers que le duc de Lorraine, commandant de l'armée autrichienne (2). La leçon reçue le rendit ples humble dans ses prétentions. Il autorisa son ministre Podewils de signer avec lord Hindford, muni des pleins pouvoirs de Vienne, la paix séparée de Breslau, qui lui confirmait la basse Silésie avec une partie de la haute et du comté de Glatz, à charge de rembourser aux Anglais une hypothèque de 1,700,000 écus, et de maintenir la religion catholique en possession des biens et des priviléges acquis (3).

Dans l'intervalle, le maréchal de Belle-Isle, ayant remporté un léger avantage sur le général Lobkowitz, était venu trouver Frédéric II, qu'il croyait

(1) *Histoire de mon temps*, ch. V, **p.** 148.
(2) 17 mai.
(3) 28 juin 1742.

avoir séduit par de beaux discours, lors de la visite
antérieure, tandis que celui-ci l'avait berné de compliments et de promesses fallacieuses : « Le maréchal
« de Belle-Isle, ivre de ses succès, tant à Francfort
« qu'à Jahé, vain d'avoir donné un empereur à
« l'Allemagne, se rendit au camp du roi pour con-
« certer avec ce prince les moyens de tirer les
« Saxons de leur paralysie. M. de Belle-Isle avait
« mal choisi son temps. Le roi était bien éloigné
« d'entrer dans ses vues. Les audiences se passaient
« en compliments et en éloges. » (1) Et les négociations se poursuivaient, sans que le présomptueux
général-diplomate de cour, infatué de sa suffisance,
ne s'en doutât, justifiant ainsi le portrait ironique,
tracé auparavant par le soi-disant admirateur « du
« très grand homme de guerre, intelligent et pro-
« fond dans les affaires, et qui fait un honneur
« infini à la France et au choix de son maître ! » (2)

La défection de la Prusse, encore ignorée des
commandants français, entraîna celle de la Saxe, et
permit la jonction des armées autrichiennes, qui
surprirent de cette manière le duc de Broglie à
Frauenberg, l'écrasèrent par la supériorité du nombre, et l'investirent dans Prague (3).

A ces désastreuses nouvelles, le maréchal de
Belle-Isle tomba en pamoison, et le cardinal de
Fleury se répandit en larmes, qui abrégèrent ses
jours. L'un était désolé d'avoir cédé à l'entraînement

(1) *Histoire de mon temps*, ch. VI, p. 161.
(2) Lettre à Voltaire, 13 mai 1741.
(3) 2 juin 1742.

des partisans du vainqueur de Molwitz, dont sa vieille expérience l'avertissait de se méfier; l'autre se morfondait de s'être laissé duper piteusement par les cajoleries d'un prince si français d'esprit, mais si prussien de cœur. Tous les deux virent l'opinion publique, indignée de leur faiblesse et de leur aveuglement, leur reprocher vivement d'avoir jeté inconsidérément la France dans une aventure inique et calamiteuse, au seul profit d'un traître moqueur, de l'avoir, en un mot, fait travailler *pour le roi de Prusse*, locution devenue proverbiale, à dater de cette déception nationale, dont le souvenir, trop vite effacé, malgré les chansons satiriques qui devaient le graver dans la mémoire populaire, ne préserva malheureusement ni les lettrés, ni le gouvernement français d'autres mystifications prussiennes, non moins impertinentes et beaucoup plus funestes encore.

CHAPITRE VII

INDIGNATION EN FRANCE CONTRE FRÉDÉRIC II, A L'OCCASION DE LA PAIX SÉPARÉE DE BRESLAU

Motifs avoués de la défection. — Lettre au cardinal de Fleury.
— Réponse. — Hostilités entretenues entre les belligérants.
— Avances à l'opinion de Paris. — Caresses à Voltaire. —
Correspondance durant la guerre. — Plaisanteries sur les
ravages de ses troupes. — Timides conseils de paix de Vol-
taire. — Annonce de la victoire et du traité de Breslau. —
Parodie sur la défaite des Français. — Joie antipatriotique
de Voltaire. — Moqueries de Frédéric des belligérants. —
Mépris simulé de l'opinion parisienne. — Voltaire renie sa
patrie. — Il est mandé à Aix-la-Chapelle.

« La bienséance demandait que cette paix que l'on
« venait de conclure se notifiât aux anciens alliés de
« la Prusse. Le roi, loin d'avoir intention d'offenser
« la France, voulait conserver tous les dehors de la
« bienséance envers elle ; seulement, il se bornait à
« ne point courir la carrière périlleuse où elle était
« engagée, et à devenir simple spectateur, d'acteur
« qu'il avait été. L'on prévoyait combien le cardinal
« serait sensible à ce revirement de système, qui fai-
« sait manquer ses desseins les plus cachés. » (1)

Dans la lettre au cardinal, Frédéric II expose à sa
façon les opérations communes en Moravie, comme
en Bohême ; met en relief les services rendus par lui
pour tirer les alliés des situations critiques où l'inca-

(1) *Histoire de mon temps*, ch. VII, p. 163.

pacité des généraux les ont placés. Il impute leurs
défaites à leurs fautes; passe sous silence son attitude équivoque depuis la reprise des hostilités, ainsi
que sa trahison finale, et accuse la défection des
Saxons, dont il est le complice, sinon l'instigateur,
d'être la cause déterminante de son accommodement
forcé, en raison de la position désespérée de l'armée
française, sourde à ses avertissements. « Maintenant
« la Bavière est coupée de la Bohême, et les Autri-
« chiens, maîtres de Pilsen, interceptent en quelque
« sorte les secours que le maréchal de Broglie peut
« attendre de la France. Malgré les promesses que
« les Saxons ont faites au maréchal de Belle-Isle,
« loin de se préparer à les remplir et à se joindre aux
« Français, j'apprends qu'ils quittent la Bohême et
« retournent dans leur électorat. Dans cette situa-
« tion, où la conduite des Saxons est plus que sus-
« pecte, l'avenir ne me présente qu'une guerre
« longue et interminable, dont le fardeau principal
« retomberait sur moi. D'un côté, l'argent des Anglais
« met toute la Hongrie en armes; d'un autre côté,
« les efforts de l'impératrice-reine font que ses pro-
« vinces enfantent des soldats. Les Hongrois se pré-
« parent à tomber sur la haute Silésie; les Saxons,
« dans les mauvaises dispositions que je leur con-
« nais, sont capables d'agir de concert avec les
« Autrichiens, et de faire une diversion dans mes
« pays héréditaires, à présent sans défense. Dans une
« situation si critique, quoique dans l'amertume de
« mon cœur, je me suis vu dans la nécessité de me
« sauver du naufrage et de gagner un asile. »

Il termine sa curieuse apologie, qui ressemble plus
à la dérision de ses victimes qu'à la justification de
sa perfidie, par cette protestation déclamatoire, prise
à Versailles pour une amère ironie :

« Plutôt mes armes tourneraient contre moi-même
« que contre les Français. On me trouvera toujours
« un empressement égal à concourir à l'avantage du
« roi, votre maître, et au bien de son royaume. Le
« cours de cette guerre n'est qu'un tissu de marques
« de bonne volonté que j'ai données à mes alliés ;
« vous en devez être convaincu. Je suis persuadé,
« monsieur, que vous regrettez avec moi que le ca-
« price du sort ait fait avorter des desseins aussi
« salutaires à l'Europe qu'étaient les vôtres. » (1)

Le dernier trait retournait le fer dans la plaie du
malheureux cardinal, que l'auteur de l'*Anti-Machia-*
vel raillait impitoyablement, en lui notifiant, sous
forme de complainte, la malicieuse volupté de l'avoir
dupé.

La réponse fut polie, humble, exempte de récrimi-
nation, quoique affirmative sur la vraie cause des
désastres subis, empreinte d'un profond décourage-
ment : « On a fait de grandes fautes, il est vrai, il
« serait inutile de les rappeler ; mais si nous eussions
« réuni toutes nos troupes, si Votre Majesté avait pu
« secourir M. de Broglie et sauver du moins la ville
« de Prague, le mal n'eût pas été sans remède. Il ne
« faut plus y songer et ne penser qu'à la paix,
« puisque Votre Majesté la croit nécessaire, et le roi

(1) Lettre du 10 juin 1742.

« ne la désire pas moins que Votre Majesté. C'est à
« elle à en régler les conditions, et nous enverrons
« un plein pouvoir au maréchal de Belle-Isle pour
« souscrire à tout ce qu'elle aura arrêté. Je connais
« trop sa bonne foi et sa générosité pour avoir le
« moindre soupçon qu'elle consente à nous aban-
« donner, après les preuves authentiques de notre
« fidélité et de notre zèle pour ses intérêts. Votre
« Majesté devient l'arbitre de l'Europe, et c'est le
« personnage le plus glorieux que Votre Majesté
« puisse jamais faire. Achevez, Sire, en ménageant
« vos alliés ; c'est tout ce que je puis avoir l'honneur
« de lui dire dans l'accablement où je me trouve. » (1)

Frédéric II n'eut garde de mériter le titre de pacificateur de l'Europe. Il déclina la demande de médiation de l'infortuné empereur Charles VII, dépouillé
de ses États, aussi bien que celle du cabinet de Versailles, menacé d'une invasion d'Austro-Hongrois en
Alsace et d'Anglo-Hanovriens en Flandre. Son plaisir
et son intérêt étaient de jouir de la détresse de ses
anciens alliés, de ruiner ses voisins les uns par
les autres, dans le prolongement soigneusement
entretenu de leurs hostilités : « Plus la guerre durait,
« plus la maison d'Autriche épuisait ses ressources ;
« et plus la Prusse restait en paix, plus elle acqué-
« rait de forces.

« La chose la plus difficile dans ces conjonctures
« était de maintenir tellement la balance entre les
« parties belligérantes, que l'une ne prit pas trop

(1) Lettre du 20 juin 1742.

« d'ascendant sur l'autre. Il fallait empêcher que
« l'empereur bavarois ne fût détrôné, et que les Fran-
« çais ne fussent chassés d'Allemagne, et quoique
« les voies de fait fussent interdites aux Prussiens
« par la paix de Breslau, ils pouvaient, par les
« intrigues, parvenir aux mêmes fins que par les
« armes. » (1)

De là ses instances et ses menaces en Hollande,
pour empêcher les troupes des Provinces-Unies de
grossir l'armée anglo-hanovrienne dans le Brabant,
ce qui permit à la France de respirer et de se fortifier de ce côté. De là ses menées occultes en Allemagne pour engager les princes à former, sous son
protectorat, une association de cercles qui mettrait
sur pied une armée de neutralité destinée à paralyser
les progrès de la reine de Hongrie et à sauver la
Bavière, combinaison astucieuse que l'irrésistible
popularité de Marie-Thérèse dans toutes les provinces catholiques de l'Empire empêcha de réaliser,
au grand désagrément du machinateur prussien,
déjoué dans ses projets d'hégémonie germanique en
dehors de la dignité impériale, impossible à obtenir
du collége électoral, dont six membres sur neuf sont
catholiques.

Il attribue son insuccès « à la crainte servile que
« les princes de l'Empire avaient de la maison d'Au-
« triche, » (2) au lieu de l'attribuer à l'horreur universelle qu'inspirait le régime prussien, depuis les
exactions de son père dans les provinces rhénanes,

(1) *Histoire de mon temps*, ch. VII, p. 174.
(2) *Histoire de mon temps*, ch VII, p. 175.

horreur que ses procédés en Silésie, en Bohême, en
Moravie, avaient confirmée et aggravée.

Mais ce qui lui importait surtout, dans la série
de catastrophes et d'humiliations que sa trahison
manifeste attirait sur la France, c'était d'y conserver
ou d'y regagner la faveur des classes éclairées de
Paris, dont l'opinion, vraie reine du monde, lui
paraissait le levier indispensable de sa gloire présente et de sa grandeur future. Elle était très montée contre lui. Une justification maladroite-de son
ambassadeur Chambrier l'exaspéra davantage, en
imputant sa défection au mécontentement éprouvé
du mauvais vouloir des généraux français à son
égard, et des démarches pacifiques tentées à son insu
près du cabinet de Vienne, par le cardinal de Fleury,
démarches que le cardinal démentit officiellement.

C'est alors qu'il redoubla de flatteries et de caresses
pour mettre en branle la plume renommée de son
reptile Voltaire, négligé quelque peu, depuis la
visite d'espionnage du messager de Fleury, accomplie à ses frais, la veille de son entrée en campagne.
La correspondance s'était continuée pendant la
guerre. Mais elle ne respirait plus le même enthousiasme d'admiration réciproque, comme auparavant.
Les entrevues de Meurs et de Berlin, en rapprochant les deux génies avares et vicieux, leur per-
mirent de se connaître plus à fond, et les amenèrent
à se mépriser de cœur, tout en continuant à se louer
de bouche et de plume.

Voltaire, quoique dépité de n'avoir pas été engagé
au service du héros, retrouve sa lyre servile quand

le vainqueur de Molwitz lui annonce les premiers
succès « de la fureur obéissante des troupes prus-
« siennes aux dépens de l'humanité de leur chef,
« qui pâtit du mal nécessaire qu'il ne saurait se
« dispenser de faire. » (1) Il exalte « l'aigle de la
« Prusse, qui réveille dans son vol, au bruit de ses
« exploits, la Gloire endormie loin des trônes des
« rois »; le prince « toujours agissant, toujours
« pensant en roi, qui, par la plume et l'épée, sait
« donner la loi; » et trouve, sur le champ de bataille comme au milieu des négociations, le loisir
« d'écrire à Voltaire, en vers doux et nombreux, »
les prémisses de ses trophées.

Les lettres du conquérant se multiplient, tant que
la France n'est pas entraînée dans la guerre qui doit
préserver le ravisseur de la Silésie des vengeances
de Marie-Thérèse, et lui procurer la latitude de
digérer sa proie. Elles sont interrompues à la trève
insidieuse d'Oberschnellendorff, qui contraint les
Franco-Bavarois de reculer de Vienne à Lintz pour
y capituler. L'irascible poëte-philosophe paraît
blessé, non dans sa fibre patriotique, mais dans ses
susceptibilités d'amour-propre. Gresset et Maupertuis sont appelés à Berlin, tandis que ses conditions
d'être accompagné de sa nymphe Egérie ne sont pas
acceptées. Il dissuade « son cher aplatisseur du
« globe de retourner en Prusse, » (2) et l'invite à
« préférer avec lui le séjour de l'amitié à la cour des
« rois. »

(1) Lettre du 2 mai 1741.
(2) Lettre du 6 octobre.

Il blâme l'acteur Lanoue de s'être engagé chez le « grand comédien de Berlin, » déclarant que « la « place de premier acteur de Paris vaut bien une « pension à Berlin ; que le parterre français vaut « un peu mieux qu'un parterre de Prussiens. » (1)

La reprise des hostilités par Frédéric II, en plein hiver, comme au début de la guerre, est signalée par quatre lettres chaleureuses du ravageur de la Moravie et de la Bohême. Il rend compte à la trompette de la Renommée de ses exploits de brigand, et en plaisante avec un cynisme sauvage. « Si je « vous disais que des peuples de deux contrées de « l'Allemagne sont sortis du fond de leurs habitations « pour se couper la gorge avec d'autres peuples dont « ils ignoraient jusqu'au nom même, et qu'ils ont « été chercher dans un pays fort éloigné : pourquoi? « parce que leur maître a fait un contrat avec un « autre prince, et qu'ils voulaient, joints ensemble, « en égorger un troisième ; vous me répondriez que « ces gens sont fous, sots et furieux de se prêter « ainsi aux caprices et à la barbarie de leurs maîtres.

« Si je vous disais que nous nous préparons avec « grand soin à détruire quelques murailles élevées à « grands frais ; que nous faisons la moisson où nous « n'avons pas semé, et les maîtres où personne n'est « assez fort pour nous résister, vous vous écririez : « Ah ! barbares ! ô brigands inhumains que vous « êtes, les injustes n'hériteront point du royaume « des cieux, selon saint Matthieu, ch. XX, v. 24 ! » (2)

(1) Lettre à d'Argental, 25 décembre 1741.
(2) Lettre du 24 mars 1742.

Ces moqueries philosophiques des misères causées par son ambition, par sa cupidité et ses perfidies, sont émaillées de traits piquants, lancés à « nos sei-« gneurs les bigots. » Elles animent la muse en-gourdie du cygne humanitaire, qui feint de croire à la sincérité des complaintes badines du principal auteur des maux de la guerre, et conseille timidement d'y mettre fin, mais non sans railler d'avance l'ina-nité « de la diète européane, ou *europaine* » chargée d'accommoder la paix. Il est vrai que le conseil sug-géré reflète l'opinion,

> « Du peuple Parisien,
> Badaud, crédule et satirique,
> Qui parle tantôt mal, tantôt bien,
> De Belle-Isle et de vous peut-être,
> Et dans son léger entretien
> Vous juge à fond sans vous connaître. » (1)

Mais les lauriers de Chotusitz, rehaussant les palmes de Molwitz, transfigurent le *transfuge d'Apollon, enrôlé chez Bellone*, en Salomon Alexandre dont la gloire fait tout pardonner. Les succès du « héros de l'Allemagne, devenu l'arbitre de l'Europe » comblent d'une joie inexprimable « son ancien admirateur, « qui par le cœur est à jamais son sujet. » (2) La paix de Breslau, insigne et funeste trahison envers l'armée française, compromise en Bohême, est notifié *au bon Prussien* de Paris, avec la relation de la dernière bataille, suivie d'un chant burlesque sur la défaite de Frauenberg, imputable à sa défection :

---

(1) Lettre d'avril 1742.
(2) Lettre de Voltaire, 26 mai 1742.

« Enfin le vieux Broglie a perdu
Non pas sa culotte salie,
Dont personne n'aurait voulu,
Mais brusquement tournant le c..
Devant les pandours de Hongrie
Fuyant avec ignominie,
Il perd tout sans être battu,
Et sous Prague il se réfugie.
Le jeune Louis l'a fait duc
Pour honorer son savoir-faire ;
S'il l'eût été par l'archiduc
J'entendrais mieux ce mystère. » (1)

Cette insulte du traître à la douleur nationale, qu'il a provoquée, enivre d'allégresse le courtisan des ennemis de son pays. Sa muse stupéfaite, réduite au silence par excès d'enthousiasme, rendue « stérile, ne peut accompagner l'héroïque voix du « roi des beaux esprits, du bel esprit des rois. » *La lyre d'Achille* célébrant ses propres exploits, » et ceux des amis délaissés prime la harpe de David, « adou- « cissant de Saül la rigueur intraitable par des sons « moins aimables. »

Les louanges prodigués « au plus grand homme « de son siècle, » enguirlandent, pour leur excuse, une humble requête de payer « les messages de « Thiriot » et d'accueillir avec celui « qui prend la « liberté de l'aimer de tout son cœur, un autre grand « homme qui, à la vérité, porte des cornettes, mais « dont le cœur est aussi mâle que celui du héros, et « dont l'amitié courageuse impose au philosophe le « devoir de vivre auprès d'elle. » (2)

La lettre, qui envoie des flots d'encens à Berlin,

(1) Lettres du 18 et du 20 juin 1742.
(2) Lettre de juillet 1742.

pour en tirer une pluie d'or, se termine en plaintes
sur « les illustres tracasseries essuyées au sujet d'une
« lettre précédente, parvenue en d'autres mains, »
et qui se ressent également de son enthousiasme
patriotique de voir les Français abandonnés, battus
et bernés. Le héros de l'amitié s'était complu, par
calcul, plus encore que par fourberie, à l'égarer de
manière qu'elle fût interceptée et remise au cardinal
Fleury, avec lequel il avait intérêt à brouiller le polé
miste acerbe, dont il voulait enrôler la plume vénale
à prix réduit, en lui rendant impossible le séjour en
France. La lettre, livrée par trahison, contenait,
croyons-nous, les fragments d'une épître sur les
échecs des armées françaises et sur les périls d'une
invasion du territoire. L'épître finit ainsi :

Que fait mon héros à Berlin ?
Il réfléchit sur la folie
Des conducteurs du genre humain ;
Il donne des lois au destin ,
Et carrière à son grand génie.
Il fait des vers gais et plaisants ;
Il rit en donnant des batailles :
On commence à craindre à Versailles
De le voir rire à nos dépens. »

Le même sentiment de satisfaction des triomphes
de Frédérié II se manifeste dans la correspondance
de Voltaire, non avec des Français, qu'il craint de
blesser, mais avec des étrangers qu'il espère réjouir.

Il mande à l'ambassadeur anglais Falkener :
« Vous apprendrez la nouvelle victoire de mon bon
« ami le roi de Prusse, qui écrivait si bien contre

« Machiavel, et qui a si promptement agi comme
« les héros de Machiavel. » (1)

Mais l'indignation publique contre le roi de
Prusse empêcha Voltaire de prendre ostensiblement
sa défense, et lui inspira une *Ode à Marie-Thérèse*,
qui trahit le courant des idées pacifiques du moment à l'égard de la reine magnanime, « que le
« Français généreux combat et admire, adore et
« poursuit. »

Le cardinal, écœuré des malheurs du pays et des
fourberies de l'allié perfide, tenta de négocier directement avec l'héritière des Habsbourgs, en con-
fessant sa répugnance originelle pour cette guerre,
« à laquelle il a été en quelque façon forcé de con-
« sentir. » (2)

Son aveu pénitentiel, divulgué à la suggestion
des Anglais, qui voulaient ruiner la France et lui
enlever les colonies convoitées, couvrit le vieux ministre de confusion et recula la paix au lieu de l'a-
vancer. L'armée renfermée dans Prague se défendit
vaillamment, mais ne put être secourue à temps.
Une partie s'échappa sur Egra, où elle prolongea
de neuf mois la résistance. L'autre dut capituler
sur-le-champ, désastre qui tua de désespoir le vieux
ministre et mit le royaume en complet désarroi.

Ces mésaventures stimulèrent l'humeur joviale
du caustique monarque, qui se pâmait d'aise des
maux déchaînés sur les nations voisines, en les
heurtant les unes contre les autres. Il se félicitait

(1) Lettre d'août 1742.
(2) Lettre au général autrichien Kœnigsek, 11 juillet 1742.

de sa conduite artificieuse, qui lui permettait de
jouir en repos d'un spectacle calamiteux : « J'ai
« donné le mal épidémique de la guerre à l'Eu-
« rope, comme une coquette donne certaines faveurs
« cuisantes à ses galants. J'en suis guéri heureu-
« sement, et je considère à présent comme les au-
« tres vont se tirer des remèdes par lesquels ils
« passent. » (1)

Piqué des censures méritées de l'opinion parisienne, le railleur cynique de l'effondrement ignominieux de la prépondérance française en Europe
affecta de les mépriser : « Je m'embarrasse très
« peu des cris des Parisiens : ce sont des frelons
« qui bourdonnent toujours; leurs brocards sont
« comme les injures des perroquets, et leurs juge-
« ments aussi graves que les décisions d'un sapa-
« jou sur des matières métaphysiques. Comment
« voulez-vous que je trouve à redire que les parents
« du grand Broglie soient indisposés contre moi de
« ce que je n'ai point réparé le tort de ce grand
« homme? Je ne me pique point de don quicho-
« tisme. »

« Si toute la France me condamne d'avoir fait
« la paix, jamais Voltaire le philosophe ne se lais-
« sera entraîner par le nombre. » (2)

L'appel au dévouement inébranlable du « poëte
« envié à toute la terre » devint l'oracle infaillible
des appréciations de Voltaire. Fermant les yeux à
l'évidence, le cœur, la bouche et la plume au sens

(1) Lettre à Voltaire, 18 novembre 1742.
(2) Lettre du 23 juillet.

moral, à défaut d'instincts patriotiques, il rougit de sa qualité de Français, parce qu'à Paris, qu'il appelle la *capitale du héros prussien*, (1) le public ose flétrir, sans ménagement, l'odieuse trahison de son *adorable monarque* : « J'avoue que je ne sais rien « qui déshonore plus mon pays que cette infâme « superstition, faite pour avilir la nature humaine. « Il me fallait le roi de Prusse pour maître, et le « peuple anglais pour concitoyen. Nos Français, « en général, ne sont que de grands enfants ; mais « aussi le petit nombre des êtres pensants est excel- « lent chez nous et demande grâce pour le reste. » (2)

En preuve de sa clairvoyance exceptionnelle, le coryphée des êtres pensants de France déclare parole d'évangile l'accusation lancée par l'Anti-Machiavel de Berlin contre le *vieux Nestor* (3) de s'être procuré la lettre compromettante, à l'aide d'espions qui l'auraient saisie à la poste, tandis que c'était le perfide destinataire qui l'avait livrée. Il complimenta « Sa Majesté, qui se connaît aux petites cho- « ses comme aux grandes, d'avoir si bien deviné » l'auteur de l'indiscrétion commise, pour lui attirer des désagréments du gouvernement français !

Une pareille sagacité politique, jointe à une si noble sensibilité de douleur et de colère nationales, rendait Voltaire de plus en plus précieux à l'habile exploiteur des ressources et des fautes de la France. Il lui fixa un rendez-vous à Aix-la-Chapelle et l'y

(1) Lettre, juin 1742.
(2) Lettre du 29 août 1742.
(3) 7 août 1742.

manda par quatre lettres flatteuses, qui tournèrent tout à fait la *girouette* de son côté. Le poëte enivré, fasciné, remplit tout Paris du bruit de son voyage. Il se trouvait alors en Belgique, sous prétexte de poursuivre l'interminable procès de Mme du Châtelet; en réalité, pour servir d'agent secret à la diplomatie du cardinal, et surveiller, au moyen de ses relations conspiratrices avec les loges maçonniques de Hollande et d'Angleterre, les intrigues antifrançaises nouées dans les Pays-Bas. C'était un des motifs qui avaient porté son royal ami à lui jouer le mauvais tour d'un abus de confiance épistolaire. Ses sympathies et son admiration pour le traître de Breslau venaient de contribuer à l'échec de *Mahomet*, drame sifflé à Paris par aversion pour le roi de Prusse, auquel cette tragédie était dédiée, avant de l'être au pape, autant que par dévotion pour l'Eglise catholique, attaquée insidieusement dans la pièce. Le moment paraissait opportun à Frédéric II de profiter de la disgrâce encourue, à la suite de la lettre communiquée, comme du dépit ressenti de la chute de sa tragédie, pour l'arracher, par l'appât de grands honneurs et d'un médiocre salaire, à Vénus-Newton, et l'attacher définitivement à l'office de publicité internationale, établi sur les bords de la Sprée, depuis l'émigration des huguenots français dans le Brandebourg, et dont le conquérant philosophe forma le ressort principal des agissements clandestins de la politique prussienne à l'extérieur.

Dans ce but, il pressa son pompeux thuriféraire « de lui faire la galanterie d'une visite dans la ca-

« pitale de Charlemagne, et de lui apporter en
« même temps ce *Mahomet* proscrit en France par
« les bigots, et œcuménisé par les philosophes à
« Berlin. » (1)

(1) Lettre du 1er septembre 1742.

CHAPITRE VIII

VOLTAIRE DIPLOMATE AUPRÈS DE FRÉDÉRIC II

Entrevue d'Aix-la-Chapelle. — Duperie mutuelle. — Doléances
financières de Voltaire. — Double rôle joué. — Guerre à
l'Eglise poursuivie. — Refus du fauteuil académique. — Offre
de Berlin. — Reproches sur sa palinodie. — Justifications
embarrassées.— Nouvelle mission diplomatique. — Séjour en
Hollande. — Dénonciation par Frédéric. — Motifs des
caresses prodiguées. — Opinion de Frédéric sur la diplomatie de Voltaire. — Echec complet. — Consolations financières à Thiriot. — Voltaire, avocat de la sécularisation.

L'entrevue sollicitée par Frédéric II n'aboutit pas
à un engagement de Voltaire de séjourner à Berlin,
mais fournit l'occasion de lui communiquer de vive
voix son plan d'attaque contre l'Eglise catholique,
afin d'amener la sécularisation des principautés ecclésiastiques en Allemagne, à la faveur des hostilités continuées entre la France et l'Autriche.

Le poëte, parti de Bruxelles, avec la permission
expresse de Versailles, « vit le roi de Prusse comme
« on ne voit guère les rois, fort à son aise, dans sa
« chambre, au coin de son feu, où ce même homme
« qui a gagné deux batailles venait causer familiè-
« rement comme Scipion avec Térence. (1)

« Le roi voulut que je logeasse près de son ap-
« partement et passa, deux jours consécutifs, quatre

(1) Au marquis d'Argenson, 10 septembre 1742.

« heures de suite dans ma chambre avec cette
« bonté et cette familiarité, qui entrent, comme
« vous savez, dans son caractère. J'eus tout le
« temps de parler, avec beaucoup de liberté, sur
« ce que Votre Eminence m'avait prescrit, et le roi
« me parla avec une égale franchise.

« D'abord, il me demanda s'il était vrai que la
« nation fût si piquée contre lui, si le roi l'était,
« si vous l'étiez. Je répondis qu'en effet tous les
« Français avaient ressenti vivement une défection
« si inespérée; qu'il ne m'appartenait pas de savoir
« comment pensait le roi, que je connaissais la
« modération de Votre Eminence, etc.

« Il m'a paru très affligé de l'opinion que cet
« événement a fait concevoir de lui aux Français;
« il m'a dit qu'il avait commencé un manifeste,
« mais qu'il le supprimerait; que, malgré les pro-
« positions avantageuses de l'Angleterre, il ne son-
« geait qu'à garder la Silésie; qu'il avait actuelle-
« ment 30,000 hommes de troupes; que la reine de
« Hongrie doit plus de 300,000,000 francs; que
« ses provinces épuisées et séparées les unes des
« autres ne pourront faire de longs efforts.

« Il me demanda s'il était vrai que la France fût
« épuisée d'hommes et d'argent et entièrement dé-
« couragée; je répondis qu'il doit y avoir encore
« plus de 1,200,000,000 d'espèces circulant dans le
« royaume; que les recrues ne se sont jamais faites
« si aisément, et qu'il n'y a jamais eu tant de
« bonne volonté.

« On m'a assuré que le roi de Prusse a eu un

« entretien secret avec un envoyé de milord
« Staire. Son général Schmettau a fait acheter à
« Bruxelles cinq exemplaires des cartes du cours
« de la Moselle et des Trois-Evêchés.

« Voilà les principales choses dont j'ai cru devoir
« rendre un compte succinct à Votre Eminence,
« croyant avoir rempli mon devoir de Français, sans
« manquer à la reconnaissance que je dois aux
« bontés extrêmes dont le roi de Prusse m'honore.

« La confiance avec laquelle le roi de Prusse dai-
« gna me parler, me permettrait peut-être quelquefois
« de rendre moins inutile mon zèle pour le roi et
« pour ma patrie, et je ne croirais ne pouvoir ja-
« mais mieux répondre à ses bontés qu'en cultivant
« le goût naturel qu'il a pour la France. » (1)

La relation authentique de la visite d'espionnage
du vaniteux diplomate omet à dessein les autres
buts poursuivis dans la rencontre de deux amis, qui
se connaissent fripons, et visent au malin plaisir de
se mystifier mutuellement, en mystifiant, chacun de
son côté, le vieux prêtre infirme, dont les déceptions
et les embarras causent leur commune joie. La
question d'argent resta la pierre d'achoppement
d'un accord, touchant le séjour du poëte-philosophe,
historien-pamphlétaire à la cour de Berlin. Voyant
adouci à son égard

> Le vieillard vénérable à qui les destinées
> Ont de l'heureux Nestor accordé les années, (2)

le flatteur du traître à la France espérait rentrer en

(1) Lettre au cardinal de Fleury, 10 septembre 1742.
(2) Ode à Marie-Thérèse.

faveur à Versailles, et se souciait dès lors fort peu de respirer les miasmes et les frimas de Berlin. En conséquence, il haussa ses conditions pécuniaires et autres, qui parurent dépasser la valeur des services de sa langue et de sa plume. Malgré l'enthousiasme de parade, étalé devant le monde officiel où il importait de se faire mousser, et devant les amis du prince qu'il fallait payer d'apparences, le philosophe-Harpagon sortit d'Aix-la-Chapelle peu satisfait de la grandeur d'âme de son royal interlocuteur. Il confia, comme d'habitude, ses doléances financières à Thiriot, qui l'avait « excité à prendre auprès du prince les intérêts du correspondant littéraire : « On ne paye actuellement aucun marchand. Il fau- « dra bien pourtant qu'on s'arrange à la fin et qu'on « acquitte des dettes si pressantes. J'avoue qu'il est « dur d'attendre. Cet homme-là s'empare d'une pro- « vince plus vite qu'il ne paye ses créanciers. » (1)

Aussi, l'amant des *marques solides* d'amitié n'eut-il qu'un médiocre mérite de résister « courageuse- « ment aux belles propositions » qui le tentaient très peu : Le roi de Prusse m'offre une belle maison « à Berlin et une jolie terre, mais je préfère mon « second étage dans la maison de madame du Châ- « telet. Il m'assure de sa faveur et de la conserva- « tion de ma liberté, et je cours à Paris à mon es- « clavage et à la persécution. Je me crois un petit « Athénien qui refuse les bontés du roi de « Perse. » (2)

(1) 9 octobre 1742.
(2) A Cideville, 10 septembre 1742.

La vérité est qu'en ce moment Voltaire se croyait un fin politique, et n'était qu'un grand intrigant, qui briguait à la fois les faveurs de Versailles et de Potsdam, voulant bénéficier de la mésintelligence, aussi bien que des velléités d'alliance de l'une et de l'autre cour, pour édifier sa fortune diplomatique et hausser sa gloire littéraire sur des services perfides d'agent secret de toutes les deux, dans leurs vues identiques comme dans leurs projets contraires.

Les caresses enivrantes, quoique creuses, de Frédéric II, son idéal de héros, ranimèrent son ardeur à combattre avec lui l'ennemi commun, le spectre du fanatisme, le monstre de la superstition, c'est-à-dire la hiérarchie sacerdotale de l'Eglise catholique, par la ruine poursuivie des croyances, des institutions, des souvenirs bienfaisants qui la recommandent au respect, à la soumission et à la reconnaissance des peuples chrétiens. Sous le charme des entretiens intimes d'Aix-la-Chapelle « qui lui ont « appris des choses bien extraordinaires, qu'il n'ose « pas confier à la lettre, » (1) destinée au cardinal de Fleury, il a été initié, sans doute, au plan de campagne du généralissime de la coalition philosophico-protestante, dont l'objectif immédiat était la sécularisation des principautés ecclésiastiques de l'Empire, soutiens de l'influence autrichienne en Allemagne, garanties des frontières françaises sur le Rhin, à raison du caractère pacifique des seigneurs évêques voisins, obstacles à l'extension de la Prusse et à

(1) Lettres à d'Argental, 10 septembre; au cardinal de Fleury, 10 septembre 1742.

l'avénement des Hohenzollern au trône impérial.

Fêté, adulé par un souverain puissant et vainqueur, l'adorateur du succès ne put se refuser au désir exprimé dans le dernier billet doux qui le pressait
d'accourir, et, craignant de le manquer, lui léguait
cette prière : « Adieu, mon cher Voltaire ; je vous
« charge de la nourriture de mon esprit ; envoyez-
« moi tantôt de ces mets solides qui donnent des
« forces (ouvrages d'histoire et de philosophie), et
« tantôt de ces mets fins dont la saveur charmante
« flatte et réveille le goût. » (1)

La première lettre qui suit l'entrevue, stimule
l'exécution du programme des opérations convenues : « Il n'y a point d'ouvrages chez les anciens
« équivalent à votre *Essai sur les mœurs et l'esprit des*
« *Nations* ; vous mettez au grand jour les ridicules
« et les fureurs du clergé... J'ai admiré l'épître
« dédicatoire de *Mahomet* ; elle est pleine de ré-
« flexions vraies et d'allusions très fines :

> Le zèle enflammé des bigots
> Nous vaut parfois de vos bons mots ;
> Leurs sottises, leurs momeries,
> Leur Vierge, leurs saints, leurs folies,
> Et le non sens de leurs héros,
> Leurs fourbes et leurs tromperies
> Et leurs saintes supercheries,
> Mériteraient que leurs chapeaux
> Fussent tous ornés de grelots ;
> Que du Saint-Père jusqu'au diacre,
> Au lieu de tonsure et de sacre...

(Conseil infâme, impossible à reproduire.)

> Ils ne scandalisent plus leurs égaux.

« Faites des vers et des histoires à l'infini, mon

(1) Lettre du 2 septembre 1742

« cher Voltaire, vous ne rassassierez jamais le goût
« que j'ai pour vos ouvrages, ni ne tarirez jamais
« la source de ma reconnaissance. » (1)

Les instances portent leurs fruits : « J'envoie à
« Votre Majesté une petite cargaison d'impertinen-
« ces humaines, qui seront une nouvelle preuve de
« la grande supériorité du siècle de Frédéric sur le
« siècle de tant d'empereurs. » (2)

Le zèle est payé de retour : « Vous m'avez si fort
« mis dans le goût du travail que j'ai fait une épître,
« une comédie et des Mémoires, qui, j'espère, seront
« fort curieux. L'ouvrage en entier n'est pas de na-
« ture à être rendu public. » (3) « Envoyez-moi, je
« vous prie, la *Pucelle* (j'ai la rage de la dépuceler),
« et votre histoire et vos odes et vous-même. » (4)

Sur ces entrefaites, on apprend à Berlin que l'auteur de la *Henriade*, malgré l'appui de la favorite
de Louis XV, malgré les sollicitations du duc de
Richelieu et la promesse du roi, s'est vu refuser
l'Académie française, sur l'opposition de l'ancien évêque de Mirepoix. Belle occasion de l'exciter contre les
bigots ! « Les tracasseries ridicules des dévots de
« Paris sont parvenues jusqu'au Nord. Je m'atten-
« dais bien que Voltaire serait réprouvé, dès qu'il
« comparaîtrait devant un aéropage de Midas cros-
« sés-mitrés. Gagnez sur vous de mépriser une
« nation qui méconnaît le mérite de Voltaire et

(1) Lettre du 13 octobre 1742.
(2) Voltaire au roi, novembre 1742.
(3) Frédéric à Voltaire, 18 novembre 1742.
(4) 12 février 1743.

13

« venez dans un pays où l'on vous aime, et où l'on
« n'est point bigot. »

« La *Pucelle*, la *Pucelle*, la *Pucelle*, et encore la
« *Pucelle !* Pour l'amour de Dieu, ou plus encore pour
« l'amour de vous-même, envoyez-la moi. » (1)

La nouvelle de l'échec académique du coryphée
de l'irréligion se complique de l'annonce de ses palinodies infructueuses pour se réhabiliter aux yeux
de la docte compagnie, et se rendre possible à la cour
de Versailles, où la pourriture élégante de la noblesse et de la royauté Très-Chrétienne, demande
un voile de décence et d'orthodoxie, afin de ménager
la foi du peuple, et d'assurer l'impunité temporelle
de leurs désordres, en maintenant le ciment de la
stabilité sociale. On se scandalise à Berlin d'une
faiblesse, qui déshonore le collége des prêtres de
l'impiété. Une tirade très mordante en vers rappelle
Voltaire dégénéré à ses antécédents, comme à ses
engagements de philosophe *épuré*. Un reproche en
prose achève le coup de fouet appliqué pour le relever de sa chute malencontreuse : « Vous pouvez
« juger de ma surprise et de l'étonnement d'un es-
« prit philosophique, lorsqu'il voit le ministre de la
« vérité plier les genoux devant l'idole de la su-
« perstition.

« Les Midas mitrés triomphent dans ce siècle de
« Voltaire et des grands hommes ! Mais c'est appa-
« remment le siècle où les ignorants doivent en
« tous genres être préférés en France aux savants

(1) 6 avril 1743.

« et aux habiles gens ! *O tempora ! o mores !* » (1)

Trois lettres de suite ressassent ce thème, et sollicitent le grand génie méconnu de fuir une patrie
ingrate, dominée par le clergé, de se fixer à Berlin
« où il se trouvera à l'abri de pareilles avanies, où
« l'on ne poignardera pas tous les jours sa répu-
« tation. » (2)

La justification est humble, embarrassée. Elle dé-
bute par un éloge des *Mémoires* de Frédéric II, dont
il se félicite d'avoir reçu les prémices confidentielles.
Il blâme les aveux de scrupule, échappés au conquérant de la Silésie sur l'équité de son entreprise :
« Qu'avez-vous donc à vous reprocher ? N'aviez-vous
« pas des droits très réels sur la Silésie ? et le déni
« de justice ne vous autorisait-il pas assez ? »

Après ce prologue insinuant arrive le démenti de
la lettre très réellement écrite à l'évêque de Mirepoix,
pour le gagner à sa candidature académique. Le tout
se termine par la protestation « de ne point fléchir
« le genou devant Baal, mais de respecter l'autorité
« de son roi. » (3)

Cependant, en apparence, il sacrifiait au Dieu des
chrétiens, et fléchissait en réalité le genou devant
l'idole du jour de Louis XV, la duchesse de Châteauroux, à l'effet de se faire donner la mission de diplomate intercesseur auprès du roi de Prusse, son saint
de prédilection. Le désagrément éprouvé servit de
prétexte à son pélerinage d'étrange dévotion :

(1) Lettre du 11 mai.
(2) Lettre, 25 juin 1743.
(3) Lettre, juillet 1743.

« On imagina de m'envoyer secrètement chez ce
« monarque pour sonder ses intentions, pour voir
« s'il ne serait pas d'humeur à prévenir les orages qui
« devaient tomber tôt ou tard de Vienne sur lui, et
« s'il ne voudrait pas nous prêter cent mille hommes
« dans l'occasion pour mieux assurer la Silésie. Cette
« idée était tombée (avait été mise par lui) dans la
« tête de M. de Richelieu et de Mme de Châteauroux.
« Le roi l'adopta ; et M. Amelot, ministre des affaires
« étrangères, fut chargé de presser mon départ.

« Il fallait un prétexte. Je pris celui de ma que-
« relle avec l'ancien évêque de Mirepoix. Le roi
« approuva cet expédient. J'écrivis au roi de Prusse
« que je ne pouvais plus tenir aux persécutions de
« ce théatin. Il me répondit avec un déluge de rail-
« leries sur l'*âne* de Mirepoix. (1) J'avais à la fois le
« plaisir de me venger de l'évêque qui m'avait exclu
« de l'Académie, celui de faire un voyage très agréable
« et celui d'être à portée de rendre service au roi et
« à l'Etat. » (2)

En sus de ces trois plaisirs, le martyr comédien aurait
dû en confesser un autre, auquel il n'était pas moins
sensible. Avant son départ, il obtint, sous un nom
emprunté, une adjudication des fourrages et des vêtements de l'armée, qui lui valut au règlement définitif
des comptes un bénéfice de six cent mille livres, sans
l'empêcher de déclamer contre les *voleurs Pâris et compagnie, infâmes exploiteurs des maux de la guerre !*

(1) Jeu de mot imaginé à cause de la signature du prélat :
Anc. évé. de Mirepoix.
(2) *Mémoires.*

Son exil de convention lui rapporta peu d'argent contre beaucoup de satisfaction d'amour-propre, couronnée d'un résultat piteux.

La pérégrination commença par la Hollande, où se tramait l'alliance anglo-hollandaise qui menaçait la France d'une invasion en Flandre. Logé au palais du roi de Prusse à La Haye, chez le fils du ministre d'Etat Podwils, l'homme de confiance de Frédéric II, Voltaire était instruit par cet intermédiaire des résolutions de la République, et en informait soigneusement le ministère et les amis de Versailles. Ses lettres diplomatiques respirent la jactance de la *mouche* qui conduit le *coche*. A l'entendre, il se trémousse à débourber le char de l'Etat, à rompre les coalitions formées, à prévenir l'adhésion de la Prusse à la ligue victorieuse, à ramener le déserteur de Breslau sur le champ de bataille. Il prodigue les avis et se vante de ses efforts à semer la mésintelligence et la division parmi les alliés. Mais, en prenant l'aimable envoyé prussien pour agent de ses secrets, il les lui révèle ou laisse deviner, et Frédéric II en est averti.

Aussitôt Machiavel se procure la malicieuse satisfaction d'ajouter une scène de sa façon à la comédie jouée, afin de tourner la fuite feinte de la *Girouette du Parnasse* (1) en bannissement réel. Il écrit à son ministre Rottembourg à Paris : « Voici un morceau « d'une lettre de Voltaire que je vous prie de faire « tenir à l'évêque de Mirepoix par un canal détourné,

(1) Lettre de Frédéric à Voltaire, 20 août 1743.

« sans que vous et moi paraissions dans cette
« affaire. Mon intention est de brouiller Voltaire si
« bien en France, qu'il ne lui reste de parti à prendre
« que celui de venir chez nous » (1). Les vers du
poëte satirique sur l'âne de Mirepoix sont communiqués de la même manière, sept jours après, dans la
même intention (2).

C'est pendant que « *Jodelet*, prince, est entouré
« à Berlin de rois, de reines, de musiques et de
« bals » (3) qu'il « déniche la trahison qui lui a été
« faite et s'en pique très vivement » (4). Il se hâte
de parer le coup fourré, reçu de son hôte prévenant.
Il explique au secrétaire des affaires étrangères
Amelot les confidences dénoncées, et impute la perfidie du *Héros de l'amitié* au désir excessif de le
conserver près de lui.

« Il a cru que si j'étais brouillé sans ressource
« avec l'homme qui est le sujet de ces plaisanteries,
« je serais forcé d'accepter alors les offres que j'ai
« toujours refusées, de vivre à la cour de Prusse. Ne
« pouvant me gagner autrement, il croit m'acquérir
« en me perdant en France ; mais je vous jure que
« j'aimerais mieux vivre dans une ville de Suisse
« que de jouir, à ce prix, de la faveur dangereuse
» d'un roi capable de mettre de la trahison dans
« l'amitié même. » (5)

Voltaire avait deviné le motif du désagréable stra-

(1) Lettre du 17 août 1743.
(2) Lettre du 27 août 1743.
(3) Lettre de Voltaire à Thiriot, 8 octobre 1743.
(4) Lettre de Frédéric à Rottenbourg, 14 octobre 1743
(5) Lettre de Voltaire à Amelot, 6 octobre 1743.

tagème dont il faillit devenir la victime. Mais le
but final lui est échappé, ou il n'a pas jugé opportun
de s'en expliquer. Il se faisait illusion sur la nature
et la valeur de son crédit chez Frédéric. Il était recherché, choyé, moins à cause des charmes de sa
conversation pétillante de saillies spirituelles, qu'à
cause de sa plume facile, élégante, caustique, renommée. On appréciait l'avantage de la gagner à la
politique prussienne, en l'accablant de distinctions
flatteuses à Berlin, dans le moment même où une
nouvelle intrigue d'indiscrétion calculée machinait
sa disgrâce à Versailles, afin d'en disposer plus facilement et de la tourner, par l'aigreur de la colère
provoquée contre la France aussi bien que contre
l'Eglise catholique. Car, quant à la considération
personnelle, Frédéric n'en avait dès lors qu'une
fort médiocre de l'écrivain courtisé. L'unique mention qu'il en fait dans ses *Mémoires*, dénote la faible
estime qu'il avait du poëte-diplomate :

« Sur ces entrefaites, Voltaire arriva à Berlin.
« Comme il avait quelques protecteurs à Versailles,
« il crut que cela suffisait pour se donner les airs de
« négociateur. Son imagination brillante s'élançait
« dans le vaste champ de la politique. Il n'avait point
« de lettre de créance, et sa mission devint un jeu,
« une simple plaisanterie. » (1)

Aussi, quand « au milieu des fêtes, des sou-
« pers, des opéras, le négociateur secret » enta-
mait la question de l'alliance à contracter, l'inter-

(1) *Histoire de mon temps*, ch. VIII, p. 202.

locuteur répondait par des lazzi à ses ouvertures
dédaignées. Il répétait de vive voix ce qu'il avait
déjà dit dans ses lettres, touchant le peu de confiance que lui inspirait l'armée et le gouvernement
français : « Le tableau que vous me faites de la
« France est peint avec de très belles couleurs ;
« mais vous me soutiendrez tout ce qu'il vous
« plaira, une armée qui fuit trois ans de suite, et
« qui est battue partout où elle se présente, n'est
« pas assurément une troupe de Césars ni d'A-
« lexandres. (1)

« Les hommes chez nous sont moins efféminés,
« et par conséquent plus mâles, plus capables de
« travail, de patience, et peut-être moins gentils, à
« la vérité. Mais c'est justement la vie de sybarite
« que l'on mène à Paris qui a perdu la réputation
« de vos troupes et de vos généraux. » (2)

Le joyeux convive, déconcerté par ces coups de
griffes, qui touchaient malheureusement les parties
sensibles des plaies nationales, revenait à la charge,
en couchant par écrit les considérants persuasifs, qui,
dans sa pensée, devaient entraîner le roi à sortir de
la neutralité pour attaquer la reine de Hongrie. On
lui rendit son éloquent plaidoyer en neuf points,
avec des réflexions piquantes en réponse à chaque
question posée. A celle-ci : « N'est-il pas clair que
« la France montre de la vigueur et de la sagesse? »
La réplique en marge portait : « J'admire la sa-
« gesse de la France ; mais Dieu me préserve à

(1) Lettre de Frédéric, 20 août 1743.
(2) Lettre, 5 décembre 1742.

« jamais de l'imiter ! » La menace d'un retour offensif des Autrichiens en Silésie se trouvait réfutée par cette gaie bravade :

> « On les y recevra, biribi,
> A la façon de Barbari,
>   Mon ami. »

La demande d'avoir l'honneur d'accompagner Sa Majesté dans le voyage politique de Bareith, était agréée sèchement. Mais le désir de devenir porteur d'un message agréable pour la cour de Versailles était rejeté avec humeur et ironie : « Vous qui êtes si « raisonnable, vous sentez bien le ridicule dont je me « chargerais si je donnais des projets politiques à la « France, sans à-propos, et de plus écrits de ma « propre main.

« Je vous aime de tout mon cœur, je vous estime, « je ferai tout pour vous avoir, hormis des folies et « des choses qui me donneraient à jamais un ridi- « cule dans l'Europe et seraient dans le fond con- « traires à mes intérêts, et à ma gloire. La seule com- « mission que je puisse vous donner pour la France, « c'est de leur conseiller de se conduire plus sage- « ment qu'ils n'ont fait jusqu'à présent.

« Cette monarchie est un corps très fort, sans âme « et sans nerfs. F. »

Le *fiasco* complet de la mission diplomatique de l'ami de plume, adroitement berné, n'empêcha pas les deux admirateurs grimés de s'embrasser au dé- part du poëte, avec force démonstrations de ten- dresse mutuelle, dont aucun d'eux ne fut dupe. Car l'un a flairé l'espion, l'autre le Machiavel.

13.

La commission financière du besoigneux Thiriot en parut plus avancée, mais non liquidée par le solde réel des arrérages de plusieurs années. En partant de La Haye, le pèlerin intercesseur s'était engagé d'insister sur la pension due à son camarade d'enfance pour les services rendus comme courtier littéraire : « Je suis aussi surpris qu'affligé de ces pro- « digieux retardements. Le roi de Prusse vous fera- « t-il donc vieillir dans l'espérance? et l'inscription « de votre tombeau sera-t-elle un jour : Ci-gît qui « attendit son payement? En vérité, cela perce le « cœur. J'espère en parler bientôt à Sa Majesté « prussienne. » (1)

Au retour de l'excursion triomphale, mais stérile en Franconie, il annonçait qu'il ne reviendrait pas « sans s'être mis aux pieds du roi, en faveur de l'ami « Thiriot et sans avoir obtenu quelque chose. » (1)

Sept mois après sa rentrée en France, il put enfin payer d'une nouvelle promesse le salaire accumulé de l'agent désespéré du héros de la bienfaisance : « Je bénis Dieu et le roi de Prusse de ce qu'enfin « vous allez être du nombre des élus de ce monde, « et qu'on songe à vous payer, mais permettez-moi « de réserver mon *Te Deum* pour le jour où vous « aurez touché votre argent. Les lettres du roi sont « charmantes, mais la lettre de change qu'il doit « vous envoyer, me paraîtra un chef-d'œuvre. » (2)

Ce chef-d'œuvre tarda de paraître, ce qui contrai-

---

(1) Lettre à Thiriot, 16 août **1743**.
(2) Lettre du 6 octobre.
(3) Lettre du 8 mai 1744.

gnit de réitérer les exhortations à la patience : « Je
« ne puis croire que tout vespasien qu'il est par
« son goût que vous lui reprochez pour l'argent,
« il ne vous paye à la fin en titres. Il ne vous a pas
« demandé votre mémoire pour ne rien vous don-
« ner ; il exerce votre patience, mais ne la confondra
« point. » (1) Thiriot fut payé et congédié.

L'unique fruit de la tentative d'utiliser au profit
de la France l'intimité vantée de Voltaire et de Frédéric fut la communication confidentielle des desseins de sécularisation de l'héritier des sécularisa-
teurs émérites de l'Allemagne, communication qui
était un piège tendu à la détresse du royaume très
chrétien pour en faire l'instigateur et le complice de
la grandeur prussienne sur les ruines de l'Eglise
dans l'empire germanique.

« Dans le dernier entretien particulier que j'eus
« avec Sa Majesté prussienne, je lui parlai d'un im-
« primé qui courut, il y a six semaines, en Hol-
« lande, dans lequel on proposait des moyens de
« pacifier l'empire en sécularisant des principautés
« ecclésiastiques en faveur de l'empereur (Charles VII)
« et de la reine de Hongrie. (La Prusse y était
« omise à dessein, mais non le roi d'Angleterre,
« électeur du Hanovre.) Je lui dis que je voudrais de
« tout mon cœur voir le succès d'un tel projet ; que
« c'était rendre à César ce qui appartient à César ;
« que l'Eglise ne devait que prier Dieu pour les
« princes ; que les bénédictins n'avaient pas été insti-

(1) Lettre du 11 juin 1743.

« tués pour être souverains, et que cette opinion, dans
« laquelle j'avais toujours été, m'avait fait beaucoup
« d'ennemis dans le clergé. Il m'avoua que c'était
« lui qui avait fait imprimer ce projet. Il me fit en-
« tendre qu'il ne serait pas fâché d'être compris dans
« ces restitutions que les prêtres doivent, dit-il, en
« conscience aux rois, et qu'il embellirait volontiers
« Berlin du bien de l'Eglise. *Il est certain qu'il veut*
« *arriver à ce but et ne procurer la paix que quand il*
« *y verra de tels avantages.*

« C'est à votre prudence, monseigneur, à profiter
« de ce dessein secret qu'il n'a confié qu'à moi. Peut-
« être si l'Empereur lui faisait, dans un temps con-
« venable, des ouvertures conformes à cette idée,
« et pressait une association de princes de l'Empire,
« le roi de Prusse se déterminerait à se déclarer ;
« mais je ne crois pas qu'*il voulût que la France se*
« *mêlât de cette sécularisation*, ni qu'il fasse aucune
« démarche éclatante, à moins qu'il *n'y voie très peu*
« *de péril et beaucoup d'utilité.* » (1)

Voilà à quel résultat insidieux aboutirent la perspicacité politique, la finesse d'observation, la supériorité de génie, la prétendue fascination intellectuelle et cordiale de Voltaire sur son disciple en
Apollon, Frédéric. L'ambassadeur extraordinaire du
fils aîné de l'Église se charge d'amener le roi philosophe à réparer sa défection, à secourir les alliés
trahis et abandonnés. Il n'obtient rien de ce qu'il
demande, mais se fait, en revanche, sous son inspi-

(1) Lettre de Voltaire au ministre Amelot. Berlin, 8 octobre 1743.

ration directe, dans sa capitale même, l'écho insinuant, l'avocat officieux, l'apologiste habile et
convaincu d'un plan de spoliation sacrilége, dont il
conseille à la France de prendre l'initiative, sous
forme de suggestion détournée au mannequin d'empereur qu'elle a fait en Allemagne et qui s'intitule le
lieutenant général des armées de Sa Majesté très chré-
tienne, et tout cela, en avertissant le ministre français que le roi, leur commun maître, n'aura autre
chose à espérer d'une démarche, aussi antifrançaise
qu'anticatholique, que la honte de l'avoir tentée et la
satisfaction d'avoir travaillé plus qu'aucun prédé-
cesseur pour le roi de Prusse! Avouons-le, Voltaire
a bien mérité les madrigaux que les princesses de
Prusse lui ont permis de leur adresser! Il s'est montré Newton-diplomate, comme de Belle-Isle, Newton
foudre de guerre! Frédéric cultivera plus que jamais
l'amitié d'un homme si utile.

Mais, avant de s'ouvrir à son hôte, enivré d'encens
narcotique, sur le pivot de ses trames politico-religieuses pour amener le cabinet de Versailles à y
rallier l'ombre impériale, Charles VII, il avait tenté
d'y entortiller ce prince par l'intermédiaire du comte
de Seckendorf, ancien ambassadeur d'Autriche à
Berlin, devenu le généralissime de l'armée bavaroise.
Le compromis proposé sécularisait un certain nombre d'abbayes et d'évêchés et médiatisait une dou-
zaine de villes impériales au profit de la Bavière, de
Marie-Thérèse et du Hanovre. Le roi d'Angleterre,
Georges II, initié au plan du partage, était enchanté
d'annexer à son patrimoine allemand les évêchés de

Munster et d'Osnabruck, mais faisait des objections à la médiatisation des villes protestantes d'Ulm et d'Augsbourg au bénéfice de la maison catholique des Wittelsbach. Le chef de la dynastie, Charles-Albert, caractère faible et ambitieux, jouet des intrigues étrangères, avait cependant assez de religion et d'honnêteté pour repousser la combinaison pacificatrice du roi de Prusse, qui paraissait se désintéresser dans la curée des biens ecclésiastiques, afin d'y mieux amorcer les autres princes, auxquels il n'aurait pas manqué de réclamer la part du lion, une fois la proie entamée. L'Empereur fugitif, mais consciencieux, déclara qu'il aimerait mieux se résigner à l'extrême pauvreté que de prêter son nom et donner son consentement à un si odieux brigandage, qui consommerait le triomphe du protestantisme en Allemagne. (1) De son côté, l'héroïque reine de Hongrie se montra sourde et intraitable sur un accommodement qui répugnait aux traditions de famille, comme à ses sentiments personnels de vraie piété chrétienne.

Ce sont ces répugnances et ces obstacles qui entravèrent la réalisation des vœux prusso-protestants du roi philosophe. Il n'en parla à Voltaire, ou du moins ne l'autorisa à les notifier au gouvernement français, que lorsqu'il eût échoué auprès des cours co-partageantes. Il fallait à l'intermédiaire bénévole une dose exceptionnelle de naïveté pour supposer que la cour de France ignorât ces menées ténébreuses ou consentît à s'en faire gratuitement la complice. Elles

_____

(1) Hœfler. *Temps modernes*, p. 292.

expliquent la trève précipitée d'Oberschnellendorf, la paix séparée de Breslau, la neutralité équivoque. observée après chacune de ces défections calamiteuses pour la France. Frédéric ne changera d'attitude et de conduite que devant de nouveaux succès autrichiens, qui mettent en danger le trophée engrangé de Silésie.

CHAPITRE IX

NÉGOCIATION DE FRÉDÉRIC II DANS L'INTERVALLE DES DEUX GUERRES DE SILÉSIE (1742-1744)

Plan de Frédéric II dans la paix de Breslau. — Concours des lettrés français. — Armée agrandie. — Fausse position à l'égard de l'Angleterre, à cause du Hanovre. — Mort mystérieuse du duc de Frise. — Excitation contre le Hanovre. — Voltaire l'aide à entraîner la France contre l'Angleterre. — Crainte que la Russie inspire à la Prusse. — Moyens employés pour gagner la cour russe. — Mariage de Catherine d'Anhalt-Zerbst avec le grand-duc. — Calculs démentis par les événements. — Traités de Worms et de Varsovie. — Offres à Versailles: — Traité conclu avec la France.

En conquérant avisé, Frédéric II s'était fait garantir la Silésie par ses alliés de Nymphenbourg, avant qu'elle ne lui fût cédée par Marie-Thérèse au traité de Breslau. A peine ce traité, négocié et cautionné par l'Angleterre, fut-il signé que le violateur du droit des gens sollicita de la cour de Russie d'ajouter sa garantie à celles déjà obtenues, faveur que les intrigues anglo-autrichiennes à Saint-Pétersbourg lui disputèrent longtemps et finirent par lui enlever.

Son intention, comme nous l'avons déjà vu, d'après ses propres aveux, était d'entretenir la guerre en Allemagne, de manière à épuiser les belligérants les uns par les autres, afin qu'au moment opportun de la lassitude générale, il pût interposer sa média-

tion armée, et modifier à son gré la constitution
germanique par l'abolition de la *Bulle d'Or*, qui ex-
cluait les hérétiques du trône impérial, et par la
sécularisation des principautés ecclésiastiques, barrières à l'extension des Hohenzollern, contrefort de
la puissance des Habsbourg dans les provinces catholiques de l'Empire. Ce plan exigeait que les esprits
fussent disposés dans l'Europe au bouleversement
politique et religieux du centre de la chrétienté, aux
remaniements territoriaux qui en seraient la conséquence inévitable, et dont les Etats protestants, la
Prusse en particulier, profiteraient considérablement.
Un noyau de publicistes français était en activité à
Berlin, dans le palais du roi, et concourait avec lui
à composer, à propager, par les émissaires bibliques
de tous les pays, une infinité de brochures, de mémoires, de pamphlets, destinés à travailler l'opinion
publique dans le sens de ses convoitises, sous le beau
nom de *réforme*, de *progrès*, d'*affranchissement* du
joug des prêtres, de *liberté germanique* et *humanitaire*.
Voltaire manquait de corps à la cohorte des plumes
mercenaires enrôlées au service du héros philosophe,
ennemi déclaré de la domination cléricale, mais son
esprit, ses encouragements élogieux, ses écrits en
prose et en vers, émanés du grand foyer des lumières
intellectuelles, de la capitale civilisatrice du monde
moderne, les animaient à combattre vaillamment
pour la gloire et l'ambition, comme sous la dictée
du même chef et guide. Maupertuis, Darget, d'Argens et plusieurs autres transfuges lettrés de Paris
avaient renforcé la phalange de Rémusberg, com-

posée de libres penseurs réfugiés ou fils d'émigrés
huguenots.

En même temps que ces pionniers frayaient le
chemin et minaient les obstacles, Frédéric augmen-
tait son armée, hérissait les frontières récemment
acquises d'une ceinture de citadelles, bases d'opérations ultérieures. Sa diplomatie soufflait la guerre
ou la paix chez les nations voisines, selon l'occurrence de ses intérêts, afin d'assurer la liberté et la
sécurité de ses mouvements offensifs.

Autant son attitude anti-catholique et ses prédi-
lections protestantes, en dépit de ses allures d'incrédule, le rapprochaient de l'Angleterre, fanatique
d'anti-papisme, autant son hostilité contre l'Autriche
l'en éloignait. Le cabinet britannique, ayant besoin
d'une alliance continentale pour neutraliser la prépondérance de la maison de Bourbon, implantée de
Versailles à Madrid, à Parme et à Naples, s'appuyait
traditionnellement, depuis la ligue d'Augsbourg, sur
la dynastie impériale de Vienne, qui mettait à sa
disposition ou à sa solde la majeure partie des forces
de l'Allemagne. L'avénement de l'électeur du Hanovre à la couronne des Stuarts cimenta l'entente
établie par Guillaume d'Orange, malgré la diversité
des cultes, entre les deux pays, adversaires de la
France. Georges II, outre une antipathie personnelle
pour son neveu et gendre manqué de Berlin, jalou-
sait et redoutait l'agrandissement subit de la Prusse,
affriandée du patrimoine des Guelfes, et pressée de
gagner les bouches des fleuves westphaliens, l'Elbe
et le Wéser, pour arriver d'une part à la mer du

Nord, pour joindre d'autre part le Brandebourg aux possessions du Bas-Rhin. De là entre les deux chefs politiques du protestantisme une sourde rivalité d'influence, une opposition ouverte d'humeur et d'aspirations, que la mort mystérieuse du duc de Frise, Charles-Edouard, leur commun voisin, aggrava singulièrement.

Le jeune prince, âgé de vingt-quatre ans, d'une santé robuste, expira subitement dans la nuit du 24 mai 1744. Dès le matin suivant, les armes prussiennes furent apposées aux édifices publics de la petite capitale, Emden, et les habitants se virent contraints de prêter, sur-le-champ, serment à Frédéric II, dont le père avait extorqué à l'empereur Charles VI, en dernière reconnaissance de la *Pragmatique Sanction*, l'expectative de la dévolution éventuelle de la côte orientale de l'estuaire de l'Ems sur la *mer allemande*. Le peuple de la province, annexée en toute hâte, crut à un empoisonnement, parce que le défunt négociait secrètement, dans ce moment même, la cession de son territoire à la maison de Hanovre. La convention était ratifiée entre les parties contractantes, depuis le 13 mai 1774, mais non encore confirmée par la sanction impériale, indispensable aux aliénations des fiefs de l'empire. La fin abrupte du vendeur interrompit à point la consommation de la vente conclue, et permit au lieutenant du roi de Prusse, muni d'instructions et pleins pouvoirs préalables, de prendre précipitamment, au nom de son maître, possession d'un héritage aléatoire, prêt à lui échapper.

Aucun acte public, remarque un historien de valeur, enfant du pays, Onno Klopp, ne constate la nature de la maladie foudroyante survenue dans des circonstances si étranges, qui inclinent aux soupçons injurieux. Aucune information juridique n'eut lieu. Le corps, scellé immédiatement dans un cercueil de plomb, fut enfermé dans un caveau, que Frédéric II fit orner d'une inscription latine, qui félicitait le feu duc d'avoir, après de vaines tentatives de choisir ses héritiers, laissé sa succession vacante, à lui Frédéric II, roi de Prusse. (1)

Cet événement, passé sous silence dans les *Mémoires* du royal et caustique chroniqueur, qui n'a ménagé ni la critique de ses fautes militaires dans chaque expédition, ni la censure des torts, des faiblesses, des turpitudes d'aucun de ses contemporains couronnés, nous explique l'animosité constante qui l'aigrit contre la famille régnante d'Angleterre, et la distinction qu'il ne cesse d'établir entre les intérêts politico-religieux du peuple anglais, jugé sympathique aux projets prussiens, et *les vils intérêts dynastiques* de l'électeur de Hanovre, exclusivement préoccupé, selon lui, de la conservation et de l'extension de ses domaines allemands.

Pendant sa campagne de Bohême et même après la paix de Breslau, due à l'intervention anglaise, il excitait la France à envahir le Hanovre, et se servait de la complaisance aveugle de Voltaire pour amener, par les patrons de celui-ci à Versailles, par l'en-

_____

(1) *Onno Klopp*, p. 153.

tourage pourri et vénal de la favorite en vogue, la duchesse de Châteauroux, le cabinet français à se mettre en hostilité patente avec le gouvernement britannique, afin de lui fournir l'occasion de satisfaire impunément ses rancunes et ses convoitises domestiques, insinuant qu'en cas de déclaration de guerre formelle il rentrerait en lice.

« Le roi de Prusse veut beaucoup de mal au roi « d'Angleterre, mais il ne lui en fera que quand il « y trouvera sécurité et profit. Il m'a toujours « parlé de ce monarque avec un mépris mêlé de « colère. » (1)

« Il me disait, George est l'oncle de Frédéric, « mais George ne l'est pas du roi de Prusse. Que « la France déclare la guerre à l'Angleterre, et je « marche » (2).

Le zèle prussien du poëte diplomate n'accuse-t-il pas son inconcevable aveuglement sur les visées réelles, nuisibles à la France, du héros dont il était épris, et dont les intérêts ou les vœux le préoccupaient plus que ceux de sa patrie qu'il avait mission de sauvegarder ? Quel avantage la France avait-elle à espérer en brusquant une rupture avec la puissance maritime qui allait détruire son commerce et enlever ses colonies ? Importait-il à ses armées, battues sur le Danube, en Bohême et sur le Rhin, de s'attirer de nouveaux ennemis sur les bras dans les vallées de la Meuse et de l'Escaut, ou même une descente sur un point quelconque des côtes de

(1) Lettre de Voltaire à Amelot. Berlin, 3 octobre 1743.
(2) Voltaire, *Mémoires*.

l'Océan, afin de délivrer Frédéric-le-Traître du cauchemar d'une invasion saxo-hanovrienne dans la Marche, pendant qu'il s'aventurerait à s'incorporer quelques districts de la Bohême ?

Au Sud-Est, la Saxe-Pologne créait à l'ambition prussienne une barrière non moins gênante que le Hanovre-Angleterre à la frontière Nord-Ouest. Unie à l'Autriche, la maison de Saxe pouvait, avec l'appui des Polonais, étreindre la Silésie par trois côtés et entamer le Brandebourg ainsi que le duché de Prusse. Aussi, avec quel soin Frédéric II s'occupe de brouiller l'électeur-roi Auguste III avec Marie-Thérèse, avec les magnats polonais, et surtout d'empêcher une alliance avec la Russie ! Combien il tremble de perdre la bienveillance de la cour de Pétersbourg, qui est maîtresse de brider ou de déchaîner ses voisins envieux, et de lui enfoncer elle-même à loisir le glaive dans la partie la plus vulnérable de son royaume mal délimité !

« De tous les Etats contigus à la Prusse, l'empire « de Russie mérite le plus d'attention, comme le « plus dangereux : il est puissant et il est voisin. « Ceux qui, à l'avenir, gouverneront la Prusse, se- « ront également dans la nécessité de cultiver « l'amitié de ces barbares. Le roi appréhendait « moins le nombre de ses troupes que cet essaim « de Cosaques et de Tartares, qui brûlent les con- « trées, tuent les habitants ou les emmènent en « esclavage. Ils font la ruine des pays qu'ils inon- « dent. D'ailleurs, à d'autres ennemis on peut ren- « dre le mal pour le mal, ce qui devient impossible

« à l'égard de la Russie, à moins d'avoir une flotte
« considérable pour protéger et nourrir l'armée
« qui dirigerait ses opérations sur Pétersbourg
« même.

« Dans la vue de se concilier l'amitié de la Russie,
« le roi met tout en œuvre pour y parvenir. L'im-
« pératrice Elisabeth se proposait alors de marier le
« grand-duc, son neveu, afin de s'assurer d'une
« lignée.

« Quoique son choix ne fût pas fixé, son pen-
« chant la portait à donner la préférence à la
« princesse Ulrique, sœur du roi. La cour de Saxe
« avait dessein de donner la princesse Marianne,
« seconde fille d'Auguste, au grand-duc, pour gagner
« du crédit à la faveur de cette alliance auprès de
« l'impératrice.

« Le ministre de Russie, dont la vénalité aurait
« mis sa maîtresse à l'enchère, s'il avait trouvé
« quelqu'un d'assez riche pour la lui payer, vendit
« aux Saxons un contrat de mariage précoce. Le
« roi de Pologne le paya et n'eut que des paroles
« pour son argent. Rien n'était plus contraire au
« bien de l'Etat de la Prusse que de souffrir qu'il
« se formât une alliance entre la Saxe et la Russie,
« et rien n'aurait paru plus dénaturé que de sacri-
« fier une princesse du sang royal pour débusquer
« la Saxonne.

« On eut recours à un autre expédient. De toutes
« les princesses de l'Allemagne en âge de se marier,
« aucune ne convenait mieux à la Russie et aux in-
« térêts prussiens que la princesse de Zerbst, Ca-

« therine, dont le père était maréchal des armées
« du roi. » (1)

Le mariage se fit après de laborieuses négociations
auprès du père de la future impératrice de Russie,
comme auprès de la tante capricieuse et corrompue
du grand-duc. Mais il ne suffit pas à lier les favoris
tout puissants de l'impératrice Elisabeth, la plus
éhontée souveraine qui ait souillé le trône des czars,
avant cette nièce adoptive, recommandée par Frédéric II, la fameuse *Sémiramis* de Voltaire, dont les
débordements monstrueux éclipsent les turpitudes
des Messaline et des Agrippine.

Pour être rassuré du côté de la Newa, « on eut
« recours aux moyens qui ouvrent les cœurs à por-
« tes de fer des ministres russes; ce fut là la rhé-
« torique dont l'envoyé prussien de Mardefeld se
« servit jusqu'en 1745 pour tempérer la mauvaise
« volonté du chancelier Bestuchew. » (2)

Quand la neutralité de la Russie fut achetée à
prix d'or et, par la livraison d'une princesse allemande, dotée de tendances prussiennes, celle de la
Suède s'acquit en échange de la main d'Ulrique, la
sœur refusée à l'héritier de la czarine, mais offerte
au prince royal de Stockholm, comme plus digne du
sang des Hohenzollern, et non moins utile pour
contenir dans la Poméranie ultérieure les redoutés
ravageurs du Brandebourg, durant les guerres précédentes.

Toutes ces précautions diplomatiques concouraient

(1) Frédéric II, *Histoire de mon temps*, ch. IX, p. 206.
(2) Frédéric II, *Histoire de mon temps*, ch. IX, p. 210.

à procurer à Frédéric la latitude de rentrer en scène sur le théâtre des batailles au moment favorable et de provoquer un dénouement conforme à son plan. Cependant les événements ne tardèrent pas à le déborder, à confondre ses calculs égoïstes.

« Le roi de Prusse, toujours occupé à tenir en « équilibre les puissances belligérantes, se flattait « d'y parvenir, soit par des insinuations amicales, « soit par des déclarations plus fortes, soit même « par quelque ostentation. Mais que sont les pro- « jets des hommes? L'avenir leur est caché. Ils « ignorent ce qui doit arriver le lendemain. Com- « ment prévoir les événements que l'enchaînement « des causes secondes amènera dans six mois? Dans « ce flux et reflux de la fortune, la prudence ne « peut que se prêter aux conjonctures, agir con- « séquemment, ne point perdre son système de « vue; mais jamais elle ne pourra tout pré- « voir. » (1)

En effet, les prodigieux succès des armées de Marie-Thérèse, comme l'élan inattendu des populations hongroises et autrichiennes, déconcertèrent les combinaisons perfides du ravisseur de la Silésie. La victoire de l'archiduc Charles de Lorraine à Dettingen, près du Mein, détacha définitivement le roi de Sardaigne de l'alliance franco-espagnole, au traité de Worms, qui lui abandonnait une partie du Milanais, à la condition de tourner ses armes en Italie contre les troupes bourbonniennes, dont il était

_____

(1) Frédéric II, *Histoire de mon temps*, ch. VIII, p. 205.

l'auxiliaire et d'y garantir les possessions de la maison de Habsbourg. (1)

.Ce traité fut suivi de celui de Varsovie entre l'Autriche, la Saxe et l'Angleterre, auquel adhéra la
Hollande. Il confirmait les stipulations de Worms,
et maintenait entre les alliés la caution réciproque
de l'intégralité de leurs territoires respectifs, tels
que les avaient fixés la paix d'Utrecht et celle de
Vienne. (2)

Frédéric, s'étant procuré une copie de ce traité
compromettant, en fut alarmé. Il comprit que c'é-
tait une coalition nouée contre lui aussi bien que
contre la France et la Bavière, pour lui enlever le
joyau de la couronne de Bohême, arraché au cœur
de la reine en détresse, qui ne cessait de le pleurer
et songeait à le revendiquer, nonobstant la convention de Breslau.

La crainte d'être accablé après l'écrasement de la
France, déjà envahie par le prince de Lorraine, qui
s'apprêtait à rentrer dans le patrimoine de sa famille,
à la tête des armées victorieuses de sa belle-sœur,
détermina le roi de Prusse, récalcitrant jusqu'alors
aux ouvertures de Versailles et insensible aux séduc-
tions du diplomate Voltaire, à tenter l'initiative d'une
proposition d'alliance avec le cabinet trop longtemps
dédaigné. Ses offres de service, par une diversion
en Bohême pour paralyser les Autrichiens en Alsace,
furent d'abord mal accueillies. On se défiait du dé-
fectionnaire. Il envoya le comte de Rottembourg,

(1) 7 septembre 1743.
(2) Décembre 1743.

ancien diplomate français, passé à son service, et le chargea de seconder son ambassadeur Chambrier, résidant à Paris depuis vingt ans et initié aux coulisses de la cour de Louis XV. « Le comte de Rottem- « bourg fit faire ses premières insinuations par le « duc de Richelieu (protecteur intime de Voltaire) et « par la duchesse de Châteauroux. Le cardinal de Ten- « cin, Amelot, Belle-Isle, d'Argenson, ministre de la « guerre, et la maîtresse du roi se déclarèrent pour « le comte de Rottembourg. » (1) On signa l'accord de Versailles, qui promettait l'entrée de Frédéric en campagne quand la France aura pris l'offensive sur le Rhin. La Silésie devait être agrandie de nouvelles rognures en Bohême. « Mais les confédérés s'enga- « geaient à ne point faire de paix séparée, à rester « constamment unis pour travailler à l'abaissement « de la maison d'Autriche-Lorraine. » (2)

Les hostilités étaient déjà commencées en Flandre contre les Anglo-Hollandais, quand Frédéric ratifia les clauses concertées, qui semblaient lui livrer une seconde proie à dévorer impunément. Il comptait que les Autrichiens, occupés à se défendre en Italie, dans la vallée rhénane, en Belgique, seraient contraints de dégarnir leurs provinces septentrionales. Ce qui arriva effectivement, mais ne dura pas.

(1) *Histoire de mon temps.*
(2) 5 juin 1744.

CHAPITRE X

La convention de Versailles paraissait assurer le succès des combinaisons de Frédéric II. Informé de la présence des Autrichiens sur le Rhin, et voyant ouvert le chemin de Prague, il se jeta, sans déclaration de guerre, sur la capitale de la Bohême, et s'en empara, d'un hardi coup de main, qui ne lui coûta que 40 morts et 80 blessés sur les 80,000 soi-disant auxiliaires amenés à l'empereur Charles VII. (1)

La première partie de son plan de campagne se trouvait réalisée à souhait. L'échec de l'ensemble ne lui en fut que plus sensible. Il avait écrit, avant de se mettre en route, à Louis XV ses projets de mou-

(1) 16 septembre 1744.

vements et demandé des généraux français aptes à le
seconder : « J'apprends que le prince Charles a pé-
« nétré en Alsace. Ceci me suffit pour déterminer mes
« opérations. Je serai en marche, à la tête de mon
« armée, le 13 août, et devant Prague, à la fin du
« même mois. Tout notre système est fondé sur trois
« grands coups qu'il faut frapper, pour ainsi dire, en
« même temps, dont le premier est l'invasion de la
« Bohême et de la Moravie ; le second, la marche des
« troupes impériales et françaises le long du Da-
« nube en Bavière, et le troisième, que je regarde
« comme le principal, l'envoi d'un corps de troupes
« dans le pays du Hanovre (pour empêcher les Ha-
« novriens d'envahir le Brandebourg). Je compte
« sûrement sur ces deux derniers points, sans quoi
« toute notre besogne est perdue. »

La maladie inopinée de Louis XV, accouru de
Flandre à Metz pour sauver la Lorraine et l'Alsace,
en suspendant l'offensive de l'armée française, permit
à l'archiduc Charles de repasser en Bohême et de
contraindre les Prussiens à évacuer le royaume,
déjà conquis aux trois quarts. (1)

Le roi de France, après sa guérison, put achever
la campagne par la prise de Fribourg en Brisgaw,
tandis que son allié de Prusse dut s'en retourner
tristement à Berlin méditer sur les causes diverses
de l'échec éprouvé « dans ce grand armement qui
« devait engloutir la Bohême et même inonder l'Au-
« triche, et qui eut le sort de l'*invincible Armada* de

_____

(1) 27 novembre 1744.

14.

« Philippe II contre l'Angleterre. » Les *Mémoires* de
Frédéric II fourmillent de plaintes au sujet de « cette
« maladie aussi funeste aux alliés qu'aux maîtresses
« de Louis XV, surnommé depuis le Bien-Aimé. » (1)
Il s'indigne surtout « contre l'évêque de Soissons,
« fanatique imbécile, qui ne vendit ses huiles et ses
« sacrements à son maître qu'à la condition de sa-
« crifier la duchesse de Châteauroux, » l'héroïne
exaltée itérativement, comme une des grandes figures de l'histoire, en souvenir des avantages pro-
curés par Cotillon I au roi de Prusse, dans le traité
de Versailles, pour encourager la Pompadour-Co-
tillon II à l'imiter.

Le royal historien explique aussi les résistances
rencontrées chez les Bohémiens, que le bonheur des
Silésiens, sous le joug prussien, était loin de tenter,
à son vif regret : « Il doit paraître étrange qu'une
« armée aussi forte que la prussienne n'ait pu tenir
« le plat pays en respect, le contraindre aux livraisons
« nécessaires, se procurer des subsistances et avoir
« des espions en abondance pour être informée du
« moindre mouvement de l'ennemi ; mais il faut
« savoir qu'en Bohême la grande noblesse, les prêtres
« et les baillis sont très affectionnés à la maison
« d'Autriche ; que la différence de religion inspirait
« une aversion invincible à ce peuple, aussi stupide
« que superstitieux (c'est-à-dire patriotique), et que
« la cour avait ordonné aux paysans d'abandonner
« leurs chaumières à l'approche des Prussiens,

_____

(1) *Histoire de mon temps*, ch. X, p. 231.

« d'enfouir leurs blés et de se réfugier dans les forêts
« voisines. L'armée ne trouvait donc que des déserts
« sur son passage, des villages vides : personne n'ap-
« portait au camp des denrées à vendre, et le peuple
« ne pouvait être engagé, par quelque somme que ce
« fût, à donner les nouvelles qu'on lui demandait. » (1)

Honneur aux Bohémiens du siècle dernier ! Si les
Bohémiens de nos jours et les populations, soit de
l'Autriche, soit de la France, avaient encore la *stupidité superstitieuse* de combattre, par la résistance
passive et active, les iniques agressions des continuateurs du brigandage de Frédéric II, l'Europe n'eût
pas assisté à l'effondrement subit des deux anciennes
dominatrices de la chrétienté, même après Sadowa
et Sedan. Le patriotisme des vaincus, enflammé par
le sentiment religieux, eût réparé les désastres de
la surprise, comme les peuples fidèles, croyants
énergiques de la Bohême, sous Marie-Thérèse, du
Tyrol et de l'Espagne, du temps de Napoléon Ier, les
ont réparés par l'expulsion des vainqueurs momen-
tanés, comme les réparera toute nation digne de
vivre, qui recourt à Dieu pour s'aider elle-même à
repousser, soit la conquête, soit la domination étrangère.

Les masses de notre époque, affolées de frayeur,
découragées, abattues au premier choc malheureux,
ont secoué, il est vrai, les *ténèbres* et le frein de l'enseignement catholique ; elles sont saturées des *lumières* dissolvantes du scepticisme philosophique de

(1) *Histoire de mon temps*, ch. X, p. 243.

l'école de Voltaire, propagé, depuis un siècle, sous
l'impulsion et l'égide des agences prusso-protestantes. Qui a gagné jusqu'à présent à leurs progrès
tant vantés en ignorance, comme en mépris des vérités divines, fondements éprouvés et consolants des
immortelles promesses par lesquelles seules se stimu-
lent les généreux sacrifices personnels et réels, les
dévouements héroïques, nécessaires au salut de la
patrie en cas de danger? N'est-ce pas la dynastie rapace, issue d'une famille de burgraves usuriers de la
Franconie, qui, ayant acheté à réméré la colonie militaire de Brandebourg, et soustrait à l'Allemagne,
ainsi qu'à l'Eglise, par un rapt sacrilége, aggravé
d'apostasie, le fruit des croisades de l'ordre teutonique sur les Slaves païens de la Prusse, a transformé ces deux pépinières de soldats en un vaste
camp, mal délimité, ouvert de tous côtés, mais peuplé de nombreux bataillons bien armés, bien disci-
plinés, bien exercés au maniement des engins destructeurs les plus parfaits, toujours prêts à marcher,
à porter le fer et le feu avec les machines aspirantes
et foulantes d'un système fiscal oppressif, dans les
contrées voisines, afin de les rançonner, piller, annexer, agrandissant de génération en génération ses
bases d'opération et son champ d'exploitation, em-
ployant les trésors acquis, les découvertes de la science
exotique et indigène, les ressources d'un pays orga-
nisé, les cinq sixièmes des revenus publics, l'instruction, les arts de la civilisation, la religion, les
biens, le temps, la liberté et la vie des particuliers
à perfectionner son outillage militaire; subordon-

nant, de la base au sommet de la hiérarchie sociale,
toutes les institutions, de quelque genre qu'elles
soient, au développement et à la consolidation de
ses cohortes conquérantes, faisant du métier de la
guerre une vaste et gigantesque industrie nationale ;
menaçant, après avoir absorbé le centre de l'Europe,
de sucer et d'avaler le monde entier, pour le changer
à perpétuité en une immense caserne, gouvernée
par un Frédéric ou un Guillaume, césar-pontife,
souverain maître des corps et des âmes, rival, sinon
suppléant, de Dieu sur la terre ?

Applaudissez, pionniers de la plume et de la langue,
qui vous êtes appliqués, en vue d'obtenir les faciles sourires et les mesquines générosités des Hohenzollern,
à détruire la foi et les vertus nourricières du patriotisme chez les peuples à subjuguer pour aplanir les
voies de leur asservissement ! Vous avez bien mérité
de la Prusse et des héritiers de son héros ! Qu'ils vous
érigent des statues à Berlin et les ornent des trophées
préparés par vous à leurs triomphes ! Mais que Paris
devance l'apothéose des éclaireurs de l'avant-garde
de Guillaume le Victorieux, proclamé empereur des
Allemands au milieu de nos gloires éclipsées de Versailles, c'est, à notre avis, un signe ignominieux et
affligeant que Paris aspire à détrôner en servilisme
prussophile la capitale des Hohenzollern !!! En qualité de Lorrain désannexé, au prix de pénibles sacrifices pour rester Français, nous serions porté à maudire les imbéciles instruments des complots d'abaissement et de discrédit tramés à l'étranger contre
notre bien aimée patrie, si la charité chrétienne et

notre caractère sacerdotal ne nous obligeaient de
demander à Dieu de pardonner le mal qu'ils font
sans le savoir, en déchirant le funeste bandeau qui
leur ferme les yeux à l'évidence même!

Quoi qu'il en soit, la campagne spoliatrice de Frédéric II, en Bohême de 1744, se termina en une
reculade précipitée qui lui arracha l'aveu, « qu'aucun
« général ne commît plus de fautes que le roi dans
« cette expédition. » (1)

La retraite, quoique effectuée en assez bon ordre,
grâce à l'ascendant du vieux prince de Dessau sur
les troupes de son ingrat maître, eut pour résultat
d'attirer les Autrichiens en Silésie, précédés de proclamations de Marie-Thérèse, qui déclarait Frédéric déchu des droits du traité de Breslau, à
raison de la violation flagrante des devoirs du même
traité. En conséquence, les habitants de la province
devaient se considérer comme déliés de leurs serments envers leur nouveau souverain parjure et
témoigner leur fidélité à leur reine légitime.

Le roi de Prusse riposta par un appel édifiant à
l'inviolabité des engagements de particuliers à souverains, appel lu dans toutes les églises pour l'instruction du peuple. L'agitation commencée fut
vigoureusement réprimée sur les ordres de l'apôtre
de la tolérance et de la liberté en dehors de ses
Etats. Un retour offensif du Fabius prussien, l'habile et intrépide Dessau, en plein hiver, arrêta le
débordement des vainqueurs et les refoula dans les
montagnes.

(1) *Histoire de mon temps*, ch. X, p. 261.

La mort de l'infortuné Charles VII compliqua
la situation générale de l'Europe et aggrava la position particulière de Frédéric II. (1) « A Versailles, on
« regardait en secret la mort de l'Empereur comme
« un heureux dénouement des embarras de la
« France. On était las de payer des subsides consi-
« dérables, et l'on se flattait de faire avec la reine
« de Hongrie un troc de la couronne impériale
« contre une bonne paix. Ce qui donnait le plus
« d'avantage à la cour de Vienne pour l'élection,
« c'était que le tiers des électeurs était aux gages du
« roi d'Angleterre, et que l'électeur de Mayence,
« dont l'influence avait du poids dans les délibéra-
« tions de l'Empire, était dévoué à la reine de Hon-
« grie. De plus, quel candidat pouvait-on opposer au
« grand-duc de Toscane ? L'électeur Palatin était
« trop faible, le jeune électeur de Bavière n'avait
« point encore l'âge prescrit par la Bulle d'Or pour
« être éligible. (Lui, Frédéric, était exclu comme
« protestant.) Le trône impérial était incompatible
« avec celui de Pologne, ce qui éliminait l'électeur
« de Saxe. Il ne restait donc que le grand-duc de
« Toscane (pourquoi ne pas l'appeler de son vrai
« nom, l'archiduc d'Autriche ?) soutenu par les
« armées de la reine de Hongrie, par l'argent des
« Anglais et par les *intrigues du clergé*. » (2)

Le cabinet français ne lui suscita un concurrent
que pour obtenir de meilleures conditions d'accommodement. Son choix, dirigé par le maréchal de

(1) 18 janvier 1745.
(2) *Histoire de mon temps*, ch. XI, p. 268.

Saxe et les partisans de Frédéric, s'arrêta sur l'électeur de Saxe, roi de Pologne, qu'on espérait détacher moyennant cet appât de la quadruple alliance signée à Varsovie entre l'Angleterre, l'Autriche, la Hollande et la Saxe, pour la défense des traités, la sécurité de l'Empire et le repos de l'Europe. (1) Auguste III s'était décidé à mettre ses troupes à la solde de Londres et à la disposition de Vienne, afin de se venger de l'audace de Frédéric, dont un corps d'armée venait de traverser la Saxe pour envahir la Bohême. Comme il importait souverainement de gagner sa neutralité, sinon son concours actif, dans les conjonctures critiques où se trouvait la Prusse, « on offrit au roi de Pologne d'avoir soin de ses in-« térêts, de marier la princesse Marianne, sa fille, au « fils de l'Empereur. Les ministres français et prus-« siens n'épargnèrent pas même des offres consi-« dérables au comte de Bruhl, secrétaire d'Etat de « Saxe, pour lui persuader d'embrasser le parti anti-« autrichien ; le tout en vain. La place était déjà « prise par les Anglais, les Autrichiens et les « Russes. » (2)

Le triomphe de plus en plus manifeste de Marie-Thérèse avait, en effet, tourné vers Vienne la cour de Saint-Pétersbourg, comme celle de Dresde. Les lauriers du général Traum et de l'archiduc Charles de Lorraine avaient contribué à faire prévaloir les guinées anglaises sur les écus prussiens, dans l'entourage corrompu de la czarine Elisabeth. L'ambas-

(1) 8 janvier 1745.
(2) *Histoire de mon temps*, ch. XI, p. 270.

sade extraordinaire du beau de la Chétardie, ex-
amant de la papesse russe, pendant son premier
séjour en Russie comme envoyé de France, ne réussit pas à retourner par le cœur ou les sens la mobile
tête de la souveraine moscovite. Une lettre très flatteuse, composée par Voltaire et adressée par le cabinet de Versailles, n'eut pas plus de prise sur
l'impériale prostituée, jouet de ses favoris. Frédéric
se vengea de son infidélité par un tableau ordurier
de ses infamies avec un archimandrite de Toizkoi,
où l'impératrice était allée faire un pèlerinage,
tableau qu'une plume honnête ne peut transcrire (1).

Dans cette complication d'embarras, l'artificieux
roi de Prusse redoubla ses manœuvres souterraines
dans toutes les directions, en même temps que ses
armements. Ses ducats semés parmi les palatins
polonais, les intrigues des dissidents religieux et
politiques de la république aristocratique, travaillée
de factions à la solde de l'étranger, paralysèrent
l'électeur de Saxe, en l'obligeant de surveiller et de
contenir le royaume remuant dont il portait le titre,
mais où il n'exerçait qu'une autorité précaire.

Les pourparlers clandestins de Podewils, l'hôte
de Voltaire à la Haye, avec l'ambassadeur britannique en Hollande, et ceux du ministre de Prusse à
Londres, le renseignèrent sur la portée des traités
de Worms et de Varsovie, ainsi que sur les préparatifs de l'Autriche pour lui arracher son rapt à la
campagne suivante. « Les fréquentes insinuations

(1) *Histoire de mon temps,* ch. XI, p. 234.

15

« du ministre prussien à Londres concilièrent en-
« tièrement au roi de Prusse l'affection des Pelham,
« membres influents et chefs du nouveau cabinet
« anglais, qui fit assurer ce prince qu'il n'attendait
« que les occasions pour le servir. » (1)

L'affinité religieuse et les communes préventions
anti-catholiques primaient chez les sectaires anglicans toute autre considération. De même qu'ils
étaient enchantés de disposer de l'épée de l'Autriche
et de la Sardaigne pour affaiblir en Allemagne et en
Italie le prestige des Bourbons de France et d'Espagne, tandis que les escadres anglaises ruinaient
leur commerce et saccageaient leurs colonies, de
même ils voyaient avec un secret plaisir la Prusse
protestante employer les armées de la Fille aînée de
l'Eglise à préparer au profit de leurs frères en hérésie la spoliation de sa Mère, et l'avénement des
Hohenzollern au trône impérial, par la consommation
de la réforme subversive du seizième siècle en Allemagne.

La complicité latente de l'Angleterre, acquise au
nom du drapeau évangélique, n'empêcha nullement
Frédéric d'insister à Versailles, par les amis français
engoués de son oriflamme philosophique, pour conserver l'appui et la coopération des armées très
chrétiennes contre la maison apostolique de Habsbourg.

L'intérêt de la France demandait d'imiter l'exemple
de l'héritier de Bavière. Celui-ci, sourd aux suggestions

_____

(1) *Histoire de mon temps*, ch. XI, 276.

d'alliés égoïstes, sinon perfides, ne voulut pas prolonger les calamités de son pays, et conclut la paix de Fussen, qui lui laissait son patrimoine, à la condition de renoncer aux prétentions de son père sur la Bohême et l'Autriche, et de réserver sa voix au corégent François pour l'élection à la couronne impériale (1).

La généralité de la nation désirait sortir d'une impasse ruineuse, qui coûtait déjà plus de quatre cents millions de livres, et n'avait rapporté que des humiliations, fécondes en nouveaux ennemis. De lutte anti-autrichienne, la guerre s'était élargie en une ligue bourbonnienne, attaquée par les puissances maritimes et le centre de l'Europe. La victoire était d'avance frappée de stérilité; la défaite menaçait l'intégrité du territoire. Dans une pareille alternative, la sagesse du simple bon sens conseillait de chercher un accommodement avec Marie-Thérèse, en se dégageant au besoin de la garantie donnée au roi de Prusse touchant la Silésie, par la raison que ce prince, infidèle aux obligations du traité de Versailles, comme aux contrats antérieurs, négociait sous main à Londres, à La Haye et à Saint-Pétersbourg, pour obtenir des bons offices de ces cours une seconde paix séparée. (2)

L'occasion était indiquée par les défections du Palatin, de la Hesse et des petits princes allemands, habitués à se vendre au plus offrant, mais entraînés alors par l'irrésistible élan des sympathies populaires

(1) 22 avril 1745.
(2) Février 1745.

au devant du char triomphal de l'héroïque reine. Leur sortie de la coalition en rompait le faisceau, et rendait à chaque membre la liberté de modifier son attitude, selon ses inspirations particulières.

Mais l'envie d'ajouter de plus illustres palmes aux lauriers de Fribourg, de parader à la tête de l'armée, avec une cour peuplée d'amazones, émules de la *Pucelle* de Voltaire et fort différentes de la libératrice d'Orléans, ce désir nourri, chauffé par les amis de l'ami de Frédéric, les Richelieu, les d'Argenson, les comte de Saxe, les Hénault, et surtout par la belliqueuse Pompadour, qui venait de succéder aux attributions privilégiées de la duchesse de Château-roux, avec l'ambition d'une plébéienne, anoblie pour les amusements du roi, de devenir l'Agnès Sorel d'un prince esclave de ses plaisirs, et oublieux de ses devoirs de souverain comme d'époux, cette envie de paraître Alexandre, en ne cessant d'être Sardanapale, maintint la France rivée à l'alliance de la Prusse et recula de trois ans le vœu ardent de la paix.

Le besoin de laver les hontes des expéditions précédentes, de relever le nom français, tombé en dérision universelle à l'étranger, détermina un effort généreux sur la Flandre, couronné de la victoire de Fontenoy, qui fut célébrée par un délire de joie nationale, parce que c'était l'une des rares, sinon l'unique bataille vraiment glorieuse de cette longue série de combats, où la noblesse, la royauté et l'armée françaises se retrouvèrent, en qualités militaires, à la hauteur de l'ancienne réputation de bravoure de la patrie des chevaliers sans peur et sans reproches.(1)

Frédéric II fut plus contrarié que réjoui d'un succès trop acclamé, dont il ne tirait aucun profit. Au
lieu d'en féliciter son allié, il lui en fit des reproches
peu mesurées : « Le roi, s'adressant directement à
« Louis XV, lui marqua que la bataille de Fontenoy
« et la prise de Tournay étaient à la vérité des évé-
« nements glorieux pour la personne du roi et avan-
« tageux pour la France, mais que pour l'intérêt
« direct de la Prusse, une bataille gagnée aux bords
« du Scamandre ou la prise de Pékin seraient des
« diversions égales.

« La comparaison du Scamandre et de Pékin déplut
« au roi très chrétien ; son humeur perça dans la
« lettre par laquelle il répondit au roi de Prusse, et
« celui-ci se piqua à son tour du ton de hauteur et
« de froideur qui caractérisait cette réponse. » (2)

Réduit à ses seules forces contre les Austro-Saxons,
qui lui étaient supérieurs en nombre, mais dont les
troupes ne valaient pas les phalanges prussiennes,
le vainqueur de Molwitz déploya dans cette campagne un vrai génie de tacticien de premier ordre.
Les victoires de Friedberg, de Soor, celle de son
Mentor stratégiste Dessau, à Kessellsdorff, aux portes
de Dresde, fruits, les unes et les autres, de la discipline exemplaire des soldats et des manœuvres hors
ligne des chefs, sauvèrent son royaume d'un partage
projeté entre la Russie, la Saxe et l'Autriche, mais
ne purent empêcher l'élection impériale de l'époux

(1) 11 mai 1745.
(2) *Histoire de mon temps*, ch. XII, 296.

de Marie-Thérèse, aux acclamations enthousiastes de toute l'Allemagne, et malgré les protestations honnies de la Prusse et du Palatin, à la diète de Francfort. (1)

Le prestige des armes servit uniquement d'appui aux négociations poursuivies pendant les sanglantes mêlées afin de rentrer dans les conditions de la paix de Breslau. Il était en pourparlers continuels avec le cabinet britannique, qui sentait l'utilité de le détacher de la France, surtout depuis que la victoire de Fontenoy avait livré la Belgique à Louis XV. L'obstination de Marie-Thérèse à vouloir châtier le fourbe et le parjure violateur du droit des gens, en l'obligeant à combattre pour défendre son patrimoine et sa conquête, le maintenait dans l'alliance française, et amoindrissait les contingents autrichiens sur la Meuse et sur le Rhin. Sans le soulèvement de l'Ecosse, accompli à l'instigation de la France, au nom du prince Edouard, héritier légitime des Stuarts, sans ce soulèvement qui paralysa les Anglais dans les Pays-Bas, en rappelant le roi Georges II d'Allemagne à Londres, la médiation britannique eut arraché, sinon imposé, à la reine de Hongrie, six mois plus tôt, une réconciliation avec Frédéric, sur les modestes bases proposées par lui-même et acceptées par la convention de Hanovre (2).

La prise de Dresde et la conduite modérée du roi de Prusse à l'égard des Saxons vaincus, inclinèrent la fierté de l'impératrice à céder aux instances de son

(1) 13 septembre 1745.
(2) 26 août 1745.

allié malheureux d'épargner aux Saxons l'occupation prolongée de leur pays. Elle accorda le renouvellement pur et simple des stipulations de Breslau. Frédéric reconnut l'élection de François de Lorraine à l'Empire, et reçut du duc de Saxe l'engagement de payer un million d'écus de contributions de guerre (1).

La troisième défection du roi-philosophe dans la même guerre raviva la surprise et l'indignation causées à Paris, comme à Versailles, par les deux défections antérieures. Louis XV, interprète des sentiments de la nation, lui écrivit une lettre de reproches, qui porte l'empreinte de l'irritation générale :

« Votre Majesté me confirme, dans sa lettre du « 15 novembre, ce que je savais déjà de la conven- « tion de Hanovre du 26 août. J'ai dû être surpris « d'un traité négocié, conclu, signé et ratifié avec « un prince, mon ennemi, sans m'en avoir donné la « moindre connaissance... Votre Majesté a fort ex- « posé les suites des succès de mes armes par le « traité qu'elle a conclu à mon insu. Si la reine de « Hongrie y avait souscrit, toute son armée de « Bohême se serait subitement tournée contre moi. « Ce ne sont pas là des moyens de paix.

« Votre Majesté est en force et la terreur de nos « ennemis. Qui est plus capable qu'Elle-même de se « donner de bons conseils? Elle n'a qu'à suivre ce « que lui dictera son esprit, son expérience, et par- « dessus tout son honneur. »

(2) 26 décembre 1745.

Dès que les négociations de la paix furent assez avancées pour être sûr de réussir, le roi ·répondit au roi de France :

« Votre Majesté me dit de me conseiller moi-
« même; je le fais, puisqu'Elle le juge à propos.
« La raison me dit de mettre promptement fin à une
« guerre qui n'a plus d'objet depuis la mort de
« l'Empereur. Les batailles qu'on donnerait désor-
« mais, ne produiraient qu'une effusion de sang inu-
« tile. La raison m'avertit de penser à ma propre
« sûreté et de considérer le grand armement des
« Russes, qui menacent le royaume du côté de la
« Courlande, l'armée que M. de Traum commande
« sur le Rhin, qui pourrait aisément refluer vers la
« Saxe, l'inconstance de la fortune. Les Autrichiens
« et les Saxons viennent d'envoyer ici des ministres
« pour négocier la paix; je n'ai donc d'autre parti à
« prendre que de la signer. » (1)

« C'était, » ajoute Frédéric en reproduisant les deux lettres, « se congédier honnêtement. » La cour et le public français ne furent pas du même avis. Ses amis durent se taire ou le désavouer, pour ne pas tomber en disgrâce. La correspondance générale de Voltaire devint muette sur le héros, tant encensé de Berlin. La correspondance particulière entre le poëte et le monarque s'interrompit sans qu'une brouille personnelle n'éclatât entre eux. Du 7 avril 1744, date de la dernière lettre du roi, annonçant le mariage de sa sœur Ulrique avec le prince royal de

(1) *Histoire de mon temps*, ch. XIV, p. 369.

Suède, au 22 septembre 1746, date d'une proposition
étrange de Voltaire (soi-disant moribond) de léguer
ses manuscrits et sa bibliothèque au roi de Prusse,
pour en faire l'éditeur universel de ses œuvres,
silence absolu entre les deux remuants personnages,
démangés l'un et l'autre du besoin de s'épancher, de
vive voix et par écrit, sur les hommes et les événements du jour, preuve que, dans cet intervalle de
refroidissement, ils n'eurent rien à se communiquer,
parce qu'ils avaient trop de choses désagréables à se
dire.

L'historien-courtisan du *Siècle de Louis XV* constate,
non sans malice, que « le sort du roi de Prusse
« était, en faisant la guerre, de nuire beaucoup à la
« maison d'Autriche, et en faisant la paix, de nuire
« tout autant à la maison de France. La paix de
« Breslau avait fait perdre la Bohème. La paix de
« Dresde fit perdre l'Italie.»(1) Frédéric II avait raison
de détourner, dès sa première réponse à la reprise
des relations épistolaires, l'ami prodigue reconverti
à lui, « d'écrire la campagne de quarante-quatre, de
« crainte de tomber dans les aigreurs de la satire
« ou dans la fatuité de la flatterie (2). » Il sentait
mieux que personne où le bât le blessait, pour avoir
froissé une nation chevaleresque, moins sensible
aux autres épreuves, comme aux autres crimes, qu'à
la perte ou à la forfaiture de l'honneur. Voltaire eut
le tort de tourner de rechef, non son cœur, car il
n'en avait pas, mais sa muse, son encensoir et sa

(1) Voltaire, *Siècle de Louis XV*, ch. XIX.
(2) Lettre du 18 décembre 1746.

sébile vers Potsdam, qu'il savait « habité par des
« moustaches et des bonnets de grenadiers, » (1) au
service « d'un roi si philosophe, si savant, si bon
« général, mais ami perfide, cœur ingrat, mauvais
« parent, mauvais maître, détestable voisin, allié
« infidèle, homme né pour le malheur du genre
« humain, qui écrit sur la morale avec un esprit
« faux et qui agit avec un cœur gangrené. » (2) Il
est vrai que la *girouette du Parnasse* préférait pivoter
dans l'horizon de Versailles, et ne regardait du côté
de la Prusse qu'à la suite des bourrasques provoquées en France par ses étourderies de *méchant
enfant* (3). Berlin n'était que son pis-aller.

Voltaire était rentré en grâce à la cour de Louis XV,
sous le puissant patronage de la marquise de Pompadour, née Poisson, mariée à un sieur d'Étioles ;
louée par l'auteur de la *Henriade*, comme symbole
« d'amour et le plus beau nom de France. » (4) Il avait
obtenu le titre de gentilhomme ordinaire, d'historiographe de France, avec une pension de deux mille
livres. Il trafiqua de sa charge de chambellan, qu'il
vendit trente mille livres, en gardant le titre honorifique. Investi du ministère des ballets et des opéras de Sa Majesté, il cumulait cette fonction, dont
se prévalait alors sa gloriole, avec celle de secrétaire
bénévole des ministres, dont il rédigeait les manifestes et se faisait l'espion, en attendant qu'il pût

(1) Lettre du 24 octobre 1750.
(2) Lettre de Voltaire à d'Argental, 1er février 1760.
(3) Opinion de Diderot sur Voltaire.
(4) Lettre de Voltaire à Mme de Pompadour, avril 1745.

emboucher la trompette triomphale et manier la pa-
lette des tableaux de victoires. Rien n'égale son zèle
de néophyte à servir ses patrons et son maître, ainsi
que la maîtresse de celui-ci, si ce n'est son ardeur à
faire valoir ses services, par une continuelle mise en
scène de son empressement serviable : « Dites donc
« au roi, dites à Mme de Pompadour que vous êtes
« content de l'historiographe... Je vous demande,
« en grâce, de dire un mot du poëme de Fontenoy,
« auquel sa gloire est intéressée. » (1)

Avec quelle souplesse de style reptile il sollicite la
faveur « de réfuter les impostures débitées en Hol-
« lande par tant de mauvais Français, qui inondent
« l'Allemagne d'écrits scandaleux, qui, par leurs sa-
« tires continuelles, aigrissent tellement les esprits,
« qu'il est nécessaire d'opposer à tous ces men-
« songes la vérité, représentée avec cette simplicité
« et cette force qui triomphe tôt ou tard de l'im-
« posture ! » (2)

Comme il connaissait bien ses anciens compagnons
de conspiration littéraire, à la solde de l'étranger,
qui redeviendront ses complices de propagande encyclopédique !

Son chaleureux appui, durant la dernière période
de la malencontreuse guerre de la succession d'Autriche, ne contribua pas plus que l'épée de ses protecteurs, que l'éventail de l'idole adulée de son roi,
à tirer la France des difficultés inextricables où la
coterie des libres penseurs et des libres faiseurs

(1) Voltaire à d'Argenson, octobre 1745.
(2) Voltaire à d'Argenson, 17 août 1745.

l'avait jetée, en forçant la main au clairvoyant, mais
trop sénile cardinal de Fleury.

La France et l'Espagne, liées par le pacte de famille, s'épuisaient à soutenir seules une lutte désas-
treuse contre les puissances maritimes unies à l'Autriche. Les victoires en Flandre consolaient des défaites en Italie, de la perte des colonies, des ravages
de nos côtes de Bretagne et de Provence. Elles sau-
vaient l'honneur national, fort compromis dans les
quatre premières campagnes. Elles ne ramenaient ni
la fortune militaire ni la prospérité commerciale au
niveau de la gloire reconquise. On fut tout heureux
qu'elles finissent par procurer une paix acceptable,
après sept années de rencontres sanglantes, sur
cinquante champs de bataille, entre les dix nations
les plus civilisées de l'Europe.

Le traité d'Aix-la-Chapelle laissa les belligérants
dans leurs limites antérieures, sauf la Prusse et le
Piémont, qui durent à leurs défections réitérées un
notable agrandissement, aux dépens de l'Autriche;
l'un par l'acquisition d'une portion du Milanais;
l'autre par le rapt conservé de la Silésie. (1)

En terminant la mission de l'historiographe des
campagnes de Sa Majesté très chrétienne, la paix
universellement acclamée, rendit à Voltaire la libre
disposition de ses loisirs et de son esprit remuant,
qui le ramena à redevenir le flatteur et l'hôte du roi
de Prusse.

(1) 18 octobre 1748.

CHAPITRE XI

VOLTAIRE ET FRÉDÉRIC ENTRE LA SECONDE GUERRE
DE SILÉSIE ET LE SÉJOUR DU POÈTE A POTSDAM.

Voltaire à la cour. — Entre à l'Académie. — Pérégrinations.
— Aventure de Mme du Châtelet. — Sa mort. — Brouille
avec Frédéric. — Desseins du roi. — Reprise des relations. —
Injonctions à Voltaire. — La paix d'Aix-la-Chapelle déplaît
à Berlin. — Désir de posséder la plume de l'habile écrivain.
— Voltaire disposé au voyage. — Demande d'une invitation
de visite. — Elle est accordée au Voltaire redevenu apôtre
d'impiété. — Conditions pécuniaires insinuées. — Congé de .
Louis XV. — Enchantement à l'arrivée à Potsdam.

Comme notre intention n'est point de tracer de
Voltaire une biographie détaillée, embrassant ses
moindres faits et gestes, mais d'insister sur l'influence néfaste que le roi de Prusse sut exercer sur
lui, après comme avant leur brouille publique,
moins par zélotisme d'incrédulité, ou même en pure
haine de la religion chrétienne, que par calcul politique, nous ne nous attarderons pas à raconter ses
vicissitudes de faveurs et de disgrâces à la cour de
France, sous l'égide de la favorite en vogue, dispen-
satrice des places à l'Académie, ainsi que des bénéfices ecclésiastiques, et même, dit-on, d'un chapeau
de cardinal, décerné, avec la crosse et la mitre, à
l'abbé de Bernis, poëte, secrétaire de l'illustre courtisane, et rédacteur des premiers madrigaux de cette
scandaleuse souillure du dix-huitième siècle.

Nous nous abstiendrons d'entrer dans les brigues du philosophe opérétiste, organisateur des fêtes royales, bouffon amuseur des gentilshommes pourris et des grandes dames dissolues du sérail de Versailles, soit pour se pousser plus avant dans la bienveillance de l'entourage intime d'un souverain, qui, dans les torts de sa conduite dépravée, eut le mérite de ne pas goûter le *brouillon* blasphémateur, aussi peu Français que peu chrétien; soit pour obtenir du pape Benoît XIV des médailles, avec une lettre élogieuse en réponse à la dédicace de *Mahomet*, détournée de Berlin sur Rome, à la suite de la paix de Breslau, témoignage du chef de l'Eglise habilement exploité à fermer la bouche aux dévots, à forcer les portes de l'Académie, après quinze années de postulance, par l'intervention combinée des jésuites et de la favorite, ce qui lui fit « écrire que jamais il n'avait cru si fermement à « l'infaillibilité pontificale. » (1)

Il est vrai que, dans la circonstance, Tartufe-Voltaire joua le saint personnage à merveille, désavouant les écrits irréligieux publiés sous son nom, protestant « de son vif désir, de sa ferme volonté « de vivre et de mourir dans le sein de l'Eglise « catholique, apostolique et romaine. »

Nous n'aurons garde de nous mêler de sa noire jalousie contre Crébillon, qu'il se voit préféré à la cour par la cabale la plus influente ; ni de ses débats judiciaires avec les auteurs et les distributeurs de

_____

(1) Lettre à d'Argental, 5 octobre 1745.

libelles diffamatoires, genre de métier professé par
lui-même à l'égard des autres, mais qu'il trouve
abominable contre sa personne, et veut faire pros-
crire par le fer et le feu.

Nous le suivrons encore moins dans ses pérégrinations aux châteaux d'Anet, de Sceaux, de Fontai-
nebleau, en compagnie de l'impudique Emilie, qui
cherchait, comme son débile amant, dans les orgies
princières de ces résidences fastueuses, l'occasion
d'étaler ses vices effrontés, à côté de son esprit pédantesque et prétentieux.

Nous laisserons le couple hétéroclite parader ensemble à la cour de Lunéville, chez le bon roi Stanislas de Pologne, dominé, à l'instar de son gendre
de Versailles, par une maîtresse en titre d'une culture élégante et d'une luxure raffinée. Madame de
Boufflers, née de Beauvau, était la Pompadour
lorraine, moins les grâces, la finesse et la puissance de la reine effective du Royaume Très Chrétien.

Qui ne connaît l'incident romanesque du séjour
réitéré de Socrate et de Vénus-Newton dans cette
succursale des turpitudes de France, lorsque le
beau cavalier Saint-Lambert, soustrait, par une
opération de géométrie féminine, aux infidélités de
la consolatrice du monarque détrôné, fut surpris en
flagrant délit de fornication avec la disciple provo-
cante de l'astronome Clairaut, et faillit battre *Jodelet*, furieux de se voir supplanté, mais finalement
résigné à se contenter des *épines*, en laissant au rival les *roses*, prenant philosophiquement son parti

d'être trompé, comme l'était le mari de la nymphe lascive?

Glissons sur les suites de l'aventure, sur l'enfant mis au monde, pendant une visite au château de Lunéville ; sur la mère coupable, morte subitement et enterrée dans l'église paroissiale, nouvellement construite, de cette ville, pour l'inaugurer au culte ; sur Voltaire abattu, désolé par la catastrophe, après avoir plaisanté, dans ses lettres aux amis, de la singulière édition du tome inattendu des *OEuvres mêlées* de la traductrice de Leibnitz et de Newton ; sur la déconvenue de l'ami intime de quinze ans, qui découvre, en présence de l'époux trahi, le portrait de l'amant préféré, substitué au sien dans l'anneau de la défunte, et tire, de la déception éprouvée, des motifs de se consoler d'être délivré d'une chaîne perfide, trop longtemps portée.

Mentionnons simplement en passant l'empressement de l'auteur d'une infinité de lettres et d'écrits confidentiels à fouiller le château de Cirey, pour rentrer en possession des papiers compromettants, dont une partie lui échappe ; la déférence extraordinaire témoignée, sa vie durant, à l'insipide rimeur du poëme des *Saisons*, qu'il croit dépositaire de sa scabreuse correspondance avec la feue marquise ; son retour à Paris, où il essaye de s'acclimater, en attendant que les négociations reprises à Berlin lui permettent d'échanger la cour de France contre le pis-aller de la cour de Prusse.

Au chapitre précédent, nous avons signalé une lacune de plus de deux ans dans la correspondance entre les deux enthousiastes admirateurs, évidemment attiédis l'un à l'égard de l'autre, à la suite d'une mutuelle désillusion. Plus ces deux génies malfaisants apprenaient à se connaître, moins ils étaient disposés à s'estimer et à s'aimer. Le motif et l'intensité de leur brouille, après la troisième défection de Frédéric à l'alliance française, ne sont indiqués nulle part. Nous présumons que le trop zélé historiographe, rédacteur des manifestes diplomatiques du cabinet de Versailles, aura blessé de quelques réflexions piquantes le pacificateur suspect de Dresde, qui s'en sera vengé par un coup de griffe, complété d'un silence dédaigneux.

Dans une lettre de cette époque à Jordan, le caustique monarque, aussi sensible à la raillerie que porté à s'en servir, se plaint de Voltaire, « qui a fait « une collection des ridicules de Berlin » Il déclare se défier « des beaux esprits, aux charmes de sirènes, « aux langues de vipères, dont les louanges merce- « naires tournent en mépris. »

Le silence hautain de Frédéric devait peser à la vanité du mobile personnage, habitué à se prévaloir des suffrages élogieux de Berlin pour se soulager des dénigrements de ses détracteurs de Paris. Aussi, dès que la première émotion du courroux public contre le roi de Prusse se fut un peu calmé, dans le pays par excellence de l'oubli des injures, le thuriféraire attitré de Louis XV se remit à balancer son ancienne cassolette devant le héros, décrié naguère, qui venait d'essuyer un refus significatif en offrant la main de sa sœur Amélie au dauphin, veuf de l'Infante récemment épousée, avec la proposition de convertir la jeune princesse à la religion catholique, pour la placer sur les marches du trône de saint Louis (1).

Les ouvertures du poëte historien étaient guindées, embarrassées, humbles, flatteuses et serviles. Le monarque philosophe les accueillit avec bienveillance. Délivré des soucis de la guerre et du danger de perdre sa conquête, il s'occupait d'écrire en français les *Commentaires* de ses campagnes, à l'imitation de Jules César, et désirait profiter des conseils du plus habile écrivain de l'époque en cette langue. Quoi qu'il appliquât sa plus sérieuse attention au perfectionnement de son armée, comme à un système de forteresses inexpugnables sur ses frontières d'Autriche et de Russie, deux puissances dont il ne cessa de se défier et de s'effrayer pendant tout son règne, il ne négligea aucunement de grossir la phalange des savants et des lettrés de quelque réputation, recrutés dans les pays étrangers, moins pour orner l'Académie de Berlin de leur auréole, que pour avoir sous la main des organes de publicité, capables d'agir efficacement sur l'opinion européenne.

L'insuccès de sa dernière levée de boucliers, malgré les trois brillantes victoires de Friedberg, de Soor et de Kesseldorff, lui révélait, plus que jamais, la puissance du sentiment religieux chez les peuples catholiques de l'Allemagne, et les obstacles insurmonta-

(1) *Mémoires du comte de Valori*, ambassadeur à Berlin, . I, p. 268.

bles que ce sentiment, joint à l'aversion générale du militarisme prussien, opposerait à ses projets de sécularisation et d'absorption de ·l'Empire, sans le concours de la France, devenue, sous l'influence des apôtres de l'incrédulité, la patronne des visées prusso-protestantes, voilées du drapeau de la philo· sophie révolutionnaire.

La première réponse de Frédéric à Voltaire, lors de la reprise de leur commerce épistolaire, trahit son envie d'accaparer les illustrations de la France, d'être honoré de leur visite, de regagner leur admiration et leur sympathie. Il paraît piqué que le duc de Richelieu ne passe pas par Berlin, en allant à Dresde demander une princesse saxonne pour en faire une dauphine. Ce mariage le contrarie visiblement, parce qu'il assure la protection de Versailles à l'électeur-roi, son voisin peu aimé de l'Elbe et de la Vistule. Il gourmande le poëte-courtisan de prêter son génie à célébrer, dans le prologue de *Sémiramis*, l'arrivée de l'heureuse fiancée, de se réduire au rôle d'un Hercule enchaîné, qui doit « perdre sa force et « devenir plus flasque que le lâche Pâris. » Il le presse de se dégager de l'étreinte des dévots, que lui imposent les faveurs de la cour, de finir le *Siècle de Louis XIV*, pour flétrir la révocation de l'édit de Nantes, et réhabiliter les huguenots par l'histoire, comme par la *Henriade*, et surtout de mettre la dernière main à l'œuvre immonde de la *Pucelle*, destinée à persifler, à souiller le patriotisme de la foi, dans l'héroïne chrétienne de la défense nationale :

« Croyez-moi, achevez la *Pucelle*. Il vaut mieux

« dérider le front des honnêtes gens que de faire des
« gazettes pour des polissons » (1).

Dans les lettres subséquentes, l'artificieux exploiteur de la libre pensée s'impatiente de voir la meilleure plume du camp anti-catholique se rouiller à
rimer des rapsodies, qui n'offensent point les oreilles
pieuses des censeurs de la Sorbonne. La sagesse
d'Apollon-frondeur, converti par le titre de gentilhomme de la maison du roi et par un fauteuil à l'assemblée des quarante immortels, l'importune et le
chagrine. Il lui reproche itérativement son sommeil,
si nuisible à la cause impie, et s'efforce de le réveiller,
à coups d'aiguillon et de caresse :

> « Du plus bel esprit de France
> « Du poëte le plus brillant,
> « Je n'ai reçu depuis un an
> « Ni vers ni pièce d'éloquence.

« Malgré ce silence, j'exciterai d'ici votre ardeur
« pour l'ouvrage. Je ne vous dirai point : Vaillant fils
« de Télamon, ranimez votre courage aujourd'hui
« que tous vos généreux compagnons sont hors de
« combat, et que le sort des Grecs dépend de votre
« bras. Mais achevez l'Histoire de Louis-le-Grand,
« et ayant eu l'honneur de donner à la France un
« Virgile, ajoutez-y la gloire de lui donner un
« Arioste. » (2) Un modèle de poëte graveleux.

La paix qu'on venait de signer à Aix-la-Chapelle
dérangeait ses plans, en lui laissant entrevoir une réconciliation probable entre l'Autriche et la France,

_____

(1) Lettre du 18 décembre 1746.
(2) Lettre du 29 novembre 1748.

à cause du mécontentement de Marie-Thérèse, qui se plaignait d'être sacrifiée par le cabinet britannique, et songeait à renouer l'alliance des Habsbourg et des Bourbons, recommandée aux uns comme aux autres par tant de communs intérêts politiques et religieux.

La perspicacité de Frédéric II, en l'avertissant d'avance du danger d'un tel rapprochement pour l'extension ultérieure de la Prusse, le détermine à prendre immédiatement des précautions aptes à le conjurer, avec l'assistance des meneurs de l'opinion à Paris. De là ses doléances sur la fâcheuse cessation des hostilités, qui allait permettre à ses envieux de s'entendre pour l'accabler ensemble; de là ses instances auprès du coryphée des semeurs d'irréligion pour l'attirer quelque temps à Berlin et le retremper dans le zèle de la destruction de l'Eglise, ciment de l'union des Etats catholiques.

« Les nouvelles publiques m'ont mis de mauvaise « humeur. Je trouve que, comme vous n'êtes point « à Paris, vous serez tout aussi bien à Berlin qu'à « Lunéville. Si madame du Châtelet est une femme « à composition, je lui propose de lui emprunter son « Voltaire à gage. » (1)

Sur les objections que le climat de Berlin est trop rude pour la *momie* délabrée du poëte, qui n'a *plus de corps*, mais *une âme sensible* et *reconnaissante*, le Mécène, agacé, mais non repoussé, renchérit ses offres, presse le Quintilien d'arriver, lui envoie à

_____

(1) Lettre du 29 novembre 1748.

corriger sa prose et ses vers, lui adresse une *Ode sur la guerre*, dans laquelle l'Aristarque trouve que « Sa « Majesté s'est moquée du monde. » (1) Une recrudescence de compliments et de désirs de le posséder, à l'occasion de l'aventure galante de l'Egérie infidèle, bouleverse la tête impressionnable de l'irrésolu *Jodelet*. L'enthousiasme d'autrefois lui revient, et le conduit au repentir d'avoir pu déserter le drapeau du roi-philosophe :

« Sire, je voudrais n'avoir écrit que pour vous, avoir « passé tous mes jours à votre cour, et passer encore « le reste de ma vie à vous admirer de près. J'ai fait « une très grande sottise de cultiver les lettres pour « le public. Il faut mettre cela au rang des vanités « dangereuses dont vous parlez si bien, et, en vérité, « tout est vanité, hors de passer ses jours auprès d'un « homme tel que vous. » (2)

« S'il me reste au printemps un souffle de vie, je « l'emploierai à venir me mettre aux pieds de l'im- « mortel et de l'universel Frédéric-le-Grand. Je veux « voir encore une fois ce grand homme. Je vous ai « aimé tendrement ; j'ai été fâché contre vous, je vous « ai pardonné et actuellement je vous aime à la fo- « lie... Songez combien vous devez avoir de bontés « pour moi, en qualité de mon élève en poésie et de « *mon maître dans l'art de penser*. » (3)

On ne s'est rendu à Lunéville que pour se rapprocher de la frontière westphalienne. On se laisse en-

(1) Lettre du 26 janvier 1749.
(2) Lettre du 26 janvier 1749.
(3) Lettre du 27 mars 1749.

fumer par l'intendant du débonnaire Stanislas, qui
tente vainement d'expulser du château par la famine
le couple incommode, dont le chef en jupons est près
d'accoucher d'une fille et de mourir à la peine; on
se résigne à ces désagréments, afin de « courir d'un
« saut, du baptême de l'enfant à la messe de la nou-
« velle église, bâtie à Berlin par les collectes des
« pays catholiques. » (1)

Quand « Virgile aura fait son long voyage, pour
« voir Auguste et déposé aux pieds de Sa Majesté
« tous ses ouvrages, il mourra content, et se fera
« enterrer dans l'église catholique de la capitale du
« protestantisme. Il fera mettre sur son tombeau:
« *Ci-gît l'admirateur de Frédéric-le-Grand!* » (1)

Le lendemain de la cruelle perte « d'un ami de
« vingt-cinq ans, d'un grand homme qui n'avait de
« défaut que d'être femme, » le compagnon désillu-
sionné de la défunte se lamente, moins sur la dé-
chirante séparation « d'une femme ornée de toutes
« les vertus d'un honnête homme, » que « sur les
« bruits répandus par d'Argens que le roi de
« Prusse lui a retiré ses bonnes grâces. » Il ne sou-
pire nullement à rejoindre, de désespoir, au séjour
des ombres, la *vertueuse* Emilie, enlevée à ses affections, mais « à se mettre aux pieds de Sa Majesté, »
à se justifier des accusations portées contre lui, à
solliciter une invitation affectueuse pour se rendre à
la cour d'un « grand homme qu'il aime comme ami
« et refuse de visiter comme souverain : j'ai peut-

(1) Lettre du roi, 15 août 1749.
(2) Lettre de Voltaire, 28 juillet 1749.

« être deux jours à vivre, je les passerai à vous ad-
« mirer, mais à déplorer l'injustice que vous faites
« à une âme qui était si dévouée à la vôtre, et qui
« vous aime toujours comme Fénelon aimait Dieu
« pour lui-même. Il ne faut pas que Dieu rebute ce-
« lui qui lui offre un encens si rare. » (1)

Cette supplique insinuante fut suivie de trois autres, non moins rempantes du rival de Crébillon,
pourchassé à Versailles, à cause de son humeur
atrabilaire et de sa jalousie féroce de tout talent indépendant. Le héros de l'amitié, qui s'était beaucoup amusé, avec son entourage, de la mésaventure
comico-tragique du malicieux faiseur de drame, s'é-
mut peu de ses impatiences de vision béatifique,
dont il connaissait le calcul intéressé. Ce n'est que
quand l'auteur de la *Henriade*, désavouant les ménagements gardés par respect humain dans la *Sémiramis* et autres pièces jouées sur le théâtre de
Versailles, eut confessé qu'à l'exemple « du héros de
« Sans-Souci, il faisait peu de cas de l'autre monde,
« et se moquait de celui-ci, » ce n'est qu'alors que
la tendresse très raisonnée du Machiavel émérite
s'épancha en effusions attrayantes sur la brebis rentrée au bercail de la conspiration hérético-philoso-
phique contre la France, aussi bien que contre
l'Eglise :

> « Enfin, je retrouve Voltaire,
> Ce Voltaire du temps jadis,
> Qui savait aimer ses amis
> Et qui surtout savait leur plaire. »

(1) Lettre de Voltaire, 15 octobre 1749.

« Voilà une lettre comme j'en recevais autrefois
« de Cirey. Je redouble d'envie de vous revoir, de
« parler de littérature et de m'instruire des choses
« que vous seul pouvez m'apprendre... Du 1er juillet
« au mois de septembre, je pourrai disposer de mon
« temps, je pourrai étudier aux pieds de Gamaliel,
« le voir face à face, l'admirer à Sans-Souci. » (1)

Comme amorce suprême, le roi-poëte promet au
poëte-philosophe un poëme anti-clérical, d'une hardiesse à faire enfermer à la Bastille :

> « J'osais de mes pinceaux hardis
> Croquer le ciel du fanatique,
> Son enfer et son paradis,
> Et me gausser en hérétique
> De ces foudres hors de pratique
> Dont Rome écrase les maudits.
> Mais de mes vers tant étourdis,
> Dont je connais le ton caustique,
> Je cache le recueil épique
> A vos indiscrets de Paris.
> Certain Boyer, qui chez vous brille,
> Ferait condamner par ses cris
> Mes pauvres vers à la Bastille. » (2)

Une si maigre poésie, quoique émanée d'une Majesté victorieuse des papistes autrichiens, ne suffit
pas à décider le malingre Harpagon à s'aventurer
dans le paradis de son idole. Il voulait être doré
avant d'adorer l'astre du Nord. Il s'y prit en fin
diplomate, habile à circonvenir la lésinerie farouche d'un hôte aussi avare d'écus que prodigue
de beaux compliments.

Dans une lettre très spirituelle, vrai modèle d'in-

(1) Lettre, janvier 1750.
(2) Lettre du roi, 25 avril 1750.

16

sinuation financière, il glissa délicatement les conditions préalables de sa mise en route pour la visite de pure dévotion, qu'il souhaitait accomplir. Il mendia les frais de voyage sous forme d'emprunt.

« Je vais parler, non pas au roi, mais à l'homme
« qui entre dans le détail des misères humaines. Je
« suis riche et même très riche, pour un homme de
« lettres. J'ai, ce qu'on appelle à Paris, monté une
« maison où je vis en philosophe avec ma famille et
« mes amis; voilà ma situation; malgré cela, il m'est
« impossible de faire actuellement une dépense extra-
« ordinaire... Mettez, je vous en prie, selon votre
« coutume philosophique, la majesté à part, et souf-
« frez que je vous dise que je ne veux pas vous être
« à charge. Je ne peux avoir ni un bon carrosse de
« voyage, ni partir avec les secours nécessaires à un
« malade, à moins de quatre mille écus d'Allemagne.
« Si Mettra, un des marchands correspondants de
« Berlin, veut me les avancer, je lui ferai une obli-
« gation et le rembourserai. Cela est peut-être ridi-
« cule à proposer, mais je peux assurer Votre Majesté
« que cet arrangement ne me gênera point. Vous
« n'auriez, Sire, qu'à faire dire un mot à Berlin, au
« correspondant de Mettra; cela serait fait à la récep-
« tion de la lettre, et quatre jours après je partirais.
« Mon corps aurait beau souffrir, mon âme le ferait
« bien aller; et cette âme, qui est à vous, serait
« heureuse. Je vous ai parlé naïvement, et je supplie
« le philosophe de dire au monarque qu'il ne s'en
« fâche pas. En un mot, je suis prêt; et si vous
« daignez m'aimer, je quitte tout, je pars, et je

« voudrais partir pour passer ma vie à vos pieds. » (1)

Frédéric comprit le sens et la portée de ce billet doux, dont son avarice dut grimacer. Il se résigna à le souscrire, comme billet de change, pour entrer en possession du précieux instrument, non de ses plaisirs, mais de ses desseins de conspiration politico-religieuse. Après quelques jours de réflexion, qui lui laissèrent le loisir de digérer la plaisanterie avalée, et de dissiper la mauvaise humeur éprouvée, il informa la *Danaé revéche* de sa résolution de la séduire par une pluie d'or, et ajouta : « Vous êtes comme « Horace, vous aimez à réunir l'utile et l'agréable ; « pour moi, je crois qu'on ne saurait assez payer le « plaisir, et je compte avoir fait un très bon marché « avec le sieur Mettra. Je payerai le marc d'esprit à « proportion que le change hausse. Il en faut dans « la société ; je l'aime ; et l'on n'en saurait trouver « davantage que dans la boutique de Mettra. » (2)

Sur cette notification « la vieille Danaé, édentée, « se résigne à quitter son ménage pour se rendre chez « Jupiter, qu'elle aime, et non sa pluie. » (3)

Avant de s'expatrier, elle va « demander au plus « grand roi du Midi d'aller se mettre aux pieds du « plus grand roi du Nord. » (4)

Le plus grand roi du Midi répondit sèchement que le brouillon pouvait partir quand il voudrait, et lui tourna le dos, disant à son entourage : « Ce sera un

(1) Lettre du 8 mai 1750.
(2) Lettre du 24 mai 1750.
(3) Lettre de Voltaire, 9 juin 1750.
(4) Lettre du 26 juin 1750.

« fou de moins dans mon royaume. » La favorite,
que Voltaire venait d'indisposer, en la traitant familièrement de *grassouillette*, *caillette*, *pompadourette*,
refusa de le charger d'une commission pour le
« diable de Marc-Antoine, qui égratigne d'une main
« en caressant de l'autre. » (1)

C'est dans ces conditions de disgrâce à la cour de
France et d'attraction au cénacle du roi-philosophe,
que le cygne de Cirey traversa le Rhin, non sans
adresser au doyen du chapitre des libres-penseurs et
des francs-parleurs, esclaves d'un maître inspirateur,
dont il se proposait de redevenir membre, une fla-
gornerie dans le goût connu de la corporation impie,
comme salutation d'arrivée : « Il y a cent mille sots qui
« ont été à Rome cette année (à cause du Jubilé semi-
« séculaire) ; s'ils avaient été des hommes, ils seraient
« venus voir vos miracles. » (2)

Entré à Potsdam, le 10 juillet, le poëte adulateur
est émerveillé de tout ce qu'il voit et entend. Son
enchantement déborde dans sa lettre aux anges
d'Argental : « Me voici dans ce séjour autrefois si
« sauvage et qui est aujourd'hui aussi embelli par les
« arts qu'ennobli par la gloire. Cent cinquante mille
« soldats victorieux, point de procureurs, opéra, co-
« médie, philosophie, poésie, un héros philosophe et
« poëte, grandeur et grâce, grenadiers et muses,
« trompettes et violons, repas de Platon, société et
« liberté. Qui le croirait ? Tout cela pourtant est très
« vrai, et tout cela ne m'est pas plus précieux que nos

(1) Lettre de Voltaire, 26 juin 1750.
(2) Lettre du 26 juin 1750.

« petits soupers. Il faut avoir vu Salomon dans sa
« gloire. » (1)

Laissons celui que Jean-Jacques Rousseau qualifie
d'*Arlequin* de la philosophie s'endormir dans l'éblouis-
sement de la gloire de Salomon. Nous le trouverons
Héraclite à son réveil, sous le bâton du sergent
prussien.

(1) Lettre du 24 juillet 1750.

16.

CHAPITRE XII

POTSDAM ET SES HOTES A L'ARRIVÉE DE VOLTAIRE

Potsdam, ville de caserne et de corruption. — Portrait de Frédéric par Voltaire. — Les soupers de Sans-Souci. — Gouvernement despotique. — Entourage intime. — Maupertuis. — D'Argens. — Chasot. — Lamétrie. — L'abbé de Prades. Darget. — Les frères Keith. — Lord Tyrconnel. — Pollnitz. Etrange annonce de l'arrivée de Voltaire.

Potsdam, bâti par Frédéric-Guillaume, le roi-sergent d'atroce mémoire, était une ville de garnison, ou plutôt une prison militaire, d'où ni les soldats, ni les officiers, ni même les princes, ne pouvaient sortir sans la permission écrite du roi, faveur accordée rarement. Aucun étranger n'y était admis s'il ne se trouvait muni d'une autorisation spéciale. On n'y voyait que des grenadiers, renommés par leurs débauches. Sauf quelques femmes d'officiers et de soldats, tolérées par nécessité, nulle femme honnête n'osait paraître dans cette caserne de janissaires licencieux, dont le chef, inexorable sur la discipline technique, fermait volontiers les yeux sur les mœurs sauvages d'ours parqués dans un enclos, n'ayant d'autres distractions que la luxure à leur féroce métier. Ce lieu, au dire d'un admirateur de Frédéric, était un séjour d'ennui et de supplice pour tous les malheureux condamnés à l'habiter, excepté pour le maître, qui en faisait ses délices et préférait le pavillon de *Sans-Souci* au palais de Berlin. (1)

D'après le portrait que Voltaire trace du roi-philosophe, à la date de son second voyage diplomatique en Prusse, le César évangélique était digne d'occuper la première place dans Sodome, changée en camp, et transplantée du lac Asphaltite de la Palestine sur les bords marécageux de la Sprée :

« Quand Sa Majesté était habillée et bottée, le dis-
« ciple de Marc-Aurèle et de Julien, ses deux apô-
« tres, donnait quelques moments à la secte d'Épi-
« cure ; il faisait venir deux ou trois favoris, soit
« lieutenants de son régiment, soit pages ou cadets.
« On prenait du café. Celui à qui on jetait le mou-
« choir restait un demi-quart d'heure tête-à-tête.
« Les choses n'allaient pas jusqu'aux dernières extrê-
« mités, attendu que le prince, du vivant de son
« père, avait été fort maltraité dans ses amours de
« passade et non mal guéri.....

« On soupait dans une petite salle dont le plus
« singulier ornement était un tableau, dont il avait
« donné le dessin à Pesne, son peintre. C'était une
« belle priapée. (Détails impossibles.)

« Les repas n'étaient pas souvent moins philoso-
« phiques. Un survenant qui nous aurait écoutés,
« en voyant cette peinture, aurait cru entendre les
« sept sages de la Grèce au bordel. Jamais on ne
« parla en aucun lieu du monde avec tant de liberté
« de toutes les superstitions des hommes, et jamais

(1) Dieudonné Thiébaut. *Séjour à Berlin.*

« elles ne furent traitées avec plus de plaisanteries
« et de mépris.

« Il n'entrait jamais dans le palais ni femmes ni
« prêtres. En un mot, Frédéric vivait sans cour,
« sans conseil et sans culte.

« Il gouvernait l'Eglise aussi despotiquement que
« l'État. C'était lui qui prononçait les divorces quand
« un mari et une femme voulaient se marier ailleurs.
« Un ministre lui cita un jour l'ancien Testament,
« au sujet d'un de ces divorces : « Moïse, lui dit-il,
« menait ses Juifs comme il voulait, et moi je gou-
« verne mes Prussiens comme je l'entends. »

« Ce gouvernement singulier, ces mœurs encore
« plus étranges, ce contraste de stoïcisme et d'épicu-
« risme, de sévérité dans la discipline militaire et
« de mollesse dans l'intérieur du palais, des pages
« avec lesquels on s'amusait dans son cabinet, et des
« soldats qu'on faisait passer trente-six fois par les
« baguettes, sous les fenêtres du monarque qui les
« regardait, des discours de morale et une licence
« effrénée, tout cela composait un tableau bizarre
« que peu de personnes connaissaient alors, et qui
« depuis a percé dans l'Europe. » (1)

L'entourage intime du moderne Julien, fils d'une
race apostate, et organisateur de la conjuration
impie, qui tendait à ramener l'Europe chrétienne,
par la destruction de l'Église catholique, au paganisme sceptique, dissolu et asservi de la décadence
de l'Empire romain, afin d'y faire prédominer le

_____

(1) Voltaire, *Mémoires*, année 1743,

despotisme militaire de l'autocratie prussienne; cet
entourage, composé d'aventuriers cosmopolites, dont
le premier mérite devait être de professer la haine
de· la hiérarchie sacerdotale, et de paraître capable
de propager en français les idées subversives de la
secte prétendue philosophique des libres-penseurs, au
gré comme au profit de leur patriarche en Belzebuth,
« plus absolu que le grand turc, traitant en esclaves
« ses philosophes de cour, aussi bien que les grands
« officiers de la couronne ; » (1) cet entourage de lettrés faméliques et reptiles valait, pour la perversité
de l'esprit, pour la corruption du cœur, leur calife,
éblouissant dans les moments de bonne humeur,
dur, hautain, avare dans la vie ordinaire, aussi vicieux qu'intelligent, tyran domestique, mauvais caractère, défiant, dissimulé, travaillé de la marotte du
bel esprit, plein du mépris pour les hommes, qu'il
croit tous faits pour lui obéir sans réflexion et sans
réplique. (2)

Nous n'avons pas à donner ici la biographie complète des Maupertuis, des d'Argens, des Chasot, des
Lamétrie, des Prades, des Darget, des Georges Keith,
des lord Tyrconnel, des Pollnitz, principaux initiés
du cénacle de blasphémateurs épicuriens, d'où sont
sorties l'inspiration de l'*Encyclopédie* et la diffusion
de la *Maçonnerie*, deux machines de conspiration,
montées contre l'Eglise romaine et la société chrétienne, avec les erreurs, les haines, les préventions,

---

(1) Voltaire, *Mémoires*, année 1751.
(2) Comte Valori, *Mémoires, et aveu du médecin Superville,*
ami de Frédéric. — *Mémoires de Bareith*, t. II, p. 298.

les procédés et les agents des hérésies protestantes,
pour fomenter l'apostasie déiste ou athée du dix-
huitième siècle, et de la secte incrédule tourner la
fureur subversive en bouleversements politiques et
religieux, dont les conséquences se sont traduites en
mutilation de notre pays, à la suite de désastres
ignominieux, en suprématie de la Prusse, selon les
visées de l'astucieux hiérophante de la confrérie
anti-cléricale du lupanar sodomite de Potsdam.

Disons seulement en passant que le noyau apostolique de la Sion de l'impiété moderne était re-
cruté de libertins plus ou moins instruits, déclas-
sés et tarés, en rupture de ban, soit avec les lois de
leur pays, soit avec les devoirs de leur profession,
qui se sont enrôlés sous la bannière de Frédéric, dans
l'unique espoir d'y trouver la fortune, et dont la
plupart ont déserté, après avoir goûté les amertumes
de son joug intolérable.

Maupertuis, ayant acquis une certaine célébrité,
par son excursion scientifique et ses aventures galantes avec les Laponnes dans les mers polaires,
mécontent de n'être considéré à Paris que comme
un géomètre de second rang, quitte la femme et les
enfants qu'il y entretient, pour devenir président de
l'Académie de Berlin, où il épouse une Poméranienne
avec l'autorisation du pontife Frédéric, et fait enfermer à Potsdam une fille enceinte de lui, afin de
cacher sa faute au roi. Il se grise pour noyer sa
déception, se sauve après ses démêlés avec Voltaire,
mène une vie errante jusqu'à ce qu'il meure converti
à Bâle.

D'Argens, fils d'un procureur du parlement d'Aix en Provence, passe par toutes les vicissitudes de l'enfant prodigue, avant d'être réduit à vivre de sa plume vendue à l'exploitation des mauvaises passions d'une société corrompue, dont il est le fruit gangrené. Ses publications licencieuses lui méritent les compliments du roi-philosophe, qui l'attire à Berlin par la séduisante perspective d'une pension, ajournée d'année en année et irrégulièrement payée. Désespéré de manquer, dans le palais d'un prince si peu libéral, de quoi satisfaire ses penchants libidineux, il se plaint au compatriote Thiébault de son triste sort : « Ah! mon ami, ne comptons jamais « pouvoir civiliser les rois! Ce sont des lions essen- « tiellement farouches, fantasques et sanguinaires. « Au moment qu'on s'y attend le moins, leur ins- « tinct se réveille et vous tombez victime de leurs « griffes ou de leurs dents... Ne nous y trompons « pas, les souverains accessibles à la pitié sont des « âmes faibles; les autres, à cause du pouvoir absolu, « sont des âmes froides, sèches, dures, insen- « sibles (1). » Jouet de l'humeur caustique de son lion, tout en lui servant d'instrument de polémique et de propagande irréligieuse, il échappe à grand' peine de l'antre de Berlin, pour finir ses jours en chrétien au sein de sa famille.

Le chevalier Chasot, duelliste réfugié en Prusse, homme de plaisir autant que vaillant officier, l'un des preux de Rémusberg et des généraux les plus

---

(1) Dieudonné Thiébault, *Souvenirs de Berlin*, t. V, p. 364.

distingués de l'armée prussienne, comme l'un des
convives les plus gais et les plus goûtés de Sans-
Souci, se sentant pris de nostalgie, s'en retourna
dans sa patrie, les mains et les poches vides de pé-
cule, sans la moindre récompense pécuniaire de ses
longs et brillants services.

Lamétrie se disait médecin et s'était fait une réputation de bon viveur, ennemi des prêtres, cynique,
matérialiste et athée. Ces titres lui valurent l'a-
mitié du Mécène des philosophes méconnus ou persécutés en France, à cause de leurs effondreries
d'impiété. « Lamétrie n'était point du tout médecin;
« il cherchait seulement à être athée; c'était un fou,
« et sa profession était d'être fou. » (1)

« Notre fou de médecin, qui pleurait d'envie de
« quitter Berlin, vient de prendre le parti de mou-
« rir. Il est crevé à la fleur de son âge, brillant,
« frais, alerte, respirant la santé et la joie, et se flat-
« tant d'enterrer tous ses malades. » (2)

« Il mourut après avoir mangé chez milord Tyr-
« connel, envoyé de France, tout un pâté farci de
« truffes, après un très long dîner. On prétendit
« qu'il s'était confessé avant de mourir; le roi en
« fut indigné; il s'informa exactement si la chose
« était vraie; on l'assura que c'était une atroce ca-
« lomnie, et que Lamétrie était mort comme il avait
« vécu, en reniant Dieu et les médecins. Le roi, ras-
« suré que le gourmand était mort en philosophe,
« dit : « J'en suis bien aise pour le repos de son âme.»

(1) Voltaire au pasteur Bertrand, 4 septembre 1751.
(2) Voltaire à Mme Denis, 14 novembre 1751.

« Nous nous sommes mis à rire, et lui aussi. Sa
« Majesté, satisfaite, composa sur-le-champ son orai-
« son funèbre, qu'il fit lire en son nom à l'assemblée
« publique de l'Académie, et il donna six cents livres
« de pension à une fille de joie que Lamétrie avait
« amenée de Paris, quand il avait abandonné sa
« femme et ses enfants. » (1)

« Il a laissé une mémoire exécrable à tous ceux
« qui se piquent de mœurs un peu austères. Il est
« fort triste qu'on ait lu son éloge à l'Académie,
« *écrit de main de maître.* Tous ceux qui sont atta-
« chés à ce maître, en gémissent. Cela fera grand tort
« à l'écrivain, mais avec cent cinquante mille hom-
« mes, on se moque de tout, et on brave les juge-
« ments des hommes. » (2)

L'abbé de Prades, type du prêtre hérodien de
l'école de Judas, prêt à sacrifier le Sauveur pour se
faire un nom et de l'argent, se voyant censuré de la
Sorbonne, à la suite de thèses hétérodoxes dans le
sens encyclopédiste, accourut « au tripot des excom-
« muniés de Postdam », et se vit accueilli « en héré-
« siarque anathématisé. » (3) Frédéric lui donna la
place de lecteur-secrétaire, vacante par le départ de
Darget, et le dota de deux canonicats en Silésie. Il
lui permit de conserver assez de décorum catholique
pour se préserver des sentences canoniques, pour
garder ses prébendes, et rendre d'utiles services au
sourd persécuteur de l'Eglise, soit comme espion du

(1) Voltaire, *Mémoires*, année 1751.
(2) Voltaire à Richelieu, 27 janvier 1752.
(3) Lettre de Frédéric à Darget, septembre 1733.

17

clergé, soit comme abréviateur de l'*Histoire ecclé-siastique* de Fleury, ouvrage honoré d'une préface royale, accentuant le réquisitoire des griefs imputés à l'autorité pontificale, dans la résistance qu'elle n'a cessé d'opposer aux abus, ainsi qu'aux usurpations des diverses puissances séculières, relativement aux droits du gouvernement des consciences. De Prades n'était pas des petits soupers des membres intimes du collége épicurien, mais de l'Académie de Berlin, transformée en fabrique d'opinion de langue fran-çaise, sous la haute direction du généralissime de l'armée de la libre pensée.

Darget, secrétaire de Valori, ministre de France en Prusse, accepta d'entrer au service de Frédéric en la même qualité et devint son favori de confiance. Dégoûté en peu de temps de son emploi et de son patron, il se sauva en France, sous prétexte de santé, et végéta dans une situation de gêne voisine de la misère. Pour toute gratification, le roi de Prusse daigna le recommander, par son ministre à Paris, au contrôleur général des finances de Sa Majesté Très Chrétienne « comme un ancien et bon sujet, qui l'a « servi avec zèle et attachement, et dont il souhaite-« rait avoir l'obligation d'un bon établissement dans « sa patrie audit ministre. » (1)

Les frères Keith, Ecossais jacobites, condottieri ambulants, depuis leur révolte et trahison dans l'ar-mée britannique, en faveur du prince Edouard, étaient réputés philosophes, parce qu'ils propageaient

(1) Lettre de Frédéric à Darget, 5 octobre 1753.

les loges maçonniques sur le continent. A ce titre,
ils paraissaient à Frédéric II de précieux instruments
de conspiration internationale, confirmant leur impiété ouverte par des mœurs sybarites.

Lord Tyrconnel, autre émigré jacobite, Irlandais
d'origine, épicurien de profession, représentait la
France à la cour de Berlin. Il plaisait beaucoup au
roi-philosophe par son goût de la bonne chère et sa
méchante langue. « Il était le second gourmand de
« ce monde, car Lamétrie était le premier. Le mé-
« decin et le malade se sont tués pour avoir cru que
« Dieu a fait l'homme pour manger et pour boire ;
« ils pensaient encore que Dieu l'a fait pour médire.
« Ces deux hommes avaient les plus belles dents du
« monde, et s'en servaient quelquefois pour dauber
« les gens, et trop souvent pour se donner des indi-
« gestions. » (1)

Le baron de Pollnitz, le seul Allemand admis aux
agapes philosophiques de Sans-Souci, avait mené
la vie la plus accidentée avant de devenir la cible des
sarcasmes du héros de Potsdam. Il avait passé par
toutes les voies et toutes les épreuves d'un coquin,
plein d'esprit et dépourvu de scrupules, dans la plupart des cours de l'Europe, dont il connaissait les
chroniques scandaleuses. Protestant de naissance, il
avait abjuré l'hérésie à Paris, pour être reçu dans les
salons de la Régence. Il retourna au protestantisme,
afin d'être bien vu à Berlin, se refit catholique, sur
une plaisanterie de Frédéric que, s'il était resté de la

(1) Lettre de Voltaire à Richelieu, 14 mars 1752.

religion de Rome, on l'aurait pourvu d'un bénéfice en
Silésie, et repassa au culte luthérien, sur les violents
reproches du prôneur de la tolérance, qui s'était moqué de lui, et qui, après en avoir fait son bouffon
souffre-douleur, lui décerna cet éloge funèbre : « Le
« vieux Pollnitz est mort comme il a vécu, c'est-à-
« dire en friponant encore la veille de son décès.
« Personne ne le regrettera que ses créanciers. » (1)

Voilà quel était le milieu souillé et salissant dans
lequel le roué sarcastique de la société plus raffinée,
plus élégante, mais non moins licencieuse, ni
moins impie du Temple, allait exercer sa verve railleuse, sous l'impulsion d'un amphitryon calculateur,
qui répugnait à dépenser inutilement son argent, et
voulait tirer un profit de ses compagnons d'amusement. Le cygne de Padoue, Algarotti, s'était envolé
de ce séjour nauséabond, où il paraissait regretté et
s'était rabattu sur l'Italie, sa patrie, qu'il eut le bon
esprit de ne plus quitter. Le royal ami lui notifia la
prochaine arrivée du cygne de Cirey, en termes qui
commentent étrangement les cajoleries épistolaires,
adressées, vers la même époque, par le prétendant
à la visite « du gentilhomme ordinaire et du génie
« extraordinaire, dont la présence ajoutera à ses
« titres de roi de Prusse et d'électeur de Brande-
« bourg, celui d'heureux possesseur de Voltaire : » (2)

« Voltaire vient de faire un tour indigne (il avait
« communiqué au roi Stanislas les *Mémoires de*
« *Brandebourg*, à la fin desquels le caustique écri-

(1) Lettre de Frédéric à Voltaire, 13 août 1775
(2) Lettre de Frédéric à Voltaire, 4 septembre 1749.

« vain maltraitait l'ex-souverain de Pologne). Il
« mériterait d'être fleurdelisé au Parnasse. C'est
« bien dommage qu'une âme aussi lâche soit unie à
« un si beau génie. Il a les gentillesses et les mali-
« ces d'un singe. Je vous conterai ce que c'est,
« lorsque je vous reverrai ; cependant je ne ferai
« semblant de rien ; car j'en ai besoin pour l'étude
« de l'élocution française. On peut apprendre de
« bonnes choses d'un scélérat. Je veux savoir son
« français ; que m'importe sa morale ? » (1)

En fait de moralité et de sincérité, les deux fripons, qui se dupaient à l'envi, se valaient l'un
l'autre. Voltaire était évidemment digne d'entrer
dans le bercail dont Frédéric était le pasteur.

(1) Lettre de Frédéric à Algarotti. 12 septembre 1749.

CHAPITRE XIII

OCCUPATIONS DE VOLTAIRE A LA COUR DE
FRÉDÉRIC II (1750-1753)

Joie à Berlin. — Avantages accordés. — Démarches en France.
— Impression produite à Versailles. — Efforts de justification.
Mécontentement des Parisiens. — Calcul perfide de Frédéric.
— Tâche principale de Voltaire. — Publications des collègues.
— Concours à l'*Encyclopédie*. — Arrivée de l'abbé de Prades.
— Projet de continuer l'*Encyclopédie* à Berlin. — Reprise de
l'œuvre à Paris. — Voltaire encourage d'Argens. — Frédéric
pamphlétaire. — Le *Palladium*. — Histoire ecclésiastique. —
Poëme de la loi naturelle. — La tirade sur les remords déplaît
à Frédéric. — Excuses serviles. — Nouvelle dédicace. —
Siècle de Louis XIV. — Déception. — But de Voltaire. —
Duplicité.

La joie fut grande à Berlin lors de l'arrivée de
Voltaire. Les premiers jours se passèrent en fêtes,
en causeries, en divertissements de toutes sortes,
dont le poëte était le héros, enivrant et enivré d'enthousiasme. Il ne semblait pas se douter que la
pompe extraordinaire déployée à son occasion n'était
qu'une amorce pour le disposer à se laisser enchaî-
ner. Le roi parut séduit et se montra généreux,
contre son habitude. Il offrit la clef de chambellan,
un appartement au palais, vingt mille livres d'ap-
pointements et le cordon de l'ordre du *Mérite*, avec
une pension viagère de quatre mille francs à la nièce
Denis, si elle acceptait de venir tenir la maison de

l'oncle en Prusse. C'était plus que n'avaient ensemble tous les ministres de Frédéric II. Devant des *marques* si *solides* d'amitié, enguirlandées de paroles mielleuses, la pure dévotion du contemplateur *quiétiste* de la gloire de son *divin* monarque éclata en transports d'allégresse, qui n'étaient nullement de l'extase séraphique.

Il fit part de son ravissement aux chérubins d'Argental : « Ah ! mes chers anges ! ayez pitié des com-
« bats que j'éprouve, et de la douleur mortelle avec
« laquelle je m'arrache à vous. C'est le premier
« homme de l'univers, c'est un philosophe couronné
« qui m'enlève. Comment voulez-vous que je ré-
« siste ? » (1)

Avec la nièce, il a moins de réticence; le point culminant de la satisfaction éprouvée perce, dès la première ligne, dans la lettre qui la notifie : « Voici
« le fait, ma chère enfant. Le roi de Prusse me fait
« son chambellan, me donne un de ses ordres, vingt
« mille francs de pension, et à vous quatre mille
« assurés pour toute votre vie, si vous venez tenir
« ma maison à Berlin. Voyez, consultez votre
« cœur. » (2)

Avant de conclure le marché d'expatriation, il fallait au gentilhomme ordinaire du roi de France la permission de son maître. Elle fut sollicitée directement par le prétendant à sa personne, et indirectement par lui-même. Il prépara la voie à la demande de Sa Majesté prussienne, en adressant un

(1) Lettre du 28 août 1740.
(2) Lettre du 14 août 1750

madrigal à la vraie présidente du cabinet de Versailles, à Cotillon II :

> Vos myrtes sont dans cet asile
> Avec les lauriers confondus;
> J'ai l'honneur de la part d'Achille
> De rendre grâces à Vénus. (1)

Le compliment était superflu. La démarche déplut et obtint un succès qui dépassait les désirs et contrariait les espérances. On lui accorda l'autorisation de séjourner à la cour de Prusse, en lui laissant le titre nobiliaire et la pension de 2,000 livres; mais on lui donna sa démission d'historiographe, mesure qui le piqua au vif, sans qu'il osât s'en plaindre.

Le ministre lui communiqua la décision royale, en termes qui trahissaient le refroidissement survenu à son égard dans les hautes régions : « Sa « Majesté consent à ce que vous vous attachiez au « service de Sa Majesté prussienne... mais vous « sentez que vous ne pouvez pas conserver le titre « d'historiographe de Sa Majesté, qui s'en est même « expliquée lorsque j'avais l'honneur de lui faire le « rapport de votre lettre. » (2)

Voltaire, dissimulant son dépit de se voir enlever son *historiographie*, prétendit s'en être démis d'avance, afin « de ne plus tenir qu'à Frédéric-le-Grand. » (3) Mais il sentit lui-même la faute commise par son engagement : « Je déplus fort au roi

---

(1) Lettre du 20 août 1750.
(2) Alphonse Jobez, *la France sous Louis XV*, t. IV, p. 117.
(3) Lettre de Voltaire à Darget, août 1750.

« de France, sans plaire davantage à celui de
« Prusse, qui se moquait de moi dans le fond de
« son cœur. » (1)

Il s'efforça d'atténuer la mauvaise impression
produite à Paris, en se disculpant de sa résolution,
en chargeant ses amis et protecteurs, particulièrement le duc de Richelieu, confident de la Pompadour, d'intervenir pour lui procurer le moyen de
se dégager de ses promesses, par une rentrée en faveur à Versailles :

« J'abandonnerais volontiers et les clefs d'or, et les
« croix, et les 20,000 francs que vous me reprochez,
« pour avoir l'honneur de vivre avec vous et pour
« retrouver mes amis. Mais vous m'avouerez qu'il
« faut au moins être moralement sûr d'être bien reçu
« dans sa patrie pour faire un tel sacrifice... Vous
« me rendez sans doute assez de justice pour ne pas
« trouver mauvais que je ne vienne en France que
« quand je saurai comment le *Siècle de Louis XIV*,
« histoire qui intéresse tous les ordres de l'Etat,
« la religion, le gouvernement, aura été reçu.

« Serait-il mal à propos, Monseigneur, que vous
« poussassiez vos bons offices jusqu'à montrer na-
« turellement à Mme de Pompadour ma situation et
« mes raisons? Ne pourriez-vous pas lui dire qu'en
« quittant la France, je n'ai fait que me soustraire
« à la mauvaise volonté des gens qui ne l'aiment
« pas?... Ne pourriez-vous pas avoir la bonté
« de représenter à Mme de Pompadour que j'ai pré-

(1) Voltaire, *Mémoires*, année 1750.

17.

« cisément les mêmes ennemis qu'elle? Si elle est
« piquée de ma désertion, et si elle ne me regarde
« que comme un transfuge, il faut rester où je suis
« bien; mais si elle souhaite que je revienne, ne
« pourrez-vous pas lui dire que vous connaissez
« mon attachement pour elle, qu'elle seule pourrait
« me faire quitter le roi de Prusse, que je n'ai
« quitté la France que parce que j'y ai été persé-
« cuté par ceux qui la haïssent?... » (1).

L'intercession du pourvoyeur lovelace des plaisirs
de Sa Majesté très chrétienne, ou ne fut pas tentée,
ou n'aboutit à aucun résultat satisfaisant. L'Asmodée de France, se voyant fermée la porte d'un retour triomphal à la cour de Louis XV, signa son
pacte avec l'Asmodée de Prusse, et les deux démons, liés ensemble, se concertèrent pour la poursuite en commun de la destruction de l'œuvre du
Fils de Dieu.

A Paris, on avait encore alors le patriotisme de
croire qu'il n'était pas « indifférent que le plus inu-
« tile des vingt-trois millions de Français (2) » se
disposât à « servir le roi de France, dans la personne
« du roi de Prusse, pour l'honneur de la patrie. » (3)
« L'indignation éclata en clameurs générales. On
appelait *Prussien* le transfuge. On le vendait gro-
tesquement accoutré. Les marchands d'estampes
criaient dans les rues : « Voltaire, ce fameux Prus-
« sien. Le voyez-vous avec son gros bonnet de

(1) Lettre au duc de Richelieu, août 1750.
(2) Lettre à Mme Denis, 14 août 1750.
(3) Lettre à d'Argental, 20 août 1750.

« peau d'ours, pour n'avoir pas froid? A six sols
« le fameux Prussien. » (1)

Lord Chesterfield, qui avait séjourné en Prusse
et qui admirait Voltaire, présagea les suites de son
émigration de courtisan éconduit : « S'il est vrai
« que l'académicien, l'historiographe, gentilhomme
« ordinaire du roi, et d'ailleurs riche, ait dit adieu à
« la France, il vous donnera bientôt des pièces bien
« hardies. La Bastille a jusqu'ici fort gêné et ses
« vers et sa prose. » (2)

C'est précisément au métier de plume perdue que
le tentateur écouté de Berlin voulait l'asservir, en le
compromettant de manière à lui brûler sa flotte, à
lui couper toute voie de sortie de la marécageuse
officine d'idées subversives.

En effet, dans la pensée du Marc-Aurèle Machiavel, souverain d'un pays pauvre, stérile, arriéré, où
les petits fonctionnaires mouraient de faim, où les
généraux et les ministres touchaient à peine trois
mille écus de traitement, où les soldats invalides
recevaient pour retraite le droit de mendier en sus
de trois sous de pension par jour, le chambellan si
richement doté devait rapporter un bénéfice propor-
tionnel au prix de l'acquisition de ses services. La
charge onéreuse de *blanchir le linge sale du roi*,
d'en corriger les écrits, d'égayer de saillies bouf-
fonnes et malicieuses les soupers philosophiques
du troupeau des bons viveurs, ne pouvait être que la
moindre de ses fonctions ; car c'eût été payer trop

(1) Mme du Hausset, *Mémoires.*
(2) Lettre à Mme X..., 30 septembre 1750.

cher un spirituel jodelet de cour, doublé même d'un aristarque de renom, que de prodiguer de telles caresses et une si forte somme à un simple secrétaire-amuseur, fùt-il plus pétillant et plus célèbre que Voltaire.

Aussi, sa tâche principale, mais non criée sur les toits, était-elle d'être le conseil, l'entraîneur, le vulgarisateur, l'artiste littéraire de la conspiration antichrétienne, dont Frédéric était l'âme, le chef dirigeant, le stratégiste dissimulé, le bénéficier en expectative. Sous les ordres du prince hiérophante, qui prêchait d'exemple, les plumes les plus exercées de la confrérie de *Sans-Souci*, d'Argens, Lamétrie, Pollnitz et Voltaire vaquaient, chacune à la confection d'un ouvrage impie, destiné à servir de projectile, de bélier, de mine ou de sape contre l'Église. D'Argens lançait ses publications légères, voltigeurs d'avant-garde, qui précédaient la marche des gros bataillons, et pénétraient facilement partout, grâce à leur gentille tournure. Pollnitz éditait ses pérégrinations à travers les Cours de l'Europe, et dévoilait leurs plaies secrètes. Lamétrie composait son *Homme-Machine*, « ouvrage d'un enragé et d'un malhonnête « homme, où il n'y a pas une bonne page. » (1)

« C'est un mauvais livre imprimé à Potsdam, dans « lequel il proscrit la vertu et le remords, fait l'éloge « des vices, invite son lecteur à tous les désordres, « le tout sans mauvaise intention. » (2)

Ils étaient en relations assidues avec les affidés

(1) Lettre de Voltaire à Richelieu, 27 janvier 1752.
(2) Lettre de Voltaire à Mme Denis, 6 novembre 1750.

des autres contrées, notamment avec les frères de
Paris, qui venaient de commencer l'édifice de la
nouvelle tour de Babel, appelée l'*Encyclopédie*, vaste
recueil d'erreurs confondues avec quelques vérités,
synthèse scientifique construite dans le but manifeste de pervertir les esprits, sous l'étiquette d'un
foyer concentré de lumières, propre à les éclairer.
Diderot en était le promoteur; d'Alembert, le directeur. L'un devint le pensionnaire de Frédéric, l'autre
de Catherine II, à la suggestion du roi de Prusse.

Voltaire y coopéra, dès l'origine, et composa dans
l'arsenal de publicité anti-catholique de Berlin plusieurs articles soumis à l'approbation du meneur
de la ligue incrédule, à mesure qu'ils sortaient
de la plume.

« En qualité de théologien de Belzebuth, oserai-je
« interrompre vos travaux, par un mot d'édification
« sur l'*Athéisme* que je mets à vos pieds? J'ai choisi
« ce petit morceau parmi les autres, comme un des
« plus orthodoxes.

« Je ne fais que dire ce que Votre Majesté, et ce
« qu'elle dirait cent fois mieux. Si elle daignait me
« corriger, je croirais alors l'ouvrage digne d'elle. » (1)

Frédéric paraît avoir encouragé, sinon inspiré, le
mouvement de la confusion des croyances, prélude
de la défection des peuples à la foi chrétienne et de
leur retour aux aberrations du paganisme. Il répond
à Voltaire : « Votre article sur l'athéisme est excel-
« lent. » (2) Une approbation plus flatteuse encore

(1) Lettre de Voltaire à Frédéric, septembre 1751.
(2) Lettre de Frédéric, octobre 1751.

accueille d'autres articles écrits dans le même esprit de persiflage des dogmes révélés: « Si vous conti- « nuez de ce train, le Dictionnaire sera fait en peu « de temps. L'article de l'*Ame*, que je reçois est bien « fait; celui du *Baptême* est y supérieur. Votre dic- « tionnaire imprimé, je ne vous conseille pas d'aller « à Rome; mais qu'importe Rome, Sa Sainteté l'In- « quisition et tous les chefs tondus des Ordres reli- « gieux qui crieront contre vous! L'ouvrage que « vous faites, sera utile par les choses, et agréable « par le style; il n'en faut pas davantage. » (1)

L'arrivée à Potsdam de l'abbé de Prade « l'aimable « hérésiarque, » sauvé de Paris après l'apparition des deux premiers volumes, en 1751, que le Parle- ment arrête sur la dénonciation de la Sorbonne, excite le philosophe chambellan « à siffler la Sorbonne « pour l'avancement de la raison humaine, » (2) et aussi pour plaire à son royal maître prussien, qu'il tient à égayer aux dépens du clergé français. Le *Tombeau de la Sorbonne* devient la vengeance de la suspension momentanée de la gigantesque batterie dressée contre l'Église, mais n'arrête pas les travaux en cours d'exécution.

Le *Type des Patriarches*, la *Tige d'Israël* s'achève dans l'intervalle. La caricature de la grande figure biblique est déférée à la censure du grand-prêtre de *Sans-Souci*.

« Sire, je mets à vos pieds Abraham et un cata- « logue, (mentionnant les noms des collaborateurs

(1) Lettre, octobre 1751.
(2) Lettre de Voltaire au roi, 5 septembre 1752.

« de la colossale entreprise que Voltaire et consorts
« songeait dès lors à continuer en Prusse, à cause
« des entraves rencontrées à Paris). Le père des
« croyants n'est qu'ébauché, parce que je suis sans
« livres. Mais, si Votre Majesté jette les yeux sur
« cet article dans Bayle, elle verra que cette ébauche
« est plus pleine, plus curieuse et plus courte. Ce ·
« livre, honoré de quelques articles de votre main,
« ferait du bien au monde. Chérisac (D'Argens et Cᵉ)
« coulerait à fond les saints Pères. » (1)

Un Mémoire détaillé, joint à l'envoi de l'article,
insinuait au roi-philosophe de se charger des frais
d'impression « de l'*Encyclopédie de la raison*, à la-
« quelle Voltaire voulait travailler avec d'Alembert,
« Diderot et l'abbé Yvon (Prades), parce que le
« temps est venu de porter le dernier coup à la su-
« perstition. » (2) L'énormité de la dépense effrayait
quelque peu, vu les charges de la caisse royale.
D'autres inconvénients encore détournaient du projet
qui n'était mis en avant que comme le ballon d'essai
« d'une grosse sottise de philosophe. »

« Il m'a paru qu'il y aurait une prodigieuse in-
« discrétion de proposer de nouvelles dépenses à
« Votre Majesté, qui a cent cinquante mille hommes
« à nourrir et habiller, avec tant de forteresses à
« bâtir et tant de pensions à payer, etc., etc.

« De plus, je ne connais que le style des per-
« sonnes que j'ai voulu attirer ici pour travailler, et
« point leur caractère. Il se pourrait qu'étant *em-*

---

(1) Lettre de Voltaire au roi, septembre 1752.
(2) Lettre de Voltaire au roi, septembre 1752.

« *ployées par Votre Majesté, pour un ouvrage qui ne*
« *laisse pas d'être délicat, et qui demande le secret,*
« elles fissent les difficiles, s'en allassent et vous
« compromissent. En me chargeant de tout, sous
« vos ordres, Votre Majesté n'était compromise en
« rien.

« Voilà mes raisons ; si elles ne vous plaisent pas,
« si Votre Majesté ne se soucie pas de l'ouvrage
« proposé, me voilà résigné, avec la même soumission
« que je travaillais avec ardeur. Si Votre Majesté a
« des ordres à donner, ils seront exécutés. » (1)

Nous n'avons pas réussi à constater si les ordres
réclamés ont été donnés ou refusés. Nous avons lieu
de présumer qu'ils ont été ajournés, par motifs d'économie, par crainte d'indiscrétion prématurée, par le
manque de confiance en la stabilité de la Girouette du
Parnasse, par le désarroi causé dans l'état-major des
lettrés français de Berlin, à la suite des brouilles de
Voltaire avec plusieurs membres de l'Académie
royale, surtout avec le président Maupertuis.

Une lettre de cette époque à Darget, rentré à
Paris, constate qu'il y eut des pourparlers entamés
avec d'Alembert, le prôneur et le directeur de l'œuvre,
en vue de l'attirer à Berlin : « Tâchez de vous lier
« avec d'Alembert pour voir s'il voudrait mordre à
« notre hameçon, et mandez-moi ce que vous en
« pensez, savoir s'il y a quelque chose à faire ou
« non. » (2) Le philosophe-géomètre refusa de s'expa-
patrier. « J'ai fait auprès de M. d'Alembert les

(1) Lettre de Voltaire à Frédéric, septembre 1752.
(2) Lettre de Frédéric à Darget, 31 juillet 1752.

« démarches que Votre Majesté m'a prescrites...
« Mais l'amour de la patrie, la jouissance d'une vie
« absolument libre, la crainte de perdre le commerce
« de ses amis, une santé délicate qui ne se soutient,
« selon lui, que par l'air natal, tous ces motifs l'em-
« portent sur le sort brillant qui l'attendrait à Ber-
« lin... C'est un philosophe fidèle à ses principes. Il
« n'a qu'un revenu modique. » (1)

Nous verrons plus tard quels fruits ces ouvertures
ont produit auprès du *philosophe à revenu modique*,
qu'une pension de douze cents francs, donnée après
la rupture avec Voltaire, a transformé en grand
maître des séides prussiens de France, travaillant,
dans leur patrie même, à la ruine de l'Église, qui
devait entraîner l'affaissement de leur pays et l'exaltation de la Prusse.

D'ailleurs, la connivence des ministres Lamoignon
de Malesherbes et d'Argenson permet à l'œuvre suspendue en 1752 de reprendre en 1753, comme une
œuvre *honorable à la nation*. L'arrêt du Conseil aurait
dû ajouter : *et utile à ses ennemis*. Cette largesse de
tolérance dispense Frédéric II de se mettre en frais,
pour faire continuer le fonctionnement d'une machine de falsification universelle d'opinion, si avantageuse à ses intérêts.

Pendant la suspension, Voltaire ne cessa d'y col-
laborer. Les articles rédigés à Potsdam, pour être
insérés dans l'Encyclopédie, formèrent la première
assise de son *Dictionnaire philosophique*, contenant

_____

(1) Lettre de Darget à Frédéric, 18 septembre 1752.

tout le venin du vaste laboratoire, en quatre volumes, plus légers, plus faciles à manier que les
massifs in-folio de la bibliothèque renversée.

Il encourageait en même temps d'Argens, « son
« révérend père en diable, » à multiplier ses *Lettres
juives*, *chinoises* et autres, satires frivoles et mordantes des prétendues impostures du clergé, que les
tirailleurs de Potsdam avaient ordre de poursuivre
sans relâche de leur plume envenimée:

« Vous me faites un grand plaisir. Je lirai le tout
« avec avidité, et je voudrais avoir les autres tomes.
« En vérité, il faudrait abolir la sottise (la religion)
« une fois pour toutes; ce serait un petit amusement.
« Bonjour, digne ennemi du fanatisme et de la fri-
« ponnerie. » (1)

« Frère, les ennemis de la philosophie seront con-
« fondus par vous. Soutenez la vérité et brisez les
« idoles. » (2)

De son côté, *Julien-Cotin*, l'*Auguste du siècle des
philosophes*, ne laisse pas reposer sa plume, tout en
s'exerçant à manier la fourchette et l'épée : « Il fait
« le Mars tout le matin; mais le soir il fait l'Apol-
« lon, et il ne paraît pas à souper qu'il ait exercé
« cinq ou six mille héros de six pieds. Potsdam, c'est
« Sparte et Athènes.

« C'est un camp et le jardin d'Epicure; des trom-
« pettes et des violons, de la guerre et de la philo-
« sophie. » (3)

(1) Lettre de Voltaire à d'Argens, septembre 1751
(2) Au même, mars 1752.
(3) Lettre de Voltaire à Devaux, 8 mai 1751.

C'est de l'artillerie à côté de l'imprimerie, la raison du plus fort démontrée la meilleure, le rêve de la conquête des corps, par la perversion des esprits et la cautérisation des consciences. C'est l'initiation aux surprises de la violence et aux trames de la conspiration, dans un cloaque de pourriture; c'est La Mecque de la grandeur prussienne, le berceau ultérieur de l'Eglise évangélique, sortie de la fusion des négations calvinistes et des rites luthériens, pendant la communion, dans une caserne, du soldat grand-prêtre et de ses officiers des diverses confessions protestantes, au grand jubilé de Luther en 1817; c'est, en attendant, l'Académie de Diogène et l'école des sophistes, sous la férule d'un sergent pamphlétaire.

En effet, le héros de Molwitz, de Friedberg et de Soor se pique d'écrire aussi bien que personne « des « goguettes », dans lesquelles il crible son entourage intime de traits sanglants, dont aucun blessé n'ose se plaindre. Emule et disciple de l'auteur de la *Pucelle*, il compose le *Palladium*, imitation obscène et impie du poëme ordurier, qui vilipendie et souille la plus pure de nos gloires nationales. Le *Roi polisson*, cauteleusement abrité sous l'égide de l'anonyme, applique à la Reine des vierges, *Secours des chrétiens*, et patronne de l'Autriche, la boue fétide ramassée dans le bourbier du *Philosophe polisson*, infâme insulteur de la vierge Jeanne, libératrice de la France.

Mais tout en affectant de porter le manteau de philosophe, le Marc-Aurèle prussien n'abdique pas sa tiare évangélique. Il orne ses *Mémoires de Bran-*

debourg d'un abrégé d'*Histoire ecclésiastique*, qui est un tissu d'imputations mensongères et de préventions haineuses, vestiges du fanatisme anti-catholique de son éducation protestante. L'aristarque Voltaire en est naturellement enchanté :

« Je remercie mille fois Votre Majesté du beau
« présent qu'elle a daigné me faire. Mon Dieu, que
« tout cela est net, élégant, précis et surtout philo-
« sophique! On voit un génie qui est toujours au-
« dessus de son sujet. L'histoire des mœurs, du gou-
« vernement et de la religion est un chef-d'œuvre.
« Si j'avais une chose à souhaiter et une grâce à
« vous demander, ce serait que le roi de France
« lût surtout attentivement l'article de la religion,
« et qu'il envoyât ici l'ancien évêque de Mirepoix.
« Sire, vous êtes le plus grand homme qui peut-être
« ait jamais régné. » (1)

L'idée mère du royal historien de la maison de Brandebourg, attribuant l'origine du christianisme à l'imposture des prêtres, pour justifier ses ancêtres de s'être faits souverains-pontifes de leurs sujets, après avoir dépouillé l'Eglise dans leur voisinage comme dans leurs Etats, cette apologie rétrospective de la rapacité sacrilége des Hohenzollern et de leur intrusion dans le sanctuaire des consciences, à la place des légitimes représentants de Dieu, inspire au servile revendicateur de la liberté de conscience le poëme de la *Loi naturelle*, paraphrase rimée, en quatre chants, des assertions offensantes, des accu-

(1) Voltaire à Frédéric, année 1751.

sations gratuites de l'avocat de la cause héréditaire de sa famille.

Encadrée de quelques beaux vers sur la notion ineffaçable du bien et du mal, gravée par Dieu dans les cœurs en traits de justice, qui entretiennent le remords et empêchent l'iniquité de prévaloir totalement dans la conscience des coupables, la pensée dominante de l'une des œuvres les plus soignées de Voltaire, comme style, tend au dénigrement du clergé catholique, à l'exaltation du césaro-papisme des empereurs romains, des califes musulmans, des fils célestes de la Chine, des czars de la Russie, des rois patriarches de la Prusse évangélique. Le poëte idéalise le régime politico-religieux qu'il a sous les yeux, l'oppression des âmes dans l'asservissement des corps, sous le sabre-houlette du militarisme autocrate. Son type de gouvernement ecclésiastique, copie de la réalité observée à Berlin, substitue l'autorité laïque à la délégation divine de l'autorité ecclésiastique, abolie et niée. Il se résume en ces vers, digne d'un courtisan du Bas-Empire :

> Qui conduit des soldats, peut gouverner des prêtres.
> Le sénat des Romains, ce conseil de vainqueurs,
> Présidait aux autels et gouvernait les mœurs,
> Restreignait sagement le nombre des vestales,
> D'un peuple extravagant réglait les bacchanales.
> Marc-Aurèle et Trajan mêlaient aux Champ de Mars
> Le bonnet de pontife au bandeau des Césars.

Néanmoins, la brillante glorification du sacerdoce séculier de la maison de Brandebourg attire les critiques du héros encensé, auquel elle est dédiée. La magnifique tirade sur l'immanence du remords dans

les cœurs criminels a choqué le ravisseur de la Silésie, l'auteur responsable des flots de sang versé
dans une série d'agressions injustes. Le versatile
chantre de la vertu « non revêtue d'imposture et
« d'erreur, » s'empresse d'excuser l'écart imprudent
de sa muse, et d'en rétracter les seuls accents su-
blimes :

« Sire, vos réflexions valent bien mieux que mon
« ouvrage. J'ai eu bien raison de dire quelque part
« que vous étiez le meilleur logicien que j'aie jamais
« entendu. Vous m'épouvantez; j'ai bien peur pour
« le genre humain et pour moi que vous n'ayez tris-
« tement raison. Il serait affreux pourtant qu'on ne
« pût pas se tirer de là. Tâchez, Sire, de n'avoir pas
« tant raison, car encore faut-il bien, quand vous
« faites de Potsdam un paradis terrestre, que ce
« monde-ci ne soit pas absolument un enfer. Un peu
« d'illusion, je vous en conjure. Daignez m'aider à
« me tromper honnêtement. Au bout du compte, les
« sottises (les croyances chrétiennes) sont traitées ici
« comme elles le méritent; *mais j'ai enfoncé le poi-*
« *gnard avec respect.*

« Le véritable but de cet ouvrage est la tolérance,
« et votre exemple à suivre. La religion naturelle
« est le prétexte... Je me doute bien que l'article des
« remords est un peu problématique; mais encore
« vaut-il mieux dire avec Cicéron, Platon, Marc-
« Aurèle, que la nature nous donne des remords,
« que de dire avec Lamétrie, qu'il n'en faut point
« avoir.

« Je conçois très bien qu'Alexandre n'ait point eu

« plus de scrupule d'avoir tué des Persans à Arbelles,
« que Votre Majesté n'en a eu d'avoir envoyé quelques
« impertinents Autrichiens dans l'autre monde...

« Il est difficile de définir la vertu, mais vous la
« faites bien sentir. Vous en avez, donc elle existe ;
« or, ce n'est pas la religion qui vous la donne, donc
« vous la tenez de la nature. » (1)

Le compliment, sous forme de sorite, nous paraî-
trait mieux mérité si l'on disait : Frédéric et Voltaire
sont deux fripons, sans ombre de conscience ni de
religion ; donc leurs vertus naturelles ont été dété-
riorées par leur irréligion ; donc c'est l'impiété qui
pervertit les âmes et la religion qui les sanctifie.

Le poëme, retouché et refourbi, comme arme offensive contre le clergé, revient dans une humble posture solliciter les regards indulgents de Mars-Apollon :

« Sire, votre pédant, en point et en virgule, et
« votre disciple en philosophie et en morale, a pro-
« fité de vos leçons, et met à vos pieds la *Religion*
« *naturelle*, la seule digne d'un être pensant. Vous
« trouverez l'ouvrage plus fort et plus selon vos vues.
« J'ai suivi vos conseils : il en faut à quiconque
« écrit. Heureux qui peut en avoir de tels que les
« vôtres ! Si vos bataillons et vos escadrons vous
« laissent quelque loisir, je supplie Votre Majesté de
« daigner lire avec attention cet ouvrage, qui est en

(1) Lettre de Voltaire à Frédéric, 1751. Phénomène digne de
remarque, dans la correspondance publiée des deux personnages,
parmi les lettres échangées à Berlin sur les travaux de la conspiration impie, beaucoup de lettres sont omises ; plusieurs n'ont pas
de date. Les éditeurs ont-ils voulu garder le *secret de l'Eglise* ?

« partie l'exposition de vos idées, et en partie celle
« des exemples que vous donnez au monde. Il serait
« à souhaiter que ces opinions se répandissent de
« plus en plus sur la terre. » (1)

Mais l'œuvre dont Voltaire s'est le plus occupé,
pendant ses trois années de séjour en Prusse, celle
sur laquelle son amphitryon comptait le plus pour le
compromettre, d'une part, et abaisser la maison de
France d'autre part, celle qui l'a le plus déçu, c'est le
Siècle de Louis XIV, œuvre capitale de Voltaire historien, commencée à Cirey, continuée à Paris,
achevée à Berlin, et imprimée dans le royal laboratoire de propagande anti-catholique.

Les pages communiquées à l'Apollon de Rémusberg contenaient de vigoureuses attaques contre le
clergé français, une justification des rébellions huguenotes, une charge à fond sur la révocation de
l'édit de Nantes, des épisodes piquants sur la cour
de Versailles et la vie privée du grand roi. L'attrait
du fruit défendu sollicitait Frédéric II à presser
l'achèvement d'un livre, qui devait fermer à l'auteur
le retour dans sa patrie, et le contraindre à rester sous
sa dépendance pour échapper à la Bastille.

Mais l'édition publiée à ses frais, avec des variantes et des annotations introduites ou laissées
dans le but de lui plaire, ne répondit pas à son
attente. Aussi, n'en témoigna-t-il nulle satisfaction
à l'ex-historiographe de France, soupçonné de ménager son pays pour recouvrer sa fonction. Sur

(1) Lettre de Voltaire au roi, 5 septembre 1753.

ce point, la clairvoyance habituelle du roi devina
juste.

En effet, Voltaire déjouant ses calculs et ne voulant aucunement se priver de l'espoir de se recou-
cher dans son lit de Paris, qu'il trouve « meilleur
« que celui du Grand-Electeur, occupé dans le palais
« de Berlin, » s'efforçait d'atténuer les critiques in-
sérées dans le tableau des événements, des hommes
et des institutions de la plus glorieuse période de
l'histoire nationale. Il songeait même à s'en faire
un titre pour obtenir l'amnistie de sa désertion en
Prusse et la rentrée en faveur à la cour de Louis XV.

« Laissez-moi arranger mes affaires. Est-il possible
« qu'on crie toujours contre moi dans Paris, et
« qu'on me prenne pour un déserteur qui est allé
« servir en Prusse? J'ose croire que ceux qui liront
« l'*Histoire de Louis XIV*, verront que je ne suis
« point naturalisé Vandale, que je suis encore Fran-
« çais. Je désire plus mon retour que ceux qui me
« condamnent de m'être en allé. » (1)

« J'ai prétendu ériger un monument à la vérité
« et à la patrie, et j'espère qu'on ne prendra pas les
« pierres de cet édifice pour me lapider. » (2)

« Je peux me tromper, mais je me flatte que si le
« roi avait le temps de lire cet ouvrage, il n'en se-
« rait pas mécontent. Je crois surtout que Mᵐᵉ de
« Pompadour pourrait ne pas désapprouver la ma-
« nière dont je parle de MMᵐᵉˢ de La Vallière, de
« Montespan, de Maintenon, dont tant d'historiens

(1) Lettre à Mᵐᵉ Denis, 24 décembre 1751.
(2) Lettre au président Hénault, 28 janvier 1752.

18

« ont parlé avec une grossièreté révoltante et avec
« des préjugés outrageants. » (1)

Mais comme Tartufe-Harpagon ne pouvait s'abstenir de tromper et de trafiquer, il adapta l'édition
de Berlin aux préventions protestantes de l'Allemagne, de la Hollande et de l'Angleterre, et spécula
sur la nuance anti-nationale donnée à l'ouvrage,
pour en tirer une plus forte somme d'argent.

« Mon cher ami, j'ai recours à votre âme libre et
« généreuse. Quelques bons patriotes français, qui
« ont lu mon livre, poussent contre moi de nobles
« clameurs pour avoir fait l'éloge de Malborough et
« d'Eugène; et quelques bons prêtres me damnent
« pour avoir un peu tourné en ridicule notre *Jansé-*
« *nisme* et notre *Molinisme.*

« Si nos gens à préjugés sont des sots, les libraires
« et les imprimeurs ou courtiers de librairie sont
« des fripons. Il est vraisemblable que je serai
« damné en France et dupé en Hollande; la vieille
« honnêteté germanique a disparu.

« Je perdrai tout le fruit de mes travaux et de
« mes dépenses ; mais je compte sur votre bonté. Je
« vous prie de présenter un exemplaire relié à Son
« Altesse Royale.... Le libraire que vous prendrez
« vendra l'ouvrage de son mieux. » (2)

Dans le même temps, il exhalait ses doléances à
Paris sur l'incorrection d'un livre mal imprimé par
des typographes allemands ou hollandais. Il insistait pour en empêcher l'introduction en France, où

(1) Lettre au duc de Richelieu, 28 août 1751.
(2) Lettre à Falkener, mars 1752.

il envoyait cartons sur cartons, pour atténuer le
fâcheux éclat de la publication à l'étranger d'une
étude historique, qui paraissait insulter aux grandeurs, comme aux souvenirs de sa patrie. Il répétait
à satiété que ces éditions clandestines étaient le
crime des forbans de la presse, qui avaient réussi à
lui soustraire un manuscrit incomplet, et de le mu-
tiler afin d'exploiter le scandale et de lui nuire. Il le
modifia considérablement, quand il en avoua la
paternité, après sa rupture orageuse avec **Frédéric**,
que ses palinodies touchant le *Siècle de Louis XIV*
contribuèrent à indisposer contre lui, en aggravant
ses autres torts aux yeux du monarque désappointé.

CHAPITRE XIV

BROUILLERIES DE VOLTAIRE ET DE FRÉDÉRIC II. RUPTURE ORAGEUSE (1750-1753)

Frédéric et Voltaire, deux fripons qui cherchent à se duper. — Déception progressive. — Querelle avec Baculard. — Envie de retourner à Paris. — Précautions de Frédéric à l'égard des étrangers. — Affaire des *bons saxons*. — Frère Voltaire en pénitence. — Mauvaise humeur du roi. — Cure au marquisat. — Confession. — Dure absolution. — L'écorce pénitentielle d'orange. — Préparatifs de départ. — Nouvelle mercuriale. — Le prieur Frédéric sévère sur la règle. — Rechute de Voltaire. — La Baumelle. — Le roi entre dans la lice en faveur de Maupertuis. — Diatribe *Akakia*. — Plaintes du vainqueur. — Apostrophes terribles. — Motifs de la colère de Frédéric. — Bassesse de Voltaire. — Pérégrinations. — Il se fixe en Suisse. — Frédéric reste chef des Encyclopédistes.

Nous l'avons déjà remarqué, Voltaire et Frédéric étaient deux hommes trop pervers pour ne pas se mépriser, tout en s'inclinant réciproquement devant leur supériorité respective de génie ; deux caractères trop dissemblables pour ne pas se heurter et pour s'épargner l'un à l'autre les éruptions de leur fonds commun de haine ; deux idoles publiques trop enivrées de louanges, chacune dans sa sphère, pour être disposées à supporter ou à pardonner les manques d'égards, les froissements d'amour-propre, les blessures d'orgueil, les contrariétés d'ambition. Leurs entrevues précédentes au château de Meurs, à Aix-la-Chapelle, à Berlin, avaient invariablement produit un

refroidissement entre eux. Dès que leur enthousiasme de parade se touchait, il se neutralisait ou se
dissipait en fumée, sinon en aigreur. Aussi, était-il
facile de prévoir que leur engouement simulé, lors
de leur contrat d'union, ne dépasserait pas la lune
de miel de deux fripons, fiancés par intérêt et sans
affection, qui jouaient à cache-cache de tendres sentiments, pour conjoindre deux plumes, deux noms,
deux efforts, mais non deux esprits ni deux cœurs.

Voltaire ne tarda pas à reconnaître que le paradis
des philosophes était peuplé de serpents, et que le
seigneur qui en faisait les délices, s'entendait à merveille à le transformer en lieu de supplice. Dès le
mois d'août, il s'aperçoit qu'à Berlin « c'est bien pis
« que dans le fond d'une province de France, que les
« Berlinois veulent avoir de l'esprit, parce que leur
« roi en a ; que dans le pays des Vandales on prend
« pour du vin de Beaune le vinaigre de Liége. » (1)

Deux mois et demi après cette désagréable découverte commencent les *mais* restrictifs du bonheur
trop vanté : « On sait donc à Paris que nous avons
« joué à Postdam la *Mort de César*, que le prince
« Henri est bon acteur, n'a point d'accent et est très
« aimable, et qu'il y a ici du plaisir? Tout cela est
« vrai... mais...; les soupers du roi sont délicieux,
« on y parle raison, esprit, science, la liberté y
« règne ; il est l'âme de tout cela, point de mauvaise
« humeur, point de nuages, du moins point d'ora-
« ges. Ma vie est libre et occupée ; mais... mais...

(1) Lettre à Mme Denis, 24 août 1750.

« opéras, comédies, carrousels, soupers à Sans-Souci,
« manœuvres de guerre, concerts, études, lectures;
« mais... mais...; la ville de Berlin, grande, bien
« mieux percée que Paris, palais, salles de spectacle,
« reines affables, princesses charmantes ; mais...
« mais... ma chère enfant, le temps commence à se
« mettre à un beau froid. » (1)

Le froid survenu émanait d'une querelle avec
d'Arnaud Baculard, auteur d'un poëme obscène,
aussi misérable de style qu'ignoble de pensée et abject de sentiment. Lui-même l'avait recommandé
comme lecteur à Frédéric, qui goûtait beaucoup sa
conversation libertine, et l'avait appelé dans une ode
un *Soleil levant*, comparable à Voltaire, traité de
Soleil couchant.

Piqué du compliment et agacé de l'importance que
se donnait « le garçon-poëte du roi, » l'irascible
philosophe avait intrigué, et insisté pour faire ren-
voyer de la cour un rival si peu sérieux.

Le succès de l'intrigue lui causa, non du remords,
mais de l'effroi : « Le roi a ordonné très durement
« au *Soleil levant* de partir dans vingt-quatre heu-
« res; et comme les rois sont accablés d'affaires, il a
« oublié de lui payer son voyage. Mon enfant, mon
« triomphe m'attriste. Cela fait faire de profondes
« réflexions sur les dangers de la grandeur.

« On me fait plus que jamais patte de velours,
« mais... Adieu, adieu, je brûle d'envie de venir
« vous embrasser. » (2)

(1) Lettre à la même, 6 novembre 1750.
(2) Lettre à Mme Denis, 24 novembre 1750.

Cette envie était contrariée « par les sifflets de
« Paris qui retentissaient jusque dans le cabinet du
« roi de Prusse. » (1) Elle persista néanmoins et
gâtait la joie des attentions fines dont il se voyait
l'objet de tous les membres de la famille royale.
« Que de remords il a d'avoir cherché le bonheur
« loin de sa nièce ! Mais comment partir ? Le char
« d'Apollon s'embourberait dans les neiges détrem-
« pées de pluie qui couvrent le Brandebourg. Atten-
« dez-moi, aimez-moi, recevez-moi, consolez-moi
« et ne me grondez pas. » (2)

« Me voilà *Sancho-Pança* dans mon île, après avoir
« été *Chiantpot-la-Perruque* parfois. Mes divins
« anges, comment voulez-vous que je me mette en
« chemin avec ma chétive santé, et que je sorte
« du coin du feu pour m'embourber dans la West-
« phalie ? » (3)

Le secret de la nostalgie subite du bienheureux de
Postdam, l'Eden des premiers jours, gît dans les
désagréments mérités de ses démêlés scandaleux
avec un juif, tripoteur d'affaires véreuses.

Frédéric, en invitant ou en acceptant l'écume des
lettrés français à sa cour et dans son Académie, avait
soin d'exiger de chacun des admis l'engagement
formel de ne se mêler d'aucune intrigue ni d'aucune
affaire politique, de ne jamais aller en visite chez
aucun de ses ministres, ni chez les représentants des
autres pays, de ne pas apprendre l'allemand, afin

(1) Lettre à d'Argental, 11 décembre 1750.
(2) Lettre à Mme Denis, 26 décembre 1750.
(3) Lettre à d'Argental, 11 décembre.

de prévenir tout rapport avec la population indigène, dont la partie civile ne savait aucunement le français, vu que l'étude de cette langue était réservée aux écoles distinctes des réfugiés huguenots, et à l'académie militaire, où se formaient les officiers de l'armée et les diplomates.

De même, en restaurant l'Académie de Berlin, fondée par son grand-père, mais négligée par son père, en la modelant sur celle de Paris, il exigea que les dissertations lues dans les assemblées fussent en latin ou en français. L'allemand était exclu, et les Mémoires imprimés ne se publiaient qu'en français, mesure qui préservait le peuple prussien de la contagion impie des étrangers, et servait de trompe-l'œil pour enthousiasmer les naïfs incrédules du foyer des lumières de Paris, sur l'expansion de leur rayon dissolvant « au-delà des limites de l'empire de « Charlemagne.

« Il faisait surveiller les étrangers admis dans sa » société et les abandonnait s'il les trouvait légers, « indiscrets, intrigants. » (1)

Frère Harpagon, se croyant au dessus de ces entraves et de ces engagements, en raison de sa faveur exceptionnelle auprès du *père Abbé des philosophes*, avait cédé à la tentation d'utiliser son crédit à brasser des spéculations financières fort boueuses. Nonobstant la récente défense du roi, « le grand poëte, toujours à cheval sur le Parnasse et sur la rue Quincampoix » (2) (bureaux de la banqueroute Law), avait

(1) Thibault, *Souvenirs de Berlin*, t. I, p. 20.
(2) D'Argenson, *Mémoires*.

fait acheter en Allemagne et revendre en Saxe, par
Hirch, pour 80 mille écus de *bons saxons*, billets très
dépréciés, mais qui devaient être remboursés inté-
gralement par le trésor saxon aux sujets prussiens,
d'après une clause du traité de Dresde.

La manœuvre fut découverte. Les deux larrons,
surpris en flagrant délit de commerce illicite, cher-
chèrent à se disculper, en rejetant l'un sur l'autre le
trafic incriminé. Le juif, en coquin qui n'avait pas
de réputation à perdre, accusa même Voltaire d'a-
voir substitué de petits chatons à de plus gros dans
un dépôt de pierreries qu'il lui avait donné en nan-
tissement des valeurs confiées. Un procès s'ensuivit,
qui mit tout Berlin en émoi. Frédéric, aussi indigné
qu'embarrassé, défendit à l'accusé de reparaître en
sa présence avant l'arrêt des juges. Le poëte favori,
Abélard caressé des sœurs du roi, eut recours aux
offices de la margrave de Bareith, qu'il savait sensible à ses adulations. Il lui écrivit : « Frère Vol-
« taire est ici en pénitence ; il a un chien de procès
« avec un juif, et, selon la loi de l'Ancien Testament,
« il lui en coûtera encore pour avoir été volé. » (1)

Frédéric ne prit pas la chose si légèrement. Il
connaissait son homme, et rougissait d'être compromis
par lui aux yeux de son peuple, à raison de l'excessive familiarité témoignée à un étranger, suspect d'es-
croquerie : «Vous me demandez, répondit-il à sa sœur,
« ce que c'est le procès de Voltaire avec un juif. C'est
« l'affaire d'un fripon qui veut tromper un filou. Il

_____

(1) Lettre du 30 janvier 1751.

« n'est pas permis qu'un homme de l'esprit de Vol-
« taire en fasse un si indigne abus. Dans quelques
« jours, nous apprendrons, par la sentence des juges,
« qui est le plus grand fripon des deux parties. Vol-
« taire s'est emporté, il a sauté au visage du juif;
« il a tenu la conduite d'un fou. J'attends que cette
« affaire soit finie pour lui laver la tête, et pour voir
« si, à l'âge de cinquante-six ans, on ne pourra pas
« le rendre, sinon raisonnable, du moins moins fri-
« pon. » (1)

La lavasse reçue ne blanchit pas totalement Apollon, sorti souillé de la sentence qui l'absolvait, sous
la restriction d'un serment de purification peu propre
à lui rendre l'éclat de l'innocence, même judiciaire.
Il sentit le besoin de faire « une cure au petit lait à
« la campagne. Son âme est morte, son corps se
« meurt. Il conjure son cher ami Darget de se jeter,
« s'il le faut, aux pieds du roi, et de lui obtenir la
« permission d'habiter le *marquisat* (chalet près de
« Potsdam) et d'y rester jusqu'au printemps. Il veut
« obtenir bien respectueusement, bien tendrement,
« que sa pension soit retranchée, à compter de février
« jusqu'au temps du retour. Il s'y contentera, pour
« l'entretien, des mêmes bontés et des mêmes géné-
« rosités dont le roi daigne l'honorer à Berlin. (2)

« Dès que la lie du procès sera bue et que tout
« sera fini, il ira s'établir au marquisat, sous le bon
« plaisir de Sa Majesté. Il y vivra très bien avec ce
« que Sa Majesté daigne lui accorder. Au printemps,

(1) Lettre à la margrave de Bareith, 22 janvier 1751.
(2) Lettre à Darget, janvier 1751.

« il fera un tour à Paris pour mettre un ordre cer-
« tain pour jamais dans ses affaires. » (1)

Avant de solliciter la faveur de s'enfermer, pendant trois mois, dans une solitude d'ermite, « pour
« adoucir la maladie dont il est tourmenté, pour se
« procurer du repos et surtout la paix de l'âme, sans
« laquelle la vie est un supplice, » (2) le pénitent
Voltaire a déjà confessé son péché d'un ton humble
et contrit : « Sire, eh bien! Votre Majesté a raison,
« et la plus grande raison du monde ; et moi, à mon
« âge, j'ai un tort presque irréparable. Je ne me suis
« jamais corrigé de la maudite idée d'aller toujours
« en avant dans toutes les affaires... J'ai eu la rage
« de vouloir prouver que j'avais raison contre un
« homme avec lequel il n'est pas même permis
« d'avoir raison. Comptez que je suis au désespoir, et
« que je n'ai jamais senti une douleur si profonde
« et si amère. Je me suis privé, de gaîté de cœur, du
« seul objet pour qui je suis venu ; j'ai déplu au
« seul homme à qui je voulais plaire, dont le génie
« du Salomon d'aujourd'hui n'est pas capable de me
« faire sentir ma faute au point où mon cœur me la
« fait sentir. » (3)

Cet aveu, suivi d'une transaction à l'amiable avec
l'*Ancien Testament*, et d'instances calines « de fourrer
« frère Voltaire en pénitence dans la cellule du
« marquisat, » lui valut une absolution sans indulgence du sceptique pénitencier, qui ne croyait pas

(1) Lettre de Voltaire au roi, janvier 1751.
(2) Lettre de Voltaire au roi, janvier 1751.
(3) Lettre de Voltaire au roi, janvier 1751.

plus à la conversion qu'à l'innocence de son compagnon d'endurcissement.

« Si vous voulez venir ici, vous en êtes le maître.
« Puisque vous avez gagné votre procès, je vous en
« félicite, et je suis bien aise que cette vilaine affaire
« soit finie. J'espère que vous n'aurez plus de que-
« relles ni avec le *Vieux* ni avec le *Nouveau Testa-*
« *ment* : ces sortes de compromis sont flétrissants.
« Un libraire Gosse, un violon d'opéra, un juif
« joaillier, ce sont en vérité des gens dont, dans
« aucune sorte d'affaires, les noms ne devraient se
« trouver à côté du vôtre. J'écris cette lettre avec le
« gros bon sens d'un Allemand, qui dit ce qu'il
« pense, sans employer de flasques adoucissements
« qui défigurent la vérité; c'est à vous d'en pro-
« fiter. » (1)

De si rudes coups de fouet, en guise d'onguent de
miséricorde, de baume d'oubli, assouplirent encore
davantage l'échine déjà si flexible du servile philosophe, qui ne fut jamais hardi que contre Dieu, et
seulement quand il se sentait abrité du châtiment
des hommes. Guéri de sa maladie, par la rentrée en
jouissance de la vision béatifique de son héros, il
proteste plus haut que jamais de sa résolution de
« s'attacher uniquement à la personne du grand
« homme qui fait son bonheur », et s'exaspère des
risées « de la canaille et des oisifs honnêtes gens de
« Paris » (2), à l'occasion de ses mésaventures de
Berlin, qui lui pèsent manifestement sur la con-

(1) Lettre du roi à Voltaire, 28 février 1751.
(2) Lettre de Voltaire à d'Argental, 15 mars 1751.

science comme la forfaiture d'un gentilhomme ordinaire, comme le boulet infamant d'une avarice extraordinaire. Il sent bien que, malgré son redoublement de bassesse à flatter un dur maître, malgré
son ardeur à chercher dans des excès de zèle irréligieux des titres de pardon, il ne pourra regagner auprès de Frédéric, ni dans l'opinion, soit de Berlin,
soit de Paris, la considération perdue, avec l'honneur
dans ces scandaleux débats, exploités par ses envieux
de Prusse, ainsi que de France.

De là ses transes quand Lamétrie lui répète en
confidence « qu'en parlant au roi ces jours derniers
« de sa prétendue faveur et de la jalousie qu'elle
« excite, le roi lui a répondu : *J'aurai besoin de lui*
« *encore un an tout au plus; on presse l'orange et on*
« *en jette l'écorce.* »

« Je me suis fait répéter ces douces paroles; j'ai
« redoublé mes interrogatoires; il a redoublé ses
« serments. Dois-je le croire? Cela est-il possible?
« Quoi! après seize ans de bontés, d'offres, de pro-
« messes! et dans quel temps encore, s'il vous plaît?
« Dans le temps que je sacrifie tout pour le servir!» (1)

Obsédé de l'*écorce d'orange*, l'enrôlé de Potsdam
songe « à mettre en sûreté les pelures », moyennant
un congé qui lui permette de s'esquiver « du palais
« d'*Alcine*, retraite de bêtes farouches ». (2)

Il commence par poser un pied dehors, en plaçant
« chez le duc de Wurtemberg les 300,000 livres de
« fonds qu'il avait fait venir à Berlin, et qu'il s'était

(1) Lettre à Mᵐᵉ Denis, 2 septembre 1751.
(2) Lettre à Chenevière, 14 septembre 1751.

19

« bien gardé de placer dans les Etats de son Alcine.
« Cet emploi de son bien est d'autant meilleur que
« le payement des rentes viagères est assigné sur les
« domaines que le duc de Wurtemberg a en France.
« Ayant des souverainetés hypothéquées, il ne sera
« pas payé *avec un car tel est notre bon plaisir.* »

« Vous pouvez compter sur la solidité de cette
« affaire et sur mon départ. Je ferai voile de l'île de
« Calypso sitôt que ma cargaison sera prête, et je
« serai plus aise de retrouver ma nièce que le
« vieil Ulysse ne le fut de retrouver sa vieille
« femme. » (1)

La position s'empirait de jour en jour dans l'antre
de *l'enchanteresse* Frédéric. Aux griefs précédents
s'en étaient ajoutés d'autres, formulés en une verte
semonce, qui récapitulait tous les torts du vieil
étourdi à l'égard de son hôte :

« J'ai été bien aise de vous recevoir chez moi ; j'ai
« estimé votre esprit, vos talents, vos connaissances,
« et j'ai dû croire qu'un homme de votre âge, lassé
« de s'escrimer contre les auteurs et de s'exposer,
« venait ici pour se réfugier comme en un port tran-
« quille ; mais vous avez d'abord, d'une façon assez
« singulière, exigé de moi de ne point prendre Fré-
« ron (la bête noire de Voltaire) pour m'écrire des
« nouvelles. J'ai eu la faiblesse de vous l'accorder,
« quoique ce n'était pas à vous de décider de ceux
« que je prendrais en service. D'Arnaud a eu des
« torts envers vous ; un homme généreux les lui eût

(1) Lettre à Mme Denis, 9 novembre 1752 et *Mémoires*

« pardonnés; un homme vindicatif poursuit. D'Ar-
« naud est parti d'ici par rapport à vous.

« Vous avez été chez le ministre de Russie. (Violation de la clôture ou de la consigne de l'abbaye
philosophique, dont les frères avaient défense de se
répandre dans le monde berlinois, de peur d'y compromettre l'esprit de leur vocation conspiratrice.)
« Vous lui avez parlé d'affaires dont vous n'aviez
« pas à vous mêler, et l'on a cru que je vous en avais
« donné la commission. Vous vous êtes mêlé des
« affaires de Mme de Bentenek, sans que ce fût cer-
« tainement de votre département. Vous avez eu la
« plus vilaine affaire du monde avec le juif. Vous
« avez fait un train affreux dans toute la ville. L'af-
« faire des billets saxons est si bien connue en Saxe
« qu'on m'en a porté de graves plaintes.

« Pour moi, j'ai conservé la paix dans ma maison
« jusqu'à votre arrivée, et je vous avertis que si vous
« avez la passion d'intrigues et de cabales, vous vous
« êtes très mal adressé : j'aime les gens doux et
« paisibles, vivant en philosophes. » (1)

Le prieur général Frédéric se montrait aussi sévère sur la stricte observance de la règle claustrale
de ses moines philosophes, apôtres d'irréligion, que
sur la discipline de ses soldats. Il prétendait les
nourrir pour semer le trouble et porter la guerre
chez les voisins, spécialement dans les pays catholiques, qu'il lui importait de paralyser ou de bouleverser; mais il n'entendait pas que ces agents de

---

(1) Lettre de Frédéric à Voltaire, 24 février 1751.

perturbation extérieure expérimentassent chez lui leur dangereux savoir-faire. Il ne voulait être importuné de leurs disputes que pour avoir l'occasion de s'égayer à leurs dépens. Il ne se résignait à servir « d'égout à leurs immondices, » (1) que pour jouir de la sale volupté de les en couvrir, ou pour exalter « le flegme des bons Allemands, d'avoir les « passions moins vives que ces gens-là, d'être affligés « du bon sens, qui les rend plus sociables que les « pétulants Français, dont l'esprit est seulement un « fard, cachant des traits difformes. » (2)

L'indisciplinable Voltaire, tout pénitent qu'il paraissait au sortir de sa purge à l'ermitage du marquisat, où il avait demandé de digérer les amères réprimandes administrées par le rude prévôt du chapitre de Potsdam, retombait incontinent dans ses péchés d'habitude. Il recommença ses manigances et ses querelles. Il se prit aux cheveux avec La Beaumelle, aventurier huguenot de Genève, qui promenait ses médiocres talents d'écrivain de pays en pays, offrant sa plume au mieux payant, et s'était laissé détrousser par un honnête couple berlinois, dont le mari, capitaine, trafiquait de la vertu d'une épouse infidèle. Après l'avoir patronné et introduit à la cour, Voltaire s'en fit un implacable ennemi par des plaisanteries offensantes, que Maupertuis eut la charité de rapporter au jeune libertin. Celui-ci s'en vengea, en publiant une édition du *Siècle de Louis XIV*, travesti en caricature de l'histoire nationale, de ma-

(1) Lettre de Frédéric à Darget, 13 mai 1744.
(2) Lettre de Frédéric à Darget, 13 mai 1744.

nière à compromettre l'auteur à Berlin, aussi bien qu'à Paris.

Cette odieuse trahison, source de mille désagréments, se compliqua de disputes entre Maupertuis et le mathématicien Kœnig, dont le poëte philosophe embrassa la défense, par jalousie du président de l'Académie, qu'il se voyait préféré du roi, depuis le discrédit public du complice de l'escroc Hirch.

La bataille de plumes, à bec acéré, entre ces mameluks littéraires, amusa d'abord le prince, qui aimait, non pas à recevoir, mais à donner et à voir donner des coups de lancettes empoisonnées, enflammant en rage la colère des champions. Mais, aux premières flèches tirées par l'habile sagittaire sous l'égide de l'anonyme, il s'aperçut que le grave géomètre, commandant de sa troupe de tirailleurs irréguliers, n'était pas de force à soutenir la lutte contre le frondeur émérite, expert dans les roueries du métier de pamphlétaire. Il crut l'honneur de la phalange intéressé au triomphe de son capitaine, et entra en lice pour lui venir en aide, couvert d'un pseudonyme transparent. Soit méprise, soit malice, le *docteur Akakia* lança sa fameuse *Diatribe*, qui criblait de traits déchirants l'antagoniste terrassé, et faisait en secret bondir de joie le défenseur désarmé.

Mais l'heureux jouteur, qui sentait sa supériorité de fiel et d'esprit, s'aperçut du danger de sa victoire, en reconnaissant l'épée de Molwitz sous la plume bafouée. Il comprit que l'amour-propre blessé allait envenimer la comédie et la tourner en dénouement tragique.

« Voici qui n'a point d'exemple et qui ne sera
« pas imité, voici qui est unique. Le roi de Prusse,
« sans avoir lu un mot de la réponse de Kœnig,
« sans écouter, sans consulter personne, vient d'é-
« crire, vient de faire imprimer une brochure contre .
« Kœnig, contre moi, contre tous ceux qui ont voulu
« justifier l'innocence de ce professeur, si cruellement
« condamné (exclu de l'Académie). Il traite tous ses
« partisans d'envieux, de sots, de malhonnêtes
« gens.

« Les journalistes de l'Allemagne, qui ne se dou-
« taient pas qu'un monarque qui a gagné des batailles,
« fût l'auteur d'un tel ouvrage, en ont parlé librement
« comme de l'essai d'un écolier qui ne sait pas un
« mot de la question. Cependant on a réimprimé la
« brochure à Berlin avec l'aigle de Prusse, une cou-
« ronne, un sceptre, un devant du titre. L'aigle, le
« sceptre et la couronne sont bien étonnés de se
« trouver là. Tout le monde hausse les épaules,
« baisse les yeux et n'ose parler. Si la vérité est
« écartée du trône, c'est surtout lorsqu'un roi se fait
« auteur. Les coquettes, les rois, les poëtes sont ac-
« coutumés à être flattés. Frédéric réunit ces trois
« couronnes-là. Il n'y a pas moyen que la vérité
« perce ce triple mur de l'amour-propre. Maupertuis
« n'a pu parvenir à être Platon, mais il veut que son
« maître soit Denys de Syracuse. » (1)

Désormais Voltaire, insolent contre les faibles,
lâche en présence des forts, « n'ayant pas cent cin-

(1) Lettre à Mme Denis, 15 octobre 1752.

« quante mille hommes à son service, ne prétend
« plus du tout faire la guerre. Il ne songe qu'à dé-
« serter honnêtement, à prendre soin de sa santé, à
« oublier ce rêve de trois années. »

. En attendant l'occasion d'échapper à la caserne,
il compose « pour son instruction un petit diction-
« naire à l'usage des rois.

« *Mon ami* signifie : *mon esclave.*

« Entendez par : *je vous rendrai heureux, je vous
« souffrirai tant que j'aurai besoin de vous.*

« *Soupez avec moi ce soir*, signifie : *Je me moquerai
« de vous ce soir.*

« Le dictionnaire peut être long ; c'est un article
« à mettre dans l'*Encyclopédie.*

« Sérieusement cela serre le cœur. Tout ce que j'ai
« vu est-il possible ? Se plaire à mettre mal ensemble
« ceux qui vivent ensemble avec lui ! Dire à un
« homme les choses les plus tendres, et écrire contre
« lui des brochures, et quelles brochures ! Arracher
« un homme à sa patrie par les promesses les plus
« sacrées, et le maltraiter avec la malice la plus
« noire ! Que de contrastes ! Et c'est là l'homme qui
« m'écrivait tant de choses philosophiques et que
« j'ai cru philosophe ! Et je l'ai appelé le Salomon
« du Nord !! » (1)

L'infortuné martyr de ses espiègleries malicieuses
n'était pas encore au terme de ses tribulations,
« sous la griffe d'un roi, qui fait des vers et de la
« prose, » (2) qui inflige les baguettes aux soldats

(1) Lettre à Mme Denis, 18 décembre 1752.
(2) Lettre au comte d'Argental, 26 février 1753.

déserteurs, qui brûle par la main du bourreau les répliques irréfutables et trop spirituelles des adversaires de son client désarçonné.

Se souvenant cruellement de l'humble prière de Voltaire contrit, qui conjurait le « roi de daigner « l'avertir s'il y a quelque chose à reprendre dans « sa conduite, qui mettait cette bonté au rang des « plus grandes faveurs reçues de Sa Majesté, qui « prétendait la mériter, s'étant donné à Sa Majesté « sans réserve. » (1) Frédéric se souvenant de cette requête du pécheur converti, se complut au malin plaisir d'y donner droit à la première rechute publique, quand parurent en Hollande les *Lettres et la Diatribe* moqueuses, brûlées d'un commun accord, au feu de la cheminée, dans une scène burlesque entre le roi et le poëte, tartufes et comédiens d'égale force.

Joué par celui qu'il croyait dupé, le pamphlétaire couronné accabla son perfide interlocuteur d'une apostrophe violente, qui l'abasourdit comme une correction mortelle.

« Votre effronterie m'étonne ; après ce que vous « venez de faire, et qui est clair comme le jour, vous « persistez au lieu de vous avouer coupable. Ne vous « imaginez pas que vous ferez croire que le noir est « blanc ; quand on ne voit pas, c'est qu'on ne veut « pas tout voir ; mais si vous poussez l'affaire à bout, « je ferai tout imprimer, et l'on verra que si vos « ouvrages méritent qu'on vous érige des statues,

(1) Lettre de Voltaire à Frédéric, année 1752.

« votre conduite mériterait des chaînes. » (1)

Et pour aggraver la flétrissure infligée, il la fait tambouriner immédiatement par son secrétaire Darget, à Paris :

« Voltaire est le plus méchant fou que je con-
« naisse; il n'est bon qu'à lire. Vous ne sauriez ima-
« giner toutes les duplicités, les fourberies et les
« infamies qu'il a faites ici. » (2)

La colère de *Denys-le-Tyran* se traduisit en supplice solennel des folâtres voltigeuses, introduites par contrebande, après proscription convenue. Elle ne provenait pas seulement d'une préférence personnelle pour Maupertuis, dont le caractère lui paraissait plus souple que celui de Voltaire, ni de sa pique d'amour-propre d'auteur, contredit et ridiculisé par un écrivain supérieur. Elle provenait encore de sa tactique gouvernementale de centraliser l'autorité dans la *République des Lettres*, comme dans les autres branches de l'administration civile et militaire, de conduire l'Académie par son président délégué, comme un régiment soumis au colonel de son choix. Attaquer le chef subalterne du corps des savants équivalait, selon lui, à une révolte contre le chef suprême. Son mécontentement provenait surtout de la crainte fondée que le fâcheux éclat de la brouille scandaleuse entre les deux principales illustrations de sa machine de guerre philosophique, en la discréditant à l'étranger, n'en amoindrît l'influence et ne stérilisât ses efforts, avec ses frais, pour la monter sur

(1) Lettre du roi, année 1753.
(2) Lettre à Darget, avril 1753.

une vaste échelle et lui donner une portée lointaine.

De là le congé accordé en courroux à l'indocile enrôlé démissionnaire, sous forme de brutale destitution : « Il n'était pas nécessaire que vous prissiez le pré-« texte du besoin que vous me dites avoir des eaux « de Plombières, pour me demander votre congé. « Vous pouvez quitter mon service quand vous vou-« drez ; mais, avant de partir, faites-moi remettre le « contrat de votre engagement, la clef, la croix et le « volume de poésies que je vous ai confié. Je souhai-« terais que mes ouvrages eussent été seuls exposés « à vos traits et à ceux de Kœnig. Je les sacrifie de « bon cœur à ceux qui croient augmenter leur répu-« tation en diminuant celle des autres. Je n'ai ni la « folie ni la vanité de certains auteurs. Les cabales « des gens de lettres me paraissent l'opprobre de la « littérature. Les chefs de cabales sont avilis à mes « yeux.

« Sur ce, je prie Dieu qu'il vous ait en sa sainte « et digne garde. » (1)

La foudre de Jupiter tonnant écrasa le reptile Thersite. Loin de se retirer en silence et avec di-gnité au reçu d'un congé, notifié en termes si acerbes, le *dernier des hommes par le cœur*, d'après le témoi-gnage très véridique de sa nièce, déshonore sa dou-leur et sa colère légitimes ou du moins excusables, en se faisant le suppliant d'un maître étranger, qu'il méprise et hait au fond de l'âme, dont les torts atté-nuent, s'ils ne justifient les siens. Il se dégrade jus-

(1) Année 1753.

qu'à implorer sa miséricorde, dans l'attitude désespérée d'un misérable condamné à mort, qui n'a que
le recours en grâce au bourreau pour échapper au
supplice.

« Sire, ce n'est sans doute que dans la crainte de
« ne pouvoir plus me montrer devant Votre Majesté
« que j'ai remis à vos pieds des bienfaits qui n'étaient
« pas les liens dont j'étais attaché à votre personne.
« Vous devez juger de ma situation affreuse, de
« celle de toute ma famille. Il ne me reste qu'à aller
« me cacher pour jamais, et déplorer mon malheur
« en silence. M. Fédershoff m'a fait espérer que Votre
« Majesté daignerait écouter, envers moi, la bonté
« de son caractère, et qu'elle pourrait réparer par
« sa bienveillance, s'il est possible, l'opprobre dont
« elle m'a comblé. Il est bien sûr que le malheur de
« vous avoir déplu n'est pas le moindre que j'éprouve.
« Mais comment paraître? Comment vivre? Je n'en
« sais rien. Je devrais être mort de douleur. Dans
« cet état horrible, c'est à votre humanité d'avoir
« pitié de moi. Que voulez-vous que je devienne et
« que je fasse? Je n'en sais rien. Je sais seulement
« que vous m'avez attaché à vous depuis seize
« années. Ordonnez d'une vie que je vous ai con-
« sacrée, et dont vous avez rendu la fin si amère.
« Vous êtes bon, vous êtes indulgent; je suis le plus
« malheureux homme qui soit dans vos États; ordon-
« nez de mon sort. » (1)

On daigna lui accorder un replâtrage apparent au

_____

(1) Lettre de Voltaire, janvier 1753.

prix de palinodies trompettées à ses amis de Paris.
Il s'empressa de remplir la condition, tout en s'aper-
cevant de jour en jour plus évidemment que l'ombre
même de l'amitié ne pouvait plus exister là où avait
disparu, des deux côtés, toute trace de la moindre
confiance.

Il sort de la caserne de Potsdam, le 5 mai,
comme une vipère foulée aux pieds, écrasée de
dédains insultants, uniquement ménagée pour la
forme, parce qu'on la sait encore propre à distiller du
venin. Il se retire à Leipsik, d'où il mendie son retour à Berlin, qui lui est refusé. Il passe quelque
temps à la cour de Saxe-Gotha, et commence les
Annales de l'Empire, en vomissant sa bave contre
l'infâme *Luc*, dont il a conservé un volume de poésies
satiriques et érotiques des plus compromettantes.

Frédéric, informé de ses déclamations furibondes
et de ses indiscrétions blessantes, le fait arrêter par
son agent à Francfort, au moment de la migration
de Casel à Strasbourg, scène héroïco-comique, trop
connue pour être racontée ici. L'agent lui réclame
l'œuvre de *poéshie* du roi son gracieux maître, et le
contraint de loger dans une méchante auberge jusqu'à ce que le ballot contenant les *poéshies* du roi de
Prusse soit arrivé de Leipsik, visité et à moitié dé-
valisé, malgré les clameurs du poëte, par de lour-
dauds Allemands, aussi pillards que grossiers.
Il boit les eaux de Plombières, après avoir franchi
le Rhin, et tente de renouer, par dom Calmet, abbé
de Senones, et par le père Menoux, jésuite de Nancy,
confesseur du roi Stanislas, des relations avec la

cour de Lunéville, afin de rentrer, sous cette protection, en faveur à Versailles. Il fait ses pâques à
Colmar en vue de désarmer les dévots. N'ayant
abouti qu'à les irriter en France, comme en Alsace,
à la suite de son hypocrisie sacrilége, il se retire en
Suisse et s'établit à Monrion, près de Lausanne,
après avoir séjourné aux Délices et avant de se fixer
à Ferney, choisissant sa demeure dans le voisinage
de Genève, dont les imprimeurs, les libraires, les
ministres huguenots, les contrebandiers et les
agents de propagande protestante seront ses auxiliaires de conspiration anti-catholique.

Frédéric, déconcerté par le départ retentissant de
Voltaire et par la retraite peu flatteuse de Maupertuis, dut renoncer à faire de son Académie décriée
le foyer subversif de l'Eglise romaine. Mais, grâce
à l'aveuglement des lettrés français de l'école encyclopédique, grâce au violent dépit ressenti par
Voltaire des nouveaux obstacles que son indigne
communion venait de soulever contre son retour
dans sa patrie ; grâce à la haine du clergé, grandie
chez l'un, à la myopie incorrigible des autres, le roi
de Prusse, maintenu généralissime de la coalition
des sectaires protestants et des philosophes incrédules, put se passer d'un état-major dispendieux à
Potsdam, et diriger les manœuvres et les opérations
ultérieures, par de simples ordres adressés de Berlin
à ses dociles lieutenants de Genève et de Paris,
comme nous allons le constater dans la troisième et
dernière partie de notre ouvrage.

TROISIÈME PARTIE

Frédéric II et Voltaire depuis la guerre de Sept Ans jusqu'à la mort de Frédéric II (1756-1786).

CHAPITRE I

PRÉLUDES A LA GUERRE DE SEPT ANS (1748-1756)

Mécontentement général de la paix d'Aix-la-Chapelle. — Préparatifs de guerre de Frédéric. — Dérangement de son plan de conspiration littéraire. — Ecrivains conservés. — D'Alembert pensionné. — Alarmes de Frédéric lors des bruits de la conversion de Voltaire. — Précautions pour le conserver sous la bannière philosophique. — *Pucelle* lancée à Paris. — Circonvenu par les protestants. — Voltaire se retire près de Genève. — Acquisition d'une terre malgré son titre de catholique. — Travaille à l'*Encyclopédie*. — Visite de d'Alembert. — Liberté réclamée d'insulter l'Eglise comme en pays protestant. — Délivré du joug de Frédéric, Voltaire reste son instrument. — Marie-Thérèse. — Précaution contre Frédéric. Réforme des finances. — Réorganisation de l'armée. — Influence protestante dans les coalitions. — Alliance proposée des Bourbons et des Habsbourgs. — Difficultés à Versailles. Motifs qui amènent l'alliance franco-autrichienne. — Calomnie du billet de Marie-Thérèse à la Pompadour.

La guerre de Sept-Ans sortit de la paix d'Aix-la-Chapelle, que la lassitude générale avait imposée aux belligérants, sans satisfaire ni les ennemis, ni les alliés respectifs. Marie-Thérèse était mécontente de l'Angleterre, qui l'avait contrainte à faire des sacrifices aux rois de Sardaigne et de Prusse, afin d'être plus libre d'écraser la France isolée, sous la quadruple alliance de la Grande-Bretagne, de la Hollande, de l'Autriche et de la Russie. La France, victorieuse en Flandre, battue sur mer comme en Allemagne et en Italie, se plaignait d'avoir été abandonnée trois fois par Frédéric II, et chaque fois au prix d'un désastre subi. Les Anglais et les Hollandais avaient payé chèrement le plaisir de détruire une infinité de navires de guerre et de vaisseaux marchands, appartenant aux Français et aux Espagnols. Mais les pertes infligées aux adversaires, la ruine de leur commerce et de leurs colonies compensaient médiocrement les pertes éprouvées, les trésors engloutis, le sang versé pour aboutir uniquement à nuire aux autres et s'en trouver eux-mêmes appauvris et affaiblis.

Dans ces dispositions des puissances, les unes à l'égard des autres, il était facile de prévoir que la paix, si péniblement conclue, ne serait qu'une trêve, pendant laquelle on se préparerait à de nouveaux combats, en refourbissant les armes, en modifiant les alliances.

Le roi philosophe, qui se savait le plus coupable agresseur et le plus perfide allié, se sentait menacé par l'impératrice-reine, à laquelle il avait extorqué la Silésie, et délaissé par la France, qu'il avait trahie. C'est pourquoi il s'appliqua sans relâche à grossir son revenu, à ramasser un trésor de guerre, à augmenter son armée d'un tiers, à exercer ses troupes par de grandes manœuvres chaque année, dans des camps établis sur les frontières les plus exposées à une attaque, notamment du côté de l'Autriche, d'où il prévoyait les plus rudes coups.

Nous avons vu, dans le chapitre XIII du livre précédent, qu'en souvenir des résistances rencontrées chez les populations encore très catholiques, et, par là même très patriotiques, des Etats héréditaires de la maison de Habsbourg, surtout en Bohême, comme dans l'espoir d'affaiblir cet obstacle, en affaiblissant le sentiment religieux, avec l'influence du clergé, par la propagande impie, et de se concilier les porte-voix d'alors de la renommée européenne, il avait renforcé les casernes de Potsdam d'ateliers d'imprimerie et d'un bureau de presse, où la lie des écrivains libres penseurs de France venait exhaler, sous sa direction, d'audacieux blasphèmes en prose et en vers, pour ruiner les croyances et discréditer le corps ecclésiastique.

Les esclandres de Voltaire et les âpres disputes entre Kœnig et Maupertuis, en privant son Académie de ses plus grandes illustrations, avaient singulièrement dérangé ses plans et dispersé l'état-major des plumes enrôlées. Il conserva néanmoins d'Argens, Francheville et l'abbé de Prades, qui furent chargés de corriger ses manifestes et de composer des pamphlets anti-catholiques.

En remplacement des deux illustres capitaines, dont l'un était blessé à mort, et l'autre, parti, il offrit une solde à d'Alembert, le directeur de la machination encyclopédique. La lettre par laquelle il proposait « au génie sublime, » méconnu en France, une pension de douze cents francs, amusa beaucoup

Louis XV et sa cour fastueuse, à cause du contraste risible entre la magnificence de l'éloge et la mesquinerie de la récompense. (1)

Alarmé des bruits de conversion répandus sur Voltaire, le congédié du cénacle philosophique, devenu l'hôte de l'abbaye de Senones et le communiant pascal de Colmar, Frédéric II lui fit écrire par frère Isaac d'Argens, sous forme de plaisanteries, de piquants reproches sur son prétendu retour aux pratiques chrétiennes, scandale calamiteux « dans le « petit royaume de Satan. » L'endurci hypocrite ne rougit pas d'avouer son sacrilége, et de protester de sa fidélité « à la parole sacrée que les enfants de Bel- « zébuth se sont donnée dans le caveau de Lucifer. » Est-ce un crime « qu'un diable aille à la messe, « quand il se trouve en terre papale, comme Nancy « ou Colmar... ? Il eût été à souhaiter que le très ré- « vérend Père que j'ai tant aimé, eût eu plus d'in- « dulgence pour un serviteur très attaché. » (2)

Le révérendissime abbé du couvent philosophique, organisateur des *convents* maçonniques, ne fut pas bien rassuré par ces excuses badines, qui, en laissant subsister les apparences de la dévotion, mésédifiaient les frères dispersés, et pouvaient ébranler la fermeté de quelques-uns, ce qui eût échancré la réputation de vaillance de toute la phalange incrédule. C'est pourquoi il envoya, le 23 octobre 1754, sa sœur, la margrave de Bareith, en députation au philosophe réputé en danger de jésuitisme à Colmar. Elle

(1) Août 1754.
(2) Lettre de Voltaire à d'Argens, mars 1754.

le caressa, regagna les bonnes grâces de la nièce par un cadeau, en réparation de la mésaventure de Francfort, ouvertement blâmée, et resta en correspondance avec lui, de manière à le maintenir en laisse, sous les flatteries enivrantes d'une Altesse Royale. (1)

Aussi Darget put-il tranquilliser complétement le chef de la conjuration impie, en lui mandant de Paris les preuves irréfragables de la persévérance de « l'échappé de Berlin. »

« Le séjour de Voltaire à l'abbaye de Senones avait « fait débiter beaucoup de propos ridicules sur sa « prétendue conversion. Mais il a envoyé quelques « articles très bien faits, pour l'*Encyclopédie*, à « M. d'Alembert, et y a joint une lettre qui ne « marque pas un homme subjugué par les pré- « jugés. » (2)

Néanmoins, connaissant l'esprit versatile de la *Girouette du Parnasse*, et son vif désir de récupérer sa place d'historiographe de France, avec les faveurs de la cour de Versailles, où le masque adopté devait servir à lui ménager une rentrée, l'artificieux stratégiste des manœuvres de la secte conspiratrice se mit à faire jouer les ressorts secrets, qui, d'une part, fermèrent les portes de sa patrie à l'Achille courroucé du camp anti-clérical, et lui ouvrirent, d'autre part, une attrayante issue sur le lac de Genève, où les frères et amis, philosophes et protestants de toute nation, eurent soin de l'enguirlander, pour l'attacher

---

(1) Voltaire, *Mémoires* et lettre à Richelieu, 27 octobre 1754.
(2) Lettre de Darget à Frédéric, 1754.

irrévocablement au char de feu de la libre pensée
et le pousser, à coups d'encensoir, à la dévastation
du monde catholique, selon le vœu et le mot d'ordre
du *Luc* abhorré, dont il demeura l'instrument docile,
quoique hostile.

En effet, *Luc* (anagramme qui faisait allusion aux
habitudes infâmes du roi philosophe), lança par ses
émissaires à Paris des copies de la *Pucelle*, que les
ennemis de Voltaire s'empressèrent d'imprimer, afin
de le perdre à la cour et de lui interdire la patrie.
A cette nouvelle, le poëte effrayé s'efforce de se remonter le courage en se rappelant que « le roi de
« Prusse n'a jamais eu ce maudit chant de l'âne de
« la première fournée. » (1) Il se sauve à Lyon pour
calmer ses inquiétudes, et supplie ses amis de l'avertir à temps afin qu'il ne finisse « pas ses jours à-la
« Bastille. » (2) Il les presse d'intervenir pour empêcher ou arrêter l'impression, et se reconnaît « perdu
« sans ressources, » si ce malheur arrive. « On lui
« mande que la *Pucelle* est imprimée et qu'on la
« vend un louis à Paris. C'est apparemment *Mandrin*
« qui l'a fait imprimer ; cela le fait mourir de dou-
« leur. » (3)

Comme moyen de parer le coup, il jette en circulation des contrefaçons du poëme compromettant,
dont il mutile les chants les plus scabreux, par des
variantes qui les défigurent et lui permettent de les
désavouer. Les poursuites commencées traînent en

(1) Lettre à d'Argental, 7 novembre 1754.
(2) Au même, 2 décembre 1754.
(3) Lettre à d'Argental, 25 janvier 1755.

longueur. Les confidents redoublent de zèle à dépister la police, comme à l'adoucir. Mais la menace
prolonge l'épée de Damoclès sur la tête du coupable.

Dans l'intervalle, le médecin Tronchin, de Genève,
endoctriné, soit par la margrave de Bareith, qui l'a
consulté en passant, soit par d'autres agents prusso-
protestants fort nombreux dans la cité de Calvin,
depuis que les électeurs de Brandebourg professaient
le symbole des *Réformés* et se posaient en protecteurs
des Vaudois de Savoie, aussi bien que des huguenots
de France, Tronchin, assisté du pasteur Vernet,
Français réfugié, et des libraires Cramer, l'attire
dans la banlieue de la Rome anti-papiste, et lui fa-
cilite l'achat des *Délices*, près de Lausanne, « ville peu-
« plée d'Anglais et de philosophes, où l'on parle fran-
« çais et pense à l'anglaise, » (1) où se trouve l'*Ecole
des Prophètes*, séminaire des ministres et des colpor-
teurs évangéliques, envoyés dans les provinces de
France, encore travaillées du ferment huguenot. (2)

Sa qualité d'ennemi notoire de l'Eglise lui vaut la
naturalisation immédiate de citoyen suisse, avec le
droit d'acquérir une propriété foncière sans abjura-
tion préalable, dans le pays de la tolérance protestante. « J'acceptai leur proposition. Il n'est permis à
« aucun catholique de s'établir à Genève, ni dans
« les cantons suisses protestants. Il me parut plai-
« sant d'acquérir des domaines dans les seuls pays
« de la terre où il ne m'était pas permis d'en

(1) Lettre à d'Argental, 26 avril 1754.
(2) *Commentaire historique* et *Mémoires*.

avoir. » (1) « La république a donné en ma faveur
« une petite entorse à la loi avec tous les agréments
« possibles. » (2)

Il recrute des collaborateurs pour l'*Encyclopédie*
parmi les ministres du saint Evangile, qui rédigent
les articles liturgiques, avec une irrévérence à effrayer même *les ingénieux fléaux des prêtres*. D'A-
lembert vient le visiter, « parce que la montagne ne
« pouvant pas aller à Mahomet, il faut que Mahomet
« aille trouver la montagne. » Ils concertent ensemble les moyens de monter leur machine de guerre
sur un pied formidable, d'en augmenter l'efficacité
ainsi que la portée, de tourner ou de renverser les
obstacles qui en entravent la construction et l'extension, d'éluder les défenses et les restrictions lé-
gales, de tromper la vigilance des censeurs et des
magistrats, de profiter des dissensions survenues
entre la Sorbonne et les Parlements au sujet des jésuites et des jansénistes, « afin de farcir l'ouvrage de
« vérités qu'on n'eût pas osé dire, il y a vingt ans :
« car, pendant la guerre des Parlements et des évê-
« ques, les gens raisonnables ont beau jeu ; quand
« les pédants se battent, les philosophes triom-
« phent. » (3)

Ils gémissent ensemble de la dure nécessité de
laisser insérer dans l'arsenal de l'impiété des articles théologiques, destinés à endormir ou désarmer
les sentinelles du clergé, « capucinades qui leur ser-

(1) *Mémoires.*
(2) Lettre au duc de Richelieu, 13 février.
(3) Voltaire à d'Alembert, 13 novembre 1736.

« rent le cœur, vu qu'il est bien cruel d'imprimer le
« contraire de ce qu'on pense. » (1) Ils réclament
la pleine liberté d'insulter la religion catholique,
qui est celle dè l'Etat en France, comme on l'insulte dans les pays protestants, où elle est proscrite,
où, par contre, il est défendu, sous peine de bannissement, de critiquer, d'ébrêcher les prescriptions
doctrinales et les ordonnances liturgiques des seigneurs territoriaux ou des autorités, soit canto-
nales, soit municipales. Ils espèrent que le progrès
des idées nouvelles d'affranchissement individuel et
social de la superstition chrétienne amènera les représentants de Dieu à se taire, à cesser d'effaroucher les loups, de les troubler dans le ravage du
bercail, et les ministres du roi à fermer les yeux
sur la sape appliquée à l'autel, sur la mine creusée
sous le trône, de peur d'empêcher le renversement
simultané des deux bases de l'ordre national. En
attendant qu'on puisse honnir à Paris le pape, les
évêques, les prêtres, le fils aîné de l'Eglise, avec la
même licence qu'à Genève et à Berlin, où cependant
personne n'ose vilipender ni Luther, ni Calvin, ni
un pasteur quelconque en fonction, encore moins
un magistrat ou le souverain, « le garçon encyclo-
« pédiste et son honoré maître, le philosophe uni-
« versel, » conviennent d'entretenir et de flatter la
bienveillance des ministres indulgents, comme de
Malesherbes, afin de paralyser la vindicte des lois.

C'est ainsi que l'hôte des *Délices*, futur ermite de

(1) Voltaire à d'Alembert, 9 octobre 1756.

Ferney, se sachant abrité, à l'ombre du fanatisme anti-catholique de la Suisse protestante, contre les lettres de cachet, comme contre les tracasseries du Parlement, pour crime de lèse-clergé romain ; ayant à sa disposition l'outillage et les agences de propagande huguenote, établies, depuis Calvin, sur les rives du lac Léman, débrida sa plume sarcastique et la fit courir sus aux dévots, causes occasionnelles de son exil involontaire. Il déchargea sur eux sa colère, avec une véhémence inouïe, dans une multiplicité prodigieuse de coups adroitement portés.

Il s'assoupit à l'égard du persécuteur de Potsdam, patron de d'Alembert et de la *boutique commune*. Il se félicitait d'être affranchi de son joug, tout en servant sa cause avec plus de zèle. « L'opulence « paisible et l'extrême indépendance, » (1) du philosophe rentier dispensaient le bénéficier de l'entreprise de payer le salaire de son meilleur ouvrier, en l'affranchissant de l'ennui d'avoir à se démêler constamment avec l'hôte le plus incommode, le caractère le plus insupportable, dont la présence à Berlin lui avait causé mille embarras. L'homme de lettres, parvenu au rang de gentilhomme et à l'aisance « d'un fermier-général, » ne voulant plus être « enclume en France » où il avait amassé sa fortune, se fit gratuitement en Suisse « le marteau » du roi de Prusse, pour démolir les intitutions religieuses et politiques de sa patrie, en vengeance des désagréments dont ses audaces subversives l'y menaçaient.

(1) *Mémoires.*

Pendant que Frédéric surveillait, dirigeait, complétait le bataillon des tirailleurs littéraires français, et profitait de l'ardeur de leur condottière indisciplinable, afin de poursuivre vigoureusement la campagne entreprise contre l'Eglise, tout en se préparant à faire des nouvelles conquêtes par les armes, à mesure que les pionniers de la plume lui en aplaniront le chemin, et selon l'opportunité des occasions, l'unique règle de justice et de conduite de sa race, enrichie de rapines, fruits de l'astuce unie à la violence, les autres Etats ou s'endormaient dans une molle quiétude sur les bords d'un abîme, comme la France et la Pologne, ou se disposaient, avec vigilance et virilité, à soutenir, sinon à recommencer la lutte sanglante, mais indécise, qui les a laissés mécontents d'eux-mêmes et des autres, comme l'Autriche et l'Angleterre.

Marie-Thérèse est indubitablement la figure la plus accomplie de la dynastie des Habsbourg, la souveraine la mieux douée de qualités royales, en même temps que la plus irréprochable dans sa vie publique et privée, qui soit mentionnée dans l'histoire. Sortie retrempée de la terrible épreuve qui l'avait assaillie à son avénement aux trônes de ses pères, elle mit à profit les rudes leçons que ses précoces adversités lui avaient infligées, et dont les prospérités subséquentes n'effacèrent jamais la salutaire impression. Une cruelle expérience l'avait contrainte de sentir et d'approfondir la perversité, aussi bien que l'insatiable ambition de son plus dangereux voisin. Les paroles mielleuses et les protestations d'amitié venues de

Berlin, dans le but de la circonvenir ou de lui inspirer une imprudente sécurité, la trouvèrent insensible et bardée de défiance. Elle demeura convaincue qu'elle avait, dans l'ancien vassal de sa famille, affranchi naguère par usurpation, un ennemi acharné, irréconciliable, audacieux, perfide, entreprenant, ulcéré du mal qu'il lui a déjà fait, plus encore de celui qu'il n'avait pas réussi à lui faire, tourmenté, non du remords d'avoir payé la dette de reconnaissance personnelle, qui le liait au père, par trois agressions iniques sans déclaration de guerre, contre la fille, soit pour lui soustraire la Silésie, soit pour tenter de lui enlever le royaume entier de Bohême, en aidant d'autres déprédateurs à la dépouiller totalement de son héritage, mais tourmenté du dépit d'avoir échoué aux trois quarts dans les projets d'annexion, et complétement dans les visées à la couronne impériale.

Marie-Thérèse, instruite des sentiments haineux ainsi que des desseins hostiles de Frédéric II, le voyant consacrer les loisirs de la paix à hérisser de forteresses et de camps retranchés la province acquise par la conspiration et conservée par l'épée, pour y établir une formidable base d'opérations offensives, le long de ses frontières rétrécies; le sachant occupé parallèlement à miner les pays catholiques, au moyen de la coalition des novateurs incrédules et des sectaires protestants, ne perdit pas son temps à gémir sur le malheur d'être sans cesse en butte aux traits et aux trames d'un puissant et implacable adversaire.

Femme forte et pratique, conforme à l'idéal de la Sainte Ecriture, dans le livre de la Sagesse, elle se mit en devoir et à l'œuvre de parer les coups de l'agresseur attendu, de repousser ses attaques, de déjouer ses intrigues, de paralyser ses alliances. Elle travailla, avec une persévérance infatigable, à opposer la force à la force, l'argent à l'argent, la prudence à la perfidie, la fédération à la conjuration.

Par ses soins, les finances de ses divers Etats furent réorganisées et produisirent 36 millions de florins, près du double qu'en touchait son père, l'empereur Charles VII, sans cependant surcharger les populations, dont le bien-être matériel, la dignité morale et la paix religieuse étaient l'objet constant de sa sollicitude maternelle. Son mari, quoique empereur et co-régent, reconnaissant sa supériorité dans l'art difficile d'administrer et de gouverner une vaste agglomération de nationalités de toute race et de toute langue, comme l'était l'Autriche, avec ses possessions allemandes, slaves, hongroises, italiennes et flamandes, lui abandonnait la direction des affaires politiques, et se livra, au moyen de ses deniers particuliers, à des spéculations très licites, qui devinrent la source de la fortune privée de sa nombreuse postérité. Il se fit le banquier de la cour de Vienne, et les finances autrichiennes s'en trouvaient mieux que depuis leur inféodation ruineuse aux enfants d'Israël.

« L'impératrice avait senti dans les guerres pré-
« cédentes la nécessité d'une meilleure discipline ;
« elle choisit des généraux actifs et capables de l'in-
« troduire dans ses troupes ; les vieux officiers, peu

« propres aux emplois qu'ils occupaient, furent ren-
« voyés avec des pensions et remplacés par de jeunes
« gens de condition, pleins d'ardeur et d'amour pour
« le métier de la guerre. On formait toutes les
« années des camps dans les provinces, où les troupes
« étaient exercées par des commissaires inspecteurs
» bien versés dans les grandes manœuvres de la
« guerre. L'impératrice se rendit elle-même, à dif-
« férentes reprises, dans les camps de Prague et
« d'Olmutz, pour animer les troupes par sa présence
« et par ses libéralités. Elle savait faire valoir mieux
« qu'aucun prince ces distinctions auxquelles on
« attache tant de prix. Elle récompensait les officiers
« qui lui étaient recommandés par les généraux, ex-
« citant partout l'émulation, les talents et le désir
« de lui plaire. » (1)

La lutte si glorieusement soutenue pour l'existence même de l'Autriche, menacée du sort réservé à
la Pologne, fournit à la courageuse et clairvoyante
fille de la maison apostolique, l'occasion de constater que les affinités religieuses et les communes
haines de l'Église romaine, qui rapprochaient la
Prusse et l'Angleterre, malgré l'antipathie des souverains et l'antagonisme des intérêts du Brandebourg
et de l'électorat du Hanovre sur les bouches de l'Elbe,
avaient joué un rôle considérable, quoique peu signalé, dans la dernière guerre, et contribué, d'une
part, au prolongement des hostilités contre la France,
et de l'autre à l'acquisition des avantages recueillis

(1) Frédéric II, *Guerre de Sept Ans*, ch. Ier.

par Frédéric, plutôt en récompense de sa triple défection au roi très chrétien, qu'en trophée de ses succès militaires. Marie-Thérèse, persuadée désormais
que, sous prétexte de combattre la prépondérance des
Habsbourgs par les Bourbons, et l'agrandissement
des Bourbons par les Habsbourgs, les sectaires protestants qui fournissaient le noyau habituel des
ligues ourdies, tantôt contre Vienne, tantôt contre
Versailles, tendaient à paralyser, affaiblir, détruire,
l'une par l'autre les deux grandes puissances catholiques, pour achever la révolution politique et religieuse du seizième siècle, en l'introduisant dans les
contrées d'où elle se trouvait encore exclue, en appliquant ses principes dissolvants à la destruction de la
hiérarchie catholique, comme autorité spirituelle et
influence sociale, à la sécularisation totale des principautés ecclésiastiques, membres pondérateurs de
l'Empire allemand, centre fédératif de l'Europe chrétienne; Marie-Thérèse, pénétrée de l'imminence du
péril pour tous les trônes légitimes et fidèles à la
communion pontificale, en cas qu'ils persisteraient à
s'entreheurter, ou seulement à s'isoler les uns des
autres, en souvenir d'anciennes rivalités, exploitées
par les adversaires de leur foi, qui étaient au fond
les alliés constants de leurs ennemis politiques,
sinon ces ennemis eux-mêmes, fit, incontinent après
la paix d'Aix-la-Chapelle, des ouvertures aux ministres de Louis XV, en vue d'arriver à un accommodement durable entre les deux boulevards de l'Église,
à une réconciliation sincère entre les deux plus anciennes et les deux plus illustres maisons royales,

20.

qui avaient un intérêt manifeste à oublier le passé,
à cimenter leur entente dans le présent, afin de conjurer ensemble à l'avenir les orages amoncelés sur
leurs pays respectifs par leurs fréquentes et funestes
querelles.

« Le comte de Kaunitz (confident de ses pensées et
« de ses désirs), fut envoyé comme ambassadeur à
« Paris. Il y travailla avec une assiduité et une
« adresse infinie à faire revenir les Français de cette
« haine irréconciliable, qui, depuis François Ier et
« Charles-Quint, subsiste entre les maisons de Bour-
« bon et de Habsbourg. Il répétait souvent aux mi-
« nistres que l'agrandissement des Prussiens était
« leur ouvrage, qu'ils en avaient été payés d'ingra-
« titude, et qu'ils ne tireraient aucun parti d'un allié
« qui n'agissait que pour ses propres intérêts. D'au-
« fois, il leur disait :

« Il est temps que vous sortiez de la tutelle où les
« rois de Prusse et de Sardaigne vous tiennent. Leur
« politique, surtout celle des confédérés protestants,
« ne tend qu'à semer la zizanie entre les grandes
« puissances (catholiques), ce qui leur procure des
« moyens d'agrandissement. Nous ne faisons la
« guerre que pour eux. Il n'y a qu'à nous entendre
« et nous prêter mutuellement à des arrangements,
« qui, en ôtant tout sujet de différend entre les pre-
« mières puissances de l'Europe, servent de base à
« une paix solide et durable.

« Ces idées parurent d'abord bizarres à une nation
« qui avait pris l'habitude, par une longue suite de
« guerres, de regarder la maison impériale comme

« son ennemie perpétuelle. Le comte de Kaunitz
« revint souvent à la charge ; à force de répéter les
« mêmes propos, la cour de France, se familiarisant
« avec ces idées, vint à se persuader insensiblement
« que ces deux grandes maisons n'étaient pas aussi
« incompatibles que leurs ancêtres l'avaient cru. Il
« fallait du temps à ce germe pour se développer et
« pour se fortifier. Toutefois, la doctrine du comte
« de Kaunitz fit des prosélytes. La cour de Ver-
« sailles, ne regardant plus des liaisons à prendre
« avec l'impératrice-reine comme impossibles, se
« sentit moins d'éloignement pour elle. Les choses
« restèrent sur ce pied jusqu'à ce que les vexations
« des Anglais obligèrent Louis XV à recourir aux
« armes. » (1)

. Ce tableau, un peu long, mais instructif, tracé
par le roi de Prusse lui-même, des démarches de
Marie-Thérèse pour rapprocher Vienne et Versailles, nous révèle combien la nation frivole par
excellence, oublieuse par légèreté des injures,
comme des périls les plus graves, s'encroûte facilement dans une fausse ornière, et s'entête bien souvent d'un cliché, usé de vétusté, surtout s'il est
absurde et nuisible.

De nos jours, il se rencontre encore de ces têtes
gauloises écervelées, trop rondes de fond et de forme,
trop faciles à rouler en général, qui semblent carrées sur certains points particuliers, qui restent,
par exemple, accrochées, comme par des angles

(1) Frédéric II, *Guerre de Sept Ans*, Ch. II.

aigus, à cette idée protestante et révolutionnaire,
que la politique française doit continuer à être anti-
autrichienne, aussi bien qu'anti-catholique, comme
au temps de Richelieu et de Mazarin, quoique tout
ait changé en Europe, depuis deux siècles et demi,
excepté leurs préventions anti-cléricales, pétrifiées
dans le fétichisme de l'irréligion.

Quoi qu'il en soit, la cour de Louis XV, si difficile à convertir à une idée sensée, parce que le roi,
qui s'était réservé la direction des affaires étrangères, ne voyait les événements qu'à travers les caprices de la favorite Cotillon II, n'eût pas rompu avec
Frédéric auquel elle avait sacrifié le parti patriotique en Pologne pour avoir son appui contre la
Russie en faveur de la Suède, si ce prince ne l'avait
d'abord contrainte par son alliance avec l'Angleterre à se jeter dans les bras de l'Autriche, à conclure en toute hâte avec celle-ci un traité défensif,
garantissant aux contractants leurs Etats respectifs,
en cas d'attaque ; si ensuite il ne l'avait exaspérée
par son agression inqualifiable contre la Saxe, protégée de la France et patrie de la Dauphine.

C'est le traité de Londres, négocié secrètement
dans de longs pourparlers et signé le 16 janvier 1756,
qui provoqua le traité de Versailles, négocié ouvertement en quelques jours et signé le 1er mai de la
même année, lorsque les Anglais avaient déjà commencé traîtreusement les hostilités depuis dix-huit
mois au Canada, ainsi que dans les Indes.

C'est l'entrée inopinée de Frédéric II en Saxe, à
la tête de 70,000 hommes, sans motif ni déclaration

de guerre ; c'est l'investissement perfide du camp
de Pirna, la capitulation forcée de l'armée saxonne,
prise dans un guet-apens en pleine paix, le 13 octobre 1756 ; c'est l'enrôlement violent dans les régiments prussiens, des officiers et des soldats prisonniers ; ce sont ces violations accumulées du droit
des gens, qui ravivèrent les souvenirs irritants de
sa triple défection précédente et soulevèrent l'indignation nationale.

Sous l'explosion de la colère publique, l'alliance
défensive avec l'Autriche se transforma sans difficulté en alliance offensive, et amena la France sur
les champs de bataille de la guerre de Sept Ans, où
elle ne récolta que des désastres ignominieux, non
parce que la cause embrassée était mauvaise, mais
parce qu'elle était mal défendue, parce que, de la
tête aux pieds, le gouvernement et ses organes civils et militaires étaient gangrenés, vermoulus,
pourris, sous le règne de la fange élégante, qui
énervait, dissolvait, avilissait, au dehors comme au
dedans, la fille aînée de l'Eglise, tombée de Sibarys
en Babylone, avec un monarque-sultan, plus occupé
de recruter le sérail du *Parc aux Cerfs* que de
pourvoir aux besoins des flottes et des armées.

Quant au fameux billet imputé à Marie-Thérèse,
dans lequel l'impératrice-reine aurait sollicité l'intervention de *sa bonne amie* la Pompadour, pour déterminer Louis XV à se déclarer contre la Prusse, c'est
une mystification imaginée par Frédéric, afin de
ridiculiser en France l'alliance autrichienne. Les
historiens qui l'ont reproduite, ont simplement

prouvé, soit leur mauvaise foi, soit leur naïve crédulité, quand il s'agit d'assertions émanées du camp
prusso-protestant, devenu l'arche sainte d'une foule
de simples d'esprit, qui se croient libres-penseurs
parce qu'ils prennent la liberté de ne pas penser du
tout, en répétant stupidement les plus sottes inven-
tions des docteurs charlatans de l'école impie.

Marie-Thérèse a nié « avoir jamais eu aucune
« liaison avec la Pompadour; jamais une lettre,
« jamais notre ministre n'a passé par son canal. Ce
« canal ne m'aurait pas convenu. » (1)

Nous verrons, durant les vicissitudes de cette
guerre peu glorieuse pour nous, à quelles manœuvres
souterraines l'artificieux généralissime de la conspiration philosophico-protestante eut recours, soit
pour se concilier les sectaires luthériens et calvinistes de tous les pays, soit pour conserver la clien-
tèle encyclopédique, soit pour rallier à son drapeau,
compromis après Kœllin, Cotillon II, par l'offre de
la principauté de Neuchâtel en Suisse.

Ç'est là le thème du chapitre suivant, qui glissera
sur les faits militaires, et s'arrêtera seulement aux
mouvements diplomatiques et littéraires qui ont
gagné ou désarmé les cabinets, et circonvenu l'opinion publique, au détriment de la France et au profit
de la Prusse.

(1) Lettre citée par d'Arneth, *Histoire de Marie-Thérèse*,
tome VIII.

CHAPITRE II

NÉGOCIATIONS ET PREMIÈRES HOSTILITÉS DE LA GUERRE DE SEPT ANS

Caractère confessionnel des guerres depuis le protestantisme. — Influence méconnue des sectaires. — Frédéric en profite. — Haine du peuple anglais contre la France. — Alliance de la Prusse et de l'Angleterre. — Erreur de Frédéric. — L'irruption en Saxe provoque l'indignation à Versailles. — Traité de Versailles modifié à l'avantage de l'Autriche. — Vains efforts de Frédéric pour regagner l'opinion. — Démarches auprès de Voltaire. — Le philosophe reste hostile. — Traits lancés contre le roi. — L'espion courtisan. — Machine de destruction. — Diplomatie autrichienne. — Embarras de Frédéric — Testament. — Victoire et défaite en Bohême.

Soit tactique, soit ignorance, la plupart des historiens français omettent de signaler le *caractère confessionnel* de la guerre de Sept Ans, comme en général de toutes les guerres qui ont ensanglanté l'Europe, depuis la révolution religieuse du seizième siècle jusqu'à nos jours, y compris les campagnes de Sadowa et de Sedan, aussi bien que celle de Plevna. L'éruption du Protestantisme, en déchirant la Chrétienté par le triomphe de la révolte, a produit des luttes intestines, des conflits internationaux assez analogue aux bouleversements et aux chocs, provoqués dans le monde baptisé par l'éclosion violente du Mahométisme, et par les incursions universelles de ses hordes sauvages, qui ont échancré les frontières de la civilisation avec celles de la foi.

Les secousses qui ont accompagné et suivi le soulèvement du moine rebelle, soutenu d'une nuée de princes apostats et pillards, ont semé la division dans chaque peuple, comme entre tous les peuples de l'Occident.

Elles ont animé l'attaque ainsi que la défense de l'esprit des croisades, ralenties, mais non discontinuées, contre les Barbares infidèles. Ligues intérieures et coalitions extérieures, émeutes et invasions, chocs civils et campagnes d'équilibre ou de prépondérance, tous ces combats du dedans et du dehors tendaient à étendre ou à contenir la scission commencée dans le sein de l'Eglise romaine; à fomenter ou à comprimer les efforts latents et patents de ses amis et de ses ennemis, de ses restaurateurs et de ses destructeurs. De Luther à Bismark, pas un coup de canon n'a été tiré en Europe qui ne fût amorcé soit directement, soit indirectement, de l'amour ou de la haine de la vérité catholique, qui n'eût pour objectif la victoire ou la défaite des partisans de l'hérésie ou de l'orthodoxie.

Il est douteux que le gouvernement de la décadence de Louis XV, déjà éclairé des ténèbres de l'aveuglement moderne, ait aperçu les haines et les préventions anti-papistes qui cimentaient l'alliance de la Prusse et de l'Angleterre, qui stimulaient l'ardeur de l'une et de l'autre à démolir l'entente des Habsbourg et des Bourbons, afin de ruiner les colonies franco-espagnoles par la marine britannique, et d'accabler l'Autriche par les armées de Frédéric II.

Il est possible que les membres du cabinet de Versailles, dirigés par une Laïs aussi frivole qu'ambitieuse, dominée elle-même par un entourage de physiocrates et d'encyclopédistes, croyaient les passions religieuses disparues du monde, parce que le sentiment religieux s'était effacé de leurs cœurs gangrenés. Ne soupçonnant le fanatisme que chez les jésuites ou les jansénistes, ils oubliaient les leçons de l'histoire, comme les recommandations de Louis XIV, fondées sur l'expérience des fureurs huguenotes. Dédaigneux des Mémoires étincelants de bon sens et de patriotisme, adressés par le duc de Saint-Simon au régent, touchant l'anglomanie de Dubois et la rupture de l'alliance espagnole, le souverain énervé, les ministres et les généraux libres penseurs qui ont dirigé les négociations et les opérations de sept années d'humiliantes défaites, n'ont vu que le côté politique du terrible duel engagé entre une coalition de puissances protestantes contre une ligue d'Etats catholiques, duel mollement soutenu par eux, vu qu'il leur manquait, avec la foi, les mœurs, le dévouement et les vertus civiques.

Mais leurs adversaires se gardaient de ces courtes vues de philosophes épicuriens. Le roi de Prusse ne rougit pas de se poser en défenseur des symboles de Genève et d'Augsbourg, que ses émissaires en Allemagne, en Hollande, dans les pays scandinaves, prétendirent menacés en cas de triomphe des maisons Très Chrétienne et Apostolique. De là une fermentation générale en sa faveur parmi les protestants du monde entier.

Nulle part cette fermentation ne se manifesta plus éclatante ni plus fructueuse qu'en Angleterre, où la bigoterie anti-romaine enflammait la ferveur anti-française ainsi que le zèle archi-prussophile. Les plaintes et les feintes terreurs des sectaires de toute nuance, très divisés entre eux, néanmoins toujours unis contre Rome, aigrirent les antipathies héréditaires de deux nations divergentes de culte, de race, de langue, d'intérêts, qui s'étaient heurtées trop souvent sur terre et sur mer pour ne pas se jalouser et se détester.

« La nation anglaise, facile à s'enflammer lors-
« qu'elle croit avoir à se plaindre de la France, ne
« respirait que la guerre... Il était facile d'enveni-
« mer les querelles des deux pays. Au seul nom de
« Français le peuple de Londres entre en fureur ;
« les matières combustibles étaient rassemblées,
« elles s'embrasèrent bien vite. Ce peuple fougueux
« obligea le roi Georges à faire quelques armements.
« Une démarche en entraîna une autre ; on en vint
« à des voies de fait : des violences donnèrent lieu à
« des représailles. On remarqua cependant que le
« ministère de Versailles agit avec plus de mesure
« et de modération, et que les mauvais procédés
« venaient tous de la part des Anglais. » (1)

Cette surexcitation religieuse et politique du peuple

---

(1) Frédéric II, *Guerre de Sept Ans*, ch. III.

anglais obligea le roi Georges à proposer une entente à Frédéric, son ennemi personnel et le voisin
incommode de l'électorat de Hanovre.

« Avant de se déterminer, le roi de Prusse jugea
« à propos de s'assurer de la façon de penser de la
« cour de Russie (dont il redoutait un coup de main
« sur Kœnigsberg en cas de lutte sur une autre
« frontière). Il eut recours au sieur de Klinggraeff,
« ministre de la czarine à Vienne, pour savoir dans
« quels termes la Russie était avec l'Angleterre, et
« surtout si c'était la cour de Vienne ou celle de
« Londres, qui avait le plus d'influence à Péters-
« bourg. Le sieur de Klinggraeff répondit que les
« Russes, étant une nation mercenaire et intéressée,
« il n'y avait aucun doute qu'ils ne fussent plus
« attachés à ceux qui pouvaient les acheter qu'à
« ceux qui n'avaient rien à leur donner ; qu'ainsi
« les Russes s'en tiendraient aux Anglais, que des
« richesses immenses mettaient en état de leur payer
« de gros subsides. » (1)

Cette considération hâta la conclusion du traité
de Londres. « Frédéric, qui était alors allié avec la
« France, préféra l'alliance de l'Angleterre à celle
« de la France et s'unit avec la maison de Hanovre,
« comptant empêcher d'une main les Russes d'avan-
« cer dans la Prusse, et de l'autre les Français de
« venir en Allemagne ; il se trompa dans ces deux
« idées ; mais il en avait une troisième dans laquelle
« il ne se trompa point : ce fut d'envahir la Saxe

_____

(1) Frédéric II, *Guerre de Sept Ans*, ch. III.

« sous prétexte d'amitié, et de faire la guerre à l'im-
« pératrice-reine de Hongrie, avec l'argent qu'il pilla
« chez les Saxons. » (1)

Ses dispositions au pillage étaient tellement no-
toires, qu'avant ses déprédations en Saxe, qui lui
aliénèrent la France, « le ministre des affaires étran-
« gères, Rouillé, dit un jour à de Knyphausen, en-
« voyé de Prusse à Versailles : Ecrivez au roi, votre
« maître, qu'il nous assiste dans l'expédition du
« Hanovre; il y a là de quoi piller, le trésor du roi
« d'Angleterre est bien fourni, le roi n'a qu'à le
« prendre; c'est une bonne capture. » (2)

Frédéric se formalisa d'apprendre que ses actes et
ses sentiments étaient si bien appréciés aux bords de
la Seine, et eût néanmoins profité de l'occasion d'en
confirmer l'opinion répandue, si la crainte des
Russes, règle de sa sagesse, ne l'avait retenu vers
les bouches de l'Elbe, pour le porter du côté de la
source du fleuve, à travers la Saxe, dont il a recommandé la conquête à ses héritiers, comme étant la
plus convenable, parce qu'elle donnerait à la Prusse
la frontière naturelle des monts Géants, du côté des
possessions autrichiennes.

Son testament politique, dont une partie seulement est révélée, indique les moyens de s'annexer
la province convoitée, en insistant sur l'abstention
de toute guerre qui n'offrirait pas de perspective
assurée de gain, sur la nécessité de cacher ses projets
ambitieux à l'Europe, et d'exciter la défiance envers

(1) Voltaire, *Mémoires.*
(2) Frédéric II, *Guerre de Sept Ans*, ch. III.

d'autres Etats, particulièrement envers l'Autriche, afin de s'agrandir par de hardis coups de main, opérés à la faveur de cette défiance, manœuvre qui n'est fructueuse qu'à la condition d'un secret absolu.

L'irruption soudaine de Frédéric en Saxe, sur des copies de correspondance diplomatique qui révélaient les pourparlers entre les cours de Vienne, de Dresde et de Pétersbourg, en vue d'établir entre ces trois puissances une alliance défensive, copies qu'il s'est procurées en corrompant deux secrétaires d'ambassade, anoblis pour ces services d'abus de confiance ; ses duretés envers la reine de Pologne et la famille royale, les contributions de guerre exigées des malheureux Saxons et l'embauchage tenté de l'armée prisonnière pour l'incorporer aux troupes prussiennes, afin d'accabler la Bohême de forces supérieures à celles de Marie-Thérèse, avec laquelle il ne se trouvait pas plus en état de guerre qu'avec l'électeur de Saxe, roi de Pologne, tous ces faits odieux, comme nous l'avons déjà remarqué à la fin du chapitre précédent, déchaînèrent une indignation universelle, qui le mit au ban de tous les pays civilisés où ne prévalait pas le fanatisme des ennemis de toute dynastie catholique.

« L'invasion des Prussiens en Saxe causa une vive « sensation en Europe. Le roi de Pologne criait « contre la violence des Prussiens ; ses ministres, « dans les cours étrangères, exagéraient les maux « de la Saxe. Ces clameurs retentissaient à Ver- « sailles, à Pétersbourg et par toute l'Europe.

« Le roi de France était déjà piqué de ce que le

« roi de Prusse, au lieu de renouveler le traité de
« Versailles, venait de conclure avec le roi d'Angle-
« terre l'alliance de Londres. D'un côté, les ministres
« autrichiens aigrissaient l'esprit de la nation fran-
« çaise pour l'entraîner dans la guerre d'Allemagne ;
« d'un autre, on se servait des larmes de la dauphine
« pour émouvoir la compassion de Louis XV, afin
« qu'il prît le parti du roi de Pologne. Le roi très
« chrétien se rendit à d'aussi vives sollicitations et
« résolut de porter la guerre en Allemagne. » (1)

« L'impétuosité française, qui pousse l'esprit de
« cette nation d'un extrême à l'autre, l'inconséquence
« des ministres, l'animosité dont le roi de France
« était déjà rempli contre le roi de Prusse, la nou-
« veauté et la mode, accréditèrent tellement à la cour
« cette alliance des Autrichiens, qu'on la considérait
« comme un chef-d'œuvre de politique. Au lieu de
« vingt-quatre mille hommes d'auxiliaires que la
« France était obligée de donner à l'impératrice-
« reine, cent mille Français passèrent le Rhin au
« printemps suivant. » (2)

Dans le *tolle* général contre l'insulteur de la reine
de Pologne, son ministre Herzberg eut beau signer
ses *Manifestes et Mémoires justificatifs* et les répandre
à profusion dans toutes les cours, d'en inonder Paris
et Versailles; sa meilleure plume reptile, d'Argens,
eut beau aiguiser son esprit et lancer des fusées
multicolores, afin de détourner l'attention publique,
de Pirna sur des pasquinades irréligieuses, dans le

(1) Frédéric II, *Guerre de Sept Ans*, ch. V.
(2) Frédéric II, *Guerre de Sept Ans*, ch. V.

genre des *Lettres juives, chinoises*, de la *Philosophie du bon sens*, Frédéric est obligé de gémir « que la « tête ait tourné aux Français, qui tiennent sur son « compte des propos indécents, comme si le salut de « la France dépendait de la maison d'Autriche. Il est « réduit à constater avec amertume que les larmes « d'une dauphine ont été plus éloquentes que ses ma- « nifestes contre les Autrichiens et les Saxons. » (1)

En vain le flatteur salarié essaye de déprécier les critiques des « modernes Athéniens », dont on ne cessera de mendier les louanges : « Il est naturel « que les Athéniens modernes, aussi frivoles que les « anciens, en imitent la conduite ; les discours inju- « rieux des Français font le panégyrique de votre « gloire. » (2)

Cette manière d'entendre son panégyrique lui sourit médiocrement. Il surfaisait plutôt qu'il ne dé- préciait la puissance de l'opinion française, et se dé- solait d'en perdre le concours, de la voir même diri- gée contre lui. Dès la conclusion du traité de Lon- dres, qui était une offense à Versailles et un prélude d'hostilités, il s'était efforcé de rallier à son service particulier, malgré la rupture survenue et non cica- trisée, le vaillant champion de la cause anti-catho- lique, enlacé dans les soyeux filets de leurs com- muns amis, les huguenots de Suisse et d'ailleurs. A cette fin, « il lui fit le galant présent de mettre en « opéra français sa tragédie de *Mérope* » (3) pour

(1) Lettre de Frédéric à d'Argens, septembre 1756.
(2) Lettre de d'Argens à Frédéric, 17 octobre 1756,
(3) Lettre de Voltaire à d'Alembert, 10 février.

être représenté à Berlin. Voltaire, très sensible à ce royal hommage, hésite néanmoins de mordre à l'amorce enfarinée. Les échos de Paris ne tardent pas de lui apprendre quel est le but du délicat compliment. Le désir d'échapper à la bise noire qui souffle en hiver sur les Délices active son impatience de rentrer en France. Une occasion se présente d'étaler du patriotisme, qui rachète les péchés du chambellan prussifié. Il la saisit au passage et décoche quelques traits anonymes de Parthe au révérendissime abbé du couvent encyclopédiste, dont il reste le très docile frère :

> O Salomon du Nord, ô philosophe roi,
> Dont l'univers entier contemplait la sagesse!
> Les sages, empressés de vivre sous ta loi,
> Retrouvaient dans ta cour l'oracle de la Grèce.
> . . . .
> Ton bras avait dompté le démon de la guerre.
> Son temple était fermé, tes Etats agrandis,
> Et tu mettais Bourbon au rang de tes amis.
> Mais, parjure à la France, ami de l'Angleterre,
> Que deviendra le fruit de tes nobles travaux?
> L'Europe retentit du bruit de ton tonnerre
> Ta main de la discorde allume les flambeaux.
> Insensé, sous tes pas tu creuses des tombeaux.
> Tu n'es plus ce héros, ce sage couronné.
> . . . .
> Je ne vois plus en toi qu'un guerrier effréné,
> Qui, la flamme, à la main, se frayant un passage,
> Désole les cités, les pille et les ravage,
> Foule les droits sacrés des peuples et des rois,
> Offense la nature et fait taire les lois. (1)

Revenu au bon sens, qui est sa qualité dominante, lorsque la haine ne l'aveugle pas, Voltaire exalte les

_____

(1) Satire désavouée dans sa lettre à d'Alembert, pensionnaire de Frédéric, 29 novembre 1756, mais réellement de lui.

avantages manifestes de l'alliance autrichienne, mais
non sans une arrière-pensée de reconquérir les bonnes
grâces de la cour de France.

« Souvenez-vous, mon héros, que, dans votre am-
« bassade à Vienne, vous fûtes le premier qui assu-
« râtes que l'union des maisons de France et d'Au-
« triche était nécessaire, et que c'était un moyen
« infaillible de renfermer les Anglais dans leurs
« îles, les Hollandais dans leurs canaux, le duc de
« Savoie dans ses montagnes et de tenir la balance
« de l'Europe. » (1)

Son zèle de converti le porte à communiquer les
renseignements reçus « d'une grande princesse plus
« intéressée qu'une autre aux affaires présentes, par
« son nom et par ses Etats. (Gotha.)

« Voici ce qu'elle lui écrit : La manière dont le roi
« de Prusse en use avec ses voisins, excite l'indi-
« gnation générale. Il n'y aura plus de sûreté depuis
« le Weser jusqu'à la mer Baltique. Le corps ger-
« manique a intérêt que cette puissance soit très
« réprimée. »

Une petite dénonciation charitable de son ex-ami,
comme ennemi de la France, et, chose plus grave,
comme contempteur de la favorite, complète le costume d'espion courtisan que le frondeur pénitent
essaye d'endosser.

« Je pourrais bien vous certifier que l'homme dont
« on se plaint, n'a jamais été attaché à la France
« (mais alors pourquoi lui avez-vous été, et lui serez

(1) Lettre au duc de Richelieu, 10 octobre 1756.

« encore si dévoué?) et vous pourriez assurer Mme de
« Pompadour qu'en son particulier elle n'a pas sujet
« de se louer de lui. »

Après avoir fait la confession du héros honni, il
achève sa volte-face en balbutiant quelques mots
d'excuse de son propre égarement :

« Si j'osais un moment parler de moi, je vous
« dirais que je n'ai jamais conçu comment on avait
« de l'humeur contre moi, de mes coquetteries avec
« le roi de Prusse. Si on savait qu'il m'a baisé un
« jour la main pour me faire rester chez lui, on me
« pardonnerait de m'être laissé faire; et si l'on savait
« que cette année on m'a offert carte blanche, on
« avouerait que je suis un philosophe guéri de ma
« passion.

« J'ai, je vous l'avoue, la petite vanité de désirer
« que deux personnes le sachent (le roi et la favo-
« rite), et ce n'est pas une vanité, mais une délica-
« tesse de mon cœur, de désirer que ces deux per-
« sonnes le sachent par vous. » (1)

Quelle fine réclame de ce cœur mignon, nourri des
délicatesses des soupers de Potsdam !

Plusieurs lettres consécutives respirent la joie
« de voir conduire gaiement la *furia francese* contre
« le pas de mesure et la grave discipline, » (2) ou se
« moquent de ses ouvertures « tendres » preuve « que
« ses affaires vont mal. » (3) Le philosophe guéri
de son roi est tellement préoccupé de l'anéantir, qu'il

(1) Lettre au duc de Richelieu, 10 octobre 1756.
(2) Au même, 3 janvier 1757.
(3) Au même, 4 février 1757.

invente une machine dont il confie le dessin au
poëte Florian, pèlerin des Délices, afin que celui-
ci en parle au ministre de la guerre d'Argenson. Il
prétend « que sa petite drôlerie équivaut à cinquante
« canons tirés bien juste. Il a dans la tête que cent
« mille Prussiens ne résisteraient pas à la nouvelle
« cuisine. » (1)

Malheureusement pour la gloire « du barbouilleur
« de papier, qui se confesse ridicule de vouloir rendre
« le petit service *incognito* de changer l'art de la
« guerre dans tout ce vilain globe, » la machine n'a
pas le sens commun. Elle n'est pas exécutable et ne
serait d'aucune utilité, preuve expérimentale de la
portée pratique de tous ces théoriciens démolisseurs
du dix-huitième siècle, dont le chef et les disciples
n'ont su que critiquer, renverser, mais rien édifier.

Si le Salomon du Nord n'avait eu que des girouettes
à la Voltaire pour l'effrayer, il eût dormi tranquille-
ment « sur le bord du précipice où il s'est mis. » (2)
Mais la diplomatie autrichienne, mieux outillée que
le poëte, constructeur de machines en Espagne, aida
le cabinet de Versailles à neutraliser la Hollande,
que les émissaires anglais et prussiens cherchaient
à entraîner dans leur orbite, et réussit à tourner la
czarine du côté des ducats de préférence aux guinées.
Il est vrai que les ducats étaient agrémentés de
l'offre du duché de Prusse, qui enrichissait la Russie
d'une quatrième province baltique fort convoitée.

Frédéric, battu sur le terrain diplomatique par le

(1) Lettre au duc de Richelieu, 18 juin 1757.
(2) Lettre au même, 20 avril 17...

fâcheux éclat de sa gloutonnerie en Saxe, sentit la nécessité de prendre sa revanche à la tête de l'armée. Le succès était d'autant plus urgent que l'Angleterre, travaillée de dissensions scandaleuses entre le roi Georges II et son héritier le duc de Cumberland, venait de perdre les îles Baléares, avec Port-Mahon, enlevé par un hardi coup de main du duc de Richelieu, et menaçait de se désintéresser des luttes du continent, pour écrémer, de toutes ses forces, le commerce maritime de la France et de l'Espagne.

Le roi de Prusse, se voyant réduit à vaincre ou à périr, prit de sages précautions pour sauver la monarchie en cas de revers, indiquant les forteresses où la famille royale devait se réfugier, avec le Trésor et les diamants de la couronne. S'il était tué, la lutte devait continuer comme s'il n'avait pas disparu jusqu'à une paix honorable, sur la base de l'intégrité du royaume. De même, s'il était prisonnier, on devait le réputer démissionnaire ou mineur et ne tenir aucun compte ni des lettres écrites en captivité, ni des engagements souscrits. Son frère passait régent de droit, avec défense d'accorder, soit une province, soit une rançon en argent pour sa délivrance.

Ayant confié son testament politique au comte de Finkenstein, son ministre d'Etat, il se jette en Bohême, s'avance jusque sous les murs de Prague, où il remporte une victoire qui lui coûte dix-huit mille hommes, le 6 mai, avec le maréchal Schwérin, son meilleur général. Arrêté au siége de Prague, il est défait complétement par le maréchal Daun à Kœllin,

le 18 juin 1757, malheur qui l'oblige à évacuer la
Bohême et la Silésie, qui attire les Russes à Kœnigsberg, et les Français, de Clèves et Juiliers dans le
voisinage de Magdebourg. Sur la dénonciation des
cabinets de Stockholm et de Versailles, garants des
traités de Westphalie, la diète impériale de Ratisbonne le décrète au ban de l'Empire, comme violateur de la paix germanique.

Dans cette extrémité, il ne voit que la mort capable de le tirer héroïquement de sa détresse et de
l'arracher aux tortures de l'ambition déçue, comme
à la malédiction des peuples, malheureux des suites
de son entreprise criminelle. Travaillé de la rage
des vers, compliquée de la manie de vouloir poser
en philosophe de l'école de Marc-Aurèle, jusque
dans le désarroi de la double déroute de Kœllin et
de Jœgerndorff, il chante son suicide prémédité, et
en fait parade pour se distraire de la tentation de
l'accomplir. Sa sœur, la margrave de Bareith,
effrayée, ou feignant de l'être, si elle est dans le
secret de la comédie, a recours aux consolations
comme aux bons offices de frère Voltaire, pour le
préserver de ruine totale et de mort violente, intervention aussi utile à Frédéric que nuisible à la
France, puisqu'elle ménage au roi-philosophe la
fortune et la gloire inespérées de tailler en pièces
les Français dans la bataille très célèbre, mais peu
expliquée de Rosbach.

CHAPITRE III

LA BATAILLE DE ROSBACH (5 NOVEMBRE 1757)

Joie de Voltaire à la défaite de Kœllin. — La crainte de perdre le protecteur des philosophes le ramène à Frédéric. — Il le dissuade du suicide. — Négociations tentées à Versailles, à Lyon. — Près du duc de Richelieu. — Lettre de Frédéric au duc. — Richelieu reste inactif. — Surprise de Rosbach. — Dispositions des auxiliaires allemands. — Circonstances atténuantes du désastre. — Voltaire les omet dans ses relations de la bataille.

Les premières nouvelles de la défaite « de son « ancien et étrange Salomon du Nord » avaient remué les rancunes profondes de Voltaire, aussi implacable envers les vaincus que rampant devant les vainqueurs. Il s'en réjouit comme d'une vengeance des mauvais traitements essuyés à Francfort, après les orages subis à Berlin. « On croit qu'enfin « le roi de Prusse succombera. Tous les chasseurs « s'assemblent pour faire une Saint-Hubert à ses « dépens. Français, Suédois, Russes se mêlent aux « Autrichiens ; quand on a tant d'ennemis et tant « d'efforts à soutenir, on ne peut succomber qu'avec « gloire ; mais avec cette gloire il aura un grand « malheur, c'est qu'il ne sera plaint de per- « sonne. » (1)

« On ne parle que de postes emportés par les Au-

(1) Voltaire à Cideville, 15 juillet 1757.

« trichiens, de convois coupés, de magasins pris. On
« ajoute que les officiers prussiens désertent et que
« le roi de Prusse en a fait arquebuser quarante
« pour s'attacher les autres davantage ; on dit qu'il
« a fait mettre en prison un prince d'Anhalt. On me
« mande de l'armée autrichienne que le roi de
« Prusse est sans ressource. Voici bientôt le temps
« où Mme Denis pourrait demander les oreilles
« de ce coquin de Francfort, qui eut l'insolence de
« faire arrêter dans la rue, la baïonnette dans le
« ventre, la femme d'un officier du roi de France,
« voyageant avec le passeport du roi son maître.

« On croit à Vienne que si le roi de Prusse suc-
« combe, il sera mis au ban de l'Empire. Les Russes
« avancent dans la Prusse. L'ennemi public sera
« pris de tous côtés. Vive Marie-Thérèse ! » (1)

« Il faudra que mon disciple meure à la romaine
« ou qu'il se console à la grecque ; qu'il se tue ou
« qu'il soit philosophe. » (2)

Dans l'intervalle, la réflexion fit considérer que la
perte du patron couronné des philosophes compro-
mettrait leur cause, privée du principal appui. On
eut donc la générosité d'envoyer à l'infortuné ami
et persécuteur des condoléances, entremêlées d'encou-
ragement au stoïcisme, par l'intermédiaire de la margrave de Bareith, dont on a continué de cultiver les
relations amicales. Elle retourne de chaleureux remerciements et un billet du roi, qui accuse son désespoir, malgré la résolution « de vendre cher sa vie. »

(1) Voltaire à la comtesse de Lutzelbourg, 6 août 1757.
(2) Voltaire à Thiériot, 29 août 1757.

Tout en avouant « n'avoir rien trouvé dans la
« philosophie qui puisse guérir les plaies du cœur,
« que le moyen de s'affranchir de ses maux en ces-
« sant de vivre »,(1) elle prie « son ami, frère Voltaire,
« d'écrire au roi », afin de le dissuader du suicide
par des couseils et des consolations, conformes aux
circonstances critiques du moment.

Dans une lettre affectueuse et insinuante, l'ermite
des Délices engage vivement le vaincu de Kœllin de
s'adresser à la France pour obtenir des conditions
acceptables de paix. « Il sait qu'en France Sa Majesté
« compte beaucoup de partisans qui désirent le main-
« tien de la balance établie par ses victoires. » Il
combat l'idée de mourir à la Caton d'Utique, parce
qu'une telle fin, « trouvée fort belle par la Majesté »
en détresse, si elle a pu jadis convenir à des héros
« qui n'avaient pas autre chose à faire qu'à servir
« ou qu'à mourir », ne doit pas être le partage d'un
prince, « dont la vie est très nécessaire à sa famille »,
plus encore à la ligue impie :

« Croyez-moi, si votre courage vous portait à cette
« extrémité héroïque, elle ne serait pas approuvée ;
« vos partisans la condamneraient, et vos ennemis
« en triompheraient. Songez encore aux outrages
« que la nation fanatique des bigots ferait à votre
« mémoire. Voilà tout le prix que votre nom re-
« cueillerait d'une mort volontaire ; et, en vérité,
« il ne faudrait pas donner à ces lâches ennemis du
« genre humain le plaisir d'insulter à votre nom si
« respectable.

(1) 19 août 1757.

« J'attends tout de votre courage, hors le parti
« malheureux que ce même courage peut me faire
« craindre. Ce sera une consolation pour moi, en
« quittant la vie, de laisser sur la terre un roi phi-
« losophe. » (1)

Ayant reçu l'amplification déclamatoire « en vers
« mal faits, d'idées incohérentes et de lieux com-
« muns », empruntés à Sénèque, du roi comédien,
qui, en composant sa rapsodie sur le suicide, adressée
d'Erfurth à d'Argens, songeait plutôt à regagner les
faveurs de la France, par la compassion tambourinée
de la galerie encyclopédique, qu'à rejoindre réellement, dans ce qu'il prétendait être le *néant*, les héros
du paganisme, Voltaire ayant reçu l'épître d'Erfurth
revint à la charge pour détourner le protecteur des
philosophes d'un dessein si funeste, qu'il croyait sérieux, mais qui n'était qu'un stratagème pour circonvenir les lettrés de l'époque, oracles de la pensée
publique. Il conjure le monarque de tenir compte
« de l'opinion des hommes et de l'esprit du temps, »
tels que le Christianisme les a façonnés par son
action moralisante :

« Comme philosophe et comme grand homme,
« vous ne voyez que les exemples des grands hommes
« de l'antiquité. Vous aimez la gloire, vous la mettez
« aujourd'hui à mourir d'une manière que les au-
« tres hommes choisissent rarement, et qu'aucun des
« souverains de l'Europe n'a jamais imaginée depuis
« la chute de l'empire romain. Mais, hélas ! Sire, en

(1) Octobre 1757.

« aimant tant la gloire, comment pouvez-vous vous
« obstiner à un projet qui vous la fera perdre? Je
« vous ai déjà représenté la douleur de vos amis,
« le triomphe de vos ennemis, et les insultes d'un
« certain genre d'hommes, qui mettra lâchement
« son devoir à flétrir une action généreuse.

« J'ajoute, car voici le temps de tout dire, que
« personne ne vous regardera comme le martyr de
« la liberté; il faut se rendre justice; vous savez
« dans combien de cours on s'opiniâtre à regarder
« votre entrée en Saxe comme une infraction du
« droit des gens. Que dira-t-on dans ces cours?
« Que vous avez vengé sur vous-même cette inva-
« sion; que vous n'avez pu résister au chagrin de ne
« pas donner la loi.

« Serait-ce la peine d'être philosophe si vous ne
« saviez pas vivre en homme privé? ou si en de-
« meurant souverain vous ne saviez pas supporter
« l'adversité? » (1)

Frédéric ne demandait pas mieux que de ne pas
mourir. Il était enchanté du succès de sa menace,
et s'amusait du philosophe qui l'avait prise au sérieux. « J'ai ri, écrit-il à sa sœur, des exhortations
« du patriarche Voltaire. » (2) Docile néanmoins au
conseil du poëte diplomate, il chargea la margrave
de Bareith de faire en son nom des ouvertures à
Versailles par le chevalier de Mirabeau, envoyé de
France à Munich et ancien serviteur de la sœur du
roi de Prusse. Il autorisa le négociateur « d'offrir

(1) Octobre 1757.
(2) 5 octobre.

« à Mme de Pompadour jusqu'à 500,000 écus pour la
« paix, et il pourrait pousser ses offres beaucoup au
« delà, si en même temps, on pouvait engager la
« favorite à nous procurer quelques avantages.....
« par exemple la principauté de Neuchâtel en
« Suisse... Je crois que votre émissaire pourrait de
« même s'adresser à son parent qui est devenu mi-
« nistre, et dont le crédit augmente de jour en jour
« (cardinal de Bernis). » (1)

Le moqueur de Cotillon II adressa lui-même un
magnifique bouquet avec un billet doux « à la Thé-
« rèse de Paris, qui n'est ni la sainte Thérèse
« d'Espagne, ni la fière Thérèse d'Autriche, mais la
« plus aimable des Françaises. » (2)

La manœuvre échoua devant la méfiance et le
ferme courroux du pays contre le traître de la
guerre de Silésie et l'envahisseur de la Saxe. La
marquise dut se montrer Romaine de désintéressement, de peur de tomber du pinacle de la haute
direction des affaires publiques.

Voltaire, initié à ces tentatives et à leur avortement, se mit de son côté en campagne, pour pénétrer, par quelque porte dérobée, dans le palais du
roi de France, et incliner Louis XV à tendre une
main secourable à l'ennemi abattu sous le coup des
alliés. Une épître du 9 octobre de l'infortuné monarque l'avait ému vivement. Il fut surtout épris
de l'accent héroïque des trois derniers vers, les plus
beaux qu'il eût vus de son disciple :

(1) Lettre de Frédéric à la margrave, juillet 1757.
(2) Frédéric, Œuvres, XVII, p. 343.

« Pour moi, menacé de naufrage,
Je dois, en affrontant l'orage,
Penser, vivre et mourir en roi. »

Il pria donc le banquier Tronchin de Lyon, frère des Tronchin de Genève, de sonder le cardinal de Tencin, ministre influent du vivant de Cotillon Ier, la prussophile duchesse de Châteauroux, « si, d'après « les lumières et l'expérience, jointes à la corres- « pondance de cet homme instruit des secrets du « cabinet, l'on est effectivement dans l'intention « d'abandonner le roi de Prusse à toute les rigueurs « de sa mauvaise destinée, et de détruire une balance, « jugée longtemps nécessaire. » (1)

Il avouait cependant que son client était loin d'être innocent : « Les gens dont vous parlaient mes « dernières lettres, me paraissent toujours dans le « plus grand désespoir, et se vantent de résolutions « extrêmes; mais, pour se consoler, vous voyez, « qu'ils prennent tout l'argent qu'ils peuvent (en « Saxe). Les héros ressemblent toujours par un « coin aux voleurs de nuit; ils vont droit au coffre- « fort. » (2)

Cette voie détournée, reprise plus directement dans la suite, n'aboutit à aucun accommodement. Mais une démarche simultanée dans une autre di- rection fut couronnée d'un succès dont le philosophe reprussifié s'applaudit, avec une joie bruyante, ad- mirée à Berlin.

Connaissant les sympathies d'affinité vicieuse du

(1) Lettre du 27 septembre 1757.
(2) Lettre du 5 novembre 1757.

protecteur protégé de la Pompadour, du héros de Port-Mahon, aussi maréchal lovelace que brave soldat, et cupide exacteur, surnommé par ses soldats le *Père la Maraude*, à cause de ses brigandages en campagne, connaissant les inclinations philosophiques et autres du général vainqueur, et amuseur le plus écouté à la cour, comme le plus populaire dans l'armée, Voltaire engagea Frédéric de recourir à l'intervention du duc, auquel il écrivit, de son côté, une lettre de recommandation dans ce sens.

Après avoir félicité son héros des lauriers de Klostersevern (capitulation de l'armée hesso-hanovrienne, qui couvrait le chemin de Magdebourg, le 8 septembre), il lui insinue de briguer « la plus « belle carrière où on puisse entrer en Europe, de « jouir de la gloire d'avoir fait la guerre et la paix, « en joignant la qualité d'arbitre à celle de général. « Il s'est imaginé que, si l'on voulait à Berlin tout « remettre à la bonté et à la magnanimité du roi de « France, il vaudrait mieux qu'on s'adressât au « duc qu'à tout autre. Les négociations entamées « ailleurs n'ont eu aucun succès ; mais ce qui n'a « pas réussi dans un temps, peut réussir dans un « autre, et chaque chose à son point de maturité. » (1)

Le roi de Prusse, serré de jour en jour de plus près par les Autrichiens et les Russes, qui commençaient à le cerner dans le Brandebourg même, s'empressa de chercher une issue à sa situation critique ; dans le confident corrompu et corruptible de son ami Voltaire.

(1) Lettre au duc de Richelieu, 12 septembre 1757.

« Dans l'état où se trouvait le roi, il fallait avoir
« recours à tout, employer la ruse et la négocia-
« tion, enfin tous les moyens possibles pour adoucir
« la situation des affaires. Dans cette intention, le
« colonel Balbi partit déguisé en bailli, pour se
« rendre auprès du duc de Richelieu; il connaissait
« ce duc, avec lequel il avait fait quelques campa-
« gnes en Flandre. Balbi devait faire des proposi-
« tions pour ramener la cour de Versailles à des
« sentiments plus doux et plus pacifiques. » (1)

La lettre du monarque était très flatteuse :

« Je sens, monsieur le duc, que l'on ne vous a
« pas mis dans le poste où vous êtes pour négocier;
« je suis cependant très persuadé que le neveu du
« grand cardinal de Richelieu est fait pour signer
« des traités comme pour gagner des batailles...

« Celui qui a mérité des statues à Gênes, celui qui
« a conquis l'île de Minorque, malgré des obstacles
« immenses, celui qui est sur le point de subjuguer
« la Basse-Saxe, ne peut rien faire de plus glorieux
« que de travailler à rendre la paix à l'Europe. Ce
« sera, sans contredit, le plus beau de vos lauriers.
« Travaillez-y, monsieur, avec cette activité qui vous
« fait faire des progrès si rapides, et soyez persuadé
« que personne ne vous en aura plus de reconnais-
« sance, monsieur le duc, que votre fidèle ami, Fré-
« déric. » (2)

Le duc, caressé, grisé de l'encens royal, amorcé
par l'appât des marques de reconnaissance extraor-

(1) Frédéric, *Guerre de Sept Ans,*, ch. VI.
(2) Lettre du 6 septembre 1757.

dinaire, demanda des instructions à Versailles, en
vue de conclure un armistice avec des préliminaires
de paix. « Le cardinal de Bernis, ministre des rela-
« tions étrangères, lui notifia nettement que l'inten-
« tion du roi était qu'il se bornât à écouter les pro-
« positions de Frédéric, et ne les reçût que pour en
« rendre compte au ministre compétent. » (1)

Le rôle de simple rapporteur différait trop de celui
de négociateur pour plaire au héros à la mode, peu
disposé à dépendre d'un petit abbé, parvenu, grâce
au patronage de sa propre protégée, le vrai roi de
Versailles. Il aima mieux jouer celui de boudeur ou
de traître, et probablement les deux ensemble.

« L'émissaire Balbi, voyant que tout ce qu'il
« pourrait dire sur ce sujet (détacher la France de
« l'alliance autrichienne), ne mènerait à rien, se
« rabattit à demander au duc qu'il voulût au moins
« avoir quelques ménagements pour les provinces
« du roi où il faisait la guerre. En même temps, on
« régla avec lui les contributions; et il n'est pas
« douteux que les sommes qui passèrent entre les
« mains du maréchal ne ralentirent, dans la suite,
« considérablement son ardeur militaire. » (2)

Les seules provinces westphaliennes, Clèves et
Mark, eurent à lui verser, en septembre 1757, cinq
millions d'écus, douze fois leurs contributions an-
nuelles. Son armée dégénéra en horde de brigands,
plus occupés à piller les pays où ils campaient, à
s'y rendre odieux par leurs excès, qu'à poursuivre

(1) Lettre de Bernis au duc de Richelieu, 12 septembre 1757.
(2) Frédéric, *Guerre de Sept Ans*, ch. VI.

les vaincus, qu'à surveiller les mouvements de l'ennemi encore debout.

Le duc de Richelieu convint avec le duc de Brunswick d'une trève désavouée à Versailles, mais gardée par le général indocile, en vertu de laquelle les Français, au lieu d'avancer selon leurs instructions sur Magdebourg, dégarni de Prussiens, évacuèrent Halberstadt, (1) retraite volontaire, qui permit au roi de Prusse, réduit à l'extrémité, de concentrer en secret les débris réorganisés de ses armées dans un poste avantageux en Thuringe et d'y surprendre au passage l'armée de Soubise, débandée par les auxiliaires récalcitrants des cercles de l'Empire, et complétement découverte sur la gauche, par le recul et l'inaction inattendus de son collègue Richelieu, qui s'était engagé à la soutenir.

De là le désastre de Rosbach, si complaisamment décrit par l'inspirateur de la trahison, si gaiement chanté par le Prussien courtisan des Délices.

« Les Français et les Autrichiens (Allemands des « cercles enrôlés de force) s'enfuirent à la première « décharge. Ce fut la déroute la plus inouïe et la « plus complète dont l'histoire ait jamais parlé. Cette « bataille de Rosbach sera longtemps célèbre. On vit « trente mille Français et vingt mille Impériaux « prendre une fuite honteuse et précipitée devant « cinq bataillons et quelques escadrons. Les défaites « d'Avrincourt, de Crécy, de Poitiers, ne furent pas « si humiliantes. » (2)

(1) Le 17 octobre 1757.
(2) Voltaire, *Mémoires*.

Sans excuser ni l'étourderie de Soubise, qui s'est laissé surprendre faute d'éclairer suffisamment sa marche, ni la lâcheté de son armée amollie, qui, dans la panique d'une attaque inopinée, a perdu la tête, l'honneur, les armes et les bagages, nous devons dire, en atténuation de leurs torts, que les contingents de la fédération germanique, associés aux troupes françaises pour sanctionner, de concert avec elles, la décision de la diète de Ratisbonne, déclarant déchu de tout droit le perturbateur de la paix, étaient pour elles, à raison de leurs dispositions défavorables, sinon hostiles, plutôt un embarras et un péril qu'un solide appui.

On les avait recrutés, en majeure partie, dans des pays protestants, Wurtemberg, Palatinat, Villes impériales, où les émissaires prussiens et la généralité des pasteurs, soit luthériens, soit réformés, persuadaient aux sectaires que l'alliance des deux grandes nations catholiques visait l'extermination des dissidents, qu'en cas de triomphe définitif des Habsbourg et des Bourbons sur les Guelfes et les Hohenzollern, les sanglantes représailles de la Saint-Barthélemy, les édits d'exécution à la Ferdinand II par de nouveaux Wallenstein, les dragonades à la Louis XIV, et toutes les horreurs imaginables de la réaction jésuitique les accableraient infailliblement.

Pendant que la croisade évangélique était prêchée dans l'Allemagne du Nord, Hanovre, Brunswick, Brandebourg, duchés saxons, la défection était préconisée dans l'Allemagne du Sud, partout où les princes avaient embrassé la cause de la Saxe et de

22

l'Autriche, aidées de la Russie, de la Suède et de la France contre la Prusse et l'Angleterre. La surexcitation du fanatisme anti-papiste trouvait de l'écho dans les loges maçonniques récemment établies le long du Rhin, en vue de miner les seigneuries ecclésiastiques de *la Rue des Prêtres*, nom donné à la vallée des princes évêques.

Les *illuminés* de Bavière, les libres penseurs des autres provinces, encore fort peu nombreux, mais déjà très ardents, donnaient la main aux rigides adeptes de Luther et de Calvin, pour soutenir l'adversaire notoire du commun ennemi, c'est-à-dire de Rome.

La fermentation des esprits, sous cette double influence, devint si intense, que plusieurs villes libres, entre autres Nuremberg, refusèrent de fournir les soldats et les subsides décrétés à Ratisbonne. La désertion et l'indiscipline de ce ramassis de mécontents étaient encouragées par leurs officiers, qui leur donnaient l'exemple. Mal équipées, mal approvisionnées, vivant de pillage et d'exactions, perdant chaque jour des milliers d'hommes par la dislocation effrénée de leurs cadres, composés de plus de maraudeurs que de combattants, ces bandes ingouvernables ne présentaient, pour l'attaque ou la défense, qu'une masse confuse, facile à frapper de terreur et à disperser.

Les régiments français, quoique mieux constitués, se ressentaient de l'indolence de leur gouvernement, de la frivolité de leurs chefs, et du voisinage contagieux de leurs alliés. Les deux corps réunis cau-

saient la désolation des contrées traversées, à tel
point que le roi de Pologne demanda leur éloignement à l'archiduc Charles, disant qu'au lieu de secourir la Saxe, ils la ruinaient totalement. (1)

Quoi d'étonnant qu'une agrégation si piteusement
assortie d'éléments hétérogènes n'ait pas plus offert
de résistance à la première décharge soudaine de
mitraille, qu'un amas de poussière flottant au gré du
vent et dissipé au moindre tourbillon ?

Y a-t-il lieu d'être surpris qu'en tombant dans
un camp de vingt mille Prussiens, munis d'une formidable artillerie, qui ne leur laissa pas le temps de
sortir de leur ébahissement, les trente mille Français, entraînés par les vingt mille Impériaux, aient
cherché leur salut dans la fuite, laissant aux vainqueurs sept mille prisonniers, soixante-trois canons,
quinze étendards, sept drapeaux, leur batterie de
cuisine, avec leur immense attirail de confiseurs, de
perruquiers, de courtisanes et autres bouches inutiles, accompagnement d'une caravane en baccha-
nale et non d'une armée en campagne ?

Ce que nous trouvons étrange, c'est que Voltaire,
qui n'ignorait aucune de ces circonstances atténuantes du deuil national, qui savait son ami Richelieu tombé en disgrâce, à la suite de l'attitude
suspecte gardée pendant la marche de Soubise, ait
omis de les mentionner dans ses trois ou quatre relations emphatiques de ce désastre inouï. L'exagération affectée de la catastrophe tend évidemment à
rehausser le mérite du héros, dont les lauriers, teints

(1) *Stenzel*, t. V, pages 83-86.

du sang français, inspireront au Pindare, rénégat de son pays, des strophes enthousiastes, quand sa lyre aura été touchée des couplets d'insulte de lèse-patrie par Mars-Apollon, enhardi à tout oser, après la victoire de Leuthen sur les Autrichiens, complément de celle de Rosbach sur les Franco-Allemands.

CHAPITRE IV

CONTINUATION DE LA GUERRE DE SEPT ANS SUR LE TERRAIN MILITAIRE ET DIPLOMATIQUE APRÈS ROSBACH (1757-1763)

Complexité de la lutte. — Conséquences militaires de Rosbach. — Idées pacifiques à Paris. — Louis XV opposé à la paix par fierté dynastique. — Réponse de Bernis aux propositions prussiennes. — Manœuvres employées pour détacher la France de l'Autriche. — Achat de la cour russe. — Succès des Autrichiens. — Propositions de paix au prix de la sécularisation. — Avènement de Choiseul. — Nouveaux échecs des Français. — Victoire des Russes, qui n'en profitent pas.— Intervention diplomatique de Voltaire. — Refus de la sécularisation. — Voltaire conseille de céder Clèves. —Mauvaise humeur de Frédéric. — Colère du poëte. — Compliments du roi. — Voltaire prêche la guerre. — Dernières campagnes. — Paix.

La guerre de Sept Ans est un chassé-croisé de batailles gagnées et perdues sur terre et sur mer, dans trois parties du monde. L'histoire n'en mentionne pas d'aussi meurtrière, ni d'aussi stérile en résultats avantageux aux belligérants. Les combats sont entrecoupés de négociations, tantôt ouvertes, tantôt clandestines, et de polémiques politico-religieuses, qu'il est très difficile de suivre dans leurs sinuosités ondulantes, plus souvent occultes que manifestes. Nous allons essayer de traverser, à l'aide d'un fil logique, ce labyrinthe de chocs d'épées et de conflits de plumes, où l'objectif apparent des nations engagées dans la lutte voile un but secret qui n'a pas été atteint; mais qui est demeuré le mirage du principal lutteur et de ses auxiliaires.

Nous passerons, sans les mentionner, les événements accomplis en Amérique et aux Indes en contre-coup des secousses de l'Europe. Nous omettrons de même de nous arrêter aux victoires maritimes, comme aux conquêtes coloniales, de l'Angleterre sur la France et l'Espagne, qui ne semblent unies par leur pacte de famille que pour offrir une plus riche proie à la rapacité britannique. Nous ne jetterons qu'un regard rapide sur les opérations militaires et les manœuvres diplomatiques dans lesquelles le roi-philosophe a joué un rôle important, avec ou sans le concours du coryphée de la secte encyclopédique. Nous fixerons davantage notre attention sur les trames souterraines ourdies contre la France et l'Autriche par les écrits des ennemis de l'Eglise au service de la Prusse. C'est là, selon nous, le côté mystérieux généralement inconnu, rarement exploré, et cependant très intéressant du drame sanglant, qui a compromis la fortune de la France, et préparé les funérailles de la monarchie la plus illustre de la chrétienté. Nous en réservons le compte rendu au chapitre suivant.

« La bataille de Rosbach ne procura proprement
« au roi de Prusse que la liberté de chercher de
« nouveaux dangers en Silésie. Cette victoire ne
« devint importante que par l'impression qu'elle fit
« sur les Français et sur les débris de l'armée du duc
« de Cumberland.. » (1)

_____

(1) Frédéric II, *Guerre de Sept Ans*, ch. VI.

Grâce au changement ministériel survenu en Angleterre, où le grand Pitt remplaça Fox, et fit voter quatre millions d'écus de subsides annuels à Frédéric II par fanatisme anti-catholique et anti-français, le duc de Cumberland fut rappelé, et les Hanovriens, assurés de l'appui d'un corps de troupes britanniques, se crurent en mesure de violer la capitulation de Closter-Severn. Ils reprirent les armes et repassèrent l'Elbe, comme s'ils n'avaient pas contracté l'engagement d'honneur de rester désarmés au-delà du fleuve. Le duc de Richelieu essaya de les contenir; mais, après son départ, les Français durent évacuer l'électorat de Hanovre et se replier sur le Rhin.

« Le roi de Prusse, qui avait battu notre armée
« dans la Thuringe, à Rosbach, s'en alla combattre
« l'armée autrichienne à soixante lieues de là. Les
« Français pouvaient encore entrer en Saxe, les
« vainqueurs marchaient ailleurs; rien n'aurait arrêté
« les Français; mais ils avaient jeté leurs armes,
« perdu leurs canons, leurs munitions, leurs vivres,
« et surtout la tête. Ils s'éparpillèrent. On rassembla
« leurs débris difficilement. Frédéric, au bout d'un
« mois, remporte, à pareil jour, une victoire plus
« signalée et plus disputée sur l'armée d'Autriche,
« auprès de Breslau (Leuthen); il reprend Breslau,
« il y fait quinze mille prisonniers; le reste de la
« Silésie rentre sous ses lois : Gustave-Adolphe
« n'avait pas fait de si grandes choses. Il fallut bien
« alors lui pardonner ses vers, ses plaisanteries, ses
« petites malices. Tous les défauts de l'homme

« disparurent devant la gloire du héros. » (1)

Fidèle à cette étrange conversion, qui amnistie le crime en raison de son éclat, le philosophe apologiste du succès, redouble de zèle dans sa mission diplomatique, afin d'amener la France à pardonner les coups reçus, à célébrer avec lui la main qui l'a frappée, à se détacher de l'Autriche, dont l'alliance est compromettante, à se déclarer neutre du côté de l'Allemagne, ce qui permettrait de tourner toutes les forces du royaume contre l'Angleterre, conquérante de l'Inde et du Canada.

Le projet offrait un côté spécieux, qui séduisit les Français à courte vue, absorbés de l'avantage immédiat d'être dispensés de s'exposer au feu roulant des Prussiens. L'honneur de l'armée, la considération intérieure et extérieure du gouvernement, l'influence et l'avenir du pays les frappaient moins. Beaucoup d'entre eux, endoctrinés par les encyclopédistes, commençaient à faire parade d'admiration pour le roi poëte, qui chantait la honte des Français en vers sanglants, après les avoir battus traîtreusement. Les freluquets, voulant se donner de petits airs de frondeurs, portaient des chapeaux à la Frédéric. « On « rencontrait dans les sociétés, les cercles, les pro- « menades, les spectacles de Paris, plus de Prussiens « que de Français. Ceux qui s'intéressaient à la « France étaient presque réduits à garder le si- « lence. » (2)

Frédéric fomentait habilement ces dispositions.

(1) Voltaire, *Mémoires*, fin.
(2) Duclos, *Mémoires*.

Il ménagea les prisonniers de guerre, traita familièrement les officiers captifs, les enchanta par son esprit, comme par ses qualités militaires, les rendit à la liberté quand il en eut fait des partisans, qui l'exaltaient en présence des soldats et refroidissaient l'ardeur des troupes à venger leur défaite.

« Il obtint ainsi ce qu'il a toujours désiré, de bat-
« tre les Français, de leur plaire et de se moquer
« d'eux. » (1)

Heureusement Louis XV, qui, durant son funeste règne, a perdu la royauté et dissous la France, conserva, malgré son indolence et ses mœurs dépravées, le sentiment de la dignité nationale. Sa fierté de fils aîné de la chrétienté se révolta de la proposition de traiter, après un échec, avec le roi de Prusse, qui lui était très inférieur en puissance et en ressources, nonobstant le gain de deux victoires. Il remonta même le courage de l'impératrice-reine, dont les dispositions pacifiques lui causaient un sensible chagrin, et dont la défection aurait porté un préjudice considérable à la France, tant qu'elle demeurerait en guerre avec les Anglais sur mer et en Allemagne.

« Louis XV, piqué de la tache que l'affaire de
« Rosbach avait imprimée à ses armes, espérait de
« trouver dans la continuation de la guerre l'occa-
« sion de prendre sa revanche, et les ministres de la
« France travaillèrent à Vienne, avec une applica-
« tion infinie, à ranimer toutes les passions calmées

(1) Voltaire à d'Alembert, 6 décembre 1757.

« de cette cour. La honte pour une grande puis-
« sance d'être abattue par un petit prince, fit le plus
« d'impression sur l'esprit de l'impératrice; l'an-
« cienne animosité contre la Prusse se réveilla, les
« dispositions pour la paix s'évanouirent, et les liai-
« sons d'amitié et d'intelligence entre les cours de
« Vienne et de Versailles se resserrèrent plus inti-
« mement. » (1)

En réponse à la démarche que le cardinal de Tencin de Lyon avait tentée en faveur de Frédéric II sur
les instances de la margrave de Bareith, recommandée par Voltaire et les Tronchin, le cardinal de
Bernis notifia le refus de Versailles, en termes très
durs pour le transfuge de l'alliance française :

« Ce n'est pas à moi à demander à Mme la mar-
« grave de Baireuth pourquoi le roi de Prusse a
« négocié et traité avec l'Angleterre, sans la par-
« ticipation du roi, au moment même que la cour de
« Londres déclarait la guerre la plus injuste et la
« plus odieuse à la France? Pourquoi, sous les yeux
« du duc de Nivernois, il a ratifié un traité si ex-
« traordinaire, sans qu'aucune considération ait pu
« l'en détourner? Pourquoi il a eu assez mauvaise
« opinion de nous pour croire qu'après cette infidé-
« lité et ce manque d'égards, nous serions encore
« trop heureux de renouveler avec lui notre alliance?
« Pourquoi, au lieu d'accéder au traité de Versailles,
« a-t-il mieux aimé allumer la guerre, s'emparer de
« la Saxe, par le seul droit de convenance, et assail-

(1) Frédéric II, *Guerre de Sept Ans,* ch. **VII.**

« lir les Etats héréditaires d'une cour alliée du roi,
« que Sa Majesté avait déclaré nettement vouloir
« défendre avec toutes ses forces ? » (1)

Un rejet si vertement motivé de la demande de
paix transmise par le canal de Voltaire ne décou-
ragea ni Frédéric, ni sa sœur, ni le poëte diplomate,
à réitérer, d'un autre côté, leurs tentatives d'accommodement. D'Argens fut envoyé en mission secrète
à Paris, où il intrigua près des ministres pour obtenir un traité, qui laisserait une partie de la Saxe
à la Prusse, en indemnisant sur les princes évêques
le duc dépouillé.

Ses efforts, joints à ceux des amis de Voltaire et
des adeptes de l'école incrédule, ébranlèrent peu à
peu Bernis et d'Argenson dans leur opposition à un
arrangement sur la base proposée. En attendant que
le cabinet entier fût retourné, les opérations militaires furent retardées, paralysées sous divers prétextes, et par pénurie d'argent, en vue d'arrêter la
guerre, pour motif d'impuissance à la continuer.

La margrave, tenue au courant des négociations
clandestines poursuivies à Versailles, communiqua
à son frère les renseignements suivants qui expliquent le décousu des mouvements et le manque
d'entente des alliés dans leurs hostilités contre Frédéric :

« La personne, bien au fait des affaires de cette
« cour, dit que l'on n'enverra les vingt-quatre mille
« hommes en Bohême que le plus tard possible, afin

(1) Lettre du 29 janvier 1758.

« de vous donner le temps d'agir et d'obliger l'im-
« pératrice d'avoir recours à eux pour la paix, dont
« ils veulent être les médiateurs. Le Hanovre doit
« indemniser la Saxe et rendre les terres qui lui
« sont engagées (les évêchés de Munster, de Liége,
« d'Osnabruck, Cologne), la Prusse doit être média-
« trice entre la France et l'Angleterre pour l'Amé-
« rique. Tel est le projet. » (1)

Des manœuvres analogues étaient employées avec
un succès plus facile encore à Pétersbourg, où les
guinées anglaises et les écus prussiens achetèrent
la retraite de l'armée russe, maîtresse du duché de
Prusse dans la première campagne. (2) Mais la promesse réitérée de l'Autriche et de la France de garantir
à la czarine Élisabeth le duché traîtreusement évacué
par le maréchal Apraxin, ramena les Moscovites sur
le Prégel. Ils s'emparèrent de Kœnigsberg et sacca-
gèrent le pays impunément jusqu'à la sanglante
bataille de Zorndorf, qui les refoula au-delà de la
Vistule, sans les expulser de la province envahie.

La victoire de Zorndorf, en délivrant le Brandebourg de la crainte des Cosaques, fut compensée par
la défaite de Hochkirch, qui vengea Rosbach et
Leuthen, grâce au général Daun, le glorieux vainqueur de Kœllin. (3)

Ce succès ranima le courage de Vienne, qui,
changeant au souffle de la bonne fortune, ses dispositions pacifiques en résolutions belliqueuses, soutint

(1) Lettre de la margrave à Frédéric, le 13 mai 1758.
(2) *Guerre de Sept Ans*, ch. VII.
(3) 14 octobre 1758.

Versailles contre la défaillance dont le gouvernement énervé de Louis XV commençait à donner des
signes inquiétants, sous les coups de la perte de son
empire colonial, sous la honte des dépradations de la
flotte anglaise le long des côtes de l'Océan, sous la douleur de l'échec de Crewelt en Allemagne, où les rares
lauriers du duc de Broglie, à Sonderhausen, et ceux
de Soubise, à Lutzelberg, ne parvinrent plus à rétablir le prestige de la valeur française, discréditée par
une série de fuites calamiteuses.

Il résulta de ces vicissitudes de la guerre que les
rois de Prusse et de France inclinaient à la paix;
mais leurs alliés respectifs, intéressés au prolongement des hostilités, les surveillaient, chacun de son
côté, afin de les empêcher de s'entendre à leurs
dépens.

L'hiver fut employé à des négociations stériles,
qui échouèrent, parce que Frédéric, encore maître
de la Saxe qu'il rançonnait à merci, ne voulait pas
lâcher sa proie, et pivotait toujours autour de son
ancien projet d'accommodement, au moyen du partage, entre les belligérants allemands, des principautés ecclésiastiques, projet déjà mis en avant durant
la guerre de la succession d'Autriche, mais repoussé
alors par l'empereur Charles VII, aussi bien que
par Marie-Thérèse. Il n'osait pas le proposer directement, mais tentait de le suggérer par ses agents
et ses émissaires à la coterie des libres-penseurs de
l'entourage du cabinet français. D'Argenson et le cardinal de Bernis tombèrent du ministère, au moment
où « par des voies sourdes et secrètes, ils entamaient

23

« en Angleterre des négociations pour la paix, » (1)
mal vues à Versailles. Leur chute inopinée les dispensa de prêter les mains à la spoliation de l'Église,
rêvée à Berlin, encouragée à Londres, mais inac-
ceptable à Vienne et à Paris. Elle fut imputée aux
rancunes personnelles de la favorite, disgraciée un
instant, sur leurs conseils, après l'attentat de Damiens. Les clameurs publiques leur reprochaient,
d'un autre côté, non pas précisément l'alliance autrichienne, innocente des coups reçus, mais l'ineptie
des généraux choisis par eux pour conduire les opérations militaires.

Le duc de Choiseul marqua son entrée aux affaires,
en renouvelant le traité de Versailles, à l'effet « d'af-
« faiblir la puissance pernicieuse du roi de Prusse et
« de forcer l'agresseur à donner satisfaction aux
« lésés, et sûreté pour l'avenir. » (2)

La confirmation de l'union des deux grandes maisons catholiques, quoiqu'elle stipulât expressément,
à l'article 14, le maintien du traité de Westphalie,
c'est-à-dire la tranquille possession des biens enlevés à l'Église et la liberté du culte des protestants,
servit de thème à branler le spectre noir de la ruine
préméditée des calvinistes et des luthériens, terreur
factice, dont nous signalerons les ressorts au chapitre suivant, qui tourna de plus en plus tous les
ennemis de Rome du côté du roi de Prusse, et paralysa, en partie, les mouvements des armées françaises au milieu des populations défiantes et hostiles

(1) Voltaire (*Mémoires*).
(2) 30 décembre 1758

des provinces protestantes de la rive droite du Bas-
Rhin et de Westphalie. La fermentation religieuse
s'y accrut de la défaite du maréchal de Contades à
Minden, qui acheva, malgré le léger avantage du
duc de Broglie à Bergen, de démoraliser les troupes
envoyées contre les Prussiens, sous des généraux de
cour incapables de vaincre.

Heureusement pour les alliés malheureux de
Marie-Thérèse, les Austro-Russes se chargèrent
d'abattre la joie du vainqueur, en lui infligeant,
onze jours après les trophées de Minden, le désastre
de Kunersdorff (1), qui réduisit de rechef Frédéric à
l'extrémité, comme après Kœllin. Le chemin de
Berlin était de nouveau ouvert. Il dépendait des
Russes d'y aller piller. Le roi de Prusse fit évacuer
en toute hâte la cour et les archives sur Stettin.

Se croyant perdu sans ressource, il annonça au
ministre Finkenstein sa résolution de ne pas sur-
vivre au démembrement de son pays. Il écrivit
aussi à d'Argens :

« Je suis malheureux de toutes les façons dont on
« peut l'être ; je n'ai rien à espérer. Je vois mes en-
« nemis me traiter avec dérision, et leur orgueil se
« préparer à me fouler aux pieds. Hélas ! marquis,

> « Quand on a tout perdu, quand on n'a plus d'espoir,
> La vie est un opprobre et la mort un devoir. » (2)

« Si les Russes avaient su (voulu) profiter de leur
« succès, s'ils avaient poursuivi les troupes décou-

(1) 12 août 1759.
(2) Lettre du 28 octobre 1759.

« ragées, c'en était fait des Prussiens. Ils donnèrent
« au roi le temps de se remettre de ses pertes. » (1)

Il est probable que des instructions secrètes de la
cour vénale de Saint-Pétersbourg, rendues plus per-
suasives par la crainte de déplaire au czaréwitch,
admirateur de Frédéric, et surtout par l'envoi d'un
mulet chargé d'or au général Soltikow, retinrent
dans une inaction opiniâtre le héros de Kunersdorff,
malgré les objurgations et les instances réitérées de
ses compagnons d'armes autrichiens, qui ne ces-
saient de le presser d'achever l'ennemi terrassé,
sans lui laisser le temps de se relever.

La connivence flagrante de Soltikow sauva Frédéric dans cette campagne, comme la connivence
non moins flagrante de Richelieu et d'Apraxin l'avait
sauvé deux années auparavant. Sa confiance indomptable et ses talents militaires, joints à une activité
fiévreuse, mais réfléchie, tirèrent un merveilleux
parti du répit obtenu des Russes. En quelques semaines, il se retrouva en état de défendre pied à
pied le terrain, d'entraver l'offensive des adversaires, de conserver la Silésie et une partie de la Saxe,
même après la capitulation de son lieutenant
Schmettau, à Dresde.

Ces rudes épreuves, qui épuisaient la Prusse en
hommes, comme en argent, disposèrent le guerrier
harassé à demander la paix, pendant le repos des
armées dans leurs quartiers d'hiver. L'un des né-
gociateurs employés à lui rouvrir l'accès de Ver-

_____

(1) *Guerre de Sept Ans*, ch. X.

sailles était Voltaire, qui correspondait dans ce but avec le duc de Choiseul et la duchesse de Gotha, confidente de Frédéric.

Le poëte ermite, toujours obsédé de la manie de jouer au diplomate et de servir d'instrument à la politique prusso-protestante, préconisée par son entourage cosmopolite et anti-catholique du lac de Genève en été, s'offrit au ministre français, partisan résolu de l'alliance autrichienne, comme il s'était offert au cardinal de Bernis d'être l'intermédiaire officieux entre la France et le roi de Prusse. « Il a « rêvé que, pouvant aller souvent chez l'électeur « palatin, qui daigne l'aimer un peu, et chez ma-« dame la duchesse de Gotha, et même à Londres, « où on l'a invité vingt fois, il pourrait, dans l'occa-« sion, faire passer au ministre un compte fidèle de « ce qu'il aurait vu et entendu. » (1)

« Quelquefois quand on veut, sans compromettre « la dignité de la couronne, parvenir à un but « désiré, on se sert d'un capucin ou même d'un « personnage obscur comme moi, comme on envoie « un piqueur détourner un cerf avant qu'on aille au « rendez-vous de chasse. » (2)

« Il a autour de lui des gens de toute nation, des « ministres anglais, des Allemands, des Autrichiens, « des Prussiens et jusqu'à d'anciens ministres russes. « Il y a des citoyens de Genève qui ont des corres-« pondances par tout le monde habitable. On voit

(1) Lettre à d'Argental, 30 novembre 1759.
(2) Au même, novembre.

« les choses d'un œil plus éclairé qu'on ne le voit à
« Paris. » (1)

« Luc voudrait bien la paix. Y aurait-il si grand
« mal à la lui donner et à laisser à l'Allemagne un
« contre-poids ? Luc est un vaurien, je le sais ; mais
« faut-il se ruiner pour anéantir un vaurien dont
« l'existence est nécessaire ? » (2)

De son côté « le roi de Prusse envoya un émis-
« saire en France pour sonder les dispositions de la
« cour de Versailles, et lui en faire rapport, ainsi
« qu'au roi d'Angleterre. Il fit choix pour cette com-
« mission d'un jeune d'Edelsheim, recommandé par
« la cour de Gotha, lequel, n'étant pas connu à
« Versailles, pouvait s'y produire sans donner au-
« cune espèce de soupçon.

« D'Edelsheim fut assez bien accueilli ; on lui
« marqua en termes vagues, qu'ayant appris que le
« roi de Prusse se proposait d'indemniser le roi de
« Pologne aux dépens des princes ecclésiastiques
« d'Allemagne, qu'il prétendait séculariser, on lui
« déclarait que le roi très chrétien n'y donnerait
« jamais son consentement. » (3)

Cette réponse catégorique barrait la voie au projet
artificieux de Frédéric, qui, nonobstant l'insuccès
de la campagne précédente, « voulait une paix non
« flétrissante et refusait de perdre, par un trait de
« plume, après avoir combattu contre toute l'Eu-
« rope, ce qu'il a maintenu par l'épée. » (4) Soutenu

(1) Lettre à d'Argental, novembre 1759.
(2) Au même, 24 novembre 1757.
(3) *Guerre de Sept Ans*, ch. XI.
(4) Lettre du roi à Voltaire, 22 septembre 1759.

secrètement par tous les princes protestants de l'Allemagne, même par ceux que la peur faisait les alliés de l'Autriche et de la France, tous avides de la curée des biens du clergé, au moyen d'une autre pacification spoliatrice de Westphalie; encouragé ouvertement par le roi d'Angleterre, très désireux d'arrondir l'électorat de Hanovre des évêchés de Munster et d'Osnabruck, et par le fanatisme anti-papiste du ministère Pitt, le calife évangélique de Berlin s'obstinait à garder la partie de la Saxe encore occupée par ses troupes, et insistait sur la sécularisation partielle, sinon totale des seigneuries épiscopales, comme ressource d'indemnité qui agrandirait les alliés, avec les adversaires de la coalition catholique des Bourbons et des Habsbourg. Il était persuadé qu'une fois l'édifice entamé, tous les intéressés achèveraient de le démolir, afin de s'en adjuger les débris.

Voltaire, qui était plutôt associé qu'initié à sa politique, qui désirait en même temps plaire au duc de Choiseul, et regagner la plénitude des bonnes grâces de la favorite, se permit de conseiller « au « grand maître dans l'art des vers et des combats « de se ressouvenir de son propre dicton :

> « Quoique admirateur d'Alexandre et d'Alcide
> J'eusse aimé mieux choisir les vertus d'Aristide. »

« Cet Aristide était un bonhomme; il n'eût pas « proposé de faire payer à l'archevêque de Mayence « les dépens et dommages de quelque pauvre ville « grecque ruinée. Il est clair que Votre Majesté a

« encouru les censures de Rome, en imaginant si
« plaisamment de faire payer à l'Eglise les pots que
« vous avez cassés. Pour vous relever de l'excom-
« munication majeure, je vous ai conseillé, en bon
« citoyen, de payer vous-même. Je me suis sou-
« venu que Votre Majesté m'avait dit souvent que
« les peuples de Westphalie étaient des sots. En
« vérité, Sire, vous êtes bien bon de régner sur ces
« gens-là. Je crois vous proposer un très bon
« marché en vous priant de les donner à qui les
« voudra. » (1)

La plaisanterie parut un peu forte au représentant d'une dynastie, qui a pour devise domestique
de prendre, selon l'occasion, à chaque voisin son
bien, *cuique suum ;* et de ne jamais rien rendre du
sien. Sa mauvaise humeur s'exhala d'abord en reproches sur l'implacable rancune de Voltaire contre
Maupertuis, dont la mort venait de réjouir le persifleur vindicatif du président de l'Académie de
Berlin : « Quelle rage vous anime encore contre
« Maupertuis ?

> « Hélas ! si votre âme est sensible,
> Rougissez-en, pour votre honneur,
> Et gémissez de la noirceur
> De votre cœur incorrigible. »

Après cette verte semonce, Frédéric notifia au
poëte diplomate son sentiment sur la paix proposée :
« Vous en revenez encore à la paix. Mais quelles

(1) Voltaire à Frédéric, 15 avril 1758. Date erronée, puisque la réponse arrive deux ans plus tard. En général, les motifs
de brouille entre Frédéric et Voltaire sont embrouillés par les
éditeurs.

« conditions ? Certainement les gens qui la proposent
« n'ont pas envie de la faire. Quelle dialectique que
« la leur ! Céder le pays de Clèves, parce qu'il est
« habité par des bêtes ! Que diraient ces ministres, si
« on demandait la Champagne, parce que le pro-
« verbe dit : nonante-neuf moutons et un Champe-
« nois font cent bêtes ? Ah ! laissons à tous ces pro-
« jets ridicules. A moins que le ministère français
« ne soit possédé de dix légions de démons autri-
« chiens, il faut qu'il fasse la paix. » (1)

A la reprise des hostilités, Frédéric, aussi tenace
dans ses desseins de sécularisation que ferme dans
sa résistance à la meute d'ennemis qui le traquent
de tous côtés, mais dont il ne s'effraye pas trop, tant
qu'il peut compter sur l'amitié du czaréwitch en
Russie et sur les subsides de l'Angleterre, revint sur
le programme qu'il espère imposer au prochain
congrès, avec l'appui de tous les gouvernements ennemis de la papauté. « Vous saurez que depuis que
« j'ai lu l'Arioste, j'ai pris Monseigneur de Mayence
« en aversion ; et depuis l'aventure de Lisbonne,
« l'Eglise ne saurait trop payer les horreurs qu'elle
« protége ni le scandale qu'elle donne. » (Hospitalité
accordée à Rome aux Jésuites expulsés du Portugal, par suite d'un complot qui servit de prétexte aux agents de la propagande anglo-maçonnique
et protestante de se débarrasser d'obstacles gênants.)
« Quoi que pense M. de Choiseul, il faudra pourtant
« qu'avec le temps il prête l'oreille et très fort

(1) Lettre du 3 avril 1760.

17

« même, à ce que j'ai imaginé. Je ne m'explique pas,
« mais on verra en moins de deux mois... toute la
« scène se changer en Europe ; et vous-même vous
« conviendrez que je n'étais pas au bout de mes res-
« sources, et que j'ai eu raison de refuser à votre duc
« mon parc de Clèves. »

Cette lettre curieuse, pleine de révélations et de
forfanterie, se termine par un blasphème que le monarque recommande, comme un autre mot d'ordre,
aux adeptes de l'*Ecrasez l'inf...*, émané précédemment
de sa plume sacrilége.

« Je vous recommande, monsieur le comte, à la
« protection de la très immaculée Vierge et à celle de
« monsieur son fils. J. P. Frédéric. » (1)

Voltaire, plus sensible aux reproches *du cœur incorrigible* qu'à l'échec de la négociation, qu'à l'annonce même des attentats tramés contre l'Eglise,
bondit de fureur à la réception de la lettre d'avril.
La flèche « du Tyrtée-Denys, qui fait verser tant de
« sang,» (2) avait percé une tumeur de fiel accumulé,
qui se répandit en plusieurs pages de récriminations
acerbes, trop longues à citer. Nous n'en détacherons
que les phrases suivantes :

« Ne troublez pas les derniers instants de ma vie,
« par des reproches injustes et des duretés, qui me
« sont d'autant plus sensibles que c'est de vous
« qu'elles viennent.

« Vous m'avez fait assez de mal, vous m'avez
« brouillé pour jamais avec le roi de France, vous

(1) 1er mai 1760.
(2) Lettre à Cideville, 28 mars 1760.

« m'avez fait perdre mes emplois et mes pensions ;
« vous m'avez maltraité à Francfort, moi et une femme
« innocente, une femme considérée, qui a été traînée
« dans la boue et mise en prison. Est-il possible
« que vous corrompiez la douceur des relations épis-
« tolaires, dont vous m'honorez, par des reproches
« amers, quand je suis occupé de vous servir, sans
« aucune autre vue que celle de suivre ma façon de
« penser ? » (1)

Frédéric, ayant besoin de la plume de Voltaire,
dans la campagne entreprise contre l'Eglise, parallèlement à la lutte soutenue contre l'Autriche et la
France, essaya de calmer l'irascible philosophe, par
des explications amicales, tempérées de caresses et
de fermeté.

« Je n'entre point dans la recherche du passé.
« Vous avez eu sans doute les plus grands torts envers
« moi. Votre conduite n'eût été tolérée par aucun
« philosophe. Je vous ai tout pardonné, et même je
« veux tout oublier. Mais si vous n'aviez pas eu af-
« faire à un fou, amoureux de votre beau génie, vous
« ne vous en seriez pas tiré aussi bien d'affaires chez
« tout autre. Tenez-le-vous donc pour dit, et que je
« n'entende plus parler de cette nièce qui m'ennuie,
« et qui n'a pas autant de mérite que son oncle pour
« couvrir ses défauts. On parle de la servante de
« Molière, mais personne ne parlera de la nièce de
« Voltaire. » (2)

Ce trait, fixé au cœur, raviva les souvenirs irri-

(1) Voltaire au roi, 22 avril 1760.
(2) 2 mai.

tants, en envenimant les plaies de la nouvelle correction reçue.

En vain le rude batailleur, occupé à faire la « guerre de toute façon à ses ennemis, » (1) s'étant aperçu de la blessure infligée à son utile lieutenant, tenta de la cicatriser, par son baume habituel de cajoleries louangeuses :

« Vous faut-il des douceurs? à la bonne heure. « Je vous dirai des vérités. J'estime en vous le plus « beau génie que les siècles aient porté ; j'admire « vos vers, j'aime votre prose, surtout ces petites « pièces détachées de vos mélanges de littérature « (pamphlets obcènes et impies). Jamais aucun auteur « avant vous n'a eu le tact aussi fin, ni le goût aussi « sûr, aussi délicat que vous l'avez. Vous êtes char- « mant dans la conversation; vous savez instruire « et amuser en même temps. Vous êtes la créature « la plus séduisante que je connaisse, capable de « vous faire aimer de tout le monde, quand vous le « voulez. Vous avez tant de grâces dans l'esprit « que vous pouvez offenser et mériter en même temps « l'indulgence de ceux qui vous connaissent. Enfin, « vous seriez parfait, si vous n'étiez pas homme. » (2)

Ce compliment, dont l'exagération perfide l'eût enchanté dans une autre circonstance, ne fait qu'attiser sa colère. Il prêche la guerre à outrance contre Luc. Il insiste pour qu'on le poursuive sans trève ni merci. Il déconseille tout accommodement avec lui. « Luc a « manqué personnellement et indignement au duc de

(1) Lettre du roi à Voltaire, 12 mai 1760.
(2) Lettre du 21 juin 1760.

« Choiseul. Quoi! on renoncerait à ses engagements
« dans la seule idée de soutenir un homme qui, dans
« quatre ans, peut se joindre à l'Autriche contre
« nous, si on lui offre quatre lieues de pays vers le
« duché de Clèves! Vous ne gagneriez rien à votre
« honte. Les Russes et les Autrichiens doivent écraser
« Luc cette année, à moins d'un miracle; alors
« l'électeur de Hanovre, toute la maison de Bruns-
« wick tremble pour elle-même. Alors Georges ou
« son petit-fils est obligé de vous laisser votre morue,
« (le Canada) pour être protégé dans son électorat.
« Ayez seulement de bonnes troupes, de bons géné-
« raux, et vous n'avez rien à craindre. Je soutiens
« que si Luc est perdu, vous devenez l'arbitre de
« l'Empire, et que tous ses princes sont à vos pieds. » (1)

« Je vous conjure de vous servir de toute votre
« éloquence pour dire au duc de Choiseul que s'il
« arrive malheur à Luc, il n'en résultera pas mal-
« heur à la France ; que le Brandebourg restera tou·
« jours un électorat ; qu'il est bon qu'il n'y ait point
« d'électeur assez puissant pour se passer de la pro-
« tection d'un roi. — *Nota bene.* Si Luc était déconfit
« cette année, nous aurions la paix l'hiver pro-
« chain. » (2)

La haine, en rompant le charme dont Frédéric
le Grand fascinait le vaniteux poëte, lui rendait la
claire vue des vrais intérêts de la France. La passion,
au lieu de l'aveugler, lui ouvrait les yeux trop long·

(1) Lettre à d'Argental, 19 juin 1760.
(2) Au même, 6 juillet 1760.

temps fermés. Il redevint patriote par orgueil blessé, comme il s'était fait Prussien par amour-propre froissé. Il persévéra dans ses sentiments jusqu'à la fin de la guerre, qui semblait devoir aboutir à la ruine complète de son vieil ami, abhorré en abominable ennemi.

En effet, la cinquième campagne s'annonça aussi malheureuse que la quatrième. Elle commença par le désastre de Landshut, se continua par des marches et contre-marches, dans lesquelles Frédéric déploya une prévoyance, une habileté de mouvements au-dessus de tout éloge. La fortune, captée par sa constance et son génie, se rallia de nouveau à ses drapeaux. La victoire de Liegnitz lui conserva la Saxe; celle de Troppau sauva la Silésie. Ses alliés, les Anglo-Hanovriens sont battus par les Français à Corback, à Rhinberg, à Closterkampf, où le dévouement héroïque du chevalier d'Assas prévint la surprise d'une attaque nocturne.

Les défaites essuyées dans la vallée du Rhin, à la défense de l'électorat de leur souverain, lassèrent les Anglais de payer des subsides pour prolonger des massacres, qui triplaient leur dette nationale. Le nouveau ministre Bute parla d'accommodement, et offrit même à la Russie de sacrifier le roi de Prusse, en échange d'une paix avantageuse. Privé des subsides anglais, Frédéric paraissait perdu. Il lutta néanmoins pour son existence menacée, frappant et recevant des coups de désespéré, au milieu de l'épuisement universel.

La mort opportune de la czarine et l'avénement

de Pierre III améliorèrent sa situation, en lui procurant l'alliance russe.

Il renonça à l'idée de conserver la Saxe et de dépouiller l'Eglise. La France était aussi maltraitée que lui, malgré quelques succès mêlés de revers, qui relevaient un peu le prestige de son armée. L'opinion publique, stimulée par les événements et par les lettrés, réclamait la cessation des hostilités. Le traité de Hubertsbourg réconcilia Frédéric avec Marie-Thérèse, aux conditions territoriales d'avant la guerre. Celui de Paris ratifia le sacrifice des colonies françaises, enlevées par les Anglais, qui sortirent seuls agrandis de la terrible lutte, où les coups de plume ne cessèrent de s'entrecroiser avec les coups d'épée, où les préventions religieuses jouèrent un aussi grand rôle que les passions politiques, où la coalition des ennemis de Rome fut constamment au service de la Prusse et de l'Angleterre contre la France et l'Autriche, malgré le retour passager de Voltaire à des sentiments patriotiques, par rancune personnelle envers son héros abandonné.

CHAPITRE V

POLÉMIQUE POLITIQUE ET RELIGIEUSE ENTREPRISE ET INSPIRÉE PAR FRÉDÉRIC II DURANT LA GUERRE DE SEPT ANS.

Caractère religieux de la guerre de Sept Ans. — Trois catégories d'écrits. — *Congé des Cercles et des Tonneliers.* — Enchantement de Voltaire. — Rosbach rappelé avec complaisance. — Réplique de Palissot au *Congé.* — Invention de la correspondance entre Marie-Thérèse et la Pompadour. — Placards affichés. — Effets produits. — Ecrits à l'adresse des protestants. — Lettres d'Argens. — Imposture de la Bulle pontificale. — Frédéric en est l'auteur. — Ecrits destinés aux philosophes. — *Phihihu.* — Mot d'ordre : Ecrasez l'*Inf.*, venu de Frédéric. — Notifié à Voltaire. — Empressement à l'adopter. — Zèle redoublé du philosophe. — Provocation du roi à l'impiété. — Voltaire retiré sous sa tente. — La paix ajourne les desseins hostiles à l'Eglise.

Nous l'avons déjà remarqué, mais il n'est pas inutile de le répéter, la guerre de Sept Ans, provoquée, tant par les agressions réitérées, pendant deux ans, des Anglais sur les colonies et les navires français, que par l'invasion soudaine, inique, révoltante de Frédéric II dans la Saxe, alliée de l'Autriche et de la France, cette guerre, *offensive* du côté de la coalition des puissances protestantes, *défensive* du côté de la ligue des Etats catholiques, était au fond une guerre à la fois religieuse et politique, une sorte de prise d'armes internationale des ennemis de Rome contre les soutiens temporels de la Papauté, une attaque préméditée des pays fidèles par les gouvernements sectaires, une irruption des protecteurs attitrés de l'hérésie révolutionnaire sur les patrons traditionnels de l'orthodoxie conservatrice, une collision du fanatisme novateur avec la tiédeur du zèle apostolique, une lutte assez semblable, en somme, aux émeutes des huguenots en France, avant la révocation de l'édit de Nantes, et des princes luthériens ou réformés en Allemagne, avant la pacification, aux traités de Westphalie, des horreurs de la sanglante dévastation de Trente Ans.

Comme dans tous les chocs de ce genre, les passions cupides des meneurs de complots homicides se grimaient de mobiles confessionnels, de préventions de culte et de race, capables d'enflammer les peuples soumis à leur influence, et de leur infuser l'esprit belliqueux dans le souffle de la haine. A cette fin, ils avaient besoin de faire des campagnes de propagande au dedans et au dehors, chez leurs adhérents et chez leurs adversaires, parallèlement aux opérations militaires sur terre et sur mer.

C'est ce que Frédéric II, stratégiste plus consommé même dans les manœuvres de plume, destinées à capter l'opinion publique de ses amis et de ses ennemis, que dans le maniement des troupes sur le champ de bataille, s'empressa de faire, utilisant dans ce but l'arsenal de publicité établi à Berlin, le foyer d'agitation acheté à Paris, avec la machine encyclopédique, les agences littéraires des associations bibliques et libre penseuses de Suisse, de Hollande et d'Angleterre, et surtout l'ardeur impie du philosophe de Ferney, le patriarche émérite des écrivains français enrôlés au service de la Prusse.

De peur de tomber dans des redites et d'égarer le lecteur dans la mêlée confuse des spadassins lettrés, dirigés par le *Mars-Apollon de Sans-Souci*, au milieu des camps et de la fumée des massacres, nous classerons les écrits lancés par Frédéric et ses artilleurs mercenaires ou de bonne volonté, sous forme de bombes et de brûlots, contre les champions avérés et supposés de la cause opposée à la sienne, en trois catégories :

Les *pamphlets personnels*, dénigrant la cour de Versailles, par la révélation des turpitudes de Louis XV, en vue d'irriter le sentiment national contre le gouvernement, pour forcer celui-ci à se détacher de l'alliance autrichienne ;

Les *pamphlets à tendance ou à préjugés protestants*, adressés aux dissidents de l'Allemagne et des pays étrangers, pour les ameuter, par la terreur et la calomnie, contre l'entente des maisons de Habsbourg et des Bourbons, dépeinte comme la conspiration d'une Saint-Barthélemy universelle ;

Les *pamphlets cyniquement impies*, sortis, la plupart, de la plume du roi de Prusse, en exhalation de sa fureur contre la foi chrétienne, obstacle populaire à ses projets d'agrandissement par la sécularisation des principautés ecclésiastiques et la subversion de l'empire allemand, comme en appel incendiaire à l'impatience destructive des sicaires cosmopolites de la conjuration incrédule, déjà organisée par l'affiliation des *clubs* de philosophes aux loges des *francs-maçons*.

Le compte rendu de ces trois catégories d'écrits en prose et en vers demanderait à lui seul plus d'un volume, et dépasserait le cadre de notre ouvrage. Contraint d'abréger, à raison de la surabondance des matières, nous bornerons le développement de nos preuves à quelques citations saillantes, empruntées aux livres et aux opuscules de chaque catégorie.

Se croyant permis toute licence, après la brillante victoire de *Leuthen* ou *Lissa* sur les Autrichiens, qui rehaussait son facile triomphe de Rosbach sur les Français, et voulant raviver la muse alanguie de Voltaire, qui tardait trop, à son gré, de célébrer la défaite de Soubise et de ses compatriotes, comme il avait chanté la reculade du comte de Broglie à Frauenberg, dans la première guerre de Silésie, le roi-poëte adressa à l'ermite réconcilié des Délices, le *Congé des Cercles et des Tonneliers*, poëme burlesque et impertinent, qui insultait aux vaincus, et faisait de cruelles allusions aux désordres de la vie privée de Louis XV. Les traits étaient d'autant plus piquants qu'ils frappaient plus juste :

> « O nation folle et vaine,
> Quoi ! sont-ce là ces guerriers,
> Sous Luxembourg, sous Turenne,
> Couverts d'immortels lauriers,
> Qui, vrais amants de la gloire,
> Affrontaient, pour la victoire,
> Le danger et le trépas?
> Je vois leur vil assemblage
> Aussi vaillant au pillage
> Que lâche dans les combats.. ..
> Quoi ! votre faible monarque,
> Jouet de la Pompadour,
> Flétri par plus d'une marque
> Des opprobres de l'amour,

> Lui qui détestant les peines,
> Au hasard remet les rènes
> De son empire aux abois.....
> Et croit dicter le sort des rois! » (1)

Voltaire, au lieu de s'effaroucher d'une diatribe si offensante pour son pays et son souverain, témoigna une joie scandaleuse de voir traîner dans la boue ses compatriotes et son roi, par les moqueries d'un vainqueur insolent. Il y applaudit, dans cette strophe, souvent citée, d'adulation servile :

> « Héros du Nord, je savais bien
> Que vous avez vu les derrières
> Des guerriers du roi très chrétien,
> A qui vous taillez des croupières;
> Mais que vos rimes familières
> Immortalisent les beaux C...
> Que vous avez vaincus !
> Nos blancs poudrés sont convaincus
> De tout ce que vous savez faire. »

« Il n'y a rien de si plaisant, Sire, que le *congé* « que vous avez daté du 5 novembre 1757; cepen- « pendant il me semble que, dans ce mois de no- « vembre, vous couriez à bride abattue à Breslau, et « que c'est en courant que vous chantâtes nos der- « rières. » (2)

La panique des Français, à Rosbach, fournit à l'auteur de *Candide*, roman épicurien, dont la pensée dominante est le culte du plaisir et la pratique de l'indifférence politique et religieuse, c'est-à-dire l'abdication de tout sacrifice fraternel, comme de toute vertu pénible et de tout dévouement généreux;

(1) Avril 1758.
(2) Lettre de Voltaire à Frédéric, 2 mai 1758.

cette panique, causée par le soupçon fondé d'une trahison, fournit au *bon Prussien Voltaire* une ample matière à des plaisanteries d'un goût douteux.

Il y revint plusieurs fois, dans sa correspondance avec Frédéric, à qui de pareilles allusions paraissaient plaire : « Sire, toutes les fois que j'écris à Votre « Majesté sur des affaires un peu sérieuses, je « tremble comme nos régiments à Rosbach. » (1)

Ayant reçu le portrait du roi de Prusse, il l'en remercia par cette flatterie révoltante : « Il n'y a « point de Welche qui ne tremble en voyant ce por-« trait-là ; c'est précisément ce que je voulais :

> « Tout Welche qui vous examine,
> De terreur panique est atteint ;
> Et chacun dit, à votre mine,
> Que de Rosbach on vous a peint. » (2)

Il racheta néanmoins, l'année suivante, son lâche encensement du vainqueur, par une perfidie qui permit à un autre poëte, moins capable que Voltaire mais meilleur patriote, de venger l'impertinence du guerrier sarcastique, déjà répréhensible d'avoir accablé « de bons mots les blessés français de Ros-« bach, en faisant déchirer les draps de lit de la « châtelaine chez laquelle il logeait, pour leur four-« nir des bandages, payés de plaisanteries. » (3)

Dans un moment de défiance ou de dépit, le confident livra au duc de Choiseul, ministre de la guerre à outrance au roi de Prusse, la satire exal-

---

(1) Lettre à Frédéric, 28 mars 1775.
(2) Lettre du 27 avril 1775.
(3) Voltaire à Mme de Fontaine, 10 décembre 1757.

tée précédemment. Il n'eut aucun remords de ce
mauvais tour joué à Luc, qui le trahissait de
même. Leur commerce épistolaire ne s'en trouva
nullement suspendu, parce que Frédéric ignora,
dans le premier moment, qu'il en fût l'auteur.

Lors de leur nouvelle brouille, le malicieux philosophe, dévot adorateur de tout soleil levant, se
félicita de pouvoir « rire sous cape, ayant contribué
« à rendre irréconciliable certain chasseur et le
« sanglier. » (1)

Le duc de Choiseul communiqua la pièce offensante à Louis XV, ainsi qu'à la Pompadour, et
chargea Palissot, auteur de la comédie les *Philosophes*, de riposter à la mordante épître du monarque prussien, par une ode pleine de verve et
de méchanceté, avec menace de l'imprimer, si Frédéric s'avisait de répandre la sienne. Le roi-poëte,
blessé dans les plaies honteuses de sa vie publique
et privée, garda le silence, sous les étrivières ven-
geresses du Juvénal fraçais, qui signalait à l'indignation du monde entier :

> « L'époux, le fils et frère coupable
> Que son père équitable
> Voulut étouffer au berceau.
>
> Par tes vers, par ta politique,
> Et par ton orgueil despotique
> Déjà trop semblable à Denis,
> Héritier de ses artifices,
> De son génie et de ses vices,
> Crains la disgrâce de son fils.

(1) Voltaire au duc de Choiseul, 8 décembre 1761.

Abjure un espoir téméraire.
En vain la muse de Voltaire
T'enivra d'un coupable encens,
Toi qui n'as connu l'amour
Que dans les bras de tes tambours. »

Les vingt-cinq strophes de Palissot, notifiées à
Berlin, y calmèrent un peu la frénésie satirique du
roi-poëte, sans le corriger radicalement; car il recommença de verser ses flots d'injures dans les *Odes*
aux princes Henri et Ferdinand, ainsi que dans
plusieurs épîtres à divers personnages *et à la nation
germaine*, déchirant à belles dents Marie-Thérèse,
Louis XV, la Pompadour, la czarine Elisabeth, en
compagnie des généraux français, autrichiens et
russes qui avaient le tort de le battre ou d'en être
battus.

A mesure que la lutte se prolongeait, et tant qu'il
se sentit appuyé de l'Angleterre, il se montra de plus
en plus acrimonieux envers ses adversaires, et ne
rougissait pas de recourir à des impostures pour
trouver matière à les dénigrer. C'est ainsi qu'il in-
venta la prétendue correspondance intime entre la
favorite de Versailles et l'impératrice reine, dans
l'intention de discréditer, de blesser au cœur l'irréprochable héroïne de Hongrie, en ternissant sa réputation de dignité morale, d'ameuter du même coup
les Français contre une guerre, imputée uniquement
à un caprice de vanité de la Pompadour :

« Les Français apprendront combien de mal
« leur font les cat.... qui gouvernent. Je vous
« envoie une lettre de la Pompadour que je fis

« l'année passée et qui l'a mise au désespoir. » (1)

D'Argens félicita le roi de « cette ingénieuse et
« sanglante satire, qui mettra au désespoir une
« femme remplie d'orgueil.

« Si Votre Majesté ne m'avait pas appris qu'elle
« avait écrit la lettre de la Pompadour à la reine,
« croyez-vous que je n'aurais pas senti que vous en
« étiez l'auteur, en lisant ces deux endroits : « Vous
« n'en serez pas moins apostolique, madame; car,
« pour ne rien vous déguiser, les apôtres, vos devan-
« ciers, menaient des sœurs avec eux, et il faudrait
« être trop bonne pour croire que ce n'était que pour
« être en oraison avec elles; » et cet autre passage :
« On va plus loin à Rome, le père commun des fi-
« dèles autorise même les liens licencieux par indul-
« gence, et, pourvu que l'on paye, il est content.
« Ce bon père compâtit aux faiblesses de ses enfants,
« et il tourne ces peccadiles en bien, par l'argent qui
« revient à l'Eglise. » (2)

Conjointement à ces lettres, fabriquées à Berlin
et répandues par milliers d'exemplaires en France,
avec les *Lettres chinoises*, imitation des *Lettres per-
sanes* de Montesquieu, les émissaires de Frédéric
placardaient des pasquinades à Paris et même à Versailles, dans le genre de celle-ci, œuvre du monarque
pamphlétaire :

> « Bateaux à vendre (flotte inutile.)
> Soldats à louer,
> Généraux à pendre,
> Ministres à rouer.

(1) Lettre à d'Argens, 1760.
(2) Lettre de d'Argens au roi, 27 mai 1759.

O France, une femelle
Fit toujours ton destin ;
Ton bonheur vint d'une pucelle
Et ton malheur d'une cat... »

Ces placards, comme ces brocards caustiques, émanés de l'officine prussienne, piquèrent la curiosité des Parisiens, très friands d'épigrammes frondeuses, assaisonnées de sel gaulois.

Les esprits chagrins, les mécontents, fort nombreux sous un régime d'arbitraire et de dissolution à l'intérieur et de honteuse impuissance à l'extérieur, y applaudissaient plus ou moins bruyamment. Ils les colportaient, avec un zèle de maligne satisfaction, en ville, à la cour et jusque dans les rangs de l'armée, où les officiers déclamaient ouvertement contre leur gouvernement de continuer la guerre au Grand Frédéric, protecteur des idées nouvelles, dont ils se glorifiaient d'être imbus, par admiration pour le héros prussien.

Le maréchal de Belle-Isle, corrigé de son engouement, chèrement payé, pour le vainqueur de Molwitz, ne put s'empêcher de se plaindre au duc de Choiseul de ce funeste affaissement du patriotisme des troupes et des classes éclairées de la population civile, cause concommitante, sinon déterminante, des échecs subis :

« L'enthousiasme des protestants pour Frédéric
« ne me surprend pas ; mais je suis toujours en
« colère quand je vois les mêmes effets et le même
« esprit dans la moitié de ce qui habite Paris. (1) »

(1) Lettre du 14 décembre 1781.

24

La publication insidieuse des *OEuvres du philosophe de Sans-Souci*, faite par le ministère français, avec expurgation des offenses à la cour, mais avec insertion soulignée des insultes à la nation, amenda quelque peu les dispositions prussophiles de l'opinion publique, sans réparer le fâcheux effet produit par la circulation clandestine des satires intégrales, ni dégriser les fauteurs de l'*Encyclopédie* de leur manie *frédéricienne*, qui les attristait des épreuves de leur patron, et les réjouissait de ses succès sur leur propre pays.

« Pour moi, disait d'Alembert, comme Français « et comme philosophe, je ne puis m'affliger de ses « succès. Nos Parisiens ont aujourd'hui la tête « tournée du roi de Prusse. » (1)

Quelle école de patriotisme que l'école encyclopédique, dirigée par le pensionnaire mal payé du roi de Prusse !

Les menées souterraines et les nuées d'écrits à tendances hérétiques ne furent pas moins exploitées, durant la croisade anti-catholique de la guerre de Sept Ans, que la conspiration des frondeurs lettrés de France par le César pontife de Berlin. Il inonda les protestants de l'Allemagne, de la Suisse, de la France, de la Hollande, de l'Angleterre, de pamphlets, destinés à identifier sa cause avec celle de la révolution hérétique de tous les pays, et qui, devenus le pain évangélique des entretiens, comme des prédications, de la plupart des ministres des

_____

(1) Lettre de d'Alembert à Voltaire, 11 janvier 1758.

diverses confessions, popularisaient, parmi les
adeptes, le vaillant et indomptable champion de la
Réforme, l'adversaire opiniâtre de la coalition catholique des Habsbourgs et des Bourbons, le persifleur sarcastique de la hiérarchie sacerdotale, l'émule
de Gustave-Adolphe sur les champs de bataille, le
disciple rival de Luther et de Calvin, dans les violences acrimonieuses et souvent ordurières de la
polémique agressive des novateurs rebelles. L'agitation produite lui valut, outre les sympathies des
frères en haine pontificale, des dons particuliers et
collectifs, de riches subsides anglais, des enrôlés
volontaires de diverses contrées, des facilités de
recrutement dans la Suisse, pépinière de mercenaires, où les autorités de Berne procuraient des
régiments à la Prusse, mais refusés à la France. (1)

L'agent principal des manœuvres sur l'opinion
protestante était d'Argens, renégat d'Aix en Provence, réduit à vivre de sa plume vénale, à étaler
son zèle de néophyte : « Il faudrait, disait-il, dans son
« ardeur de servilité méridionale, il faudrait acca-
« bler de plaisanteries les Autrichiens et les Fran-
« çais. Au lieu de tant de mauvais sermons de nos
« ministres, pourquoi ne prennent-ils pas occasion
« d'écrire une lettre pastorale, dans laquelle ils fe-
« raient voir la ruine entière du protestantisme, si
« les ennemis de Votre Majesté viennent malheureu-
« sement à bout de leurs desseins? J'écrirais bien
« quelque brochure à ce sujet ; mais c'est en alle-

_____

(1) Lettre de Voltaire à Tronchin, 9 septembre 1758.

« mand qu'il faut que soit fait un pareil ouvrage,
« pour être répandu parmi le menu peuple et lu de
« tout le monde. » (1)

Encouragé à ce travail, d'Argens suspendit les
frivoles *Mémoires* de *l'Académie des Nouvellistes :*

« Voici deux lettres sous le nom d'un ministre du
« saint Evangile. Dans la première, je me suis
« proposé de prouver que l'objet de la maison d'Au-
« triche et celui de la France avait été, dans tous les
« temps, d'anéantir la réformation ; dans la seconde,
« j'ai montré que l'Autriche et la France croyaient
« arrivé le moment d'exécuter leur dessein. » (2)

Frédéric enchanté répondit : « Vos deux lettres,
« mon cher d'Argens, valent mieux qu'une bataille
« gagnée. Vous vous moquez de moi et de mon bref
« du pape ; le mettre en parallèle avec vos lettres,
« c'est comparer une épigramme de Rousseau à
« l'*Enéide* Virgile. Mon cerveau du nord ne peut se
« comparer avec votre imagination provençale. Les
« grenouilles d'Aix ont l'esprit plus vif que mes chers
« compatriotes ; nous n'osons prétendre à l'esprit.
« Vous avez des ailes et je me traîne sur des bé-
« quilles. N'insultez pas du haut de votre gloire à Los
« misères et souffrez que je rampe sur vos pas,
« dans une carrière que vous fournissez d'une
« course rapide. » (3)

Le *bref du pape,* dont l'inventeur parle avec une
modestie peu sincère, était le chef-d'œuvre d'impos-

(1) Lettre de d'Argens à Frédéric, 5 mai 1759.
(2) Lettre de d'Argens à Frédéric, 18 juin 1759.
(3) Lettre de Frédéric à d'Argens, 5 juillet 1759.

ture littéraire de l'artificieux stratégiste de la ligue philosophico-protestante.

Frédéric connaissant la sotte crédulité des partisans du *libre examen*, égale à celle des prôneurs de la *libre pensée*, dès qu'il s'agit de calomnier le clergé catholique, imagina, sans qu'aucune démarche du nouveau pontife, Clément XIII, fournît même un prétexte à la fable, l'envoi solennel d'une *toque* et d'une *épée bénite*, avec une *bulle* élogieuse au maréchal Daun, le vainqueur de Koellin et de Hochkirsch.

Après un préambule, mal imité, des formules habituelles de la chancellerie romaine, la lettre supposée du suprême pasteur de l'Eglise exhortait le vaillant guerrier à extirper, par le fer et le feu, les Luthériens, les Calvinistes, les Anglicans, race pestilentielle sortie de l'enfer, qu'il importait de faire disparaître pour la gloire de Dieu et l'édification des hommes. « Que le héros se baigne bientôt « dans le sang des apostats ! Qu'il applique sans « retard la cognée à la racine de l'arbre qui produit « des fruits de malédiction ! Qu'à l'exemple de « Charlemagne il convertisse par le glaive l'Alle- « magne septentrionale. » (1)

La bulle apocryphe, œuvre de Frédéric, fut traduite en latin par d'Argens, et publiée avec les deux textes en regard, afin de lui donner quelque apparence d'authenticité. Le fait est consigné dans une lettre du transfuge provençal : « Sire, je n'ai jamais

(1) Soi-disant fait à Rome, sous le sceau du pêcheur, le 30 janvier 1759, la première année de notre pontificat.

24.

« rien lu d'aussi plaisant que votre bref du pape et
« votre lettre du prince de Soubise. Je traduirai le
« bref en latin et le ferai imprimer en deux colonnes,
« le latin d'un côté, et le français de l'autre, ce qui
« lui donnera un plus grand air de vraisem-
« blance (1). »

La bulle fut propagée comme une torche incendiaire chez les protestants, ainsi que la lettre du
maréchal de Soubise, qui en approuvait les injonctions d'intolérance religieuse. Il va sans dire que la
critique éclairée des hérétiques, plus crédule que la
docile foi des catholiques, n'hésita pas un instant à
croire la réalité d'une imputation aussi invraisem-
blable que mensongère. La généralité des historiens
de la secte, de même que ceux de l'école des esprits
forts, professent encore aujourd'hui, des deux côtés
du Rhin, la sottise de considérer comme un docu-
ment sérieux et vrai une malicieuse plaisanterie du
roi de Prusse, imaginée pour stimuler par la terreur
le fanatisme protestant.

Frédéric II leur prêche d'exemple, sous ce rapport, en insistant à plusieurs reprises, dans sa relation de la guerre de Sept Ans, « sur le scandale
« inouï donné par la cour de Rome dans l'envoi de
« la toque bénite, qui met en effervescence les sou-
« verainetés ecclésiastiques, particulièrement l'élec-
« teur de Cologne (2), » dont les terres, voisines de
Clèves, excitaient ses convoitises sécularisatrices.

Or, non-seulement sa correspondance avec d'Ar-

(2) Lettre de d'Argens, 17 mai 1759.
(2) *Histoire de la guerre de Sept Ans*, ch. IX.

gens, mais encore ses lettres à Voltaire et la réponse
de celui-ci, démentent les imputations de l'historien
falsificateur. Il écrivit, en effet, à l'ermite de Ferney :

« Le gentilhomme du Bien-Aimé m'a promis,
« tout vieux lion qu'il est, de donner un coup de
« patte à l'*inf...* J'attends son livre. Je vous envoie,
« en attendant, un *Akakia* contre Sa Sainteté, qui, je
« m'en flatte, édifiera votre béatitude. (1) »

Et le vieux lion, enchanté d'avoir l'occasion de
donner un coup de pied d'âne servile au pape dont
la houlette l'effraye moins que la verge d'un caporal
prussien, s'empresse de féliciter l'auteur de la plaisante mystification :

« Pour votre *Akakia* papal, je le trouve très
« adroit; il est fait de façon que les trois quarts
« des protestants le croiront véritable; il y a là
« de quoi faire rire les gens qui ont le nez fin, et
« de quoi animer les sots de bonne foi de la confes-
« sion, *in, mit, uber.* (2) » (Confession luthérienne,
admettant la présence réelle de Jésus-Christ dans
la sainte Eucharistie, *dans, avec, sur le pain*).

Voilà comment le pontife évangélique édifiait ses
ouailles protestantes, et se servait des préventions
aveugles, mais inflammables des sectaires indigènes
et étrangers, pour les animer contre les défenseurs
de l'*Ante-Christ* imaginaire de Rome.

Dans le même moment, l'*Ante-Christ réel* de Berlin, l'apostat Julien II, le César néo-païen Frédéric,

(1) Lettre du 2 juillet 1759.
(2) Lettre de Voltaire, août 1759.

attisait de brandons semblables le feu sacré des
passions anti-chrétiennes des cohortes de la libre
pensée, c'est-à-dire de l'impiété professionnelle,
ralliées, de toutes les parties du monde, aux aigles
prussiennes.

« J'ai fait une petite brochure, qui paraît à Ber-
« lin ; c'est une relation de voyage d'un émissaire
« chinois à son empereur ; le but de l'ouvrage est
« de donner un coup de patte au pape, qui bénit les
« épées de mes ennemis, et qui fournit des asiles à
« des moines homicides. » (Jésuites impliqués perfidement dans la conspiration, dite des frères Malagrida contre le roi de Portugal).

« Je crois que la pièce vous amusera. Je suis le
« seul qui ait osé élever la voix, et faire entendre le
« cri de la raison outragée contre la conduite scan-
« daleuse de ce pontife de Baal. L'ouvrage vous fera
« rire. Dans ce siècle-ci, le seul moyen de faire de
« la peine à ses ennemis, est de les accabler de ri-
« dicule. » (1)

La grande pièce montée contre Rome en cette
année 1759, pour se venger de Vienne et de Versailles qui venaient de prédominer sur les guinées
anglaises à Pétersbourg, et d'entraîner les Russes à
saccager le duché de Prusse, à porter même la désolation dans le Brandebourg, la machine monstre
d'expectoration de fiel contre le clergé et les dévots,
fut *Phihihu*, diatribe véhémente, grossière déclamation, adressée sous forme d'épître à son pensionnaire

(1) Lettre à de d'Argens, 1760.

d'Alembert, pour soulever les amis de Paris contre l'arrêt du Parlement qui suspend l'*Encyclopédie* et la soumet à une nouvelle commission de censeurs. C'est un appel insurrectionnel aux colères, aux rancunes, aux préjugés de l'impiété et de l'esprit sectaire. Il est trop long pour être cité en entier. Bornons-nous aux dix premiers vers, qui donnent une idée de la kirielle de reproches mal fondés, de calomnies cent fois réfutées, d'injures usées à force d'être répétées, dont se compose le pamphlet rimé du roi-philosophe, patron de la liberté d'écrire en France et oppresseur de la presse en Prusse.

> Un sénat de Midas, en étole, en soutane,
> A proscrit, nous dit-on, vos immortels écrits;
>   Son imbécillité condamne
>   Les sages et les beaux esprits.
> La superstition, l'erreur et l'ignorance
> Seraient-elles les juges du bon sens à Paris?
> Avec quelle fureur, avec quelle impudence,
> Ces prêtres de Baal que l'enfer a vomis,
>   Ont exercé leur violence
> Sur l'art de raisonner, à leurs arrêts soumis!

La fin du manifeste séditieux est digne du commencement :

>   Osez-vous, féroces chrétiens,
> Calomnier encor la vertu des païens?
>   Si vous les accusez de crimes,
>   Furent-ils barbares et cruels?
>   Songez au nombre des victimes
> Dont l'inquisition a rougi les autels.
> Platon dirait, voyant vos fêtes triomphales,
> Ces innocents menés aux bûchers solennels,
> Que vous sacrifiez ces victimes fatales
>   A des déités infernales.
>   Ah! jusqu'à quand les nations
>   Souffriront-elles ces scandales
>   Et l'abus des religions?

Non content de décharger sa rage belliqueuse
« par toutes les armes de son arsenal, pour nuire à
« ses ennemis, en leur faisant la guerre de toute
« façon, sans craindre d'être mis à la Bastille ; » (1)
non content de diriger les manœuvres des trois
corps d'armée qu'il opposait aux Autrichiens, aux
Russes et aux Français, le généralissime de la coalition anti-cléricale du monde entier voulut relier
désormais entre eux et avec leur commun chef ses
tirailleurs littéraires de France et d'ailleurs par un
mot d'ordre caractéristique, qui leur servît de signe
de ralliement, en tout temps et en tout lieu. A cette
fin, il choisit un terme, emprunté au vocabulaire
suranné des blasphémateurs de Wittemberg et de
Genève. Au lieu de désigner l'Eglise romaine aux
coups de pique ou de sape de ses séïdes sous
le nom de *Prostituée de Babylone*, langage des frères
évangéliques, il la désigna sous le nom équivalent,
mais moins démodé d'*Infâme*. De là la salutation
des frères encyclopédistes dans la suscription de
leurs lettres. *Ecr. l'Inf.*

Cette dénomination apparaît, pour la première
fois, dans sa correspondance avec d'Argens et Voltaire, au moment de la reprise des hostilités du
printemps de 1759, après un nouvel échec de tentatives pacifiques, lorsque les sévérités du Parlement
contre l'*Encyclopédie* menaçaient de lui enlever le
concours de la grande machine à falsifier l'opinion
publique de l'Europe, au gré de l'inspirateur de la
coterie des écrivains irréligieux.

(1) Lettre de Frédéric à Voltaire, 12 mai 1760.

Il manda à l'adjudant-major de ses manœuvres littéraires, qui transmettait ses instructions aux guides et conducteurs des bataillons de plumes reptiles :

« Vous vous plaignez, mon cher marquis, de
« votre jambe. Cela empêche-t-il vos doigts d'écrire ?
« Faites-moi vite une bonne brochure contre l'*Inf...*
« Ce sera très utile et vous combattrez par là sous
« mes drapeaux. » (1)

Au grand lieutenant-général, retiré en Suisse, il écrivit directement :

« Vous avez fait le *Tombeau de la Sorbonne* (à
« Postdam, en vengeance de la censure des articles
« de l'abbé de Prades dans les premiers volumes de
« l'*Encyclopédie*) ; ajoutez-y celui du Parlement,
« qui radote si fort qu'il ne la fera pas longue. Pour
« vous, vous ne mourrez point, vous dicterez encore
« de loin au Parnasse ; vous caresserez encore l'*Inf...*
« d'une main, et l'égratignerez de l'autre. — Je sou-
« haite paix et salut, non pas au gentilhomme ordi-
« naire, non pas à l'historiographe du Bien-Aimé,
« mais à l'auteur de la *Henriade*, de la *Pucelle*. » (2)

Le patriarche récemment installé à Ferney, mécontent de n'avoir rien reçu de Choiseul en récompense de la livraison des injures rimées de Frédéric à la France et à Louis XV, espérant aussi obtenir, de son regain de complaisante collaboration aux projets anti-catholiques du roi de Prusse, l'ancienne pension, augmentée du douaire promis à la nièce,

(1) Lettre à de d'Argens, 2 mai 1759.
(2) Lettre de Frédéric à Voltaire, 18 mai 1759.

parut flatté du coup d'aiguillon reçu, et s'empressa
de répéter le mot d'ordre, en preuve qu'il l'a
adopté.

« Votre Majesté me reproche, dans de très jolis
« vers, de caresser quelquefois l'*infâme*; eh! mon
« Dieu, non; je ne travaille qu'à l'extirper, et j'y
« réussis beaucoup parmi les honnêtes gens. J'aurai
« l'honneur de vous envoyer dans peu un petit
« morceau qui ne sera pas indifférent. » (1)

Redevenu zélateur de la cause compromise par les
malheurs de la guerre et les rigueurs de la justice,
Voltaire communiqua le symbole des initiés au révérend prieur de l'abbaye philosophique de Paris,
avec ses propres instructions :

« Je voudrais que les philosophes pussent faire
« un corps d'initiés, et je mourrais content.

« Je voudrais voir, après ces déluges de plaisan-
« terie et de sarcasme, quelque ouvrage sérieux, et
« qui pourtant se fît lire, où les philosophes fussent
« pleinement justifiés et l'*Inf.* confondue. Je voudrais
« que vous *écrasassiez l'Inf.* C'est là le grand point.
« Il faut la réduire à l'état où elle est en Angleterre,
« et vous en viendrez à bout si vous le voulez : c'est
« le plus grand service qu'on puisse rendre au genre
« humain. » (1)

Une intelligence si nette et si ardente du but à
poursuivre en commun, au bénéfice du roi de Prusse,
et conformément à ses indications, valut une distinction honorifique, encadrée de marques particu-

(1) Voltaire à Frédéric, juin 1759.
(2) Voltaire à d'Alembert, 23 juin 1760.

lières de confiance et de caresses au *grand-croix démissionnaire du mérite prussien :*

« Puisque vous êtes *si bon Prussien* (ce dont je
« vous félicite), je crois devoir vous faire part de ce
« qui se passe ici. (Initiation aux opérations proje-
tées contre Daun, l'homme à toque et à épée papales.)

« Ne parlons plus des tours de tant d'espèces que
« vous m'avez joués ; je vous ai tout pardonné d'un
« cœur chrétien. Après tout, vous m'avez fait plus
« de plaisir que de mal. Je m'amuse davantage avec
« vos ouvrages, que je ne me ressens de vos égrati-
« gnures. Si vous n'aviez point de défauts, vous
« rabaisseriez trop l'espèce humaine, et l'univers
« aurait raison d'être jaloux et envieux de vos avan-
« tages. » (1)

L'honneur d'être qualifié de bon Prussien et accablé de compliments, par « le plus grand monarque
« qui ait jamais régné, » porta au paroxisme la parade de fureur impie du patriarche des philosophes.

« Votre Majesté est si occupée à donner sur les
« oreilles aux Roxelans, Scythes et Massagites,
« qu'elle n'a pas de temps à donner à la philosophie
« et à la destruction de l'*Inf...* Je prendrai la liberté
« de recommander en mourant cette *Inf...* à Sa
« Majesté. Elle est plus son ennemi qu'elle ne croit :
« sa pucelle et son fanatique sont quelque chose ;
« mais cette pucelle et ce fanatique (Marie-Thérèse
« et le pape) ne réformeront pas l'Occident, et Fré-
« déric était fait pour l'éclairer. » (2)

(1) 8 juillet 1759.
(2) Voltaire à Frédéric, août 1759.

25

La chaleureuse recommandation testamentaire provoque une recrudescence d'effusions amères contre « le fanatisme absurde, vice dominant à présent en « France, qui s'acharne sur les livres et les apôtres « du bon sens. »

Suit une interminable tirade sur « les frocards, les « mitrés, les chapeaux d'écarlate, les cagots tonsurés, « qui, par la flamme qu'alluma la main de l'infâme, « veulent griller le malin Voltaire. » (1)

Celui-ci finit par avoir des nausées de ces déluges fréquents d'excitation haineuse contre le clergé français, innocent des embarras politiques de Frédéric, châtiment de ses visées à l'exploitation des bouleversements religieux : « Luc m'envoie tous les huit « jours des paquets les plus outrecuidants, les plus « terribles, de vers et de prose, des choses à faire cof- « frer le receveur, si le receveur était à Paris. Quant à « lui-même, il fait le plongeon, il désavoue ses œu- « vres ; il les fait imprimer tronquées (édition de Hol- « lande en rectification de celle du duc de Choiseul, « à Paris) ; cela est bien plat quand on a cent mille « hommes ; mais cet homme-là sera toujours incom- « préhensible. Il ne sait pas trop ce qu'il veut, et sait « encore moins ce qu'il deviendra. Il eût été le plus « heureux des hommes s'il avait voulu ; et il valait « cent fois mieux être le protecteur de la philosophie « que le perturbateur de l'Europe. » (2)

Quand Voltaire parlait ainsi, il était sur le point de retrouver le sens patriotique, perdu ou oblitéré

(1) Lettre de Frédéric, 17 novembre 1759.
(2) Voltaire à d'Alembert, 25 avril 1760.

dans les nuages d'encens du violent souffle de
haine qui animait son admirateur contre la foi et
la hiérarchie catholiques. L'explosion de sa colère,
à la suite des reproches racontés dans le chapitre
précédent, devint le coup de foudre qui l'arrêta sur
le chemin de Damas, et le guérit pour un moment
de sa rechute dans l'aveuglement. Ni les tendresses
prodiguées dans quatre lettres consécutives, ni
l'amorce, autrefois irrésistible de blasphèmes audacieux, bave répugnante de la rage d'un démon désespéré, ni la prière railleuse « de dire un petit *bene-*
« *dicite* en faveur des pauvres philosophes qui sont
« en purgatoire, » (1) ne purent ramener au combat
Achille, retiré sous la tente, et applaudissant à la
détresse de l'Agamemnon, qui lui « avait dit des
vérités trop bien senties. »

Frédéric, abandonné de Voltaire dans l'attaque
contre l'Eglise, à peu près dans le même moment où
l'Angleterre lui retirait les subsides nécessaires à son
trésor épuisé, et menaçait de l'abandonner dans sa
lutte héroïque contre l'Autriche, la France et la
Russie, eût échoué complétement dans ses deux
agressions, si la mésintelligence de ses adversaires,
plus forte que leur commune aversion pour lui, n'eût
paralysé leurs opérations et facilité ses succès; si
surtout la mort très opportune de la czarine Elisabeth n'eût pas détaché l'armée moscovite de la coalition pour la ranger sous les drapeaux prussiens.

La paix négative que la ruine financière des belli-

_____

(1) Lettre de Frédéric à Voltaire, 31 octobre 1680.

gérants et la lassitude des peuples, trop longtemps
sacrifiés dans de stériles holocaustes d'hommes et
d'argent, imposèrent à Hubertsbourg, comme à Paris, contraignirent l'envahisseur de la Saxe de rendre
sa proie, et d'ajourner ses projets d'agrandissement
territorial aux dépens de l'Eglise. Il dut même
réserver sa voix électorale au fils de Marie-Thérèse,
l'empereur Joseph II, et confirmer ainsi la couronne
de Charlemagne sur la tige rajeunie des Habsbourg.

Mais, réduit à différer l'exécution de ses plans en
Allemagne, il ne renonça aucunement aux trames
ourdies contre l'Eglise et les Etats catholiques. Il
s'y appliqua, au contraire, avec plus de circonspection et non moins d'ardeur, en vue de se procurer à
bref délai des compensations en Pologne, et de
préparer, dans les troubles religieux et politiques,
semés et cultivés chez les voisins, de riches expecta-
tives de conquêtes, pour lui et ses successeurs.

CHAPITRE VI

FRÉDÉRIC II, INSTIGATEUR DE LA GUERRE DÉCLARÉE AUX JÉSUITES ET AUX MOINES DANS LES PAYS CATHOLIQUES, PARTICULIÈREMENT EN FRANCE.

Les preuves citées permettent plus de brièveté. — Situation de la France favorable aux desseins prusso-protestants. — Le Jansénisme, levain calviniste subtilisé. — Les Parlements favorables aux novateurs. — La Pompadour hostile aux Jésuites. — Apres disputes. — Attentat portugais, signal d'une levée générale de boucliers. — Les agents protestants prusso-anglais travaillent l'opinion. — Ordres et instructions de Frédéric. — D'Alembert fait la Destruction des Jésuites. — Aveuglement de se déclarer contre les Jésuites. — L'Encyclopédie tue les Jésuites. — Joie de d'Alembert. — Frédéric conseille la suppression graduelle du clergé à Voltaire. — Même programme à d'Alembert. — Encouragements et reproches du roi de Prusse. — Excuses. — Conseil de Voltaire. — Projet de continuer l'Encyclopédie à Clèves. — Les Jésuites chassés. — Leurs ennemis applaudissent. — Choiseul, grand ministre. — Joie et condoléance de Frédéric. — Drame poursuivi jusqu'à consommation.

Les détails authentiques que nous avons donnés sur les occupations des mercenaires lettrés de Potsdam, et sur les manœuvres à coups de plumes, qui s'entrecroisaient, pendant la guerre de Sept Ans, avec le cliquetis des armes dans les mouvements stratégiques du roi–philosophe, nous dispensent d'insister longuement sur les opérations subséquentes du généralissime, désormais manifeste, de la ligue encyclopédiste contre le clergé catholique et les institutions chrétiennes de l'Europe.

Après les nombreuses preuves citées de sa conni·
vence constante, sinon de son initiative invariable ·
dans les pamphlets publiés, comme dans les complots
ourdis, en vue de discréditer, de miner, de renverser
la hiérarchie sacerdotale, nous nous croyons en
droit et même en devoir d'être plus sobre en production de documents confirmatifs de la dernière
partie de notre étude. Car le lecteur, déjà familiarisé
avec les procédés du meneur avéré de la conspiration,
ne peut désormais s'étonner de le voir profiter des
loisirs de la paix de Hubertsbourg, pour pousser
vigoureusement l'offensive commencée contre l'*Infâme*, dont l'écrasement lui promet les compensations territoriales, vainement revendiquées à la
pointe de l'épée.

Selon sa tactique habituelle, héritage des pratiques
de la dynastie, il guette l'occasion, épie le point vulnérable de l'adversaire, fomente sous main les agents
et les éléments aptes à faciliter des coups fourrés,
qui préparent clandestinement de loin des succès,
aussi inattendus de ses rivaux et souvent de ses
instruments que fructueux pour lui-même.

Les circonstances se prêtent à la poursuite de
ses entreprises impies. La corruption de la cour de
Louis XV a déteint sur la nation très chrétienne, et
la menace d'une prochaine dissolution. Noblesse,
clergé, parlement, financier, lettrés, toutes les sommités sociales sont gangrenées. Elles boivent, à longs
traits, dans les délices de la coupe de Babylone, avec
l'ivresse des sens, la perversion des esprits, la dépravation des cœurs, le relâchement de la discipline

dans la vie publique et privée. Or, un peuple gouverné par des organes vicieux et pourris est une
proie d'autant plus assurée aux fauteurs de révolutions, qu'il a perdu la conscience des hontes et des
périls de sa décadence, qu'il s'irrite volontiers contre
les guides clairvoyants et les prophètes austères,
qui s'avisent de l'éveiller de sa torpeur, en touchant
à ses plaies sensibles, afin de l'arracher à l'abîme où
il se laisse entraîner.

Telles étaient les dispositions de la France, au plus
fort de la croisade philosophico-protestante, dirigée
contre elle et l'Autriche par la Prusse et l'Angleterre.

Au lieu de cimenter l'union de tous les enfants de
la fille aînée de l'Eglise, de former un faisceau étroi-
tement lié des forces morales de la domination catholique des Habsbourg et des Bourbons, pour l'opposer, en même temps que les forces matérielles bien
combinées des deux maisons, à la propagande agressive des sectaires, le cabinet de Versailles, dominé
par les influences encyclopédistes de l'entourage de
la marquise de Pompadour et du duc de Choiseul,
ne songea qu'à se désarmer de toute apparence de
zèle religieux, en face d'une coalition bardée de
fanatisme anti-papiste et de fureur incrédule.

Un aveuglement plus inexplicable encore porta le
ministère français à compliquer les embarras de la
situation extérieure, des difficultés de la persécution
intérieure des meilleurs soutiens du trône et de
l'autel, pour complaire aux amis du dedans des ennemis du dehors, dans la guerre à la fois injuste et
inopportune déclarée aux jésuites, avec le concours

des bons viveurs de la cour, ainsi que des libres penseurs, soit de l'Université, soit du Parlement, affiliés les uns et les autres à la coterie des écrivains prussophiles de l'école de Voltaire.

La moindre étude des événements du règne de Louis XIV eût suffi à instruire les dépositaires de l'autorité royale, sur l'origine suspecte et sur la tendance subversive du levain janséniste, étouffé sous le grand roi, mais remis en fermentation, à l'ombre de l'anglomanie de la Régence, avec l'éclat d'une revanche des rancunes huguenotes contre les conseillers présumés de la révocation de l'édit de Nantes.

Le Jansénisme n'était au fond qu'une transformation de l'hérésie séditieuse, importée de l'étranger, et qui n'avait cessé de conspirer avec l'étranger, à l'effet de troubler le royaume, par l'émeute organisée en permanence au préjudice de l'Eglise et de l'Etat.

Il n'entre aucunement dans notre cadre d'exposer comment s'est opérée la subtile transformation d'une erreur proscrite en une erreur tolérée, ni quels encouragements l'esprit de révolte contre les décisions doctrinales des souverains pontifes, essence du jansénisme, rencontra dans l'engouement exagéré des opinions gallicanes, qui préconisaient l'indépendance envers le siége apostolique, en retour du servilisme à l'égard du pouvoir civil, opinions devenues celles de la majorité du clergé et de l'unanimité des corps judiciaires, lesquels prétendaient enrichir le prince des prérogatives confisquées au pape.

Il nous suffit de constater que, durant la guerre de Sept Ans, de violentes querelles agitaient les prêtres et les laïques, à propos de la bulle *Unigenitus*, acceptée docilement des vrais enfants de l'Église, repoussée avec mépris par l'orgueil rebelle des novateurs. La dispute s'était envenimée des déclarations frondeuses du Parlement, qui bravait les défenses de Louis XV, en rendant des arrêtés favorables aux récalcitrants.

L'attentat de Damiens, imputable aux idées révolutionnaires, mises en circulation par la bruyante opposition des magistrats et des lettrés à l'ordonnance qui prescrivait le respect et la soumission au décret pontifical, calma un instant l'effervescence des passions soulevées, au sujet de dogmes abstraits, inintelligibles à la multitude, mais servant de prétextes aux démonstrations turbulentes des fauteurs de troubles.

La trève dura peu de temps. Le dépit de la marquise de Pompadour d'avoir été écartée un moment de la cour, sur les instances de l'entourage dévot du Dauphin, dans la première frayeur qui suivit le crime avorté du vengeur des droits parlementaires; le ressentiment plus vif encore de n'être pas autorisée, selon la demande captieuse faite à deux directeurs jésuites, de s'approcher des sacrements, tout en continuant ses liaisons adultères avec Louis XV, déterminèrent la puissante favorite à protéger, à garantir d'impunité les calomniateurs d'une congrégation, trop rigide à son gré, quoique accusée de morale relâchée. Les ennemis des défenseurs du

25.

pape, s'abritant de l'attitude ouvertement hostile aux jésuites de la dominatrice de Versailles, se mirent à les assaillir d'une grêle d'opuscules diffamatoires, préludes des mesures de rigueur réclamées du Parlement. La tempête des brochures détourna l'attention publique du navrant spectacle des hontes nationales :

« Vous voyez le beau rôle que nous jouons sur la
« terre et sur l'onde... Cependant le Parlement
« se bat à outrance avec les jésuites, et Paris
« en est encore plus occupé que de la guerre d'Al-
« lemagne, et, moi, qui n'aime ni les fanatiques
« parlementaires, ni les fanatiques de Saint-Ignace,
« tout ce que je leur souhaite, c'est de se détruire
« les uns par les autres. » (1)

Le patriote français qui exhale de telles plaintes et de tels souhaits, est le grand maître des plumes reptiles de France, en résidence à Paris, engagé par le roi de Prusse à fomenter les dissensions intestines de son pays, au profit du vainqueur de Rosbach.

Voici à quelle occasion Frédéric avait chargé son pensionnaire d'Alembert d'attaquer de front et de flanc les *janissaires du Saint-Siége*.

Le duc d'Aveyro et le marquis de Tavora, voulant venger le déshonneur de leurs épouses flétries par le licencieux roi, Joseph de Portugal, avaient consulté les jésuites Malagrida, Alexandre de Jousa et Mathos, sur la gravité d'un crime d'homicide, commis dans de telles conditions, sans indiquer ni les noms des consultants, ni la qualité de la personne mena-

(1) D'Alembert à Voltaire, 8 septembre 1761.

cée. La réponse des jésuites n'a jamais été publiée, et leur tort s'est borné à garder le secret sur une question insidieuse, dont ils ignoraient la portée précise, et qu'ils considéraient à bon droit comme une confidence non révélable de confession.

Le régicide fut tenté, mais non consommé. Le roi, blessé au bras, infligea un châtiment atroce aux coupables, en faisant rouer de coups, et brûler vifs onze personnes soupçonnées de complicité. Une si cruelle profusion de victimes ne suffit pas à l'implacable rancune du monarque offensé, ni à la servile complaisance de son ministre Pombal. Il leur fallut l'immolation éclatante des trois jésuites, impliqués sans preuves dans le complot, avec la déportation violente de tous leurs confrères du royaume, au nombre de six cents, sur les côtes d'Italie, où le Pape dut leur donner un asile.

De tels procédés à l'égard d'une corporation détestée des sectaires de tous les pays, particulièrement des philosophes et des protestants, étaient évidemment inspirés par les loges maçonniques, qui couvraient le Portugal, depuis son inféodation à la politique anglaise, comme avant-poste du cabinet de Londres contre l'Espagne catholique. Leur coïncidence avec la croisade prusso-britannique, entreprise alors en haine de l'Église, autant qu'en aversion des maisons de France et d'Autriche, autorise d'affirmer que le gouvernement portugais n'était que l'instrument des passions anti-papistes de ses patrons, un des ressorts de la vaste machination ourdie contre la hiérarchie sacerdotale dans l'Europe entière.

L'acharnement et l'empressement avec lesquels, dans la conjuration domestique des Tavora et Aveyro, l'incident Malagrida fut perfidement exploité partout où les sectaires avaient intérêt et trouvaient moyen d'ameuter les gouvernements contre l'ordre religieux le mieux constitué, le plus dévoué au Saint-Siége, le plus redouté des démolisseurs de l'Église, à raison de son zèle, de ses lumières et de son dévouement dans toutes les œuvres de l'apostolat chrétien; cet acharnement et cet empressement suspects n'accusent-ils pas une entente concertée d'avance, afin de tourner l'événement, survenu aux bords du Tage, en renfort de la conspiration cosmopolite, nouée, depuis un siècle, sur les rives de la Tamise et de la Sprée?

Comme il importait de rallier la France à la cause hérétique, qui cimentait l'union de la Prusse et de l'Angleterre, avec lesquelles Versailles était en guerre, le chef de la coalition anti-pontificale avertit le commandant de ses mercenaires encyclopédistes de sonner le clairon d'alarme dans la vallée de la Seine, et de lancer la fusée de Lisbonne en torche incendiaire sur les éléments explosibles accumulés par les âcres disputes des Jansénistes et des Jésuites.

Le *Phihihu*, cité au chapitre précédent, contenait plusieurs strophes virulentes, qui désignaient l'escadron d'élite de l'*Infâme*, qu'il fallait écraser dans le moment :

« O comble de forfaits! O siècle, ô temps, ô mœurs,
Je laisse en paix l'amas de vos songes trompeurs.
De votre système apocryphe,

Le crime vous décèle, indignes imposteurs;
Le vicaire de Dieu, votre premier pontife
   Protége des conspirateurs.

Des monstres portugais les complots perfides
Armaient contre leur roi des sujets parricides,
L'événement l'atteste et l'Europe en frémit;
Le sage qui l'apprend, en silence gémit.
   Quoi! Rome, en ce siècle servile,
   Devient le refuge et l'asile
   Du crime qui s'y raffermit.
Un ordre qui d'Ignace a reçu la doctrine
Complote dans son sein le meurtre et la ruine
   Des Etats et des citoyens, etc... »

Le directeur de l'*Encyclopédie* répondit à cette apostrophe belliqueuse : « Je supplie Votre Majesté « de recevoir mes très humbles et très respectueux « remerciements pour la belle épître dont elle vient « de m'honorer. Il ne me paraît pas possible d'ex-« primer avec plus de force et de noblesse des « vérités importantes au genre humain, et malheu-« reusement trop peu connues de ceux qui devraient « en être les plus puissants défenseurs. » (1)

Docile aux instructions reçues, le lieutenant d'A-lembert s'efforce de propager les idées de son chef dans les sphères officielles où celui-ci désire les voir accréditées, afin d'accélérer leur mise en pratique.

Dans ce but, il compose le livre de la *Destruction des Jésuites*, ouvrage qui reproduit toutes les impu-tations mensongères, débitées sur les enfants de saint Ignace par leurs ennemis et leurs envieux, de-puis l'origine de l'institut, tout en avouant « qu'au-« cune Société religieuse ne peut se glorifier d'un

(1) Lettre de d'Alembert à Frédéric, le 11 mars 1760.

« aussi grand nombre d'hommes célèbres dans les
« sciences et les lettres. » La conclusion de son
travail de commande, conforme au programme de
l'inspirateur, tend à la suppression non-seulement
des jésuites, mais de tous les moines et de tous les
prêtres, par la raison que tous les ecclésiastiques,
séculiers comme réguliers, prêchent l'indépendance
du pouvoir spirituel, et prétendent à gouverner les
consciences en dehors de l'autorité civile, erreur
impardonnable aux yeux des admirateurs du césa-
risme prussien.

Le zèle intelligent de d'Alembert fut récompensé
d'une seconde épître, aussi déclamatoire que la première, contre « la troupe à tête tonsurée. » Il remercia en termes non moins obséquieux :

« L'ouvrage de philosophie que j'ai eu le bonheur
« de faire, par ordre de Votre Majesté, m'a procuré
« de sa part une lettre bien supérieure à mon ou-
« vrage, pleine d'une philosophie qui me remplit
« d'admiration » (1).

Dans l'intervalle de ces félicitations mutuelles,
les événements avaient marché en France, et par
la France dans les autres contrées catholiques, au
gré du souffleur de Berlin et de ses échos de Paris.

Sous le feu roulant des philosophes prussophiles et des jansénistes anglomanes, « la canaille
« parlementaire (pétrie des uns et des autres) dé-
« livra les disciples de la raison pure, les écraseurs
« de l'*Inf*... de la canaille jésuitique (2). » Quel

(1) Lettre de d'Alembert à Frédéric, 17 septembre 1764.
(2) Lettre de d'Alembert à Voltaire, 31 juillet 1762.

coup de vigueur capable de parer la protectrice de
l'*Encyclopédie*, de la réputation d'énergie à laquelle
elle aspire du fond de son boudoir, parfumé de
roses fiétries ! Dépouiller, exiler par la main de la
justice 4,000 moines, convaincus de l'unique tort de
se dévouer avec trop de zèle et de succès à l'instruction de la jeunesse, à l'évangélisation des pauvres
et des infidèles, à la civilisation des hordes sauvages, au soulagement des infirmités de l'esprit et
du corps, à la gloire, comme à la prospérité maté-
rielle et morale de leur pays ; les frapper, en souvenir des services rendus, et par crainte de les voir
continuer leur utile ministère de sentinelles vigi-
lantes et intrépides de la cité de Dieu, pour plaire
aux démolisseurs de l'Eglise et leur faciliter la subversion du royaume très chrétien, quelle œuvre de
courage, de sagesse, de patriotisme, digne de la
nouvelle Hérodiade, l'héroïne du troupeau d'Epicure !

Combien les coups infligés aux plus redoutés adversaires des ennemis extérieurs vengent les coups
reçus des uns, pendant qu'on est occupé à battre
les autres ! Quel sujet de félicitation de pouvoir s'é-
crier, avec la cheville ouvrière du complot, qui professe envers « Sa Majesté prussienne, la docilité
« qu'un philosophe doit à celui qu'il regarde comme
« son chef et son modèle :

« Ce ne sont point les Jansénistes qui tuent les
« Jésuites, c'est l'*Encyclopédie*; mordieu, c'est l'*En-
« cyclopédie !* » (1)

_____

(1) Lettre de d'Alembert à Voltaire, 4 mai 1762.

« Ce que Pascal, Nicole et Arnaud n'ont pu faire,
« il y a apparence que trois ou quatre fanatiques et
« ignorés en viendront à bout. » (Vous êtes trop
modeste, Atlas-Hercule, qui portez le monde sur
vos épaules, et dont l'histoire est celle d'un grand
orgueil, abrité sous le manteau troué du philosophe). (1)

« La nation fera ce coup de vigueur au dedans,
« dans le temps où elle en fait si peu au dehors, et
« on mettra dans les abrégés chronologiques futurs,
« à l'année 1762 : « Cette année, la France a perdu
« toutes les colonies et chassé les jésuites. Elle a
« été plus occupée de l'évacuation du collége de
« Clermont que de celle de la Martinique. »

« Je ne connais que la poudre à canon, qui, avec
« si peu de force apparente, produise d'aussi grands
« effets. » (2)

Remarquons bien que le grave géomètre ne plaisante pas dans son antithèse, où il oublie seulement
de mentionner qu'il a tiré le canon sur des matières
inflammables, d'après les ordres de Luc, protecteur
écouté des philosophes. Sans même s'en douter, il
est devenu prophète. La fameuse exclamation :
« Périssent les colonies plutôt qu'un principe ! »
n'est-elle pas la répétition de sa joie patriotique :
« La France a perdu ses colonies, mais elle a chassé
« les Jésuites ! » Oh ! la noble et riche compensation !

(1) Voltaire à d'Alembert, 5 septembre 1752 et Arsène Hous-
saye, *Louis XVI*, p. 221.
(2) Lettre de d'Alembert à Voltaire, 31 mars 1762.

Protagoras voit « tout, dès ce moment, couleur de
« rose; il voit les Jansénistes mourant l'année pro-
« chaine de leur belle mort, après avoir fait périr
« cette année-ci les jésuites de mort violente, la
« tolérance s'établir, les protestants rappelés, les
« prêtres mariés, la confession abolie, et l'*Infâme*
« écrasée, sans qu'on s'en aperçoive. » (1)

N'est-ce pas l'exécution ponctuelle du programme
prusso-protestant, intimé par le roi philosophe, en
termes presque identiques au patriarche et au grand
maître de la secte encyclopédiste, avec des nuances
de formes, adaptées aux degrés de souplesse de Voltaire et de d'Alembert ?

« Il n'est point réservé aux armes de détruire
« l'*Inf...;* elle périra par le bras de la vérité et par
« la séduction de l'intérêt. Si vous voulez que je
« développe cette idée, voici ce que j'entends :

« J'ai remarqué que les endroits où il y a le plus
« de couvents et de moines, sont ceux où le peuple
« est le plus aveuglément livré à la superstition. Il
« n'est point douteux que, si l'on parvient à détruire
« ces asiles du fanatisme, le peuple ne devienne dans
« peu indifférent et tiède sur ces objets, qui sont ac-
« tuellement ceux de sa vénération. Il s'agirait donc
« de détruire les cloîtres. Ce moment est venu, parce
« que le gouvernement français et celui d'Autriche
« sont endettés, qu'ils ont épuisé les ressources de
« l'industrie pour acquitter leurs dettes, sans y par-
« venir.

(1) Lettre de d'Alembert à Voltaire, 4 mai 1762

« L'appât de riches abbayes et de couvents bien
« rentés est tentant. En leur représentant le mal que
« les cénobites font à la population de leurs Etats,
« ainsi que l'abus du grand nombre de c..... qui
« remplissent leurs provinces, et même la facilité de
« payer en partie leurs dettes, en y appliquant les
« trésors de ces communautés, je crois qu'on les dé-
« terminerait à commencer cette réforme, et il est à
« présumer qu'après avoir joui de la sécularisation
« de quelques bénéfices, leur avidité engloutira le
« reste.

« Tout gouvernement qui se déterminera à cette
« opération, sera ami des philosophes et partisan de
« tous les livres qui attaqueront les superstitions
« populaires et le faux zèle des hypocrites qui vou-
« draient s'y opposer.

« Voilà un petit projet que je soumets à l'examen
« du patriarche de Ferney. C'est à lui, comme au
« père des fidèles, de le rectifier et de l'exécuter.

« Le patriarche m'objectera peut-être ce que l'on
« fera des évêques ; je lui réponds qu'il n'est pas
« temps d'y toucher encore ; qu'il faut commencer
« par détruire ceux qui soufflent l'embrasement du
« fanatisme au cœur du peuple. Dès que le peuple
« sera refroidi, les évêques deviendront de petits
« garçons, dont les souverains disposeront, par la
« suite des temps, comme ils voudront. » (1)

Le patriarche, retiré sous la tente de Ferney, s'est
reconcilié avec Luc, au prix de la persécution, si

(1) Lettre de Frédéric à Voltaire, 24 mars 1767.

savamment ordonnancée, des jésuites, ses anciens maîtres, comme en haine de l'Eglise, dont le roi-philosophe organise l'écrasement ; car, « en qualité « d'être pensant et de Français, il est fort aise que « Luc soit remonté sur sa bête, qu'une très dévote « maison n'ait pas englouti l'Allemagne, et que les « jésuites ne confessent point à Berlin. La supers-« tition est bien puissante vers le Danube. » (1)

C'est pourquoi il trouve « d'un grand capitaine « l'idée d'attaquer par les moines la superstition « christicale. Les moines, une fois abolis, l'erreur « est exposée au mépris universel. » (2)

Incontinent il se met à bafouer les religieux de tout ordre et de tout sexe, par des romans et des *Dunciades* dans le genre des contes du *Tonneau* de Swift, dont les plaisanteries ordurières « ont fait « plus de mal à l'Eglise romaine que Henri VIII. » (3) Il pousse en même temps ses amis et ses disciples, entre autres La Harpe, à exercer leurs talents dans la chasse aux moines, selon les vues du chasseur d'hommes de Berlin.

Le plan déroulé, d'un ton plus impérieux à d'A-lembert, reproduit avec quelques variantes celui qui fut notifié à Voltaire. Nous croyons qu'il n'est pas inutile de le citer, malgré les redites dont il afflige le lecteur. On ne saurait trop constater d'où est parti le signal, avec le but et l'ordre de bataille de la campagne tapageuse, ravivée par la paix de

(1) Lettre de Voltaire à Frédéric, 5 avril 1767.
(2) Lettre de Voltaire à d'Alembert, 28 novembre 1762.
(3) Lettre de Voltaire à d'Alembert, 13 août 1760.

Paris, contre les institutions monastiques, dans laquelle les jésuites, occupant le premier rang, se virent les premiers assaillis d'une nuée de traits meurtriers.

« L'édifice de l'Eglise romaine commence à s'é-
« crouler ; il tombera de vétusté. Les besoins des
« princes leur font désirer les richesses que les
« fraudes pieuses ont accumulées dans les monas-
« tères ; affamés de ces biens, ils pensent à se les
« approprier.

« Mais ils ne voient pas qu'en détruisant ces trom-
« pettes de la superstition et du fanatisme, ils sa-
« pent la base de l'édifice, que la foi s'éteindra. Les
« villes remplies de couvents sont celles où il règne
« le plus de superstition et d'intolérance. Détruisez
« ces réservoirs de l'erreur, et vous boucherez les
« sources corrompues qui entretiennent les pré-
« jugés.

« Les évêques, la plupart trop méprisés du peuple,
« n'ont pas assez d'empire sur lui pour exciter for-
« tement les passions, et les curés, exacts à recueil-
« lir les dîmes, sont assez tranquilles pour ne pas
« troubler l'ordre de la société.

« Il se trouve donc que les puissances, fortement
« affectées de l'accessoire, qui irrite leur cupidité,
« ne savent ni ne sauront où leur démarche les doit
« conduire. Elles pensent agir en politiques et agis-
« sent en philosophes. » (1)

En stratégiste consommé, Frédéric préfère circonvenir l'ennemi que l'attaquer de front. Voilà pour-

(1) Lettre de Frédéric à d'Alembert, 2 juillet 1768.

quoi il recommande de cacher les batteries et de
voiler le but final de la manœuvre aux alliés de
circonstance, qu'il entend exploiter avec défiance et
ménagement. Aussi blâme-t-il son grand maître
d'artillerie encyclopédique d'avoir tiré trop tôt sur
tous les moines à la fois, au lieu de se borner dans
la première campagne à mitrailler les jésuites :

« Vous avez heurté les Jésuites et les Jansénistes
« en même temps ; ils ont crié et ils ont cru intéresser
« le trône dans cette querelle. Le ministre peut avoir
« de l'humeur de ce que vous avez découvert ses
« vues cachées ; car M. de Choiseul, ayant eu la
« hardiesse d'attaquer les jésuites et de les chasser
« de France, ne manquera pas de courage, s'il en
« trouve l'occasion, pour détruire les autres c.....;
« mais peut-être s'en cache-t-il, et ne veut-il pas
« qu'on avertisse le milieu tonsuré de l'étendue de
« ses vues. Voilà ce que je pense sur toute cette
« affaire. » (1)

Et le servile valet du roi de Prusse, qui vouait
« une vénération tendre et profonde à l'auguste
« Majesté, dont la prose devrait être signée Senèque,
« Montaigne, et les vers, Lucrèce, Marc-Aurèle, » de
balbutier de très humbles excuses de son excès de
bonnes intentions : « il aurait été dangereux de dé-
« velopper les *ressorts secrets* qui ont accéléré la
« destruction de cette Société dangereuse. Je n'ai donc
« pas cru, Sire, devoir m'étendre sur les détails de
« cette espèce. J'ai été forcé de passer légèrement

(1) Frédéric à d'Alembert, 20 août 1765.

« dessus, en me bornant à les indiquer aux lecteurs,
« qui, comme Votre Majesté, savent entendre à demi-
« mot. Il m'a paru utile de rendre également odieux
« et ridicules les deux partis, et surtout les jansé-
« nistes, que la destruction des jésuites avaient déjà
« rendus insolents, et qu'elle rendrait dangereux, si
« la raison ne se pressait de les remettre à leur
« place. » (1)

Il aurait pu ajouter qu'il s'était conformé aux injonctions pressantes du patriarche de l'Eglise anti-
chrétienne ; car Voltaire, furieux de l'arrêt du Parlement contre l'*Encyclopédie*, prêchait la guerre à
outrance, mais sourde à l'*Inf*.....

« Allons donc, rendez quelque service au genre
« humain ; écrasez le fanatisme, sans pourtant ris-
« quer de tomber, comme Samson, sous les ruines
« du temple qu'il démolit; renversez les idoles. Qui
« sont ces polissons qui ont fait brûler la *Consulta-*
« *tion* (pamphlet impie)? La séance contre l'*Ency-*
« *clopédie*, et le *Répertoire* aussi insolent qu'absurde
« de maître Aliboron-Omer (procureur général) ne
« sont-ils pas du quatorzième siècle? Faut-il qu'une
« troupe de convulsionnaires soit toute puissante? et
« ne doit-on pas rougir, quand on est homme, de ne
« pas sonner le tocsin contre ces ennemis de l'hu-
« manité? On se plaignait autrefois des jésuites ;
« mais saint Médard devient plus à craindre que
« saint Ignace. Rendons les perturbateurs du repos
« public ridicules aux yeux des honnête gens.....

(1) D'Alembert à Frédéric, 28 octobre 1765.

« Frappez et cachez votre main. On vous recon-
« naîtra ; je veux bien croire qu'on ait de l'esprit,
« qu'on ait le nez assez bon ; mais on ne pourra vous
« convaincre, et vous aurez détruit l'empire des
« cuistres dans la bonne compagnie ; en un mot, je
« vous recommande l'infâme ; faites-moi ce plaisir,
« avant que je meure. » (1)

Le commentaire au mot d'ordre du maître était
de « laisser les pandours (les parlementaires) dé-
« truire les troupes régulières (les moines et le clergé) ;
« quand la raison n'aura plus que les pandours à
« combattre, elle en aura bon marché. » (2)

Mais les pandours avaient à leur disposition les
archers du gué, les amendes, la prison et le bourreau.
Les philosophes, ne voulant pas être martyrs, n'a-
vaient qu'à se soumettre, se démettre ou s'exiler,
respecter les arrêts du Parlement, renoncer à l'entreprise séditieuse ou transporter ailleurs le quartier
général de l'Encyclopédie. Le dernier parti plaisait
aux plus braves. Ils implorèrent « la protection aussi
« éclairée que puissante » (3) du césar-pontife de l'anti-
christianisme. Frédéric, enchanté, offrit de les
accueillir à bras ouverts : « Les philosophes trouve-
« ront des asiles chez lui, partout où ils voudront, à
« plus forte raison l'ennemie de Baal ou de ce culte
« qu'on appelle à Genève la prostituée de Baby-
« lone. » (4)

(1) Lettre de Voltaire à d'Alembert, 8 mai 1761.
(2) Lettre de d'Alembert à Voltaire, 31 mars 1762.
(3) Lettre de d'Alembert à Frédéric, 14 septembre 1766.
(4) Lettre de Frédéric à Voltaire, 24 octobre 1765.

Il songea un instant de renouveler en leur faveur le couvent philosophique de Potsdam, en le rapprochant des frontières franco-hollandaises, à Clèves, où il leur promettait toute assistance et toute facilité pour les aider « à cultiver la raison, loin du fanatisme « des prêtres et des parlements, à la condition qu'ils « soient sages et pacifiques. » (1) Mais les remontrances et les avertissements des échappés de Berlin détournèrent les apôtres bons viveurs d'Alembert, Diderot, Damilaliville, d'Holbach, Helvétius, d'aller se faire bénédictins de la science impie, sous la férule du révérendissime abbé Frédéric, loin de leurs gaies prêtresses de Vénus, les dames d'Epinay, Geoffrin, de l'Epinasse, du Deffand, dignes matriarches des pourceaux d'Epicure.

Ils aimèrent mieux s'exposer aux censures anodines de la Sorbonne, et aux condamnations, plus glorifiantes que terribles, de la Chambre des délits de presse qu'aux coups de bâton très peu appétissants du roi caporal. Ils renoncèrent donc à se poser en victimes, à chercher dans le refuge proposé l'auréole de la persécution évitée.

Mais les martyrs réels, expulsés de leur patrie en haine de la foi, par les prétendus amis de la vérité, plumes vénales et reptiles, enrôlées au service des rancunes et des cupidités de la conjuration prusso-protestante, dont Frédéric, l'ennemi reconnu de l'Eglise et de la France, était le chef adulé, ces milliers de proscrits pour *la justice*, de la part des ini-

(1) Lettre de Frédéric à Voltaire, 13 août 1766.

ques dépositaires de la justice de la plupart des pays catholiques, étaient déportés sans ressource sur les côtes des Etats pontificaux, à la grande jubilation du patron de leurs persécuteurs.

« Vivent les philosophes! voilà les jésuites chas-
« sés de l'Espagne. Le trône de la superstition est
« sapé, et s'écroulera dans le siècle futur. » (1)

« Quel malheureux siècle pour la cour de Rome!
« On l'attaque ouvertement en Pologne; on a
« chassé ses gardes du corps de France, de Portugal
« et d'Espagne. Les philosophes sapent ouvertement
« les fondements du trône apostolique; on persifle
« le grimoire du magicien; on éclabousse l'auteur
« de la secte; on prêche la tolérance, tout est perdu.
« L'Eglise est frappée d'un coup d'apoplexie terri-
« ble; et vous aurez encore la consolation de l'en-
« terrer et de lui faire son épitaphe. » (2)

Et les échos de Ferney de répéter : *Alleluia!* Et le grand maître de l'*Encyclopédie* de s'écrier à Paris, dès l'aurore de ce beau jour : « Vous voyez que la
« philosophie commence très sensiblement à gagner
« les trônes, et adieu l'*Inf...*, pour peu qu'elle en
« perde encore quelques-uns. Votre illustre disciple
« a commencé le branle; la reine de Suède (sa sœur)
« a continué. Catherine (son obligée) les imite tous
« deux, et fera peut-être mieux encore! » (3)

Et la fureur de ces histrions spadassins, qui sont applaudis du public et tirent de l'argent des traits

(1) Frédéric à d'Alembert, 5 mai 1767.
(2) Lettre de Frédéric à Voltaire, 10 février 1767.
(3) Lettre de d'Alembert à Voltaire, 2 octobre 1762.

lancés théâtralement « aux meilleures troupes du
« pape, » de s'impatienter que « le monstre ne
« soit pas encore percé par cent mains invisibles,
« abattu sous mille coups redoublés ! » (1)

Et le duc de Choiseul de se croire un grand ministre, parce qu'à la sollicitation du marquis de
Pombal, il s'est mis à la remorque de l'organe avéré
des complots anti-catholiques des agences protestantes et des sociétés secrètes, affiliées les unes et
les autres au pontife évangélique, comme au Grand-
Orient de Berlin, foyer de la nouvelle lumière « des
« mystères de Mithra, qui ne doivent pas être divul-
« gués ! » (2) Il entraîne les cours bourboniennes
de Madrid, de Naples et de Parme, à traiter les
jésuites innocents de ces contrées, avec autant d'iniquité et de barbarie qu'en Portugal, fief de l'Angleterre, qu'en France, pays livré par les philosophes à
l'influence occulte du roi de Prusse ! Quel succès !

Et le même Choiseul se flatte alors de relever le
prestige tombé de la France aux yeux de l'Europe,
en s'emparant sans coup férir du comtat d'Avignon,
en faisant saisir Bénévent et Ponte-Corvo par son
satellite de Naples, pour punir le pape Clément XIII
d'avoir frappé d'excommunication le duc de Parme,
vassal du saint-siége, mais membre de la famille
dégénérée de saint Louis !

Et l'artificieux souffleur de la bruyante pièce,
montée dans le Midi, afin de détourner l'attention
des peuples et des gouvernements du démembre-

(1) D'Alembert à Voltaire, 1er mai 1768.
(2) D'Alembert à Voltaire, 1er mai 1768.

ment de la Pologne ourdi dans le Nord, s'empresse
de battre, d'une part, des mains, en encourageant,
avec son sourire narquois, les naïfs acteurs qui
prennent leurs rôles au sérieux, qui s'efforcent de le
jouer brillamment, sans même soupçonner les ressorts secrets dont ils sont les simples automates;
de s'apitoyer, d'autre part, avec une douleur ironique, sur le sort de la victime assaillie par la
meute furibonde que ses traqueurs ont excitée
contre elle !

Quelles condoléances, à la fois joyeuses et amères !
« Un Dieu favorable aux philosophes a envoyé un
« esprit de vertige et de démence au Saint-Père.
« On dit qu'il va lancer les foudres sur le très chré-
« tien, le très catholique et le très fidèle. Vous
« l'allez voir adopter le défenseur de la foi (l'An-
« gleterre) et le très hérétique philosophe de Sans-
« Souci pour n'être pas isolé. C'est à ce vieux dan-
« seur de corde à voir comment il se retirera du
« pas dans lequel il s'est engagé. » (1)

« Votre Choiseul prend du goût, à ce qu'on assure
« pour Avignon. Il proteste au pape que *hoc regnum*
« *meum non est mundi*, et ce pauvre druide ultra-
« montain sera obligé de se persuader, s'il se peut.
« Il a perdu son crédit. Il supprimera les jésuites,
« comme autrefois un de ses prédécesseurs abolit
« l'ordre des Templiers, et les potentats orthodoxes,
« et le vicaire de *Céphas Barjone* se partageront
« leurs dépouilles, tandis qu'un pauvre petit prince

(1) Frédéric à d'Alembert, 7 mai 1768.

« hérétique et tolérant ouvrira un asile aux persé-
« cutés. Quel tableau ! » (1)

Non content de dresser le plan de campagne, de
combiner les alliances, de diriger les mouvements,
d'encourager les combattants, Frédéric les anime
de la voix et du geste. « J'ai lu vos pièces contre
« l'*Inf*..... Elles sont si fortes que depuis Celse on
« on n'a rien publié de si frappant. Le fantôme de
« l'erreur est flagellé sur toutes ses faces. Il est
« temps de l'enterrer et de prononcer son oraison
« funèbre. » (2)

Frédéric prêche d'exemple. Il prend part à la
mêlée, en preux chevalier de plume, couvert du bou-
clier impénétrable de l'anonyme. Il lance des brochures et des pamphlets à la tête du pape désarmé,
dont il feint de déplorer les blessures mortelles,
entre autres, son *Marc-Aurèle au Capitole chez les
Récollets*, satire violente du triomphe glorieux de la
croix du Sauveur, transformant « l'asile des nations,
« le temple de Jupiter, l'auguste lieu où s'assem-
« blait le Sénat, maître de l'univers, en hideux
« séjour de frères mendiants, » scandale que ses
héritiers se sont évertués de faire cesser, en implan-
tant sur ce même Capitole, avec l'ambassade prussienne et le culte protestant, un foyer d'agitation
révolutionnaire, qui a réussi à détrôner la tiare dans
la ville des Césars, en sanction de la chute de la
France à Sédan.

Il ouvre les arsenaux de ses imprimeries et les

(1) Frédéric à d'Alembert, 2 juillet 1769.
(2) A Voltaire, 6 janvier 1767.

met à la disposition de ses lieutenants généraux, afin d'entretenir et d'activer le feu des tirailleurs : « Vous pouvez vous servir de nos imprimeurs, se- « lon vos désirs. Ils jouissent d'une liberté entière (d'attaquer le pape, mais non le moindre caporal de Prusse), « et, comme ils sont liés avec ceux de Hol- « lande, de France et d'Allemagne, je ne doute pas « qu'ils n'aient des voies pour faire passer les livres « où ils le jugent à propos. » (1)

Ayant été à la peine, il se félicite des progrès de la cause commune : « Voilà un nouvel avantage que « nous venons de remporter en Espagne : les jésui- « tes sont chassés de ce royaume. De plus, les cours « de Versailles, de Vienne et de Madrid ont de- « mandé au pape la suppression d'un nombre con- « sidérable de couvents. On dit que le saint-père « sera obligé d'y consentir. Cruelle révolution ! A « quoi ne peut pas s'attendre le siècle qui suivra le « nôtre ! L'édifice, sapé par ses fondements, va s'é- « crouler, et les nations transcriront dans leurs an- « nales que Voltaire fut le promoteur de cette révo- « lution. » (2)

L'initiative et la haute direction du complot destructeur de l'Eglise sont corroborées des intri- gues diplomatiques, qui doivent en accélérer la con- sommation.

En effet, la fille aînée de l'Eglise, devenue le joue des conspirations de l'impiété comme de l'hérésie étrangère et indigène, grâce à l'aveuglement de ses

(1) Lettre à Voltaire, 5 mai 1767.
(2) Lettre à Voltaire, 5 mai 1767.

26.

chefs et à la trahison de ses guides, ayant torturé jusqu'à la mort, de concert avec ses sœurs, leur commun père Clément XIII, en assassinant juridiquement la milice d'élite du sanctuaire, se grise de rage avec elles, en proportion du mal qu'elles font ensemble aux plus méritants de leurs enfants.

Excepté l'Autriche, qui se déclare neutre, de crainte de compromettre son alliance avec les partageurs de la Pologne, en même temps que l'union matrimoniale de l'archiduchesse Marie-Antoinette avec le dauphin de France, toutes les cours catholiques s'acharnent à violenter le conclave, afin d'imposer à l'infortuné Clément XIV l'obligation d'extirper radicalement la Compagnie de Jésus, coupable de leur déplaire, à raison de la haine que lui témoignent les ennemis de l'Eglise, en retour des services qu'elle rend à la société chrétienne. Ces cours, tombées au niveau du sérail de Byzance, harcèlent le malheureux pontife jusqu'à ce qu'elles parviennent à lui arracher le décret de la suppression canonique du célèbre institut, dont l'anéantissement semble sceller le triomphe des démolisseurs de l'Eglise, et prélude au lugubre drame de l'égorgement de l'unique nation catholique des rivages de la Baltique, dont la mort a été préparée par les Césars pontifes de l'hérésie et du schisme, pendant le tumulte jésuitique qui absorbait l'Occident.

CHAPITRE VII

LE PROJET DE PARTAGER LA POLOGNE ÉTAIT UN LEGS HÉRÉDITAIRE DES HOHENZOLLERN ET DES ROMANOW

Quatre propositions sur le partage de la Pologne. — Prédiction du roi Casimir V. — Plan de partage du Grand Electeur. — Projet repris sous Frédéric Ier. — Obstacles. — Frédéric, prince royal y rêve — Les guerres l'en détournent. — Ruine de la Prusse après la *guerre de Sept Ans*. — Entente avec la Russie. — Motifs politiques et religieux de l'alliance prusso-russe. — Quatre points de l'union. — Quatre actes du drame concerté.

Ne voulant pas gonfler démesurément notre volume, nous rétrécissons aux limites strictement nécessaires notre exposé de la complicité des philosophes, soi-disant humanitaires, dans le crime de lèse-humanité du démembrement d'un Etat indépendant, par le brigandage de deux voisins despotes, qui forcent un troisième à y participer, pour lui enlever sa réputation d'honnêteté, en le faisant servir de manteau triomphal à leur hideux complot. Nous nous bornerons à constater succinctement :

Que le partage de la Pologne était un legs de famille, précieusement recueilli et destiné à sceller l'alliance anti-catholique de la Prusse et de la Russie ;

Que ce projet, antérieur à Frédéric II, a été préparé, mûri, exécuté avec l'aide des dissidents polonais,

*c'est-à-dire les protestants et les schismatiques du
royaume de Saint-Piast;*

*Que cet attentat à la vie d'un peuple, allié et ami
de la France, a été encouragé, applaudi par Voltaire
et d'Alembert, les deux chefs des démolisseurs de
l'Eglise, courtisans méprisables des ennemis de leur
pays;*

*Que les mêmes thuriféraires serviles des égorgeurs
de la nation chrétienne, qui opposait sur la Vistule
les tendances libérales de la civilisation gallo-romaine
à la tyrannie prussienne du pangermanisme évangélique, comme à l'autocratie byzantine du pansla-
visme moscovite, ont ajouté leurs insultes aux moqueries dont le roi-philosophe s'est complu à cribler
ses victimes, ainsi que la France impuissante à les
secourir, lâcheté qui ne leur valut, à eux-mêmes, que
des dédains sarcastiques.*

Ces quatre propositions, développées brièvement,
suffiront à mettre en pleine lumière les sentiments
de dignité personnelle, aussi bien que le patriotisme
et les prétendues visées démocratiques des fauteurs
et apologistes de l'assassinat d'un peuple frère, et de
la confiscation de ses biens, en même temps que de
ses droits.

En raison de son importance spéciale, nous trai-
terons la première proposition dans le présent chapitre, en réservant les trois autres pour le chapitre
suivant.

Au moment d'abdiquer la couronne pour se retirer à l'abbaye de Saint-Germain-des-Prés, à Paris,
l'ex-jésuite Casimir V, roi de Pologne, dit aux ma-

gnats réunis dans la Diète de Varsovie, en 1668, après avoir insisté sur l'urgence de la concorde à garder entre eux et des réformes à réaliser :

« Je prévois les malheurs qui menacent notre
« patrie; et plût à Dieu que je fusse faux prophète !
« Le Moscovite et le Cosaque se joindront au peu-
« ple qui parle la même langue qu'eux, et s'appro-
« prieront le grand duché de Lithuanie. Les con-
« fins de la grande Pologne seront ouverts au Bran-
« debourg, et la Prusse, elle-même, fera valoir les
« traités ou le droit des armes pour envahir notre
« territoire. Au milieu de ce démembrement de nos
« Etats, la maison d'Autriche ne laissera pas
« échapper l'occasion de porter ses vues sur Cra-
« covie.... » (1)

Cette claire intuition des événements, juste un siècle avant leur accomplissement, est une preuve évidente que la *piété chrétienne, utile, selon saint Paul, à toutes choses, ayant les promesses de la vie présente, en sus des promesses de la vie future,* loin d'obscurcir ou d'écourter l'intelligence naturelle des hommes consciencieux, dans la gestion des affaires publiques, comme dans le gouvernement de leurs intérêts privés, l'éclaire avantageusement aux rayons des vérités divines, reflétées dans le cristal d'un cœur pur, et lui communique une pénétration, une portée, qui augmentent sa puissance originelle, et ne sauraient se rencontrer au même degré chez les hommes corrompus, troublés et aveuglés dans leurs jugements par les passions du sens réprouvé.

(1) *Biographie universelle*, Casimir V.

Casimir V, en prédisant si nettement le triste sort,
réservé aux fautes de ses incorrigibles compatriotes,
conjecturait l'avenir, d'après la connaissance qu'il
avait de la situation critique de son pays et des dispositions cupides de ses voisins.

Son vassal affranchi, le grand-électeur de Brandebourg, Frédéric-Guillaume Ier, le vrai fondateur de
la puissance prussienne, l'organisateur de la politique ténébreuse des Hohenzollern, le type qui a
servi de moule dynastique à Frédéric II, comme à
l'empereur Frédéric-Guillaume, avait à peine obtenu,
au traité d'Oliva, l'indépendance du duché de Prusse,
qu'il tramait déjà avec le czar de Moscou, Ivan III,
le démembrement partiel de l'empire des Jagellons,
dont il était parvenu à secouer la suzeraineté, par
ses alternatives de trahison, dans la lutte entre Casimir V, légitime héritier des Wasa, et Charles-
Gustave de Deux-Ponts, intronisé roi de Suède, en
haine de la foi catholique.

Le plan de partage, ébauché par son ministre
Ilgen, arrondissait, en Lithuanie, les provinces allemandes de la Baltique, appartenant à la Suède, en
même temps qu'il cédait aux Russes la Podolie avec
la Volhynie, et reconstituait, au profit de son maître,
par la réunion des deux duchés de Prusse, le fief
teutonique, brisé depuis la défaite des chevaliers à
Tanneberg.

Ce plan fut repris, à la suggestion du czar Pierre Ier,
une première fois dans l'entrevue où il encourageait
le fils du Grand-Électeur à prendre le titre de roi;
une seconde fois, après les brillantes victoires de

Charles XII en Pologne et en Saxe. Le même ministre Ilgen soumit le plan révisé au vainqueur de
Narva. Aux trois copartageants se joignaient l'Autriche pour le pays de Zips; la Saxe, qui obtiendrait
la Petite-Pologne et la royauté héréditaire de la
Grande amoindrie; la Hollande, pour le monopole
du commerce dans les contrées septentrionales, à la
place de l'ancienne confédération hanséatique. L'expédition aventureuse du héros suédois en Russie et
en Turquie fit ajourner le plan; ses désastres aboutirent à dépouiller la Suède des provinces baltiques,
à l'éliminer du nombre des preneurs. L'attitude
subséquente de la France, de l'Autriche et de l'Angleterre, compliquée des révolutions de palais de
Saint-Pétersbourg, ne permit pas aux derniers venus
dans le concert européen, aux souverains de Prusse
et de Russie, de marquer leur entrée parmi les
grandes puissances, par la suppression complotée
entre eux de leur ancienne dominatrice.

Mais l'idée du partage de la république polonaise,
une fois implantée dans les projets des avides margraves de Brandebourg, comme des insatiables czars
moscovites, ne cessa d'y germer en intrigues révolutionnaires, soigneusement entretenues parmi la
turbulente noblesse du royaume convoité. C'est à
cette fin que les cabinets de Berlin et de Saint-
Pétersbourg favorisaient ensemble les *dissidents*,
qui personnifiaient le parti de l'étranger et contra-
riaient le parti national, favorable à la maison de
Saxe.

Écho des sentiments de la cour de son père, Fré-

déric II, encore prince royal et prisonnier à Custrin, signala, dans son premier mémoire politique,
l'opportunité de s'emparer de la Prusse polonaise,
afin de rectifier les frontières de la monarchie, mal
délimitée de ce côté, et de relier par un territoire
continu les possessions orientales au centre du
patrimoine des Hohenzollern. Les guerres de Silésie et l'hostilité personnelle de la czarine Élisabeth l'obligèrent de différer ses desseins jusqu'après
la lutte de Sept Ans, dont il sortit glorieux, avec ses
États intacts, mais saccagés, épuisés et ruinés.

« On ne pouvait se représenter ce royaume que
« sous l'image d'un homme criblé de blessures, af-
« faibli par la perte de son sang, et près de suc-
« comber sous le poids de ses souffrances... La no-
« blesse était abîmée, le petit peuple exténué, nombre
« de villages avaient été brûlés, beaucoup de villes
« détruites. » (1)

« Le fanatisme et la rage de l'ambition ont désolé
« des contrées florissantes dans mon pays. Si vous
« êtes curieux du total des dévastations qui se sont
« faites, vous saurez que j'ai fait rebâtir huit mille
« maisons en Silésie ; en Poméranie et dans la nou-
« velle Marche, six mille cinq cents. La plus grande
« partie a été brûlée par les Russes. » (2)

Cette situation navrante, causée par les calamités
de la guerre, que lui-même avait provoquée, en
l'obligeant d'appliquer ses soins et ses ressources à
panser les plaies de ses États, le détournait de toute

(1) *Mémoires de Frédéric.* Avant-propos.
(2) Lettre à Voltaire, 24 octobre 1765.

entreprise extérieure, exigeant de grands efforts et
de fortes dépenses, mais ne l'empêchait pas de se
livrer à son penchant de conspirateur, afin de s'a-
grandir à peu de frais, par la mise à profit des circonstances.

La crainte de nouveaux ravages russes, le dépit
de la défection de l'Angleterre, au plus fort de la
lutte, lorsque sa couronne était en jeu, la conscience de rester mal vu à Vienne et à Versailles,
la perspective d'une prochaine vacance du trône polonais par la mort d'Auguste II de Saxe, atteint de
grave maladie, le désir de réaliser son rêve de jeunesse et d'accomplir le testament de son bisaïeul
très vénéré, inclinèrent Frédéric II à cultiver l'engouement du jeune czar Pierre III, pour lui faire
agréer l'exécution graduelle du dessein de partager
la Pologne, dessein considéré comme une mission
dynastique par les héritiers de Pierre le Grand, aussi
bien que par les descendants de Frédéric-Guillaume I.

Outre les avantages territoriaux espérés de cette
iniquité internationale, qui devait étendre et régu-
lariser leurs frontières respectives, dans le sens le
plus ardemment convoité de part et d'autre, les
deux Césars-pontifes de deux Eglises chrétiennes
séparées de Rome, avaient encore d'autres motifs
politiques et religieux de sceller leur union genti-
cide sur le cadavre de la Pologne.

Le roi philosophe, aspirant au trône impérial,
après la mort de François Ier, avait adressé, dans
son *Ode aux Germains* (1) un chaleureux appel au

(1) 29 mars 1760.

27

patriotisme allemand, l'excitant à s'armer de son
ancienne fureur contre les ennemis héréditaires de
l'Orient et de l'Occident, contre les Slaves et les
Welches, également détestés des Teutons, depuis
un temps immémorial. En sa qualité de successeur
du grand-maître des chevaliers teutoniques, il avait
à venger la sanglante défaite de Tanneberg et les
traités de Thorn, qui, en brisant la puissance des
porte-glaives de la conquête allemande, le long des
rivages de la Baltique, ont interrompu la poussée
traditionnelle vers l'Est, *der drang nach Osten*, des
tribus germaniques, au détriment des Slaves, refoulés, depuis Charlemagne, de l'Elbe à la Newa.

Comme détenteur du premier fief ecclésiastique
sécularisé, par l'apostasie d'un cadet de sa famille,
grâce au patronage des rois de Pologne, traîtres à
leurs devoirs d'enfants de l'Église catholique, il
était prédestiné à faire sortir le châtiment de l'instrument même du crime, à frapper par la main
d'un Hohenzollern, la nation complice du rapt sacrilége d'un Hohenzollern, et cela sous l'impulsion de
besoins inhérents à la province, détachée de l'obédience romaine et du corps germanique.

Chef d'une monarchie militaire et despotique,
grand-prêtre de l'hérésie évangélique, généralissime
de la conjuration anti-chrétienne des sectaires de
l'impiété, Frédéric ne pouvait qu'abhorrer d'avoir
dans son voisinage immédiat une royauté élective,
une noblesse indépendante, un peuple croyant et
soumis à la houlette pastorale du successeur de saint
Pierre.

De son côté, le czar Pierre III, remplacé, peu de mois après son avénement au trône moscovite par Catherine II, que certains chroniqueurs prétendent être une fille adultère du prince royal Frédéric, qui aurait passé la nuit chez la princesse d'Anhalt-Zerbest, au moment de la fuite tentée pendant un voyage à Francfort (1); de son côté, le César-pape ou papesse de Russie, brûlait d'envie de rendre au centuple les chagrins que les Polonais avaient causés aux Moscovites; car, imprégnés de préventions byzantines contre la foi et la civilisation occidentales, ceux-ci gardaient rancune à ceux-là d'avoir ramené les populations ruthènes au giron de l'Église-mère et maîtresse des autres Eglises, quelque orthodoxes qu'elles se prétendent.

Cracovie et Varsovie, en présence de Moscou et de Pétersbourg, c'était l'influence latine et catholique de Rome et de Paris, opposée à l'influence gréco-schismatique de Constantinople, en même temps qu'au souffle prusso-protestant de Berlin, qui, prédominant dans la nouvelle capitale, infusait aux classes dirigeantes d'une grande nation encore barbare et fanatique, plus de haine contre la vérité catholique que de lumières et de connaissances utiles, empruntées aux pays redevables de leur culture intellectuelle à la sollicitude des papes.

Tant de motifs divers rapprochaient les gouvernements de Prusse et de Russie, nonobstant l'antagonisme de quelques intérêts secondaires dans la

(1) Lettre du comte Werther au ministre de Saxe, le 16 septembre 1780.

Baltique et sur le Niémen, nonobstant même l'antipathie voilée, mais très réelle, de deux peuples
qui se posaient déjà, chacun, en centre d'agglomération future de deux races hostiles.

De là l'alliance intime, permanente, des deux dynasties et des deux cours, fondée sur un accord
tacite ou écrit, comprenant, selon nous, quatre
points essentiels, dont elles ne se sont point écartées
jusqu'à présent :

La ruine en commun de la Pologne,
Le despotisme militaire à l'intérieur,
La révolution à l'extérieur,
La guerre à l'Eglise catholique.

Depuis l'entrevue de Frédéric II et de Pierre jusqu'aux entrevues des empereurs Frédéric-Guillaume
et Alexandre II, les Hohenzollern et les héritiers des
Romanow se sont donné la main pour dépouiller
ensemble leurs voisins, pour troubler et bouleverser
l'Europe, pour affaiblir et détruire l'empire, tant
spirituel que temporel, de la hiérarchie catholique,
pour s'aider à constituer, les uns sur le pansla-
visme, les autres sur le pangermanisme, deux gigan-
tesques empires, entre lesquels seraient partagés les
peuples de l'Orient et de l'Occident, après avoir été
dissous progressivement, par les trames corruptrices
de leur politique souterraine, et broyés isolément
sous le char triomphal de leurs cohortes victorieuses.

Le premier acte du drame, concerté entre Frédéric II et Catherine II, se déroule sur la Vistule ;
le second, sur la Seine, avec des intermèdes sur le
Danube et le Rhin ; le troisième, dans les Balkans ;

le quatrième est le secret de l'avenir. Nous n'avons
ni compétence ni mission pour le révéler. Mais
nous pouvons et devons constater, à la lumière des
événements, combien sont impardonnables la myopie
volontaire et la connivence intéressée des oracles de
l'opinion française, à la fin du siècle dernier, dans
la lugubre mise en scène du déchirement de la
Pologne, prélude des convulsions de la France, et
signe avant-coureur de son démembrement, projeté
dès lors, et réalisé partiellement de nos jours.

CHAPITRE VIII

CONNIVENCE DE VOLTAIRE ET DES ENCYCLOPÉDISTES
DANS LE PARTAGE DE LA POLOGNE

Opinion de Frédéric sur Catherine II. — Premier traité secret.
Election forcée de Poniatowski. — Tyrannie russe en Pologne.
— Confédération de Bar. — La France excite les Turcs contre
les Russes. — Attitude de Frédéric. — Sa Correspondance
avec les encyclopédistes. — Voltaire excité à discréditer les
confédérés. — Belle cause à défendre. — Ses plaidoyers en
faveur des huguenots Calas et Sirven. — Caresses de Catherine aux philosophes.— Projet de législation libérale. — Scrupules de d'Alembert. — Voltaire approuve les crimes de la
czarine. — Diatribe contre les Polonais. — Justification des
Russes. — Joie de leur triomphe. — L'Autriche alarmée se
résigne au partage. — Excès de Frédéric et des Russes. —
Partage effectué.—La *Polognade* de Frédéric. — Félicitations
de Voltaire. — Insultes avouées à la France. — Nouvelles félicitations. — Frédéric se moque des Français avec d'Alembert.
— Platitude de d'Alembert. — Persiflage des philosophes. —
Servilisme du chef de l'*Encyclopédie*. — Aveux singuliers. —
Impénitence de Voltaire.

Frédéric II, quoique père putatif de Catherine II,
et courtier empressé de son mariage avec l'héritier
du trône de Russie, avait en médiocre estime les
vertus de la Sémiramis du Nord. Voici ce qu'il écrivit au ministre prussien Finkenstein, lors de l'assassinat du czar Pierre III par les amants de la
papesse moscovite : « L'événement était attendu.
« L'impératrice a beaucoup d'esprit, point de reli-
« gion et les inclinations de sa prédécesseuse, ainsi
« que son hypocrisie religieuse. Nous avons en elle

« la seconde partie de l'empereur byzantin Zénon,
« et de son épouse Adrienne, en Catherine de Mé-
« dicis. »

Déjà l'*Epître à Amélie*, sur le *Hasard*, décrit les
qualités érotiques de la fille d'un général prussien,
voisin de la misère, comme tous les petits souverains
besoigneux de l'Allemagne :

> Etait-ce son mérite, était-ce sa beauté,
> Qui du rang le plus bas et de l'obscurité,
> Quand ses attraits flétris touchaient à leur automne
> Eleva Catherine et la mit sur le trône ?
> Si d'un œil amoureux le lubrique regard
> Ne l'eut dans ses transports fait convoiter au czar,
> A son destin obscur à jamais condamnée
> Le Pape dans Moscou ne l'eut pas couronnée.

Les vices et l'ambition de la grande czarine, la
seconde organisatrice de la puissance russe, convenaient aux projets de l'artificieux sodomite de Berlin, qui n'avait nul droit de s'étonner de l'immora-
lité de personne. Il achetait les favoris de la souveraine ou lui procurait son frère Henri, afin de la
tenir enlacée dans ses liens, par les faiblesses de la
femme en même temps que par les calculs de la politique.

Leur premier traité secret remonte au lendemain
de la paix de Hubertsbourg. Vers la fin de l'année
1763, ils convinrent que, vu l'intérêt commun de la
Russie et de la Prusse, les deux Majestés empêche-
raient, par tous les moyens en leur pouvoir, la république polonaise de modifier sa constitution, de
transformer la royauté élective en monarchie héréditaire, d'enlever aux magnats le *liberum veto*, qui

établissait l'anarchie dans les délibérations de la
Diète. Les dissidents grecs et protestants devaient
être également soutenus contre la majorité catholique, et encouragés à pousser leurs exigences jusqu'à l'oppression de la multitude fidèle et conservatrice, par une poignée de factieux, instruments manifestes des intrigues étrangères, travaillant ouvertement à la ruine de leur pays.

Le principe de leur accord était, selon la recommandation de Frédéric II à l'ambassadeur russe,
Saldern : « Il faut laisser la Pologne dans la léthar-
« gie. »

Lui-même pressa « Sa Majesté l'Impératrice, qui
« connaît si parfaitement ses intérêts et ceux de ses
« amis et alliés de donner les ordres les plus précis
« à son ambassadeur à Varsovie, afin qu'il ait à
« s'opposer à toute nouveauté dans la forme du gou-
« vernement, et nommément à l'établissement d'un
« conseil permanent, à la conservation des commis-
« sions de guerre et de trésorerie, au pouvoir du roi
« et à la concession illimitée au prince de la faculté
« de distribuer les charges selon sa seule volonté. »

Leur choix tomba sur Stanislas Poniatowski, que
ses compatriotes eurent la liberté d'élire, sous la
pression d'une armée russe, campée aux portes de
Varsovie, et soutenue d'une armée prussienne aux
frontières.

Les baïonnettes dans les reins apprivoisèrent les
électeurs, et leur firent avaler, d'un cœur léger, l'a-
mère pilule d'un souverain méprisable, vendu aux
ennemis de la patrie, quand elle leur fut présentée

sucrée de cent mille ducats, environ un million de francs.

« Le despotisme avec lequel la cour de Péters-
« bourg agissait dans la République polonaise ré-
« voltait les Sarmates, ainsi qu'une partie de l'Eu-
« rope contre la Russie. La cour de Vienne avait
« peine à cacher sa jalousie et son mécontentement.
« La France, qui conservait encore des restes de cet
« esprit de grandeur qui s'était tant manifesté du
« temps de Louis XIV, ne pouvait digérer qu'il ar-
« rivât un grand événement en Europe sans qu'elle y
« eût aucune part. Le duc de Choiseul, qui jouis-
« sait de la puissance royale, sans en avoir le titre,
« envisageait l'élection d'un roi de Pologne, sans le
« concours de son maître, comme une avanie faite
« au royaume. » (1)

A la Diète de 1766, quatre sénateurs, opposés à la
tyrannie des dissidents et du roi calviniste, esclave
de l'impériale prostituée, sont enlevés du milieu de
l'Assemblée, et transportés en Sibérie comme gage
des bénédictions libérales du protectorat moscovite.
Les catholiques, exaspérés par des vexations intolé-
rables, eurent recours à des mesures défensives, pour
sauver l'indépendance nationale et leur foi; ils formèrent la Confédération de Bar, sainte ligue approuvée du pape Clément XIII.

Les puissances protestantes, Suède, Danemarck,
Angleterre, enchantées de voir périr un peuple catholique, autorisèrent Catherine à imposer ses ca-

(1) Frédéric II, *Mémoires*, ch. I.

prices comme lois aux malheureux Polonais, ré-
gis par le knout du favori Panin. Une prise d'armes
s'ensuivit.

La France, impuissante à entrer en ligne, excite les
Turcs à soutenir leurs alliés ; elle envoie des officiers
de génie fortifier les Dardanelles. Catherine soulève
les Grecs, bat les Turcs, fait empoisonner le Khan
de la petite Tartarie, envahit la Moldavie, s'empare
de la Crimée, écrase les confédérés polonais, et contraint l'Autriche, par ses menaces, corroborées de
celles de la Prusse, de se résigner à subir le partage
de la turbulente voisine.

Frédéric, qui avouait s'être fourré dans la *com-
« parsa,* mais sans vouloir y jouer le premier rôle, »
excitait sous main les dissidents contre les catholiques, et ceux-ci contre les Russes. Il promettait
d'une part, à Versailles, de s'abstenir des troubles
de Varsovie ; il intriguait d'autre part, dans toutes
les cours hétérodoxes, pour les empêcher de se déclarer en faveur des opprimés, signalés à l'indignation de l'Europe, comme les chevaliers du fanatisme
et de l'intolérance jésuitiques.

Pendant qu'il soufflait le chaud et le froid sur le
brasier polonais, afin de le maintenir enflammé, il
prolongea de dix ans son traité avec la Russie, lui
solda des subsides contre les Turcs, et veilla à ce que
le cabinet de Vienne ne pût entraver ses desseins.

A cet effet, il se mit en devoir de neutraliser, par
des voies détournées, les velléités belliqueuses, les
annonces d'intervention du duc de Choiseul. Paralyser la France, la réduire à l'impossibilité de secou-

rir efficacement les frères de Pologne, c'était condamner d'avance l'Autriche à les abandonner aussi,
et l'amener à se rendre complice de leur spoliation.

De là, comme nous l'avons constaté au chapitre VI,
la diversion, suggérée aux séïdes de l'*Encyclopédie*,
contre les jésuites d'abord, ensuite contre tout le
clergé. De là les démarches diplomatiques, soufflées
par les affidés aux gouvernements catholiques, afin
d'extorquer du pape la suppression de sa garde, avec
le licenciement partiel des moines.

Mais ses manœuvres sur l'opinion française ne se
bornèrent pas à distraire l'attention publique des
complots tramés sur la Vistule, en lui jetant des
prêtres à persécuter. Il multiplia ses caresses et ses
lettres, tant à Voltaire qu'à d'Alembert, dans le but
manifeste de discréditer la victime, avant de l'immoler. En aucun moment sa correspondance avec ces
deux coryphées de la secte philosophique ne fut
plus active, plus insinuante, plus agressive contre
l'Eglise que dans l'intervalle de la paix de Hubertsbourg au partage effectué de la Pologne. Il se garde
bien de leur dévoiler ses desseins et ceux de sa complice, recommandée à leur admiration. Il esquive,
au contraire, les questions adressées à ce sujet, et
nie les intentions perfides que la méchanceté des
dévots leur prête, en pure calomnie, selon lui. Mais
il les presse, plus vivement que jamais, d'écraser
l'*Inf...* par la décharge simultanée de toutes leurs
batteries sur les citadelles dominantes de l'Eglise,
de façon à les ébranler de la base au sommet, à les
renverser, s'il est possible, de fond en comble, dans

une formidable explosion de haine et de colère, qui absorbe les gouvernements et les peuples catholiques du Midi, et les empêche de déjouer les complots du Septentrion.

Autant Frédéric est expansif, prodigue d'ordres, de conseils et d'exhortations dans la guerre ouverte prêchée contre les croyances et les institutions chrétiennes, autant il se montre discret, réservé sur le mystère d'iniquité, tramé en Pologne.

Ce n'est qu'après la courageuse dénonciation de l'odieux complot aux souverains de France, d'Espagne et d'Autriche, faite par l'intrépide Clément XIII, que Voltaire fut, non initié au secret, mais associé à la campagne conspiratrice commencée contre l'indépendance de la république Sarmate. On lui demande le concours de sa plume acérée en réponse au *Manifeste des confédérés* de Bar, en justification « des arguments munis de canons et « de baïonnettes qui prêtent assistance aux dissi- « dents, afin de convaincre les évêques polonais des « droits de ces dissidents. » (1)

L'apôtre de la tolérance trouve « chose assez « plaisante de soutenir l'indulgence et la tolérance, « les armes à la main ; mais aussi l'intolérance est « si odieuse qu'elle mérite qu'on lui donne sur les « oreilles. » (2)

Belle occasion d'adresser du côté de la Vistule les éloquents plaidoyers, lancés, à la demande des protestants de Lausanne et de Genève, vers les rives de

(1) Frédéric à Voltaire, 24 mars 1767.
(2) Voltaire à Frédéric, 3 mars 1767.

la Seine et de la Garonne, pour foudroyer le fanatisme du clergé et des parlements, dans les procès
étourdissants des huguenots Calas et Sirven, plaidoyers encouragés et applaudis à Berlin, comme
fusées complémentaires de l'assaut livré à l'Eglise !

A Varsovie, il ne s'agit pas seulement de rouer *deux
meurtriers* qui ont tué leurs enfants, en haine de la foi
catholique ; mais d'écraser *dix-huit millions* d'amis
de la France, sous les pas de deux cent mille Cosaques, pour hisser au pouvoir *quatre millions de dissidents,* et leur faciliter le démembrement de leur
patrie, au profit de la Russie et de la Prusse. La
cause a une importance majeure, propre à passion-
ner un orateur, de génie, qui voudrait acquérir
la réputation du parfait orateur, personnifier le *vir
probus dicendi peritus*, de Cicéron et de Quintillien,
c'est-à-dire l'homme probe, habile à manier la
plume ou la parole.

Mais Voltaire était-il capable d'une pareille élévation de pensées et de sentiments ? Il s'était jeté à
corps perdu dans les affaires Calas et Sirven, comme
il se jettera dans les affaires des étourdis de La
Barre et Morival, non par zèle pour la justice, qu'il
ne croyait pas violée, mais par désir de faire du
scandale, d'être agréable aux sectaires de tous les
pays, d'avoir un prétexte de répéter avec éclat le
mot d'ordre de Frédéric :

« Ecrasez l'*Inf...*; écrasez-la le matin, écrasez-la
« le soir, écrasez-la jusqu'au dernier soupir... Les
« *Mémoires* en faveur de Calas ne sont faits que
« pour préparer les esprits, pour acquérir des pro-

« tecteurs (princes protestants), pour avoir le plaisir
« de rendre les parlements et les pénitents blancs
« exécrables et ridicules. » (1)

« Protégez, mon frère, la veuve Calas ; c'est une
« huguenote imbécile, mais son mari a été victime
« des pénitents blancs. » (2)

En Pologne, il s'éprend, non de la cause indignement trahie d'un peuple frère, menacé de perdre son
indépendance, mais de l'apologie des oppresseurs.
Il est vrai que ceux-ci l'ont disposé de loin en leur
faveur, et n'ont négligé aucun moyen de rallier
d'avance toute la phalange encyclopédique à leurs
projets concertés en silence.

« La Pologne heurtait l'opinion française ou plu-
« tôt européenne, que Frédéric et surtout Cathe-
« rine flattaient avec un art infini. Le *grand Frédé-*
« *ric* n'avait plus qu'à vivre sur sa renommée ; mais
« la czarine s'y prenait de façon à effacer le roi de
« Prusse lui-même aux yeux des philosophes.

« Elle envahit dans les affections du patriarche de
« Ferney la place qu'avait occupée Frédéric dans
« ses meilleurs jours. »

A cette fin, les cadeaux sont multipliés : fourrures
rares, boîtes d'or, travaillées des mains de l'impératrice, etc.

« Elle supplie d'Alembert de diriger l'éducation
« de son fils ; elle met la grâce la plus séduisante à
« imposer ses bienfaits à Diderot. » (Cinquante mille

(1) Voltaire à d'Alembert, 15 septembre 1762.
(2) Voltaire à d'Alembert, 28 novembre 1762.

francs pour continuer l'*Encyclopédie*, et l'achat de
l'expectative de sa bibliothèque.)

« Elle envoie des secours aux Calas, aux Sirven ;
« elle traduit en russe, de sa main impériale, le
« *Bélisaire* de Marmontel ; elle annonce aux philo-
« sophes qu'elle a enlevé plus de cinq cent mille
« serfs (mais *non affranchi*, ce qui eût été philan-
« thropique), à l'Eglise moscovite, désormais sécu-
« larisée par l'Etat (dépouillée de ses biens, selon
« le plan de Frédéric).

« Elle les informe qu'elle réunit à Pétersbourg
« les délégués de toutes ses provinces, pour préparer
« un corps de jurisprudence universelle et uni-
« forme. Elle expédie à Voltaire, par un officier de
« ses gardes, l'instruction qu'elle a rédigée de sa
« main pour la commission chargée de dresser le
« nouveau Code. » (1)

Cette instruction, en français, était une mo-
saïque des idées de Montesquieu et des économistes.
Elle empruntait à l'*Esprit des Lois* des théories far-
cies des mots sonores de *citoyen*, de *patrie*, de *tolérance*, de manière à fermer les yeux aux naïfs philosophes sur le vrai but de la comédie de législation philosophique, destinée aux Cosaques et aux Kalmouks.

Ils s'émerveillaient de voir *la lumière venir du
Nord*, à la confusion du Midi. Ils se révoltaient des
défenses du gouvernement de Versailles, qui arrê-
taient aux frontières ces magnifiques ébauches de
Constitutions libérales, exportées de Russie en
France, sous forme de brûlots révolutionnaires.

(1) Henri Martin, *Histoire de France*, t. XIX, p. 79.

La girouette Voltaire, exaspérée d'une telle prohi-
bition, s'écriait : « Et je suis encore chez les Wel-
« ches! et je respire leur atmosphère! et il faut que
« je parle leur langue!... Ils méritent... ils méri-
« tent... ils méritent tout ce qu'ils ont. » (1)

Ni Voltaire ni d'Alembert n'ignoraient les crimes
et les mœurs de la Sémiramis, qu'entre eux ils appe-
laient *catau*, comme une poissarde quelconque,
mais qu'en public ils qualifiaient de *sainte* et même
de *divine* Catherine.

A l'occasion du meurtre de son fils Iwan, le géomètre écrivait au philosophe : « Il est fâcheux
« d'être obligé de se défaire de tant de gens, et
« d'imprimer ensuite qu'on en est bien fâché, mais
« que ce n'est pas sa faute. Il ne faut pas faire trop
« souvent de ces sortes d'excuses au public; je con-
« viens avec vous que la philosophie ne doit pas
« trop se vanter de pareils élèves. Mais, que vou-
« lez-vous? il faut aimer ses amis avec leurs dé-
« fauts. » (2)

A ces aveux, mitigés d'une indulgence trop philosophique, le patriarche répond : « Ce meurtre est
« une bagatelle, une affaire de famille, dont il n'a
« pas à se mêler... Il a même de l'obligation à Sé-
« miramis d'avoir eu le courage de détrôner *Ninus*,
« qui n'était qu'un vilain ivrogne; car elle règne
« avec sagesse et gloire; elle fait régner la tolé-
« rance, en réduisant tout le clergé de son empire
« à être uniquement à ses gages... Dites donc beau-

(1) Voltaire à Catherine, 10 juillet 1771.
(2) D'Alembert à Voltaire, 4 octobre 1764.

« coup de bien de ma Catherine, que j'aime à
« la folie, et faites-lui une bonne réputation à
« Paris. » (1)

Des hommes disposés à excuser, à glorifier tous
les crimes odieux des protecteurs de leur secte, ne
pouvaient qu'applaudir à la confiscation des libertés
de la Pologne, comme à la menace de l'indépendance de ce royaume, dès qu'ils en eurent connaissance.

Voltaire, enchanté d'aider des souverains hostiles
à la France dans leur immorale entreprise, s'empressa de réfuter, à sa manière, le manifeste plaintif
et motivé des confédérés de Bar. Il composa le *Sermon de papa Nicolas Chariteski*, diatribe grotesque
contre l'Eglise romaine, qu'il qualifie de *bâtarde
révoltée contre sa mère, l'Eglise grecque*.

Dès lors les applaudissements, les apologies et les
excitations pleuvent de Ferney à Pétersbourg, comme
à Berlin, sur les attentats commis ou préparés en
Pologne. L'éloge de la déprédation prusso-russe est
assaisonnée de blâme sur la conduite du gouvernement français, qui envoie des ingénieurs aux Dardanelles et un corps de 1,500 volontaires sur la Vistule.

« Vos soins généreux pour établir la liberté de
« conscience en Pologne sont un bienfait que le
« genre humain doit célébrer. (2)

« On calomnie l'impératrice de Russie quand on
« dit qu'elle ne favorise les dissidents de Pologne que

(1) Voltaire à Damilaville, 22 décembre; à Mme du Deffant,
18 mars 1767; à d'Argental, 23 janvier 1787.
(2) Lettre à Catherine, 22 décembre 1766.

« pour se mettre en possession de quelques pro-
« vinces de cette république. Elle a juré qu'elle ne
« voulait pas un pouce de terre, et que tout ce
« qu'elle fait, n'est que pour avoir la gloire d'établir
« la tolérance. (1)

    « Réduisez donc les Polonais, madame, battez les
« Turcs. On dit bien qu'il y a des Français dans
« l'armée turque. Mais est-ce que je suis Français,
« moi? Est-ce que je ne suis pas sujet de celle qui
« vient de m'envoyer de si belles fourrures et une
« boîte d'or tournée de ses belles et augustes mains.
« Je suis *Catherin*, madame, je mourrai Catherin...
« Votre Majesté me rend la vie en tuant des Turcs?
« Quand j'ai reçu cette bonne nouvelle, j'ai sauté de
« mon lit, en criant : *Allah Catharina!* et j'ai chanté :
« *Te Catharinam laudamus, te Dominam confite-*
« *mur* (2)... »

Les succès des armées de Catherine sur le Danube
donnèrent de l'inquiétude à l'Autriche. Le ministre
Kaunitz s'efforce de détacher Frédéric de la czarine,
et lui propose de barrer ensemble le chemin de
Constantinople à l'ambition moscovite.

    « Il n'était pas de l'intérêt de la Prusse de voir
« la puissance ottomane entièrement écrasée, parce
« qu'en cas de besoin elle pourrait être utilement
« employée à faire des diversions, soit dans la Hon-
« grie, soit en Russie, selon les puissances avec
« lesquelles on serait en guerre. » (3)

(1) Lettre à d'Amilov 23 mai 1767.
(2) Lettre à Catherine, 1771.
(3) Frédéric II, *Mémoires*, année **1772**.

Voilà pourquoi le roi se prêta à une double entrevue avec l'empereur Joseph II. A Neustadt, comme à Neisse, il insista sur le partage de la Pologne, de crainte que la czarine n'absorbât seule le royaume occupé par ses troupes.

Mais Marie-Thérèse pesait de tout le poids de son expérience politique et de son autorité maternelle sur son fils pour le détourner d'une telle iniquité, et les négociations traînèrent en longueur.

Frédéric, impatient de récolter le fruit de ses intrigues, et instruit par ses affidés de l'impuissance de la France à secourir les Polonais, écrivit à son ambassadeur Solms à Pétersbourg, après la chute de Choiseul à Versailles : « Il ne dépendra plus de « l'Autriche de rompre notre alliance avec la Russie, « si nous déclarons unanimement nos vues sur la « Pologne. Elle ne peut compter sur l'assistance de « la France, qui se trouve dans un état affreux d'é- « puisement. Je vous réponds sur ma tête que « notre union bien constatée avec la Russie fera « passer les Autrichiens par tout ce que nous vou- « drons. Ils ont affaire à deux puissances, et n'ont « aucun allié pour les épauler. »

La peur de voir les Russes maîtres des bouches du Danube et la certitude de l'inaction du cabinet de Versailles, dont le nouveau ministre d'Aiguillon s'annonçait favorable à la combinaison des puissances du Nord, arrachent à Marie-Thérèse le fatal consentement, « qui imprime une grande tache à « son règne. »

(1) En 1770.

L'infortunée impératrice « assure qu'elle a résisté
« aux convoitises démesurées de la Prusse et de la
« Russie, qu'elle a hésité longtemps, et ne s'est ré-
« signée que faute de moyens d'arrêter seule les
« projets de deux puissances sans principes, guidées
« uniquement par le despotisme, le bon plaisir et la
« violence. » (1)

Avant même que la convention définitive du partage fût arrêtée, Frédéric s'empara du lot convoité.
Dès l'année 1770, il pénètre dans le diocèse d'Erme-
land, dans les districts de Kalich et de Posen, pille
les églises et les couvents, leur extorque trois millions de ducats, environ trente-cinq millions de
francs, enlève les jeunes gens valides, les incorpore
dans son armée, ravit les filles nubiles, force les parents à les doter, les marie aux premiers venus de
Poméranie, et transplante douze mille familles po-
lonaises dans ses possessions allemandes. (2)

De leur côté, les troupes et les émissaires de Catherine ne demeurèrent pas inactifs. Après avoir
dispersé à coups de canon la Confédération défensive de Bar, on souleva les paysans contre les pro-
priétaires et les nobles, les juifs et les hérétiques
contre les catholiques. Une jacquerie épouvantable
causa la mort de plus de deux cent mille Polonais.
Douze cent confédérés furent transportés en Sibérie.
Les Cosaques du Don reçurent l'ordre de se rendre
en Ukraine et d'y exercer leur brutalité par le sac-

(1) Lettre de Marie-Thérèse au ministre Breteuil et à Marie-
Antoinette.

(2) Dohm et Raumer, *Frédéric II.*

cagement des villes et des campagnes. Treize cents
églises sur dix-neuf cents de cette province furent
confisquées aux catholiques romains et livrées aux
schismatiques, en violation de l'acte même de partage, qui garantissait à chaque culte le libre exercice,
avec la tranquille possession de ses biens et de ses
temples.

A l'ombre de ces troubles et de ces massacres,
fomentés par les exploiteurs d'anarchie, la Russie
s'appropriait trois mille lieues carrées et un million
et demi d'âmes; l'Autriche, deux millions et demi
d'âmes sur deux mille cinq cents lieues; la Prusse
n'obtint que neuf cents lieues carrées et huit cent
soixante mille âmes. La czarine, cédant à l'instigation de l'Angleterre, dont la neutralité hostile à la
France et à l'Espagne avait contribué à la sécurité
des copartageants, refusa de lui abandonner Thorn
et Dantzick, ce qui blessa au vif le cupide monarque,
sans cependant provoquer ses plaintes.

Ces horreurs, commises pendant l'occupation
russe, furent sanctionnées par un simulacre de Diète,
et s'appelèrent la pacification de la Pologne! Les
prôneurs de théories humanitaires applaudirent les
égorgeurs, et entonnèrent avec eux l'*hosanna* des
bourreaux, en même temps que le *væ victis* des
victimes.

Selon son habitude, Frédéric déploie sa magnanimité à insulter les vaincus. Il célèbre leur défaite
dans les six chants de la *Polognade*, satire burlesque, moquerie triviale, grossière et impie des confédérés écrasés, du clergé dépouillé, des Français

honnis, des croyances catholiques bafouées. Les
prémisses sont envoyées à Voltaire, avec invitation
à entonner lui-même les louanges de la grande pacificatrice.

« Je vous envoie le sixième chant des *Confédérés*,
« avec une médaille qu'on a frappée à ce sujet.....
« C'est à votre muse à chanter dignement l'impéra-
« trice de Russie, qui a su rétablir l'ordre et la
« tranquillité où jusqu'à présent ne régnait que
« trouble et confusion. » (1)

La réponse ne pouvait qu'être flatteuse dans la
bouche d'un complice.

« Sire, la médaille est belle, bien frappée, la lé-
« gende noble et simple ; mais surtout la carte que
« la Prusse, jadis Polonaise, présente à son maître,
« fait un très bel effet. Je remercie bien fort Votre
« Majesté de ce bijou du Nord, il n'y en a pas de
« pareil dans le Midi. »

> La paix a bien raison de dire aux Palatins :
> Ouvrez les yeux le diable vous attrape ;
> Car vous avez à vos puissants voisins,
> Sans y penser longtemps servi la nappe.
> Vous voudrez donc bien trouver bel et beau
> Que ces voisins partagent le gâteau.

« C'est assurément le vrai gâteau des rois , et la
« fève a été coupée en trois parts.

« Je remercie Votre Majesté de remettre la règle
« dans le couvent d'Oliva, car le bruit court que
« dans peu tous les novices de ce couvent feront
« l'exercice à la prussienne.

(1) Lettre de Frédéric à Voltaire, 16 septembre 1772.

« C'est assurément une chose unique que le
« même homme se soit moqué si légèrement des pa-
« latins, pendant six chants entiers, et en ait un
« nouveau royaume pour sa peine.

« Vous voilà, Sire, le fondateur d'une très grande
« puissance ; vous tenez un des bras de la balance
« de l'Europe, et la Russie devient un nouveau
« monde. Comme je me sais bon gré d'avoir vécu
« pour voir tous ces grands événements!... Je ne
« sais quand vous vous arrêterez, mais je sais que
« l'aigle de Prusse va très loin. » (1)

Que n'aurait pas dit Voltaire s'il avait vu l'aigle
prussienne ravir à la France l'Alsace-Lorraine, avec
cinq milliards, pressurés d'une trentaine de défaites,
dont cinq ou six désastres comparables à Rosbach ?

Combien il se serait félicité d'avoir assisté à de
pareils événements ! Que ses disciples le suppléent
et applaudissent !

Le maître a eu le mérite de se réjouir des funérailles de la Pologne, et de savourer avec délices le
soufflet donné à la France, par le persifleur de ses
malheureux alliés.

En effet, Frédéric lui annonce que l'auteur de la
Polognade « s'est cru permis de badiner de ces ex-
« créments des nations, des Français réformés par
« la paix, et qui, faute de mieux, allaient faire le
« métier de brigands en Pologne dans l'Association
« confédérale. »

« Je crois qu'il y a des Français qui gardent le si-

(1) Voltaire à Frédéric, 16 octobre 1772.

« lence, et qui ont un grand crédit au sérail... No-
« tez que cette affaire-ci s'est passée sans effusion
« de sang, et que les encyclopédistes ne pourront
« déclamer contre les brigands mercenaires, et em-
« ployer tant d'autres belles phrases dont l'élo-
« quence ne m'a jamais touché. Un peu d'encre, à
« l'aide d'une plume, a tout fait, et l'Europe sera
« pacifiée, au moins des derniers troubles. Quant à
« l'avenir, je ne réponds de rien. » (1)

La lettre était accompagnée d'un service en porcelaine de Berlin, qui mit le comble à l'enthousiasme du philosophe courtisan. Il ne s'aperçut pas
du persiflage qui le frappait avec ses compatriotes.
Les félicitations débordèrent de sa plume ravie.

« C'est donc dans le Nord que tous les arts fleu-
« rissent aujourd'hui ! C'est là qu'on fait les plus
« belles écuelles de porcelaine, qu'on partage des
« provinces d'un trait de plume, qu'on dissipe des
« confédérations et des sénats en deux jours, et
« qu'on se moque surtout très plaisamment des con-
« fédérés et de leur Notre-Dame. » (2)

« On prétend que c'est vous, Sire, qui avez ima-
« giné le partage de la Pologne, et je le crois, parce
« qu'il y a là du génie, et que le traité s'est fait à
« Postdam.

« C'est parce que les Turcs ont de très bons blés
« que je voulais vous voir partager la Turquie avec
« vos deux associés. Cela ne serait pas si difficile,
« et il serait assez beau de terminer là votre bril-

(1) Lettre de Frédéric à Voltaire, 1er novembre 1772.
(2) Voltaire à Frédéric, 13 novembre 1772.

« lante carrière; car tout Suisse que je suis; je ne
« désire pas que vous preniez la France. » (1)

Votre vœu, Voltaire, touchant la Turquie, est près
de s'accomplir, et votre crainte relative à la France
n'a été que trop justifiée, grâce à vos leçons et à vos
exemples, qui ont fructifié en moisson de perversité
et de trahison dans la lignée de vos disciples.

Avec le géomètre pensionnaire, dont la perspicacité politique se mesurait au zèle de toucher ses
douze cents francs, Frédéric avait moins de ménagements à garder, dans le plaisir de se moquer de
la déconvenue des Français. Voici ce qu'il écrivit à
d'Alembert :

« Vos Français m'amusent singulièrement. Cette
« nation, si avide de nouveautés, m'offre sans cesse
« des scènes nouvelles : tantôt ce sont les jésuites
« chassés, tantôt des billets de confession, les par-
« lements cassés, les jésuites rappelés, de nouveaux
« ministres tous les trois mois; enfin, ils fournissent
« des sujets de conversation à toute l'Europe. Si la
« Providence a pensé à moi en faisant ce monde,
« elle a créé ce peuple pour mes menus plaisirs. (2)

« Nous autres habitants du Nord, nous sommes
« trop pesants pour tracasser comme certaine na-
« tion du Sud qu'on appelle les Welches. Cette
« nation gentille fourre son nez partout, souvent où
« elle n'a que faire, et porte l'inquiétude qui la dé-
« vore d'un bout du globe à l'autre. Pour la rendre
« plus tranquille, je n'ose pas dire plus sage, il fau-

(1) Voltaire à Frédéric, 18 novembre 1772.
(2) Lettre du 7 mai 1771.

28

« drait exorciser le démon qui la possède. » (1)

Le plat valet, directeur de l'*Encyclopédie*, se con-
fondit en remerciements de ces coups de pieds donnés à son patriotisme. Il admira la « *Diatribe* contre
« les *pauvres* et très pauvres confédérés polonais et
« leurs non moins pauvres alliés. Non-seulement
« la peinture de l'Eglise catholique le charmait
« comme une reproduction sous forme badine des
« discours foudroyants de Sa Majesté à l'Académie
« de Berlin contre les charlatans sacrés, maîtres
« d'erreurs, payés pour abrutir la nature humaine. »
Mais le cinquième chant lui causait un plaisir tout
particulier et provoquait son enthousiasme, parce
qu'il « célébrait si plaisamment la gloire des pau-
« vres Welches, ses compatriotes, et leurs exploits
« à Rosbach, à Crefeld, à Minden et ailleurs. Mais,
« Sire, la part qui me revient de cette gloire ou
« de cette honte est si petite que je ne cours pas
« après. » (2)

« Cependant, Sire, permettez-moi d'ajouter que
« j'aurais autant aimé ne pas voir mes chers compa-
« triotes mêlés dans cette plaisanterie. Quoi qu'il en
« soit, comme je n'ai pas pris ma part de leur gloire,
« je ne la prends pas non plus des nasardes qu'on
« leur donne. » (3)

La résignation servile du grand maître de l'*Encyclopédie* méritait une récompense à la Frédéric. Elle
ne tarda pas à lui parvenir dans un billet plein de

(1) Lettre du 4 janvier 1770.
(2) D'Alembert à Frédéric, 16 mai 1772.
(3) D'Alembert à Frédéric, 9 octobre 1772.

sel et d'ironie : « Que vous dirai-je, mon cher Pro-
« tagoras, de la Prusse polonaise, sinon qu'on m'a
« donné un bout d'anarchie à morigéner ? J'en suis
« si embarrassé que je voudrais recourir à quelque
« législateur encyclopédiste, pour établir dans ce pays
« des lois qui rendraient tous les citoyens égaux,
« qui donneraient de l'esprit aux imbéciles, qui dé-
« racineraient l'intérêt et l'ambition du cœur de
« tous les citoyens, et qui ne présenteraient qu'un
« fantôme de souverain, qu'on mettrait dehors au
« premier ordre ; où personne ne connaîtrait de
« taxes ni d'impôts et qui se soutiendrait de lui-
« même... Voilà les hautes pensées qui m'occupent
« maintenant. Quelque beau que soit ce gouverne-
« ment, je désespère de mon peu de capacité pour
« le monter sur le pied que vos savants législateurs,
« qui n'ont jamais gouverné, prescrivent. Enfin, il
« m'arrivera ce qui pourra, et l'on me tiendra
« compte de ma bonne volonté, à peu près, comme
« à un écolier qui veut donner des leçons en l'ab-
« sence des maîtres, et qui, ne les ayant pas assez
« bien comprises, les rend de travers. » (1)

Ce cruel, mais spirituel persiflage de l'outre-cui-
dance politique des rêveurs humanitaires et des sophistes charlatans qui ont prévalu en France, depuis
le triomphe des idées encyclopédistes, avait été précédé d'une déclaration ni moins sensée, sous la
plume du prince exploiteur des licences de la presse
française, ni moins humiliante pour la sagacité des
écrivains mystifiés :

(1) Frédéric à d'Alembert, 27 octobre 1772.

« Si vous voulez savoir ce que je pense de la li-
« berté de la presse et des ouvrages satiriques qui
« en sont la suite inévitable, je vous avouerai, sans
« vouloir cependant choquer messieurs les encyclo-
« pédistes, que, connaissant les hommes pour m'être
« assez longtemps occupé d'eux, je suis très per-
« suadé qu'ils ont besoin de remèdes réprimants, et
« qu'ils abuseront toujours de toute liberté dont ils
« jouiront, de sorte qu'il faut, en fait de livres, que
« leurs ouvrages soient assujettis à l'examen. » (1)

Un tel démenti à ses excitations antérieures,
comme à ses exemples de pamphlétaire, mais non à
sa conduite gouvernementale, qui a toujours maintenu la censure en Prusse pour les livres allemands
et pour les livres français non anti-catholiques, ne
suffit pas à ouvrir les yeux aux apôtres des ténèbres
irréligieuses du dix-huitième siècle. Le déclamateur
contre l'inquisition de la Sorbonne se garda bien de
se plaindre du régime confessé de l'inquisition du
sabre.

Une nouvelle impertinence imprimée sur « les
« rodomontades de ses compatriotes Welches, dont
« on se moque à Berlin comme à Pétersbourg et à
« Copenhague, et dont l'étourderie trouverait à qui
« parler si elle s'avisait de se frotter aux puissances
« du Nord, » une nouvelle épître injurieuse que le
complaisant philosophe est prié de faire circuler,
lui arrache cette exclamation si digne d'un cœur
archiprussien :

(1) Frédéric à d'Alembert, 14 juin 1772.

« Sire, j'en ferai part aux élus, qui diront, en
« lisant vos vers : « Vive notre chef, notre protec-
« teur et notre modèle ! » (1)

Il est vrai que, dans le même moment, le pensionnaire de Frédéric tenait un langage différent dans sa
correspondance avec Voltaire, à cause du déshonneur qui rejaillissait sur la philosophie de ce que
« le roi des philosophes, le protecteur déclaré de la
« philosophie, tardait d'imiter les rois de France, de
« Portugal, d'Espagne, et s'obstinait à conserver en
« Silésie la canaille jésuitique, dont il avait envie
« de se débarrasser; » mais que les traités de Dresde
et de Breslau protégeaient contre ses convoitises,
sous la garantie de l'Autriche.

Ce crime, joint au refus de la czarine de rendre à
la philosophie, plutôt qu'à la diplomatie française,
les quinze cents Français faits prisonniers en Pologne, l'amène à reconnaître que « Catau et com-
« pagnie » sont d'étranges patrons :

« Je ne sais de qui la philosophie a le plus à se
« plaindre, ou de ses vils ennemis ou des soi-disant
« protecteurs... Ces deux mots de Tacite, *per*
« *amicos oppressi*, me paraissent bien convenir aux
« malheureux philosophes. » (1)

Quant à Voltaire, après sa dernière rechute en
Frédéric, aggravée de son engouement sénile pour
la belle Sémiramis, qu'il idolâtrait à travers les brillantes fourrures reçues d'elle, il se glorifie de son
impénitence finale, touchant son admiration pour le

(1) D'Alembert à Frédéric, 14 mai 1773.
(1) D'Alembert à Voltaire, 13 avril 1773.

partage de la Pologne, tout en avouant la mystification éprouvée :

« Je suis très maltraité dans les *Sept Dialogues* pu-
« bliés à Paris, œuvre d'un Polonais qui a beaucoup
« d'esprit, quelquefois de la finesse et souvent des
« injures atroces. Mais je me tiens tout glorieux de
« souffrir pour votre cause.

« Je fus attrapé comme un sot, quand je crus hon-
« nêtement que l'impératrice de Russie s'entendait
« avec le roi de Pologne, pour faire rendre justice
« aux dissidents et pour établir seulement la liberté
« de conscience. Vous autres rois, vous nous en don-
« nez bien à garder; vous êtes comme les dieux
« d'Homère, qui font servir les hommes à leurs des-
« seins, sans que ces pauvres gens s'en doutent...

« C'est une chose bien extraordinaire que la nation
« welche! Peut-on réunir tant de superstition et
« tant de philosophie, tant d'atrocité et tant de
« gaieté, tant de crimes et tant de vertus, tant d'es-
« prit et tant de bêtise. Et cependant cela joue encore
« un rôle en Europe!...

« En toute humilité, et avec les mêmes senti-
« ments qu'il y a environ quarante ans, le *vieux*
« *malade de Ferney*. » (1)

C'est dommage que le vieux malade soit mort
avant d'être témoin du beau rôle que ses disciples
font jouer à la France en Europe.

(1) Voltaire à Frédéric, 15 février 1775.

CHAPITRE IX

CONTINUATION DE LA CONSPIRATION ANTI-CATHO-
LIQUE ET ANTI-FRANÇAISE ENTRE FRÉDÉRIC,
VOLTAIRE ET LES ENCYCLOPÉDISTES JUSQU'A LA
MORT DU PATRIARCHE DE L'INCRÉDULITÉ (1777-
1778).

Précis du chapitre. — Frédéric monte en France un second
drame de Pologne. — Jésuites conservés. — Révolte insinuée
contre le Pape. — Excitation contre le clergé français. —
Changement d'opinion sur le crime d'Amiens. — La punition
du crime exploitée comme arme de guerre. — Voltaire encouragé à soulever l'opinion contre les Parlements. — Voltaire
voit le but poursuivi. — Frédéric insulte Louis XV défunt. —
Il ridiculise le sacre. — Blâme le serment aux évêques. — Il
circonvient par ses affidés Louis XVI. — Premier ministère,
composé de philosophes. — Conseils aux amis. — Instances
à poursuivre la démolition de l'Eglise. — Echange de compliments et de vues avec Voltaire. — Programme définitif et complot. — Statue de Voltaire. — Retour du philosophe à Paris.
— Excuse des admirateurs. — Représentation d'*Irène*. —
Maladie. — Confession. — Initiation maçonnique. — Mort
affreuse.

Nous ne finirions jamais notre volume, si nous
rapportions tous les encouragements de Frédéric à
Voltaire et à d'Alembert, ses deux lieutenants encyclopédistes, pour les exciter, après le partage de la
Pologne, à révolutionner la France par la propagande plus active de l'impiété.

Nous nous bornerons à signaler ses efforts pour
amener la nation très chrétienne :

A rompre avec le siége apostolique ;

A dépouiller et asservir le clergé ;

A renier les croyances et le culte catholique;

A circonvenir dans ce triple but les ministres et la personne de Louis XVI.

Après un rapide exposé de ces quatre affirmations, nous dirons un mot du retour triomphal de Voltaire à Paris et de sa mort instructive.

Enhardi par le succès obtenu en Pologne, par les dispositions hérético-philosophiques de l'empereur Joseph II, par la haine implacable de la czarine Catherine II contre la maison de Bourbon et la France chrétienne, par la connivence flagrante des pays protestants, surtout de l'Angleterre, par le discrédit de la royauté, à la suite des turpitudes, des désordres financiers et des humiliations extérieures du règne de Louis XV, encouragé par tant de chances de réussite, et soutenu par la ligue des philosophes, par les loges des francs-maçons, ramifiées dès lors sur toute la surface de l'Europe, par les agences bibliques internationales, le souffleur et meneur de la conjuration anti-catholique en Pologne se mit à travailler, avec un redoublement d'activité, pour monter à Paris, dans des proportions plus colossales, le drame si fructueusement joué à Varsovie.

Nous avons constaté, au chapitre précédent, combien il applaudissait aux démarches et aux menaces schismatiques des cours bourbonniennes à Rome, en vue de la suppression violente des jésuites. Obligé de les garder en Silésie, à cause de l'Autriche, garante des traités, et en Pologne, par manière de ménager ses nouveaux sujets, il se moqua des criailleries des philosophes, offusqués du scandale de son inconséquence, et offrit même un refuge aux malheureux religieux, expulsés des pays catholiques.

Son but était de s'en servir quelque temps, et de les plumer, quand ils auraient apporté dans son royaume pauvre les immenses trésors que la crédulité populaire leur attribuait. Il se vantait de sa tolérance aux apôtres de la tolérance, qui se révoltaient de son refus d'exterminer les moines, contre lesquels il leur avait commandé d'aboyer.

« Je n'ai rien à craindre des jésuites. Le corde-« lier Ganganelli (Clément XIV) leur a rogné les « griffes ; il vient de leur arracher les dents mache-« lières, et les a mis dans un état où ils ne peuvent « ni égratigner ni mordre, mais bien instruire la « jeunesse. » (1)

Mais, tout en se procurant l'avantage d'acquérir ou de conserver d'excellents professeurs, tout en savourant le plaisir de narguer à la fois le pape et les philosophes, tout en nourrissant l'espoir de trouver sous la main une poule d'or, il s'indignait de voir que les cabinets de Versailles, de Naples, de Madrid et de Lisbonne, s'arrêtassent dans la voie du schisme et de la révolte contre l'autorité pontificale.

Déjà les tendances conciliantes du successeur de Choiseul faisaient mal à son cœur d'hérétique. Il

_____

(1) Lettre à d'Alembert en 1774.

s'était empressé de lui tracer son programme, par
l'intermédiaire du patriarche de la secte, dont le duc
d'Aiguillon était un adepte :

« Si le nouveau ministre est un homme d'esprit,
« il n'aura ni la faiblesse ni l'imbécillité de rendre
« Avignon au pape. On peut être bon catholique, et
« néanmoins dépouiller le vicaire de Dieu de ses
« possessions temporelles, qui distraient trop des
« devoirs spirituels, et qui font souvent risquer le
« salut. » (1)

Ce thème de la spoliation de l'évêque de Rome
par les Etats contigus revient fréquemment dans ses
lettres. Il trahit l'impatience de l'héritier des sécu-
larisateurs émérites de pratiquer dans la vallée du
Rhin la saignée cléricale rêvée, s'il obtenait par ses
suggestions comme par ses intrigues qu'elle fût pra-
tiquée dans les vallées du Rhône, du Danube et du
Tibre.

Mais, persuadé que la destruction du fondement
de l'Eglise n'est possible qu'après l'entière démolition de l'édifice, par la ruine du sacerdoce et des
croyances, il stimula ses lieutenants à concentrer
sur la hiérarchie et la foi les coups décisifs de la
mine et de la sape impies.

Limitons nos preuves à quelques citations :

« L'abominable superstition est plus enracinée
« encore en France que dans la plupart des autres
« pays de l'Europe. Vos évêques et vos prêtres n'en
« démordront pas si facilement; ce ne sera pas la

---

(1) Frédéric à Voltaire, 29 juin 1771.

« raison qui les convertira. La nécessité qui les for-
« cera à ne point persécuter est l'unique moyen qui
« reste pour les réduire à la tolérance. Je souhaite-
« rais bien que ma lettre fût ouverte et qu'elle
« tombât entre les mains de votre archevêque ; il
« bénirait Dieu de ce que la Providence ne m'a pas
« fait naître sur le trône des Welches. » (1)

« Ce serait un bien pour l'humanité que de déli-
« vrer les hommes de ce que Calvin nommait Baby-
« lone, la hiérarchie et toutes les superstitions qui
« en dépendent. » (2)

« Si la monacaille influe sur le jeune homme
« (Louis XVI), les petits maîtres seront en rosaire
« et les initiés de Vénus couverts d'*Agnus Dei*. » (3)

« Si le parti de l'*Inf...* l'emporte sur celui de la
« philosophie, je plains les pauvres Welches ; ils
« risqueront d'être gouvernés par quelque cafard
« en froc ou en soutane, qui leur donnera la disci-
« pline d'une main, et les frappera d'un crucifix de
« l'autre. Si cela arrive, adieu les beaux-arts et les
« hautes sciences ; la rouille de la superstition achè-
« vera de perdre un peuple d'ailleurs aimable et né
« pour la société.

« Mais il n'est pas sûr que cette triste folie reli-
« gieuse secoue ses grelots sur le trône des Ca-
« pets. » (4)

Le désir d'enflammer ses grenadiers philosophi-

---

(1) Lettre à d'Alembert, 15 novembre 1774.
(2) Au même, 6 janvier 1775.
(3) Lettre à Voltaire, 19 juin 1774.
(4) A Voltaire, 30 juillet, 1774.

ques à l'assaut de l'Eglise en France amena le monarque ennemi du désordre civil et de la révolte
contre l'autorité séculière à changer d'avis et de
conseil, relativement au crime d'Amiens, jugé à
Abbeville. Il avait d'abord blâmé l'étourderie d'impiété des jeunes de La Barre et de Morival, au nom
« de la discrétion, de la décence et du respect que
« tout citoyen doit aux lois, qui interdisent d'insul-
« ter au culte reçu. » (1)

Mais l'avantage espéré de la mise en scène par
Voltaire de cet épisode judiciaire, à l'instar des procès Calas et Sirven, de façon à le convertir en bélier
contre le clergé, aussi bien que contre les parlements,
lui fit désavouer son premier sentiment, et provoqua
ses vives exhortations à jouer vigoureusement de
tous les ressorts d'une si utile machine de guerre.
Ses recommandations deviennent les diatribes d'un
sectaire huguenot, habitué à blasphémer les choses
saintes.

« Ce pauvre Etallonde de Morival m'a la mine de
« demeurer déshérité, pour n'avoir pas su bien faire
« la révérence à une mauvaise *confiture* (sainte Eu-
« ristie) qu'un prêtre promenait en cérémonie dans
« les rues d'Amiens; il n'en est pas moins malheu-
« reux que le sort des hommes dépende de telles
« niaiseries. » (2)

« Quelques progrès que fasse la philosophie, la
« stupidité et le faux zèle se maintiennent dans
« l'Eglise et le nom de l'*Inf...* est encore le mot de

(1) Lettre à Voltaire, 23 août 1766.
(2) Lettre à d'Alembert, 6 janvier 1775.

« ralliement de tous les pauvres d'esprit. Dans un
« royaume *très chrétien*, il faut que les sujets soient
« très chrétiens, et on n'en souffrira jamais qui
« manquent à saluer la *pâte* que l'on adore comme
« un Dieu ou à s'agenouiller devant elle.

  « Cependant l'entreprise (la réforme de cet abus
« par la destruction de l'Eglise) vous fera honneur,
« et la postérité dira qu'un philosophe retiré à Fer-
« ney a contraint les puissants de la terre à réformer
« les abus. Continuez à protéger la nature humaine,
« foulée sous les pieds de l'arrogance titrée. » (1)

  « Comment le sol qui a produit des de Thou, des
« Gassendi, des Descartes, des Fontenelle, des Vol-
« taire, des d'Alembert, a-t-il produit des furieux
« assez imbéciles pour condamner à mort des jeunes
« gens qui ont manqué de faire la révérence devant
« la statue d'*un garçon charpentier juif?* La postérité
« trouvera cette énigme plus difficile à deviner que
« celle du sphinx d'Œdipe. »

  Suit, comme d'habitude en cas d'excitation pres-
sante contre l'Eglise, un redoublement de coups
d'encensoir qui entraînent Voltaire au gré de son
Vieux de la Montagne.

  « Pour trouver un Voltaire dans l'antiquité, il faut
« rassembler le mérite de cinq ou six grands hommes,
« d'un Cicéron, d'un Virgile, d'un Lucien et d'un
« Salluste ; et dans la renaissance des lettres c'est la
« même chose : il faut englober un Guichardin, un
« Tasse, un Arétin, un Dante, un Arioste, et encore

(1) Lettre à Voltaire, 15 mai 1774.

« ce n'est pas assez, etc., etc. Voilà comme on pense
« de vous sur les bords de la mer Baltique, où l'on
« vous rend plus de justice que dans votre ingrate
« patrie. » (1)

Enivré d'encens, le poëte a des visions extatiques :
« La France commence à se débarbouiller; presque
« tout le ministère est composé de philosophes.
« L'abbé Galiani, (chef de la section italienne de
« l'*Encyclopédie*), a soutenu que Rome ne pourrait
« reprendre un peu de splendeur que quand il y
« aurait un pape athée. Du moins il est bien certain
« qu'un athée, successeur de saint Pierre, vaudrait
« beaucoup mieux qu'un pape superstitieux.

« Nous espérons en France que la philosophie,
« qui est auprès du trône, sera bientôt dedans (par
« le détrônement de Louis XVI); mais ce n'est
« qu'une espérance; elle est souvent trompeuse. Il
« y a tant de gens intéressés à soutenir l'erreur et
« la sottise; il y a tant de dignités et de richesses
« attachées à ce métier, qu'il est à craindre que les
« hypocrites ne l'emportent toujours sur les sages.
« Votre Allemagne elle-même n'a-t-elle pas fait des
« souverains de vos principaux ecclésiastiques? Quel
« est l'électeur et l'évêque, parmi vous, qui prendra
« le parti de la raison contre une secte qui lui donne
« quatre ou cinq millions de rente? Il faudrait bou-
« leverser la terre entière pour la mettre sous l'em-
« pire de la philosophie. » (2)

Ce vœu dévoile le but poursuivi en commun.

(1) Lettre de Frédéric à Voltaire, 27 juillet 1775.
(2) Voltaire à Frédéric, 29 juillet 1775.

Frédéric se garde de l'indiquer explicitement; mais il l'insinue sans relâche et spécifie les moyens propres à l'atteindre. Il commence par se moquer « de « la cagoterie révoltante des évêques, qui obligèrent « Louis XV de demander publiquement pardon de « ses faiblesses. » (1)

Il compose au feu roi, en guise d'éloge funèbre, un dialogue obscène des morts, où il fait alterner à la sainte Vierge et à la Pompadour l'éloge du défunt, en langage des casernes de Postdam. Ce pamphlet est distribué à Paris et à Versailles par les soins des initiés.

Il jette ensuite le ridicule à pleines mains sur les cérémonies du sacre, sur la légende de la sainte ampoule, sur la guérison des écrouelles, et surtout sur le serment prêté aux évêques de défendre la vraie foi. La tartine est délayée dans cinq lettres à d'Alembert avec une insistance qui marque la contrariété éprouvée à Berlin de ce que l'alliance entre l'Eglise et la monarchie a été renouvelée dans l'antique basilique de Reims, avec les symboles traditionnels :

« On n'a parlé ici que du sacre de Reims, des cé- « rémonies bizarres qui s'y observent et de la sainte « ampoule, dont l'histoire est digne des Lapons. Un « prince sage et éclairé pourrait abolir et la sainte « ampoule et le sacre lui-même. » (2)

« Je ne m'étonne pas de la mauvaise conduite de « vos évêques et de vos prêtres. Quel bien peut-on

(1) Frédéric, *Mémoires*, année 1774.
(2) Lettre à Voltaire, 12 juillet 1775.

« attendre d'une pareille engeance ? Ils n'ont que
« deux dieux : l'intérêt et l'orgueil. Il est bon que
« votre jeune roi se détrompe par sa propre expé-
« rience des préjugés qu'on lui a inspirés pour ces
« charlatans sacrés. » (1)

    « Je laisse à messieurs vos évêques la faculté de
« faire leurs tours. Ce sont des moules à sottises. On
« ne peut attendre autre chose d'eux. Je les aban-
« donne aux anathèmes encyclopédiques, et je les
« dévoue, eux et leur séquelle, aux dieux infernaux,
« s'il y en a. » (2)

    « Vous savez que, lorsqu'on est très chrétien, il
« est difficile en même temps d'être très raison-
« nable. » (3)

    « Ah! mon cher d'Alembert, votre *Inf...* est une
« étrange créature qui a causé bien des maux au
« genre humain. Vos prêtres welches sont plus fa-
« natiques que ceux du Saint Empire romain de
« Germanie. La superstition diminue à vue d'œil
« dans les pays catholiques ; pour peu que cela con-
« tinue, les moines retourneront de leurs cellules
« dans le siècle ; les préjugés du peuple ne seront
« plus entretenus et nourris, et la raison pourra
« paraître en plein jour... L'enthousiasme du zèle
« s'est perdu ; tant de bons livres, qui ont dévoilé
« l'absurdité des fables regardées comme sacrées,
« ont abattu les cataractes qui aveuglaient les yeux
« des principaux ministres (Turgot et Malesherbes).

(1) Lettre du 29 juin 1775
(2) 5 août 1775.
(3) 9 septembre 1775

« Ils travaillent sourdement à la chute de la supers-
« tition. Que le ciel les bénisse !... Mais tant que les
« souverains porteront des chaînes théologiques,
« tant que ceux qui ne sont payés que pour prier
« pour le peuple, lui commanderont, la vérité, oppri-
« mée par ces tyrans des esprits, n'éclairera jamais
« les peuples ; les sages ne penseront qu'en silence,
« et la plus absurde des superstitions dominera
« l'empire des Welches. » (1)

Ayant réussi à imposer, par ses affidés et par ses
intrigues diplomatiques, à l'infortuné Louis XVI,
victime déjà désignée à l'immolation, des ministres
philosophes, comme des loups introduits furtivement dans la bergerie, l'artificieux chef de la confrérie encyclopédiste exhorte les membres de la secte
à soutenir de leur influence, à encourager la bonne
volonté des conseillers du monarque inexpéri-
menté, dont il connaît la faiblesse de caractère et
l'irrésolution d'esprit.

Voltaire, en éclaireur zélé, avait renseigné le roi
de Prusse sur les dispositions intimes du nouveau
cabinet de Versailles, dominé par Turgot, un des
premiers pèlerins de Ferney. « Un seul membre a
« le malheur d'être dévot (le comte de Mui). Les
« prêtres sont dans le désespoir. Voilà le commence-
« ment d'une grande révolution. Cependant on
« n'ose pas encore se prononcer ouvertement ; on
« mine en secret le vieux palais de l'imposture, fondé
« depuis dix-sept cent soixante-quinze années. » (2)

(1) 30 décembre 1775.
(2) 13 août 1775.

Muni de ces précieux renseignements, le générא-
lissime de la ligue anti-catholique précise son plan
de campagne, et multiplie ses instructions, avec ses
instances, aux commandants des troupes chargées de
circonvenir et d'abattre l'ennemi.

« Je félicite votre nation du bon choix que
« Louis XVI a fait de ses ministres... Il est bien
« jeune, il ne connaît pas les ruses et les raffine-
« ments dont les courtisans se serviront pour le faire
« tourner à leur gré. Il a été, dans son enfance, à
« l'école du fanatisme et de l'imbécillité; cela doit
« faire appréhender qu'il ne manque de résolution
« pour examiner par lui-même ce qu'on lui a appris
« à adorer stupidement. »

Après force compliments « au continuateur de
« Bayle, qui éclaire le monde, en prêchant la tolé-
« rance, » arrivent des aveux sur « les évêques teu-
« tons, porcs engraissés des dîmes de Sion »; sur
« la Bulle d'or et autres antiques sottises qui font
« respecter les abus établis, qu'on voit en levant les
« épaules, en poursuivant son chemin. » La lettre
répète à la fin les conseils donnés précédemment,
touchant l'ordre de bataille, prescrit de commencer
l'attaque par les moines, en réservant les évêques
aux agressions subséquentes.

« Le peuple, refroidi après l'abolition des ordres
« mendiants, devenu moins superstitieux, permet-
« tra aux puissances de ranger les évêques selon
« qu'il conviendra aux besoins de leurs Etats. C'est
« la seule marche à suivre. Miner sourdement et
« sans bruit l'édifice de la déraison, c'est l'obliger à

« s'écrouler de lui-même. Le pape, vu la situation
« où il se trouve, est obligé de donner des brefs et
« des bulles, tels que ses chers fils les exigent de lui.
« Ce pouvoir, fondé sur le crédit idéal de la foi, perd
« à mesure que celle-ci diminue. S'il se trouve à la
« tête des nations quelques ministres au-dessus des
« préjugés vulgaires, le Saint-Père fera banque-
« route. » (1)

Le mois suivant amène une recrudescence d'exhortations à procéder selon la méthode indiquée :

« Si les Turgot et les Malesherbes sont de vrais
« philosophes, ils sont à leur place. Pour votre
« jeune roi, il est ballotté par une mer bien ora-
« geuse ; il lui faut de la force et du génie pour se
« faire un système raisonné, et pour le soutenir.
« Maurepas est chargé d'années ; il aura bientôt
« un successeur, et il faudra voir alors sur qui le
« choix du monarque tombera. »

« Un de Laval-Montmorency et un Clermont-
« Gallerande m'ont dit que la France commençait à
« connaître la tolérance, qu'on pensait à rétablir
« l'édit de Nantes, si longtemps supprimé. *Je leur
« ai répondu tout uniment que c'était de la mou-
« tarde après dîner.* »

Là-dessus, coups d'encensoir répétés en prose et
en vers au nez du grand illuminateur :

> « Qui délivra les mortels de leur vaine terreur,
> Que la Raison arma de sa foudre,
> Qui réduisit en poudre
> Et le Fanatisme et l'Erreur.

(1) Lettre du 13 août 1775.

Conclusion : « La révolution faite dans les esprits,
« grâce à vous et à Bayle, votre précurseur, n'est
« pas complète, les dévots ont leur parti; et *jamais*
« *on ne l'achèvera que par une force majeure. C'est*
« *du gouvernement que doit partir la sentence qui*
« *écrasera l'Inf...* Des ministres éclairés peuvent y
« contribuer beaucoup, mais il faut que la volonté
« du souverain s'y joigne. » (1)

Toutes les lettres de l'année 1775 et 1776 insistent
sur la nécessité d'arracher le roi très chrétien à
l'influence sacerdotale, de l'entourer de ministres
hostiles au clergé, de l'amener à servir d'instrument
aux destructeurs du trône et de l'autel. La chute de
ces conseillers perfides déroute les conjurés. Plaintes
des partisans de la Raison, « obligée bientôt de se
« réfugier comme les huguenots expatriés dans le
« Brandebourg. » (2)

Encouragements à poursuivre la lutte commencée,
à couronner de nouveaux lauriers les glorieux
triomphes déjà obtenus.

« Je ne croirai jamais que la patrie de Voltaire
« redevienne de nos jours l'asile ou le dernier re-
« tranchement de la superstition. Il y a trop de
« connaissance et trop d'esprit en France pour que
« la barbarie superstitieuse du clergé puisse com-
« mettre désormais des atrocités dont les temps pas-
« sés fourmillent d'exemples. Si Hercule a dompté
« le lion de Némée, un fort athlète, nommé Vol-

(1) Lettre du 8 septembre 1775.
(2) Voltaire à Frédéric, 21 mai.

« taire, a écrasé sous ses pieds l'hydre du fana-
« tisme. »

Tableau des progrès de l'incrédulité dans les pays
catholiques : Pologne, Autriche, Bavière, Westphalie, travaillés par les agents prussiens, propagateurs
des loges maçonniques, où pénètrent les rayons
éblouissants du soleil de Berlin.

« C'est vous, ce sont vos ouvrages qui ont produit
« cette révolution dans les esprits. L'hélépole de la
« bonne plaisanterie a ruiné les remparts de la
« superstition que la bonne dialectique de Bayle n'a
« pu abattre. *Jouissez de votre triomphe.* » (1)

L'année précédente, Voltaire, répondant à l'en-
couragement élogieux qui le plaçait au-dessus des
grands hommes de l'antiquité, de la Renaissance et
du siècle de Louis XIV, a désigné nettement le vrai
organisateur de la conspiration irréligieuse, dont il
n'a été que le principal instrument destructif.

« *La philosophie, d'où vient-elle ? De Postdam,*
« *Sire, où vous l'avez logée, et d'où vous l'avez en-*
« *voyée dans la plus grande partie de l'Europe.* » (2)

Nous le verrons tout à l'heure confirmer dans sa
dernière lettre son attestation, qui enlève à notre
thèse ses apparences paradoxales et lui donne la
certitude évidente d'un fait historique, trop peu remarqué et néanmoins incontestable.

Nous n'insisterons pas sur la suite des échanges
de compliments, de desseins et de conseils, entre le
philosophe de Sans-Souci et le patriarche de Fer-

_____

(1) Lettre de Frédéric à Voltaire, 14 juin 1776.
(2) 3 août 1775.

ney, relativement à la destruction de l'Eglise en France et en Europe.

Notons seulement qu'en vue d'endoctriner complétement Joseph II dans les idées subversives, qui devaient préparer des sécularisations et des annexions au despote de Prusse, toujours armé jusqu'aux dents pour profiter d'une telle occasion, il presse d'Alembert d'insinuer à Voltaire les conseils que l'Ermite de Genève aurait à suggérer au comte de *Falkenstein*, nom sous lequel l'Empereur voyageait en France, lors de son pélerinage annoncé à Ferney. (1) Lui-même prie « le plus grand homme que tous les siècles ont « produit, » de faire des remontrances à l'impérial visiteur sur l'intolérance du gouvernement autrichien, qui persécute « les paysans de quarante villages de Moravie, » devenus protestants à l'instigation d'émissaires prussiens de Silésie. Il laisse entendre également « dans le beau rêve qu'il envoie, » le désir de réaliser « le beau projet de politique dont Voltaire « lui a fait l'ouverture. » (La spoliation des couvents et la sécularisation des évêchés en Allemagne, but de la vie entière de Frédéric.) « Le pape et les moines « finiront sans doute ; mais ils périront à mesure « que les finances des grands potentats se dérange-« ront. En France, quand on aura épuisé tous les « expédients pour avoir des espèces, on sera forcé de « séculariser des abbayes et des couvents. Cet exem-« ple sera imité, et le nombre des c..c... réduit à « peu de chose. En Autriche, le même besoin d'ar-

(1) Lettre à d'Alembert, 28 juillet 1777.

« gent donnera l'idée d'avoir recours à la conquête
« facile des Etats du Saint-Siége, pour avoir de
« quoi fournir aux dépenses extraordinaires, et
« l'on fera une grosse pension au Saint-Siége.

« Mais qu'arrivera-t-il ? La France, l'Espagne, la
« Pologne, en un mot toutes les puissances catho-
« liques ne voudront pas reconnaître un vicaire de
« Jésus subordonné à la main impériale. Chacun
« alors créera un patriarche chez soi. On assemblera
« des conciles nationaux. Petit à petit, chacun s'écar-
« tera de l'unité de l'Eglise et, l'on finira par avoir
« dans son royaume sa religion, comme sa langue à
« part. »

Ce programme de protestantisation universelle de
l'Eglise catholique est confié au patriarche affriandé
de louanges, dans un nuage de parfums, qui le fascine
et le fanatise pour « ce rêve, supérieur à celui de
« Nabuchodonosor. L'empereur Julien, tout grand
« philosophe, tout homme d'esprit et tout apostat
« qu'il était, n'eut pas le bonheur de raisonner
« aussi bien, étant éveillé, que vous étant en-
« dormi. » (1)

Avouons que si Frédéric n'est pas le meneur, le
tacticien, le stratégiste, le généralissime de la guerre
faite à l'Eglise, sous les étendards de la philosophie ;
si Voltaire, la cohorte encyclopédique, les Girondins
et les Jacobins, issus des précédents, si les libéraux
révolutionnaires de France, d'Allemagne, d'Italie,
d'Espagne, ne sont pas de très ponctuels et très do-

(1) Voltaire à Frédéric, août 1777.

ciles exécuteurs du plan de campagne conçu, élaboré,
fixé jusque dans les moindres détails, comme sur le
but final, par le grand capitaine conspirateur de
Postdam, avouons hautement qu'en ce cas Frédéric
est un voyant extraordinaire, un prophète qui dé-
passe Mahomet, illuminé par l'ange des ténèbres.

Malheureusement, le plan ne put être communiqué au demi-initié Joseph II, lequel se soumit
aux instances maternelles de Marie-Thérèse, sollici-
tant son fils de lui épargner le chagrin d'une visite
scandaleuse au porte-drapeau de l'impiété, au séide
émérite des complots prussiens. Le comte de Fal-
kestein brûla Ferney, en passant à Genève, au grand
désappointement du vaniteux patriarche, qui s'était
déjà mis en frais de pose dramatique, pour accueillir
les hommages du chef temporel de la chrétienté.

Il fut consolé et dédommagé de cette déception
poignante par les ovations enthousiastes de son retour triomphal à Paris.

Ce retour, sollicité de mille manières et sans relâche, depuis son exil, avait été précédé de l'érection
d'une statue au foyer du Théâtre-Français, par la
souscription de ses amis et admirateurs, sur l'initiative de l'une des plus élégantes et plus ferventes
matriarches encyclopédistes, la *mère* Necker, femme
du célèbre banquier huguenot de Genève, auquel
cette épouse intrigante s'efforçait ainsi d'ouvrir le
ministère de France, afin de l'inféoder plus complétement aux desseins prusso-protestants.

Malgré les démarches multiples auprès de la Pompadour et les flatteries adressées à la Du Barry,

Voltaire n'était pas parvenu à vaincre la répugnance de Louis XV pour le chambellan compère des insultes du roi de Prusse.

Le cabinet des philosophes n'avait ni ces rancunes personnelles, ni ces susceptibilités patriotiques. Les portes de la France s'ouvrirent largement devant le démolisseur acclamé de la religion et de la royauté, en récompense de ses audacieuses insultes aux choses saintes comme aux gloires nationales.

Son entrée dans la capitale du peuple très chrétien devint une éclatante manifestation d'impiété publique, qui complétait la réhabilitation tapageuse, cherchée dans l'inauguration de la statue « monu- « ment élevé contre le fanatisme, en vue d'écraser la « superstition. » (1)

Nous ne raconterons pas ce triomphe, étrange fruit de l'aveuglement des classes aristocratiques en démence d'un pays qui, reniant son baptême, se découronnant de son incomparable auréole de Fils aîné de la chrétienté, retombe en plein paganisme, pour se précipiter, tête baissée, dans le gouffre béant de la Révolution.

Nous dirons un seul mot en atténuation de ce crime d'engouement apostatique. La frivole noblesse, la frondeuse bourgeoisie, la coterie épicurienne des lettrés à la mode ignoraient généralement les ressorts secrets de la machination ourdie contre le clergé catholique. La plupart des adeptes des nouvelles idées blasphémaient par imitation, par jactance,

(1) Lettres de Voltaire excitant à la souscription d'Alembert, 27 avril 1770; de Marmontel même jour.

plutôt que par réflexion et conviction; c'étaient des
échos et non des *voix* d'incrédulité. Ils se persuadaient parler leurs propres pensées, et répercutaient
sottement les sons communiqués par le grand oracle
de Berlin à ses prophètes autorisés, et par ceux-ci au
vulgaire des esprits avides de nouveautés, qui s'ima-
ginaient être très éclairés, lorsqu'ils éteignaient en
eux la lumière des vérités divines, adorable phare
des intelligences à travers les écueils de ce monde.

L'expérience des événements n'avait pas encore
projeté sous leurs yeux les sinistres lueurs des catastrophes cachées dans ces séduisantes théories, qui
promettaient un paradis de délices à des voluptueux
oisifs, naturellement ennemis du joug austère de
l'Evangile.

Leur ignorance relative de l'origine réelle et du
but final du complot, dont ils fêtaient le plus illustre
pionnier, leur sert d'excuse devant le tribunal de
l'Histoire. Mais les promoteurs contemporains de
démonstrations anti-chrétiennes en l'honneur de
l'ouvrier avéré, reconnu, de la décadence française
et de la grandeur prussienne, ont-ils une pareille
excuse à invoquer? Ne sont-ils pas les instruments
inconscients ou les complices scélérats de nouvelles
trames étrangères, destinées à couver de nouveaux
désastres, dans de nouvelles exhibitions d'insanité
patriotique?

Voltaire, étouffé de joie, écrasé de fleurs, à demi-
mort d'émotion, à la représentation extraordinaire
de son *Irène* au Théâtre-Français, où le Paris élégant l'a comblé de vivats frénétiques, mande son

succès inespéré à l'inspirateur de ses principales
productions irréligieuses, et le signale en preuve du
retour à l'idolâtrie de l'élite de la nation très chrétienne :

« J'ai vu avec surprise et avec une satisfaction
« bien douce, à la représentation d'une tragédie
« nouvelle, que le public, qui regardait, il y a
« trente ans, Constantin et Théodose comme les
« modèles des princes et même des saints, a applaudi
« avec des transports inouïs à des vers qui disent
« que Constantin et Théodose n'ont été que des
« tyrans superstitieux. J'ai vu vingt preuves pareilles
« du progrès que la philosophie a fait enfin dans
« toutes les conditions. Je ne désespérerais pas de
« faire prononcer dans un mois le panégyrique de
« l'empereur Julien.

« Il est donc vrai, Sire, qu'à la fin les hommes
« s'éclairent, et que ceux qui se croient payés pour
« les aveugler, ne sont pas toujours les maîtres de
« leur crever les yeux ! Grâces en soient rendues à
« Votre Majesté ! Vous avez vaincu les préjugés
« comme vos autres ennemis ; vous jouissez de vos
« établissements en tout genre (dont le *Grand*
« *Orient* maçonnique n'est pas le moindre). *Vous*
« *êtes le vainqueur de la superstition,* ainsi que le
« soutien de la liberté germanique !

« Vivez plus longtemps que moi pour *affermir*
« *tous les empires que vous avez fondés* (l'Eglise
« encyclopédique en est un). Puisse Frédéric-le-
« Grand être Frédéric l'immortel ! » (1)

(1) Lettre du 1er avril 1778.

Après ce testament fidèlement exécuté par ses disciples, qui, dans leurs blasphèmes, comme autrefois les fils d'Israël en captivité à Babylone, ne cessent de tourner les regards vers les casernes de Potsdam, leur Sion anti-catholique, le patriarche n'avait plus qu'à s'incliner sous la main de Dieu, qui le frappa au sein de son triomphe, et convertit son apothéose scandaleuse en prélude de piteuses funérailles.

Dès que l'insulteur de l'Eglise, le profanateur des saints mystères se sentit mortellement atteint, « il « demanda, dans une conversation de confiance à « d'Alembert, comment il devait se conduire. La « réponse de l'*alter ego* fut qu'il ferait bien de se con- « duire en cette circonstance comme tous les philo- « sophes qui l'ont précédé, entre autres Fontenelle « et Montesquieu, qui avaient suivi l'usage, et reçu « les sacrements. Il approuva la réponse, disant « qu'il pensait de même et qu'il ne fallait pas être « jeté à la voirie. » (1)

C'est dans ces sentiments qu'il se laissa administrer l'extrême-onction par le curé de Saint-Sulpice. Mais, revenu en convalescence et informé de la fâcheuse impression que son apparente palinodie avait produite sur la généralité des sectaires, zélateurs de l'impénitence finale, selon les injonctions réitérées du grand chef de Berlin, il résolut de réparer sa rétractation philosophique par une apostasie chrétienne. A cette fin, il se fit initier solennellement

(1) Lettre de d'Alembert à Frédéric, 1er juillet 1778.

à la maçonnerie française, succursale du Grand Orient de Rémusberg, transplanté à Postdam.

Il était membre du rite écossais depuis son séjour en Angleterre.

La mort le surprit dans cette rechute, et l'appela devant l'Eternel, après d'atroces souffrances, rapportées par son médecin de Genève, Tronchin, qui l'assista dans ses derniers instants, et dont la lettre à Charles Bonnet est un monument irrécusable de l'horrible désespoir du blasphémateur au moment suprême :

« Si mes principes avaient besoin que j'en resser-
« rasse le nœud, l'homme que j'ai vu dépérir, ago-
« niser et mourir sous mes yeux, en aurait fait un
« nœud gordien, et, en comparant la mort de l'homme
« de bien, qui n'est *que le soir d'un beau jour*, à
« celle de Voltaire, j'ai vu bien sensiblement la dif-
« férence qu'il y a entre un beau jour et une tem-
« pête... Je ne me le rappelle pas sans horreur. Dès
« qu'il vit que tout ce qu'il avait tenté pour aug-
« menter ses forces, avait produit un effet contraire,
« la mort fut toujours devant ses yeux. Dès ce mo-
« ment, la rage s'est emparée de son âme. Rappelez-
« vous les fureurs d'Oreste. Ainsi est mort Voltaire :
« *Furiis agitatus obiit.* » (1)

Sa fille adoptive *Belle-Bonne*, mariée à M. de Vi-
lette, propriétaire de l'hôtel de la rue de Beaune, où il est mort, attesta, après sa conversion à l'évê-

(1) Lettre du 20 juin 1778, conservée dans les archives de Genève.

que d'Orléans, son frère, les circonstances terribles
de la fureur du moribond, sans omettre le vase
d'ordures, avalé peu avant de rendre le dernier soupir, hideux couronnement d'une vie d'ordurier, au
service du roi de Prusse, le 30 mai 1778.

CHAPITRE X

DERNIÈRES ANNÉES ET MORT DE FRÉDÉRIC II
(1778-1786)

Honneurs funèbres rendus par Frédéric à Voltaire. — Service à
Berlin. — Eloge du philosophe. — Voltaire trompette de Frédéric. — La frivolité du siècle complice de Voltaire et de Frédéric. — Moquerie des Muscadins français. — Trames du roi
de Prusse en France. — Vigilance en Europe. — Intrigues
en Allemagne. — L'intervention française en Amérique con-
seillée par lui. — Avantages qu'il en retire. — Délibération
des loges maçonniques à Francfort. — Excitation contre le
clergé. — Joie des épreuves du Pape sous Joseph II. — Derniers instants.

En terminant notre longue et laborieuse étude sur
les deux pôles réunis du dix-huitième siècle, nous
ne pouvons nous dispenser de clore la mort de
Voltaire par celle de Frédéric, après avoir mentionné sommairement les faits saillants survenus
dans l'intervalle des huit années qui séparent les
deux tombes.

Parmi ces faits nous signalons :

Les honneurs funèbres rendus par le roi au philosophe ;

La continuation des trames politiques de l'ermite
de Sans-Souci ;

La poursuite de la guerre à l'Eglise ;

Les derniers moments du souverain impie.

Nous avons déjà eu l'occasion de le constater,

lors de la mort de Lamétrie et de la communion pascale de Voltaire, à Colmar, le chef de l'armée incrédule s'irritait de la désertion apparente ou réelle de ses lieutenants.

Revenir aux pratiques du culte catholique, faire ce qu'il appelait le *plongeon*, était à ses yeux un crime irrémissible, parce que la palinodie des généraux discréditait les troupes et les décourageait. C'est pourquoi il avait blâmé la comédie sacrilége de la communion en viatique, que le seigneur de Ferney avait contraint son curé de lui apporter, devant témoins et avec protocole, pour vexer l'évêque d'Annecy, qui l'avait dénoncé au Parlement de Dijon comme un corrupteur de la foi du pays de Gex.

L'annonce de la conversion à l'heure suprême du coryphée de la secte encyclopédique, lui arracha un cri de réprobation *contre la girouette retournée du côté de l'Inf....*

Il était en froid avec d'Alembert, à cause d'une indiscrétion, et ne répondait plus, depuis neuf mois, aux lettres serviles du plat géomètre. L'envie d'être informé comment le porte-étendard de l'irréligion avait affronté l'éternité, l'amena à rompre le silence. Il obtint l'explication citée au chapitre précédent, et n'en parut que plus mécontent. Ce n'est qu'à la nouvelle du refus de la sépulture ecclésiastique au défunt, par l'archevêché de Paris, et de l'interdit jeté par l'évêque de Troyes sur l'abbaye de Scellières, où l'abbé Mignot avait transféré furtivement le corps de son oncle, et inhumé, avec les

cérémonies du culte, ce n'est que sur ces renseignements rectificatifs que le roi philosophe manifesta
du zèle pour honorer la mémoire du patriarche décédé en odeur d'impiété.

Désireux de procurer aux affidés de Paris un
thème à déclamation contre le fanatisme intolérant
du clergé français, en lui opposant la déférence
tolérante du clergé prussien aux caprices d'un souverain hérétique, il demanda un service funèbre au
prévot catholique de Berlin pour le philosophe ex-
communié après décès :

« Muni de toutes les pièces que vous m'avez en-
« voyées (attestation de l'extrême-onction reçue
« avant l'initiation maçonnique), j'entame la fa-
« meuse négociation pour le service de Voltaire, et,
« quoique je n'aie aucune idée d'une âme immor-
« telle, on dira une messe pour le repos de la
« sienne. Les acteurs qui jouent chez nous cette
« farce, connaissent plus l'argent que les bons li-
« vres; ainsi j'espère que les *jura stolæ* l'emporte-
« ront sur le scrupule. » (1)

Bretteur aguerri de la plume, le roi pamphétaire
parut ravi de la circonstance qui lui permettait de
pousser une botte violente aux soutiens de l'Eglise,
il composa le *Commentaire théologique sur la sacrée
Prophétie de Barbe-Bleue*, et le lança sur Paris, afin
de transpercer de traits envenimés les adversaires
de la philosophie :

« Pour que vous ne croyiez pas qu'après la mort

(1) Lettre de Frédéric à d'Alembert, 3 décembre 1779.

« de notre patriarche personne ne travaille plus à la
« vigne du Seigneur, j'accompagne cette lettre d'une
« production des frères de la Baltique, qui assem-
« blent autant de pierres qu'ils peuvent pour en lapi-
« der leur ennemi. Ce commentaire est fait selon
« les principes de Huet, de Calmet, de Labadie et de
« tant d'autres songe-creux, dont l'imagination éga-
« rée leur a fait découvrir dans certain livre (Bible)
« ce qui n'y a jamais été. » (1)

« Ce que vous m'apprenez au sujet de l'indigne
« traitement que nos moines ont fait au cadavre de
« Voltaire, m'excite à le venger. » (2)

Il se montra moins prodigue d'écus que d'injures
au clergé et de paroles élogieuses sur le défunt. Les
frères des rives de la Seine sollicitaient la consolation d'un monument dans l'église catholique de Berlin, au souvenir de l'illustre aboyeur anti-clérical du
roi de Prusse. Le possesseur d'un trésor de guerre
de soixante-douze millions d'écus, n'osant d'abord
objecter la pénurie de ses finances, déclina la demande, sous prétexte que l'église Sainte-Hedwige,
imitation du Panthéon de Rome, « ne se prêtait pas
« à un mausolée, qui scandaliserait, d'ailleurs, les
« *faiseurs de Dieu* et les *théophages*, surtout si la statue
« animée allait lâcher quelques épigrammes. » (3)
On lui proposa d'acheter simplement le buste de
Voltaire par Houdon. Il répondit :

« Le buste dont vous me parlez, me donne grande

(1) Lettre du 30 avril 1779.
(2) Lettre de 1778.
(3) Lettre de Frédéric à d'Alembert, sans date.

« envie de l'acquérir, n'était que la guerre coûteuse
« dont à peine nous sortons, nous a mis à sec pour
« un temps. Point d'argent, point de buste. » (1)

Il se ravisa cependant. Ayant fait ériger un buste à
bon marché à l'Académie de Berlin, il l'enguirlanda
d'un magnifique éloge funèbre, qui ne lui coûtait
que la peine de dissimuler sa pensée sur la personne de Voltaire, et son sentiment sur la nature
et la portée des services reçus du poëte-philosophe.

Car le panégyrique du fécond écrivain, pour peu
qu'il fût le reflet de sa conduite et de ses ouvrages,
devait alors, comme il devra toujours, être la simple
amplification oratoire des aveux suivants du chantre
de Rosbach :

« Vos lumières, Monseigneur, seront ma récom-
« pense, mon cœur sera au rang de vos sujets. Votre
« gloire me sera toujours chère. (2) Le caractère
« divin de Frédéric m'encourage à tout. (3) Je veux
« tenir mon mérite de ses bontés. (4) Je lui ai con-
« sacré ma vie, qu'il fasse de moi tout ce qui lui
« plaira. (5) Je ne fais que dire ce que Votre Majesté
« pense. (6) Mes ouvrages sont en partie l'exposition
« de vos idées, en partie celle des exemples que vous
« donnez au monde. (7) J'étais tout fait pour vous. (8)
« Vivre et mourir auprès de vous eût été mon sort

(1) Au même, sans date.
(2) Première lettre, 26 août 1776.
(3) 2 juillet 1737.
(4) 31 août 1749.
(5) Février 1751.
(6) Septembre 1751.
(7) 5 septembre 1751.
(8) 5 janvier 1767.

« le plus doux. (1) Si vous avez été mon disciple
« dans l'art d'écrire, vous avez été mon maître dans
« l'art de penser.

« La philosophie, Sire, d'où vient-elle? De Post-
« dam, où vous l'avez logée et d'où vous l'avez en-
« voyée dans la plus grande partie de l'Europe. (2) Je
« me mets sous la protection des aigles prussiennes
« dans ce monde, en attendant que je sois damné
« dans l'autre. (3) Je fais serment, Sire, devant votre
« portrait, que mon cœur sera votre sujet tant que
« j'aurai un reste de vie. (4) Vous êtes le vainqueur
« de la superstition. » (5)

En d'autres termes, j'ai fait consister ma gloire à
être la trompette retentissante des pensées, des désirs, des desseins notifiés ou insinués du héros organisateur de la conjuration encyclopédique contre
l'Eglise, que je haïssais en dehors et autant que lui,
mais que je n'ai attaquée systématiquement que sous
sa direction souveraine.

Aussi Frédéric eut-il soin d'encourager Beaumar-
chais à multiplier, par les éditions de Kehl et de
Deux-Ponts, la propagande des œuvres de Voltaire,
qui étaient, pour la pensée dominante, ses propres
œuvres. Il prétendit même lui vouer un culte d'in-
vocation quotidienne, « en lui faisant tous les ma-
« tins cette prière : *Divin Voltaire, ora pro nobis.* » (6)

(1) 12 février 1770.
(2) 3 août 1775.
(3) Février 1771.
(4) 21 juin 1775.
(5) 9 avril 1778.
(6) Lettre à d'Alembert, 22 juin 1780.

Assurément, le grand complice de Voltaire et de Frédéric, dans la guerre déclarée à la divine Epouse du Sauveur, a été la frivolité d'un siècle superficiel et corrompu, plus occupé de futilités élégantes et de bouffonneries amusantes que d'études sérieuses. Sans l'ignorance incroyable de ce qui se passait hors des frontières du royaume, les classes éclairées de l'époque, qui donnaient le ton aux autres, ne se fussent pas laissées mystifier aussi facilement par les oracles de l'opinion, interprètes plus ou moins inconscients des inspirations de Berlin.

Frédéric s'est moqué avec raison, et non sans esprit, des muscadins de France qui venaient étaler devant le solitaire de Sans-Souci leur manque d'instruction sérieuse, avec leur infatuation ridicule des niaiseries de toilette, traitées en affaires d'Etat :

« Ce sont des Christophe Colomb qui ont bien
« voulu traverser les forêts hercyniennes pour exa-
« miner les sauvages qui habitent les bords de la
« Baltique. Ils ont été étonnés de nous voir mar-
« cher sur nos deux pieds de derrière... Avec tout
« cela, nous sommes bien rustres; nous ignorons
« une multitude de phrases néologiques, dont la
« fécondité et l'imagination élégante des gens de
« bon ton ont enrichi la langue française. Nous
« voudrions nous façonner au langage des toilettes;
« nous voudrions disserter sur les pompons et les
« panaches, soutenir une conversation intéressante
« sur la manière d'appliquer les mouches, de bien
« placer le rouge, et sur cent choses de cette nature,
« auxquelles notre stupidité se refuse. Nous som-

« mes si humiliés quand on nous parle de grand
« ou de petit couvert, du débotté, des petites entrées,
« que nous sommes anéantis devant ces gens du
« grand monde qui nous en font les descriptions
« les plus imposantes... Jugez donc quelle impres-
« sion doit faire sur des habitants aussi disgraciés
« de la nature l'arrivée d'Athéniens modernes, étin-
« celants de grâce, d'esprit et de gentillesse. » (1)

C'est cette absorption universelle de la noblesse,
de la riche bourgeoisie, d'une notable partie du haut
clergé dans les fadaises et les mignardises des amusements mondains, qui a détourné l'attention publique des trames ourdies à l'étranger contre le
trône des fils de saint Louis, à l'ombre des insultes
prodiguées à l'Eglise, par les échos naïfs ou perfides
de la politique artificieuse de Berlin. On a ri et
dansé étourdiment sur un volcan, sans se douter
que les mineurs applaudis, agents du roi de Prusse,
le mettaient en fermentation périlleuse, en infusant
aux sommités sociales la haine et le mépris de la
religion, seule base de la stabilité, de la force, de la
grandeur, de la durée des nations.

Qui, dans le tourbillon des plaisirs de Versailles
et de Paris, à l'époque des folles *bergeries* de Marie-
Antoinette au Trianon, se préoccupait des noirs
desseins de l'auteur du partage de la Pologne? Qui
s'inquiétait de son intimité avec les philosophes
français et de ses relations suspectes avec les dissidents et les conspirateurs de toutes les contrées

(1) Lettre de Frédéric à d'Alembert, 8 mai 1775.

catholiques? Qui soupçonnait que d'une main il dirigeait les ministères de Maurepas, Turgot et Necker ; que, d'une autre, il s'évertuait de semer la zizanie entre la reine frivole, coquette, légère, et le débonnaire Louis XVI? Sa correspondance avec son ministre Goltz, encore imparfaitement révélée, ne contient-elle pas de curieuses recommandations de corrompre le jeune monarque, en l'entraînant à imiter les débauches de ses ancêtres? Ne fourmille-t-elle pas de doléances « de ce que la délicatesse de « la constitution du roi d'à présent ne permet pas « d'avoir recours à un tel moyen. » (1) (Usage des maîtresses).

Ne presse-t-elle pas le ministre de faire insinuer à Louis XVI des soupçons sur la fidélité de Marie-Antoinette « quand elle est enceinte, » (2) afin d'amoindrir et d'annuler, s'il est possible, avec l'ascendant de la reine sur le cœur du roi, l'influence de la cour de Vienne sur le cabinet de Versailles ?

Or, pendant que Frédéric intriguait en France de façon à paralyser la grande nation chrétienne, dont la foi soutenait l'Eglise en Europe, et barrait la sécularisation des principautés ecclésiastiques de l'Allemagne, il veillait à empêcher l'Autriche de faire ou de préparer l'*unité* germanique par l'échange de la Belgique et du Brisgaw contre la Bavière, échange

---

(1) Lettre du 20 mars 1775 citée par Bancroft, *Histoire de l'Indépendance de l'Amérique.*

(2) Lettre du 20 mars 1775 citée par Bancroft, *Histoire de l'Indépendance de l'Amérique.*

consenti par l'héritier de ce duché, mais révoqué au traité de Teschen, repris par Joseph II, après la mort de Marie-Thérèse, et abandonné définitivement, à la suite de deux campagnes indécises, qui valurent à Frédéric l'hégémonie ambitionnée des confédérés allemands, ligue particulariste de la généraralité des princes, impatients tous de dissoudre complétement l'Empire afin de se rendre indépendants, et de piller l'Eglise impunément.

Malgré l'antagonisme politique des maisons de Brandebourg et d'Autriche, Frédéric II encourageait Joseph II dans ses innovations malencontreuses, en lui reprochant par derrière, « de ne pas « savoir voiler ses vastes desseins, d'ignorer com- « bien la dissimulation est nécessaire dans le ma- « niement des affaires publiques. » (1) Il l'excitait surtout à dépouiller le clergé, comme à l'asservir, par l'adoption du régime prussien dans le contrôle et la direction de la hiérarchie sacerdotale, soustraite à l'autorité pontificale pour être foulée par l'arbitraire d'un gouvernement hostile.

Il inspirait, d'un autre côté, le suffragant de l'archevêque de Trèves, Fébronius Honthein, l'un des adeptes de l'illuminisme, affiliation de la franc-maçonnerie, dans le fameux ouvrage édité contre les droits du siége apostolique. Compilation mal assortie des attaques antérieures de l'hérésie et du schisme, amplification théologique de la *préface* de Frédéric à l'abrégé de l'*Histoire ecclésiastique* de

----

(1) Frédéric *Mémoires*, année 1776.

Fleury, par son bibliothécaire, le transfuge abbé de Prades, cette élucubration produisit les *Ponctuations d'Ems*, prélude de la révolution dans l'Eglise d'Allemagne, commencée par les évêques rebelles à leur chef, avant d'être continuée par les soldats de la République française, et consommée à la grande spoliation du traité de Lunéville, au profit de la Prusse et des princes protestants.

Déjà courbé par la maladie et un pied dans la tombe, le roi-philosophe ne cessait de susciter des embarras intérieurs et extérieurs à la France, et de souffler sur l'incendie qui embrasait partout l'Eglise.

Les Américains, révoltés contre la métropole, s'étaient d'abord adressés à lui, comme un protecteur de la libre-pensée, dont les *quakers* pensylvanistes faisaient profession. Il eut la modestie de les adresser à ses amis de Paris, qui recommandèrent l'émancipation de la jeune République au gouvernement de Versailles, comme une revanche des humiliations de la guerre de Sept Ans, et de l'attitude menaçante de l'Angleterre, pendant les velléités d'intervention de Choiseul en Pologne. Cette modestie bien calculée lui procurait le plaisir de brouiller de nouveau les deux puissances occidentales, dont l'union entravait les visées, concertées entre Catherine et lui, de la Russie en Orient, de la Prusse en Allemagne, des deux ensemble en Suède, comme en Pologne, contrées vouées par eux à des convulsions intestines et à des partages violents.

Elle lui valait, en outre, la satisfaction de voir l'influence de ses affidés, parmi lesquels se trou-

30.

vaient les espions *Grim* et d'*Holbach*, grandir de
l'engouement de la France pour cette expédition
transatlantique. Enfin les lauriers recueillis par les
compagnons de La Fayette, dans la patrie affranchie
de Franklin, ne tardèrent pas à se changer en cyprès
pour la royauté, ainsi que pour la noblesse, qui
s'étaient enthousiasmées à chercher sur le nouveau continent les couronnes funèbres de la constitution chrétienne de l'ancien.

En sanction de la liberté assurée aux insurgés de
l'Amérique, l'ambition prussienne et les rancunes
anglaises, alimentées, les unes et les autres, par les
préventions haineuses des sectes protestantes contre
la fille aînée de l'Eglise, et contre la maison de
Bourbon, purent donner la main aux meneurs de la
conjuration philosophique, pour le renversement
simultané du trône et de l'autel.

A la faveur de cette coalition des ennemis, tant
intérieurs qu'extérieurs de la foi et de la légitimité,
l'assemblée générale de toutes les loges maçonniques de l'Univers, tenue à *Wilhemsbad*, près de
Francfort-sur-le-Mein, en 1782, put concerter, sous
la présidence du duc de Brunswick, neveu de Frédéric II, la marche à suivre pour la réalisation mé-
thodique du mot d'ordre mystérieux : *L. P. D. : Li-
lia Pedibus Destruenda. Les lis à fouler aux pieds.*

Les délibérations du *convent* de Francfort furent
approuvées par le *convent* des Gaules, réuni dans le
même moment à Lyon, et dont les délégués vinrent
confirmer, à *Wilhemsbad*, la nomination du duc de
Brunswick à la dignité de maître général des loges

françaises, affiliées depuis 1772 au *Grand Orient* de Berlin, siége central de l'association subversive.

Et pendant que ses agents tendaient les fils de ses trames révolutionnaires, le roi Eole, solitaire dans l'antre de *Sans-Souci*, gonflait les outres chargées de souffler la tempête :

« Si des têtes tonsurées et mitrées font de nou-
« veaux efforts pour étendre leur tyrannie sur les
« esprits, vous avez les armes du ridicule et les
« traits de la satire, acérés par la gaîté, qui renverse-
« ront le pontife et l'idole du fanatisme du même
« coup. Vos ennemis, les cagots, veulent que les
« philosophes pleurent ; riez et vous les confondrez.
« Si vous voulez m'enrôler parmi vos troupes lé-
« gères, je vous offre mes très humbles services ;
« j'attaquerai gaiement la Sorbonne rassemblée en
« corps, votre Beaumont (l'archevêque de Paris), par
« la colère de Dieu, votre Braschi (Pie VI) au *Monte*
« *Cavallo* (Quirinal), et mieux encore, si les intérêts
« de l'association militaire l'exigent. Voilà tout ce
« qui dépend de moi, et comme nos armes sont des
« plumes, et que dans nos contrées personne ne
« nous empêche de les manier, vous n'avez qu'à
» m'assigner ma tâche et je m'efforcerai de la rem-
« plir. » (1)

« Tout n'est pas encere dit. Les philosophes ont
« escarmouché par ci, par là ; ils ont poussé des
« bottes ; mais ces charlatans de la superstition
« n'ont pas encore été enfoncés, battus, dissipés

_____

(1) Lettre à d'Alembert, sans date, postérieure à la mort de Voltaire dont elle parle.

« entièrement. Les armes sont toutes prêtes pour ce
« combat, et si j'étais jeune j'attaquerai comme
« Hercule cette hydre de Lerne, cette hydre papale,
« dont tous les vices concentrés produisent des têtes
« renaissantes. Là, ce serait la Vérité qui terrasse-
« rait leurs absurdes fables ; ici, la Vertu qui mettrait
« au jour ce tissu de crimes, dont la hiérarchie ec-
« clésiastique est souillée ; mais ces armes veulent
« être maniées par des mains vigoureuses, et les
« miennes sont goutteuses. » (1)

Les coups portés, à l'Eglise par l'empereur apostolique, le soulagent de ses infirmités, en lui procurant l'âcre joie de l'accomplissement du mal
souhaité à l'ennemi mortel.

« Ce prince fait trembler tous les moines et tous
« les riches abbés de ses États; il les réduira à
« l'observance de leur vœu de pauvreté. » (2)

« J'aurais souhaité que la philosophie et la raison
« eussent détruit la superstition. Je sais que Kaunitz
« travaillait à crayonner une ligne de démarcation
« pour prescrire des bornes au pouvoir spirituel du
« vicaire du Christ au profit de l'autorité temporelle
« de ses potentats. Ce sera apparemment pour exé-
« cuter ce projet tout de suite que le César Joseph
« entame une négociation avec le Saint-Siége. Le
« suisse du Paradis sera réduit à n'être qu'évêque
« de Rome. Et vous vous étonnez que je sois de
« bonne humeur, que je batte des mains! » (3)

(1) Lettre à d'Alembert, janvier 1780.
(2) Au même, 14 juillet 1780.
(3) Lettre à d'Alembert, 27 septembre 1781.

« On soustrait le clergé à la dépendance de Rome,
« pour que le clergé ne sonne pas le tocsin contre
« le César qui dépouille le Saint-Père des Roma-
« gnes. » (1)

« Que vous dirai-je du Saint-Père ? Il a perdu
« son infaillibilité, depuis qu'il s'est avisé d'aller à
« Vienne comme témoin de sa dégradation. Voilà
« une affaire finie pour l'Autriche.

« Vos Français n'imiteront pas la conduite de
« l'Empereur. Il règne dans votre patrie plus de su-
« perstition que dans aucun Etat de l'Europe. Vos
« prêtres ont usurpé une autorité qui balance celle
« du souverain, et votre roi n'ose rien entreprendre
« contre un corps aussi puissant. » (2)

Ainsi, jusqu'au dernier soupir, le roi-philosophe
continua d'exhiber son visage de philosophe sur les
bords de la Seine, afin de stimuler, d'électriser ses
phalanges encyclopédistes à poursuivre la démolition de l'Eglise et des institutions de leur pays,
pendant qu'il étalait dans son royaume son visage
de roi, par une administration sévère, sage, forte,
despotique, économe, prévoyante; par un travail
assidu, ponctuel exigé de tous les serviteurs de
l'Etat, rouages d'une machine régulière, mais impitoyable; par les soins constants prodigués à une armée de deux cent mille hommes, prêts, du jour au
lendemain, à se jeter sur la proie assignée à leur
rapacité.

Il mourut à la tâche, consumé du fiel qu'il dis-

(1) Au même, 10 novembre 1781.
(2) 18 mai 1782.

tillait dans sa solitude, avec une fiévreuse activité contre les représentants du spectre noir qui le tourmentait nuit et jour, et qu'il n'eut pas la joie d'enterrer.

Il mourut n'ayant à côté de lui aucun membre de sa famille, tenue à l'écart, comme suspecte de souhaiter, sinon d'accélérer sa fin. Sa dernière sollicitude fut pour sa chienne, mourante à côté de lui.

Il expira en pontife athée de l'Eglise évangélique, qui n'a cru qu'en la puissance du glaive, pour régir les peuples (1), et en la stupide vénalité des philosophes français, pour se prêter à les tromper. Il a berné et mystifié pendant toute sa vie ces sophistes reptiles, infatués de leurs courtes vues politiques, sans les dégriser de leur aveugle enthousiasme pour un héros si perfide et si peu généreux. Leurs continuateurs persistent à le faire admirer dans la patrie de Voltaire, à titre d'ami du patriarche de Ferney. Faudra-t-il nous étonner de voir bientôt la statue du Prussien de Berlin à côté de celle du Prussien de Paris, les deux se moquant ensemble de l'incurable légèreté d'esprit et de caractère des *Welches* tant méprisés ?

. Le prussien Reinwald, éditeur du volume de propagande du Centenaire, est-il l'apôtre d'un monument de ce genre dans la capitale de la France ?

Pas une larme ne coula aux funérailles du despote égoïste, qui avait sucé froidement la moëlle des os de ses sujets, en les épuisant de taxes et de

(1) Lettre de Frédéric à Voltaire, décembre 1766.

servitudes militaires. Sa mort parut une délivrance
et provoqua plus de joie que de douleur, au grand
scandale de Mirabeau, présent à Berlin, où le tri-
bun franc-maçon semble avoir recueilli le souffle
suprême du conspirateur Frédéric, pour venir
l'exhaler sur les matières inflammables amoncelées
en France, et provoquer la formidable explosion de
la Révolution.

TABLE DES MATIÈRES

PREMIÈRE PARTIE

LE PRINCE ROYAL ET VOLTAIRE AVANT L'AVÉNÈMENT DE FRÉDÉRIC AU TRONE

31

SECONDE PARTIE

31.

TROISIÈME PARTIE

FRÉDÉRIC II ET VOLTAIRE DEPUIS LA GUERRE DE SEPT ANS JUSQU'A LA
MORT DE FRÉDÉRIC II (1756-1786)

Paris. — Imp. Nouvelle (assoc. ouvr.), 14, r. des Jeûneurs. — G. Masquin, dir.

www.ingramcontent.com/pod-product-compliance
Lightning Source LLC
Chambersburg PA
CBHW070348030726
47504CB00001B/104